아헹가 임산부 요가

예비 엄마와 새내기 엄마를 위한 안전한 요가 수련

풍부한 사진 설명과 요가의 백과전서라 할 만큼 방대한 내용을 수록한 이 책은 요가 지도자나 임산부들이 아헹가 요가를 안전하게 수련할 수 있도록 상세하고 신뢰할 수 있는 안내를 제공한다.

저자들이 추천하는 아사나asanas들은 몸과 마음을 더 건강하고 편안하게 해 줄 뿐 아니라 근육을 강화하고 정상 상태로 만드는 데 도움을 준다. 또한 임신한 여성들이 규칙적으로 수련한다면 자연스럽고 편안한 출산을 기대할 수 있다.

이 책『아헹가 임산부 요가』는 상세한 사진 설명으로 아사나 수련을 안내하며 특히 임신한 여성에게 적합한 변형 자세를 강조한다. 또 초기, 중기, 말기 등 임신 기간에 따른 안전도, 각 아사나의 효과, 정확한 해부학직 정렬과 프라나아마 호흡을 위한 단계적인 가르침, 자세를 푸는 방법 등도 함께 다루고 있으며, 아헹가 요가의 특징이라 할 적절한 자세 잡기와 방법을 위한 '자세 점검하기', 그리고 어느 아사나를 피해야 할지에 대한 중요한 조언까지 쉽게 찾아볼 수 있게 하였다.

이 종합적인 안내서가 있다면 초보자든 고급 수련생이든 일련의 순서를 갖춘 아사나들을 이용하여 임신 전, 임신 중, 출산 후의 특수한 필요에 적합한 수련을 창조적으로 해 나가는 것이 어렵지 않을 것이다. 나아가 입덧에서 부종에 이르기까지 일반적인 문제들을 완화시키는데 가장 좋은 아사나들을 빨리 참조할 수도 있다.

아유르베다ayurveda의 처방과 건강을 위한 조언으로 끝을 맺는『아헹가 임산부 요가』는 인생에서 가장 특별하고 설레는 시기에 요가 수련을 시작하거나 계속하기를 원하는 여성들에게 있어 무한한 가치를 지니는 자산이 될 것이다.

아헹가 임산부 요가

예비 엄마와 새내기 엄마를 위한 안전한 요가 수련

기타 S. 아헹가, 리타 켈러, 케르스틴 카타브 공저
도미니크 케츠 사진

STERLING

New York / London
www.sterlingpublishing.com

Iyengar Yoga for Motherhood : Safe Practice for Expectant & New Mothers
by Geeta S. Iyengar, Rita Keller and
Kerstin Khattab

아헹가 임산부 요가

초 판 발 행 : 2015년 10월 17일
2쇄발행(재편집) : 2021년 12월 15일
지 은 이 : Geeta S. Iyengar / Rita Keller / Kerstin Khattab
옮 긴 이 : 玄天
펴 낸 이 : 鄭文秀
펴 낸 곳 : 도서출판 禪요가(T.031-959-9566)
주　　소 : 경기도 파주시 법원읍 민월로 756
연 락 처 : **사단법인 한국 아헹가요가 협회 T.031-959-9566**
　　　　　아헹가요가 파주본원 T.031-959-9566
홈 페 이 지 : www.iyengar.co.kr
공식블로그 : http://blog.naver.com/iyengar1

ISBN 978-89-957970-9-9　값 58,000원

목 차 Contents

제6장: 출산

제3부: 출산 후의 요가

제7장: 출산 직후

제8장: 초보자와 고급 수련생을 위한 아사나의 세부 설명

제9장: A-Z까지 문제 일람

제4부: 다양한 요가의 지식

제1장: 해부학, 생리학, 그리고 출산

제2장: 임신 중일 때의 건강을 위한 아유르베다의 처방과 조언

제3장: 출산 후의 건강을 위한 아유르베다의 처방과 조언

파탄잘리Patanjali께
올리는 기도

Yogena chittasya padena vacam
Malam sharirasyacha vaidyakena
Yopakarottam pravaram muninam
Patanjalim pranjaliranato'smi

Abahu purushakaram
Shankha chakrasi dharinam
Sahasra shirasam shvetam
Pranamami Patanjalim

요가로 마음의 평정과 고결함을 얻게 하시고,
문법으로 언어를 명료하고 순수하게 하시며,
약으로 완전한 건강을 이루게 하신
가장 고귀한 현인, 파탄잘리께 엎드려 절합니다.

천 개의 머리가 달린 코브라의 관을 쓰시고, 하체는 똬리를 튼 뱀과 같으나
상체는 인간의 형상을 하셨으며,
한 손에는 소라를, 다른 한 손에는 원반을,
세 번째 손에는 무지를 물리치는 지혜의 검을 드시고, 네 번째 손으로 인류를
축복하시는 아디세샤Ādiśeṣa 신의 화신, 파탄잘리께 엎드려 절합니다.

요가가 있는 그곳에 언제나 자유와 번영과 지복이 함께 하리니.

B.K.S. 아헹가의 서문

기타 S. 아헹가, 리타 켈러, 그리고 케르스틴 카타브가 힘을 합하여 이 아름답고 유용한 책을 출간하게 된 것을 진심으로 축하합니다.

어머니됨을 위한 온전한 방법을 제시하는 이 책은 예비 엄마가 준비를 잘하여 신의 선물인 몸속의 아기가 요가의 적절한 돌봄에 의해 헌신과 보호 속에 자랄 수 있도록 그 방법을 제공하는 샘솟는 지혜로 가득 차 있습니다.

점진적으로 나아가는 요가 수행의 길인 아사나, 프라나야마, 디아나(dhyana: 명상)의 수련으로 여러분은 본래 갖추어진 완전한 상태의 건강을 유지하는 데 있어서만 아니라 내면의 빛과 생명이 온전히 타오르는 촛불처럼 빛나게 하는 데 있어서도 큰 도움을 받을 수 있습니다.

요가 수행은 출산을 한 뒤에도 아이가 외적인 아름다움과 조화를 이루어 살아가게 함으로써 우리 내면의 빛이 환히 빛나게 합니다.

이 책에는 해부학, 생리학, 정서적인 자신감, 평온한 지성에 대한 정보는 물론 아유르베다에서 다루는 5원소와 7구성 성분(다투dhatus)에 대한 정보 또한 가득 들어 있습니다. 이 5원소와 7구성 성분은 5가지의 숨(프라나prana)을 통해 생명의 영약을 만들고 골고루 섞은 다음 에너지 혹은 생명력을 온몸에 공급하여 몸과 마음을 건강하게 합니다.

몸과 마음의 건강은 목적이 아니라 수단이라는 것을 잘 알고 있기에 이 책은 철학적인 부분도 함께 다루고 있습니다. 이것은 삶의 수레바퀴가 리드미컬하게 움직이는 가운데 여러분이 삶을 올바른 방향으로 이끌어 가는 것을 돕고, 나아가 온전한 건강을 갖춘 양심적이고 신성한 상태에서 살아가면서 태아의 단계에서 점점 자라 어머니 지구에 도움이 되는 한 시민으로 성장하는 것을 도울 것입니다.

임신 기간 중, 그리고 출산 후의 건강을 유지하는 것을 목적으로 하는 이런 종류의 책 중 최초의 것인 이 저술에 나의 견해를 함께 나눌 수 있어서 행복합니다. 아울러 지상에 건강한 별들이 태어날 수 있도록 이 책이 널리 알려지길 희망합니다.

B.K.S. 아헹가

우리는 지난 수십 년간 B.K.S. 아헹가와 기타 아헹가가 베풀었던 가르침을 공유하기 위해 이 책을 쓰기로 결정하였다. 우리는 그들의 엄청난 양의 가르침을 구체적으로 정리하여 이 한 권의 책에 담아 초보자라 할지라도 쉽게 그 내용에 접근하여 요가 아사나, 프라나야마, 아유르베다의 혜택을 얻을 수 있게 하였다.

처음 시작하는 수련생

- 모든 사항을 주의 깊게 읽어야 하며, 그냥 사진만 보고 수련해서는 안 된다.
- 항상 제3장의 '일반 규칙'을 따라야 한다.
- 임신 전에 요가를 수련한 경험이 없다면 제3장과 제4장의 초보자를 위한 아사나와 프라나야마에 국한하여 수련한다. 제6장은 출산 그 자체를 다룬 것이다.
- 몸 상태가 좋지 않거나 어떤 이유로든 임신 중기의 수련 순서를 따르는 것이 망설여진다면 임신 기간 전체를 위한 순서를 따른다.
- 출산 후에는 제7장과 제8장의 지시를 따라야 한다. 따라 하기 힘든 것은 생략하고, 쉽게 할 수 있는 아사나를 수련한다. 생리가 다시 시작되면 제8장 첫 부분의 생리 기간 중의 수련을 위한 지시를 따라야 한다.

고급 수련생

- 고급 수련생에게는 모든 아사나를 수련하거나 실험 혹은 모험을 하지 말 것을 요구한다. 임신 기간과 그 이후의 시간은 여러분의 삶의 특별한 기간으로 여러분 자신과 여러분의 아기에 대해 완전한 책임을 지는 때이다. 무엇을 수련하는지, 또 어떻게 수련하는지 언제나 인식하고 있어야 한다. 임신 전에 수련하였던 아사나를 건너뛰는 것에 망설이지 말아야 한다.
- 매일매일 수련을 처음 시작하는 사람처럼 되어야 한다.

언제나 신선한 마음으로 시작하고 몸, 호흡, 마음에 일어나는 변화를 완전히 알아차리고 있어야 한다.
- 언제나 제3장의 '일반 규칙'을 따른다.
- 임신하였을 때에는 제3장과 제5장에 따라 수련한다. 제6장은 출산 중을 위한 아사나를 설명하였다. 출산 후에는 제7장과 제8장으로 수련을 계속한다. 생리가 다시 시작되면 제8장의 첫 부분에 나오는 생리 기간 중의 수련 지침을 따른다.
- 임신 기간과 출산 후의 시간에는 수련을 함에 있어 완전한 변화가 일어나기 쉬우므로 지시 사항을 주의 깊게 읽어야 한다.

언제 무엇을 수련할 것인가?

- 위에서 말한 모든 장에서는 각각의 수련이 어떤 단계에서 행해져야 하는지, 즉 임신 기간 중이거나 출산 이후의 어느 단계에서 수련되어야 하는지 알려준다. 주어진 아사나를 수련할 수 있는 단계 혹은 기간을 알려주는 지시를 항상 따라야 한다.
- 아사나들은 제3장에 분류되어 있다(앉아서 하는 아사나, 앞으로 굽히기 등).
- 아사나 분류는 모든 아사나를 찾을 수 있게 해 주고, 또 어느 단계에서 어떤 아사나를 안전하게 수련할 수 있는지를 알려주는 신속하고 유용한 참조 도구이다. 그러나 이것은 수련할 때 따라야 하는 순서를 알려 주지는 않는다.
- 아사나들은 제3장에서 가져왔고 저자들이 직접 수련 순서에 포함시킨 것이다. 순서를 정하는 것은 경험과 숙련이 필요한 기술이다.

B.K.S. 아헹가의 말에 따르면, "각성된 의식으로 헌신적으로 수련하면 단 하나의 아사나에서도 요가 전체의 깊이와 풍요를 발견할 수 있을 것이다."

보조 기구들

요가를 수련하는 사람이면 누구라도 가정에 갖추고 있어야 할 기본 보조 기구들(매트, 큰베개, 담요 등)에 더하여 다음 페이지와 이 책 전반에 걸쳐 몇 가지 전문적인 보조 기구들을 소개한다. 이들은 일반적으로 전문적인 아헹가 요가 수업에서 볼 수 있는 것들이다.

그러나 이 전문적인 보조 기구들 대부분은 가정에 있는 간단한 가구들로 대체될 수 있다. 벤치 대신에 두 개의 의자를 이용할 수 있고, 트레슬(trestle: 요가 보조 기구 중 하나로 사진 참조) 대신에 창틀이나 탁자를 이용할 수 있다. 아래에 나오거나 책 곳곳의 관련된 부분에 나와 있는 보기를 참고하라.

여기에서 다루고 있는 보조 기구들은 p.429의 유용한 링크와 주소에 수록된 곳에서 살 수 있다. 가정에 로프를 설치하고 싶다면 이 책에 수록된 주소를 통해 구입하면 되나 반드시 보조 기구에 수반되는 지시 사항이나 판매처의 판매자의 지시에 따라 설치해야 함을 명심해야 한다. **어떤 경우에도 적절하고 안전하게 설치되지 않은 로프를 이용해서는 안 된다!**

아래의 것들은 이 책을 따라 수련하거나 스스로 수련할 때 필요로 하게 될 물품들이다.

필수 보조 기구
벨트 2개
담요 4장
의자 2개 이상
미끄럼 방지 매트
탁자

선택적/전문적 보조 기구
높이를 주는 벤치나 받침대
큰베개 1개나 2개
눈에 감는 붕대
발포 블록
할라아사나 테이블
둥근 모서리 블록
경사진 블록 여러 개
트레슬 혹은 창틀
벽에 설치한 로프(p.xvii에 보여진 것 처럼 설치된 것)
웨이트(운동용)
목침 2개

벨트

담요

미끄럼 방지 매트

의자(가능하면 접이식 의자)

할라아사나 테이블

목침

큰베개

경사진 블록(판자)

둥근 모서리 블록
(위의 블록들 중 하나를 이용해도 됨)

눈에 감는 붕대

웨이트

발포 블록

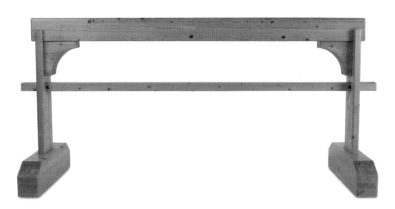

트레슬, 탁자 혹은 창틀

비파리타 단다아사나 벤치

벤치

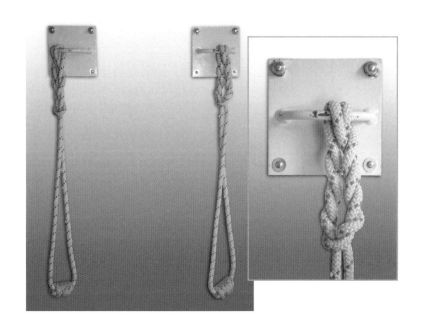

로프

요가 로프

아헹가 임산부 요가

예비 엄마와 새내기 엄마를 위한 안전한 요가 수련

제1부
요가, 모성, 임신에 대하여

제1장
철학적 배경

제2장
임신의 준비

제1장
철학적 배경

요가의 정의

'요가'라는 말은 산스크리트어 'yujir'를 어원으로 하는데, '합치다', '결합하다', 혹은 '통합하다'라는 뜻을 가진다. 요가는 영혼과 영원한 진리의 결합이자 이원성을 극복한 데서 오는 순수한 지복의 상태이다. 요가의 개념은 수천 년(8000년~10000년)의 역사를 가진 것으로 짐작된다.

요가 수련에 대한 연구는 분별력을 날카롭게 하고 영혼의 참된 본질을 이해하게 한다. 그러나 감각이나 지성만으로는 그것을 완전히 이해할 수 없다. 요가의 연구에 의해 우리는 의식의 순수한 상태에 이를 수 있고 내면의 자기를 깨달을 수 있다.

요가는 우리로 하여금 인생의 슬픔과 질병, 마음의 동요에서 벗어나게 한다. 침착함과 평정심을 갖게 하고 인생에 필연적으로 따라오는 갖가지 어려움 가운데에서도 내적인 통합을 이루게 한다.

요가는 자신과 영원한 진리를 알게 하는 기술이다. 또 몸과 마음의 기능 및 자유를 얻는 과정에서 지성이 하는 역할을 연구하는 것이다. 요가는 자신이 스스로 얻은 지식을 경험하는 것이지 학구적인 배움이나 치열한 논리적 다툼 혹은 이론적인 논쟁의 결과물이 아니다. 요가는 철학이며 기예와 과학이 만나는 삶의 한 양식이다.

파탄잘리의 정의

위대한 현인 파탄잘리는 요가를 'yogashchittavrt-tinirodhah'라고 정의하였다. "요가란 마음, 지성, 에고의 동요를 조절하는 것이다. 탁한 강물 위에서는 달이 선명하게 비치지 않듯이 동요하는 마음에는 영혼 또한 올바르게 비치지 않는 법이다. 깨끗한 마음만이 영혼을 비출 수 있다. 자신을 깨닫기 위해서는 반드시 마음의 동요를 없애고 고요한 마음을 얻을 수 있어야 한다(제1장 1절)."

치타chitta란 무엇인가?

치타chitta라는 말은 요가의 분야에서 포괄적인 의미로 마음을 가리키기 위해 사용된다. 그러나 치타는 마음, 지성, 에고로 구성되어 있다. 마음은 육체로서의 존재를 정신으로서의 존재와 연결해 주는 가교의 역할을 한다. 마음이 육체적인 것을 향해 있을 때, 그것은 쾌락을 추구하느라 자신의 갈 길을 잃어버린다. 그러나 정신적인 것을 향해 있을 때에는 그의 마지막 목표에 닿게 된다. 이 양자 간에는 영원한 줄다리기가 존재하여 마음은 사트바sattva, 라자스rajas, 타마스tamas 중 어느 것이 우위를 점하든 이들 구나guna, 즉 속성에 따라 상반된 방향으로 끌려간다.

사트바의 상태는 마음을 밝히고 고요하고 침착하며 평온하게 만든다.

라자스의 상태는 우리를 활동적이고 힘차게 하며 긴장하고 고집스럽게 만든다. 야망, 엄격함, 대담함, 자만 등의 속성이 풍부하다.

타마스의 상태는 우리를 무기력, 불활성, 무지의 상태로 몰아넣는다.

바가바드 기타Bhagavad Gita에서 크리쉬나 Krishna 신이 아르주나Arjuna에게 설명하듯,

"마음이 평화로운 지성적인 사람이 선과 악을 분별하고 자기 삶의 여정을 능숙하게 조정할 수 있는 것은 오직 요가의 지식을 통해서이다."
(바가바드 기타 11:50, BC 500년 경)

요가는 보상을 바라지 않고 자신의 의무를 다하라고 가르친다. 삶의 혼란 속으로 걸어 들어가되 그로부터 초연하고, 올바른 행을 하며, 현생의 고통으로부터 해방되라고 한다.

아스탕가 요가의 8가지 갈래

육체의 적절한 기능은 사지에 달려 있다. 사지 중 어느 하나라도 없거나 병이 들면 몸 전체의 건강이 영향을 받는다. 요가의 연구와 요가의 갈래에도 같은 원리가 적용된다. 요가를 연구함에 있어 어떤 부족함이 있거나 요가의 8단계 중 어느 것이든 완성에 모자람이 있으면 자기 깨달음에 이르는 것에 방해가 될 것이다.

다음은 파탄잘리에 의해 공식화된 요가의 8가지 갈래이다:

'야마yama'는 타인에 대한 처신 혹은 사회적 규율이다.
'니야마niyama'는 자신에 대한 처신 혹은 개인적 규율이다.
'아사나asana'는 육체적 단련을 위한 자세 수련이다.
'프라나야마pranayama'는 마음의 단련을 위한 호흡 조절이다.
'프라티아하라pratyahara'는 감각을 뒤로 물리는 것 혹은 감각의 단련이다.
'다라나dharana'는 집중이다.
'디아나dhyana'는 명상이다.
'사마디samadhi'는 자기 깨달음이다.

8가지의 모든 갈래는 서로 연결되어 있고 상호의존적이다. 서로 다른 것처럼 보이나 모두 같은 목적을 향해 있다. 태양광선이 굴절되어 스펙트럼을 만들듯 요가도 서로 밀접히 얽혀 있는 8가지 요소들로 나뉘어졌다.

영적인 면에 관심이 없는 일반인들도 육체적인 효과를 얻기 위해 요가를 수련할 수 있다. 몸과 마음의 건강은 세속적인 성공을 원하든 자기 깨달음의 성취를 원하든 모든 사람에게 중요하다. 요가는 신앙을 가진 사람이나 무신론자 혹은 불가지론자 모두에게 똑같은 성취를 선사한다.

사실 요가를 통해 많은 무신론자나 불가지론자가 신앙을 가지게 되었다. 이것은 요가가 가진 많은 아름다움 중 하나이다. 요가는 모든 사람들에게 그 문을 활짝 열어 두고 있다. 세상을 등진 산야신조차도 요가의 수행으로 이익을 얻을 수 있는데, 그것은 요가가 선사하는 건강과 마음의 평화는 모든 사람에게 없어서는 안 되는 것이기 때문이다. 육체적인 건강, 마음의 평화, 혹은 집중된 마음을 추구하는 모든 사람들에게 요가는 그들이 필요로 하는 모든 것을 주고 그들 모두를 만족시킨다.

파탄잘리는 다음과 같이 말한다:
"요가의 8가지 갈래의 연구는 몸, 마음, 지성의 정화로 이어진다. 지식의 불꽃이 계속 타오르고 분별력이 일깨워지는 것이다(파탄잘리 Ⅱ, 28)."

여성과 요가

베다Veda 시대(대략 BC 2500~500년)에는 여성이 높이 존중되었다. 여성은 남성과 동등한 권리와 기회를 누렸다.

힌두교 철학에 따르면 인류의 시조들 중 하나인 마누Manu는 여성을 여신으로 묘사한다.

"여성들이 존경받는 곳에 신들도 함께 있나니, 그들이 무시되는 곳에 모든 행위는 헛된 것이 되리라(마누 법전 Ⅲ, 55)."

그 시기에는 여성들이 신성한 브라만의 실 의식 thread ceremony을 치르던 때도 있었다. 우파니샤드(BC 2500년 경의 신성한 경선들)에 따르면 브라만 혹은 아트만은 '숨, 영혼 혹은 생명의 자리, 보편적인 하나, 절대자, 지고의 실재'이다. 브라만을 알고 요가를 수행하는 데 삶을 바친 사제들은 통과의례에 참가하였다. 의식이 진행되는 중, 남성 입문자는 머리카락을 잘랐고, 남성과 여성 둘 다에게 성스러운 실이 주어졌는데, 그 실은 두 사람의 심장을 두른다. 이는 궁극의 삶인 수행 제자Brahmacharin로서의 삶을 따르겠다는 열의와 힘을 나타내는 징표였다. 그들은 스승과 함께 베다를 공부하고 씨름, 활쏘기, 요가, 음악, 연극과 같은 여러 가지 기예의 훈련을 받았다.

그러나 비록 여성이 어머니로 여겨지고 여러 가지 사회적인 책임도 떠안았어도 그 지위는 점차 종속적인 것으로 변했고 자유도 축소되었다. 여성은 '더 약한 성'으로 여겨졌고, 그에 따라 사회적인 지위를 갖지 못했다. 여성은 베다 시대에 누렸던 특권을 상실하였고, 스승과 함께 공부하고 성스러운 실 의식에 참여하는 것을 거부당했다. 교육에 있어 여성은 뒤에 멀리 처졌다. 여성에게 철학, 과학, 여러 가지 기예, 요가를 공부할 수 있는 문은 닫혔고, 그 결과 여성의 지위는 훨씬 더 저하되었다.

베다 시대 이후의 일정 기간이 지난 다음 여성의 사정은 상당히 개선되었다. 오늘날 요가의 길은 인종, 카스트, 종교적 신념, 성에 상관없이 모두에게 열려 있다. 누구든지 요가를 통해 자유를 얻을 수 있다.

여성이 가진 많은 면들은 다양한 분야에서 빛난다. 여성의 지성, 통찰력, 창조성은 남성보다 더 넓은 범위에 걸쳐 있어서 남성보다 더 풍부하게 발현될 수 있다. 삶이라는 무대에서 여성은 딸, 자매, 아내, 어머니, 친구 등의 많은 역할을 수행해야 한다. 그녀는 이 모든 역할들에서 자신의 최선을 다해야 한다.

고대 인도 철학의 한 학파이며 카필라Kapila에 의해 주창된 상키야요가samkhyayoga에서는 여성을 자연prakriti에 비유한다. 자연처럼 여성은 언제나 활동적이어야 한다. 그렇게 될 때 여성의 삶은 꽃을 피우고 그녀의 가정은 즐겁다. 극작가 칼리다사 Kalidasa가 여성을 가족 속의 생명의 불꽃으로 묘사하는 것은 이런 까닭에서이다. 바로 이 불꽃이야말로 사회를 고양시킨다.

여성에겐 위에서 말한 전통적인 역할 이외에 사회에서 또 다른 역할이 있다. 사방이 경쟁으로 가득 찬 이 시대에 여성은 의사, 변호사, 정치인, 교수가 되어 자신의 임무를 훌륭히 수행하였다. 그러나 그러한 노력으로 인해 여성의 인내심이 한계치가 넘도록 고갈되면 그녀의 몸과 마음은 피로에 지쳐서 가족과 자녀들에 대한 본래의 관심이 줄어들게 되고, 그 결과 무관심과 좌절이 찾아든다.

인생의 4단계

여성의 몸은 생물학적으로 특정한 기능들을 수행할 수 있도록 만들어졌다. 여성은 인생에 있어 유년기, 청년기, 중년기, 노년기 등 4단계를 거쳐야 한다. 이 4단계 각각에서 여성은 생리적 변화를 겪게 되며 여러 문제와 내적인 갈등에 직면해야 한다. 이로써 여성의 신체적, 생리적 기관 뿐 아니라 마음까지 영향을 받고, 에너지의 대부분이 변화의 시기 동안 삶에 적응하느라 소모된다.

어머니됨은 여성에게 운명적으로 부여된 의무이다. 이것은 단지 육체적인 상태가 아니라 신성한 상태이기도 하다. 출산을 함으로써 그녀에게는 새로운 책임이 시작되고 자신의 역량을 나타내 보여야 한다. 모성은 여성을 사랑, 희생, 신뢰, 관용, 선의, 고된 일 등의 신성한 자질들로 빛나게 한다. 이것이야말로 여성의 가장 고귀한 종교svadharma이다.

이러한 자질들은 여성의 본성에 깊이 뿌리박은 것이다. 이들로 인해 여성은 삶의 무게에 압도당할 때 어느 정도 굴종하는 마음을 느낄 수 있는데, 이것은 여성이 자연이 떠맡긴 과다한 의무에서 벗어날 수 없기 때문이다. 여성이자 어머니로서 자신의 일과 의무에 묶여 있으면서 겪는 끝없는 분투로 인하여 여성은 세계와 세계의 이원성에 차분히 직면하도록 단련된다.

여성은 다양한 역할을 수행하는 속에 육체적, 심리적으로 높은 비용을 치러야만 한다. 아사나와 프라나야마는 육체적, 심리적으로 안정된 상태를 얻게 한다. 여성의 구원은 이들을 수련하는 데에 있다.

요가는 특히 여성들에게 잘 맞아서 가족에 대한 책임을 지고 있다 하더라도 이 요가 아사나들을 자신의 집에서 개인적으로 편안하게 수행할 수 있다.

아유르베다Ayurveda에서 보는 건강

아유르베다는 인도의 전통 의학이다. '아유ayus'는 '삶'을 의미하고 '베다veda'는 과학을 의미한다. 그러므로 '아유르베다'는 삶의 과학이다.

건강을 질병이 없는 상태라고 규정하는 서양 의학은 일차적으로 질병의 증후를 다룬다. 그러나 아유르베다의 목표는 몸, 마음, 영혼의 건강을 유지하고 질병을 피하는 것이다. 병이 발생하면 아유르베다 의학은 통합적인 치유법을 사용하여 질병의 이유를 찾고 건강을 완전히 회복시킨다.

위의 글은 아유르베다의 철학을 요약한 것이다.

아유르베다 철학에 의하면 'ayus'에는 히타유hitayu, 아히타유ahitayu, 수카유sukhayu, 두카유duhkhayu 등 네 가지 유형이 있다.

히타유는 성인에 어울리는 삶으로 이 상태의 사람은 이기심이 없고 관대하며 모든 생명체를 생각한다. 또 욕망을 아주 잘 통제한다.

아히타유는 히타유와 반대되는 것이다.

수카유는 특히 인생의 초반기의 행복한 삶이다. 이 상태의 사람은 아무런 병이 없이 원하는 일을 할 수 있는 부와 힘을 향유한다.
그는 무슨 일을 하든 풍요로운 방식으로 한다.

두카유는 수카유와 반대되는 것이다.

대체로 인간의 삶은 이 네 유형이 결합되어 있다. 우리는 히타유와 수카유를 얻기 위해 열심히 노력해야 한다.

히타hita는 도샤doshas(신체의 활동 원리)의 균형을 유지하거나 만들어 내는 것을 의미하는 전문 용어이다. 이 용어는 또 음식ahara, 행위vihara, 그리고 심리적인 요인과 같은 것을 나타낼 수도 있다.

아히타는 히타와 반대로 작용한다. 즉 도샤의 불균형을 유지하거나 만들어 내는 것을 의미한다.

아유르베다의 문헌들은 임신에서 죽음까지 모든 종류의 아유(삶)에 있어서의 히타와 아히타에 대해 상세히 설명한다. 생명의 마남(manam: 양자)은 수명의 장단을 나타낼 수 있는 신생아의 육체적인 특징을 측정한 것을 바탕으로 판단할 수 있다.

몸과 마음의 건강의 본질

아무리 많은 재산도 건강에는 미치지 못한다. 둘 중에 선택을 하라면 언제나 건강 쪽이다. 건강이 없다면 부를 즐길 수 없는 반면, 건강하다면 부를 얻을 수 있기 때문이다.

우파니샤드(힌두교 경전, BC 2500년 경)에는 다음과 같은 말이 있다.
"건강은 장수, 견실함, 힘을 선사한다. 건강에 의해 지구 전체가 풍요로 가득찰 것이다."

건강이 있을 때에만 모든 덕성의 행위와 종교적인 미덕을 얻을 수 있다.

고대의 과학자 차라카Charaka가 쓴 인도 아유르베다 의학 문헌인『차라카 상히타Charaka Samhita』에 따르면
"몸이 기본적으로 필요로 하는 것은 건강이다. 이것이 있어야 인간 존재의 네 가지 목적, 즉 종교적인 미덕을 갖춤dharma, 안락하고 넉넉하게 살기 위한 부artha, 허용되는 즐거움을 누리고 욕망을 충족함kama, 그리고 탄생과 죽음의 진부한 족쇄로부터 벗어나기 위한 노력moksha을 성취할 수 있다(차라카 상히타 1권, Ⅰ:15)."

건강이 없다면 힘도 없다. 힘은 건강이 유지될 때에만 보존된다.
몸의 건강은 육체적 건강과 정신적 건강 모두를 의미한다. 그것은 몸과 마음이 평화로운 상태에 있다는 표식이고, 이때 우리는 윤리적 준칙을 따르고 도덕적 기준을 유지하며 사회적 의무를 완수할 수 있다. 건강은 살 수도 없고 교환할 수도 없다. 또 힘으로 빼앗을 수 있는 것도 아니다. 그것은 몸 안과 밖의 청결, 식사 조절, 사지와 내부 장기의 적절한 운동, 육체와 정신의 균형, 휴식이 모여 이루어진 총화이다.

병의 본질

병은 몸과 마음의 정상적인 기능이 교란된 것으로 정의할 수 있다. 아유르베다는 건강을 신체 기능의 완전한 조화, 균형이 잘 잡힌 신진대사, 그리고 마음과 감각의 행복하고 안정된 상태라고 말한다.

아유르베다 의학은 몸의 생리적 기능을 세 표제 아래 범주화시켰다. 그것은 운동chalana, 소화 혹은 동화 작용pachana, 그리고 호흡 혹은 조명lepana이다.

이들은 각각 에테르와 공기vata, 불pita, 흙과 물kapha 등 세 가지 기질에 상응된다. 이 기질들은 몸이 위의 세 기능들을 수행하면서 건강한 상태에 있을 때에는 각자의 조화로운 비율을 유지한다.

건강은 아래의 5가지 요소들이 평형을 이룬 것으로 정의된다.
1. 도샤doshas(기질 혹은 몸의 활동 원리들)
2. 다투dhatus(몸의 7가지 조직)
3. 아그니agni(적절한 소화와 노폐물의 배설로 신체의 신진대사라고 한다.)
4. 분명하고 순수한 감각
5. 평정하고 평화로운 마음

도샤나 다투의 양이 정상보다 부족하거나 과다할 때, 혹은 그 흐름이 방해 받을 때는 불균형이 생기고 질병을 초래하는 불편한 상태를 불러온다.

요가에서 보는 건강

아유르베다처럼 요가도 세 가지 고통인 아디야트미카adhyatmika, 아디바우티카adhibhautika, 아디다이비카adhidaivika를 인정한다.

아디야트미카는 몸과 마음 모두에 관계되어 있다. 다시 말해 육체적, 정신적 질병과 관련되어 있다.

아디바우티카의 고통은 전염병, 짐승에 의한 부자연스러운 죽음, 익사, 사이클론, 태풍, 일사병, 홍수에 의한 참해 등 자연의 분노에 의해 일어난다.

다이비카는 운명을 뜻한다. 아디다이비카의 고통은 운명에 의해 발생하며, 우리의 카르마가 그것의 원인이다. 아디다이비카에 있어 우리는 원인을 추적할 수는 없지만 그것은 일어나고 있다. 부모가 AIDS를 앓는 아이는 자신이 그에 책임을 질 일을 하지 않았어도 그 병을 앓을 수 있다. 아디다이비카의 고통은 유전병이며 부모로부터 자식에게 전해진다. 여기에서 요가는 건강의 정의를 확장하여 그 범위를 더 넓힌다.

요가에 따르면 자기실현을 방해하는 어떤 장애라도 이는 육체적인 불편함을 나타내고, 육체적인 불편함은 심리 상태의 동요chittavrtti를 가져온다. 요가의 목적은 육체적인 교란과 심리적인 변동을 제어하는 것이다.

이러한 장애로는 병, 나태, 의심, 망상, 부주의, 무절제, 경솔한 임신, 성취가 없음, 불안정한 요가 수행, 슬픔, 낙담, 동요, 혼란되고 불규칙한 호흡을 들 수 있다.
이들은 몸이나 마음에서 비롯된다. 그러므로 건강이란 우리의 목표를 성취하기 위해 몸과 마음의 고통에서 완전히 자유로워지는 것을 의미한다. 현대 과학은 이러한 정의에 의견을 같이하여 몸과 마음의 관계가 밀접하다는 것에 동의한다.

생명을 보호하려면 건강을 유지해야 하고 몸의 여러 기관들, 특히 중추신경계의 기능이 잘 보호되어야 한다. 많은 질병은 우울한 마음, 분노, 슬픔, 무절제한 성의 탐닉, 근심, 불만족, 불신, 그리고 다른 심신 상관적 장애들로 인해 발생한다. 정신이 약한 많은 사람들은 상상에서 오는 병을 앓기도 하는데, 이는 많은 경우에 치명적이게 된다. 긍정적인 사고, 열정, 용기, 희망, 낙관주의와 같은 자질들을 개발하면 허약한 심신일지라도 강하고 건강하게 될 수 있다.

요가를 수련하면 몸과 마음이 완전한 균형을 얻게 된다. 요가의 수련으로 마음과 함께 작용하는 데 필요한 몸의 건강을 이루어 안정감, 침착, 확고함을 기르게 된다.
파탄잘리는 요가 수련에 의해 미래에 일어날지도 모를 고통을 피할 수 있다고 말한다.

그러므로 우리는 요가 수련에 의해 육체적인 건강뿐 아니라 정신적인 건강도 얻을 수 있음을 알 수 있다. 요가 수련은 여러 가지 장애를 극복하여 평화롭고 완전한 행복 속에 살면서 인생의 목적, 즉 자기실현에 도달하는 법을 가르쳐 준다.

요가는 여성에게 이상적이다.
"여성을 최고 걸작이 되게 하는 것이 자연의 의도였다." – 존 러스킨

여성이 가진 아름다움과 우아함은 물론 부드러운 천성은 그녀가 자연의 최고 걸작임을 여실히 증명한다. 여성은 외면적인 아름다움만 가진 것이 아니라 부드럽고 우아한 형상과는 상반되는 강인한 성격과 인내력 또한 가진다. 그녀는 부드럽고 유연하며 이로 인해 뻣뻣하고 거칠며 강건한 남성에 비할 때 편안하고 우아한 움직임을 보인다. 요가는 유연성을 높이며, 이런 의미에서 조물주는 여성을 편들어 여성의 몸을 요가를 하기에 알맞게 만든 것처럼 보인다.

크고 거칠며 무거운 남성의 근육과 비교할 때 여성의

요가, 모성, 임신에 대하여

근육은 부드럽고 가볍다. 여성의 골격 구조는 남성보다 넓지 않다. 여성에게는 신체적인 긴장과 정신적인 억압을 남성보다 훨씬 더 잘 견딜 수 있는 힘이 있는데 이것은 육체적인 힘이나 인내력 때문이 아니라 여성에게 주어진 자연의 독특한 선물 때문이다. 자연은 또한 여성에게 인류의 영속적인 보존의 책임을 부여하였다. 한 국가의 부와 미래 세대의 건강은 여성의 육체적, 정신적 건강에 달려 있다.

여성의 신체와 변화하기 쉬운 생리적, 감정적 상태를 염두에 두고 여성과 남성을 구별 짓는 특징들을 주의 깊게 연구하면 여성이 요가 아사나와 프라나야마를 자신의 삶의 양식의 하나로 받아들이면 그로부터 부가적인 의미와 이익을 얻을 것이라는 사실을 알 수 있다.

72,000개의 나디(미세한 에너지 통로 및 도관)는 몸의 배꼽에서 뻗어 나온다. 이것은 배꼽 부위의 중요성과 함께 복부와 배꼽의 구조를 항상 부드럽게 이완시키고 들어올리며 정상 상태로 만드는 것의 중요성을 알려 준다. 부드럽고 이완된 복부는 목과 갑상선이 부드럽고 이완된 상태임을 반영하며, 이는 좋은 요가 수련의 징표이다.

좋은 요가 수련은 두 발에서 시작하는 균형을 찾는 수련에 의해서만 이루어질 수 있다. 정확하게 발을 두고 다리를 정렬시키면 골반의 균형을 잡고 척추와 상체 전체를 들어올릴 수 있게 된다. 좋은 자세는 복부, 횡격막, 목의 부드러움을 유지하고 확보하는 것을 돕는다. 그렇게 되면 척추와 허리 근육이 부드럽게 조정되고, 이것이 내부 기관과 감각 기관, 목, 갑상선에 긍정적인 효과를 가져 오며, 그 결과 전체 내분비계도 좋은 효과를 얻게 된다.

요가 아사나와 프라나야마의 수련은 여성이 몸의 해부학적, 생리적 구조를 정렬하는 데 도움을 주어 신체와 연관된 스트레스를 피할 수 있게 한다. 일상생활에서 오는 긴장과 변화는 횡격막과 호흡 패턴에 강한 영향을 주어 숨이 가빠지게 할 수 있다.

여성은 근육과 해부학적인 구조가 외부의 몸과 내부의 몸을 구성하고 모든 신체 조직을 균형 있게 만들어 호흡과 마음이 균형을 이루게 하도록 되어 있다는 것을 배워야 한다.

요가는 여성이 자신의 임무를 수행하고 안색에서 건강한 빛과 여성다움을 유지하는 것을 돕는다. 혈액순환이 잘 될 때 피부가 빛나게 되므로 화장이 필요하지 않다.

요가 수련은 무리하는 일 없이 일상생활의 모든 조건과 환경 속에서 여성을 도울 수 있도록 이상적으로 설계되어져 있다. 요가 아사나는 온몸을 단련시키고 모든 생리적 계통에 새로운 활력을 주어 건강한 몸에 건강한 마음이 깃들게 한다. 각 아사나는 몸과 마음을 고르게 발달시킨다. 요가 아사나와 프라나야마는 세월의 검증을 거쳐 왔고, 완전한 건강과 최상의 행복을 찾는 남성과 여성의 모든 요구를 충족시키는 것을 돕는다.

요가와 다른 육체적 운동의 차이

모든 형태의 운동은 움직임motion과 동작action이라는 두 가지 특징을 가진다.

아사나는 몸의 앞, 뒤, 옆면과 몸 내부의 여러 부분들을 고르게 단련시킨다. 모든 자세가 독립적인 완전한 구조를 갖추어 몸의 각 부분이 그 안에서 특정한 역할을 맡고 있기 때문이다. 움직임은 한 자세에서 다른 자세로, 혹은 한 지점에서 다른 지점으로 가는 끊임없는 운동이다. 아사나는 겉으로는 정적인 것처럼 보이지만 내부적으로는 역동적인 동작으로 가득 차 있다. 자세를 취하는 동안 수평, 수직, 사선, 원형의 형태로 몸을 확장하고 뻗는 다양한 운동과 동작들이 행해진다. 이를 위해서는 기술과 지성, 그리고 근면함이 필요하다. 아사나가 주의 깊고 정확하게 행해질 때는 몸이나 마음의 어떤 부분이든 그 영향이 미치지 않을 수 없다.

아사나는 순전히 외적인 것에만 관계되는 육체 운동과는 달리 심리생리적이다. 아사나는 몸의 자각력을 발달시키면서 내적인 의식 또한 만들어 내며 마음을 안정시킨다. 요가는 몸, 마음, 그리고 영혼의 계발이다.

다른 육체 운동들에서는 몸의 움직임이 정확하게만 이루어지겠지만 요가에서는 더 깊은 각성이 계발되어 몸과 마음이 균형이 잡히고 정렬을 이루게 된다.

육체 운동처럼 아사나도 근육을 발달시키고 뻣뻣함을 없애 주어 몸의 움직임이 자유로워진다. 그러나 아사나는 육체적인 몸보다는 생리적인 몸과 주요한 장기들과 더 관계가 깊다. 아사나는 간, 비장, 장, 폐, 신장과 같은 장기들을 강화시키고 새로이 소생시킨다. 각 아사나는 몸의 전체 조직에 작용하며 독소를 제거하는 유기적인 운동이다.

몸 전체의 건강은 소화계에 달려 있다. 소화계의 기능 부전은 많은 질병의 뿌리인데, 아사나는 그 질병을 완화하는 데 도움을 준다.

아사나와 프라나야마의 수련으로 호흡계는 가장 적절한 작용을 하여 혈액에 산소를 알맞게 공급하고 혈액 순환을 개선시킨다.

내분비선은 도관이 없이 호르몬을 분비하는 선으로 몸 구석구석을 순환하며 몸과 마음의 건강에 필수적인 역할을 한다. 어떤 아사나들은 이 선들을 자극하여 적절한 기능을 할 수 있게 하고, 또 어떤 아사나들은 호르몬의 과도한 기능을 정상화하고 내분비계의 균형을 유지시키는 역할을 한다.

아사나와 프라나야마는 두뇌, 신경, 척추의 기능이 적절하게 이루어지는 데 큰 도움을 준다. 두뇌는 생각, 추론, 기억, 인지, 지시 작용이 일어나는 곳이며, 우리 몸의 수의적 운동과 불수의적 운동을 조절한다. 몸과 두뇌는 끊임없이 상호작용한다. 혼란스런 삶에 대응하느라 이 둘은 지속적으로 스트레스를 받으며, 피로한 두뇌는 몸 전체의 조직에 영향을 미친다. 이 지속적인 긴장은 근심과 걱정을 낳으며 결국 노이로제, 신경쇠약, 히스테리 등 수많은 정신신경 관련 질병에 걸리게 한다.

시르사아사나Shirshasana, 사르반가아사나 Sarvangasana, 할라아사나Halasana, 세투반다 사르반가아사나Setu Bandha Sarvangasana 등의 아사나는 두뇌에 신선한 혈액을 공급하고 휴식을 취하면서도 깨어있는 상태를 유지하게 한다. 그러므로 요가는 신경을 진정시키고 두뇌를 고요하게 만들며 마음에 생기를 불어넣고 평온하게 만드는 독특한 성격을 가진다.

요가 수련은 젊고 강한 사람들에게만 국한되지 않는다. 실제로는 신체의 회복력이 쇠퇴하고 질병에 대한 저항력이 약해지는 40세가 넘은 사람들에게 특히 유용하다. 요가는 에너지를 흩뜨리지 않고 생성시키며 온몸에 생명력을 준다. 최소의 노력으로도 큰 이익을 얻게 하는 것이 요가이다.

요가는 질병을 예방할 뿐만 아니라 치유하는 힘도 가진다. 다른 운동 체계와는 달리 요가의 목적은 신체의 균형과 조화를 추구하고 지구력을 기르는 것에 있다. 요가는 내부 장기를 활성화하고 조화로운 기능을 하게 한다.

자연 요법에 의한 치유 과정

요가는 자연 요법에 의한 치유 과정으로 느리지만 확실한 경과를 보여 준다. 또 현대 과학이 제공하는 의술을 보완하여 회복을 빠르게 하고 해로운 부작용에 대처하는 데 도움을 줄 수 있다.

요가는 질병에 맞서 싸우는 신체 본래의 방어력을 강화하고 만성적인 질병의 진행이나 병증 정도를 점검할 수 있다. 수술 전에는 요가를 수련하는 것이 바람직한데, 그것은 요가 수련에 의해 신경과 내부 장기를 이완하고 마음을 고요히 진정시킬 수 있기 때문이다. 상처를 빨리 회복시키는 것을 돕고 힘을 되찾기 위해 수술 뒤에도 수련은 역시 필요하다. 사고를 당하여 다른 형태의 운동이 불가능할 때도 요가 수련의 길은 열려 있다.

피로, 통증, 고통을 근절시키는 데 가장 유용한 것은 아사나이다. 아사나는 치유의 기능만 있을 뿐 아니라 건강한 사람들이 건강을 유지하는 것도 돕는다. 요가는 스포츠를 활발히 하는 사람들에게도 특별한 것을 선사한다. 아사나는 긴장과 염좌를 유발하는 잘못된 근육의 움직임을 교정하는 데 도움이 될 수 있다. 또 억압과 긴장으로부터 자유로워지게 하고 운동 범위를 확장하며 속도, 탄력성, 힘, 지구력이 생기게 할 뿐 아니라 몸 전체의 조직이 조화를 이루게 한다. 운동선수들이 체력이 고갈되었을 때 아사나를 수련하면 쉽게 에너지를 회복할 수 있다.

요가 수련은 인격에 엄청난 영향을 미치고 우리를

도덕적, 정신적인 측면에서 강인하게 만든다. 삶에 대한 태도가 더욱 긍정적이고 관대해지며, 자만과 이기심이 뿌리 뽑히고 겸손하고 겸허한 태도가 자리 잡는다. 또한 더 사려 깊고 분별력 있게 되며 지성은 명료하게 된다. 이로써 우리는 명상적 상태로 나아갈 수 있게 된다.

요가의 기술은 더 없이 독보적이어서 우리 필요에 따라 무엇이든 줄 수 있도록 모든 것을 갖추고 있다.

여성의 삶의 전환점들

요가를 시작하기에 가장 좋은 나이는 12세~14세이다. 이것은 요가가 더 이른 나이에 시작해서는 안 된다는 것을 의미하지는 않는다. 오히려 8세 정도에서 시작하는 것이 좋지만 어린이들이 지나치게 진지하도록 강요받아서는 안 되는 것이다. 기초를 닦기 위해 흥미를 유발하는 목적으로 놀이하듯이 아이들에게 요가를 소개하는 것으로 충분하다. 그러나 이른 나이에 요가를 시작하지 않았더라도 이 때문에 우리가 나중에 요가를 시작하는 데 방해 받아서는 안 된다. 요가는 언제든지 시작할 수 있는 것이다.

"젊은 사람이나 나이 든 사람, 또 병들거나 허약한 사람 모두 누구나 할 것 없이 요가를 수련하고 그로부터 아무런 제약 없이 이익을 얻을 수 있다[하타 요가 프라디피카Hatha Yoga Pradipika(I :64)- 스바트마라마 Svatmarama, AD 800]."

B.K.S. 아헹가는 벨기에 왕의 모후가 84세일 때 그녀에게 요가를 가르치기 시작했다. 그녀는 이전에 요가를 수련한 적이 한 번도 없었고 머리와 몸 전체를 떠는 증상이 있었다. 인내심을 가지고 그녀는 그 후

8년 동안 시르사아사나를 행하였다.

임신 일반에 대하여

'뿌린 대로 거두리라.'라는 속담은 임신부의 경우에 꼭 들어맞는 말이다. 자신의 건강을 잘 돌보아 왔던 여성은 건강한 임신과 출산으로 보답을 받을 것이다. 임신한 여성이 자기 자신과 태내의 아기를 위해 몸과 마음의 건강을 유지하는 것은 절대적으로 필요한 일이다.

임신부와 관련하여 요가에 대한 그릇된 견해들이 있다. 어떤 여성들은 요가가 유산을 하게 할 수도 있다고 두려워한다. 그러나 이것은 나이 든 부인들의 이야기에 지나지 않는다. 아사나를 하면 자궁이 단련되어 튼튼해지고 더욱 효과적으로 기능을 발휘하여 정상적인 출산을 할 수 있게 된다.

우리는 모체의 건강을 증진시키고 미래 세대들의 건강을 확보하기 위해 여성들이 임신하기 전에 요가 수련을 시작할 것을 권한다.

임신한 여성들은 임신 초기에는 주의를 해야 한다는 조언을 받는다. 현대 의학과 마찬가지로 요가도 출산 전의 관리를 권한다. 어머니에게는 헤모글로빈이 풍부한 혈액이 필요하고 임신 중 혈압이 정상적이어야 한다. 아사나는 고혈압, 급격한 체중 증가, 소변 속의 알부민 같은 위험을 피할 수 있도록 마련되었다.

임신 초기에는 태반의 이상 형성, 자궁 탈출 혹은 허약한 자궁 근육 때문에 유산할 위험이 있다. 무거운 짐을 들어 올리거나 과도하게 활동을 하는 것은 위험하다. 그러나 요가 아사나는 과격하지 않으며, 골반의 근육을 강화하고 골반 주위의 혈액 순환을 촉진시킨다. 또 생식계를 튼튼히 하고 척추를 단련시키며 임신 기간을 잘 보낼 수 있게 해 준다.

임신을 했을 경우

임신 초기에 집중해야 할 아사나들은 파르바타아사나Parvatasana, 숩타 비라아사나Supta Virasana, 우파비스타 코나아사나Upavishtha Konasana, 받다 코나아사나Baddha Konasana, 시르사아사나Shirshasana, 그리고 숩타 파당구쉬타아사나Supta Padangushthasana Ⅱ이다. 이 아사나들은 골반 부위의 공간을 확장시켜서 자궁 내부에 공간을 만들고 혈액 순환이 적절히 이루어지게 하며 태아의 운동에 적합한 여유 공간을 확보하게 한다.

또한 프라나야마를 수련하면 신경을 진정시키고 자신감과 용기를 얻으며 피로를 극복할 수 있게 된다. 거꾸로 하는 자세라도 올바르게 행하면 유용하다. 경험이 많은 아헹가 요가 교사의 지도를 받으면 임신 9개월이 되어도 이 아사나들을 수련할 수 있다. 그러나 숨쉬기가 힘들게 되면 이 아사나들을 중단해야 한다. 임신이 진행된 여성은 자기 자신이 가장 잘 판단을 내릴 수 있다. 그녀는 특정 아사나들이 골반과 복부에서의 압박감, 그리고 그로부터 비롯되는 심장에서의 압박감 때문에 행하는 것이 불가능하다는 판단을 내릴 수 있다.

두려움 때문에 수련을 망설이는 경우가 아주 많다.

살람바 시르사아사나, 살람바 사르반가아사나, 할라아사나를 계속 수련해서는 안 된다고 생각하는 사람도 있을 것이다. 그러나 이러한 거꾸로 하는 아사나들은 해롭지 않다. 수년간의 경험과 관찰을 통해 우리는 임신이 진행된 상태에서도 거꾸로 하는 아사나를 즐길 수 있다는 것을 알았다.

출산이 가까워지면 할라아사나를 행하기가 어렵다는 것을 알게 될 것이다. 따라서 할라아사나는 맨 먼저 그만 두어야 할 아사나가 된다. 두 번째는 살람바 사르반가아사나로, 이 아사나를 수련할 때 복부가 더 무거워짐을 느낄 것이다.

그러나 살람바 시르사아사나는 아마 끝까지 수련하기를 원하게 될 것이다. 또한 임신 말기까지 등을 오목하게 하여 행하는 앉아서 하는 아사나들과 척추를 뻗는 아사나들을 계속 수련할 수 있다. 웃자이 프라나야마Ujjayi Pranayama Ⅰ과 빌로마 프라나야마Viloma Pranayama 1단계와 2단계는 임신 기간 내내 수련할 수 있다.

임신 초기 단계에서는 입덧, 침울함, 허약 증세가 나타날 수 있다. 때때로 분비물이 나오거나 골반 부위에 통증이 생기며, 발이 붓거나 저릴 때도 있다. 또 정맥이 붓고 정맥류가 생기며 요통, 변비, 불규칙한 혈압, 임신 중독, 두통, 어지러움, 흐릿해진 시야, 빈번한 배뇨 작용 등의 현상이 생긴다. 이러한 상태에서는 비록 아사나가 도움이 될지라도 요가를 수련하는 것이 힘들다고 생각할 수 있다.

임신이 진행된 경우에는 놀랍게도 수련하는 것이 훨씬 더 쉽다는 것을 알게 될 것이다.

유산

유산을 한 뒤 얼마 지나지 않아 복부 기관에 무리를 주지 않고서 아사나와 프라나야마를 안전하게 다시 시작할 수 있다. 꾸준히 나아간다면 아사나의 수와 지속 시간을 늘릴 수 있다. 뒤로 굽히는 자세, 비틀기, 앞으로 굽히는 자세로 나아가기 전에 누워서 하는 자세와 거꾸로 하는 자세를 먼저 수련하기 시작한다.

출산

진통은 자연스러운 것이다. 그것은 골반 부위의 여러 근육들, 주로 자궁의 근육들이 수축하여 아기를 밀어내는 것을 돕는다는 것을 의미한다. 그러나 걱정과 정신적 스트레스가 진통을 악화시키고 아기의 출산을 늦어지게 한다.

임신 기간 동안 요가 아사나를 수련한다면 강화된 자궁 근육이 출산하는 동안 더 효과적으로 기능을 발휘할 것이다. 받다 코나아사나Baddha Konasana와 우파비스타 코나아사나Upavishtha Konasana는 골반 부위를 넓히고 자궁 경부를 확장시키므로 매우 유익하다.

프라나야마는 신경을 강화하여 수축기 사이의 시간에 침착하게 호흡할 수 있게 해 준다. 이것은 쉬운 출산을 위해 반드시 필요하다. 프라나야마는 신경을 이완하고 정신적 긴장에서 벗어나는 데 도움이 된다.

정상 출산이거나, 제왕절개 이후에라도 건강을 회복하고 복부 기관을 강화하기 위해서는 아사나와 프라나야마를 다시 시작하는 것이 바람직하다.

수유

출산 뒤에는 정신적, 육체적 휴식이 필요하다. 복부 근육은 출산으로 느슨해지므로 사바아사나Shavasana와 웃자이 프라나야마Ujjyayi Pranayama I 이 이 단계에서 도움이 된다.

아기는 순수하게 모유를 먹어야 한다. 의학적으로 모유 1온스를 위해서는 산소 400온스가 필요하다. 사바아사나를 행하면 복부와 내부 기관이 돌출하지 않게 되고, 이로 인해 복부와 내부 기관이 완전히 이완할 수 있게 된다. 이렇게 되면 횡격막과 폐가 웃자이 프라나야마의 깊은 호흡에서 충분히 확장될 수 있고, 따라서 산소의 흡수가 증가되면서 수유에 도움을 받을 수 있게 된다.

1개월이 지나면 출산 이후 첫 단계에 권장되는 아사나를 수련할 수 있다. 이 아사나들은 뇌하수체를 자극하여 젖의 분비를 조절하는 황체자극호르몬을 분비하게 한다. 또 가슴의 압박감을 완화하고 가슴의 근섬유들을 단단하게 만든다.

출산 이후에는 일반적으로 엉덩이 주위, 허리, 가슴에 지방이 축적되며 살이 축 처지는 경향이 있다. 출산 후 두 번째 단계에서는 복부 및 골반 근육을 원래의 형태로 수축시키는 것을 돕는 아사나를 수련해야 한다.

난관 절제나 자궁 적출과 같은 외과적 수술을 받았더라도 요가를 수련하는 데 문제가 없다. 그러나 2개월 동안 충분히 휴식을 취한 뒤 긴장과 과도하게 뻗는 것을 피하면서 조심스럽게 서서히 시작해야 한다. (p.251의 '제왕절개 수술 후에' 부분 참조)

갱년기

40~50세의 나이가 되면 여성들은 생리 주기에 변화를 겪는다. 생리가 갑자기 멈추거나 불규칙하게 되고, 양이 줄어들기도 한다. 이 모든 것은 생식 기능이 끝나가고 있다는 자연스러운 징후이다.

생리가 시작될 때 육체적, 정신적인 혼란이 일어나는 것과 마찬가지로 갱년기 동안 여성은 다시 그러한 혼란에 맞닥뜨려야 한다. 난소가 기능을 멈춤에 따라 갑상선과 부신을 포함하는 내분비선이 과도하게 활성화되어 호르몬의 균형이 깨지고, 그 결과 홍조 증상, 고혈압, 가슴의 압박감, 기타 모든 종류의 변화를 겪을 수 있다. 또 균형감과 평정심을 잃어버려 성마름, 우울증, 근심에 시달릴 수도 있다.

이때는 적응이 필요한 중요한 시기이다. 우리는 몸과 마음이 안정을 잘 유지할 수 있게 함으로써 이러한 새로운 도전에 직면하는 법을 배울 수 있다. 아사나 수련은 신경계를 진정시키고 정서적인 균형을 얻게 하기 때문에 특히 유익하다.

요가는 나이 든 사람들에게 주어진 선물이다. 노년에 요가를 받아들인다면 건강과 행복만이 아니라 마음의 생기 또한 얻을 수 있다. 요가가 삶에 대한 밝은 견해를 가지게 해 주기 때문이다. 요가의 수련으로 그들은 이미 어둠 속으로 물러난 과거를 되돌아보기보다는 더욱 행복한 미래를 기대할 수 있을 것이다. 새로운

삶이 시작되면서 슬픔과 비애를 만들어 내는 고독과 신경질은 요가에 의해 멀리 사라지게 된다. 그러므로 시작하기에 늦은 때는 결코 없다.

그러나 요가의 의미는 그것을 수련해야만 경험할 수 있다.

요가의 효과

내면으로부터의 아름다움

요가 아사나는 신경, 인대, 내부 장기를 튼튼하게 해 주며, 혈액 순환을 개선시키고 내적인 평정을 얻게 할 뿐만 아니라 외형적인 몸의 균형을 잡아 준다. 이것이 몸의 각 부분들에 긍정적인 효과를 주어 멋진 몸매를 갖게 하고 아름다움을 증진시킨다. 혈액 순환이 좋아지므로 피부가 더 부드럽고 매끄러워지며 목소리는 듣기 좋게 된다. 눈은 빛나고 호흡은 신선해지는 등, 전 인격에 매력과 영성이 넘치게 된다. 규칙적으로 요가를 수련하면 화장품이나 다른 미용 개선제가 필요 없게 된다. 아름다움이 내면에서부터 흘러나오기 때문이다.

임신 기간 동안의 효과

요가 수련은 소화를 돕고 혈액 순환이 건강하게 이루어지게 하며 쉽고 가볍게 호흡할 수 있게 한다. 아사나와 프라나야마는 피로와 신경의 긴장에서 해방되게 하며 몸의 독소를 제거하는 것을 도와 정신적, 육체적으로 건강하고 편안한 상태를 누리게 해 준다.

이 책에서는 아기가 자유롭게 움직이고 성장할 수 있도록 자궁 내부에 공간을 최대로 만들 수 있는 아사나들을 선택하였다. 규칙적으로 수련한다면 이 아사나들은 여성들이 자연스럽고 쉬운 분만을 할 수 있도록 준비시킬 것이다.

경험을 바탕으로 한 검증에 의해 예비 엄마의 육체

적인 건강만이 아니라 정서적, 정신적 상태 또한 태아의 출생 이후의 건강한 발달에 영향을 미친다는 것이 증명되었다. 건강한 생활양식뿐만 아니라 요가 아사나와 프라나야마 또한 출산 이후 아기를 건강하게 하는 데 큰 역할을 하는 것이다.

건강으로 빛나는 느낌

일부 임신부들은 이 책에서 권하는 모든 아사나들을 다 따르지 못할 수도 있다.
요가를 수련한 뒤에 지나치게 피로하다면 그것은 무엇인가 잘못되었다는 것을 의미한다. 수련의 강도가 너무 높거나 수련 방식이 부정확했을 수 있다. 이럴 때에는 경험 많은 아헹가 요가 교사에게 지도를 받아야 한다.

몇몇 특수한 경우에 등을 대고 눕는 것이 하대정맥(심장으로 연결되는 아래쪽 정맥)에 압박을 줄 수 있다. 어지럽거나 구역질이 난다면 항상 왼쪽으로 몸을 돌린다.

제2장
임신의 준비

임신하기 전

요가의 관점에서 볼 때 아기가 수태되기 전의 시기는 실제의 임신만큼이나 중요하다. 일단 임신하기로 결정하였다면 균형 있는 식단(p.415의 '임신 중일 때의 건강을 위한 아유르베다의 처방과 조언' 부분 참조)으로 자신을 준비시켜야 하며 알코올, 약물, 니코틴, 카페인을 포기해야 한다.

이것은 여성뿐 아니라 남성에게도 권장된다. 임신을 하겠다는 결정은 여성과 남성 모두에 의해 내려져야 한다. 여성과 남성은 동등하게 어머니와 아버지가 되기 위해 각자가 온전한 준비를 해야 한다. 이 장이 비록 여성들을 위해 기술되었지만 남성들도 요가를 수련하는 것이 바람직하다. 여성의 골반과 생식 기관에 좋은 것은 당연히 남성의 골반과 생식 기관에도 좋다.

요가 수련은 골반과 생식 기관의 혈액 순환을 서서히 개선시킬 것이다. 또 척추를 강화하여 자궁 또한 튼튼해지고 임신 가능성이 높아질 것이다. 정신적 측면에서 요가는 마음의 평정을 가져오고 정서적으로 균형을 갖추게 한다.

생리 주기에 맞추어 아사나 수련을 조정하는 것이 중요하다. 특히 임신하기를 원하는 여성에게 있어 생리 주기에 따른 이러한 조정은 임신을 위해 꼭 필요한 선결 조건이다.

체외 수정

이 장 전체는 시험관 안 수정을 통해 임신하기를 원하는 여성들에게도 해당된다.

◇

생리 기간 동안의 아사나 순서

생리가 시작된 지 48시간~72시간까지는 완전히 휴식할 것을 권한다. 그러나 피로를 해소하고 과도한 출혈을 줄이기 위해 다음과 같은 아사나를 수련할 수 있다.

• 사바아사나Shavasana
(p.366 참조)

• 빌로마 프라나야마Viloma Pranayama
사바아사나의 1, 2단계(p.151 참조)

• 숩타 받다 코나아사나Supta Baddha Konasana
큰베개를 가로로 놓고
(p.127 참조)

14

임신의 준비

몸 상태에 대한 느낌에 따라 생리 기간의 셋째, 넷째, 혹은 다섯째 날에는
다음과 같은 순서로 아사나를 시작할 수 있다.

1 아르다 우타나아사나
(p.61 참조)

2 파당구쉬타아사나(등을 오목
하게 하여, p.297 참조)

3 우티타 트리코나아사나(뒤쪽
발을 벽에 대고, p.281 참조)

4 우티타 파르스바코나아사나
(뒤쪽 발을 벽에 대고, p.282
참조)

5 받다 코나아사나
(큰베개 p.67 참조)

6 숩타 받다 코나아사나(큰베개
를 가로로 놓고, p.127 참조)

7 우파비스타 코나아사나(등을
오목하게 하여, p.316 참조)

8 비라아사나(p.302 참조)

9 비라아사나에서 파르바타
아사나(p.74 참조)

10 숩타 비라아사나(큰베개
p.367 참조)

11 맛스야아사나(큰베개
p.131 참조)

12 사바아사나(p.366 참조)

15

출혈이 가장 심할 때에도 앞으로 굽히는 자세를 수련할 수 있다. 생리가 끝날 때쯤에는 다음과 같이 누워서 하는 자세와 몸을 받치고 하는 자세를 수련할 수 있다.

- **드위 파다 비파리타 단다아사나**
  Dvi Pada Viparita Dandasana

- **세투 반다 사르반가아사나**Setu Bandha Sarvangasana, **받다 코나아사나**Baddha Konasana, **우파비스타 코나아사나**Upavishtha Konasana

이 프로그램은 통증, 과다한 출혈, 경련이 있을 때에도 도움이 된다. 살람바 시르사아사나와 살람바 사르반가아사나와 같은 거꾸로 하는 자세는 생리 기간이 끝난 뒤에 다시 시작해야 한다.

생리가 끝난 첫 날에는 정상적인 수련을 재개할 수 있다. 그러나 출산 후의 두 번째 단계에서의 권장에 따라 수련해야 한다.

◇

생리 기간이 끝난 뒤 : 배란기 전

목침과 벨트를 이용한 살람바 시르사아사나Salamba Shirshasana, 드위 파다 비파리타 단다아사나 Dvi Pada Viparita Dandasana, 아도무카 브르 샤아사나Adho Mukha Vrikshasana, 핀차 마유라아사나Pincha Mayurasana, 살람바 사르반가아사나Salamba Sarvangasana, 할라아사나 Halasana, 세투 반다 사르반가아사나Setu Bandha Sarvangasana, 비파리타 카라니Viparita Karani와 같은 거꾸로 하는 자세를 집중적으로 수련한다.

생리가 끝난 뒤에는 자궁을 깨끗하게 만드는 것이 반드시 필요하다. 이를 위해 등을 오목하게 하는 자세와 목침, 벽, 벽에 매단 로프를 이용할 것을 권한다. 이렇게 하면 골반과 내부 장기들을 바르게 정렬하는 데 도움을 받을 수 있다.

불임 문제

부부가 아이를 가지지 못하는 데에는 많은 이유가 있을 것이다. 여성의 순환 주기 상의 혼란은 가능한 원인 중 하나일 뿐이다. 부부가 불임 문제를 가지고 있다면 전문가와 상담하고 정확한 진단을 받는 것이 가장 좋다.

정신적 긴장, 영양 결핍, 급격한 체중 저하, 신경성 식욕 부진 등은 두뇌의 시상하부 영역으로 들어가는 GnRH(성선 자극 호르몬 방출 촉진 호르몬)의 분비를 방해하는 요인들 중 하나이다. GnRH 분비가 방해되면 생리 주기를 제어하는 FSH(소포 자극 호르몬)와 LH(황체 형성 호르몬)의 분비에 부정적인 영향이 미치고, 시상하부의 배란 작용에 이상이 생겨 완전한 무월경의 상태가 되는 결과를 낳을 수 있다.

아이를 임신해야 한다는 압박이 너무 강하여 호르몬의 불균형이 오는 수도 있다. 휴식하는 자세나 회복 자세와 같은 요가 아사나와 프라나야마가 정신적 긴장에 권장되는 것은 이런 이유 때문이다.

정신의 안정

정신의 안정을 위하여 다음의 순서로 아사나를 수련할 것을 권한다.

1 아도 무카 비라아사나
(p.317 참조)

2 아도 무카 스바나아사나(벽에
매단 로프를 이용하거나 손을 벽에
댄다. 머리를 받침, p.299 참조)

3 우타나아사나(등을 오목하게
하여, p.213 참조)

4 살람바 시르사아사나
(p.100 참조)

5 살람바 사르반가아사나와 니라람바 사르반가아사나
(목침과 벨트를 이용하거나 없이, p.330 참조)

6 아르다 할라아사나
(p.105 참조)

7 파스치모타나아사나(등을 오목하게 하여, p.308~309 참조)

8 우파비스타 코나아사나
(p.316 참조)

9 받다 코나아사나
(p.67 참조)

10 바라드바자아사나 I
(p.319 참조)

11 아도 무카 스바나아사나(벽에 매단 로프를 이용하거나 손을 벽에 댄다. 머리를 받침. p.125 참조)

12 사바아사나(p.134 참조)

13 웃자이 프라나야마 Ⅰ, 빌로마 프라나야마 1,2단계, 프라티아하라, p.151 참조

임신 능력의 저하는 신체적인 이유에서 비롯된다고 여겨질 때가 많다. 즉 해부학적인 원인이 있을 수 있고, 시상하부(신진대사를 조절하는 물질을 분비하는 뇌의 한 부분), 뇌하수체, 생식 기관이나 생식 세포 차원에서의 호르몬 부족이 원인일 수도 있다. 몸과 생식 기관의 육체적, 생리적 안정을 얻기 위해 다음의 순서로 아사나를 수련할 것을 권한다.

육체적, 생리적 안정: 기초 마련하기

1 숩타 받다 코나아사나(활기차게, 팔을 뻗어서 p.126 참조)

2 비라아사나에서 파르바타아사나(p.74 참조)

3 아도 무카 스바나아사나(벽에 매단 로프 이용, p.125 참조)

4 타다아사나(p.32 참조)

5 우르드바 바당굴리야아사나 (목침 이용, p.275 참조)

6 우티타 트리코나아사나(뒤쪽 발을 벽에 대고, p.281 참조)

18

7 우티타 파르스바코나아사나 (뒤쪽 발을 벽에 대고, p.282 참조)

8 아르다 찬드라아사나(뒤쪽 발을 벽에 대고, p.283 참조)

9 프라사리타 파도타나아사나 (발뒤꿈치와 엉덩이뼈를 벽에 대고, p.296 참조)

10 파르스보타아사나(뒤쪽 발을 벽에 대고, p.287 참조)

11 우타나아사나(등을 오목하게 하여, p.294 참조)

12 받다 코나아사나(등을 곧게 펴고, p.67 참조)

13 숩타 비라아사나(큰 베개, p.367 참조)

14 우파비스타 코나아사나(등을 오목하게 하여, p.316 참조)

15 살람바 시르사아사나(골반을 정렬하여, p.100 참조)

16 살람바 사르반가아사나와 니라람바 사르반가 아사나(벨트이용, 또 벨트를 이용하지 않고 골반을 정렬하여, p.330 참조)

17 세투 반다 사르반가아사나 (p.107과 p.334 참조)

19

18 자누 시르사아사나(등을 오목
하게 하여, p. 306 참조)

19 사바아사나(p.134 참조)

20 웃자이 프라나야마 I, 빌로마
프라나야마 1,2단계, 프라티
아하라, p.141 참조

가능하면 매일 위의 두 순서를 교대로 수련한다. 아
사나 수련 이전에 프라나야마를 수련한다면 최소한
30분의 휴식 시간을 가져야 한다. 아사나 수련 뒤에
프라나야마를 수련한다면 사바아사나로 15분간 휴식
을 취한 뒤에 행한다.

◇

생리 기간이 끝난 뒤 : 배란기 후

임신을 원하지만 수태에 문제가 있을 경우, 이 기간
에는 요가 아사나 수련 시 주의를 기울여야 한다.

이 기간에는 수정란이 자궁내막에 착상을 하므로

수련을 해서는 안 된다. 그러므로 다음과 같이 점막층
mucosal layer을 느슨하게 하거나 들어올리는 아사
나, 얇아지게 하거나 비트는 아사나, 혹은 압박하고
쥐어짜는 아사나는 피해야 한다.

피해야 하는 아사나는 다음과 같다:

• 파리브리타 트리코나아사나Parivritta Trikonasana와
같이 몸을 들어올리고 비트는 동작을 포함하는 아
사나는 피한다. 다른 모든 비틀기 자세도 마찬가지
이다.

• 머리를 아래로 내리는 완전한 파스치모타나아사나
Pashchimottanasana와 같이 완전히 앞으로 뻗는
아사나들은 자궁을 압박하므로 피한다.

- 마리챠아사나Marichyasana Ⅲ이나 파리브리타 파르스바코나아사나Parivritta Parshvakonasana와 같이 굽힌 다리에 대고 비트는 자세는 앞의 두 동작을 결합한 아사나로 수련을 피해야 한다.

- 다누라아사나Dhanurasana와 우르드바 다누라아사나Urdhva Dhanurasana와 같이 몸을 뻗게 하고 얇아지게 하는 뒤로 굽히는 아사나들은 피한다.

- 골반바닥근에 지나치게 많은 압박을 가하는 우르드바 프라사리타 파다아사나Urdhva Prasarita Padasana와 같은 아사나는 피한다. 이러한 압박은 복부 근육이 자궁 쪽으로 압력을 가하게 되는 모든 균형 잡기 아사나, 앉아서 하는 아사나, 몸을 뒤로 떨어뜨리는 아사나에서도 일어난다.

일반적으로 요가 수련이나 다른 스포츠 활동을 과도하게 해서는 안 된다. 특히 황체가 약하여 황체 호르몬 분비가 수정란이 착상되기에 충분하지 못한 여성들에게 이 권고가 절실하다. 이러한 특수한 조건에서는 위에 언급한 아사나들은 절대로 수련해서는 안 된다. 그보다는 정신적, 육체적, 생리적 안정을 위한 두 가지 순서의 아사나들을 수련해야 한다.

적절한 신체 정렬의 중요성

몸을 적절하게 정렬하는 것은 호르몬 상의 스트레스와 정신적, 신체적, 생리적 스트레스를 받지 않는 데 중요한 역할을 한다. 그렇게 하기 위해서는 골반과 척추를 적절하게 정렬시키는 아사나를 수련해야 한다. 이것을 알고 의식하는 것은 일상생활에 영향을 미치게 될 것이다. 어느 쪽이든 한쪽으로 골반을 기울게 하면 자궁과 자궁 내막이 기울어지게 되고 압력이 가해진다.

임신을 위해 몸을 적절히 정렬하는 것은 출산을 위한 것이기도 하다. 조언을 얻기 위해서는 경험이 많은 아헹가 요가 교사를 찾는 것이 좋다.

유산의 방지
갑상선의 균형을 위한 아사나 순서

임신에 있어 건강한 갑상선의 중요성은 아무리 강조해도 지나치지 않다. 요가를 수련할 것을 그토록 강하게 권하는 것은 이런 까닭에서이다. 요가 수련은 임신하기 전에 갑상선의 균형을 잡아 준다.

갑상선의 분비 부족은 유산을 유발할 수 있다. 이 부위에서 도움을 주는 아사나들의 목록을 아래에 제시하였다. 가능하면 경험 있는 아헹가 요가 교사의 지도 아래 이 아사나들을 수련하여야 한다.

● 살람바 시르사아사나Salamba Shirshasana
(정확하게 정렬하여, p.100 참조)

● 살람바 사르반가아사나와 니라람바 사르반가아사나Salamba Sarvangasana and Niralamba Sarvangasana
(정확하게 정렬하고, 목침과 벨트를 이용해도 좋음, p.330 참조)

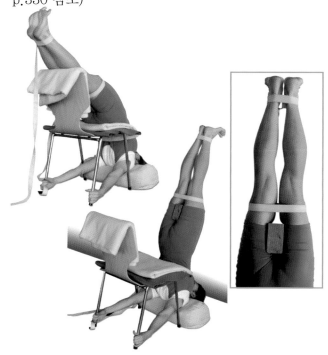

● 세투 반다 사르반가아사나 Setu Bandha Sarvangasana
(몸을 받치고, p.107 참조)

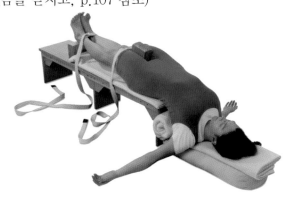

● 자누 시르사아사나Janu Shirshasana
(등을 오목하게 하여, p.306 참조)

유산하기 쉬울 때 도움이 되는 아사나

임신 후 첫 삼 개월 동안에 발생하는 유산은 태반의 불충분한 발달, 자궁 탈출, 근육 약화, 호르몬 부조에서 오는 경우가 많다.

유산하기 쉬운 여성은 서서 하는 자세를 행해서는 안 된다. 오히려 다음과 같은 자세를 포함하여 등을 오목하게 해서 앞으로 굽히는 자세를 집중적으로 수련해야 한다.

● 자누 시르사아사나Janu Shirshasana

(우르드바 하스타, p.82 참조)　　(등을 오목하게 하고 가슴 아래쪽을 들어올리며 p.83과 p.306 참조)

● 파스치모타나아사나Pashchimottanasana

(우르드바 하스타, p.87 참조)　(등을 오목하게 하고 가슴 아래쪽을 들어올리며, p.217과 p.308 참조)

● 받다 코나아사나Baddha Konasana

(등을 곧게 펴고, p.67과 p.69 참조)

● 살람바 시르사아사나Salamba Shirshasana

(p.99 참조)

● 살람바 사르반가아사나Salamba Sarvangasana

(p.331 참조)

● 사바아사나Shavasana

(p.134 참조)

〉하루에 두 번, 아침과 저녁에 10분~15분 정도

〉쉬고 싶을 때마다 척추를 받치고 사바아사나를 수련
한다. 반드시 팔꿈치를 바닥에 내려놓고, 눈을 감으
며, 호흡이 부드럽게 들어오고 나가게 한다.

● 웃자이 프라나야마Ujjayi Pranayama

(규칙적으로 수련하며, 유산 뒤에도 수련함, p.148
참조)

내분비계의 이상이나 다른 이유로 이미 유산을
했다면 경험 많은 아헹가 요가 교사와 상의해
야 한다. 이런 경우 살람바 시르사아사나와 살
람바 사르반가아사나를 정확하게 수련하면 큰
도움이 된다.

또한 균형 잡힌 식사를 하고 알코올, 약물, 카
페인과 같은 독성을 지닌 물질을 섭취하지 않
을 것을 권한다.

임신의 준비

제2부
임신 중일 때의 요가

제3장

일반인을 위한 아사나의 세부 설명

제4장

초보자를 위한 아사나 순서

제5장

고급 수련생을 위한 아사나 순서

제6장

출산

일반인을 위한 아사나의 세부 설명

임신 기간 동안 아사나와 프라나야마를 수련하면 새 생명을 안전하게 잘 보호하고 그 생명이 자유롭게 자랄 수 있도록 공간을 만들어 줄 수 있다.

우리는 이 책에서 제시하였던 보조 기구들을 사용하라는 권고를 받았다. 이것은 자세를 더 쉽고 편안하게 만들어 줄 뿐 아니라 민감성을 길러 주기도 한다.

이 장에 나오는 아사나들은 초보자와 고급 수련생 모두를 위한 것이다. 필요한 부분에서는 초보자들을

위한 특별 지침이 제공될 것이다. 초보자에게 어떤 아사나가 적합한지, 또 고급 수련생에게는 어떤 아사나가 적합한지가 상술되고, 또 임신 단계별로 어떤 아사나가 적합한지도 상술될 것이다.

> **중요 사항:**
> 위험도가 높은 임신 상태에 있다고 여겨지면 혼자서 이 책을 이용하여 수련하려 해서는 안 된다. 자격을 갖춘 상급 아헹가 요가 교사의 개인적인 도움을 얻도록 하라.

일반 규칙

아사나를 수련할 때에는 자기 자신과 자궁 안의 아기를 보호하기 위해 수련 중이라는 사실을 기억해야 한다. 이러한 생각을 마음속에 간직해야만 수련을 오래 할 수 있다. 우리는 아사나 수련을 더 많이 즐기고 있음을 알게 될 것인데, 그것은 아사나를 통하여 일종의 민감성을 발달시켜 아기를 위하여 우리가 만들고 있는 성장을 위한 분위기와 자유로움을 스스로 느낄 수 있기 때문이다.

- 복부와 골반에 압박을 가하는 것을 피한다.

- 세게 조이는 동작이나 골반바닥근에 압박을 가하는 동작은 피한다.

- 고요하고 부드럽게 수련하고 몸에 긴장과 압박을 주지 않는다.

- 호흡을 관찰한다. 호흡을 관찰하면 과도한 힘을 사용하고 있는 것은 아닌지, 그래서 지나치게 긴장하고 있는 것은 아닌지 알 수 있다. 호흡은 부드럽고 고요하며 율동적이고 자연스러워야 한다.

- 자기 자신과 아기의 건강한 성장을 위해 수련하고 있음을 인식한다.

자세 풀기

아사나를 수련할 때에는 공간을 만들어 내야 하며, 자세를 풀 때에도 그 공간을 유지해야 한다. 몸을 무너뜨리지 말고 얻게 되었던 공간이 축소되지 않게 한다. 몸을 활짝 펴서 확장되고 뻗은 상태에 머물고 마음의 상태도 그대로 유지한다.

주의 사항

1. 임신을 위해 추천된 아사나들은 안전하며 건강을 유지시킨다. 또 근육을 튼튼하게 하고 정상 상태로 만들어 준다. 그러나 임신이 되자마자 다음의 아사나 수련은 중단해야 한다.

- 파리브리타 트리코나아사나Parivritta Trikonasana (p.290)와 파리브리타 파르스바코나아사나Parivritta Parshvakonasana(p.155)
- 마리챠아사나Marichyasana(p.314와 p.320)와 아르다 마첸드라아사나ArdhaMatsyendrasana(p.324)
- 우르드바 프라사리타 파다아사나Urdhva Prasarita Padasana(p.350)
- 다누라아사나Dhanurasana(p.239)
- 파스치모타나아사나Pashchimottanasana (p.87과 p.308)

이 아사나들은 태아를 짓누르고 압박하여 유산에 이르게 할 수 있다.

2. 서서 하는 자세를 행할 때에는 껑충 뛰어 다리를 벌리는 것을 피한다. 대신에 그냥 다리를 벌리고 거리를 조정한다. 언제나 미끄러지지 않기 위해 미끄럼 방지 매트 위에서 수련한다.

3. 빠르거나 갑작스런 움직임을 피하고, 몸에 충격을 주지 않는다. 서둘러서 수련을 마무리해서도 안 된다. 천천히 진행하고 각 아사나를 깨어 있는 마음으로 이해하면서 행한다.

4. 숨을 참지 않는다. 깊지 않더라도 부드럽고 원활하게 호흡해야 하고, 제한적으로 호흡하거나 호흡을 중단하면 안 된다. 횡격막 부위가 긴장되거나 조여지거나 압박되어서도 안 된다.

5. 자세를 풀면서 자세를 허물어뜨리면 안 되며, 아사나 수련 중에 이룬 몸의 들어올림, 뻗음, 확장 상태를 유지하고 마음도 그 상태에 머문다.

6. 우티타 트리코나아사나Utthita Trikonasana, 우티타 파르스바코나아사나Utthita Parshvakonasana, 아르다 찬드라아사나Ardha Chandrasana와 같이 서서 하는 아사나들은 척추를 강화하고 골반을 넓히는 데 도움이 된다. 그러므로 이러한 아사나를 행할 때에는 매우 주의해서 척추를 뻗고, 자궁 압박을 피해야 한다. **유산하기 쉬운 상태에 있다면 서서 하는 아사나는 완전히 금해야 한다.**

7. **분비선 기능 문제로 습관적인 유산의 위험이 있다면 경험 많고 노련한 아헹가 요가 교사의 조언을 구해야 한다.** 살람바 시르사아사나Salamba Shirshasana와 살람바 사르반가아사나Salamba Sarvangasana와 같이 거꾸로 하는 아사나는 아주 유익하다. 근육의 약함이나 허약한 체질도 유산의 원인이 될 수 있다. 등을 오목하게 하고 가슴 아래쪽을 들어올린 상태에서 행해진 자누 시르사아사나Janu Shirshasana, 파스치모타나아사나Pashchimottanasana, 받다 코나아사나Baddha Konasana 등 앞으로 뻗는 아사나들에 더욱 주의를 집중해야 한다.

8. 앞으로 뻗는 아사나에서는 태아를 압박하는 앞으로 굽히는 자세를 해서는 안 된다. 그러나 척추를 오목하게 하고 가슴 아래쪽을 들어올리는 동작은 태아가 모태 안에서 자유롭게 움직일 공간을 얻게 하기 때문에 큰 도움이 된다. 자궁 조직은 압박되거나 수축되면 안 되는데, 이는 아래로 압박을 가하면 유산될 수 있기 때문이다. 앞으로 멀리 굽히는 것을 포함하는 동작은 임신하지 않은 여성들만을 위한 것이다. 임신 중기가 시작된 때에도 아직 45° 각도로 수련할 수 있지만, 태아가 성장함에 따라 태아가 압박되지 않도록 주의해야 한다. 임신 기간이 끝날 때쯤에는 80~90° 각도로 수련하는 것에서 끝내야 한다.

9. 임신 기간 내내 프라나야마를 규칙적으로 수련해야 하고, 출산 뒤에나 유산을 한 뒤에도 그렇게 해야 한다.

10. 마찬가지로 사바아사나도 규칙적으로 수련한다. 하루에 두 번, 아침과 저녁에 하는 것이 좋다. 사실 사바아사나는 휴식이 필요하다고 느낄 때 언제든지 행할 수 있다.

11. 아사나를 수련할 때에는 편안함을 느껴야 한다. 자신의 역량을 이해하고 스스로 결정권을 가져야 한다. 불완전한 자세, 서두름, 과도한 열의, 긴장, 강제적인 수련은 부상을 초래할 수 있다. 신중하게 척추를 신장시키고, 압박을 피하며, 적질한 호흡을 하는 데 특히 주의를 기울인다.

12. 반드시 규칙적으로 병원의 건강 진단을 받아야 한다. 태아가 비정상적인 위치(예를 들면 비스듬하

게)에 있음을 알게 되면 적절한 의료적 처치를 받아야 한다. 그러한 경우에는 유능한 요가 교사의 조언 또한 필요하다. 태아가 역자세로 있다면 아직은 아사나를 수련할 수 있다.

13. 아사나와 프라나야마를 수련하면 정신적으로 건강하고 안전하다고 느껴야 한다. 건전하고 건강한 수련을 할 때, 피로와 우울증이 줄어들고 힘과 내적인 균형감을 느낄 수 있다.

<hr>

자주 묻는 질문

질문: 수련하기에 이상적인 시간은 언제인가?

어떤 공부나 수련에 있어서도 이른 아침이 이상적인 시간이다. 몸과 마음이 신선하고 이완되어 있기 때문이다. 그러나 초보자는 근육이 뻣뻣할 수 있으므로 근육이 더 유연해지는 오후나 저녁에 수련해도 좋다. 물론 아침 수련의 여유가 없다면 저녁에 수련할 수 있다.

질문: 수련하기 전에 목욕이나 샤워를 해야 하는가?

그렇다. 수련을 하기 20~30분 전에 몸을 씻은 뒤 먼저 몸에 오일을 바르면 근육을 부드럽게 만들 수 있다. 수련을 마치고 20~30분이 지난 뒤에도 목욕을 할 수 있다.

질문: 공복에 수련해야 하는가?

가능하면 그렇게 해야 한다. 그러나 한 잔의 차 정도는 해롭지 않다. 수프와 같은 가벼운 식사 후에는 한 시간을 기다려야 한다. 식사량이 많을 때에는 4시간을 기다려야 한다. 수련이 끝난 뒤에 음료를 마실 수는 있으나 정상적인 식사는 한 시간 뒤에 한다. 아침에 몸에 힘이 너무 없다고 느껴 식사를 할 필요가 있을 때는 식사를 한 뒤 한 시간이 지나서 수련하면 된다. 저녁 식사 이전에는 머리와 어깨로 균형을 잡는 아사나를 수련할 수 있다.

질문: 식사 직후에 바로 할 수 있는 아사나가 있는가?

그렇다. 아래와 같은 일부 아사나들은 소화를 돕는다.

- 비라아사나Virasana
- 숩타 비라아사나Supta Virasana
- 받다 코나아사나Baddha Konasana
- 숩타 받다 코나아사나Supta Baddha Konasana
- 스바스티카아사나Svastikasana
- 숩타 스바스티카아사나Supta Svastikasana
- 맏스야아사나Matsyasana

질문: 일광욕을 한 직후에 바로 수련할 수 있는가?

안 된다. 몸이 시원해질 수 있도록 30분 정도 기다린다.

질문: 매트, 큰베개, 담요와 같은 보조 기구를 사용하게 되는가?

그렇다. 권장하는 모든 보조 기구들을 사용하여 몸이 자세에 더 쉽게 적응하고 자궁 안의 태아가 자유롭게 움직일 수 있게 해 주어야 한다.

질문: 수련할 때 무엇을 입어야 하나?

입었을 때 자유롭게 움직일 수 있는 편안한 옷을 입어야 한다. 면제품이 좋다. 날씨가 추우면 따뜻하게 입는다.

교사에게 주는 조언

교사가 가르치는 아사나들은 쉽게 행할 수 있는 것이어야 한다. 아사나들은 일반적인 임신의 문제와 메스꺼움, 입덧, 변비, 수분 저류, 두통, 임신 중독 등의 경고 징후들을 경감시킨다. 아사나는 소화 및 비뇨계와 혈액 순환이 균형 잡히게 하고, 수련자가 자유롭게 호흡할 수 있게 해야 한다.

프라나야마를 가르칠 때는 피로와 신경의 긴장 같은 증상들을 줄일 수 있도록 노력하고, 예비 엄마가 임신 기간의 각 단계 동안 정신적, 육체적 건강을 누릴 수 있게 애써야 한다.

의문이 날 때에는 경험 있는 상급 교사의 조언을 구해야 한다.

지침과 효과

임신의 세 시기(단계)는 다음같이 주별로 나눈다.

초기: 1주~16주까지
중기: 17주~29주까지
말기: 30주~40주까지

서서 하는 아사나
우티쉬타 스티티

타다아사나 혹은 사마스티티
산 자세

타다아사나는 '산처럼 곧고 안정된' 것을 의미한다. 이 자세는 산 자세라고 불린다. 이것은 몸, 마음, 두뇌가 깨어 있게 한다.

타다아사나는 서서 하는 아사나의 기본자세들 중 하나이다. 이 자세로부터 다른 서서 하는 아사나들을

탐색할 수 있다. 타다아사나에서는 두 발과 두 발바닥 위에서 몸무게의 균형을 잡는 법을 배운다. 발을 바닥에 놓는 법을 배우고, 이렇게 하는 것이 어떻게 다리를 뻗고 골반을 곧게 세우며 머리를 포함한 전체 척추를 들어올리는 것에 도움이 되는지 배운다.

진행된 임신: 임신 말기에는 골반 바닥근에서 내부 장기를 위로 멀리 끌어당기기 위해 발가락을 모두 안쪽으로 돌린다.

임신 초기   임신 중기   임신 말기

1 두 발을 모으고(임신 초기에) 똑바로 서서 양쪽 엄지발가락과 발뒤꿈치를 서로 붙인다. 몸의 무게가 발뒤꿈치나 발가락에 오지 않고 발의 장심 가운데에 오게 한다.

2 발가락에 힘을 주지 말고 쭉 뻗어서 이완된 상태를 유지한다.
(모든 서서 하는 자세에서는 발가락을 이런 상태로 만든다.)

3 두 발목이 서로 일직선을 이루게 한다.

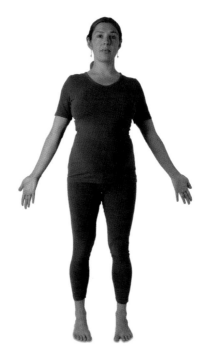

4 종지뼈를 위로 당겨 단단하게 만들고 넓적다리 앞쪽도 단단히 힘을 준다.

5 척추를 곧게 세우고 흉골을 들어올리며 가슴을 확장시킨다. 복부를 내밀지 말고 위로 당겨 올린다.

6 목을 곧추 세우고 머리를 바르게 세운다. 머리가 앞이나 뒤로 기울게 해서는 안 된다.

7 앞을 똑바로 바라본다.

8 몸 옆에 두 팔을 두고 아래로 뻗으며 손과 팔은 바깥을 향해 돌린다. 가슴과 가슴 옆부분을 지속적으로 들어올린 상태에서 손을 안으로 돌리고 아래로 쭉 뻗는다.

9 이 자세로 20~30초 동안 머문다.

임신 초기: 두 발을 모은다.

임신 중기: 치골恥骨에 압력이 가해지지 않도록 두 발을 엉덩이 너비로 벌린다. 두 발의 바깥쪽 가장자리가 서로 평행을 이루어야 한다.

임신 말기: 정렬을 더 잘하기 위해 벽을 이용한다.

효과

밤에 종아리 근육에 생기는 경련을 예방한다.

척추 만곡과 둔부의 통증을 예방한다.

벽과 둥근 모서리 블록을 이용한 타다아사나

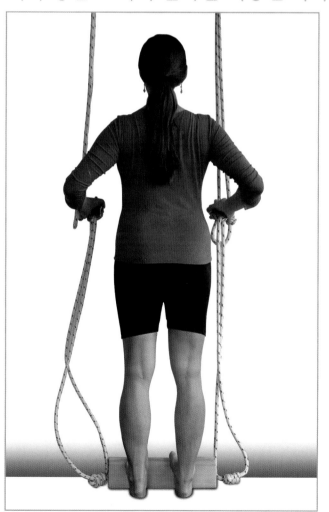

로프를 사용하는 것은 선택적이다.

1 발뒤꿈치를 바닥에 닿게 하고 발바닥 앞쪽의 볼록한 부분을 목침 위에 둔다.

2 발가락이 시작되는 부분을 발바닥으로부터 쭉 뻗는다.

3 꼬리뼈를 아래로 내리면서 안쪽으로 말아 넣는다. 꼬리뼈가 뒤로 튀어나오게 하지 않는다.

타다아사나에서의 우르드바 바당굴리야아사나
손을 깍지 낀 산 자세

이 자세에서는 온몸이 나무처럼 위로 쭉 뻗는다.

1 타다아사나 자세로 바르게 선다 (p.32 참조).

2 두 손의 손가락을 깍지 끼고 손목을 돌려 손바닥이 바깥을 향하게 한다. 팔이 어깨와 나란하도록 앞으로 뻗는다.

3 쭉 뻗은 팔을 위로 올려 귀 옆에 둔다. 손바닥은 천정을 향해야 한다.

효과

어깨 근육을 정상 상태로 만들어 주고 척추를 들어올린다.

평정심과 균형을 얻게 하며 몸과 마음에 활력을 준다.

수련해서는 안 되는 경우

임신 중독 증세

극도로 피로하거나 지쳤을 때

4 뒤쪽 갈비뼈를 앞쪽으로 움직인다. 가슴을 들어올리고 견갑골을 안쪽으로 깊이 말아 넣는다.

5 머리를 곧게 세우고 앞을 똑바로 바라본다.

6 정상 호흡을 하면서 이 자세를 10~15초 동안 유지한다.

7 척추와 가슴에 만들어 낸 공간을 유지하면서 팔을 내리고 자세를 푼다. 손깍지를 바꾸어 끼고 위를 되풀이한다.

자세 풀기

자세를 푸는 동안 척추와 가슴에 만들었던 공간을 유지해야 한다.

우르드바 하스타아사나
팔을 위로 뻗은 산 자세

임신 초기: 불가능
임신 중기: 가능
임신 말기: 가능

효과

어깨 근육을 정상 상태로
만들어 준다.

척추를 들어올린다.

몸과 마음에 활력을 준다.

변형 자세

로프를 이용한 우르드바 하스타아사나

로프를 단단히 잡고 상체를 위로
들어올린다.

1 타다아사나 자세로 바르게
선다(p.32 참조).

2 두 손을 아래로 뻗고 손바닥
이 넓적다리 바깥쪽을 마주
보게 한다.

3 손가락을 길게 뻗으면서 어
깨와 나란하게 팔을 앞으로
뻗는다.

4 숨을 들이마시며 팔을 두 귀
옆에서 천정을 향해 위로 뻗
는다.

5 정상 호흡을 하면서 이 자세
를 10~15초 동안 유지한다.

6 만들었던 공간을 유지하면
서 두 팔을 똑같이 뻗으면
서 아래로 내린다.

참고
누운 자세에서도 타다아사나, 우
르드바 바당굴리야아사나, 우르드
바 하스타아사나를 행할 수 있다.

타다아사나에서의 파스치마 나마스카라아사나

임신 초기: 불가능
임신 중기: 가능
임신 말기: 가능

효과

p.37의 타다아사나에서
고무카아사나 참조

1 타다아사나 자세로 바르게 선다(p.32 참조).

2 손가락이 허리를 향하게 하여 손바닥을 등 뒤에서 맞댄다. 손목과 손바닥을 안쪽으로 돌리고 두 손바닥을 등 중앙의 위쪽으로 가져온다.

3 손가락이 견갑골과 일직선이 되게 하고 위를 향하게 한다.

4 두 손바닥을 서로 맞대고 누르고 팔꿈치를 뒤쪽으로 움직여서 가슴이 수축되지 않게 한다. 가슴을 펴고 흉골을 들어올린다.

5 넓적다리를 단단히 고정시키고, 골반을 바르게 하며, 복부를 위로 당겨 올린다.

6 정상 호흡을 하면서 이 자세를 15~30초 동안 유지한다.

조언

손을 함께 모으지 못하면 파스치마 받다 하스타아사나Pashchima Baddha Hastasana자세에서 팔꿈치를 잡는다.

잊지 말고 팔꿈치를 바꾸어 잡고 위의 방식대로 되풀이한다.

자세 풀기

가슴을 넓히고 들어올린 상태를 유지하면서 손을 이완시킨다.

타다아사나Tadasana에서의 고무카아사나 Gomukhasana(산 자세에서의 암소 얼굴 자세)

임신 초기: 불가능
임신 중기: 가능
임신 말기: 가능

1 왼팔을 아래로 뻗고 오른팔을 위로 뻗는다.

2 왼팔을 뒤로 굽히고 왼손을 견갑골 사이로 가져간다. 왼손의 손가락을 위로 뻗는다.

3 오른팔을 굽힌다. 오른손을 왼손을 향해 아래로 뻗어 왼손을 잡는다.

4 양쪽 팔꿈치를 서로 멀어지도록 뻗고 머리를 밀지 않으면서 뒤로 더 멀리 보낸다.

5 머리가 척추와 일직선을 이루게 한다.

6 잡은 손을 풀고, 팔을 한 번 더 뻗는다. 방향을 바꾸어 행한다.

효과

파스치마 나마스카라아사나와 고무카아사나(아래에 있음)는 특히 관절염과 목, 어깨, 팔꿈치, 손목의 경직에 좋다.

수련해서는 안 되는 경우

극도로 피곤하거나 지쳤다고 생각될 때

임신 중독 증세

자세 풀기
가슴을 넓히고 들어올린 상태를 유지하면서 손을 이완시킨다.

조언
손가락을 잡지 못하면 벨트를 이용한다.

일반인을 위한 아사나의 세부 설명

우티타 트리코나아사나
쭉 뻗은 삼각형 자세

우티타는 '쭉 뻗은'을, 트리코나는 '삼각형'을 의미한다. 이것은 쭉 뻗은 삼각형 자세로 골반과 가슴을 넓히는 것이 목적이다.

1 벽에 가까이 선다.

2 타다아사나 자세로 바르게 선다(두 발을 엉덩이 너비로 벌린다. p.32 참조). 두 발의 바깥쪽이 서로 평행해야 한다.

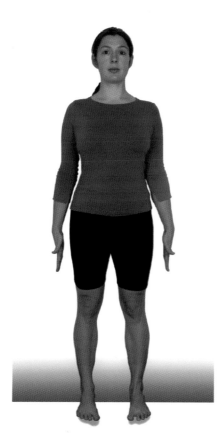

3 숨을 들이마시며 다리를 90cm 정도 벌리고 어깨와 나란히 팔을 옆으로 뻗는다. 손바닥은 바닥을 향하게 한다.

4 오른쪽 다리를 오른쪽으로 90° 돌리고, 왼발을 살짝 안으로 돌린다. 무릎과 넓적다리를 단단하게 조인다. 발, 무릎, 넓적다리의 중앙이 모두 한 선에 있어야 한다. 호흡을 1~2번 한다.

5 숨을 내쉬면서 상체를 오른쪽 옆으로 굽힌다. 오른손으로 오른쪽 발목을 잡거나 목침 위에 오른손을 둔다.

6 처음 요가를 시작하여 손바닥이 발목에 닿지 못하거나 골반의 옆 부분이 압박되면 손바닥을 정강이뼈 가운데에 둔다.

7 왼팔을 어깨 및 오른팔과 일직선이 되게 들어올린다. 왼쪽 손바닥은 앞을 향하게 하고, 두 팔을 쭉 뻗으면서 팔꿈치를 단단하게 만든다.

8 목을 돌려서 왼쪽 엄지손가락을 바라본다. 머리를 돌릴 때 통증이나 긴장이 생기면 머리를 척추와 일직선에 둔다.

9 이것이 이 아사나의 완성 자세이다. 정상 호흡을 하면서 안정된 상태로 20~30초 동안 이 자세를 유지한다. 이때 아래에 있는 '자세 점검하기'에 나오는 사항들을 지킨다.

임신 초기: 가능(몸을 받치고)
임신 중기: 가능
임신 말기: 가능

효과

다리를 적절하게 정렬시킨다.

요통과 목의 통증을 완화한다.

아래쪽 척추를 강화한다.

횡격막을 위해 공간을 확보해 준다.

수련해서는 안 되는 경우

메스꺼움
(수련할 때에만 생길 때)

고혈압

힌트: 피로를 줄이기 위해 한쪽에서 아사나를 행한 뒤 타다아사나로 돌아간 다음 다른 쪽에서 다시 시작해도 좋다.

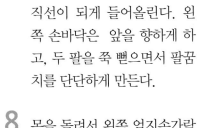

자세 점검하기

> 넓적다리 근육을 단단하게 조이고 종지뼈를 안으로, 위로 당긴다.
> 왼쪽 다리 뒷부분, 엉덩이, 가슴 뒷부분이 모두 일직선 위에 있어야 한다.
> 견갑골을 안으로 말아 넣어서 가슴을 확장시킨다.
> 상체 앞면을 골반에서 가슴까지 머리 방향으로 뻗는다. 상체 양옆면은 평행을 유지한다.

> 자세를 취하고 있는 동안 숨을 참으면 안 된다.
> 자세를 유지하는 동안 가슴 아래쪽을 길게 늘여 가슴과 복부 사이에 공간을 만든다.
> 자세를 풀 때 몸의 확장을 유지하고, 숨을 들이마시며 오른손을 발목에서 떼어 들어올린다. 상체를 들어올리고 원래의 자세로 되돌아온다.

> 다리와 발을 왼쪽으로 돌리고 왼쪽에서 자세를 되풀이한다.
> 이때도 타다아사나 자세로 두 발을 모은 다음 왼쪽에서 자세를 되풀이해도 된다.

우티타 파르스바코나아사나
쭉 뻗은 측면 각 자세

우티타는 '쭉 뻗은'을, 파르스바는 '측면'을, 코나는 '각도'를 의미한다.
이 아사나는 골반과 가슴을 넓히는 것이 목적이다.

1 타다아사나 자세로 벽에 가까이
선다(p.32 참조).

2 숨을 내쉬며 두 발을 120~135cm
정도로 벌린다. 팔은 옆으로 뻗는다.

3 오른쪽 다리를 오른쪽으로 90° 돌
리고, 왼발을 살짝 안으로 돌린다.
무릎과 넓적다리를 단단히 조인
다. 발 안쪽 가장자리 옆에 목침을
놓는다. 트레슬이나 탁자를 이용
하여 수련할 때에는 발의 바깥쪽
가장자리 옆에 목침을 놓을 수 있다.

4 오른쪽 다리의 무릎을 굽혀 넓적다
리와 종아리가 직각을 이루게 한
다. 오른쪽 넓적다리는 바닥과 평
행해야 하고 정강이는 바닥과 수직
을 이루어야 한다. 1~2번 심호흡을
한다. 거리가 올바르지 않아 조정
을 해야 한다면 굽힌 앞다리 모양
이 흐트러지지 않게 언제나 뒷다리
에서 조정이 이루어져야 한다.

5 숨을 내쉬며 상체를 오른발 쪽을 향
해 옆으로 움직인다. 오른쪽 손바닥
이나 손가락을 목침 위에 놓는다.
이때 오른쪽 넓적다리와 상체의 오
른쪽 면 사이에 공간을 만든다. 복
부가 넓적다리를 누르면 안 된다.
호흡을 쉽게 할 수 있도록 가슴은
자유로운 상태에 있어야 한다.

6 왼팔을 위로 쭉 뻗고 손바닥이
머리를 마주보게 돌린다. 팔을
머리 위쪽에 오게 하고 목을 돌
려서 위를 바라본다.

7 머리를 돌리는 것이 힘들면
왼팔을 우티타 트리코나아
사나에서처럼 위로 수직이
되게 뻗는다. 머리는 앞을 보
거나 위를 본다.

8 이것이 완성 자세이다. 정
상 호흡을 하면서 이 자세로
20~30초 동안 머문다.

9 숨을 들이마시면 오른손을 바
닥에서 떼고 상체를 들어올린
다. 오른쪽 다리는 직각을 그
대로 유지한다. 그 다음 오른
쪽 다리를 펴고 두 다리와 발
을 왼쪽으로 돌려서 같은 동
작을 되풀이한다.

10 왼쪽 편에서 타다아사나로
되돌아온다.

임신 초기: 가능(몸을 받치고)
임신 중기: 가능
임신 말기: 가능

효과

둔부와 관절의 통증을 완화한다.

소화, 위에 가스가 차는 증세,
배설 문제를 바로잡는다.

등과 허리의 통증을 없앤다.

호흡하는 것을 돕는다.

민첩성을 기른다.

요폐尿閉를 방지한다.

수련해서는 안 되는 경우

p. 42의
비라바드라아사나 Ⅱ 참조

힌트: 피로를 줄이기 위해 한쪽
에서 아사나를 행한 뒤 타다아
사나로 돌아간 다음 다른 쪽에서
다시 시작해도 좋다.

자세 점검하기

〉 오른쪽 엉덩이를 안으로 말아 넣어
무릎 바깥쪽과 일직선에 있게 한다.
〉 왼쪽 넓적다리의 앞 근육을 단단히
조이고 오금(무릎 뒤쪽 근육)을 쭉
뻗는다.
〉 왼쪽 겨드랑이, 이두근(위팔 근육의 앞
부분), 손목, 손바닥, 팔꿈치를 쭉 뻗는
다. 왼쪽 발목에서 손목까지 한 번에
쭉 뻗어서 몸이 흔들리지 않게 한다.
〉 견갑골을 안으로 말아 넣는다. 상체
왼쪽 편을 위로, 뒤로 돌려서 가슴
이 확장되고 몸 뒤쪽이 일직선에 있
게 한다.

〉 오른쪽 측면이 짧고 조인다고 느끼
면 아래팔을 넓적다리 위쪽에 두고
무릎을 바깥쪽으로 더 움직이고 오
른쪽 엉덩이를 안으로 더 넣는다. 그
다음 두 발, 다리, 골반의 반발력을
이용하여 오른쪽 측면과 오른쪽 가
슴을 더 들어올린다. 반대편에서도
같은 방식으로 수련한다.

비라바드라아사나 Ⅱ
전사 자세 Ⅱ

이 자세의 이름은 전사인 비라바드라를 따라 지은 것이다. 이 자세로 균형과 확고함을 얻을 수 있다.

비라바드라아사나 Ⅰ 처럼 이 아사나도 입덧에 매우 도움이 되지만 실제로 구역질이 날 때에는 수련해서는 안 된다.

자세 점검하기

> 가슴을 확장시킨다.

> 양쪽 옆으로부터 당겨지는 느낌으로 두 팔을 옆으로 쭉 뻗는다.

> 항문과 머리 정수리가 일직선에 있게 한다.

> 골반 부위를 옆으로 넓혀서 태아가 움직일 더 많은 공간을 만든다.

> 그 공간을 유지하면서 들숨과 함께 원래 자세로 돌아온 다음 왼쪽으로도 되풀이한다. 그다음 타다아사나 자세로 두 발을 모은다.

> 무릎을 굽힐 때 상체가 굽힌 다리 쪽으로 기울어지지 않게 한다.

> 상체의 옆면이 서로 평행을 유시해야 한다.

> 머리를 오른쪽으로 돌릴 때 상체가 오른쪽으로 따라서 돌게 하지 않고 왼쪽 팔을 뒤에서 왼쪽 다리와 일직선을 이루게 하면서 왼발 쪽으로 뻗는다.

> 왼쪽 다리(뒤쪽 다리)에서 반발력이 일어나게 한다.

1 타다아사나 자세(p.32 참조)로 벽에 가까이 선다.

2 숨을 들이마시며 두 다리를 120~135cm 정도로 벌리고 팔은 어깨와 일직선이 되게 옆으로 뻗는다. 손바닥은 아래로 향하게 한다.

3 오른쪽 다리를 오른쪽으로 90° 돌리고, 왼발을 살짝 안으로 돌린다. 다리를 곧게 편 상태로 심호흡을 한다.

4 숨을 내쉬며 오른쪽 다리를 굽힌다.

5 머리를 오른쪽으로 돌리고 왼쪽 눈으로 오른손 위에 초점을 맞춘다.

6 정상 호흡을 하면서 이 자세로 10~15초 동안 안정된 상태를 유지하면서 '자세 점검하기'에 나오는 사항들을 지킨다.

자세 풀기

만들었던 공간을 유지하고 두 발을 느낀다. 숨을 들이마시며 몸을 일으켜 원래의 자세로 돌아온다.

세 아사나를 위한 안내

- 초보자는 임신 중기와 말기에 이 아사나들을 수련할 수 있고, 고급 수련생은 임신의 모든 기간 동안 수련할 수 있다(p.169~170의 제4장의 '아사나 분류' 참조).

- 균형을 더 잘 유지하기 위해서는 등, 발뒤꿈치의 뒤쪽, 엉덩이, 머리 뒤쪽을 벽에 대고 수련한다. 이렇게 하면 척추를 위로 쉽게 뻗을 수 있고 힘을 덜 들이면서 아사나로부터 최대의 이점을 얻을 수 있다. 복부에서 압박감을 덜 느끼게 되는 것은 체중이 상체의 앞면과 뒷면에 고르게 분산되기 때문이다.

- 복부가 너무 무거워져서 정렬과 균형을 찾기 어려울 때에는, 특히 임신 말기에는 트레슬(혹은 탁자)을 이용해서 수련한다. 뒤쪽 발을 트레슬(혹은 탁자 다리) 아래에 둔 목침에 댄다.

임신 초기: 불가능
임신 중기: 가능
임신 말기: 가능

효과

복부 부위의 둔중한
느낌을 없앤다.

요폐尿閉를 방지한다.

입덧을 줄여 준다.

간과 비장을 맛사지하여
소화력을 높인다.

골반 부위를 강화한다.

척추골을 부드럽게 만든다.

수련해서는 안 되는 경우

고혈압

심장 이상

임신 중독

어지러움

힌트: 피로를 줄이기 위해 한쪽에서 아사나를 행한 뒤 타다아사나로 돌아간 다음 다른 쪽에서 다시 시작해도 좋다.

파리가아사나
대문 자세

파리가아사나는 보조적인 아사나이다. 이것은 우티타 트리코나아사나Utthita Trikonasana와 우티타 파르스바코나아사나Utthita Parshvakonasana를 더 잘 할 수 있게 한다.

임신 초기: 불가능
임신 중기: 가능
임신 말기: 편안하게 느낄 때에만 가능

효과

상체의 측면을 늘인다.

복벽을 길어지게 하고 부드럽게 만든다.

1단계

1 두 손을 허리 위에 두고 담요 위에 무릎을 꿇는다.

2 정강이뼈로 담요를 누르고 발과 발가락은 똑바로 뒤를 향하게 한다.

3 오른쪽 다리를 들어올려 오른발을 옆으로 돌린 다음 다리를 비라바드라아사나 Ⅱ에서처럼 90°로 굽힌다.

4 굽힌 무릎은 밖으로 돌린 상태를 유지한다.

5 다리를 가운데로 되돌려 놓고 왼쪽으로도 되풀이한다.

2단계

1 엉덩이 높이가 바뀌지 않게 하면서 오른쪽 다리를 오른쪽 엉덩이와 일직선이 되게 하여 옆으로 똑바로 뻗는다. 발뒤꿈치를 뻗고 발바닥 앞쪽의 볼록한 부분을 목침 위에 놓거나 벽에 댄다. 다리를 똑바로 뻗은 상태를 유지하면서 종지뼈를 단단하게 조인다.

2 굽힌 무릎의 정강이뼈, 발목, 중족골metatarsals을 바닥에 대고 누른다.

3 두 팔을 어깨 높이에서 양옆으로 쭉 뻗는다.

3단계

1 숨을 내쉬며 가슴과 복부가 앞을 향하게 하면서 상체를 오른쪽 다리 옆으로 굽힌다.

2 오른손을 오른쪽 정강이뼈 위에 놓는다.

3 숨을 내쉬며 왼팔을 머리 위로 뻗고 왼쪽 귀와 나란하게 한다.

4 정상 호흡을 한다.

5 상체를 우티타 파르스바코나아사나에서처럼 천정을 향해 돌릴 수 있는 능력을 기른다.

자세 풀기

왼손을 허리에 얹고 상체를 들어올리며 일어난다. 다리를 가운데로 되돌려 놓고 왼쪽으로도 되풀이한다.

아르다 찬드라아사나, 다리 올리기 자세
반달 자세

임신 초기: 가능(몸을 받치고)
임신 중기: 가능
임신 말기: 가능

아르다는 '절반'을 의미하고 찬드라는 '달'을 의미한다. 이 자세는 반달을 닮았다.

이 자세는 임신한 여성에게는 크나큰 선물로 몸을 민첩하게 만들어 준다. 이 아사나가 본래 가진 뻗고 확장하게 하는 작용으로 거리낌 없는 자유를 느낄 수 있게 한다. 일부 서서 하는 아사나들은 임신한 여성들이 흔히 메스꺼움을 더 느끼게 만들기 때문에 수련해서는 안 된다. 그러나 이 아사나는 큰 도움을 준다.

아르다 찬드라아사나, 우파비스타 코나아사나, 받다 코나아사나는 편안함을 주는 자세들이다. 이 아사나들의 수련으로 자유롭고 평온하며 고요하고 자신있게 호흡하는 데 도움을 받을 수 있다.

효과

민첩하고 기운이 솟는 느낌을 준다.

심신의 침체와 피로를 없애 준다.

근심, 신경의 긴장, 피로로 인한 간헐적 우울증을 경감시킨다.

임신 중 출혈을 막는다.

가슴의 불편, 압박감, 두근거림을 없애 준다.

가슴을 강화하고 단단하게 만든다.

척추와 골반 근육을 튼튼하게 한다.

하복부 부위를 확장시켜 태아가 자유롭게 떠다니게 한다.

태반을 튼튼하게 한다.

가려움증을 줄인다.

특히 임신 중기에 호흡 곤란과 피로를 부르는 태아에 의한 위로 향한 압력을 완화시킨다.

상체가 유기적으로 내부로부터 펴지게 되어 흉곽, 복부, 횡격막 사이에 공간을 만들게 된다.

메스꺼움과 구토를 줄여준다.

복부에서의 무겁고 뭉친 느낌을 없애주고 복부를 정상 상태로 만든다.

골반 신경을 압박하는 자궁 경련을 예방한다. 상체와 척추가 신장되고 확장되어 압력을 줄인다.

1 등을 벽에 대고 타다아사나 자세로 선다(p.32 참조). 오른쪽에 목침을 둔다.

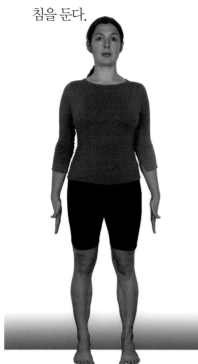

2 숨을 내쉬며 다리를 90~105cm 정도 벌리고 팔을 어깨와 나란히 수평으로 뻗는다.

3 오른쪽으로 우티타 트리코나아사나를 행한다. 1~2번 심호흡을 한다.

4 숨을 내쉬며 다리를 살짝 굽힌다. 오른쪽 손바닥을 다리 앞 30cm 정도에 놓은 목침이나 돌출된 바닥 위에 두어 척추가 아래로 기울지 않게 한다.

(임신하지 않은 여성이 하는 것과 같이) 손바닥을 바닥 위에 놓으면 척추가 아래 쪽으로 기울어지고 골반 양옆이 좁아져서 태아에게 해롭다.

5 팔을 내리는 동안 상체를 움직이고 왼쪽 발뒤꿈치를 들어 힘을 더 들이지 않고 위로 올라가게 한다. 발뒤꿈치와 다리가 시소seesaw처럼 올라가야 한다.

6 숨을 내쉬며 상체를 머리 방향으로 뻗고 왼쪽 다리를 들어올린다. 오른쪽 다리를 쭉 뻗고 단단한 상태로 유지한다.

7 왼팔을 두 어깨와 일직선을 이루게 하여 들어올린다.

8 이것이 완성 자세이다. 정상 호흡을 하면서 이 자세를 10~15초 동안 안정되게 유지한다.

자세 풀기

- 가슴 속에 만든 공간과 뒤쪽 다리에서의 확고함을 유지한다.
- 숨을 내쉬며 오른쪽 다리를 굽히고, 왼쪽 다리를 바닥으로 내린 다음 우티타 트리코나아사나로 되돌아온다.

자세 점검하기

> 오른쪽 다리를 수직으로 만든 상태에서 왼쪽 다리를 살짝 들어올리고 왼발의 발가락을 뻗는다. 왼쪽 다리를 들어올리는 동작과 오른쪽 다리를 뻗는 동작이 동시에 이루어지게 한다.

> 견갑골을 안으로 말아 넣고 가슴을 확장시킨다.

> 왼쪽 다리 뒷부분, 상체 뒷부분, 머리 뒷부분이 일직선을 이루어야 한다.

> 체중이 오른쪽 넓적다리와 엉덩이에 실려야 한다.

> 상체의 왼쪽 편이 천정을 마주보게 한다.

> 왼쪽 골반뼈를 위로 돌려서 골반을 넓힌다.

> 꼬리뼈를 말아 넣는다.

> 오른쪽 넓적다리와 오른팔 사이에 넉넉한 공간을 만들어 골반 오른쪽이 열리게 한다. 골반 오른쪽이 압박되어서는 안 된다.

> 좌골을 안으로 말아 넣는다.

> 왼쪽 다리가 골반뼈와 일직선에 있게 하거나 살짝 더 위에 오게 하여 자궁이 압박되지 않게 한다. 만일 다리가 골반 높이보다 낮으면 복부가 당겨져서 통증을 유발한다. 들어올린 다리를 쭉 뻗고 발을 향해 길게 늘인다. 다리가 아래쪽으로 끌려가면 안 된다.

> 척추가 기울어지거나 아래로 처지면 안 된다.

> 겨드랑이와 사타구니가 일직선 위에 있어야 한다.

> 위쪽의 손을 위로 뻗어서 흉부와 가슴의 압박을 줄인다. 더 바람직한 것은 여기에 제시된 것처럼 트레슬을 잡고 하거나 비슷한 것을 잡고 손을 들어올려서 행하는 것이다.

효과

수직 방향과 수평 방향으로 확장하고 뻗어서 자궁에 공간을 만들어 주고 자유롭게 호흡할 수 있게 한다.

혈압을 조절한다.

신장 기능을 정상으로 유지시켜 수분저류, 신장의 염증, 요통을 방지한다.

체중을 고르게 분산시키면서 꼬리뼈를 안으로 말아 넣으면 임신 말기 동안 처진 자궁을 편안하게 해 주어 자궁구와 질구를 자유롭게 만들고 출산을 쉽게 할 수 있게 한다. (통증을 피하기 위해 여성들은 종종 꼬리뼈를 튀어나오게 하여서는데 실제로는 이것이 통증이나 다른 문제들을 더 키운다.)

수련해서는 안 되는 경우

임신 중독

47

조언과 적합한 변형 자세

● 피로를 줄이려면 한쪽 편에서 아사나를 행한 뒤에 타다아사나로 돌아온 다음, 반대쪽에서 다시 시작할 수 있다.

● 안전하게 균형을 잡기 위해 언제나 벽이나 트레슬의 도움을 받는다.

● 사진에서 보는 것처럼 벽과 의자를 이용할 수도 있다.

● 과체중이거나 우티타 트리코나아사나를 행하기 어려우면 손을 놓는 것과 다리를 들어올리는 것만 동시에 할 수 있다.

파르스보타나아사나
강하게 가슴을 뻗는 자세

임신 초기: 가능(몸을 받치고)
임신 중기: 가능
임신 말기: 가능

임신한 여성들은 반드시 골반 관절을 느슨하고 쉽게 움직일 수 있게 유지해야 한다. 골반이 넓혀지고 고관절이 느슨하면 출산을 더 쉽게 하는 데 도움이 된다. 이 아사나는 골반과 복부 부위를 넓히고 확장하여 임신부를 민첩하고 자유롭게 움직일 수 있게 한다.

파르스바는 '옆'이나 '옆구리'를 뜻하고, 우타나는 '강한 뻗침'을 뜻한다. 이 자세로 가슴 옆부분을 신장시킬 수 있다.

1 타다아사나 자세
(p.32 참조)로 선다.

2 파스치마 나마스카라아사나로 시작한다. 즉 등 뒤에서 합장하고 손가락이 허리를 향해 아래를 가리키게 한다. 손목과 손바닥을 안으로 돌려서 손바닥을 등 가운데 부분 위로 올린다.

3 손가락을 견갑골과 일직선이 되게 하고 위를 가리키게 한다.

효과
복부 근육을 강화한다.
허리 통증을 없애 준다.
횡격막을 부드럽게 만들고 가슴 공간을 확장한다.
몸의 뻣뻣함을 없앤다.
복부의 압박감을 없앤다.
입덧 증상을 완화한다.
골반 관절을 느슨하고 자유롭게 움직이게 한다.
골반과 복부 부위를 넓힌다.
민첩하고 자유롭게 움직이게 한다.
출산을 더 쉽게 할 수 있게 한다.
고혈압을 낮춘다.
임신 기간 내내 수련할 수 있다.

수련해서는 안 되는 경우

p.51의 '조언과 적합한 변형 자세' 참조

힌트: 피로를 줄이기 위해 한쪽에서 아사나를 행한 뒤 타다아사나로 돌아간 다음 다른 쪽에서 다시 시작해도 좋다.

4 손바닥을 서로 맞누르고 팔꿈치를 뒤로 움직여 가슴이 좁아지지 않게 한다. 가슴을 활짝 펴고 흉골을 들어올린다.

5 숨을 들이마시며 다리를 90~105cm 벌린다. 잠시 이 자세에 머물면서 정상 호흡을 한다.

6 오른쪽 다리를 밖으로 90° 돌리고 왼쪽 다리는 안으로 돌린다. 이와 동시에 상체를 오른쪽으로 돌린다.

7 (임신하지 않은 여성이 머리를 뻗는 것처럼) 머리를 뒤로 뻗지 않는다.

8 그 대신에 골반을 들어올리고 가슴을 뻗고 확장시킨다. 이 자세로 10~15초 동안 머문다.

9 상체를 오른쪽 다리를 향해 굽힐 때 상체가 바닥과 평행을 이루어 복부에 압력이 가해지지 않게 한다.

10 꼬리뼈에서 목 부위에 이르기까지 척추를 머리 방향으로 쭉 뻗어야 한다. 무릎에 닿으려 시도하면 안 된다.

11 이 완성 자세에서 20~30초 동안 정상 호흡을 하면서 머문다.

12 골반과 가슴의 넓이를 유지하면서 몸을 일으킨다. 왼쪽으로도 행하고 타다아사나 자세로 되돌아온다.

자세 점검하기

〉 상체 중앙이 넓적다리 가운데 위에 오게 한다.
〉 다리에 단단히 힘을 주고 척추를 머리 쪽으로 뻗는다.
〉 두 골반뼈가 평행을 유지하게 한다.
〉 가슴을 활짝 편 상태로 유지하고 안으로 움푹 들어가게 하지 않는다.
〉 복부 왼쪽을 오른쪽으로 돌려 바닥과 평행이 되게 한다.
〉 반드시 복부가 넓적다리와 맞대어져서 압착되지 않게 한다. 임신 기간이 길어지게 됨에 따라 그에 의해 상체를 얼마나 낮출지가 결정될 것이다.

조언과 적합한 변형 자세

● 이 아사나를 다음과 같이 두 부분으로 나누어 수련
  할 수 있다.
– 첫 번째 부분: 손과 팔로만
– 두 번째 부분: 손, 팔, 다리로

● 이 아사나를 등 뒤에서 손을 포개고 할 수 없다면 그 대신에 팔꿈치를 잡을 수 있다.

● 균형 잡기가 힘들면 손바닥이나 손가락을 발 양쪽 옆에 둔 목침에 놓아 높이를 올려서 수련할 수 있다.

● 뒤쪽 발에 체중을 더 많이 싣기 위해 앞쪽의 발바닥을 둥근 모서리 블록 위에 올려놓을 수 있다.

● 몸 양옆을 잘 늘이기 위해 의자 등받이 위에 팔을 올려 두고 뻗는다.

비라바드라아사나Virabhadrasana Ⅰ과 Ⅲ: 힘과 균형

비라바드라아사나 Ⅰ
전사 자세 Ⅰ

이 자세는 비라바드라(전사)를 따라 이름이 붙여졌다. 이 아사나는 균형 감각이 생기게 하고 몸을 확고하게 만든다.

1 타다아사나 자세(p.32 참조)로 서서 천정에 매단 로프나 머리 위쪽의 문틀을 잡는다.

2 숨을 내쉬며 오른발을 앞으로 내고 왼쪽 다리를 뒤로 보낸다.

3 로프나 문틀을 단단히 잡고 숨을 내쉬며 오른쪽 다리를 굽힌다.

4 임신부는 앞쪽의 다리를 90°로 굽히려 해서는 안 된다. 넓적다리가 약간 위에 있게 하는 것이 낫다. 이렇게 하면 복부가 넓적다리로 인해 압박되는 것을 막을 수 있다.

5 뒤쪽의 다리를 뒤로 뻗는다.

6 위를 바라보는 대신에 머리를 똑바로 세워도 좋다.

7 척추를 머리를 향해 위로 쭉 뻗어 자궁에 압력이 가는 것을 막는다.

자세 점검하기

〉 오른쪽 다리를 굽히는 동안 왼쪽 다리를 단단하고 곧은 상태로 유지한다.

〉 천정에 매단 로프를 잡고 팔을 뻗는다. 임신했을 때 팔을 위로 뻗으면 유리 늑골(몸 양쪽 옆의 아래에 있는 두 개의 갈비뼈)이 느슨해지고 들어올려져서 복부에 가해지는 압력을 막을 수 있다.

〉 손, 머리, 항문이 서로 일직선을 이루게 한다.

〉 임신 기간 내내 척추를 건강한 상태에 있게 하는 것이 중요하다. 척추를 확고하게 만들기 위해서는 두 골반뼈가 균형이 맞아야 한다. 즉 서로 평행하고 앞을 향해 있으며 옆으로 기울지 않아야 한다.

임신 초기: 불가능
임신 중기: 가능
임신 말기: 가능

8 이것이 완성 자세이다. 정상 호흡을 하면서 10초 동안 머문다.

9 척추와 상체의 공간을 유지하면서 숨을 들이마시며 자세를 푼다. 두 발을 모으고 왼쪽에서도 되풀이한다.

10 타다아사나로 되돌아온다.

효과

균형 감각이 생기게 하고 몸을 확고하게 만든다.

입덧의 강도를 약화시킨다. (그러나 입덧을 하는 동안에는 수련해서는 안 된다.)

간과 비장을 마사지하여 소화를 개선시키는 데 도움을 준다.

복부의 압박감을 완화시킨다.

꼬리뼈의 통증을 덜어 준다.

위에 가스가 차는 것을 완화시킨다.

신장을 씻어 내린다. 임신 마지막 단계에서 안에서 뭉친 느낌을 진정시키는 데 도움이 된다.

조언

안정감과 균형을 위해

● 손가락을 벽에 대고 앞쪽의 발바닥을 받침대에 놓고 수련한다.

● 몸을 완전히 들어올리고 안정감을 얻기 위해 트레슬이나 탁자를 이용하여 수련한다.

수련해서는 안 되는 경우

고혈압

다리 부종

유산 우려가 있을 때

질 분비물

지속 구토

복부가 너무 무거워지고 불편을 느끼면 임신 마지막 두 달에는 수련을 피한다.

비라바드라아사나 Ⅲ
전사 자세 Ⅲ

임신 초기: 불가능
임신 중기: 가능
임신 말기: 가능

팔과 들어올린 다리를 완전히 받치고 행하는 이 아사나
는 평정과 균형을 기르고 다리를 튼튼하게 하며 복부의
기관들을 정상 상태로 만든다.

준비:
팔을 뻗을 수 있는 탁자나 다른 돌출된 바닥과 들어올린
발을 위한 의자 등받이나 그와 비슷한 것이 있어야 한다.

효과
척추를 정상 상태로 만들어 준다.
요통과 둔부의 문제들을 완화시킨다.
꼬리뼈 주위의 근육을 정상 상태로 만든다.
심장에 휴식을 준다.

1 타다아사나 자세(p.32 참조)로
서서 팔을 들어올려 우르드바
하스타아사나 자세(p.35 참조)
를 행한다.

2 앞으로 몸을 굽혀 아르다 우타
나아사나Ardha Uttanasana
(p.60 참조)를 행한다.

3 두 팔을 트레슬이나 탁자 위에
놓고 앞으로 쭉 뻗는다.

4 두 다리를 굽힌 다음 왼쪽 다
리를 뒤로 뻗어 발이나 정강이
를 뒤에 놓인 지지물 위에 둔
다. 앞쪽의 다리는 곧게 편다.

5 오른쪽 다리에 단단히 힘을 주
어 안정시키고 종지뼈를 안으
로 끌어당긴다.

6 왼쪽 다리는 뒤로, 상체는 앞
으로 뻗는다.

7 중력의 중심은 오른쪽 다리에
있다. 상체의 양 옆쪽을 팔을
향해 앞으로 뻗는다.

8 골반뼈가 바닥과 나란한 상태
가 되게 한다.

9 정상 호흡을 하면서 10~15초
동안 이 자세를 유지하고, 왼
쪽 다리를 내려놓은 다음 왼쪽
편에서도 되풀이한다.

10 상체 양 옆면의 확고함과 뻗음
을 유지하면서 들숨과 함께 자
세를 푼다. 타다아사나 자세로
서거나 아르다 우타나아사나
자세로 쉰다.

프라사리타 파도타나아사나
다리를 넓게 벌려 강하게 뻗는 자세

임신 초기: 가능(등을 오목하게 하여)
임신 중기: 가능
임신 말기: 가능

많은 임신부들은 불편과 압박감을 주는 요통과 '조이는' 느낌을 호소한다. 관절은 무겁고 뻣뻣하게 느껴진다. 프라사리타 파도타나아사나는 이러한 불만에 대한 해답이 되며, 임신은 물론 생리 중인 여성들에게 이상적인 아사나이다.

프라사리타는 '뻗어진', 혹은 '확장된'을 뜻하고 파다 pada는 '발'이나 '다리'를 의미한다. 이 자세는 다리와 척추를 강하게 뻗을 수 있게 하고 서서 하는 아사나에서 다리로 하는 작업에 대해 몸과 마음을 준비시킨다. 또 서로 다른 방향으로 뻗을 때 기초를 잡고 동작을 조정하는 것을 가르쳐 준다.

이 자세를 통해 몸 내부의 공간을 여는 것을 배울 수 있으며, 넓음에 대한 순응, 깊은 호흡, 감각과 두뇌의 이완도 배울 수 있다. 긍정적인 효과들은 우리가 상상할 수 있는 만큼 광범위하다.

1단계

1 두 발을 엉덩이 너비로 벌리고 산 자세인 타다아사나에서 시작한다.

2 팔과 손의 안쪽을 바깥으로 돌려서 가슴을 들어올리고 넓힌다.

3 가슴을 들어올린 상태를 유지하면서 손을 안으로 돌린다.

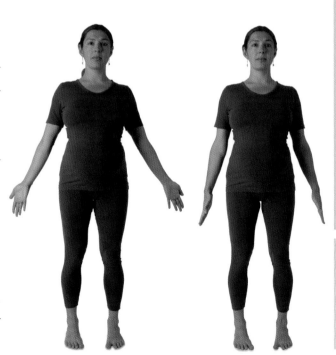

효과

발, 무릎, 다리, 엉덩이의 인대와 근육을 발달시키고 강화한다.

골반 부위를 뻗게 하고 넓힌다.

상체의 모든 장기들을 들어올리고 그것들을 제 위치에 있게 한다.

호흡을 좋게 하고 심장에 휴식을 준다.

고혈압을 낮춘다.

혈액 순환을 촉진하고 소화가 잘 되게 한다.

오랫동안 서 있거나 앉아서 생기는 골반과 복부 부위의 압력과 압박감을 줄인다.

척추 아래쪽을 더 유연하게 만든다.

신경계를 진정시킨다.

입덧과 메스꺼움을 완화한다.

특히 의자의 앉는 부분에 이마를 대고 있을 때는 메스꺼움을 줄여 주고 머리를 이완시키며 호흡이 쉽게 이루어지게 한다.

수련해서는 안 되는 경우

임신 중독 증세

극도의 피로

4 다리를 120~135cm 정도 벌린다. 껑충 뛰어서는 안 된다!

5 두 발의 바깥쪽이 서로 평행을 이루게 하고 발바닥을 잘 편다. 발가락도 벌려서 앞으로 쭉 뻗게 한다.

6 발의 바깥쪽, 발뒤꿈치 전체, 발뒤꿈치 안쪽과 바깥쪽 테두리에 단단히 힘을 준다. 엄지발가락과 새끼발가락 아래의 둥근 부분을 넓게 펴서 바닥 위에 놓는다.

7 종지뼈를 들어올리고 그 가운데를 무릎 안쪽으로 당긴다.

8 정강이뼈와 넓적다리 위쪽을 뒤로 당긴다.

9 꼬리뼈를 아래로 내리면서 안으로 넣는다.

10 복부의 피부, 배꼽, 흉골을 들어올린다.

2단계

1 앞으로 몸을 굽히고 정강이, 무릎, 넓적다리 위쪽을 뒤로 쭉 뻗는다. 다리의 반발력을 이용하여 척추 전체를 앞으로 뻗고 손을 바닥 위 어깨 아래에 있는 목침 위에 둔다.

2 엉덩이뼈와 발뒤꿈치가 일직선에 놓이게 한다. 배꼽, 가슴, 겨드랑이와 함께 척추 전체를 앞으로 계속 뻗는다.

3 쇄골을 넓히고 어깨를 귀에서 멀어지게 움직이며 목과 목 옆면을 길게 늘이고 턱을 가슴으로부터 멀리 들어올린다.

4 엉덩이뼈를 위로 움직여서 두 엉덩이뼈가 가능한 한 서로 멀리 떨어지게 하여 천골(척추와 꼬리뼈 사이의 평평한 뼈)을 안으로 당겨 넣는다. 상체의 옆면과 복벽의 길이를 그대로 유지한다.

5 이 자세로 30~60초 정도 머문다. 편안하게 느끼면 이 잘 잡은 자세를 훨씬 더 오랫동안 계속할 수 있다. 집중력이 줄어들면 좀 더 일찍 자세를 푼다.

조언

- 지나치게 피로하거나 경추 부위(척추 위쪽)나 눈에 문제가 있으면 프라사리타 파도타나아사나를 살람바 시르사아사나(p.97)의 대체 자세로 수련할 수 있다.

- 태아가 골반바닥에 압력을 가해 복부를 들어올리는 것이 어려우면 발 바깥쪽을 목침에 대고 손은 목침이나 의자 위에 놓고 수련할 수 있다.

트레슬이나 탁자를 이용한다.

자세 점검하기

> 엄지, 검지, 발바닥의 볼록한 부분이 단단히 자리 잡게 한다.
> 넓적다리 앞부분을 뒤로 당기고 다리 안쪽을 들어올려서 다리에서 자세 조정이 강하게 이루어지게 한다. 이렇게 하면 사타구니와 엉덩이뼈를 다리 안쪽에서 멀어지게 만들고 척추 전체를 바닥과 평행한 상태로 골반으로부터 멀리 뻗을 수 있게 된다.
> 고르게 호흡한다.

자세 풀기

1 자세에서 나올 때 껑충 뛰면 안 된다. 발을 걷듯이 옮겨서 자세에서 나온다.

2 숨을 들이마시며 상체를 들어올린다.

3 두 발 간격을 엉덩이 너비로 줄여 타다아사나 자세를 만든다.

4 골반이 넓혀지고 두 발이 자리를 단단히 잡고 있음을 느끼며, 다리 안쪽이 생기를 띠고 길어짐을 느낀다. 더 깊은 호흡과 마음의 평화를 즐긴다.

특별 지침

수평 뻗기

- 임신 기간 동안에는 척추를 뻗을 때 등을 오목하게 해야 한다. 이렇게 하면 팔꿈치와 무릎 관절의 뻣뻣함을 느슨하게 하는 데 도움이 된다.
- 척추를 바닥과 평행하게 뻗으면 요통과 관절의 통증을 줄일 수 있다.
- 수평으로 뻗으면 심장이 휴식을 취할 수 있다.
- 원래의 아사나에서는 척추와 머리를 바닥 쪽으로 수직으로 뻗어야 한다. 임신 중에는 척추를 수평 방향으로, 즉 등을 오목하게 해서 뻗어야 한다. 이렇게 하면 상체가 엉덩이에서 목까지 오목해진다. 복부 부위와 허리를 머리 쪽으로 뻗는다. 이 동작으로 아기를 살 받쳐 줄 수 있다.

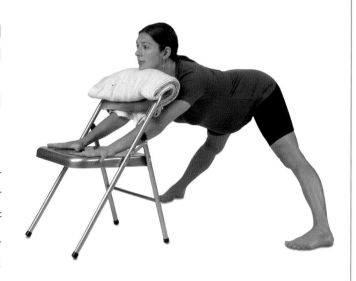

의자 이용하기

- 등이 뻣뻣하면 의자를 이용하여 자세로 더 깊이 들어가서 더 오랫동안 머물 수 있다. 나아가 척추를 바닥과 평행하게 뻗도록 도움을 받을 수 있다.
- 1단계: 등을 오목하게 하고 턱은 의자 등받이 위에 둔다.
- 2단계: 이마를 의자 등받이나 의자의 앉는 부분 위에 내려놓는다.
  특히 머리를 의자의 앉는 부분 위에 내려놓았을 때에는 메스꺼움이 경감되고 머리가 이완되며 호흡하기가 쉬워진다.

아래의 증상이 있을 때에는 위에 설명한 대로 의자를 이용하여 수련한다.

- 고혈압
- 임신 중기와 말기의 경직된 몸
- 생리 기간 중의 심한 출혈
- 심한 피로
- 심한 두통

아르다 우타나아사나
강하게 앞으로 뻗기의 절반 동작

임신 초기: 가능
임신 중기: 가능
임신 말기: 가능

아르다 우타나아사나는 살람바 시르사아사나 이전에 행하는 연속된 아사나들 중 마지막 아사나이자 살람바 시르사아사나 이후에 행하는 첫 아사나이다.

원래의 아사나에서는 몸을 두 배로 신장시킨다. 그러나 임신 중에는 복부를 압박하지 않도록 주의해야 하므로 임신 중기까지만 이것을 수련하고 이후에는 변형된 형태로 수련해야 할 것이다.

임신이 진행되면 복부가 치골을 누르기 때문에 두 발을 모으고 있는 것이 어렵다. 또한 아래로 몸을 너무 굽혀서 자궁이 넓적다리에 맞대어져서 압박되면 아기가 위로 밀려난다. 이렇게 되면 아기의 위치가 바뀌게 될 수 있는데, 이는 반드시 피해야 한다.

이런 이유로 이 아사나는 다리를 벌리고 손을 높이가 있는 지지대 위에 놓아 복부에 압력이 가해지지 않게 하고서 수련해야 한다.

효과

아래의 효과들은 모든 변형된 아르다 우타나아사나에 해당된다.

우울증을 없애 준다.

마음을 진정시킨다.

복통을 완화한다.

내부 장기를 튼튼하게 만든다.

소화액 분비를 돕는다.

태아가 자라고 사지를 뻗을 수 있는 공간을 만든다.

자궁 경부와 질의 뒤쪽을 길고 곧게 만들어 그 부위의 혈액 순환을 촉진시킨다.

혈압이 정상화된다.

요통을 완화한다.

변형된 방법

1 타다아사나 자세(p.32 참조)로 서서 다리를 30~45cm 정도 벌린다. 발의 바깥면이 서로 평행하게 한다.

2 숨을 들이마시며 팔을 뻗어 타다아사나에서의 우르드바 바당굴리야아사나(p.34 참조)를 행한 뒤 우르드바 하스타아사나(p.35 참조) 자세로 들어간다.

3 숨을 내쉬며 척추를 늘이면서 상체를 앞으로 굽힌다.

4 임신 3개월에서 5개월까지: 손바닥을 두 개의 목침과 같이 높이가 있는 보조 기구 위에 놓는다.

5 임신 5개월에서 7개월까지: 탁자나 트레슬에 대고 팔을 뻗는다.

6 임신 7~8개월: 팔짱을 낀 팔을 받침대, 탁자, 트레슬과 같은 높이가 있는 보조 기구에 받치고 수련한다.

7 마지막 달까지: 팔꿈치를 굽히고 아래팔을 뻗으며 머리 정수리를 보조 기구에 맞댄다. 팔이 받침대, 탁자, 혹은 단 위에 단단히 놓이면 상체를 다리에서 팔까지 쭉 뻗을 수 있다. 이렇게 하면 매우 편안함을 느낄 수 있다. 팔꿈치 둘레에 벨트를 둘러 팔꿈치가 밖으로 밀려나지 않게 한다.

a 등을 오목하게 한다.

b 머리를 척추와 일직선에 둔다.

8 정상 호흡을 하면서 이 자세로 30~60초 정도 머문다.

9 만들어진 공간을 유지하면서 의지할 수 있도록 손을 적절히 내려놓고, 발을 안으로 옮긴 다음 숨을 들이마시며 몸을 일으킨다.

로프와 의자를 이용한 아르다 우타나아사나

등을 오목하게 하여 자세를 잡기 위해 손을 의자 위에 놓는다.

더 많이 뻗기 위해 손을 의자 등받이 위에 놓고 뻗는다.

자세 점검하기

〉 척추 중간과 아랫부분을 뻗는다.

〉 가슴을 활짝 편다.

〉 발가락은 안으로, 발뒤꿈치는 밖으로 돌려서 복부의 압력을 줄인다.

〉 아래쪽 갈비뼈들을 늘인다.

〉 무릎을 굽히면 안 된다. 종지뼈와 넓적다리 앞쪽의 근육을 위로 당긴다.

아도 무카 스바나아사나
얼굴을 아래로 한 개 자세

이 아사나는 살람바 시르사아사나 이전에 행해지는 일련의 아사나들 중 두 번째 아사나로 마하 무드라Maha Mudra 다음에 수련한다. 이것은 피로를 없애기 위해 고안된 것이므로 이 일련의 아사나들 중 중요한 위치를 차지한다.

아도는 '아래로'를, 무카는 '얼굴'을, 그리고 스바는 '개'를 뜻한다. 이 아사나는 머리를 아래로 하여 몸을 쭉 뻗는 개를 닮았다.

1 타다아사나 자세(p.32 참조)로 선다.

2 숨을 내쉬며 몸을 내려 우타나아 시니 자세(p.213 참조)를 취한다.

3 손을 지지하기 위해 손바닥을 목침 위에 둔다.

4 무릎을 굽히고 다리를 하나씩 120~135cm 정도 뒤로 보낸다. 몇 걸음 뒤로 발을 옮겨 이렇게 할 수도 있다. 손바닥을 펴고 손가락을 뻗는다. 두 발을 평행하게 하고 발가락을 뻗는다.

임신이 진행됨에 따라 두 발을 더 멀리 벌린다. 여기에서는 새끼발가락 옆이 매트의 가장자리에 닿게 하여 매트 너비로 벌리고 있다.

5 넓적다리를 뒤로 쭉 뻗고, 종지뼈를 안으로 당기며, 발뒤꿈치를 바닥 위에 내려놓고 1~2번 호흡을 한다.

6 숨을 내쉬며 팔과 다리를 쭉 뻗으며 넓적다리를 뒤로 민다. 상체를 다리 방향으로 움직인다.

7 발뒤꿈치를 바닥에 대고 누르고 이마는 큰베개 위에 얹는다. (머리를 억지로 큰베개에 닿게 하지 말고, 그보다는 머리가 쉽게 낳을 수 있도록 큰베개에 높이를 더한다.)

8 정상 호흡을 하면서 이 완성 자세에서 15~20초 동안 머문다.

자세 점검하기

> 무릎을 굽히지 않는다.
> 견갑골을 안으로 말아 넣고 가슴을 넓힌다.
> 팔꿈치에 힘을 주어 단단히 고정시킨다.
> 반발력을 만들면서 검지와 엄지를 뻗는다.
> 두 발의 바깥쪽을 평행하게 만든다.
> 발목 안쪽이 들어올려지게 한다.
> 넓적다리 안쪽과 무릎을 뒤로 뻗는다.
> 횡격막과 목을 느슨히 이완한다.

자세 풀기

척추의 공간을 유지하면서 숨을 들이마시며 머리를 바닥에서 떼어 들어올린다. 두 발을 다시 되돌려 아르다 우타나아사나 자세로 돌아온다.

다른 보조 기구 사용하기

1 의자나 벤치와 같이 손을 놓을 수 있는
  훨씬 더 높은 받침대를 마련한다.

- 두 손을 받침대 위에 두고 발을 뒤로 옮
  긴다.

- 우타나아사나로 돌아온다

2 벽에 매단 로프, 머리를 받치는 보조 기
  구, 발뒤꿈치를 위한 경사진 블록 등을
  이용하여 아도 무카 스바나아사나를 수
  련한다.

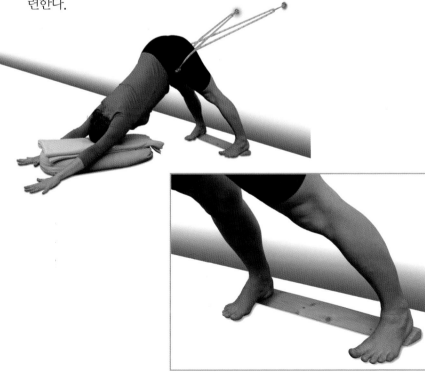

임신 초기: 가능
임신 중기: 가능
임신 말기: 가능

효과

머리를 받치면
평온한 느낌을 주고,
혈압을 내리며
두통을 완화한다.

명랑한 기분을 만들어 준다.

두뇌의 혈액 공급을 늘인다.

숨 가쁨, 심한 피로,
가슴 떨림을 없애 준다.

혈압과 심장 박동을
정상으로 회복시킨다.

횡격막을 가볍고 부드럽게
만들며 흉강을 넓힌다.

신경계를 정상화하고
건망증, 변덕스러운 기분,
우울증을 막아 준다.

척추 근육을 강화하고
척추를 뻗게 한다.

꼬리뼈에서 느껴지는
요통이
사라지게 한다.

유리 늑골(가슴 양쪽
맨 아래의 두 개의 갈비뼈)을
자유롭게 만들고
늑간 근육이 펴지게 한다.

다리와 발목의 부기를 뺀다.

머리의 압박감을 완화하고
머리로 혈액이 세차게
흘러 들어가는 것을 막아
시르사아사나를
준비할 수 있게 한다.

앉아서 하는 아사나
우파비스타 스티티

단다아사나
지팡이 자세

단다는 '지팡이'를 의미한다. 이 아사나는 지팡이나 막대기를 닮았다. 타다아사나가 서서 하는 아사나의 기본자세인 것과 같이 단다아사나는 앉아서 하는 모든 아사나의 기본자세이다.

1 7~10cm 두께로 접은 담요나 큰베개 위에 앉는다. 이때 엉덩이가 발보다 높은 위치에 있어야 한다.

2 두 다리를 앞으로 뻗고 똑바로 앉는다.

임신 초기: 두 넓적다리, 무릎, 발목, 발가락을 함께 모은다.

임신 중기와 말기: 두 발을 30~45cm 벌려서 복부에 공간이 생기게 하고 치골에 압력을 줄인다.

3 발가락은 천정 쪽으로 뻗는다.

4 엉덩이 양옆 바닥 위에 손바닥을 놓고 손가락은 앞을 가리키게 한다.

5 가슴을 들어올린 상태로 유지하고 머리와 목은 바르게 세우며 앞을 똑바로 바라본다.

수련해서는 안 되는 경우와 조언

● 등 근육이 약하거나 심장에 문제가 있다면 등을 벽에 대고 앉거나, 여기에 보는 것처럼 도움을 받기 위해 벽의 로프를 이용하면서 발을 벽에 대고 앉아야 한다.

● 교사의 도움을 받을 수 있으면 여기에 보는 것처럼 수련할 수도 있다.

벽과 로프 이용 - 두 발을 벽에 댄다.

일반인을 위한 아사나의 세부 설명

(단다아사나와 우르드바 하스타 단다아사나를 위하여)

임신 중기와 말기: 두 발을 벌린다.

임신 초기: 가능(5초 이상 지속하면 안 된다.)

임신 중기: 가능(발을 벌리고)

임신 말기: 가능(발을 벌리고)

효과

다리 근육을 뻗게 한다.

복부 장기를 마사지해 준다.

허리 근육을 강화한다.

신장을 정상 상태로 만든다.

척추를 바로 세우고 앉을 수 있도록 훈련시킨다.

6 이것이 완성 자세이다. 정상 호흡을 하고 '자세 점검하기'에 나오는 사항들을 지키면서 이 자세로 5초 동안 머문다.

자세 풀기

척추 기둥의 길이와 확고함을 유지하면서 숨을 들이마시며 다리를 굽힌다.

자세 점검하기

> 무릎과 넓적다리뼈를 바닥 쪽으로 누르고 허리는 들어올린다.

> 엉덩이, 등, 머리를 일직선에 두고 바닥과 수직을 이루게 한다.

> 척추 기둥을 확고히 들어올리고 갈비뼈와 가슴을 확장시킨다.

> 복부의 장기들을 위로 들어올린다.

> 척추 기둥의 길이와 확고함을 유지하면서 30~60초 동안 머문 다음 숨을 들이마시며 다리를 굽혀 자세를 푼다.

우르드바 하스타 단다아사나
팔을 위로 뻗은 지팡이 자세

1 손가락을 길게 늘이고 팔을 어깨와 일직선이 되게 앞으로 뻗는다.

2 숨을 들이마시며 팔을 귀와 나란하게 하여 위로 천정을 향하여 뻗는다.

3 몸을 들어올리면서 무릎과 넓적다리뼈를 바닥에 누르는 상태를 유지하면서 허리와 가슴 측면을 들어올린다.

4 견갑골을 안으로 말아 넣는다.

5 가슴과 가슴 측면의 들어올림을 유지하면서 10~15초 동안 머문 다음 뻗은 팔을 아래로 내린다.

수련해서는 안 되는 경우와 조언

● 가슴 떨림이나 고혈압과 같은 심장의 문제가 있다면 이 아사나는 벽에 매단 로프를 이용하여 수련한다. 등은 벽에 맞대고 엉덩이를 받치고 앉는다.

임신 초기: 가능(5초 이상 지속하지 않는다.)

임신 중기: 가능(발을 벌리고)

임신 말기: 가능(발을 벌리고)

효과

다리의 근육을 강화하고 뻗게 한다.

복부의 장기를 들어올린다.

몸통 측면을 들어올린다.

복부의 피부를 들어올린다.

허리 근육을 강화한다.

신장을 정상 상태로 만든다.

척추를 바르게 하여 앉도록 훈련시킨다.

앉아서 앞으로 굽히는 모든 동작에 대해 준비하게 한다.

보조 기구 없이

벽과 로프를 이용하여

받다 코나아사나
묶인 각도 자세

임신 초기: 가능
임신 중기: 가능
임신 말기: 가능

임신한 여성들에게 권장되는 아사나들 중 받다 코나아사나는 목록에서 가장 앞자리를 차지한다. 이것은 신장과 골반 부위를 정상 상태로 만들고 호흡계의 긴장을 이완시켜 호흡이 자유롭게 이루어지게 한다. 이 아사나는 언제나 등을 곧게 펴고 행해서 허리 부위에 무리를 주지 않고 척추를 펼 수 있게 한다.

1 엉덩이 밑에 7~10cm 정도 두께로 접은 담요나 큰베개를 놓고 단다아사나 자세(p.64 참조)로 앉는다. 이렇게 하면 엉덩이가 발보다 높은 위치에 있게 된다.

2 다리를 굽혀서 두 발을 사타구니 쪽으로 가져온다.

3 발바닥과 발뒤꿈치를 나마스테(인도식 인사 방식)를 할 때처럼 함께 모은다.

4 두 손이나 벨트로 양발을 잡고 발뒤꿈치를 회음 쪽으로 가져간다. 발의 바깥쪽 가장자리가 바닥에 닿아야 한다. 정상 호흡을 한다.

5 넓적다리를 넓게 벌리고 무릎이 바닥에 닿게 한다.

6 사타구니를 신장시키고 무릎을 넓적다리와 일직선을 이루게 하여 바닥에 내린다.

효과

요통을 진정시킨다.

골반 부위와 허리의 근육을 강화한다.

신장 기능을 좋게 하고 비뇨기와 자궁의 이상을 없애는 데 도움을 준다.

잦은 소변 및 그와 관련된 타는 듯한 느낌을 경감시킨다.

질 분비물과 그로 인한 불편감과 염증을 사라지게 한다.

당기고 가려운 느낌이 들게 하는 피부와 복부 근육의 긴장을 줄인다.

자궁이 골반의 큰 정맥들을 눌러 혈액 순환을 방해하고 수분 저류를 일으키는 현상을 바로잡는다.

골반바닥 근육을 자유롭게 한다. 이는 다리의 자세 잡기로 인해 다리가 연꽃잎처럼 활짝 열리기 때문이다.

등을 벽에 기대고 앉으면 별다른 노력을 하지 않고도 척추를 들어올린 상태를 유지할 수 있어 호흡계에 도움이 된다. 특히 임신 말기에 이롭다.

하복부의 압박감을 없애 주고 호흡이 쉽게 이루어지게 한다.

질, 항문, 척추의 아랫부분이 눌리는 것을 완화시킨다.

7 종아리 근육을 넓적다리 안쪽 옆에 나란히 두고 발뒤꿈치를 회음 쪽으로 더 가까이 당긴다.

8 두 손으로 발을 잡고 무릎, 발목, 넓적다리를 바닥 쪽으로 누르며 상체를 위로 뻗는다. 복부 부위에 주의하고 목을 곧게 유지한다.

9 이 완성 자세에 30~60초 동안 머물면서 정상 호흡을 한다. 나중에 가능한 한 시간을 더 늘린다.

10 몸을 들어올린 상태와 다리 안쪽의 길이를 유지하면서 숨을 들이마시며 단다아사나 자세로 돌아온다.

11 이 자세로 더 오래 앉기 위해서는 등을 벽에 댄다. 이렇게 하면 끝까지 등을 받칠 수 있어 등에 긴장이 느껴지지 않는다.

힌트: 이 아사나에서 정상 호흡을 하면서 고요히 앉아 있을 수 있으면 내면의 평화와 균형을 경험할 것이다. 복부 기관에 가해지는 긴장이 줄어들고 근육은 이완된다.

이 아사나는 프라나야마 수련(p.143 참조)을 위해 권장되기도 한다.

자세 점검하기

> 정강이뼈 옆 부분을 아래로 누른다.
> 배꼽에서부터 상체를 위로 신장시킨다. 손으로 발을 단단히 잡을수록 상체를 더 잘 들어 올릴 수 있다.
> 견갑골을 넓게 펴고 안으로 말아 넣는다.
> 엉덩이를 발보다 높게 하면 발뒤꿈치가 회음에 가까이 가지 않는다.

조언

- 유연성이 떨어지면 무릎을 바닥 위에 놓지 못할 수 있다. 억지로 무릎을 아래로 내리지 말고 사타구니를 무릎 쪽으로 신장시킨다. 이것을 할 수 없고 무릎이 골반 부위보다 더 높이 위치하면 다리가 자연스럽게 중력의 힘으로 내려가게 하고 억지로 힘을 가하지 않는다.

- 사타구니를 벌리는 수련을 하기 위해 담요를 말아서 발목 바깥쪽 아래에 둘 수 있다. 두 엄지발가락의 볼록한 부분을 서로 떼서 벌리고 발은 바깥쪽 가장자리가 바닥에 닿게 내려놓아 다리 안쪽이 쉽게 양옆으로 벌어지게 한다.

- 임신 기간의 마지막 몇 주 동안에는 척추와 복부를 더 민첩하게 움직이기 위해 다른 사람에게 목침과 10kg/20파운드짜리 웨이트를 발가락의 바닥 쪽에 맞대어 놓아 달라고 부탁하거나 목침, 받칠 수 있는 것, 벽에 매단 로프를 이용하여 수련한다.

- 양쪽 정강이 아래에 목침이나 둥글게 만 담요를 놓고 정강이를 그 위에 내려놓는다. 이렇게 하면 사타구니에 느껴지는 압력이 완화되어 더 편안하게 느낄 수 있을 것이다. 특히 무릎과 발목에 관절염이 있다면 이런 식으로 받쳐 주는 것을 권한다(p.70의 우파비스타 코나아사나도 참조).

- 이 자세로 더 오랫동안 앉기 위해서는 수련하는 동안 등이 긴장되지 않도록 몸을 받치기 위해 등을 벽에 대고 있어야 한다.

- 발을 잡는 대신 손바닥 옆 부분을 단다아사나에서처럼 엉덩이 양옆에 놓을 수 있다.

무릎을 받침

벽으로 받침

발목을 받침

발을 받쳐서 힘을 줌

의자, 트레슬 혹은 비슷한 것을 잡음

벽에 매단 로프와 목침

우파비스타 코나아사나
넓은 각도로 앉는 자세

우파비스타는 '앉기'를 의미한다. 이 아사나에서는 다리를 90~180° 사이의 둔각으로 벌려서 앉는다.

아이를 낳을 때가 다가오면 여러 가지로 불안한 마음이 들 수 있는데, 무엇보다 출산과 그에 따르는 진통에 대한 두려움이 생길 수 있다. 이런 불안한 마음은 임신 말기에 접어들어 출산일이 가까워지면서 점점 더 커진다.

아기를 바깥으로 밀어내기 위해서는 근육의 힘이 필요

하고, 사타구니는 유연하고 출산을 위한 준비가 되어 있어야 한다. 또 근육은 일정 정도의 고통을 감내하기 위해 단련되어야 한다.

받다 코나아사나와 우파비스타 코나아사나는 이런 목적에 가장 부합되는 이상적인 아사나이다. 척추의 아랫부분인 천골은 출산의 실제 과정에서 어마어마한 압력을 받는다. 이 두 아사나는 이 부분을 튼튼하게 만들어 진통을 견딜 수 있는 힘을 길러 주며 긴장을 받아들이는 데 필요한 유연성을 유지시켜 준다.

---

1 7~10cm 두께로 접은 담요 위에 단다아사나 자세(p.64 참조)로 앉는다. 다리를 벌리고 경련을 피하기 위해 하나씩 서서히 옆으로 뻗는다. 가능한 한 두 다리 사이의 거리가 넓어지게 한다.

2 발바닥을 단단하게 만들고 발가락이 위를 향하게 하여 바닥과 수직으로 세운다. 일반적으로 발을 안쪽으로 떨어뜨리는 경향이 있으므로 주의해야 한다.

3 다리를 넓게 벌리면 오금(넓적다리 뒤쪽 근육)에 통증이 생기지만 수련을 계속해야 한다. 통증은 곧 사라지기 때문이다.

4 손바닥은 넓적다리 옆에 둔다.

5 다리를 아래로 누르고 허리와 측면을 위로 들어올린다. 손바닥을 넓적다리 옆에 두고 있으므로 몸을 위로 들어올릴 때 두 지점으로부터 추가로 지지받을 수 있는 이점을 가진다.

6 손바닥과 다리를 아래로 누르면서 상체를 들어올린다.

7 상체를 들어올린 상태를 유지하면서 다리를 약간 굽히고 사타구니가 긴장되지 않게 하면서 다리를 가운데로 다시 가져와 원래의 자세로 되돌아온다.

자세 점검하기

〉 다리 뒷부분이 바닥에 완전히 닿아야 한다.

〉 무릎 뒷부분은 굽어지기가 쉬우므로 오금을 펴고 무릎을 아래로 누른 상태를 유지한다.

〉 견갑골을 등 쪽의 갈비뼈를 향해 밀어넣어 가슴을 활짝 펴고 가슴 앞부분을 들어올린다. 이것은 횡격막과 하복부 사이의 공간을 넓히기 위한 것이다. 손바닥을 넓적다리 옆에 두면 이렇게 하는 것이 쉬워진다.

〉 척추가 뻐근하면 말거나 접은 담요를 사진에서처럼 꼬리뼈 아래에 둔다.

일반인을 위한 아사나의 세부 설명

다리 뻗기:

웨이트를 발뒤꿈치에 맞댄다.

발뒤꿈치를 목침 위에 둔다.

임신 초기: 가능
임신 중기: 가능
임신 말기: 가능

효과

받다 코나아사나와
우파비스타 코나아사나의
효과는 거의 동일하다.

이 두 아사나는 골반 부위와
등 아랫부분의 근육을 강화하므로
이 둘을 수련하면 효과가 배가된다.

사타구니가 매우 경직되어
무릎을 받칠 수 있는 것을
사용하거나 하지 않거나
받다 코나아사나를 행하지 못하면
우파비스타 코나아사나가
큰 효과를 낼 수 있다.
이 아사나는 행하기가 더 쉽고
다음과 같은 비슷한 효과를
가져올 수 있다.
• 골반과 복부의 혈액 순환을
개선한다.
• 신장을 조율해 주는데,
이것은 특히 임신 중일 때의
비뇨계 문제에 중요하다.
• 질의 분비물을 줄이는 데
도움을 준다.

사타구니 벌리기:

발뒤꿈치의 안쪽에 웨이트를 둔다.

의자를 이용한다.

벽과 로프를 이용하여
뻗거나 벌리고 들어올린다.

수련해서는 안 되는 경우

태아가 일찍 자궁 아래쪽에
내려와 있으면 우파비스타
코나아사나는 금한다.

자궁 경부가 넓혀져 있거나
이런 이유로 꿰맨 상태에서도
이 아사나를 금한다.

휴식:

벤치를 이용한다.

비라아사나
영웅 자세

비라는 '용감한', '영웅적인'의 뜻을 가진다. 이 자세는 앉아 있는 전사와 닮았다.

임신부가 심한 통증과 부어오른 다리 때문에 눈물을 흘리는 것은 드물지 않은 일이다. 부종은 움직임을 제한할 수 있고 종아리와 넓적다리의 정맥류는 기분을 엉망으로 만들 수 있다. 다리와 등은 그것들이 아마도

처음으로 감당해야 하는 무거운 무게를 견디지 못할 수도 있을 것이다.

비라아사나는 바로 이러한 상황을 위한 것이다. 이 아사나로 용기를 되찾고 통증과 부기를 완화시킬 수 있다. 비라아사나는 이 아사나의 이름이 의미하듯 우리를 용기에 넘치게 만들 것이다.

◇

임신 초기

임신 초기에는 마닥 위에 앉는 것이 어렵다고 여기지 않을 것이다. 종아리의 안쪽이 넓적다리 바깥쪽과 가깝게 놓여 있을 것이다.

1 두 무릎을 모으고 바닥 위에 무릎을 꿇는다. 무릎을 모으는 것이 힘들면 복부의 압박을 피하기 위해 무릎을 벌린다. 넓적다리 바깥쪽의 가장자리와 엉덩이가 일직선 상에 있게 한다.

2 두 발을 30~45cm 정도 벌리고 발바닥이 천정을 향하도록 돌린다. 발가락과 발을 펴서 곧은 선을 이루게 하고 뒤로 뻗는다.

3 두 발 사이의 거리를 위와 같게 유지하면서 엉덩이를 내려 발 위가 아닌 바닥 위에 둔다. 1~2번 호흡을 한다.

4 엉덩이가 바닥에 계속 닿아 있어야 한다.

자세 점검하기
> 몸이 앞으로 기울면 안 된다.
> 사타구니와 넓적다리를 아래로 내린 상태를 유지한다.

임신의 전 기간

1 무릎과 발목에 압박감이 있으면 7~10cm 높이의 접은 담요, 큰베개, 혹은 목침 위에 앉아서 엉덩이를 발보다 높게 한다.

2 아래를 보고 종아리 근육을 어떻게 바깥쪽으로 말아 정강이뼈가 바닥에 닿을 수 있게 하는지 참조한다.

3 이제 체중은 두 무릎, 발, 엉덩이 위에 고르게 분산되어 있을 것이다.

4 손으로 발뒤꿈치 안쪽을 발뒤꿈치 바깥쪽을 향해 약간 눌러 발의 바깥쪽 가장자리를 낮춘다.

5 손바닥이 아래를 보게 손을 돌려 무릎 위에 얹는다.

6 체중이 넓적다리에 실리게 하고 허리와 상체 옆면을 들어올린다.

7 가슴을 확장하고 목을 곧게 세운 상태를 유지하면서 앞을 똑바로 바라본다.

8 정상 호흡을 하면서 이 자세로 1분, 혹은 가능한 한 오래 머문다.

임신 초기: 가능
임신 중기: 가능
임신 말기: 가능

효과

용기를 되찾게 한다.

다리의 통증과 부종을 예방하고 없앤다.

피로를 방지한다.

지나치게 오목한 허리 척추를 교정하는 것을 돕는다.

신장 기능을 개선한다.

신장 문제에 의한 고혈압을 완화한다.

비라아사나로 꿇어앉기

발뒤꿈치를 밖으로 내고 목침 위에 앉아 있는 뒷모습

자세 풀기

상체를 신장시킨 상태를 유지하면서 손을 앞으로 가져가 바닥 위에 놓는다. 발뒤꿈치만 신장시키면서 한 다리씩 차례로 천천히 뒤로 편다. 다리가 완전히 신장될 때까지 양쪽에서 2~3번 되풀이해서 행한다.

조언

발을 뒤로 뻗을 수 없다면 수평 방향으로 둔다.

스바스티카아사나와 비라아사나에서의 파르바타아사나
교차시킨 다리 자세와 영웅 자세에서의 산 자세

스바스티카아사나에서
이 아사나는 골반과 등을 이완시킨다.
피로함을 느끼면 등을 벽에 대고 앉는다.

1 7~10cm의 높이로 단다아사나 자세(p.64 참조)로 앉은 뒤 오른쪽 무릎을 굽히고 오른발을 왼쪽 넓적다리 아래에 둔다.

2 왼쪽 무릎을 굽히고 왼발을 오른쪽 넓적다리 아래에 둔다.

3 이것이 간단한 교차시킨 다리 자세이다. 이 자세에서는 겹쳐진 두 정강이뼈가 몸의 중심과 일직선을 이루며 각각의 발이 반대편 넓적다리 아래에 놓여진다.

4 두 엉덩이뼈 위에 똑바로 앉아 상체와 가슴을 들어올리고 머리를 곧게 세운다.

5 다리 자세를 바꾸기 위해 다리를 펴고 단다아사나 자세를 취한 다음 왼발을 오른쪽 넓적다리 아래에, 오른발을 왼쪽 넓적다리 아래에 둔다.

6 이것은 프라나야마(p.140~153 참조)를 행할 때 필수적인 아사나이다.

스바스티카아사나

비라아사나에서

1 비라아사나 자세(p.72 참조)에서는 반드시 발을 뒤로 돌려 정강이와 일직선이 되도록 발을 뻗어야 한다. 무릎을 모은 자세를 유지한다.

2 손가락을 깍지 끼고 손목과 손바닥을 밖을 향해 돌린 다음 팔을 어깨와 일직선이 되도록 앞으로 뻗는다.

3 손바닥을 돌려 천정을 향하게 하여 팔을 머리 위로 쭉 뻗는다.

4 이 자세로 20~30초 정도 머물면서 정상 호흡을 한다.

5 편안하게 느낀다면 벨트를 이용해도 좋다.

비라아사나

자세 점검하기

> 겨드랑이에서부터 팔을 쭉 뻗는다.

> 팔꿈치를 굽히지 않는다.

> 견갑골을 안으로 넣고 흉골을 앞으로, 위로 들어올린다.

> 유리 늑골(양쪽 아래에 있는 두 개의 갈비뼈)에서부터 가슴 윗부분까지 몸을 늘여 흉강이 신장되고 확장될 수 있게 한다.

> 목구멍은 이완되어 있어야 한다.

> 숨을 내쉬며 상체가 신장된 상태를 유지하면서 팔을 내린다.

> 손가락의 깍지를 바꾸어 낀다. 습관적으로 우리는 항상 왼쪽 엄지 손가락을 위에 두거나 오른쪽 엄지손가락을 위에 두어 깍지를 낀다. 처음에 팔을 들어올릴 때 손가락의 위치에 주의해서 두 번째에는 그것을 바꿀 수 있어야 한다. 이렇게 하면 손과 팔을 다르게 뻗어 사용하지 않는 근육을 단련시킬 수 있다.

임신 초기: 가능
임신 중기: 가능
임신 말기: 가능

파르바타아사나에서 팔을 들어올릴 때의 효과

요통을 완화한다.

위장에 가스가 차는 것을 완화한다.

호흡이 쉽게 이루어지게 한다.

피로를 줄인다.

태아가 안전하게 클 수 있도록 복부에 공간을 만들어 준다.

파스치마 나마스카라아사나와 고무카아사나(아래 참조)는 관절염, 목과 어깨, 팔꿈치, 손목이 뻣뻣한 데 특히 효과적이다.

등이 밖으로 굽어지는 것을 줄인다.

비라아사나에서의 고무카아사나

1 비라아사나 자세(p.72 참조)로 앉아서 타다아사나에서의 고무카아사나에서처럼 두 손을 서로 잡는다.

2 위에서 지시한 대로 비라아사나와 스바스티카아사나에서의 파르바타아사나의 방법을 따라 행한다.

임신 초기: 가능
임신 중기: 가능
임신 말기: 가능

효과

p.37의 타다아사나에서의 고무카아사나를 참조한다.

힌트: 손과 팔의 자세를 잡을 때 앞서 서서 하는 자세에서 하였던 것과 같이 한다.

앞으로 굽히기
파스치마 프라타나 스티티

아도 무카 비라아사나
얼굴을 아래로 한 영웅 자세

이 아사나는 편안하여 임신 첫날부터 아기를 출산하는 날까지 수련할 수 있다.

1 비라아사나 자세(p.72 참조)로 앉는다.

2 두 엄지발가락을 서로 붙이고 발을 수평 방향으로 놓는다.

3 종아리 근육을 바깥쪽으로 돌리고 발 위에 편안히 앉는다.

4 임신 단계에 따라 팔과 머리를 받치는 데 필요한 보조 기구를 무엇이든 사용한다.

효과

심장을 쉬게 한다.

호흡이 쉽게 이루어지게 한다.

호흡이 사타구니, 허리와 척추, 상체의 측면, 복부를 타고 자유롭게 흐르게 한다. 심지어 넓적다리 안쪽에서도 호흡을 느낄 수 있다.

고혈압과 당뇨병 치료에 도움이 된다.

출산 중에도 도움을 받을 수 있다. 수축할 때와 수축기 사이의 이완기에 호흡을 할 때 도움을 준다.

의자와 큰베개를 사용하여 휴식하기

힌트: 다른 사람이 근육을 천골(척추와 꼬리뼈 사이의 편평한 뼈)의 왼쪽과 오른쪽으로 눌러 주면 이완이 아주 잘 된다. 이렇게 하면 사타구니와 엉덩이가 부드러워지고 호흡이 이 부분으로 흘러들어갈 수 있게 된다.

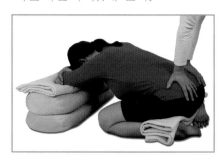

말라아사나
큰베개와 벽에 매단 로프를 이용한 화환 자세

임신 초기: 불가능
임신 중기: 가능
임신 말기: 가능

몸을 똑바로 세우는 이 자세는 출산을 위해 산도를
수직으로 유지시킨다.

1 두 발을 60~75cm 정도 벌리고
벽에서 60cm 정도 떨어져서 타
다아사나 자세(p.32 참조)로 선다.

2 아래쪽에 있는 로프를 잡은 뒤 다
리를 굽히고 복부가 제자리를 찾
을 수 있도록 무릎을 옆으로 움직
인다.

3 발뒤꿈치를 아래로 내리고 엉덩
이를 큰베개 위에 내려놓는다.

4 발뒤꿈치가 위로 들리면 엉덩이를
더 받쳐 준다.

5 뒤로 몸을 기울이면 안 된다. 체중
을 약간 앞에 실리게 한다.

6 머리를 이완하고 어깨와 등도
이완한다.

7 호흡에 집중한다.

효과

두 팔을 들어올렸으므로
호흡하기가 훨씬 더 쉽다.

굽힌 다리로 인해
골반과 등이 이완될 수 있다.

출산 시:
산도가 똑바로 세워지므로
아기가 더 쉽게 밖으로
나올 수 있다.

아기의 머리가 누르는
방향이 아래를 향해
똑바로 유지된다.

말라아사나
벽에 기대고 앉아 행하는 화환 자세

등 아랫부분을 벽에 기대고 쉰다.

로프를 이용할 수 있으면
그것을 이용하여 몸의 측면을
들어올린다.

말라아사나
트레슬을 이용한 화환 자세

트레슬의 가로대를 잡는다.

◇

말라아사나
출산을 준비하기 위한 화환 자세

임신이 끝나는 마지막 몇 주 동안에는 출산할 때 함께
있어 줄 사람과 함께 이 자세를 수련한다.

주의

출산이 일어나기 전에는 밀어내기를
실행하지 않아야 한다!

1 도움을 주는 사람은 뒤에 앉는다.

2 눈을 꼭 감고 잘란다라 반다Jalan
dhara Bandha(p.80 참조)에서처
럼 턱을 아래로 내리고 무릎을 잡
는다. 밀어내는 수축이 일어나는
동안 깊이 숨을 쉬고 아기를 골반
바닥으로 부드럽게 밀어낸다.

3 수축기와 수축기 사이에는 도움
을 주는 사람에게 기댈 수 있다.

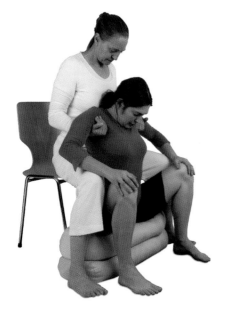

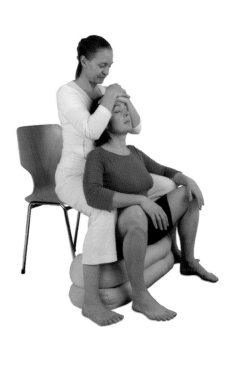

마하 무드라
위대한 결인 자세

임신 초기: 불가능
임신 중기: 가능
임신 말기: 가능

마하는 '위대한', '고귀한'의 뜻을 가지고, 무드라는 '잠그다', '봉하다', 혹은 '봉인하거나 닫는 행위'를 뜻한다. 이 자세에서는 몸의 주요한 구멍들이 봉인된다. 한쪽 다리는 굽혀서 하복부 근처에 두고 다른 쪽 다리는 뻗는다. 손바닥이나 벨트를 이용하여 발을 쭉 뻗고 머리를 아래로 내려서 척추가 들어올려지게 한다. 이로 인해 목구멍, 항문, 질을 닫게 되는데 이는 곧 몸을 양쪽 끝에서 봉인하는 것이라 할 수 있다.

발을 잡고 당김으로써 척추가 들어올려지는데, 이로 인해 척추가 확고히 받쳐지고 척추를 위로 뻗는 것이 쉬워진다.

마하 무드라는 보조 기구의 도움으로 척추를 들어올리고 복부 기관의 수축을 조절하는 것을 수련하는 것이다.

마하 무드라는 자누 시르사아사나Janu Shirshasana(p.82 참조)에서 행하는 무드라이다. 이 아사나는 시르사아사나를 행하기 이전에(그리고 시르사아사나를 행한 뒤에 반대 순서로) 행해지는 연속 자세의 첫 번째 자세이다. 연속된 아사나는 시르사아사나를 위해 척추를 강하게 만들기 위한 것이다.

효과

간, 비장, 신장, 부신을 정상화시킨다.

처진 자궁을 제 자리로 돌리는 데 도움을 준다.

갈비뼈 근육을 확장시켜 가슴을 확장시킨다.

갈비뼈 아랫부분을 들어올려서 복부의 압박을 줄인다.

메스꺼움, 구토, 의기소침, 일시적 의식 상실을 치료하는 데 도움이 된다.

척추 근육을 조율하여 시르사아사나를 준비할 수 있게 한다.

척추가 내려앉지 않게 하고 척추를 신장시키고 뻗을 수 있게 단련한다.

시르사아사나를 준비할 수 있도록 소화를 촉진시킨다. 또 소화 불량으로 시르사아사나 중에 발생하는 메스꺼움을 방지한다.

1 몸을 받칠 수 있는 7~10cm 높이의 접은 담요나 큰베개 위에 앉는다. 이렇게 하면 압력을 피하고 척추와 복부를 들어올릴 때 도움을 받을 수 있다.

2 단다아사나 자세(p.64 참조)로 앉는다.

3 왼쪽 다리를 곧게 편 상태에서 오른쪽 무릎을 굽히고 넓적다리와 종아리의 바깥쪽을 바닥 위에 내려놓는다. 발뒤꿈치는 회음 가까이로 가져온다. 굽힌 다리는 편 다리와 직각을 이루어야 한다.

4 벨트를 발에 걸어서 발을 잡는다.

5 팔꿈치를 단단히 고정시켜 두 팔을 쭉 편다.

6 벨트를 단단히 잡고 넓적다리를 바닥으로 누르면서 그것에 의지하여 상체를 들어올린다.

임신 중기

7 목덜미에서부터 머리를 내려 턱이 쇄골의 움푹한 부분에 놓이게 한다.

8 머리와 이마를 이완한다. 머리를 내리고 있는 동안 목구멍을 수축시키지 않으며, 눈을 감는다.

9 폐에서 공기를 내보낸 다음 숨을 가득 들이마신다. 복부를 그 밑 바닥에서 횡격막까지 들어올리고 척추를 위로 쭉 편다.

10 숨을 멈추고 이 완성 자세를 3~5초 동안 유지한다.

여기에서 잘란다라 반다Jalandhara Bandha로 알려진 것이 행해진다. 잘란은 '그물'을, 반다는 '속박'이나 '묶는 것'을 의미한다. 잘란다라 반다에서 목과 목구멍은 수축되고 턱은 양 쇄골 사이의 오목한 곳에 놓여진다.

아사나, 무드라, 혹은 프라나야마를 수련하는 동안에 뇌는 아래로 내려져서 수련자에 대한 뇌의 지배력이 줄어든다. 이로 인해 고요한 마음 상태, 즉 중립적인 상태가 마련되고 호흡이 고요하고 미세해지게 된다.

◇

머리를 아래로 내리자마자 척추가 아래로 처지는가?

척추를 들어올린 상태를 유지하지 못하고 횡격막이 처지며 숨이 가쁘게 된다면 잘란다라 반다를 행하지 말고 그 대신 다음의 방법을 따라 수련한다.

1 머리를 들었다가 다시 제자리로 돌린다.

2 하복부와 유리 늑골 사이에 공간을 만든다.

3 흉골을 들어올린다.

4 가슴 양 옆면이 내려앉지 않도록 위로 들어올린 상태를 유지한다.

5 머리를 다시 똑바로 세운 자세로 되돌아와 숨을 내쉰다.

6 숨을 내쉬는 동안 척추가 내려앉지 않게 하면서 복부의 긴장을 이완시킨다.

7 다리를 펴고 단다아사나 자세로 돌아온다.

8 다른 쪽 다리로도 이 방법을 되풀이한다.

임신 말기

7~10cm 높이의 큰베개나 접은 담요를 받치고 그 위에 앉는다. 의자(혹은 받침대)를 앞쪽의 다리와 교차시켜 놓고 팔을 의자 위에 내려놓는다. 이때 팔꿈치가 아래팔을 향하게 하고, 발 주위에 둘렀던 벨트의 양끝을 잡는다.

자세 점검하기

> 가슴을 확장시킨 상태를 유지한다.
> 눈, 이마, 혀, 얼굴 근육의 긴장을 푼다.
> 몸이 한쪽으로 기울지 않게 한다.
> 발가락이나 발을 잡는 힘을 더 강하게 하여 척추를 신장시킨다.
> 숨을 내쉬며 척추가 내려앉지 않게 하면서 복부의 긴장을 이완시킨다.
> 들숨, 호흡의 보유, 날숨이 한 주기를 형성한다. 5~8주기를 행한다.
> 한 주기를 마친 뒤에는 머리를 들고 눈을 뜨며 오른쪽 다리를 펴고 단다아사나 자세로 돌아온다.
> 오른쪽 다리를 펴고 왼쪽 무릎을 굽혀서 이 방법을 되풀이한다.
> 호흡 보유의 시간은 양쪽에서 같아야 한다.

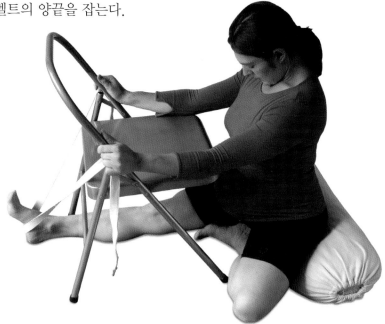

임신 중일 때의 마하 무드라

마하 무드라에는 세 종류의 반다가 있다. 즉 잘란다라 반다, 물라 반다, 우디야나 반다이다. 임신을 했을 경우 물라 반다와 잘란다라 반다는 수련해야 하지만 우디야나 반다는 수련하면 안 된다.

잘란다라 반다에서 목은 길게 늘여지고 목구멍은 수축되어 어떠한 호흡을 하더라도 인식 기관들과 마음이 긴장되지 않고 평온한 상태에 있을 수 있다.

마하 무드라는 척추를 들어올리고 척추를 오목한 상태로 유지하며 가슴 측면을 들어올리는 것을 포함한다. 물라 반다에서는 복부의 밑부분이 들어올려지지만 복부 근육은 우디야나 반다에서처럼 내부에서 조여지거나 척추 쪽으로 당겨지지 않는다. 복부의 기관들과 횡격막은 단지 들어올려질 뿐이다.

자누 시르사아사나
등을 오목하게 하고 머리를 무릎 위에 둔 자세

자누는 '무릎'을 의미하고 시르사는 '머리'를 의미한다. 이 고전적인 자세에서 머리는 무릎과 나란히 자리 집게 된다.

앉아서 하는 자세는 등 아랫부분과 복부의 압박감, 중력에서 비롯되는 척추의 당김 현상, 다리의 부기, 생식기의 염증, 발한과 발열, 입덧 등 임신에서 오는 많은 불만을 해소하는 데 도움이 된다.

1 7~10cm 높이의 접은 담요나 큰 베개를 받치고 그 위에 단다아사나 자세(p.64 참조)로 앉는다. 이렇게 하면 엉덩이가 발보다 높은 위치에 오게 된다.

2 오른쪽 무릎을 굽히고 오른쪽 발뒤꿈치를 사타구니 오른쪽 가까이에 둔다. 오른쪽 무릎을 뒤로 당긴다.

자누 시르사아사나를 위해 몸을 조율하려고 팔을 위로 뻗는 우르드바 하스타

3 왼쪽 다리를 곧게 편다. 두 다리 사이의 각도가 둔각이 되어야 한다.

4 체중이 양쪽 엉덩이 위에 실리게 하고 넓적다리와 종아리를 아래로 누른다.

5 벨트, 스카프, 혹은 그와 비슷한 것을 왼발에 두르고 그 양쪽 끝을 잡는다.

6 숨을 들이마시며 우르드바 하스타 단다아사나(p.66 참조)에서처럼 팔을 위로 뻗는다.

7 숨을 내쉬며 팔을 앞으로 뻗어 벨트를 잡고 얼굴을 위로 한 우르드바 무카 자세(p.90의 6단계 참조)로 척추를 들어올린다. 가능한 한 척추를 오목하게 하고 머리를 들어올린다.

8 정상 호흡을 하면서 10~15초 동안 머문다. 이때 '자세 점검하기'의 사항들에 유의한다.

자세 풀기
신장시킨 척추가 내려앉지 않게 하면서 팔을 내리고 오른쪽 다리를 펴서 단다아사나 자세로 돌아간다. 다른 쪽에서도 되풀이한다.

임신 초기: 가능
임신 중기: 가능
임신 말기: 가능

벨트를 이용하여 잡기

무릎이 바닥에 닿지 않을 때
에는 무릎 아래에 목침이나
담요를 둔다.

효과

척추와 등과 허리의 근육을
강화하여 태아가
잘 지지될 수 있게 한다.

복부, 등 아랫부분,
꼬리뼈에서의 압박감과
척추에서의 중력에 의한
당김 현상을 완화한다.

다리의 부기를 줄인다.

생식기의 염증을 없애 준다.

발한과 발열을 줄인다.

방광을 씻어 내리는 데
도움을 준다.

간, 비장, 신장을 조율하고
활성화시킨다.
또 활력이 없다는
느낌을 줄인다.

이 아사나는 미열이 계속될 때
반드시 수련해야 한다.

자세 점검하기

〉 상체는 앞을 바라보게 한다.
〉 몸통의 밑부분에서부터 척추를
  위로 신장시킨다.
〉 숨을 들이마시며 머리를 든다.
〉 팔꿈치 부분에서 두 팔을 편다.

〉 하복부와 유리 늑골 사이에 공간을
  만든다.
〉 흉골을 들어올린다.
〉 가슴 양 측면을 위로 들어올린 상태를
  유지하여 내려앉지 않게 한다.

우파비스타 코나아사나
등을 오목하게 하여 넓은 각도로 앉는 자세

우파비스타는 '자리를 잡은', 혹은 '앉은'을 의미한다. 이 아사나에서는 앉아 있는 동안 다리를 둔각으로 벌려 뻗는다.

출산을 위해서는 근육의 힘이 필요하다. 사타구니는 유연하고 출산을 위한 준비가 되어 있어야 하며 근육은 일정 정도의 고통을 받아들일 수 있도록 단련이 되어야 한다.

받다 코나아사나와 우파비스타 코나아사나는 이런 목적에 가장 부합되는 이상적인 아사나이다. 척추의 아랫부분과 천골은 출산의 실제 과정에서 어마어마한 압력을 받는다. 이 두 아사나는 이 부분들을 튼튼하게 만들어 진통을 견딜 수 있는 힘을 길러 주며 출산의 긴장을 받아들이는 데 필요한 유연성을 유지시켜 준다.

◇

1 7~10cm 높이로 접은 담요 위에 단다아사나 자세(p.64)로 앉는다.

2 다리를 벌려서 옆으로 뻗는다. 경련을 피하기 위해 먼저 오른쪽 다리를 오른쪽으로, 그 다음 왼쪽 다리를 왼쪽으로 서서히 뻗는다.

3 발바닥을 바닥과 수직으로 세우고 발가락이 위를 향하게 하여 단단한 상태로 유지한다. 서구의 여성들은 발을 안쪽으로 떨어뜨리는 경향이 있고, 동양 여성들은 바깥쪽으로 떨어뜨리는 경향이 있으므로 이 점에 주의해야 한다. 다리를 넓게 벌리는 동작이 오금 근육에 고통을 줄 수도 있지만 계속 수련해야 한다. 수련과 더불어 고통은 사라질 것이다.

4 엄지, 검지, 중지로 양발의 엄지발가락을 잡는데, 이 파당구쉬타아사나 자세에서 엄지는 엄지발가락의 바깥쪽에 닿게 하고 검지와 중지는 안쪽에 닿게 한다.

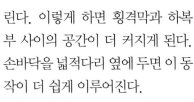

자세 점검하기

> 다리 뒷부분은 바닥과 완전히 밀착해야 한다.

> 무릎 뒷부분이 굽혀지기 쉬우므로 오금을 펴고 무릎을 아래로 누른 상태를 유지한다.

> 견갑골을 등의 갈비뼈 쪽으로 밀어 넣어 가슴을 펴고 앞가슴을 들어올린다. 이렇게 하면 횡격막과 하복부 사이의 공간이 더 커지게 된다. 손바닥을 넓적다리 옆에 두면 이 동작이 더 쉽게 이루어진다.

> 척추에 압박감을 느끼면 담요를 말거나 접어서 p.85에서처럼 꼬리뼈 아래에 둔다.

5 엄지발가락을 잡을 수 없으면 벨트를 이용한다.

6 임신하지 않은 여성이 이마, 코, 턱 혹은 가슴을 바닥에 닿게 할 수 있다 하더라도 임신한 여성에게 이것은 바람직하지 않다. 이 아사나를 수련할 때에는 상체를 최대한 들어 올리기 위해 똑바로 위로 뻗는 자세로 행해야 한다.

임신 중기와 말기를 위한 조언

더 이상 발가락을 잡지 못하거나 벨트를 가지고도 할 수 없다면,

● 손바닥을 넓적다리 옆에 둔다.
● 다리를 아래로 누르면서 허리와 측면을 위로 들어올린다. 손바닥을 넓적다리 옆에 두면 몸을 받쳐줄 수 있는 두 지점을 추가로 이용할 수 있어 몸을 위로 들어올릴 수 있다.
● 손바닥과 다리를 아래로 누르면서 상체를 위로 들어올린다.

임신 초기: 가능
임신 중기: 가능
임신 말기: 가능

효과

받다 코나아사나와 우파비스타 코나아사나의 효과는 거의 동일하다. 둘 다 골반 부위와 허리 근육을 강화하므로 이 둘을 수련하면 효과가 배가된다.

사타구니가 아주 뻣뻣하여 무릎을 받치거나 받치지 않거나 받다 코나아사나를 수련할 수 없으면 우파비스타 코나아사나가 대단히 효과적이다. 이것은 행하기가 더 쉽고 아래와 같은 비슷한 효과를 가진다.
● 골반과 복부의 혈액 순환을 개선한다.
● 신장 기능을 정상화시킨다. 이것은 특히 임신 중일 때의 비뇨계를 위해 특히 중요하다.
● 질의 분비물을 감소시키는 데 도움을 준다.

수련해서는 안 되는 경우

태아가 일찍 자궁 아래쪽에 내려와 있으면 우파비스타 코나아사나는 금한다. 자궁경부가 넓혀져 있거나 이런 이유로 꿰맨 상태에서도 이 아사나를 금한다.

자세 풀기

몸을 들어올린 상태를 유지하면서 다리를 약간 굽히고, 사타구니를 긴장시키지 않으면서 다리를 가운데로 가져와 원래의 자세로 돌아온다.

85

아도 무카로 쉬는
우파비스타 코나아사나

이 변형 자세는 고혈압, 신장의 문제, 메스꺼움에 특히 도움이 된다.

1 두 단계에서 의자를 이용하게 된다.

2 몸을 받치고 앉아 다리를 벌리고 우파비스타 코나아사나의 방법을 따른다(p.84 참조).

3 앞에 놓인 의자 위에 손을 얹는다.

4 숨을 들이마시며 척추를 들어올리고, 엉덩이와 다리의 확고한 상태를 유지하며 척추를 들어올린 상태에서 앞으로 몸을 굽힌다.

5 아래팔을 의자의 앉는 부분 위에 둔다.

6 머리를 아래팔 위에 얹거나, 아래팔 앞 의자의 앉는 부분 위에 둔다.

7 얼굴과 호흡의 긴장을 푼다.

8 이 자세로 5분까지 쉴 수 있다.

파스치모타나아사나
등을 오목하게 하여 등을 강하게 뻗는 자세

이 아사나는 우그라아사나Ugrasana, 혹은 브라마차리아아사나Brahmacharyasana로 알려져 있기도 하다.

파스치마는 '서쪽'을 뜻하는데, 신체에 사용될 경우 이것은 '등'을 의미한다. 이 아사나는 몸 뒤쪽을 신장시킨다.

『하타 요가 프라디피카Hatha Yoga Pradipika Ⅰ:29』에서는 이 아사나의 효과를 다음과 같이 묘사한다. "파스치모타나아사나는 모든 아사나 중 가장 중요하다. 그 효과는 나디라는 극히 복잡한 통로를 통해 생명력이 흐르게 되고, 위장의 불이 점화되며, 따라서 위가 모든 질병으로부터 벗어나게 된다는 것이다."

이 아사나는 골반 부위를 신장시키고 혈액 순환을 촉진한다. 또 난소, 자궁 및 생식계 전체가 활력을 되찾게 하고 그 기능을 강화시킨다. 이 자세로 성에 대한 균형 잡힌 태도를 유지하는 데 도움을 얻을 수 있다. 인간의 척추는 땅과 수직을 이루는 반면 동물은 척추가 땅과 평행하여 심장이 척추 아래에 위치한다. 직립 자세 때문에 인간의 심장은 긴장과 질병에 더 취약하다.

파스치모타나아사나를 완전하게 행하면 척추는 지면과 수평을 이루고 평행한 상태가 되어 심장이 쉬게 된다. 그러나 임신을 한 상태라면 완전한 자세를 취해서는 안 되고, 그보다는 이 자세의 첫 단계에서 등을 오목하게 하는 데 주의를 기울인다.

임신 초기: 불가능
임신 중기: 가능
임신 말기: 가능

효과

척추를 강화한다.

복부 기관을 마사지하고 강화한다.

골반 부위를 강화하고 혈액 순환을 촉진한다.

태아를 위한 공간을 만들어 낸다.

신장의 질병과 간의 기능 저하를 치유하는데 도움이 된다.

생식계 전체가 활력을 되찾게 한다.

요통을 진정시킨다.

1 단다아사나 자세(p.64 참조)로 앉아서 두 발을 45cm 정도 벌린다.

2 숨을 들이마시며 팔을 들어올리고 우르드바 하스타 파스치모타나아사나 자세(p.88의 사진 참조)처럼 팔을 위로 쭉 뻗어 상체를 엉덩이와 다리로부터 멀리 들어올린다.

3 쭉 뻗은 상태를 유지하면서 숨을 내쉬며 손을 발을 향해 앞으로 뻗는다. 발 주위에 벨트를 두르고 그것을 잡는다. 발의 바깥쪽 가장자리를 몸 쪽으로 당기고 발뒤꿈치 안쪽과 엄지발가락의 볼록한 부분을 뻗는다.

4 숨을 들이마시며 척추를 위로 쭉 뻗으면서 오목하게 만든다. 등, 허리, 흉골을 들어올리고 머리를 위로 든다.

5 두 팔을 쭉 뻗고 팔꿈치를 단단히 고정시키며 견갑골을 말아 넣어 가슴을 넓히고 앞가슴을 들어올린다.

6 정상 호흡을 하면서 이 자세를 20~30초 동안 유지한다.

자세 풀기

가슴의 길이와 들어올림을 유지하면서 숨을 들이마시며 단다아사나 자세로 되돌아온다.

자세 점검하기

> 유리 늑골을 앞으로 움직여 가슴 쪽으로 신장시킨다.
> 뻗은 다리가 완전히 바닥 위에 닿은 상태를 유지한다.
> 다리 안쪽과 무릎을 아래로 내린다.

트리앙가 무카이카파다 파스치모타나아사나
등을 오목하게 하고 세 부분을 이용하여 등을
강하게 뻗는 자세

임신 초기: 가능
임신 중기: 가능
임신 말기: 불가능

트리앙은 '세 부분', 즉 발, 무릎, 엉덩이를 의미하고 무
카이카파다는 '얼굴과 한 다리'를 의미한다. 이 각 부분
들은 상체의 신장과 더불어 다른 역할을 하면서 이 자
세를 만든다.

1 7~10cm 높이로 받치고 단다아
사나 자세(p.64)로 앉는다.

2 골반을 움직여 지지물이 왼쪽 엉
덩이 아래에 놓이게 한다. 오른
쪽 다리의 무릎을 굽히고 오른
쪽 손바닥으로 발목을 잡고 다리
를 뒤로 접는다. 오른쪽 발가락
을 오른쪽 고관절 옆에 두고 뒤쪽
으로 쭉 뻗는다. 오른쪽 종아리
의 안쪽이 오른쪽 넓적다리의 바
깥쪽에 닿게 한다. 오른쪽 넓적
다리의 안쪽은 왼쪽 넓적다리의
안쪽과 닿아 있어야 한다.

3 만일 왼쪽으로 몸이 기울면 왼쪽
엉덩이 아래를 더 받친다.

4 왼쪽 다리를 앞으로 쭉 뻗는다.

5 팔과 손을 들어올려서 쭉 뻗어 우
르드바 하스타 트리앙가 무카이카
파다 파스치모타나아사나 자세를
만든다.

효과

발목과 무릎이 삔 것을
치료하는 데 도움이 된다.

평발과 발바닥의 아치가
내려앉은 것을 개선하고,
긴 하루를 보낸 뒤에
발에 활력을 되찾아 준다.

사타구니와 등 아랫부분을
이완한다.

척추를 들어올리고 조율한다.

자궁을 들어올리고
태아를 위한
공간을 만들어 내며
골반의 압박감을 줄인다.
특히 근육이 약하여
유산한 여성에게 좋다.

생식 기관을 건강한
상태로 유지한다.

6 숨을 내쉬며 손을 왼발을 향해 앞으로 뻗고 벨트를 이용하여 발을 잡는다. 팔을 뻗고 팔꿈치를 단단히 고정시키며 견갑골을 안으로 말아 넣어 우르드바 무카 자세를 만든다.

7 복부, 가슴, 흉골을 들어올린다. 머리를 들고 척추를 오목하게 만든다.

8 정상 호흡을 하면서 20~30초 동안 이 자세로 머문다.

자세 풀기

원래의 자세로 돌아올 때에는 몸을 들어올린 상태를 그대로 유지한다. 오른쪽 다리를 펴서 단다아사나 자세로 돌아온 다음, 왼쪽으로도 되풀이한다.

자세 점검하기

〉 상체가 왼쪽으로 기울면 안 된다. 무게 중심을 오른쪽 넓적다리 가운데로 옮겨 체중이 오른쪽에 실리게 한다.

〉 상체의 양 측면을 앞으로, 위로 신장시키고 복부, 가슴, 흉골을 들어올린다. 머리를 들고 척추는 오목한 상태로 만든다.

〉 왼쪽 다리 안쪽을 아래로 내리고 신장시킨다. 왼발의 아치 부분의 안쪽을 앞으로 뻗는다.

임신 초기와 중기: 초보자와 고급 수련생

두 부분에서 수련한다. 첫째는 우르드바 하스타(5단계 참조)이고, 둘째는 우르드바 무카(6단계 참조)이다. 여전히 불안정하게 느껴지면 손을 엉덩이 양옆에 둔다.

비틀기
파리브리타 스티티

바라드바자아사나 Ⅰ
상체 비틀기 자세 Ⅰ

임신 초기: 가능
임신 중기: 가능
임신 말기: 가능

압박하지 않고 비틀기

임신 기간 동안 건강하고 튼튼하다 하더라도 허리나 꼬리뼈 부근의 요통은 드물지 않게 나타난다. 임신이 진행되면서 자궁이 더 무거워지면 척추가 충분히 강하지 않음이 드러날 것이다.

어떤 여성들은 임신 초기 단계에서 요통을 겪는데, 대체로 허리 부위에서 통증을 느낀다. 임신이 진행되면 가장 영향을 받는 부위는 꼬리뼈 부분이다.

바라드바자아사나는 진정 효과를 주지만 비트는 아사나이므로 그 안정성에 대해 다소 염려스러운 마음이 들 수도 있다. 바라드바자아사나는 비트는 자세일 뿐 아니라 비틀면서 몸을 들어올리는 자세라는 것을 이해하는 것이 중요하다. 먼저 척추를 위로 똑바로 들어올려서 척추의 만곡을 유지한 다음 옆으로 몸을 돌려야 한다. 불행히도 대부분의 수련생들은 이것을 무시하는데 이것이 신체의 통증의 형태로 문제를 불러일으킨다.

척추가 압박되면 절대로 측면에서의 움직임이 가능하지 않다. 몸을 구부정하게 만들지 않는 방식으로 상체를 들어올려야 하며, 그런 다음에 옆으로 몸을 돌려 바라드바자아사나 자세를 취한다. 이때 척추의 축을 이동시키지 않아야 한다. 다시 말해 단순히 몸을 돌리기만 하는 것이 아니라 먼저 몸을 들어올린 다음 돌려야 한다는 것, 즉 수직으로 들어올린 다음 옆으로 비틀어야 한다는 것이다.

몸을 비틀 때는 가슴이 좁아지지 않도록 주의한다. 가슴의 확장 상태를 유지하면서 상체 아랫부분의 모서리 쪽의 유리 늑골을 압박하지 말고 들어올린다. 특히 임신이 진행됨에 따라 비트는 것이 더 어려워지기 때문에 비트는 동작을 억지로 해서는 안 된다.

효과

바라드바자아사나 Ⅰ (의자 위에서 하는 자세를 포함하여)은 복부를 압박하지 않기 때문에 임신한 여성에게 정말 권장되는 비틀기 자세이다.

척추 아랫부분을 강화하고 허리 근육을 단단하게 만든다.

척추의 중간과 아랫부분에 작용하여 뻣뻣함과 통증을 없애 준다.

척추에 압박이 가해지지 않고 오히려 수직 방향으로 척추를 신장시키므로 탈출된 디스크에 좋은 자세이다.

위장의 가스가 차는 증상이나 변비를 완화한다.

임신 말기의 소화계 관련 문제를 치료하는 데 도움을 준다.

아기가 발길질을 할 때의 통증을 완화한다. 만일 오른쪽에서 차는 것을 느끼면 그쪽으로 몸을 돌리고, 반대의 경우에는 반대로 한다.

바라드바자아사나 Ⅰ

1 5~7cm 높이의 접은 담요나 큰베개, 목침을 엉덩이 아래에 놓고 단다아사나 자세(p.64 참조)로 앉는다.

2 두 다리를 굽히고 정강이를 왼쪽 뒤로 옮겨 발이 왼쪽 엉덩이 가까이에 놓이게 한다.

3 엉덩이를 담요 위에 올린다. 발은 엉덩이보다 낮은 위치에 있어야 한다. 상체를 들어올려 척추가 위로 신장될 수 있게 한다. 1~2번 호흡을 한다.

4 숨을 내쉬며 상체를 오른쪽으로 돌려 오른쪽 어깨는 오른쪽으로, 왼쪽 어깨는 앞으로 오게 한다. 가슴과 복부를 오른쪽으로 돌린다.

5 오른손을 오른쪽 엉덩이 뒤에 놓고 척추를 좀 더 돌린다. 왼쪽 견갑골을 안으로 말아 넣고 오른쪽 어깨를 뒤로 돌린다.

6 1~2번 호흡을 한다. 머리와 목을 오른쪽으로 돌리고 똑바로 앞을 바라본다.

7 정상 호흡을 하면서 이 자세로 30초 정도 머문다.

조언

몸이 무겁거나 엉덩이에 경련이 일어나면(오른쪽으로 돌리면 왼쪽 엉덩이, 왼쪽으로 돌리면 오른쪽 엉덩이에서) 더 높은 지지물을 사용하고 목침으로 손을 받친다.

또한 이렇게 하면 하복부가 압박되지 않고 돌리는 것이 더 쉬워지게 된다. 임신 마지막 단계에서는 아기가 움직여서 위치를 바꾸기 때문에 종종 복부 한쪽이 무거워지는 수가 있다.

더 높게 받치고 손을 의자 위에 놓는다.

자세 점검하기

〉 견갑골을 안으로 말아 넣고 흉골을 들어올린다.

〉 척추를 똑바로 세우고 척추를 축으로 하여 몸을 돌린다.

〉 몸을 돌릴 때 무릎은 같은 자세를 유지해야 한다. 오른쪽으로 움직이기 쉽기 때문이다.

〉 뒤로 몸을 기울이면 안 된다. 오른쪽 엉덩이와 어깨가 일직선상에 있게 한다.

〉 가슴을 들어올리고 확장한 상태를 유지하면서 숨을 들이마시며 손을 제자리로 가져오고, 상체가 앞을 향하게 한 다음 다리를 편다.

〉 다리를 굽히고 정강이를 오른쪽 뒤로 옮겨서 오른쪽 엉덩이 옆에 둔 다음 단다아사나 자세로 돌아온다.

벽 가까이에서 수련하면 엉덩이를 더 쉽게 비틀 수 있다.

1 오른쪽 엉덩이가 벽에 닿게 하여 앉는다.

2 두 발을 왼쪽 엉덩이 가까이에 둔다.

3 오른쪽 무릎과 넓적다리를 벽에 가깝게 둔다.

4 두 손을 어깨와 일직선을 이루게 하여 벽에 댄다.

5 숨을 들이마시며 상체를 들어올려서 돌린다.

6 위치를 바꾸어 반대편에서도 행한다.

의자 위에서 행하는 바라드바자아사나

1 오른쪽 어깨를 의자 등받이에 대고 의자 위에 옆으로 앉는다.

2 넓적다리와 발을 평행한 상태로 약간 벌린다.

3 똑바로 앉아서 앞을 바라본다.

4 숨을 들이마시며 상체를 들어올리고 가슴을 오른쪽으로 돌린다.

5 의자의 등받이를 잡는다.

6 상체를 들어올린 상태에서 견갑골을 등쪽으로 말아 넣고 어깨뼈를 뒤로 돌린다.

7 흉골을 들어올리고 척추를 양 견갑골 사이 안쪽으로 움직인다.

8 숨을 내쉬며 머리를 돌려 오른쪽 어깨 너머를 바라본다.

9 반대편으로도 되풀이한다.

자세 풀기

숨을 들이마시며 들어올린 상태를 유지하면서 손을 풀고 원래의 자세로 되돌아온다.

트레슬을 이용하여

파르스바 스바스티카아사나, 파르스바 아르다 파드마아사나(반 연꽃 자세로 앉기), 파르스바 비라아사나, 파르스바 받다 코나아사나, 파르스바 자누 시르사아사나
비틀기 자세

이미 알고 있는 기본 아사나들 중 일부를 여기에 다시 소개하는데, 이들은 비트는 동작을 더 보탠 것이다. 어떤 아사나들은 몸의 측면을 비틀 뿐 아니라 신장시키기도 하며, 또 머리를 의자 위에 얹고 몸을 비틀어 앞으로 굽히는 자세도 있다. 이들은 비틀게도 하고 휴식을 주기도 하는 아사나들이다. 바라드바자아사나에서와 같은 방법을 따르면서 다음 사항들을 기억해야 한다.

- 숨을 들이마시며 척추와 상체를 들어올리고, 숨을 내쉬며 가슴을 오른쪽으로 돌린다.
- 몸을 비트는 동안 앉은 자세를 그대로 유지한다.

주의
유산한 경험이 있으면 임신 초기에는 모든 비틀기 자세를 피한다.

◇

스바스티카아사나에서 비틀기
지지물로 받쳐서 몸을 높게 하고 의자 위에 머리를 두기

아르다 파드마아사나, 혹은 파드마아사나에서 비틀기
지지물로 받쳐서 몸을 높게 하고 벽을 이용하기

일반인을 위한 아사나의 세부 설명

비라아사나에서 비틀기
지지물로 받쳐서 몸을 높게 하고
벽을 이용하기

임신 초기: 가능
임신 중기: 가능
임신 말기: 가능

효과

어지러움과 피로를 완화한다.

메스꺼움, 요통, 임신 중독
치료에 도움이 된다.

신장을 씻어 내리는 것을
돕는다.

받다 코나아사나에서 비틀기
지지물로 받쳐서 몸을 높게 하고
벽을 이용하기

자누 시르사아사나에서 비틀기
지지물로 받쳐서 몸을 높게 하고 의자 위에 머리를 두기

1 단다아사나 자세(p.64 참조)로
앉는다.

2 다리를 벌려 우파비스타 코나아
사나 자세(p.70 참조)를 취한다.

3 왼쪽 다리를 굽혀서 발뒤꿈치를
사타구니 왼쪽 편으로 옮기고 발
바닥을 천정을 향해 위로 돌린다.

4 오른쪽 다리를 뻗고 발을 우파비
스타 코나아사나에서처럼 똑바로
세운다.

5 양쪽 좌골을 벌릴 수 있도록 좌골
에서 살을 멀리 당겨낸다.

6 상체 측면을 신장시키고 흉골을
들어올리며 오른쪽으로 몸을 돌
린다.

7 아래팔을 의자 위에 놓고 머리를
아래팔 위에 얹거나 의자 위 아래
팔 앞에 둔다.

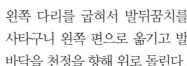

거꾸로 하는 아사나
비파리타 스티티

거꾸로 하는 아사나의 소개

거꾸로 하는 자세들은 정신적, 육체적 건강에 유익하다. 임신 중일 때는 특히 그러하다. 이 아사나들은 습관적인 근심에서 벗어나는 태도를 길러 주고 관용하고 절제하는 마음을 가지게 하며 정서적인 안정을 얻을 수 있게 한다. 또 건전한 생각을 하게 하고, 아기와 아기의 어머니에게 도움이 되도록 조화로운 성장이 이루어지게 한다. 이 아사나들에 의해 마음을 진정시키고 정신적 긴장과 억압으로부터 자유로워질 수 있다.

어떤 사람들에게 처음에는 거꾸로 하는 아사나들이 두렵게 느껴질 수 있지만 많은 임신부들은 이 자세들을 가장 즐기며 심지어는 다른 아사나들을 제외하고 이 아사나들만 행하기도 한다.

쇠약함, 피로, 의기소침, 둔중한 느낌 등은 모두 임신 중에 겪는 흔한 증상으로 서로 다른 신체의 계들의 기능이 혼란되어 일어난다. 거꾸로 하는 자세들은 이러한 불편한 증상을 없애 준다.

이 자세들은 순환계, 내분비계, 신경계 사이를 조화시키고 호흡계를 건강하게 만든다. 또 혈압 조절에 도움을 주고 혈액의 공급, 분배, 순환을 좋게 하여 정맥류를 예방하는 것을 돕는다. 거꾸로 하는 아사나들은 호르몬의 균형을 유지하고 분비계의 기능을 강화하며 신경에 에너지를 공급하는 데에도 유익하다.

이 아사나들은 뇌세포를 만들고 활력을 주는 데 중요한 역할을 한다. 두뇌는 전체 혈액 공급의 육분의 일을 필요로 한다. 거꾸로 하는 아사나들은 동맥에 압력을 가하지 않고 혈액이 뇌로 흘러가게 하는 것을 돕는다. 이 자세들을 수련한 뒤에 기분이 유쾌해지고 평온한 느낌을 가지게 되는 것은 이런 이유 때문이다.

다음의 거꾸로 하는 자세들은 임신부들에게 알맞고 유익하다.

- 시르사아사나
- 비파리타 단다아사나
- 사르반가아사나
- 할라아사나
- 세투 반다 사르반가아사나
- 비파리타 카라니

특정 아사나를 계속 수련할 수 있는지의 여부는 호흡에 의해 판단할 수 있을 것이다. 거꾸로 하는 아사나가 호흡을 힘들게 만들면 멈추어야 할 때가 된 것이다.

7개월째까지는 호흡 패턴에 변화를 주지 않고 모든 거꾸로 하는 자세들을 수련할 수 있을 것이다. 그 이후에는 정확한 시간 설정이 복부와 체격의 크기에 달린 것이라 할지라도 다음의 순서로 아사나를 중지해야 한다.

- 할라아사나: 이 아사나를 행하는 동안 멈추어야 할 시간이라는 최초의 징후를 느끼게 될 것이다. 숨이 막히는 듯한 느낌이 들 것이고 얼굴은 붉어지고 민첩한 느낌이 사라질 것이다.
- 사르반가아사나
- 시르사아사나
- 비파리타 단다아사나
- 세투 반다 사르반가아사나
- 비파리타 카라니

이들 중 세투 반다 사르반가아사나와 비파리타 카라니는 임신의 마지막 시기까지, 즉 출산일까지도 편안하게 느껴질 수 있다.

살람바 시르사아사나
머리로 서기

임신 초기: 가능

임신 중기: 발뒤꿈치를 서로 떼어서 가능

임신 말기: 발을 벌려서 가능

척추를 곧게 유지하는 것이 필수적이기 때문에 사르반가 아사나와 할라아사나는 시르사아사나를 배우기 위해 반드시 필요한 사전 단계의 아사나들이다. 만일 이전에 행하는 두 아사나를 적절히 행할 수 없다면 시르사아 사나를 수련하는 것은 아주 불가능하다. 만일 임신 중 새로 요가 수련을 시작했다면 전문적인 교사의 지도 아래에서만 시르사아사나를 수련해야 한다.

시르사아사나는 요가 수련을 시작할 때나 시작한 지 얼마 되지 않을 때 행해야 한다. 그래야 피곤해지지 않 는다. 마음이 자극된 상태를 피하기 위해 시르사아사 나는 사르반가아사나와 함께 수련하고, 두 아사나를 행하는 시간의 길이를 같게 한다.
그것이 아니면 사르반가아사나를 더 길게 행할 수는 있 으나 절대로 시르사아사나를 더 오래 행하면 안 된다.

임신 중이라면 따라야 할 규정들이 훨씬 더 많은데, 예를 들면 연속 동작으로 알려진 다음의 순서를 따라야만 한다.
- 시르사아사나를 행하기 전: 마하 무드라, 아도 무카 스바나아사나, 우타나아사나
- 시르사아사나를 행한 뒤, 역순서: 우타나아사나, 아 도 무카 스바나아사나, 마하 무드라
- 연속: 비파리타 단다아사나, 사르반가아사나, 할라아 사나, 세투 반다 사르반가아사나, 비파리타 카라니

효과

넓적다리 근육을 강화한다.

압박감과 피로를 없애 준다.

신선한 기분과 힘이 넘치는 것을 느낄 수 있다.

임신 중독 치료에 도움이 된다.

심한 구토, 흐릿한 시야, 출혈, 질의 분비물, 몸의 부기, 정맥류, 경련을 완화한다.

호흡계, 순환계, 내분비계, 신경계를 개선한다. 신체의 이러한 계들이 함께 잘 기능하면 생식계가 개선되고, 태아를 보호하고 기르는 능력이 향상된다. 그 결과 태아는 건강하게 성장할 수 있다.

척추 근육이 처진 채로 시르사아사나를 행해서는 안 된다. 이 근육을 강화하고 신장시키는 것이 중요한데, 이렇게 할 때 압박감이 없어지기 때문이다. 통상적으 로 시르사아사나에 있어서 생기는 문제는 척추 근육이 처져 내리는 것과 상체가 휘는 것이다.

고혈압과 심계항진은 임신 중 여성이 겪는 가장 흔한 두 종류의 문제이다. 언제나 예방이 치료보다 낫다. 그 러므로 머리로 갑자기 피가 몰려들거나 혈압이 갑작스 럽게 오르는 것을 방지하기 위해서는 위의 시르사아사 나를 위한 연속된 아사나들을 따라야 한다.

거꾸로 하는 자세가 뇌와 신경계에 위험하다는 오해 를 믿는 사람들이 많다. 이 점에 대해 생각해 보자. 만일 그것이 사실이라면 한 번에 몇 시간씩 서 있는 사람들에게 혈전증(혈액 덩어리)이 생기게 될 것이 다. 이런 일이 생기지 않는 것과 마찬가지로 머리로 서는 자세도 올바로 행해지기만 한다면 어떤 해로움 도 끼치지 않는다. 애쓰지 않고도 발로 서 있는 것처 럼 머리로 서는 것을 배울 수 있다.

1 만일 시르사아사나 수련을 처음 시작한다면 벽에 대고 수련할 것을 권한다. 혹은 두 벽이 만나는 모퉁이에서 하는 것이 훨씬 더 낫다. 시르사아사나를 벽에 대고 행하면 균형을 유지시킬 수 있는 반면, 모퉁이에 기대어 행하면 상체와 다리를 머리와 일직선이 되게 할 수 있을 것이다.

2 미끄럼 방지 매트 위에 담요를 네 번 접어서 양쪽 벽에 닿게 하여 모퉁이에 둔다. 모퉁이를 향하고 비라아사나 자세(p.72 참조)에서처럼 바닥 위에 무릎을 꿇는다.

3 두 엄지손가락이 서로 닿게 하여 손가락을 단단히 깍지 끼어 반원의 컵 형태를 만든다. 컵 모양의 손을 모퉁이에서 5~7cm 떨어진 곳에 놓는다. 새끼손가락과 엄지손가락은 서로 평행해야 한다. 손이 모퉁이에서 7cm 이상 멀리 있으면 완성 자세에서 다음과 같은 오류들이 생길 것이다.
- 척추 기둥이 굽혀져서 뻗을 수 없게 된다.
- 배가 튀어나온다.
- 체중이 팔꿈치에 실려 고통스러워질 것이다.
- 얼굴이 충혈되고 눈이 튀어나올 듯 부풀어 오른다.

4 아래팔을 담요 위에 놓고 팔꿈치를 일직선 위에 둔다. 손목이 똑바로 서야 하고 아래팔의 안쪽 뼈는 담요에 닿고, 바깥쪽 뼈는 그 바로 위에 있어야 한다.

5 팔꿈치 간의 거리는 어깨 너비와 같아야 한다. 그래야 팔이 곧게 편 상태를 유지한다. 그 거리가 너무 가까우면 측면의 갈비뼈에 고통스러운 압력이 가해질 것이고, 너무 멀면 가슴이 확장되지 않아 경추(척추 윗부분)에 압력이 가해질 것이다.

6 이 자세에서 손바닥, 아래팔, 팔꿈치와 가슴 사이의 공간은 정삼각형을 이룬다. 일단 조정을 하였으면 팔꿈치와 아래팔을 움직이지 않는다.

7 엉덩이를 들어올려 팔꿈치와 어깨가 일직선이 되게 하고 머리는 손바닥과 일직선을 이루게 하여 정상 호흡을 한다.

8 숨을 내쉬며 머리 정수리를 담요 위에 놓는다. 이때 머리 뒷부분은 벽과 평행을 이루고 새끼손가락으로부터 1.3cm 정도 떨어져 있어야 한다. 머리 뒷부분이 컵 모양의 손 안에 있게 하며 손목 사이를 머리로 압박하지 않는다. 두 귀는 서로 평행해야 한다. 이 자세에 머물면서 호흡을 몇 번 한다.

9 숨을 내쉬며 발가락을 바닥 위에 둔 채로 무릎을 들어올린다. 다리를 펴고 발을 안으로 옮긴다. 상체는 바닥과 직각을 이루어야 한다.

10 다리를 단단히 유지하고 종지뼈를 안으로 당긴다. 정상 호흡을 하면서 몇 초 동안 이 자세에 머문다.

11 무릎을 살짝 굽히고 숨을 내쉬며 두 다리를 차올려서 등과 엉덩이를 벽에 기댄다. 척추가 뒤로 기울면 척추를 위로 뻗는다. 다리는 아직 무릎에서 굽혀진 상태이다.

12 발을 위로 들어올려서 벽에 기대어 놓고 다리를 펴서 시르사아사나 자세를 취한다. 엉덩이, 다리 뒷부분, 발뒤꿈치는 벽에 닿아 있을 것이다. 다리를 차올려 머리로 균형을 잡는 몇 초 안에 다리를 펴야 한다.

13 엉덩이를 벽에서 떼고 체중을 두 팔, 머리, 상체에 실을 수 있도록 노력한다. 계속 벽에 몸을 기대면 척추를 휘게 하므로 최종적으로 벽에서 몸을 떼는 것을 배워야 한다. 정상 호흡을 하고 '자세 점검하기'의 사항들을 지키면서 가능한 한 오래 −최소한 1분 정도− 이 완성된 시르사아사나 자세에 머문다.

일반인을 위한 아사나의 세부 설명

시르사아사나를 시작하기 전에 다음을 수련한다.
- 마하 무드라(p.79 참조)
- 아도 무카 스바나아사나(p.62 참조)
- 우타나아사나(등을 오목하게 하여, p.60 참조)
  그 다음에 아래에 있는 시르사아사나를 위한 방법을
  따른다.

마하 무드라

아도 무카 스바나아사나

우타나아사나(등을 오목하게 하여)

임신 초기의 몇 개월 동안

복부가 커지면 두 발을 벌려서

자세 점검하기

> 경추(척추 윗부분)가 압박되지 않
> 도록 흉골을 들어올린다. 그러면
> 머리에서 체중을 느끼지 않을 것
> 이나.

> 등(척추 중간 부분)이 오목해지도
> 록 측면의 갈비뼈를 들어올리고
> 가슴을 넓힌다.

> 허리(척추 아랫부분)를 곧게 세워
> 복부 근육이 펴지고, 배가 튀어나
> 오지 않게 한다.

> 엉덩이가 벽에서 약간 떨어지게
> 하여 목과 등허리의 잘록한 부분
> 이 균형을 잡을 수 있게 한다.

> 발뒤꿈치를 벽에 대어 균형을 잃
> 지 않도록 한다.

> 한쪽 발을 벽에서 7~10cm 정도
> 떼어 균형을 잡는다. 이때 두 다
> 리는 곧게 펴야 한다.

> 엉덩이를 단단히 조이고 다른 쪽
> 다리를 움직여 먼저 벽에서 뗀 다
> 리와 나란하게 만든다.

> 혹은 엉덩이를 벽에 닿게 한 상태를
> 유지할 수도 있다.

조언

만약 이것이 힘들면 교사의 도움을
받아 벽과 골반 사이에 패드를 끼워
넣어도 좋다.

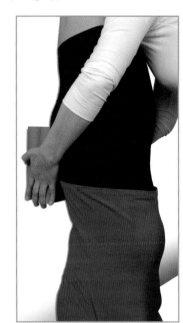

자세 풀기

자세를 시작했던 방식대로 다리를
굽히고 천천히 발을 아래로 내려 자
세를 푼다.

아도 무카 비라아사나 자세(p.76 참
조)로 휴식을 취한 다음 시르사아사
나 수련 이후의 순서대로 우타나아
사나(등을 오목하게 하여), 아도 무
카 스바나아사나, 마하 무드라를 행
한다.

우타나아사나
(등을 오목하게 하여)　　아도 무카 스바나아사나

마하 무드라

특별 지침

임신 중일 경우에는 시르사아사나를 행할 때 허리(척추 아랫부분)를 들어올린 상태로 유지해야 한다. 이것은 곧 허리를 지속적으로 들어올려야 한다는 말이다. 복부가 무겁기 때문에 허리 부위가 처져서 내려앉기 쉽기 때문이다. 그러나 복부 근육과 골반대 아래의 근육이 조여지지 않도록 등을 들어올리는 것이 중요하다.

또한 반드시 척추 근육이 내려앉지 않게 해야 하는데, 척추 근육이 내려앉으면 상체가 충분히 잘 들어올려지지 않았다는 것을 나타내기 때문이다.

◇

임신 초기

다리를 위로 올려 함께 모을 수 있다. 실제로 이렇게 하는 것은 근육의 힘을 키우는 것을 돕기 때문에 임신의 이 단계에서 유익하다.

임신 중기

태아가 성장함에 따라 다리의 자세를 바꾸어야 한다. 즉, 두 발의 발가락은 함께 모으고 발뒤꿈치는 벌린다. 이렇게 하면 모든 근육이 함께 조여지게 되고 허리 근육이 올라가도록 받쳐질 수 있다.

임신 말기

이제는 두 넓적다리도 떼어 놓아야 한다는 것을 알게 될 것이다. 이렇게 하면 넓적다리 바깥 부분이 안쪽으로 말리게 되어 사타구니가 유연한 상태를 유지할 수 있다. 복부에 실리는 무게를 줄이기 위해 반드시 넓적다리를 위로 뻗은 상태를 유지해야 한다.

임신 초기

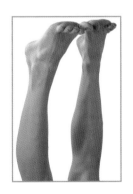

임신 중기

임신 말기

의자를 이용한 살람바 사르반가아사나
의자를 이용한 어깨로 서기

고급 수련생

임신하기 전에 이사나에 숙달된 경우(적어도 5년 동안 규칙적인 수련을 한 경우)에만 임신 초기에 몸을 받치지 않고 아사나를 행할 수 있다.

초보자

변형되지 않은 형태의 아사나를 수련하는 데 아직 능숙하지 않다면 의자를 이용한 아래의 변형된 아사나를 수련해야 한다.

◇

1 의자의 앉는 부분과 등받이 위에 담요를 놓고 의자 앞에 하나 혹은 두 개의 큰베개를 놓는다.

2 다리는 의자 양옆에 두고 뒤쪽을 보고 의자 위에 앉는다.

3 숨을 내쉬며 의자를 잡으며 살짝 뒤로 누우면서 다리를 등받이 위에 올린다.

4 숨을 내쉬며 등을 내려 어깨가 베개에 닿게 한다.

5 동작을 멈추고 몇 번 정상 호흡을 한다.

6 팔을 의자 아래로 가져가 의자의 뒷다리를 잡고 다리를 쭉 뻗는다.

7 이 완성 자세에서 5분간 머물며 정상 호흡을 한다.

8 횡격막에 압박감을 느끼면 다리를 벌린다.

9 의자에 의해 척추 아랫부분이 받쳐지고 위로 들어올려지기 때문에 안전하게 이 형태의 사르반가아사나 자세를 취할 수 있을 것이다.

자세 점검하기

〉 허리에서 엉덩이까지 몸의 뒷부분이 반드시 의자의 앉는 부분 위에 있어야 한다.

〉 목구멍이 압박되지 않게 한다.

〉 가슴이 안으로 오목하게 되지 않게 한다.

〉 얼굴, 눈, 입, 턱의 긴장을 푼다.

일반인을 위한 아사나의 세부 설명

자세를 취하는 방법

임신 초기: **임신 초기:** 가능
임신 중기: 가능
임신 말기: 가능

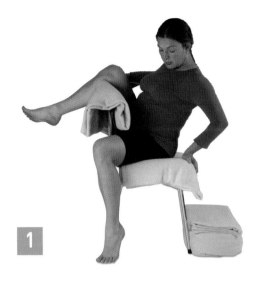

효과
두뇌와 신경을 진정시킨다.
가슴 부위의 혈액 순환을 개선한다.
임신 중독을 예방하는 데 특히 효과적이다.
위에 가스가 차는 증상 및 변비를 완화한다.

자세 풀기

1 무릎을 굽힌다.

2 의자 뒷다리를 잡은 것을 풀고 서서히 움직여 머리 방향으로 몸이 부드럽게 미끄러져 내려오게 한다.

3 잠시 등을 대고 눕는다.

4 바닥에서 일어나기 위해 먼저 옆으로 몸을 돌린 다음 일어난다.

발을 받치고 행하는 아르다 할라아사나
반 쟁기 자세

임신 초기: 가능
임신 중기: 가능
임신 말기: 가능

초보자와 고급 수련생

1 이 아사나를 안전하고 쉽게 하기 위해 두 개의 의자를 준비한다.

2 의자 위에 등받이를 향하여 앉는다.

3 몸을 서서히 아래로 내려 큰베개 나 둥글게 만 담요 위에 어깨를 둔다. 의자를 잡거나 다른 사람 의 도움을 받아서 행한다.

4 무릎을 굽히고 다리를 반대편으 로 가져가 의자나 상자 같은 지지 물 위에 내려놓는다.

5 지지물 위에 발을 확고히 두었을 때 다리를 펴고 팔을 굽혀 팔꿈치 가 의자의 앞다리의 안쪽에 위치 하게 하며, 두 손으로 등을 받친 다. 이 자세로 1~3분 정도 머문 다. 자신감을 얻게 됨에 따라 더 오래 머물 수 있다.

6 등을 똑바르게 하고 절대로 복부 와 가슴이 압박되게 해서는 안 된 다. 숨이 막히는 느낌을 가지지 않 게 하면서 손으로 등을 받친다.

7 눈을 뜨고 배꼽을 바라본다. 이렇게 하면 긴장에서 벗어나게 된다. 이는 이 자세에 머물 때 가장 먼저 배워야 할 것이다.

자세 풀기

의자의 뒤쪽 다리를 잡고 천천히 등을 의자의 앉는 부분에 기대면서 다리를 굽히고 원래의 자세로 돌아온다. 이때 천천히 점진적으로 몸을 내려놓아야 한다. 등 아랫부분을 베개 위에 내려놓는다.

임신 초기: 가능
임신 중기: 가능
임신 말기: 가능

효과

척추를 강화하고
확고하게 만든다.
특히 임신 초기에
이런 효과가 크다.

유산할 우려가 있는
사람들에게 효과가 있다.

특히 임신 초기 단계에서의
갑작스러운 질 출혈을
예방한다.

일상적인 예방 조치로든
임신 중의 예방 조치로든
신장병 치료에 도움을 준다.

비뇨기 문제를 해소한다.

뇌와 신경을 진정시켜
불면증을 예방한다.

다리를 받치고 행하는 아르다 할라아사나
반 쟁기 자세

초보자와 고급 수련생

1 앞 페이지의 방법을 따르지만 다음의 변형 동작을 더한다.

2 의자나 상자를 더 가까이 당겨서 다리 근육을 편히 내려놓는다. 팔은 이완되어 있어야 한다. 몸을 받치면 척추가 들어올려져 있는 상태가 되므로 따로 척추를 들어올리려는 노력을 할 필요가 없게 된다.

3 자궁이 압박되는 느낌이 들면 다리를 15~20cm 정도 벌린다.

주의

임신이 진행된 단계에서는 넓적다리를 의자 위에 놓기가 힘들 수 있다. 만일 그럴 경우, 그 대신 발을 의자 위에 올려둔다.

발을 두 개의 의자 위에 놓고, 다리를 벌리고 행하는 아르다 숩타 코나아사나
반 누운 각도 자세

임신 초기: 불가능
임신 중기: 가능
임신 말기: 가능

효과

신장 문제와 임신 중독에 탁월한 효과가 있다.

통증이나 압박감 같은 자궁의 불편함을 해소하는 데 탁월한 효과가 있다.

자궁 위치를 바로잡는다.

질 분비물을 감소시킨다.

초보자와 고급 수련생

임신이 진행됨에 따라 이 추가된 형태의 아르다 할라아사나를 덧붙여 수련할 수 있다.

1 사르반가아사나로 의자 위에 앉는다(p.103 참조). 몸 뒤쪽에 의자 두 개나 그와 비슷한 지지물을 둔다.

2 다리를 하나씩 뒤쪽의 의자 위에 놓는다.

3 발가락 밑 부분을 지지물 위에 놓고 다리를 쭉 편다.

4 아르다 할라아사나의 방법(p.104)을 따른다.

넓적다리를 두 개의 의자 위에 놓고, 다리를 벌리고 행하는 아르다 숩타 코나아사나Ardha Supta Konasana

1 지지물을 더 가까이 당겨서 넓적다리와 다리를 그 위에 내려 놓는다.

2 아르다 할라아사나의 방법을 따른다.

주의

임신이 진행된 단계에서는 넓적다리를 의자 위에 두는 것이 힘들 수 있다. 만일 그렇다면 그 대신에 발을 의자 위에 내려놓는다.

106

세투 반다 사르반가아사나
완전한 다리 자세

이 장의 앞부분에서 보았던 살람바 사르반가아사나와 아르다 할라아사나는 많은 임신부들에게 두려움을 주어 시도하지 않으려는 자세들이다. 만일 그러한 부류에 속한다면 세투 반다 사르반가아사나는 용기를 길러 줄 뿐 아니라 사르반가아사나와 아르다 할라아사나를 수련하지 않는 것을 보완해 줄 것이다. 거꾸로 하는 다른 아사나들은 건너뛰더라도 이 아사나는 거꾸로 하는

아사나 중 반드시 행해야 할 아사나이다.

세투 반다 사르반가아사나를 수련할 때 보조 기구를 이용할 것을 권한다. 이런 방식을 따라 행하면 임신 기간 내내 계속해서 이 아사나를 수련할 수 있다. 임신 말기 단계에서 골반 부위에 당기는 느낌이 든다면 수련 방식에 약간 변화를 줄 수 있다(p.109의 세투 반다 사르반가아사나의 변형 자세 참조)

◇

방법 1: 벤치 위에 누워서

이 방법은 임신 초기와 중기를 위한 것이다. 그러나 두 발을 벌려야 한다는 느낌이 들면 방법 2를 따라야 한다.

1 25cm 정도 높이의 벤치의 끝 부분에 접은 담요를 놓고, 벤치 앞의 바닥 위에 접은 담요나 작은 베개 몇 개를 둔다.

2 머리와 상체를 벤치 위에 두고 무릎은 굽힌 상태로 벤치 위에 길게 누워 정상 호흡을 한다.

3 숨을 내쉬며 머리 방향으로 몸을 미끄러지듯 내려 머리가 바닥 위의 담요에 닿게 한다.

임신 초기: 가능
임신 중기: 가능
임신 말기: 편안하게 느낀다면 가능

효과

활기찬 느낌을 준다.

횡격막이 이완되어 늘어난 공간 안에서 위와 아래로 자유롭게 움직일 수 있게 된다.

압박감을 줄여 준다.

골반 주변 테두리를 넓히고 복부의 긴장을 완화시킨다.

질 분비물, 두통, 현기증을 감소시킨다.

임신 중독 치료에 도움을 준다. 고혈압일 경우에는 이 아사나를 아침과 저녁에 행한다.

정신적 안정감을 갖게 하고 기분을 잘 제어하여 균형을 갖게 한다.

당 수치를 조절하여 당뇨병을 완화시킨다.

(모든 거꾸로 하는 자세가 그러하듯) 호르몬 균형을 유지하면서 뇌하수체를 도와 젖의 분비가 잘 이루어지게 한다.

4 머리와 어깨도 담요에 닿을 때까지 몸을 더 내린다.

5 다리를 펴서 엉덩이와 다리가 벤치 위에 남아 있게 한다.

6 벤치 양옆을 잡고 어깨를 뒤로 보내고 가슴을 확장시킨다.

7 팔을 옆으로 뻗고 이완시킨다.

8 정상 호흡을 하면서 이 완성 자세에 3~5분 정도 머물거나 편안한 느낌을 유지 할 수 있는 만큼 머문다.

자세 풀기

숨을 내쉬며 무릎을 굽히고 발을 안으로 모은 다음 머리 방향으로 몸을 미끄러지듯 내려 엉덩이가 바닥에 닿게 한다.

자세 점검하기

〉 얼굴을 이완시킨다.

〉 목 뒷부분과 어깨는 아래로 내려져 있어야 한다.

〉 흉골을 들어올린 상태를 유지한다.

◇

방법 2: 몸을 받쳐서

임신 말기나 방법 1에서 편안함을 느끼지 못할 때 따른다.

1 큰베개와 작은 베개를 세투 반다 사르반가아사나에서처럼 놓는다. 임신 초기와 말기에는 다리를 의자 위에서 굽힌다.

2 큰베개와 작은 베개(만일 큰베개로 충분하지 않다면)가 등과 십자 모양을 이루도록 하여 등을 대고 눕는다. 담요를 머리 아래에 둔다. 임신 말기를 위한 자세에서처럼 다리를 벌려서 뻗는다.

3 머리는 편안히 놓이고 잘 받쳐져야 한다.

4 큰베개와 작은 베개가 받쳐 주어 이제 척추가 애쓰지 않고도 오목해져서 상체 앞부분이 자유로운 느낌을 가지게 된다.

벤치를 이용할 수 없을 때

108

세투 반다 사르반가아사나: 변형 자세들

다리를 벌리고, 벤치 위에서 행하는 세투 반다 사르반가아사나

임신 초기: 불가능

임신 중기: 가능

임신 말기: 가능

출산이 가까워지면서 자궁이 무거워지면 다리를 더 많이 벌릴 수도 있다. 척추와 복부를 들어올리기 위해 넓적다리 윗부분과 발에 벨트를 두른다.

의자 위에서 다리를 굽히고 행하는 비파리타 카라니 무드라

임신 초기: 가능

임신 중기: 불가능

임신 말기: 가능

가슴에 공간을 더 확장시키고 심장이 더 자유롭도록 의자 위에서 다리를 굽힐 수도 있다.

세투 반다에서 행하는 받다 코나아사나
다리 자세에서의 묶인 각도 자세

이 자세는 사타구니, 복부, 횡격막, 심장을 이완시킨다.

자세를 풀고 휴식 취하기

차투쉬파다아사나
네 개의 발 자세

차투쉬파다아사나는 가슴을 들어올리고 확장하는 작용을 하기 때문에 거꾸로 하는 자세들을 준비할 수 있게 한다. 이 아사나는 견갑골, 흉골, 척추, 발, 엉덩이에 직접적으로 영향을 미친다.

임신 초기: 불가능
임신 중기: 가능
임신 말기: 편안할 때만 가능

효과

신장 기능을 돕는다.

생리 주기와 생리 흐름을 조절한다.

임신 중의 출혈을 방지한다.

등 근육을 강화시킨다.

피로를 없애 준다.

신경의 활력을 되찾게 해 준다.

가슴의 혈액 순환을 개선한다.

자신감과 의지력을 길러 주고 정신과 정서의 안정을 얻게 한다.

우울감을 없애 준다.

방법 1:
벨트와 지지물을 이용하여

이 아사나를 수련하면 세투 반다 사르반가아사나를 쉽게 행할 수 있다.

1 바닥 위에 편평하게 눕는다. 무릎을 굽히고 골반을 들어올린 다음 엉덩이를 지지물 위에 내려놓는다.

2 두 발을 30~45cm 가량 벌린다. 발목 주위에 벨트를 걸고 그것을 잡는다.

3 발뒤꿈치를 약간 바깥을 향해 돌려서 발 바깥 면이 앞을 향하게 한다. 두 발을 아래로 누르고 발가락 밑 부분을 신장시킨다.

4 가슴, 넓적다리, 복부를 들어올린다.

5 머리 뒷부분과 어깨를 바닥 위에 두고 무릎 바깥쪽을 들어올린 상태로 유지한다.

6 쭉 뻗은 팔이 가슴을 쉽게 펼 수 있게 한다.

7 정상 호흡을 하면서 이 자세로 20~30초 정도 머문다.

자세 풀기
가슴을 확장시킨 상태를 유지하면서 숨을 내쉬며 천천히 엉덩이를 지지물 쪽으로 내린다.

조언
더 이상 벨트를 잡을 수 없게 되면 견갑골을 안으로 말아 넣고 위팔을 가슴 근처의 바닥 쪽으로 단단히 누르면서 아래팔과 손을 위로 쭉 뻗는다. 여기에서부터만 들어올려야 한다.

방법 2:
의자를 이용하여

편안하게 느끼는 한 이 방법을 수련할 수 있다.

1 접은 담요 세 장을 의자 앞의 바닥에 둔다. 머리를 바닥 위에 놓고 어깨를 받치고 눕는다.

2 다리 아래쪽을 의자의 앉는 부분 위에 올려놓는다.

3 의자의 앞쪽 다리를 잡고 팔을 뻗는다. 어깨는 머리와 귀에서 멀어지게 말고 위팔을 아래로 누른다. 견갑골을 안으로 말아 넣어 흉골을 들어올린다.

4 발을 30~45cm 가량 벌리거나 의자의 앉는 부분 위에 댄다. 발뒤꿈치를 약간 바깥쪽으로 돌려 발 바깥 면이 앞을 향하게 하고 발뒤꿈치를 아래로 누른다. 발가락 밑부분을 쭉 편다.

5 가슴을 들어올리고 넓적다리, 복부도 들어올린다. 견갑골을 안으로 말아 넣는다.

6 머리 뒷부분을 바닥 위에 놓고, 어깨와 위팔을 아래로 내린 상태를 유지하면서 무릎 바깥쪽을 들어올린다.

7 정상 호흡을 하면서 20~30초 정도 머문다.

임신 말기: 교사의 도움을 받는다.

자세 풀기

가슴을 편 상태를 유지하면서 숨을 내쉬며 천천히 몸을 내리고 등을 바닥 위에 내려놓는다.

비파리타 카라니 무드라
위를 향하는 동작에서의 결인 자세

비파리트viparit는 '반대의', 혹은 '거꾸로 된'의 의미를 가진다. 이 자세는 마하 무드라(p.79 참조)와는 다른 종류의 무드라, 혹은 '결인'이다.

신체의 9개의 구멍이 여러 유형의 무드라로 결인될 수 있음은 요가의 교본들에 설명되어 있다. 예를 들면 눈, 귀, 코는 샨무키 무드라Shanmukhi Mudra에 의해 결인된다. 마하 무드라에서는 예를 들어 항문은 물라 반다Mula Bandha로 결인되고, 턱은 잘란다라 반다Jalandhara Bandha로 잠기게 된다.

이제 비파리타 카라니 무드라를 배우게 되는데, 요가 교본들에 따르면 이 무드라에서는 배꼽은 높게 위치하고 입천장은 아래로 내려 있게 된다. 태양이 배꼽에 존재한다고 여겨지고, 달은 입천장에 존재한다고 여겨지기 때문에 비파리타 카라니 무드라는 태양이 위에 있고 달이 아래에 있을 때로 묘사된다. 태양과 달, 즉 배꼽과 입천장이 이렇게 거꾸로 된 위치는 시르사아사나(p.97 참조)와 사르반가아사나(p. 102 참조)와 같이 거꾸로 하는 자세에서 찾아볼 수 있다. 따라서 비파리타 카라니는 이들 아사나 중 어느 것이라도 행해질 때 이루어지는 것이라고 말할 수 있다.

사르반가아사나를 행하는 동안 엉덩이를 내려 손으로 받칠 때 비파리타 카라니 무드라를 수련할 수 있다. 다리의 균형을 유지하고 다리가 엉덩이의 고관절과 일직선을 이루게 함으로써 가슴이 들어올려지고 열리게 되며 배꼽은 가슴보다 더 위에 위치하게 된다. 등이 사르반가아사나에서처럼 받쳐지기 때문에 균형을 잃지 않는다.
임신 중이라면 손으로 균형을 유지하는 것이 매우 힘들다는 것을 알게 될 것이다. 몸을 받치기 위해 큰베개, 작은 베개, 담요를 이용할 수 있다.

초보자와 고급 수련생:
임신 초기와 임신이 진행된 경우

다리를 굽히고 아래쪽 다리를 의자의 앉는 부분 위에 놓아야 한다. 스스로 이것을 할 수 없으면 다른 사람의 도움을 받는다.

초보자와 고급 수련생:
임신 중기와 임신 말기

1 보조 기구들을 다음과 같이 준비한다. 편편한 큰베개를 골라서 편편한 작은 베개나 담요 아래에 벽에 맞대어 놓는다. 이렇게 하면 약 25cm 정도 높이의 지지물을 마련할 수 있다. 그 앞에 담요를 펼치고 머리 뒷부분과 어깨를 그 위에 둔다.

2 엉덩이를 큰베개 가장자리 근처에 오게 하여 등을 대고 눕는다. 두 발은 벽에 댄다.

3 숨을 내쉬며 엉덩이를 들어올리고 손으로 큰베개의 양쪽 끝을 잡으면서 엉덩이를 위로 올린다. 이전에 사르반가아사나를 수련한 적이 있으면 엉덩이를 들어올리는 것이 힘들지 않을 것이다.

4 엉덩이를 움직이고 이동시켜 지지물 위로 올린다. 허리에서 엉덩이까지 몸이 지지물 위에 머물러 있어야 한다. 등 쪽의 척추(척추 중간)는 지지물의 가장자리 위에서 만곡되어야 한다. 이렇게 하면 어깨가 지지물의

가장자리 가까이로 오게된다.

5 다리를 펴서 벽에 맞대어 엉덩이와 다리 뒷부분이 거꾸로 되어 있는 상태임에도 완전히 휴식하는 상태에 있게 한다.

6 숨을 내쉬며 어깨를 벽을 향해 뒤쪽으로 말아서 가슴 측면이 들어올려지게 한다. 두 팔을 옆으로 벌려 놓는다.

7 이 완성 자세에 5분간 머문다. 점차 10분까지 머무는 시간을 늘린다. 아래의 사항들을 지킨다.
- 엉덩이가 큰베개 가장자리에서 미끄러져 내려오게 하면 안된다. 만일 그렇게 되면 자세를 다시 조정한다.
- 몸은 세 곳에서 굽혀지고 만곡을 형성해야 한다.
1. 벽 근처의 큰베개 뒤쪽 가장자리에서 엉덩이가 내려와서 큰베개와 벽 사이의 공간으로 내려앉는 곳

효과

마음을 진정시켜 마음이 영혼을 바라보도록 변화하게 한다. 뇌를 고요하게 하고 잘란다라 반다로 목을 닫으면 호흡이 느려지고 조절된다. 횡격막의 움직임도 느려지고 몸 전체가 빠르게 이완된다.

신경계를 차분하게 만들고, 이로 인해 신경이 자극받지 않는 상태에 있게 되어 몸도 진정된다.

위의 소화력(아그니agni)을 증대시킨다. 이로써 식욕이 증진되어, 만일 메스꺼움과 구토로 음식을 먹을 수 없었다면 도움을 얻을 수 있다.

규칙적으로 수련한다면 수분 저류를 제거하여 다리의 부기를 줄여 준다.

빠른 회복과 이완을 가져온다. 이런 효과로 인해 이 무드라는 피로할 때 요가 수련을 시작하기 위한 훌륭한 무드라로 알려져 있다. 이 무드라는 갑상선과 부신의 항진을 예방할 뿐만 아니라 실제로 호르몬 분비를 줄여 주어 몸과 마음을 진정시킨다.

세투 반다 사르반가아사나와 함께 임신 기간 내내 수련할 수 있다.

2. 어깨가 큰베개의 앞쪽 가장자리를 향해 말려들어가는 곳

3. 허리 부위(척추 아랫부분). 어깨와 엉덩이가 고정되기 때문에 허리 부위는 큰베개의 끝부분에서 만곡을 이루고 상체 전부가 어깨와 엉덩이에 의해 형성된 두 개의 '극점 poles' 사이에서 펴지게 된다.

- 가슴은 들어올린 상태로 유지한다.
- 들숨은 뒤쪽 갈비뼈에서 앞쪽 갈비뼈까지 가슴을 움직이게 해야 하며, 날숨은 큰베개 위의 천골(꼬리뼈 바로 위의 편평한 뼈)을 움직여 복부가 부풀어 오르지 않게 해야 한다.

- 흉골을 앞으로 낸 상태를 유지하여 가슴이 오목해지지 않게 한다.
- 두 다리는 모아져 있어야 한다.

8 바른 자세를 취한 다음에 눈을 감고 정상 호흡을 하면서 이완한 상태에 머물 수 있다.

9 자세를 풀 때는 눈을 뜨고 무릎을 굽히며 두 발은 벽에 맞닿은 상태에서 엉덩이가 바닥에 닿을 때까지 몸을 천천히 내린다.

10 먼저 오른쪽으로 몸을 굴린 다음 일어나 앉는다. 곧바로 일어나 앉으면 안 된다.

조언

- 벽에 부착된 로프가 있으면 로프를 잡고 그것을 이용하여 큰베개 위로 몸을 밀어올릴 수 있다.
- 몸이 무거우면 다른 사람의 도움을 받아 큰베개 위로 몸을 들어올려 제 자리에 자리 잡게 하고 발목 주변을 벨트로 묶을 수 있다.
- 만일 더 날씬하다면 다음의 방법을 시도한다.
  – 위에서와 같이 큰베개를 준비한다.
  – 큰베개의 한쪽 모서리 위에 앉는다.
  – 등을 대고 누워 두 다리를 동시에 들어올려서 벽에 댄 다음 자세를 잡는다.
- 임신이 진행된 단계에서는 하복부에 가해지는 압력을 줄이기 위해 다리를 벌릴 수 있다.
- 머리에 압박감이 오거나, 과도한 구토나 고혈압에 시달린다면 접은 담요를 머리 밑에 둔다. 이렇게 하면 머리가 어깨보다 더 높은 위치에 있게 된다. 다시 말하면 입천장은 여전히 내려진 위치에 머물게 된다. 머리가 높여지면 뇌가 진정되고 근심이 사라진다.

- 다리를 접어 스바스티카아사나Svastikasana로 들어가서 사타구니를 이완시킨 다음 두 다리의 위치를 바꾼다.

복부와 허리에 좋은 아사나
숩타 스티티와 우티쉬타 스티티

숩타 파당구쉬타아사나 Ⅱ
누워서 엄지발가락을 잡는 자세 Ⅱ

임신 초기: 가능
임신 중기: 가능
임신 말기: 가능

이 누워서 행하는 자세를 위해 벨트, 둥글게 만 담요나 큰베개, 목침을 준비해야 한다.

1 바닥 위에 편평하게 누워 두 발 뒤꿈치를 벽에 맞대어 놓은 목침 위에 둔다. 큰베개를 오른쪽 엉덩이 옆 바닥 위에 두고 벨트를 묶어 고리 모양으로 만든다. 정상 호흡을 한다.

2 숨을 들이마시며 오른쪽 무릎을 굽혀서 바깥쪽을 향하게 한 다음 벨트를 오른발 주위에 건다. 왼쪽 다리를 뻗고 발뒤꿈치를 목침 위에 단단히 고정시킨다. 오른쪽 다리를 위로 곧게 뻗고 오금(넓적다리 뒤의 근육)을 편다.

3 오른쪽 다리를 쭉 펴서 바닥과 수직을 이루게 하고 왼팔을 움직여 왼쪽 어깨와 일직선이 되게 한다.

4 2~3번 호흡을 한다.

5 숨을 내쉬며 왼쪽 다리를 뻗은 상태를 유지하면서 오른쪽 다리를 옆으로 당겨 큰베개에 닿게 한다.

6 이 자세로 10~20초 정도 머물면서 정상 호흡을 한다. 이때 '자세 점검하기'의 사항들을 지킨다.

효과

좌골신경통과 고관절의 뻣뻣함을 완화시킨다.

엉덩이 주위의 신경을 진정시킨다.

골반 근육을 열어 주고 골반 바닥을 단단하게 만들어 준다.

임신이 진행되었을 때 꼬리뼈 부위의 통증을 경감시킨다.

자세 점검하기

〉 상체의 왼쪽과 왼쪽 엉덩이를 바닥으로부터 떼어 들어올리지 않는다.

〉 숨을 들이마시며 가슴을 확장시킨 상태를 유지하면서 다리를 들어올리고, 굽히며 바닥으로 내린다. 왼쪽 발뒤꿈치를 목침 위에 두고 목침의 가용 범위 내에서 두 발을 서로 멀리 벌린다.

주의

임신 중기에는 발을 큰베개 위에 내려놓아도 좋다. 임신 말기에는 넓적다리 바깥쪽을 큰베개 위에 올려 둔다. (사진 참조)

우티타 하스타 파당구쉬타아사나 II
서서 엄지발가락을 잡는 자세 II

이 서서 하는 자세를 위해 벨트와 들어올린 다리를 받칠 지지물을 준비한다. 초보자일 경우 잠시 발을 놓을 수 있는 받침대나 의자를 벽 앞에 둔다.

권장되는 방법은 아래에서 설명하듯 뻗은 다리를 탁자 위나 창문턱에 내려놓는 것인데, 이렇게 하면 치유 효과가 더 많아진다. 숩타 파당구쉬타아사나 II와 유사하기는 하나, 이 아사나는 서 있는 자세로 행해지는 것이어서 척추의 움직임이 자유롭게 되고, 엉덩이 근육이 약하거나 요통이 있을 때와 같은 상황에서는 더 도움이 된다.

◇

1 탁자나 창문턱에서 60~90cm 정도 떨어져 선다. 이때 상체의 오른쪽이 탁자나 창문턱을 향하게 한다. 의자를 탁자나 창문턱 앞에 사진에서처럼 둔다. 오른발 주위에 고리를 걸고 타다아사나 자세로 선다.

2 숨을 내쉬며 오른쪽 무릎을 굽히고 오른발을 의자 위에 둔다(파리가아사나Parighasana, 혹은 비라바드라아사나Virabhadrasana II에서와 같은 자세). 1~2번 호흡을 한다.

3 숨을 내쉬며 오른발을 탁자나 지지물 위에 직각으로 둔다. 왼손은 엉덩이 위에 얹는다. 벨트를 단단히 잡고 오른팔을 뻗고 상체를 들어올린다.

4 이 자세로 10~15초 정도 머물면서 정상 호흡을 한다. 이때 다음의 사항들을 따라야 한다.
- 오른쪽 엉덩이의 바깥쪽을 위로 들어올리면 안 된다. 오른쪽 엉덩이가 올려지는 경향이 있는데, 그럴 경우 요통이나 넓적다리의 경련이 일어날 수 있다.
- 왼쪽 엉덩이 바깥쪽과 왼쪽 발목 바깥쪽이 일렬로 맞추어져야 한다.
- 사타구니를 확고한 상태로 만들어 상체를 쭉 편다.
- 상체와 엉덩이가 일직선을 이루어야 한다.
- 복부 근육을 들어올리고 가슴을 넓게 편다.
- 어깨를 들어올리거나 목을 긴장시켜서는 안 된다.

5 숨을 내쉬며 오른쪽 다리를 굽힌다. 더 안전한 느낌을 가지고 싶으면 발을 잠시 동안 의자의 앉는 부분 위에 놓을 수 있다. 그다음 여기에서 발을 아래로 내려 타다아사나 자세로 선다.

6 이 아사나로 인해 얻어진 공간을 느껴 본다.

임신 초기: 불가능
임신 중기: 가능
임신 말기: 가능

조언과 적합한 변형 자세

● 벽과 벽에 매단 로프를 이용할 수 있으면 여기에서 보는 대로 수련할 수도 있다. 벽에 매단 로프를 이용하면 척추를 더 쉽게 들어올릴 수 있다.

● 혹은 발을 벽에 대고 미는 대신 발뒤꿈치를 의자 등받이 위에 올려놓을 수 있다.

● 척추 근육이 체중을 감당할 수 없으면 등을 벽에 기대고 선다. 발은 받침대나 의자 위에 올려놓는다. 이 변형 자세에서는 벽이 등을 받친다.

효과

요통을 없애 준다.

류머티즘, 요통, 좌골신경통을 완화시킨다.

골반바닥을 열어 준다.

척추를 강화한다.

뒤로 굽히기
푸르바 프라타나 스티티

교차시킨 두 개의 큰베개 위에 누워 뒤로 몸 뻗기

임신 초기: 가능
임신 중기: 가능
임신 말기: 가능

임신 기간 내내 휴식을 취하고 싶을 때마다 이 방법을 따를 수 있다. 이 부드럽게 뒤로 뻗는 자세에서는 몸을 받친 상태로 충분한 호흡을 할 수 있다.

보통 이 자세에서는 발뒤꿈치가 바닥 위에 놓인다. 그러나 임신이 진행되면, 또 경련이나 등의 통증을 느낄 때는 목침을 이용할 수 있다. 사진에서는 교차시킨 두 개의 큰베개와 발뒤꿈치 아래의 목침(두 번째 사진에서는 세 개의 목침)을 볼 수 있다. 허리에 긴장을 느끼지 않도록 자세를 조정한다.

1 사진에서 보는 것처럼 한 세트의 큰베개와 작은 베개를 준비하여 둔다.

2 다리 위쪽을 위해 벨트를 사용하고, 만일 원한다면 발에도 벨트를 이용한다. 이렇게 하면 다리를 강하게 뻗을 필요가 없다.

3 큰베개(만일 큰베개가 충분히 높지 않으면 작은 베개도 이용) 위에 등을 대고 눕는다. 어깨와 목 아래에는 사진에서 보는 것처럼 담요를 둔다.

4 머리가 아래로 처지고 목 길이가 짧아지면 목을 받치고 턱이 흉골에서 멀리 떨어지게 한다.

5 이제 척추는 큰베개와 작은 베개로 받쳐진 덕분에 힘 들이지 않고도 오목해진다.

효과

상체 앞부분을
자유롭게 만든다.

척추 앞부분에 있는 장기와
신경으로 활기가 퍼져 나가는
것을 느낄 수 있다.

횡격막이 이완되어 확장된 공간
안에서 자유롭게 아래위로
움직일 수 있게 된다.

우울감을 느끼는 임신부를
매우 평화롭고 평온한
상태에 있게 해 준다.

당 수치를 제어하는 것을
도와 임신 중의
당뇨병에 도움을 준다.

로프를 이용한 부장가아사나
코브라 자세

임신 초기: 불가능
임신 중기: 가능
임신 말기: 가능

1 벽에 등을 대고 매달린 로프의 양쪽 끝 사이에 타다아사나 자세(p.32 참조)로 선다. 정확히 두 줄의 로프 사이의 가운데에 서 있어야 한다. 왼손과 오른손으로 로프를 단단히 잡고 벽에서 90cm 정도 떨어지게 발걸음을 옮겨 타다아사나 자세로 선다. 두 발을 30~45cm 정도 벌리고, 발가락을 앞으로 뻗는다.

2 로프를 단단히 잡고 팔을 쭉 뻗는다. 똑바로 서서 복부와 몸통 옆 부분, 흉골 아랫부분을 들어올린다. 1~2번 호흡을 한다.

3 숨을 들이마시며 머리를 들고 척추를 오목하게 하여 몸을 가능한 한 멀리 앞으로 내민다. 몸이 앞으로 비스듬히 기울게 하기 위해 발을 벽 쪽으로 7~8cm 정도 뒤로 보낸다.

4 머리를 들고, 팔을 뻗는 동작을 통해 발바닥의 볼록한 부분을 디디고 선다. 무릎과 팔꿈치를 펴고 두 손바닥이 서로 마주보게 하며 발바닥의 볼록한 부분을 바닥 쪽으로 단단히 누른다.

5 숨을 내쉬며 엉덩이를 단단히 조이고 바닥 쪽으로 당긴다. 엉덩이를 몸 안을 향해 움직이고 골반바닥을 위로 들어올린다. 상체를 아래를 향해 더 뻗어 완전히 오목하게 만드는 동작을 하면서 위를 바라본다.

효과

p.120 참조

6 꼬리뼈와 천골을 안으로 말아 넣고, 가슴을 넓히며, 복부를 가슴 쪽으로 들어올린다. 팔에서 당기는 힘을 강하게 유지하면서 넓적다리를 단단한 상태가 되게 한다.

7 이 완성 자세에 5~10초 동안 머물면서 정상 호흡을 한다.

8 숨을 들이마시며 가슴을 확장시킨 상태를 유지하면서 벽에서 멀어지게 발을 옮겨 타다아사나 자세로 똑바로 선다. 팔을 푼다.

자세 점검하기
> 두 팔을 고르게 당길 수 있도록 주의한다.
> 동작이 너무 빠르거나 느리지 않아야 한다.

로프, 의자, 큰베개를 이용한 부장가아사나
코브라 자세

이 변형 자세는 가슴을 들어올리고 넓게 펴는 것을
쉽게 할 수 있게 한다.

효과
자신감을 가지게 한다.
꼬리뼈의 통증을 완화한다. 특히 임신 마지막 단계에서의 통증을 완화한다.
엉덩이의 통증을 완화한다.
복부의 압박감을 줄여 준다.
척추에 활력을 준다.
태아가 자랄 수 있도록 공간을 만들어 준다.

1 로프를 이용한 부장가아사나 자세에서 발이 놓인 거리를 가늠한다.

2 의자를 준비하여 미끄럼 방지 매트를 그 위에 깔고 큰베개를 가로로 놓는다.

3 로프를 잡고 의자 앞에 선다.

4 부장가아사나를 위한 지시를 따르고 넓적다리 위쪽을 큰베개에 닿게 한다.

5 몸이 실제로 의자와 큰베개에 의해 받쳐지도록 발에서 벽까지의 거리를 조정한다.

6 넓적다리를 단단한 상태로 유지한다.

자세 풀기

숨을 들이마시며 가슴을 확장시킨 상태를 유지하면서 발을 앞으로 옮겨 타다아사나 자세로 똑바로 선다. 팔을 푼다.

트레슬을 이용한 살람바 푸르보타나아사나
몸을 받치고 몸의 앞면을 강하게 뻗는 자세

임신 초기: 불가능
임신 중기: 가능
임신 말기: 가능

초보자와 고급 수련생

이 아사나는 몸을 강하게 들어올리고 가슴을 열게 한다.

1 사진에서 보듯 아래팔을 트레슬의 위쪽 가로 기둥 아래로 넣어 그 기둥을 단단히 감싼다. 손과 손가락을 앞으로 뻗는다.

2 두 발을 평행하게 두고 다리를 약간 굽힌다.

3 두 무릎의 안쪽이 옆으로 처지게 하면 안 된다. 무릎 안쪽과 바깥쪽이 일직선을 이루면서 천정을 향하게 한다.

4 정상 호흡을 하면서 30~60초 정도 머문다.

효과

가슴과 가슴 옆쪽을 들어올린다.

가슴과 등 윗부분의 압박감이나 뭉친 느낌을 제거한다.

몸을 민첩하게 만든다.

육체적, 정신적인 안정감을 갖게 한다.

가슴의 분비선에 도움을 준다.

자세 풀기

1 원래의 자세로 되돌아오기 위해 아래팔을 하나씩 트레슬의 가로 기둥 위에 올려놓은 다음 손을 올려놓고 똑바로 선다.

2 흉골을 들어올려서 가슴을 편 상태를 유지하면서 타다아사나 자세 (p.32 참조)로 휴식을 취한다.

121

벤치와 의자 위에서 몸을 완전히 받치고 행하는 드위 파다 비파리타 단다아사나
두 다리를 이용한 뒤집힌 지팡이 자세

임신 초기: 가능
임신 중기: 가능
임신 말기: 가능

효과
행복감을 얻을 수 있다.
자신감을 기른다.
근심을 없앤다.
호흡 기능과 순환 기능을 개선한다.

이 아사나에서는 등이 완전히 아치를 이루는데, 한쪽 끝은 머리 정수리와 아래팔에 의해, 다른 한쪽 끝은 발에 의해 받쳐진다. 따라서 거의 지지물이 없이 몸을 지탱해야 한다.

정상적인 상태에서는 보조 기구를 사용하지 않을 것이다. 그러나 임신한 상태이기 때문에 등을 완전히 받치고 아사나를 행해야 한다. 이런 까닭에 적절한 보조 기구를 사용하고 원래의 방법을 변형하여 수련할 것을 권한다.

가능한 한 임신 초기에 교사의 지도를 받아 완전히 몸을 받치고 행하는 이 아사나의 변형 자세를 시작한다면 임신 마지막 단계까지 이 자세가 주는 자유로움을 누릴 수 있을 것이다.

이 아사나에서 뒤로 척추를 휘게 하는 것은 일상의 움직임에서는 드물게 일어나는 동작이다. 대부분의 가사일이나 다른 일들은 척추를 앞으로 굽히는 동작을 수반한다.

이 자세는 뒤로 굽힘으로써 끊임없이 앞으로 굽히는 것에 반대 작용을 한다. 뒤로 굽히는 동작에서 비롯되는 척추 앞부분의 신장에 의해 공간이 만들어지고 횡격막이 움직일 수 있는 여유가 생긴다.

이 아사나는 허리 부분의 척추와 엉덩이가 잘 받쳐진 상태로 행해지기 때문에 척추 근육의 긴장 없이 몸통이 충분히 신장된다. 이로 인해 복부에 실리는 하중이 줄고 호흡이나 순환과 같은 중요한 신체 기능이 개선된다.

이 아사나를 수련하면 가슴이 확장되어 행복감을 느낄 수 있다. 변형된 방법으로 수련하면 특히 우울증이 있을 때나 몸이 허약하고 과도하게 민감하거나 감정적이 될 때 도움이 된다. 이 아사나는 자신감을 불어넣어 주고 근심이 사라지게 한다.

수련을 시작하기 전에 아래의 사항을 주의한다.

- 자세에 들어가는 것이 어렵기 때문에 이 아사나를 행할 때에는 약간의 기술이 필요하다. 그러나 일단 자세를 취하면 이완과 진정, 그리고 회복의 효과를 즐길 수 있다.
- 자세에 들어가는 방법을 이해함으로써 어떠한 긴장이든 피할 수 있다.

일반인을 위한 아사나의 세부 설명

1 비파리타 단다아사나 벤치나
   두 개의 의자(p.237 참조)를
   준비한다.

2 접은 담요나 큰베개, 혹은 둘
   다를 벤치의 가장자리 위에
   놓아 등을 보호한다.

3 벤치나 의자 위에 눕는다.

4 벤치의 가장자리를 잡고 가
   슴을 활짝 편다.

5 머리 정수리를 큰베개나 접
   은 담요 위에 내려놓는다.

6 이 자세로 3~5분 정도 머물
   면서 정상 호흡을 하고, 아
   래의 사항들을 준수한다.
   ● 가슴이 안으로 오목해지
     면 안 된다.
   ● 머리를 매달려 있는 상태
     로 두면 안 된다.
   ● 얼굴은 이완된 상태에 있
     어야 한다.

자세 풀기
숨을 내쉬며 무릎을 굽히고 몸통을
바닥 쪽으로 미끄러지게 한 뒤 등을
대고 편평하게 눕는다.

살람바 푸르보타나아사나
몸을 받치고 몸의 앞면을 강하게 뻗는 자세

p.126~139의 회복을 돕는 아사나들 참조

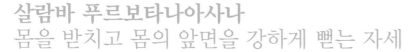

로프를 이용한 아사나
요가 쿠룬타

로프의 도움을 받아 요가 아사나를 행하면 많은 이점을 얻을 수 있다. 로프는 어려운 아사나를 갑작스러운 충격 없이 쉽고 안전하고 원활하게 할 수 있도록 도와준다. 규칙적으로 수련하면 몸을 정렬하는 데 있어 방향 감각을 기를 수 있다.

로프와 의자를 이용한 아르다 우타나아사나
반半 강하게 앞으로 뻗는 자세

살람바 시르사아사나 전후에 행하는 일련의 아사나에서 이것은 시르사아사나 직전과 직후에 행하는 아사나이다.

방법
p.59~61의 이 아사나를 참조하라.

조언
● 등을 오목하게 한 자세에서 수련하기 위해 두 손을 의자 위에 놓고 행한다.

● 더 많이 뻗기 위해 두 손을 의자 등받이 위에 올려서 뻗는다.

임신 초기: 가능
임신 중기: 가능
임신 말기: 가능

효과
우울증을 완화한다.

뇌를 진정시킨다.

혈압을 낮춘다.

위의 통증을 가라앉힌다.

복부의 장기들을 강화시킨다.

소화액이 쉽게 분비되도록 돕는다.

태아가 자라고 사지를 뻗을 수 있는 공간을 만들어 준다.

자궁 경부의 뒷부분과 질을 길어지게 하고 강화시켜 그 부위의 혈액 순환이 잘 되게 한다.

자세 점검하기
〉등과 허리 쪽의 척추를 신장시킨다.
〉가슴을 활짝 편다.
〉발가락을 안으로 돌리고 발뒤꿈치는 바깥으로 돌려서 복부의 압력을 줄인다.
〉맨 아래쪽 갈비뼈를 뻗는다.
〉무릎을 굽히면 안 된다. 무릎의 종지뼈와 넓적다리 앞쪽 근육을 위로 당긴다.

로프와 머리를 받칠 것을 이용한 아도 무카 스바나아사나
얼굴을 아래로 한 개 자세

아도 무카 스바나아사나(p.62 참조)는 서서 하는 다른 자세들에서 오는 피로를 없애 준다. 모든 거꾸로 하는 아사나들에서처럼 심장은 척추 아래에 위치한다. 엎드려 행하는 이 아사나에서 심장은 척추에서 멀리 떨어지게 되는데, 이것이 심장에게는 일종의 휴식을 주는 위치가 된다. 심장이 거꾸로 되는 위치에 있을 때 정신적, 육체적 피로에서 회복할 수 있게 되고 가쁜 호흡도 가라앉게 된다. 피곤할 때 우리 몸은 이런 아사나들을 간절히 원한다.

이마를 받침대나 의자(임신이 진행되었을 때) 위에 놓거나 큰베개(임신 초기와 중기까지도) 위에 놓고 로프로 몸을 받쳐서 더 깊은 휴식을 취할 수 있다.

특별 지침

• 두 발을 90cm 정도 벌리거나 미끄럼 방지 매트의 가장자리에 두고, 발뒤꿈치는 경사진 블록 위에 올려놓는다. 발의 바깥쪽 가장자리가 매트의 바깥쪽 가장자리와 일치해야 한다.

• 발목 안쪽을 들어올린다.

로프를 이용한 부장가아사나
코브라 자세
p.119 참조

로프, 의자, 큰베개를 이용한 부장가아사나
p.120 참조

큰베개와 벽에 매단 로프를 이용한 말라아사나
화환 자세
p.77 참조

참조
p.63의 로프를 이용한 아도 무카 스바나아사나와
p.64, 66, 69, 71의 로프를 이용한 앉아서 하는 아사나 또한 참조하라.

임신 초기: 가능
임신 중기: 편안하게 느낄 때에만 가능
임신 말기: 의자나 손과 머리를 받칠 수 있는 다른 지지물과 함께 가능

효과
p.63 참조

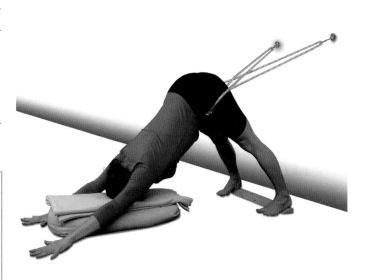

회복을 돕는 아사나
비쉬란타 카라카 스티티

숩타 받다 코나아사나
누운 묶인 각도 자세

임신 중일 때는 몸 안에, 특히 복부 부위에 매듭이 묶인 듯한 느낌을 가지는 것이 일반적이다. 이런 현상은 종종 숨 가쁨, 근심, 긴장과 함께 일어난다. 바르게 수련한다면 숩타 받다 코나아사나는 이러한 느낌을 극복하기에 적합한 아사나이다.

임신 초기:
지지물 없이

1 등을 대고 편평하게 눕는다.

2 무릎을 굽히고 두 발뒤꿈치를 엉덩이 근처로 가져온다.

3 넓적다리와 무릎을 벌리고 발뒤꿈치와 발바닥을 서로 맞댄다.

4 무릎을 가능한 한 바닥과 가깝게 내린다.

5 두 팔은 머리 위에 둔다.

6 이 자세로 30~60초 정도 머물면서 정상 호흡을 한다. 서서히 지속 시간을 늘린다.

임신 초기: 가능
임신 중기: 가능
임신 말기: 가능

효과

생식기의 통증, 경련, 화끈거리는 감각을 진정시킨다.

비뇨기계를 정상화시킨다.

감염을 예방한다.

출산을 쉽게 할 수 있도록 돕는다.

자세 풀기

1 팔을 아래로 내린다. 천천히 팔꿈치에 힘을 실어 가슴을 들어올리고 받다 코나아사나(p.67 참조)로 돌아온다.

2 발을 풀고 다리를 펴서 단다아사나 자세(p.64 참조)로 돌아온다.

임신 기간 내내

아래에 소개하는 변형 자세는 출산이 임박한 날까지 임신 기간 내내 수련할 수 있다. 임신이 진행되었을 때는 몸통 전체를 아래로 내려놓는 것이 힘들 수도 있다. 그런 경우에는 가슴과 허리 아래에 한두 개의 큰베개를 놓고 머리 아래에는 작은 베개나 담요를 둔다. 큰베개 이용법에 대한 더 많은 지침을 얻으려면 아래의 변형 자세들을 참조한다. 더 깊은 이완을 원하면 다리에 벨트를 사용한다.

1 받다 코나아사나 자세(p.67 참조)로 앉는다. 위에서 말한 대로 등 뒤에 큰베개를 세로로 놓는다.

2 사타구니를 지나가게 하여 벨트로 허리와 발 주위를 두른다. 두 발을 골반을 향해 끌어당긴다.

3 큰베개가 똑바로 놓여 있는지 점검한다.

4 팔꿈치로 받쳐서 뒤로 몸을 기울인 다음 몸통, 어깨, 머리가 큰베개 위에 놓이게 한다. 담요로 머리를 받친다. 척추가 반드시 큰베개 위에서 길이를 따라 고르게 놓여 있어야 한다.

5 둥글게 만 담요나 목침으로 두 무릎을 받친다. 다리가 받쳐진 상태에서 무릎을 양옆으로 뻗고 가능한 한 바닥과 가깝게 내린다.

6 복부와 복부 근육을 가슴을 향해 위로 신장시킬 수 있도록 두 팔을 머리 위로 쭉 뻗는다. 손바닥을 돌려 천정을 향하게 한다.

7 이 자세로 30~60초 정도 머물며 정상 호흡을 한다.
- 만들어 낸 공간을 유지하면서 팔을 몸 옆으로 가져온다.
- 서서히 지속 시간을 늘린다.

자세 풀기

갑작스런 움직임과 경련을 피하기 위해 무릎을 바닥에서 떼어 들어올리면서 사타구니의 근육이 이완되게 한다.

효과

숨타 받다 코나아사나는 아사나들 중 가장 훌륭한 아사나로 활기찬 느낌을 준다. 특히 담요와 작은 베개로 등을 받치고 행하면 이 자세로 더 오랜 기간 동안 안전하게 누울 수 있다. 특히 골반을 넓게 벌린 상태로 반듯이 누운 자세는 복부가 가득차거나 압박되는 느낌을 해소시킨다. 등을 받치고 행하면 골반 부위와 가슴의 횡격막이 내부의 뭉친 것으로부터 풀려난다. 그러나 반듯이 누운 자세는 사지의 근육과 함께 뇌를 이완시키는 등 훨씬 더 많은 효과를 얻게 한다.

특별 지침

- 두 발목과 발의 옆 부분이 미끄러져 벌어지는 수가 있다. 이럴 때에는 발가락을 벽에 맞대어 두고 손바닥을 넓적다리 아래에 둔 다음 발목을 잡아서 넓적다리 쪽으로 당긴다.

- 몸무게가 많이 나가면 7~10cm 높이의 담요나 큰베개를 등 아래에 세로로 놓아 가슴이 열리고 복부가 비스듬해지게 한다.

- 척추 아랫부분에서 강하게 당기는 느낌이 들면 두 개의 벨트를 이용한다. 각각 한다리씩 발목과 넓적다리를 하나의 벨트로 둘러 묶는다.

큰베개를 이용한 변형 자세

1 등을 받치기 위해 견갑골의 아래쪽 가장자리에 경사진 블록을 놓는다. 이렇게 하면 특히 흉골 옆면과 흉골 수변 부위에서 가슴을 더 활짝 펼 수 있다. 사진을 보면 벨트를 어떻게 묶어서 당기는지 알 수 있다.

2 큰베개를 가로로 놓고 머리를 받치기 위해 담요도 놓는다. 이것은 횡격막을 넓히고 복부를 펴지게 한다.

3 발을 받치기 위해 목침을 이용한다. 이렇게 하면 복부를 잘 들어올릴 수 있고 허리를 더 길게 신장시킬 수 있다.

자세 점검하기
등을 대고 누웠을 때에는
> 허리 부위를 들어올리면 안 된다.
> 골반 부위를 넓게 편 상태로 유지한다.
> 가슴을 확장된 상태로 만든다.
> 무릎을 옆으로 더 움직여 바닥 쪽으로 더 내려가게 한다.

자유롭게 호흡하기
이 아사나에서 근육들이 마치 고원처럼 펴질 때 호흡하는 것이 더 쉬워진다. 공기는 아무런 장애 없이 자유롭게 안팎으로 드나든다.

가끔 특정 아사나를 행하는 동안 어떻게 호흡을 해야 하느냐고 묻는 사람들이 있다. 대체로 그에 대한 대답은 '정상적으로' 하라는 것이다. 그러나 정상 호흡은 그 나름의 다양성을 가진다. 호흡을 하게 하는 힘은 몸의 여러 중심에서 나올 수 있다.

몸의 여러 부분을 초점으로 이용하여 호흡을 이끌어갈 수 있는데, 예를 들면 복부로부터 숨을 들이마시고 머리로부터 숨을 내쉬는 것이다. 이렇게 하면 호흡의 효과가 달라진다.

숩타 받다 코나아사나는 날숨을 더 길고 깊게 하도록 하는 자세들에 속한다. 이 자세에서는 몸이 긴장에서 벗어난 상태에 머물기 때문이다. 몇 번의 긴 날숨 뒤에는 들숨도 힘들이지 않게 이루어지고 또 깊어지게 된다. 더 길어진 호흡 순환이 지속됨에 따라 횡격막 부근의 긴장이 엄청나게 줄어드는 것을 깨닫게 된다.

자유로운 호흡과 특정한 자세가 결합되면 몸 내부에 넓은 공간을 확보하고 있음을 느끼게 된다. 이완을 느끼면서 긴장에서 풀려난 자유로운 상태에 있게 되는 것이다. 이러한 모든 변화에 주의를 기울이면 이 아사나가 주는 효과를 얻어 내면의 자유와 평화를 즐길 수 있게 될 것이다.

숨타 비라아사나
누운 영웅 자세

임신 초기: 가능
임신 중기: 가능
임신 말기: 가능

숨타 받다 코나아사나(p.126 참조)와 결합된 숨타 비라아사나는 이완된 상태를 되찾고 호흡이 다시 원활하고 자연스럽게 이루어지게 하는 데 도움을 준다. 숨타 비라아사나는 둘 중 더 어려운 아사나인데, 그것은 무릎을 굽힌 자세로 등을 대고 뒤로 몸을 기울여야 하기 때문이다.

일단 이 자세에 숙달되면 신체 시스템이 진정되고 몸 안의 아기가 고요히 휴식을 취할 수 있게 된다. 진정 효과는 또한 복부 부위에도 미쳐서 위장에 가스가 차는 것과 임신부들을 종종 괴롭히는 가려운 느낌을 줄여 준다.

효과

복부, 등, 허리를
뻗게 한다.

과식한 뒤 위장을
가볍게 한다.

이것은 아래의 경우에 있어
완벽한 아사나이다:
• 고혈압을 정상으로 돌리고
• 입덧을 줄여 주며
• 위장에 가스가 차는 증세와
변비를 완화시킨다.

위와 복부의 통증을 없애는 데
도움을 준다.

지나친 피로를 경감시킨다.

숨 가쁨을 완화하고
가슴을 열어 준다.

골반 부위를 이완하고
몸과 마음이 이완된 상태에서
할 수 있는 깊고 자연스러운
호흡을 하게 한다.

1 비라아사나 자세(p.72 참조)로 앉는다. 손바닥을 발바닥 위에 놓는다. 호흡을 몇 번 한다.

2 체중이 상당히 증가했거나 넓적다리와 무릎에 긴장을 느끼면 뒤로 충분히 멀리 눕는 것이 힘들 것이다. 넓적다리와 엉덩이가 바닥 위에 놓이고 가슴이 확장될 수 있도록 등과 머리를 받치기 위해 엉덩이 뒤에 한두 개의 작은 베개를 놓는다.

3 숨을 내쉬며 몸통을 뒤로 기울여 등과 허리가 작은 베개나 바닥을 향해 내려가게 한다. 팔꿈치를 바닥 위에 하나씩 내려놓은 다음 아래팔도 마찬가지로 내린다.

무릎을 위한 특별 지침

무엇보다 무릎은 벌어져 있기가 쉽다. 그러나 규칙적인 수련으로 무릎을 모으는 것이 쉬워진다. 무릎을 모으는 것이 여전히 힘들면 벨트를 이용할 수 있다. 무릎을 아래로 내리는 것이 중요하다. 이를 위해 필요하다면 접은 담요나 목침을 엉덩이 아래에 둔다.

4 머리 뒷부분이 작은 베개에 놓일 때까지 뒤로 몸을 더 기울인다.

5 등을 내려놓고 머리 뒷부분은 담요 위에, 어깨와 몸통은 작은 베개 위에 놓는다. 다리 옆에서 두 팔을 펴고 15초 정도 머문다. 한두 번 호흡을 한다.

6 발뒤꿈치를 단단히 잡고 흉골을 들어올린 다음, 손바닥을 천정을 향하게 하여 팔을 머리 위로 쭉 뻗는다.

7 이 자세로 30~60초 정도(나중에는 가능한 한 오래) 머문다. 정상 호흡을 하고 '자세 점검하기'에 있는 사항들을 지킨다.

8 팔을 뻗은 다음에 팔꿈치를 잡거나 팔을 몸 옆에 내려놓을 수 있다.

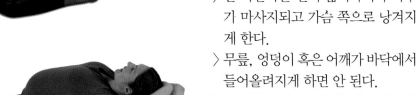

자세 점검하기

> 팔 바깥쪽을 뻗어 넓적다리와 복부가 마사지되고 가슴 쪽으로 낭겨지게 한다.
> 무릎, 엉덩이 혹은 어깨가 바닥에서 들어올려지게 하면 안 된다.
> 견갑골을 안으로 말아 넣고 가슴을 활짝 편다.
> 몸통 앞면과 뒷면이 고르게 신장되어야 한다.

자세 풀기

임신했을 때 숩타 비라아사나 자세로 들어가는 것은 전혀 어렵지 않지만 자세를 푸는 것은 중력에 반하여 움직이는 동작을 포함하므로 이야기가 다르다. 임신부는 몸 안의 아기가 충격을 받지 않는 방법으로 일어나기를 원할 것이다. 자세 풀기는 몸을 느슨하게 하고 갑작스러운 동작을 최소로 하면서 우아하게 이루어져야 한다. 자세에서 나오기 위해서는 자세로 들어갈 때의 방법을 거꾸로 행한다. 숨을 내쉬는 것은 몸을 가볍게 하므로 숨을 내쉬며 천천히 몸을 위로 일으킨다. 가슴은 들어올려진 상태에 있어야 하고 안쪽으로 오목해지게 해서는 안 된다. 무릎이 뻣뻣하면 다리를 뒤로 하나씩 뻗고 발뒤꿈치도 천천히 뻗는다.

조언

바닥 위에 앉을 수 없고 몸이 너무 뻣뻣하여 숩타 비라아사나 자세로 뒤로 누울 수 없다면 여기에 보이는 것처럼 큰베개와 의자를 이용하여 중간 단계에서 시작할 수 있다.

숨타 스바스티카아사나, 맏스야아사나, 혹은 아르다 맏스야아사나
다리를 교차하여 누운 자세, 물고기 자세, 혹은 반 물고기 자세

임신 초기: 가능
임신 중기: 가능
임신 말기: 가능

1 몸 뒤에 큰베개를 긴 쪽으로 놓고 스바스티카아사나 자세(위 사진)나 파드마아사나 자세(가운데 사진)로 앉는다.

3 팔꿈치로 받쳐서 뒤로 누우면서 몸통, 어깨, 머리를 큰베개 위에 놓는다. 머리는 담요로 받친다. 척추가 큰베개 위에서 길이로 고르게 놓였는지 확인한다.

2 큰베개가 똑바로 놓였는지 확인한다.

효과

갑상선 신경을 이완한다.

염증으로 부어 오른 치질을 진정시킨다.

골반과 복부를 넓히고 뻗게 한다. 허리를 신장시킨다.

복통, 위산 과다, 소화불량, 궤양, 요통, 간, 비장, 담낭의 염증 치료를 돕는다.

특별 지침

p.126의 숨타 받다 코나아사나를 위한 지시를 따른다.

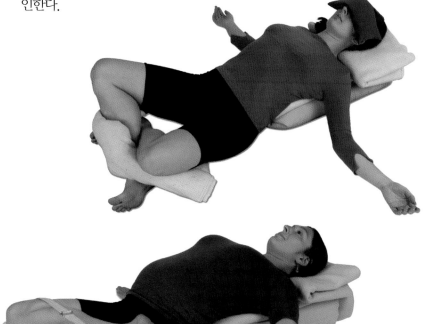

조언

자세를 유지할때 다리와 엉덩이에 문제가 있으면 다리에 벨트를 둘러 무릎을 받칠 수 있다. 이것은 복부를 부드럽게 하고 들어올려 주는 데 도움이 되기도 한다.
만일 복부가 여전히 압박되는 느낌이 들면 둥글게 만 담요를 이용하여 전면에서부터 무릎을 지지할 수 있다. 이렇게 하면 복부를 더 많이 들어올릴 수 있게 된다.

자세 풀기

30~60초 정도 지난 뒤에 숨타 받다 코나아사나에서 설명한 대로 몸을 일으킨다. 다리를 바꾸어 다시 누워 정상 호흡을 한다. 반드시 양쪽에서 같은 길이의 시간 동안 머문다. 나중에 지속 시간을 더 길게 할 수 있다.

131

또한 다음과 같은 거꾸로 하는 아사나들을 참조하라:

다리를 벌리고 벤치 위에서 행하는 세투 반다 사르반가아사나
완전한 다리 자세

p.109 참조

임신 초기: 가능
임신 중기: 가능
임신 말기: 가능

다리를 의자 위에서 굽히고 행하는 비파리타 카라니
뒤집힌 연못 자세

p.113 참조

임신 초기: 가능
임신 중기: 가능
임신 말기: 가능

비파리타 카라니 무드라
위를 향하는 동작에서의 결인 자세

p.114 참조

임신 초기: 불가능
임신 중기: 가능
임신 말기: 가능

의자를 이용한 살람바 사르반가아사나
어깨로 서기

p.102와 p.103 참조

임신 초기: 가능
임신 중기: 가능
임신 말기: 가능

살람바 푸르보타나아사나
몸을 받치고 몸의 앞면을 강하게 뻗는 자세

임신 초기: 불가능
임신 중기: 가능
임신 말기: 가능

1 벽에서 약 75cm 떨어진 곳에 탁자를 둔다. 큰베개 두 개를 겹쳐서 탁자 위에서 약간 안으로 들어가게 놓는다.

2 밑에 놓인 큰베개의 바로 앞의 가장자리 위에 앉아서 탁자 양 가장자리를 잡고 몸을 뒤로 기울여 두 번째 큰베개 위에 눕는다.

3 다리를 쭉 뻗어 발가락이 벽에 맞대어 받쳐지게 한다.

4 손바닥을 위로 향하게 하여 두 팔을 옆으로 뻗는다.

5 머리가 뒤로 기울면 담요를 하나 더 받친다.

자세 점검하기
〉 횡격막을 넓게 펴는 법을 배운다.
〉 갈비뼈 근육을 펴서 가슴을 넓힌다.
〉 복부를 부드러운 상태로 유지하면서 가슴 높이보다 아래에 오게 한다.
〉 부드럽게 호흡하면서 날숨을 정상 호흡보다 약간 더 길게 한다.
〉 엉덩이와 발이 아래로 미끄러지게 하면 안 된다. 큰베개 위에서 몸이 안전하게 받쳐지고 있음을 느껴야 한다.
〉 가능하면 위에 놓인 큰베개 위에 경사진 블록을 가로로 놓아 견갑골 아래쪽의 가장자리에서 등을 받치게 한다(사진 참조). 이렇게 하면 가슴 측면과 심장 주변 부위를 더 들어올릴 수 있다.

효과
척추와 내부 장기를 들어올린다.

횡격막을 들어올리고 넓히며, 특히 심장 부분을 받쳐 준다.

가슴을 자유롭게 하고 깊고 부드럽게 호흡하게 한다.

마음을 고요하게 만든다.

긴장된 신경을 진정시킨다.

수련해서는 안 되는 경우
일찍 자궁 경부가 확장되고 탈출되었을 경우

출혈이 있거나 흰색의 질 분비물이 있을 때

자세 풀기
무릎을 굽히고 숨을 내쉬며 몸을 일으키면서 상체를 들어올린다.

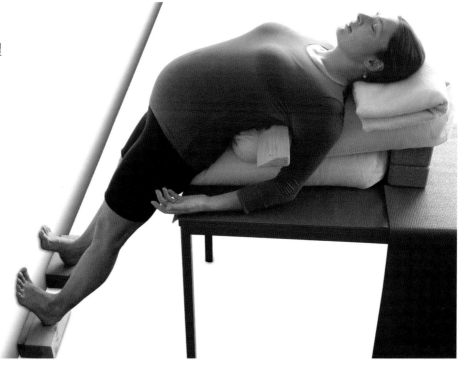

큰베개를 교차시켜 놓음

p.118 참조

◇

사바아사나
송장 자세

이 아사나에서는 주검처럼 움직이지 않고 누워서 마음을 고요히 가라앉힌다. 이렇게 몸과 마음을 의식적으로 이완시키면 몸과 마음이 활기차게 되고 모든 긴장이 사라진다. 이 과정은 마치 자동차의 배터리를 재충전하는 것과 같다.

이 아사나는 단순한 것처럼 보여도 숙달하는 것이 매우 어렵다. 몸과 마음이 줄다리기를 하기 때문이다. 내면 성찰의 방법을 활용함으로써 사바아사나는 몸과 마음을 결합시키고, 또 아사나와 프라나야마를 연결하여 영적인 구도의 길을 걷도록 인도한다.

큰베개와 담요를 이용한 변형된 방법

몸 조정하기

1 담요를 바닥 위에 편다. 등을 받칠 큰베개를 길이로 놓고 머리를 받치기 위해 담요를 큰베개 윗면에 놓는다.

2 몸 뒤에 큰베개를 놓은 상태에서 단다아사나 자세(p.64)로 앉는다.

3 엉덩이를 넓고 평평하게 만들어 살이 당기지 않게 한다. 특히 등의 잘록한 부분(허리선에 해당하는 등 주위 부분)이 당기지 않게 한다.

4 상체를 뒤로 기울여 바닥 쪽으로 척추를 내리기 시작하는데, 이때 척추를 볼록하게 만들어 척추뼈들이 하나씩 큰베개 위에 닿게 한다. 엉덩이나 다리를 움직여서는 안 된다. 몸통 옆면은 척추 중심에서 몸 측면을 향해 바깥쪽으로 펴져야 한다. 큰베개가 허리에서 머리까지 등을 받치므로 가슴은 복부와 같은 높이나 조금 더 높은 높이에 있게 된다.

5 머리가 가슴보다 더 높게 위치하도록 작은 베개나 접은 담요를 머리 아래에 둔다. 몸은 머리에서 골반까지 아래로 기울어진 면에 놓인 것과 같게 되고 머리에는 긴장이 사라지고 가슴도 압박감이 없게 되어 호흡이 쉽게 이루어진다.

6 엉덩이의 살이 천골 쪽으로 모이지 않도록 살을 옆으로, 또 아래로 민다. 이렇게 하면 허리와 등 아랫부분이 이완된다.

7 다리의 긴장을 풀고 두 발을 옆으로 떨어뜨린다.

8 가슴이 이완되게 하지만 안으로 움푹 들어가게 하면 안 된다.

일반인을 위한 아사나의 세부 설명

9 다리를 이완하고 발을 옆으로 떨어뜨려 바닥을 향하게 한다. 이때 다리의 자세가 흐트러져서는 안 된다.

10 뻗은 팔은 몸통에서 60° 정도 떨어지게 한다. 위팔, 팔꿈치 손목을 돌려 손바닥이 천정을 향하게 하고 손은 손가락의 중간 마디가 바닥에 닿게 하여 내려놓는다.

11 반드시 뒤통수 가운데 부분이 접은 담요 위에 놓여야 한다.

12 몸통과 사지가 조심스럽고 균등히 놓인 상태에서 위 눈꺼풀을 아래 눈꺼풀 쪽으로 내리고 안구의 힘을 빼 안와 안으로 풀어놓는다. 눈, 관자놀이 , 뺨, 입술 주변의 모든 긴장이 이완되어야 한다.

머리

1 손으로 뒷머리를 조정하여 담요 위에서 중심을 잡게 한다. 두개골 밑 부분에 있는 조약돌처럼 생긴 돌출물이 아래로 내려져 있어야 한다.

2 다음의 사항들을 지킨다.
- 목과 목구멍을 긴장시키지 않는다.
- 턱이 목구멍을 누르게 하지 않는다.

눈과 귀

1 눈을 감는다. 위 눈꺼풀을 아래로 부드럽게 내려 동공을 어지럽히지 않는다.

2 귀와 고막에 긴장이 생기지 않도록 이완한다. 이것은 아래턱을 이완하면 조정될 수 있다.

코

코가 옆으로 기울어지지 않고 똑바른 선에 있게 해야 한다. 코끝은 가슴 한 가운데를 마주보아야 한다.

임신 초기: 가능
임신 중기: 가능
임신 말기: 가능

효과
몸과 마음을 활기차게 한다.
긴장을 없앤다.
아사나와 프라나야마를 이어주고 영적인 길을 걷게 인도한다.

팔과 어깨

1 척추 근육을 넓게 펴고, 어깨가 목에서 멀리 떨어지게 하며, 견갑골을 안쪽으로 넣는다.

2 위팔을 어깨 관절에서부터 밖을 향해 쭉 늘이고 팔꿈치의 자세를 흐트리지 않으면서 바닥 위에 놓는다. 어깨 바깥 모서리를 아래로 내린다.

3 아래팔을 손목까지 쭉 늘이고 바닥 위에 내려놓는다. 이때 팔은 몸통 옆에서 45~60° 정도 떨어진 지점에 놓는다.

4 손가락의 긴장을 풀고 손바닥 피부는 수용적인 상태가 되게 한다.

135

완성 자세

1 호흡에서 비롯되는 움직임이 상체, 사지, 뇌를 교란시키면 안 된다.

2 사바아사나의 완성 자세에 머문다.

호흡

깊은 호흡을 하지 않는다. 사바아사나에서의 호흡은 강에 흐르는 물처럼 고요하고 섬세하여 마음이 혼란되지 않게 해야 한다.

들숨 쉬는 동안 해서는 안 되는 것:
- 머리를 갑자기 움직이는 것
- 목구멍을 조이는 것
- 횡격막에 갑작스러운 충격을 주는 것
- 몸통 뒷부분의 근육이 흐트러지게 하는 것
- 흉골을 안으로 꺼지게 하는 것
- 복부를 부풀리는 것
- 손바닥을 긴장시키는 것

날숨 쉬는 동안 지켜야 할 것:
- 뇌를 이완시킨다.
- 공기가 목구멍 벽에 닿아 자극을 유발하지 않게 한다.
- 횡격막을 갑자기 풀지 않는다.
- 마음을 수용적인 상태로 유지하면서 날숨의 흐름을 지켜보고 조절한다.
- 바르게 숨을 내쉬면 마음과 몸이 어머니 대지에게 고요히 순종하는 느낌을 얻게 되고, 평화와 자기 자신과 하나됨을 느낄 수 있다.

◇

자세 점검하기

> 이마, 뺨, 입술, 손가락, 손, 몸통 옆면, 엉덩이, 넓적다리의 피부를 이완한다.

> 손바닥이 부드럽게 이완되었는지 살핀다.

> 몸 전체의 피부를 부드러운 상태로 유지한다.

> 모든 근육을 이완한다.

> 천골 옆 부분을 바닥 쪽으로 내려뜨려 엉덩이를 이완한다.

> 척추 아래쪽을 바닥에서 너무 멀리 들어올리지 않는다.

> 척추 기둥 근처의 몸통 양옆이 작은 베개 위에 고르게 자리 잡게 한다.

> 몸 양쪽 면이 고르게 놓이고 한쪽 면이 어느 한쪽으로 기울지 않는지 확인한다.

> 견갑골 윗부분이 담요 위에 놓이게 하고, 아래로 누르지 않는다. 그렇게 하면 뇌에 긴장이 생긴다.

> 얼굴 근육을 이완한다. 이것이 감각 기관을 이완시킨다.

> 감각 기관에 어떤 교란이 있다면 그것을 제자리로 돌리고 이완시킨다. 이런 교란들은 즉시 얼굴에 반영되고 신경을 통해 몸으로 퍼져 몸 전체 조직에 긴장을 가져온다.

> 사고 작용이 일어나지 않게 하는 훈련을 한다.
  - 뇌가 휴식하지 못하면 마치 머리와 몸통이 분리된 것처럼 머리 앞부분이 턱에서부터 위로 들려진다.

  - 뇌가 활성화되어 있으면 안구가 단단해진다.

> 눈을 아래로 떨어뜨린다. 뇌가 심장 한가운데로 향하게 한다.

> 눈, 마음, 뇌의 상호 관계는 아주 중요해서, 만일 마음이 방황하면 뇌는 위로 움직이고 눈은 안정을 잃어버린다.

> 눈과 귀를 안으로 들이고 뇌 뒷부분에서 그 둘이 융화되게 한다. 에너지가 가슴 중심부를 향해 흐르게 하면, 그때 외부의 소리는 방해하는 것을 멈춘다.

> 자기 자신과 몸과 마음을 어머니 대지에 귀의케 하여 고요하고 수용적인 상태를 만든다. 이것이 온전한 이완이다.

일반인을 위한 아사나의 세부 설명

완전한 이완

완전히 이완되면 마음은 방해받지 않은 상태에 있으며, 에너지가 내면으로 흐르는 것을 경험하게 된다. 움직임이 없으며 움직임에 따른 에너지의 소모도 없는 새로운 상태의 의식이 생긴다. 몸이 몇 센티미터나 길어졌다는 느낌을 가질 수도 있다. 이것이 마음의 자유이며 몸의 자유이다.

온전히 이완된 이 상태에 가능한 한 오래 머문다. 이 침묵의 상태로부터 서서히 활동적인 상태로 되돌아간다. 고요한 마음을 어지럽히거나 갑작스럽게 몸에 충격을 주어 고요함을 깨뜨리면 안 된다. 고요하고 행복한 상태에 잠겨 있던 지성, 마음, 감각 기관을 서서히 자신을 둘러싼 세계와 다시 접촉하게 한다.

자세 풀기

1 눈꺼풀을 열지만 동공을 위나 아래로 움직이면 안 된다. 똑바로 앞을 바라보고, 외부 세계와 다시 접촉하는 동안 고요한 상태를 누리는 것을 계속한다.

2 무릎을 굽히고 몸통을 작은 베개로부터 아래로 완전히 내려서 오른쪽으로 몸을 돌린다. 몸이 높이

들려진 상태에서는 부자연스러워지므로 큰베개 위에서 몸을 돌리면 안 된다.

3 왼손으로 바닥을 누르고 아래를 내려다보며 앉은 자세를 유지하다가 몸을 일으킨다.

주의

마음이 안정되고 몸이 고요해지기까지에는 시간이 좀 걸릴지도 모른다. 규칙적인 수련을 하면 긴장을 풀고 지극히 행복한 상태를 경험하는 것을 배울 것이다.

처음에는 고요한 상태에 들면 잠이 올 수도 있다. 그러나 나중에는 잠에 빠지지 않고 고요한 상태에 들 수 있을 것이다.

아사나에 통달하면 몸, 마음, 지성, 자아의식이 존재하지 않는 상태를 경험하고, 본연의 자신을 깨달을 것이다. 외부 세계가 거기 있지만 이 상태에서 그것은 존재하지 않는 것처럼 여겨진다.

특별 지침

- 처음에 눈을 이완하는 것이 힘들면 부드러운 붕대나 천으로 머리를 감싸 눈, 귀, 머리 뒤를 덮는다. 천은 길게 네 겹으로 접혀야 한다.

- 비록 임신한 여성들에게 종종 사바아사나를 행하는 것이 이완하는 데 도움이 된다는 조언이 주어지긴 하지만 긴장을 없애는 것이 생각하는 것만큼 그렇게 쉽지 않다. 부피가 늘어난 몸 때문에 그것이 편안하게 되지 않으며, 그 결과 당황함을 느낄 수도 있다. 그러므로 이 아사나로부터 이완을 경험할 수 있기 전에 다른 아사나를 이용하여 긴장을 제거해야 한다는 것을 명심해야 한다.

- 특히 임신이 진행된 경우에는 사바아사나보다는 거꾸로 하는 자세들을 행하는 것을 선호할지도 모른다. 이는 그 자세들이 몸과 마음을 신속하게 휴식에 들어가게 하기 때문이다.

- 평온함, 고요, 순수한 느낌을 느낄 수 있는 가장 좋은 사바아사나는 다른 아사나들을 정확하게 수련한 결과로서만 얻을 수 있다. 이 장에서 다루어 왔던 회복력을 가진 아사나들은 신체를 긴장에서 자유롭게 풀어줄 수 있다. 우리는 손바닥, 손가락, 발바닥, 발가락 등에서 긴장을 알아차리지 못하는 경우가 너무 많다. 이 아사나들을 수련하면 이러한 긴장이 사라지게 하고 굳은 근육을 이완시킬 수 있게 된다.

- 사바아사나에 의해 생긴 무존재 혹은 텅 빈 느낌은 임신한 경우 직면하기에 쉬운 일이 아니다. 고립된 상태를 마주하는 것에 대해 불편을 느낄 수도 있다. 몸과 마음이 예민한 상태에 있기 때문에 긍정적인 고요함에 이르는 가장 좋은 방법은 이 장에 있는 다른 아사나들을 수련한 다음 사바아사나로 넘어가는 것이다. 그때 텅빈 느낌이 부정적으로 찾아오지 않게 된다.

- 만일 걱정스러운 느낌이 들면 다음 페이지의 두 번째 변형 자세에서 볼 수 있듯 반드시 허리 부분 아래에 담요를 놓고 숨을 깊고 천천히 쉬고 긴장 없이 1~2초 정도 숨을 멈춘다. 이렇게 하면 근심이 사라지고 몸이 더 빨리 이완된다. 근심이 사라지고 자신감을 얻게 되면서 심호흡에 주의를 집중하지 않아도 된다. 이제 그와 반대로 천천히, 부드럽고 원활하게 계속 호흡을 할 수 있고, 호흡이 섬세하고 쉬워진다는 것을 느끼게 된다.

- 사바아사나를 행한 뒤에는 신선하고, 두려움이 사라지며 긍정적인 느낌을 가져야 한다. 그것이 사바아사나가 성공적이었는지 판단하는 조건이다. 두려움이나 외로움, 숨 가쁨을 느끼거나 갑자기 눈물을 흘리거나 하면 안 된다. 만일 그렇다면 사바아사나를 시작하기 전에 다른 아사나들에 좀 더 집중해야 한다.

변형 자세
등과 복부를 더 많이 이완시키기

1 등에 길게 받친 큰베개와 더불어 다리 아래쪽을 위해 의자를 이용하는데, 이때 다리 아래쪽이 충분히 받쳐져야 한다. 의자가 너무 높으면 그 대신 하나 혹은 두 개의 큰베개를 이용한다.

가슴이 안으로 오목하게 들어가지 않아야 하고 허리와 엉덩이 근육이 아래로 이완되어야 한다. 이 변형 자세는 프라나야마를 위해서도 좋은 자세이다.

2 무릎을 위한 두 개의 큰베개, 가슴과 허리 부분을 위한 세 겹으로 접은 담요, 머리를 위한 담요를 이용한다. 가슴이 안으로 오목해지지 않게 하고 허리와 엉덩이 근육이 큰베개 쪽을 향해 아래로 이완되게 한다.

임신이 진행되었을 때: 등 뒤를 더 높게 받침

3 사바아사나를 계속 수련하기 위해서는 등 뒤를 좀 더 높여(p.129의 숩타 비라아사나를 위한 사진에서처럼 2~3개의 큰베개를 받침) 복부의 무게를 분산시킬 수 있다.

임신 마지막 단계: 대정맥 압박, 등의 불편함

4 자궁이 무거워진 마지막 단계에서는 등을 대고 눕는데 문제가 있을 수 있다. 이것은 아기가 대정맥을 누르기 때문이다. 대정맥은 골반에서부터 심장까지 혈액을 운반하는 큰 정맥이다. 이 혈관이 압박을 받으면 메스꺼움, 발한, 어지럼증이 발생한다. 이런 일이 생기면 왼쪽으로 몸을 돌린 상태에서 여기에서 보듯 굽힌 다리를 위해 큰베개를 이용하여 정맥이 압박되지 않게 휴식을 취한다.

제3장

호흡법
프라나야마

영적 유산 전하기

예비 엄마에게 있어 프라나야마 수련은 아사나 수련만큼 이나 중요하다. 프라나야마와 아사나는 함께 엄마와 아기 에게 육체적 건강과 정신적 건강을 부여하고, 엄마가 영 적인 유산을 물려주는 것을 돕는다.

요가 수련으로 엄마는 무의식적으로 순수하고, 선량하며, 상서로운 인상(슈바 삼스카라Shubha samskaras)를 가지 게 되는데, 이것은 또한 몸속의 아기에게도 영향을 미친 다. 자궁 안에서 아이가 도덕적, 지적, 영적으로 더 고상 한 차원에서 발달할 수 있는 기초가 놓이는 것이다. 이것 이 요가의 위대한 중요성이다.

비야사 마하르시Vyasa Maharshi, 샤크티Shakti(그의 할 아버지), 아쉬타바크라Ashtavakra, 바마데바Vamadeva, 슈카Shuka, 기타 다른 여러 사람들은 그들이 아직 모태 에 있을 때 지적 성숙과 영적 성취에 이르렀던 선각자들 을 대표한다. 이 위대한 인물들의 어머니들은 그 자신이 영적으로 진보된 사람들이었다. 만일 임신한 여성이 이 본보기를 마음에 간직하고 요가를 진지하게 수련한다면 자신의 자식 또한 이익을 얻을 것이 확실하다.

요가 수련yogabhyasa의 인상은 아이들의 가슴에 깊이 뿌 리 내린다. 실제로 임신하기 오래 전에 요가 수련에 전념 하면 요가 수련의 인상이 아이에게도 찾아질 것이다. 그 러므로 부모가 요가 수련을 시작하는 것은 또한 태어나지 않은 아이를 위한 것이기도 하다.

이러한 영적인 기초를 쌓는 것은 차치하고도 요가는 의심 할 바 없이 육체적으로 더 강하고 건강하며, 정신적으로 평온하게 되는 것을 돕는다. 이것이 궁극적으로 몸 안의 아기 역시 건강하게 자라는 것을 돕는 것이다.

프라나Prana는 에너지로서 생명 그 자체이며 숨이다. 아 야마ayama는 '확장', '확대'를 의미한다.

프라나야마는 육체적, 지적, 영적 에너지를 몸 안에 고 르게 널리 퍼지게 한다. 방법론적으로 말해서 프라나야 마는 들숨, 날숨, 호흡의 보유를 조절, 연장, 억제하는 과정이다.

그러나 그 효과는 에너지의 통로를 만드는 과정으로, 각 성을 새로이 하고 지성의 힘을 날카롭게 다듬어 준다. 원 치 않는 정제되지 않은 생각과 감정에 대한 의식을 비워 나가는 과정에서 프라나야마는 올바르고 정제된 생각을 발현시켜 낮은 수준의 감정과 지성을 더 높은 수준으로 상승시키는 역할을 한다.

치타chitta는 온전한 의미에서의 마음이다. 치타는 세 가 지 범주, 즉 마나스(manas: 마음), 붇디(buddhi: 지성), 아함카르(ahamkara: 자아 혹은 '나인 것')로 이루어졌다.

치타와 프라나—의식과 에너지—는 끊임없이 연관을 맺고 있다. 프라나는 어디든 치타가 있는 곳에 집중되고 치타 는 프라나가 있는 곳에 집중된다. 치타를 운반하는 것은 호흡과 욕망이라는 두 개의 강력한 힘을 타고 움직인다. 그러므로 치타는 호흡이 향하는 곳으로 이끌리거나 욕망 이 향하는 곳으로 이끌린다. 호흡이 우세하면 욕망이 조 절되고 그 결과 감각과 마음도 통제된다. 욕망이 우세하 면 호흡이 고르지 않게 되고 마음도 혼란에 빠지게 된다. 프라나야마는 욕망을 정복하기 위해 호흡을 통제, 단련, 유도하는 기술이다.

욕망을 통제하기 위한 프라나야마의 종류는 다양하다. 욕망은 삶의 여러 단계, 마음의 여러 상태, 그리고 육체적, 정신적, 지적, 영적 능력의 다양한 수준에서 우리를 혼란 에 빠지게 만든다.

임신 중 프라나야마 수련을 시작하고 싶으면 아래의 지시들을 주의 깊게 살펴보아야 한다.

- 아사나를 배제하고 프라나야마를 수련해서는 안 된다. 프라나야마 수련시 몸을 통제할 수 있는 것은 오직 아사나 수련을 통해서만 가능하기 때문이다. 몸의 통제란 다음의 것들을 말함이다.
  - 적절한 호흡을 위해 가슴을 움직일 때 필요한 자유자재의 조절력
  - 척추를 들어올리기 위해 필요한 확고함
  - 가슴, 목, 목구멍, 척추, 흉골, 쇄골이 잘란다라 반다Jalandhara Bandha를 실행하기 위해 필요한 자유자재의 움직임
  - 사바아사나를 정확하게 행할 수 있는 능력
- 아침에 양치, 세수, 배변 등 청결 행위를 한 뒤에 프라나야마를 수련한다.

- 위장을 비운 상태에서 수련한다. 만일 그렇게 할 수 없으면 한 잔의 차, 커피, 우유를 마신다.
- 수련하기 전 만복 상태이면 적어도 4시간을 기다려서 수련한다.
- 수련한 뒤 한 시간이 지나 식사를 할 수 있다.
- 수련하기 가장 좋은 시간은 일출 전의 아침이나 일몰 후의 저녁이다. 이때 수련할 수 없으면 아사나 수련 뒤에나 편리한 때에 수련한다.
- 프라나야마를 먼저 수련한다면 적어도 한 시간 반 정도 지난 후에 아사나를 수련한다.
- 아사나를 먼저 수련한다면 더 짧은 시간 뒤에 프라나야마를 수련할 수 있다. 두 수련 사이에 15분 정도 기다린다. 이 시간 간격을 사바아사나 수련을 하는 데에도 적용할 수 있다.

프라나야마 소개

프라나야마에는 많은 종류가 있으나 여기에서는 임신하였을 때 긴장, 근심, 통증을 완화하고 어떤 일이 닥치든 평정심으로 받아들일 수 있는 법을 배울 수 있게 하는 가장 효과적인 두 개의 유형만 다루기로 한다.

프라나야마는 들숨puraka, 날숨rechaka, 호흡의 보유 kumbhaka에 기초를 두고 있다.

웃자이 프라나야마Ujjayi Pranayama와 빌로마 프라나야마Viloma Pranayama

이 두 프라나야마는 누운 자세나 앉은 자세에서 모두 행할 수 있다. 그러므로 사바아사나 자세로 누울 수도 있고 파드마아사나Padmasana, 스바스티카아사나Svastikasana(다리를 교차한 자세), 비라아사나Virasana, 혹은 받다 코나아사나Baddha Konasana 자세로 앉을 수도 있다.

웃자이 프라나야마

'웃자이'는 '실패 없이 상승하는 정복'을 의미한다. 이것은 호흡 능력을 점진적으로 발달시키고 개선하여 궁극적으로 신경을 강화하고 의지력과 지성을 증대시키는 유형의 프라나야마이다.

'우드ud'는 '위로', '우세한 지위의', 혹은 '확대하는'의 뜻을 가진다. 이것이 나타내는 의미는 힘과 탁월함이다. 이 단어의 두 번째 부분인 '자이jayi'는 '승리', 혹은 '정복'을 의미한다. 요가의 세계관에서 보면 이것은 치타의 정복과 억제를 가리킨다. 웃자이 프라나야마에서 폐는 확대되고 가슴은 강력한 정복자처럼 내밀어진다. 지성이 강화되어 붓다가 지휘관처럼 지배하고 통제하고 추리하며, 자신의 에너지를 발휘하여 무엇이 옳고 그른지, 진실하고 진실하지 않은지, 실제적이고 실제적이지 않은지, 그리고 영원하고 영원하지 않은지를 결정한다.

웃자이 프라나야마는 근육이 확장되고 수축될 때 근육의 모든 움직임을 조절하는 깊은 호흡을 포함한다. 그것은 가슴과 복부의 움직임을 찾아 조율하고 조절하며, 또 이러한 움직임이 분명히 드러나게 하는 과정이다.

빌로마 프라나야마

빌로마는 '사물의 자연스런 질서에 역행하는', '거꾸로 된', 혹은 '반대의'라는 의미를 가진다. 호흡의 자연스런 순환에서는 숨을 고르게 들이마시고 내쉬며 숨의 흐름이 계속 이어지는 상태를 유지한다. 빌로마 프라나야마에서는 이 계속 이어지는 과정이 중단된다. '비Vi'는 '분리', 혹은 '반대'를 나타내고, '로마loma'는 '털'을 뜻한다. 빌로마는 '털을 거슬러서'를 의미한다. 이것이 가리키는 바는 일종의 반대, 자연스러운 흐름을 멈추게 함, 혹은 마음의 방향 등이다.

마음의 움직임, 유혹, 감정, 혼란을 통제하기를 원하지 않는 사람은 바다 위에서 바람에 휩싸인 배처럼 자신의 마음이 주체할 수 없이 흔들리도록 내버려둔다. 그러한 마음은 통제 받지 않고, 제한되지 않으며, 단련되지 않은 채로 있다. 보통 사람들의 마음은 이러한 유형이어서 피부 위의 털과 같이 어떤 특정한 방향으로 쏠린다. 털을 본래의 방향과 반대로 움직이는 것이 고통스럽듯, 쾌락을 추구하는 마음의 방황하는 본성을 바꾸고자 시도하는 것 또한 고통스럽다.

빌로마 프라나야마에서 들숨과 날숨은 계속 이어지는 과정이 아니다. 호흡의 흐름은 몇 번씩 멈추어져서 저지되고 중단된다. 이 프라나야마는 매 칸마다 한 번씩 쉬면서 높은 사다리를 올라가거나 내려오는 것과 비슷하다. 쉬는 동안 호흡은 안으로 들어가지도, 밖으로 나오지도 않는다.

이 프라나야마에는 두 가지 변형이 있다. 첫 번째는 중단된 들숨과 함께 행해지고, 두 번째는 중단된 날숨과 함께 행해진다. 들숨이나 날숨 중 몇 번 멈추는 것에 의해 호흡의 동작이나 움직임이 더욱 예민하고 명료해진다. 호흡 동작은 선명해지고, 또 더욱 강력해진다.

호흡의 중단으로 인해 각 들숨과 날숨의 지속 시간이 길어진다. 이로써 산소 흡입과 이산화탄소 배출이 증진되고, 생리적인 몸에 에너지가 충전되며, 순환계가 활력을 얻는다.

◇

프라나야마를 위한 자세

스티라수캄아사남Sthirasukhamasanam

'육체를 안정시키고 정신을 평안하게 해 줄 자세를 선택하라.'
(파탄잘리Patanjali, Ⅱ:46)

1 사바아사나 자세(p.134 참조)로 누워 휴식을 취한다.

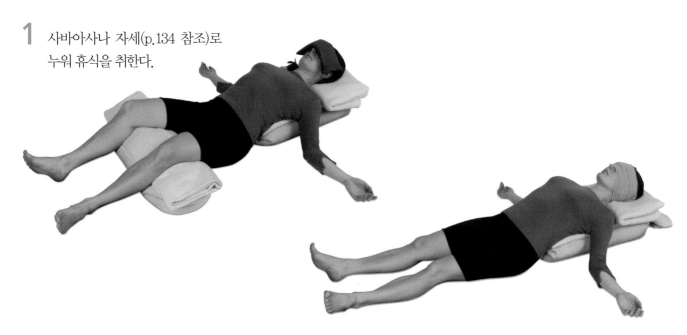

2 다리를 스바스티카아사나 자세로 하여 벽에 기대어 앉아 척추를 똑바르게 하고 마음을 주의 깊고 안정되며 신중한 상태로 만든다. 무릎을 받치기 위해 담요를 이용한다. 몸을 더 잘 들어올리기 위해 손을 엉덩이 옆에 두고 받칠 수 있다.

3 다리를 받다 코나아사나 자세로 하여 벽에 기대어 앉아 골반에 공기가 통하게 하고 횡격막을 넓힌다. 무릎을 받치기 위해 담요나 목침을 이용한다. 손은 넓적 다리 위에 놓거나 컵 모양으로 만들어 엉덩이 가까이에 두어 몸을 받친다.

4 가슴과 횡격막을 활짝 열 수 있도록 뒤에 큰베개를 두고 의자에 앉는다.

5 몸을 더 쉽게 들어올리기 위해 등받이를 잡고 의자에 앉는다.

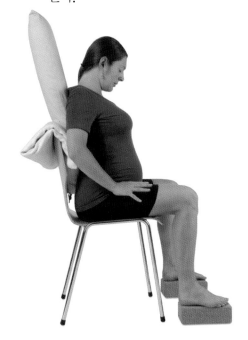
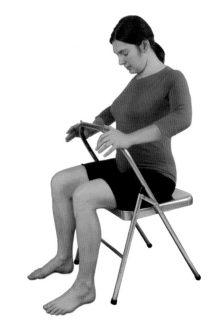

6 횡격막을 넓히고 척추와 내부
장기를 들어올리기 위해 트레
슬을 뒤에 두고 의자에 앉는다.
이는 임신 마지막 단계에, 또는
두려움으로 날숨이 방해받을
때 선택할 수 있는 아주 좋은
방법이다.

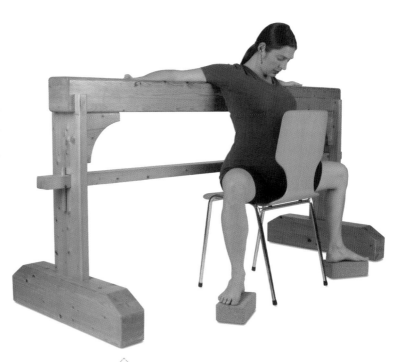

프라나야마와 이완을 위한 모든 자세에서 머리 주위에
붕대를 감을 수 있다. 귀, 눈, 이마, 목의 일부분이 붕대
로 덮여야 한다. 이마의 피부가 머리 정수리를 향해 당겨
져서는 안 되며, 눈을 향해 아래로 내려져야 된다. 뇌의

앞부분과 감각 기관들이 고요한 상태에서 휴식을 취하도
록 하려면 이렇게 하는 것이 반드시 필요하다. 붕대는 지
시한 대로만 감고 옆에서 끝을 말아 넣는다. 아래의 사진
에 그 방법이 나온다.

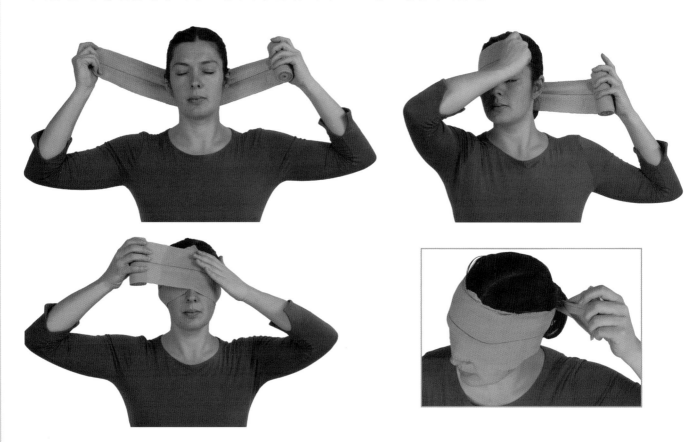

초보자를 위한 조언

사바아사나(p.134 참조)나 숩타 받다 코나아사나(p.126 참조)처럼 누워 있는 자세에서 프라나야마를 시작한다. 임신 초기와 중기에는 앉아서 하는 자세는 권하지 않는데, 그것은 앉는 것과 프라나야마 수련을 결합하는 것이 너무 많은 긴장을 유발할 수도 있기 때문이다. 임신 말기에는 몸을 조율한 다음에 출산을 준비하기 위해 앉아서 하는 자세를 시작할 수 있다.

앉아서 하는 자세를 위한 지침

스바스티카아사나는 다리를 교차시켜 몸을 확고하고 안정되게 만들기 때문에 임신부에게 가장 좋은 자세이다. 이 자세에서는 척추를 곧게 세우고 주의 깊은 마음을 가지는 것이 쉽다. 척추의 밑부분과 회음이 바닥과 떨어져 있어 무게감을 느끼지 않게 하고 마음을 안정되고 신중한 상태로 유지할 수 있다. 또 몸통 밑부분이 가벼워지고 프라나야마 수련에 있어 가슴 부분이 확장될 수 있도록 가슴을 자유롭게 풀어 준다.

- 프라나야마를 수련할 때는 얼굴 근육, 귀, 눈, 목, 어깨, 팔, 넓적다리가 조여지고 긴장될 수 있다. 이들을 완전히 이완시키는 것이 필수적이다.
- 어떤 종류의 앉아서 하는 자세를 선택하든 척추를 잘 뻗고 오목하게 하며 몸이 똑바로 세워질 수 있게 해야 한다.
- 다리는 뿌리를 내린 것처럼 움직이지 않게 하여 그 위의 몸통이 확고하고 강한 상태에 있게 한다.
- 꼬리뼈에 맞추어 경추의 균형을 잡고 이 양자를 바닥과 수직이 되게 하여 몸통이 앞이나 뒤로 기울지 않게 한다.
- 항문과 회음 사이에서 균형 잡힌 자세로 앉음새를 취한다.
- 척추뼈를 차례로 하나씩 뻗어 머리를 향해 몸을 위로 신장시킨다. 아랫부분에서 맨 윗부분까지 마치 한 단계씩 사다리를 오르는 것처럼 몸이 신장되는 것을 느껴야 한다. 먼저 척추의 자세를 바로잡은 다음 몸의 나머지 부분들을 조정한다.

- 보통 천골은 처지고 바깥쪽으로 튀어나오게 되어 있는데, 이것이 척추 아랫부분에서의 에너지 흐름에 영향을 미친다. 따라서 천골을 안으로 당기고 위로 들어올려 에너지가 약해지는 과정을 반대로 돌려야 한다.
- 허리 쪽의 척추가 종종 안으로 오목해져서 등의 척추가 볼록해지고 가슴이 내려앉게 될 수 있다. 허리와 가슴 사이에 공간을 만들어 몸통이 수직으로 위로 신장될 수 있도록 다시 한 번 가르침을 받아야 한다.
- 등의 척추는 일반적으로 볼록한데, 이로 인해 폐가 흉강 안에서 아래로 처지게 된다. 내부 장기가 기능을 잘 수행할 수 있게 등의 척추를 오목하게 만들어야 한다.
- 경추는 약간 뒤로 당겨져서 위로 신장되어야 한다. 이렇게 할 때 몸이 적절히 정렬되고 마음이 통합된다. 그렇지 않으면 둔감함이 찾아든다.
- 자연스럽게 만곡된 척추는 과도하게 오목하거나 볼록하지 않고 곧은 자세를 유지해야 한다. 이렇게 되어야만 에너지와 생명력이 몸 전체를 통해 자유롭게 흐를 수 있다.

벽을 이용하여 받치기

이 자세들로 앉기를 배울 때 벽을 지지물로 이용할 것을 권한다. 이것은 갑자기 움직일 필요 없이 척추의 아랫부분을 들어올리는 데, 또 더 편안한 느낌으로 자유롭게 호흡하는 네 도움이 될 것이다.

어깨

- 흉강을 넓히기 위해 견갑골의 아랫부분을 가슴 안쪽으로 끌어당기고 척추에서 멀어지게 한다.
- 어깨는 옆으로 신장시켜 목에서 멀리 떨어지게 해야 한다. 그러나 위쪽을 향해 긴장시키거나 귀를 향해 들어올리면 안 된다.

가슴

- 전면의 갈비뼈가 들어올려지고 확장될 수 있노록 등의 갈비뼈를 안으로 말아넣어 위로 올린다. 이때 갈비뼈의 근육이 신장될 수 있도록 공간을 만든다. 가슴을 확장시킨다.
- 흉골을 들어올린다.
- 유리 늑골(양쪽 갈비뼈 중 아래의 두 개)이 옆쪽으로 확대되어 횡격막이 쉽게 움직일 수 있어야 한다.
- 갈비뼈 근육을 위로 늘이는 능력을 발달시켜서 숨을 들이쉴 때 옆으로 확장하고 내쉴 때 중앙을 향해 이완한다. 급격하거나 공격적인 움직임이나 갑작스러운 수축 없이 이것을 행하려고 노력한다.

잘란다라 반다Jalandhara Bandha

앉아서 하는 자세에서 프라나야마를 수련할 때 잘란다라 반다는 필수적이다. '잘라'는 '그물'을, '반다'는 '속박', '묶음'을 의미한다. 이 반다는 심장으로, 또 목과 뇌에 있는 분비선들로 혈액과 프라나가 잘 흐를 수 있도록 조절한다.

잘란다라 반다에서는 목과 목구멍이 수축되고 턱은 두 쇄골 사이의 움푹 파인 부분에 놓인다. 일단 살람바 사르반가아사나에 숙달되었으면 이것이 쉽다.

그때까지는 목의 근육을 억지로 내리지 않는다. 단지 목덜미에서부터 머리를 편안히 느끼는 정도까지 내리기만 한다. 동시에 흉골을 들어올리고, 가슴을 오목하게 만들지 않는다. 숨을 들이마실 때는 머리가 위로 올려지는 경우가 많으므로 숨을 들이마실 때마다 이렇게 되지 않도록 주의한다.

신체적 측면에서 볼 때 잘란다라 반다는 프라나야마를 하는 동안 심장에 긴장이 생기는 것을 막는다. 그러나 심리적인 측면에서 본다면 이 반다는 더 깊은 의미를 가진다. 뇌는 자아 의식의 자리로 여겨진다. 잘란다라 반다에서는 뇌가 낮게 내려져서 프라나야마를 하는 동안 뇌의 우세한 지위가 약화된다. 뇌는 고개를 숙여 보편적 영혼의 부분인 자신의 영혼에 경배하게 된다. 호흡은 고요하고 섬세해져서 어디에도 치우치지 않은 중립 상태를 경험한다.

눈

- 눈은 완전히 감겨 있어야 하지만 힘껏 감아서는 안 된다. 안구에 가해지는 눈꺼풀의 압력이 아주 가볍게 느껴져야 한다. 프라나야마를 하는 동안 눈을 뜨고 있으면 수련에 방해가 되고 눈에 화끈거리는 감각을 일으킬 수 있다.
- 눈은 내면을 바라보면서 몸과 호흡의 미세한 움직임을 관찰해야 한다. 동공을 이마를 향해 위로 굴리지 않아야 한다. 그것이 생각의 과정을 시작하게 만들기 때문이다. 동공은 본질적 자아의 자리에 그 초점을 맞춘다.

귀

- 귀의 긴장을 푼다. 귀가 수축되거나 긴장된 상태에 있으면 아래턱 또한 수축되고 관자놀이도 긴장될 것이다. 이로 인해 두통이 유발되고 머리에 압박감이 생기게 될 것이다.
- 들숨과 날숨의 소리에 귀를 기울인다. 그 소리는 매끄럽고 맑아야 하며, 또 길고 안정적이며 유쾌해야 한다. 또한 들숨과 날숨의 속도와 리듬이 같아야 한다. 귀는 수련하는 동안 예민하게 깨어 있어서 소리에 파동이 생기거나 거칠어지는 순간 즉시 그것을 바로잡을 수 있어야 한다.

일반인을 위한 아사나의 세부 설명

코
- 입이 아니라 코를 통해 호흡을 한다.
- 비중격은 언제나 곧아야 한다.
- 코의 점막이 부드럽고 이완되어 있어야 들숨과 날숨의 감각을 마음속에 새길 수 있다. 만일 점막이 거칠고 딱딱하면 충분한 공기가 그것을 통과하지 못하게 되고, 이로 인해 폐가 활성화되지 못한다.

혀
- 혀는 이완되어 아래턱에 놓여 있어야 한다. 혀가 위턱에 닿는 수가 많은데 이러한 습관을 버리려 노력해야 한다. 혀가 이완되지 않으면 침이 고여 호흡의 흐름을 방해한다.
- 처음에는 침이 나온다. 그러나 침은 날숨 뒤에만 삼켜야 한다(들숨 뒤에나 호흡하는 도중에는 삼키면 안 된다.)

입
- 이를 악물지 말아야 한다.
- 아래턱을 위턱으로부터 느슨하게 내린다.
- 입술의 긴장을 푼다.

목구멍
- 목구멍을 이완한다.
- 급작스럽고 강하게 숨을 들이마시는 것을 피한다. 이것이 자극을 유발할 수 있다.

팔
팔이 느슨해지도록 어깨 관절에서 팔의 긴장을 푼다.

즈나나 무드라Jnana Mudra
손목 뒷부분을 넓적다리 위에 놓고 엄지와 검지의 끝을 맞대어 고리 모양을 만든다. 나머지 세 손가락의 긴장을 푼다(즈나나 무드라를 보면 보통 이 세 손가락은 뻗쳐져 있다. 그러나 프라나야마에서 이들은 느슨한 상태에 있어야 한다). 손바닥을 부드럽게 하고 손목 뒷부분을 넓적다리 위에 내려놓는다.
'즈나나 무드라'는 '최고 지식의 경험'을 가리킨다. 이는 개별 영혼(검지로 표현되는)과 지고의 존재(엄지로 표현되는)의 합일을 상징한 것이다.

뇌
뇌를 고요하고 수용적이지만 예민하게 깨어 있는 상태로 만든다. 머리의 피부를 조이면 안 된다. 뇌의 기능은 호흡의 미세한 움직임과 몸의 동작을 면밀하게 살펴서 조정이 필요한 신체의 부분에 메시지를 보내는 것이다(여기에서는 조절자로서의 역할을 함). 또한 뇌는 온몸에서 조정이 다 이루어졌다는 것을 알리는 메시지를 받기도 한다(여기에서는 수신자로서의 역할을 함).

뇌를 수동적인 동시에 예민하게 깨어 있어 필요한 작용을 수행할 수 있는 상태로 유지한다는 것이 불가능하게 보일 수도 있을 것이다. 그러나 프라나야마를 하는 동안 규칙적이고 꾸준한 노력을 기울인다면 이 외관상 상반되는 두 행위를 쉽게 수행하는 것이 가능하다. 일단 그렇게 하는 법을 배우면 그 행위들은 자동적인 것이 되어 뇌, 몸통, 가슴, 마음이 모두 저절로 기능하게 된다.

사바아사나에서 행하는 웃자이 프라나야마 I
송장 자세에서 행하는 확장된 생명 에너지의 정복 I

임신 초기: 가능
임신 중기: 가능
임신 말기: 가능

1 등 아래에 큰베개를 놓고 담요 위에 눕는다.

2 사바아사나의 설명에서처럼 몸을 이완하고 마음을 고요한 상태로 만든다.

3 프라나야마를 시작한다. 완전히 숨을 내쉬고 폐에 있는 공기를 모두 비운다.

4 횡격막을 이완하여 부드럽게 만든다. 복부의 장기를 오므라들게 하나 억지로 누르면 안 된다. 장기들이 척추와 가까이 접하게 한다.

5 천천히, 고요하고 깊고 안정적으로 숨을 들이마신다. 들숨을 시작할 때 마음을 고요한 상태로 유지한다. 생각으로 오염되어 혼란하고 근심에 가득찬 마음은 호흡의 속도를 빠르게 만들고 몸을 흔들리게 만들 것이다.

6 유리 늑골에서 가슴 위쪽 가장자리까지 폐를 공기로 완전히 채운다. 이것을 푸라카puraka라 부른다. 아래의 사항들을 지킨다.
- 몸의 다른 모든 부분들은 이완되어 있어야 한다.
- 복부가 이완된 상태에 있도록 흉강을 복부와 분리시킨다.
- 폐가 가득차서 더 이상 공기를 마실 수 없을 때 1~2초 동안 자연스러운 멈춤을 경험하게

된다. 뇌는 긴장되고 딱딱해질 것인데, 이러한 상태에서 자세를 그대로 유지하면 가슴이 과도하게 부풀지 않고 뇌세포가 수축된 상태에 있게 된다. 자연스러운 멈춤이 뇌에 이러한 변화가 일어나게 만들 것이다.
- 갈비뼈가 내려앉게 내버려두면 안 된다. 횡격막을 들어올린 상태를 그대로 유지한다.
- 목구멍을 조이지 않으면서 가슴이 늘어올려진 상태를 유지한다.

7 천천히 고요하고 안정적으로 숨을 내쉬어 폐를 비운다. 이것을 레차카rechaka라 부른다. 갑작스럽게 숨을 내쉬면 몸이 떨리게 될 것이다. 이러한 흔들림을 피하고 숨이 갑자기 몰려나가는 것을 막기 위해 의식적으로 가슴을 높이 들어올리고 나가는 숨을 안정적이고 부드럽게 이끈다. 갈비뼈 근육이 꽉 죄이지 않게 주의한다.

8 이것으로 한 주기가 완성된다. 이 주기를 8~10회 행한다.

9 마지막 주기를 마친 다음, 사바아사나 자세로 누워서 정상 호흡을 한다.

효과

모든 프라나야마의 기초가 이 프라나야마에 포함되어 있고, 상응하는 효과들도 마찬가지이다.

생명 에너지를 생성시킨다.

폐에 공기가 통하게 한다.

신경계를 조율하고 진정시킨다.

헤매는 마음을 안정시킨다.

피로를 없애 준다.

가슴이 화끈거리거나 숨이 가쁜 것과 같은 호흡의 문제를 치료한다.

특별 지침

- 웃자이 프라나야마를 8~10회 행해야 하지만 연속적으로 이것을 행하는 것은 어려울 수 있다. 횡격막과 복부가 조여져서 이로 인해 호흡 주기가 너무 빨라지게 될 수 있다.

- 이것에 대응하기 위해 웃자이 호흡과 정상 호흡을 교대로 한다. 각 웃자이 주기 뒤에 정상적인 들숨과 날숨을 쉬면 횡격막 근육이 회복되어 다음의 웃자이 주기가 쉽게 이루어질 수 있게 된다.

임신 출산 배려 요가

웃자이 프라나야마 I 에서의 호흡

푸라카Puraka(들숨)

- 코로 숨을 쉰다. 숨이 입천장에 닿는 것을 느낀다. 만일 목구멍을 진정시키는 호흡이라면 그 소리는 '싸아' 하는 소리처럼 들릴 것이다. 그러나 호흡이 목구멍을 자극하면 기침을 유발하고 폐가 올바르게 채워지지 않게 될 것이다.
- 숨을 들이마실 때 먼저 폐의 아랫부분을 채운 다음, 가운데 부분을 채우고 마지막에 윗부분을 채운다.
- 갈비뼈 근육을 옆으로는 흉골에서 몸통 옆 부분까지, 동시에 위로는 유리 늑골에서 가슴 윗부분까지 확대하고 신장시켜 가슴이 사방으로 넓혀지게 한다.
- 등의 갈비뼈를 앞면의 갈비뼈 쪽으로 약간 들어올린다.
- 들어오는 숨의 압력이 원심력이 되게 하여 꽃이 피어나듯 가슴을 중심에서부터 바깥쪽으로 부드럽게 연다.
- 들숨과 가슴의 신장 및 확대가 동시에 일어나야 한다.
- 들숨 이후에 머리와 턱이 올라가는 경향이 있다. 이렇게 되지 않도록 주의한다.

레차카Rechaka(날숨)

- 뇌, 목구멍, 감각 기관을 이완한 상태에서 완전히 숨을 내쉬고 고요하고 깊게 숨을 들이마신다.
- 목구멍을 긴장시키지 않고, 또 갈비뼈 근육과 흉골을 갑자기 내려앉게 하지 않으면서 코로 부드럽게 숨을 내쉰다. 내쉬어지는 공기는 목구멍 밑바닥에서 '흐음' 소리를 내게 할 것이다.
- 날숨이 시작될 때 맨 위쪽 갈비뼈는 확고한 상태에 있어야 한다. 숨을 절반 내쉬었을 때에만 갈비뼈를 이완한다.
- 날숨은 어느 정도 횡격막에 긴장을 만든다. 횡격막을 부드럽게 하기 위해 그것을 옆으로 편다. 횡격막의 긴장은 심장에도 무리를 준다.
- 복부 장기가 척추와 평행한 위치에 있게 한다.
- 숨을 내쉬는 동안 몸통 옆면이 내려앉으면 안 된다. 해가 진 뒤 연꽃이 꽃잎을 오므리듯 가슴은 옆면에서 중심부까지 구심력에 의해 천천히 점진적으로 수축되어야 한다.
- 날숨을 쉬는 동안 가슴이 안쪽으로 수축되게 하면 안 된다.
- 푸라카와 레차카 모두 깨어 있는 마음으로 의식적으로 행해져야 한다.

웃자이 프라나야마 II

1 자세를 선택하여 앉거나 눕는다.

2 척추를 곧게 세우고 흉골을 들어올리며 머리를 내려서 잘란다라 반다를 행한다.

3 손목 뒷부분을 넓적다리 위에 놓고 손바닥은 즈나나 무드라에서와 같게 한다. 손가락을 느슨하게 한다.

4 눈을 감고 눈이 안으로 향하게 한다.

5 천천히 완전하게 숨을 내쉰다.

6 코를 통해 숨을 천천히, 깊고 안정적으로 들이마신다. 입천장에서 들어오는 공기를 느끼고 '싸아' 하는 소리를 들어야 한다. 소리는 부드러워야 하고 억지로 소리를 끌어내려 애를 써서는 안 된다. 혀를 느슨하게 만들고 아래턱에 편안히 내려놓는다.

7 안으로 들어오는 숨으로 폐를 가득 채워서 가슴을 신장시키고 확대한다. 깊은 들숨은 가슴을 의도적으로 서서히, 마치 위와 옆으로 퍼지는 분수처럼 밑바닥에서부터 위까지, 그리고 밖을 향하여 팽창시킴으로써 숨을 들이마시려는 의식적인 노력이라 할 수 있다. 복부 부위를 부풀리지 말고 척추와 가까이 접하게 한다. 가슴은 언덕처럼 위로 솟아오르고 복부는 골짜기와 같아야 한다.

8 아래의 사항들을 지킨다.
- 뇌, 눈, 관자놀이를 긴장시키지 않는다.
- 횡격막이 안정되어 가슴에 긴장이 느껴지지 않게 한다.

9 복부 장기에 대한 압력을 풀어낸다. 다음의 사항들을 지키면서 천천히 깊고 완전하게 숨을 내쉰다.
- 갈비뼈 근육, 흉골, 횡격막의 긴장을 서서히 푼다.
- 심장이나 폐가 다치지 않도록 숨을 1~2초 정도 내쉰 후에만 이를 행한다.

10 다시 숨을 들이마시기 전에 1초 동안 정상적으로 숨을 멈춘다. 호흡의 보유는 들숨과 날숨 사이, 그리고 날숨과 들숨 사이의 틈이다. 이것은 무의식적으로 일어난다. 호흡을 멈추는 동안 복부를 안으로 당기면 안 된다(우디야나 반다Uddiyana Bandha에서는 복부를 안으로 당기지만 임신한 여성은 이것을 행하면 안 된다).

11 다음은 웃자이 프라나야마 II의 완전한 주기이다.
- 푸라카(들숨): 완전히 가득 채운다.
- 쿰바카(호흡 보유): 3~5초
- 레차카(날숨): 완전하고 충분히 내쉰다.
- 쿰바카(정상적인 호흡의 멈춤): 1초

12 다음 주기로 넘어가기 전에 정상적인 들숨과 날숨으로 2~3번 정상 호흡을 한다.
정상적인 들숨에서는
- 갈비뼈 중간 부분을 위나 아래의 갈비뼈보다 더 팽창시킨다.
- 가능한 한 완전하고 자연스럽게 가슴을 신장시키고 확대한다. 이때 뇌, 갈비뼈 근육이나 횡격막에 긴장이나 압박이 가해지면 안 된다.
- 흉골을 위로 들어올린다.
- 횡격막을 부드러우면서 들어올린 상태로 유지하여 폐나 가슴 근육에 어떤 긴장도 가해지지 않게 한다.

13 웃자이 방식으로 숨을 들이마시고 내쉰다.

14 이런 식으로 8~10회 행하며 호흡 보유의 시간을 더 길게 하지 않는다.

15 마지막 주기를 마친 뒤에 정상 호흡을 하면서 여전히 이 자세로 얼마 동안 머문다. 그 다음에 천천히 머리를 들고 눈을 고요히 뜬다.

효과

웃자이 호흡:

생리적으로 몸을 강건하게 하고 안정된 느낌을 준다.

산소를 풍부하게 공급한다.

폐활량을 늘이고, 폐포를 열고 활성화시킨다.

여과 작용이 일어나게 한다.

인내력을 키운다.

근심을 줄인다.

임신 초기: 피로, 에너지의 저하, 메스꺼움을 없애 준다.

임신 말기: 생기와 에너지를 준다.

출산할 때: 임신 중에 수련을 해 왔다면 큰 도움을 줄 수 있다.

16 이제 사바아사나 자세로 누워도 되고 빌로마 프라나야마로 바꾸어 수련해도 된다.

주의

각 주기 이후에 잘란다라 반다를 풀면 안 된다.
정상 호흡을 할 때에도 잘란다라 반다를 계속해야 한다. 프라나야마를 끝냈을 때에만 반다를 푼다. 머리를 바로 세운 자세로 있을 때 눈을 뜨지 않으며, 몸이 내려앉게 내버려두지 않는다.

빌로마 프라나야마 1단계, 중단된 들숨
중단된 들숨 자세

임신 초기: 가능
임신 중기: 가능
임신 말기: 가능

1 사바아사나 자세로 바르게 눕는다.

2 숨을 내쉬며 폐를 비운다.

3 콧구멍의 점막에 공기가 닿는 것을 느끼면서 두 콧구멍을 통해 숨을 들이마신다. 웃자이 프라나야마 I에 대한 지시를 따른다. 그러나 여기에서 들숨은 중단되어 행해진다는 것을 기억해야 한다.

4 2초 동안 숨을 들이마신 뒤 2초 동안 숨을 참는다. 다시 한 번 2초 동안 숨을 들이마신 뒤 2초 동안 숨을 참는다. 폐가 가득 찰 때까지 이 과정을 계속한다.
가슴의 사다리를 오르는 것처럼 유리 늑골 밑부분에서 가슴 제일 윗부분까지 가슴의 움직임을 느껴본다. 들숨이 끝난 다음 숨을 보유하고 가슴의 들어올림을 안정적인 상태로 만든다.

5 웃자이 프라나야마 II를 위한 지시를 따르면서 천천히 깊게 연속적으로 숨을 내쉬어 폐를 비운다. 숨을 내쉴 때 가슴을 위로 들어올린 상태를 유지하고 코를 통해 공기를 천천히 내놓아 점차 가슴 밑바닥으로부터 긴장을 풀어낸다.

6 이것으로 한 주기가 완성된다. 처음에는 6~8회의 주기를 수련한다.

7 빌로마 프라나야마 1단계의 완전한 주기는 다음과 같다.
- 들숨–호흡 보유, 들숨–호흡 보유를 폐가 가득 찰 때까지 반복한다. 마지막 호흡 보유는 앞의 것들보다 약간 더 길게 한다.
- 중단 없는 완전한 날숨을 쉰다.

8 처음의 2초 동안의 들숨 뒤에는 가슴이 팽창하고 신장되며, 횡격막이 확고한 상태가 된다. 그 다음 호흡을 보유하는 동안 가슴, 횡격막 혹은 흉골을 풀어놓지 말아야 한다. 호흡 보유로 인해 뇌에 어떤 압력이나 긴장이 일어나서는 안 되며 복부가 부풀어 올라도 안 된다.

9 평균적으로 4~5번 가량 호흡을 보유할 수 있을 것이다. 나중에 들숨의 시간이 늘어나면 호흡 보유 시간도 늘어날 것이다. 들숨과 호흡 보유는 동일하게 지속되어야 한다.

10 각 주기에 호흡 보유를 하는 것이 어렵기 때문에 빌로마 프라나야마 1단계의 1주기를 웃자이 프라나야마 1(깊은 호흡)과 교대로 행할 수 있다. 이 방법을 임신 전 기간 동안 계속한다.

앉아서 하는 자세

1 사바아사나에서 이 프라나야마에 숙달되면 앉은 자세에서도 이것을 할 수 있다. 임신 말기에 가까워지면 앉아서 행하는 프라나야마가 하기 쉬워진다. 그러나 임신 초기에 입덧으로 힘들다면 큰베개나 다른 보조 기구들을 이용하여 몸을 받치고 반쯤 누운 자세로 하는 것이 더 낫다.

2 앉은 자세에서는 척추를 곧게 세워야 한다. 머리를 내리고 잘란다라 반다를 행 한다.

3 위와 같은 방법을 따른다.

빌로마 프라나야마 2단계
중단된 날숨 자세

1 사바아사나 자세(p.134 참조)로 눕는다.

2 숨을 내쉬어 폐를 비운다. 머리를 들지 않는다.

3 천천히 안정적이고 깊고 율동적으로 숨을 들이마신다. 완전히 숨을 들이마신 다음 잠시 멈추고 다음의 사항들을 따른다.
- 머리를 들지 않는다.
- 흉골을 위로 올린 상태로 유지한다.
- 횡격막을 확고한 상태로 만들어 갑자기 숨을 내쉬는 일이 없게 한다.

4 2초 동안 숨을 내쉬고, 2초 동안 숨을 멈춘다. 다시 2초 동안 숨을 내쉬고 2초 동안 멈춘다. 이런 식으로 폐가 완전히 비워질 때까지 계속한다. 가슴을 위에서 아래까지 풀어준다.

5 마지막 날숨 뒤에 호흡을 보유하지 말고 웃자이 프라나야마 I (p.148 참조)를 1회 행한다. 빌로마 프라나야마 2단계 주기와 웃자이 프라나야마 1을 교대로 행한다.

6 6~8회를 수련한다.

7 빌로마 프라나야마 2단계의 완전한 주기는 다음과 같다.
- 완전한 들숨

- 날숨-호흡의 보유, 날숨-호흡의 보유를 폐가 비워질 때까지 반복한다.
- 마지막 날숨-호흡 보유 없음

8 호흡을 보유하는 동안 가슴은 확고하지만 확장되거나 수축되지 않는다.

9 완전히 숨을 내쉰 뒤에는 언제나 머리를 이완한다.

앉아서 하는 자세

- 1단계에서처럼 2단계도 사바아사나에서 숙달된 뒤에는 앉은 자세로 행할 수 있다.
- 앉은 자세에서는 심장에 무리를 주지 않기 위해 잘란다라 반다를 행해야만 한다.
- 위와 같은 방법을 따른다.

특별 지침

- 들숨(1단계)에서 멈추는 횟수와 날숨(2단계)에서 멈추는 횟수는 같아야 한다. 2단계에서 중단된 날숨과 호흡의 보유는 길이가 같아야 한다.

- 여기에서도 2단계의 몇 주기를 한 번에 행하기 어려우면 2단계의 주기들과 웃자이 프라나야마 I 을 교대로 행할 수 있다.

초보자
임신 초기: 불가능
임신 중기: 불가능
임신 말기: 가능

고급 수련생
임신 초기: 가능
임신 중기: 가능
임신 말기: 가능

효과

호흡은 가장 먼 곳까지 이른다.

웃자이 프라나야마는 생리적으로 건강하게 만들고 안정감을 가지게 한다. 빌로마 프라나야마는 정신적으로 강하게 만들어 주고 활기찬 기분을 가지게 한다. 둘 다 편안하고 가벼운 느낌을 주며 특히 임신 말기에 그러한 효과를 얻게 한다.

빌로마 프라나야마 1단계

에너지를 준다.

피로, 긴장, 허약함, 저혈압을 완화한다.

용기와 인내심을 키운다.

빌로마 프라나야마 2단계

차분하게 진정시킨다.

메스꺼움, 고혈압, 복부의 압박감을 완화한다.

마음과 뇌를 진정시키고 고요히 가라앉힌다.

과도한 활동을 줄인다.

프라나야마 방법의 권장되는 결합

아래의 첫 번째 순서로 수련한 뒤, 두 번째 순서로 수련하고, 다시 첫 번째 순서로 돌아가 수련하는 식으로 계속한다.

만일 선호한다면 앉아서 행하는 프라나야마 수련을 시작할 준비가 될 때까지 앉아서 행하는 프라나야마를 누워서 수련할 수 있다.

◇

첫 번째 순서

첫째 날: 사바아사나에서의 웃자이 프라나야마 Ⅰ과 앉아서 행하는 빌로마 1단계

둘째 날: 사바아사나에서의 빌로마 1단계와 앉아서 행하는 빌로마 2단계

셋째 날: 사바아사나에서의 빌로마 1단계와 앉아서 행하는 웃자이 프라나야마 Ⅱ

두 번째 순서

첫째 날: 사바아사나에서의 웃자이 프라나야마 Ⅰ과 앉아서 행하는 웃자이 프라나야마 Ⅱ

둘째 날: 사바아사나에서의 빌로마 2단계와 앉아서 행하는 빌로마 1단계

셋째 날: 사바아사나에서와 앉아서 행하는 빌로마 2단계

임신 말기에 관한 주의

출산이 임박해지면서 프라나야마에 더 집중해야 한다. 사실 이 시기에서의 자연스러운 요구에 의해 프라나야마가 아사나보다 더 쉽다는 것을 알게 될 수도 있다. 이때는 프라나야마의 각 주기의 지속 시간뿐 아니라 각각의 들숨과 날숨의 지속 시간을 줄일 수 있다. 그러므로 아침에 한 번, 저녁에 한 번 하는 식으로, 좀 더 짧은 수련을 2회로 나누어 할 수 있다.

임신의 시작

임신하기 전과 임신 초기

임신하기로 결정을 내렸다면 건강한 임신을 보장할 건강 상태를 유지하거나 건강한 상태를 만드는 것은 매우 중요한 일이다(아래의 내용 참조). 처음 3개월 동안(수태 후 14주나 16주까지)에는 임신 상태를 보호하기 위해 임신부의 건강이 마찬가지로 – 비록 더하지는 않더라도 – 중요하다.

갑상선의 건강은 특히 중요하다. 갑상선의 분비가 부족하거나 갑상선이 비대하면(갑상선종) 유산할 수가 있다.

다음의 아사나들은 이 단계에 가장 효과가 있는 것들이다. 가능하면 이 아사나들을 경험이 많은 아헹가 요가 교사의 지도를 받아 수련해야 한다.

- 살람바 시르사아사나(p.97 참조, 정확하게 정렬하여)
- 살람바 사르반가아사나(p.102 참조, 정확하게 정렬하여)
- 세투 반다 사르반가아사나(p.108 참조, 몸을 받치고)
- 자누 시르사아사나(p.82 참조, 등을 오목하게 하고 임신한 뒤에는 가슴 밑부분을 들어올려서)

건강한 임신을 위한 조건

- 헤모글로빈이 풍부한 혈액
- 정상 혈압
- 적당한 체중 증가(약 10킬로그램까지 정상으로 간주됨)
- 알부민이 소변에서 발견되지 않을 것
- 건강한 갑상선

- 이완과 회복을 가져다 주는 요가 아사나와 프라나야마를 매일 수련하는 것. 이로써 신경과 내분비계가 진정되고 골반, 생식기, 척추의 혈액 순환이 서서히 강화된다.

임신이 확인되었을 때 중단해야 할 아사나

몸을 들어올리고 비트는 동작을 포함하는 다음의 아사나들은 자궁 내벽을 얇아지게 하여 갓 잉태된 태아를 위험하게 할 수 있다.

- **파리브리타 트리코나아사나와 파리브리타 파르스바코나아사나**

- **아르다 마첸드라아사나**

- **우르드바 프라사리타 파다아사나**

이 아사나는 골반바닥에 너무 많은 압력을 가하여 유산을 일으킬 수 있다.

- **마리챠아사나**

- **다누라아사나와 우르드바 다누라아사나**

이 아사나들 또한 자궁 내벽을 길고 얇게 만들어 태아를 위험하게 한다.

- **파스치모타나아사나**

이 아사나는 태아를 압박한다.

임신 초기에 일어날 수 있는 문제

요가는 아래에 수록한 모든 문제들에 대해 도움을 줄 수
있다. 이 책에서 권하는 아사나들은 쉽고 안전하다.

- 입덧
- 압박감
- 허약하고 피로한 것
- 숨 가쁨
- 갑상선 문제
- 가슴앓이
- 당뇨 및 임신성 당뇨
- 담즙 분비 부족 혹은 간 기능 저하
- 변비
- 발이나 다리의 부기

- 하지정맥류
- 요통
- 고혈압
- 임신 중독
- 두통
- 어지러움
- 마비
- 시력 문제
- 비뇨기 문제

임신 중 흔히 일어나는 문제에 대처하기 위한 수련 순서

여성들마다 문제와 체질이 다 다르므로 아래에 보는
것과 같이 다양한 순서들을 추천한다.

순서 1: 이른 자궁 경부 확대

자궁 경부가 너무 일찍 확대된 상태에 대해 다음의 아사
나들을 추천한다. 이들은 골반바닥과 골반 안의 기관들
을 들어올리는 데 도움이 된다. 자궁 경부의 상처를 봉합
한 적이 있는 경우에도 아래의 지침을 따른다면 안전하
게 이러한 효과들을 얻을 수 있다.

- 언제나 경험이 많은 아헹가 요가 교사의 지도를 받아
  수련한다.

- 다른 자세를 추가하지 말고 주어진 대로 순서를 따라
  수련한다. 특히 서서 하는 자세와 골반 근육을 여는 것
  을 촉진하는 받다 코나아사나와 우파비스타 코나아사
  나와 같은 자세일 경우 그러하다.
- 이 순서에서 정상적으로는 두 발을 벌리고 수련하는
  아사나들을 다리와 발을 함께 모으고 행한다. 가능하면
  벨트와 목침을 이용한다.

1 비라아사나(그리고 스바스티카
아사나)에서의 파르바타아사나
(p.74 참조) 목침이나 단단한 지
지물 위에 앉아서 비라아사나에
서만 행한다.

2 단다아사나(p.64 참조)
두 다리를 모으고 발을 벽에 맞
대고 수련한다.

3 마하 무드라(p.80 참조)

4 아르다 우타나아사나(p.60 참조)
두 발을 모으고, 등을 오목하게
하며, 머리를 들고서만 수련한다.

5 아도 무카 스바나아사나(p.299
참조)
두 발을 모으고 발뒤꿈치를 단단
한 지지물 위에 올려서 수련한다.

6 살람바 시르사아사나(벽 모서리나
벽에 맞대고, p.339 참조)
두 발을 모으고 벨트와 목침을
이용하여 수련한다.

7 아도 무카 스바나아사나(p.299 참조)
두 발을 모으고 발뒤꿈치를 단단한
지지물 위에 올려서 수련한다.

8 아르다 우타나아사나(p.60 참조)
두 발을 모으고, 등을 오목하게
하며, 머리를 들고서만 수련한다.

9 마하 무드라(p.80 참조)

10 아르다 우타나아사나(p.292 참조)
두 발을 모으고, 등을 오목하게
하며, 넓적다리 사이에 목침을
끼우고 손을 벽에 맞대어서만
수련한다.

11 아르다 우타나아사나(p.124 참조)
로프 안에 몸을 넣고 두 발을
모으며 손을 의자 등받이 위에 올려
놓고서만 수련한다.

12 아도 무카 브룩샤아사나(교사나
도와주는 사람의 도움을 받아,
p.226 참조)
두 발을 모으고 수련하며, 발을
차올려서는 안 된다.

13 드위 파다 비파리타 단다아사나(비
파리타 단다아사나 벤치 위에 몸을
완전히 받쳐서, p.123 참조)
두 발을 모으고 벨트를 이용하여
수련한다.

14 살람바 사르반가아사나(의자 이용,
p.103과 p.330 참조)
두 발을 모으고 벨트와 목침을
이용하여 수련한다.

15 아르다 할라아사나(발가락을
탁자 위에 올려서, p.332 참조)
두 발을 모으고 수련한다.

16 세투 반다 사르반가아사나(벤치나
비슷한 높이의 지지물 이용, p.108과
p.334 참조)두 발을 모으고 벨트와
목침을 이용하여 수련한다.

17 사바아사나의 변형 자세 1(p.138참조)
다리 아래쪽을 의자 위에 올려서
수련한다.

주의
벨트와 목침을 사용하는 방법은
p.330과 p.334에서 참조할 수
있다.

순서 2: 어지러움, 피로, 두통

이 순서는 임신했을 때 흔히 일어나는 변비, 담즙의 문제, 간 기능 저하, 비뇨계 기능 저하, 시력 저하 등 다양한 상태의 증상들을 치료하는 데 도움이 된다.

특별 지침

● 어지러움이나 시력 문제를 겪고 있으면 아래를 보지 않는다.
● 유산 경험이 있으면 임신 초기에는 모든 파르스바(비트는) 자세를 피한다.

초보자와 고급 수련생

1 스바스티카아사나에서의 파르바타아사나(다리를 바꾸어, p.74 참조)

2 파르스바 파드마아사나 혹은 파르스바 스바스티카아사나(의자나 벽을 이용하고 다리를 바꾸어, p.94 참조)

3 파르스바 비라아사나(의자나 벽이용, p.95 참조)

4 파르스바 자누 시르사아사나(의자이용, p.95 참조)
앞으로 약간 굽혀 수련하는 대신 몸을 곧게 세우고 할 수 있다.

5 파르스바 받다 코나아사나(의자나 벽 이용, p.95 참조)

6 파르스바 스바스티카아사나(의자이용, p.94 참조)

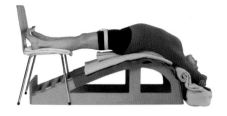

7 교차시킨 큰베개(p.118 참조)

8 드위 파다 비파리타 단다아사나
(L자형으로 비파리타 단다아사나 벤치 위에서, p.123 참조)

임신 초기

임신 중기와 말기

9 세투 반다 사르반가아사나(벤치나 비슷한 높이의 지지물, p.108과 p.109 참조)

10 비파리타 카라니(p.113의 참조)

임신 초기:

의자 위에 다리를 굽혀서

임신 중기와 말기:

다리를 펴서

11 사바아사나
(큰베개 이용, p.134의 참조)

순서 3: 고혈압

초보자: 임신 중기와 말기(임신 초기에는 제4장의 임신 초기와 임신 기간 전체를 위한 순서를 따른다.)
고급 수련생: 임신 기간 전체를 위한 순서

1 살람바 푸르보타나아사나(몸을 받치고, 임신 중기와 말기에만, p.133 참조)

2 아르다 우타나아사나(로프와 머리를 받칠 지지물 이용, p.124참조)

3 아도 무카 스바나아사나(벽에 매단 로프와 발뒤꿈치와 머리를 받칠 지지물 이용, p.125 참조)

4 아르다 찬드라아사나(트레슬이나 비슷한 높이의 지지물 이용, p.48 참조)

5 파르스보타나아사나(손을 지지물 위에 올리고, 혹은 머리를 p.58의 프라사리타 파도타나아사나에서와 같이 내려놓고, p.51 참조)

6 프라사리타 파도타나아사나(머리를 내려놓고, p.58 참조)

7 아르다 우타나아사나(손을 지지물 위에 올리고, p.60 참조)

8 아르다 할라아사나(의자나 받침대 이용, p.105 참조)

임신 초기

임신 중기와 말기

9 세투 반다 사르반가아사나(벤치나 비슷한 높이의 지지물 이용, p.108~109 참조)

10 우파비스타 코나아사나(큰베개 위에 앉아서 머리와 팔을 의자 위에 올려놓고, p.86 참조)

11 숩타 받다 코나아사나(길이로 놓은 큰베개와 경사진 블록 이용, p.128 참조) 추가혹은 대신

12 숩타 비라아사나(큰베개 이용, p.130 참조)

13 사바아사나(큰베개 이용, p.134 참조)

순서 4: 당뇨병

당뇨병을 앓고 있다면 강도 높은 운동을 해서는 안 된다. 수련 순서도 진정 효과를 주고 췌장에 긍정적인 효과를 가져오는 다음과 같은 것으로 축소되어야 한다.

초보자: 임신 중기와 말기(임신 초기에는 제4장의 임신 초기와 임신 기간 전체를 위한 순서를 따른다.)
고급 수련생: 임신 기간 전체를 위한 순서

1 살람바 푸르보타나아사나(임신 중기와 말기에만, p.133 참조)

2 아르다 우타나아사나(로프와 의자 이용, p.124 참조)

3 아도 무카 스바나아사나(벽, 로프, 발뒤꿈치와 머리를 위한 지지물 이용, p.63 참조)

4 아르다 찬드라아사나(트레슬이나 비슷한 높이의 지지물 이용 p.45 참조)

5 파르스보타나아사나(손을 지지물 위에 올리고, p.51 참조)

6 아르다 우타나아사나(손을 지지물 위에 올리고, p.60 참조)

7 바라드바자아사나 I (큰베개나 의자 위에 앉아서, p.93 참조)

8 교차시킨 큰베개 위에서 몸 뻗기 (p.118 참조)

9 드위 파다 비파리타 단다아사나 (L자형으로 비파리타 단다아사나 벤치 위에서, p.123 참조)

임신 초기

임신 중기와 말기

10 아르다 할라아사나(의자나 받침
대 이용, p.104 참조)

11 세투 반다 사르반가아사나(벤치나 비슷한 높이의 지지물
이용, p.108~109 참조)

12 바라드바자아사나 I (큰베개나
의자 위에 앉아서, p.93 참조)

13 우파비스타 코나아사나(큰베개
위에 앉아서 머리와 팔을 의자 위
에 내려놓고, p.86 참조)

14 숩타 받다 코나아사나
(길이로 놓은 큰베개와 경사
진 블록 이용, p.128 참조)

추가 혹은
대신

15 숩타 비라아사나(큰베개 이용,
p.130 참조)

16 사바아사나(큰베개 이용,
p.134 참조)

순서 5: 긴장, 가슴앓이, 호흡 곤란

이것은 긴 하루를 보낸 뒤 몸을 회복 시키는 순서로 골반, 다리, 림프계를 이완한다.

초보자와 고급 수련생:
임신 기간 전체 동안

1 숩타 비라아사나(큰베개 이용, p.130 참조)

2 숩타 받다 코나아사나(가로로 놓은 큰베개 이용, p.128 참조)

3 맛스야아사나(큰베개 이용, p.131 참조)

4 숩타 스바스티카아사나(큰베개 이용, p.131 참조)

임신초기

5 세투 반다 사르반가아사나(벤치나 비슷한 높이의 지지물 이용, p.108~109 참조)

임신 중기와 말기

6 비파리타 카라니(임신 초기에 는 다리를 굽혀 의자 위에 놓고, p.113 참조)

7 비파리타 카라니(임신 중기와 말기, p.114 참조)

8 살람바 사르반가아사나(의자 위 에서, p.103 참조)

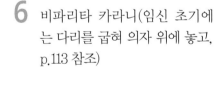

9 사바아사나(큰베개 이용, 혹은 무릎을 큰베개 위에 두고, p.138 참조)

순서 6: 요통

1 받다 코나아사나(등을 곧게 펴
고, p.69 참조)

2 우파비스타 코나아사나
(p.71 참조)

3 숩타 파당구쉬타아사나 Ⅱ
(p.115 참조)

4 말라아사나(로프를 잡고, p.77 참조)

5 아르다 우타나아사나(로프와 의자 이용, p.124 참조)

6 아도 무카 스바나아사나(벽에
매단 로프와 발뒤꿈치와 머리를
위한 지지물, p.125 참조)

7 파르스보타나아사나(손을 벽에 맞대고, p.285 참조, p.51에서처럼
앞쪽 발을 지지물 위에 놓고)

8 프라사리타 파도타나아사나(등을
오목하게 하여, p.58 참조)

일반인을 위한 아사나의 세부 설명

9 우티타 하스타 파당구쉬타아사나 Ⅱ(임신 중기에만, p.117 참조)

10 우티타 트리코나아사나(벽이나 트레슬 이용, p.39 참조)

11 우티타 파르스바코나아사나(벽이나 트레슬 이용, p.43 참조)

12 아르다 찬드라아사나(벽이나 트레슬 이용, p.48 참조)

13 마하 무드라(p.80 참조)

14 자누 시르사아사나(등을 오목하게 하여, p.83 참조)

15 바라드바자아사나(벽을 이용하여 큰베개나 의자 위에서, p.93 참조)

16 차투쉬파다아사나 (p.111 참조)

17 비파리타 카라니(다리를 굽혀 의자 위에 올려놓고, p.113 참조)

18 사바아사나(다리 아래쪽을 의자 위에 올려놓고, p.138 참조)

제4장

초보자를 위한
아사나 순서

아사나 분류

임신의 세 기간은 다음을 가리킨다.

임신 초기: 1주~16주

임신 중기: 17주~29주

임신 말기: 30주~40주

요가 아사나들은 다음을 고려하여 분류된다.

- 신체의 해부학적 구조
- 신체, 특히 척추 기둥의 움직임과 동작의 반경
- 아사나가 몸, 마음, 영혼에 미치는 작용

여기에서 아사나들은 9개의 범주로 분류되고 프라나야마는 10번째 범주로 간주된다.

아사나 분류는 모든 아사나와 그 아사나들을 안전하게 수련할 수 있는 임신의 시기를 찾아보는 데 유용한 참조 도구를 제공한다. 그러나 그것이 수련해야 할 순서를 알려 주는 것은 아니다.

아사나들은 이 범주들에서 선택된 것들로 저자들에 의해 수련 순서 안에 넣어진 것이다. 수련의 순서를 정하는 것은 경험과 기술이 필요한 정교한 작업이다.

서서 하는 아사나
우티쉬타 스티티

	초기	중기	말기
타다아사나		√	√
타다아사나에서의 우르드바 바당굴리야아사나		√	√
타다아사나에서의 파스치마 나마스카라아사나		√	√
타다아사나에서의 고무카아사나		√	√
우르드바 하스타아사나		√	√
우티타 하스타 파당구쉬타아사나 II (옆으로)		√	√
우티타 트리코나아사나 (벽/트레슬 이용)		√	√
우티타 파르스바코나아사나 (벽/트레슬 이용)		√	√
파리가아사나		√	
비라바드라아사나 I (벽/트레슬 이용)		√	√
비라바드라아사나 II (벽/트레슬 이용)		√	√
비라바드라아사나 III (벽/트레슬 이용)		√	√
아르다 찬드라아사나(벽/트레슬 이용)		√	√
파르스보타나아사나(벽 이용)		√	√
파르스보타나아사나에서의 파스치마 나마스카라아사나(등을 오목하게 하여)		√	√
프라사리타 파도타나아사나		√	√
아르다 우타나아사나(벽/탁자 이용)		√	√
아도 무카 스바나아사나(지지물 이용)		√	√
우타나아사나(등을 오목하게 하여)	√	√	√
프라사리타 파도타나아사나 (등을 오목하게 하여)	√	√	√

서서 하는 아사나는 척추를 강화하고 골반을 넓히는 데 도움을 준다. 임신을 하면 복부에 압력을 주지 않고 척추를 뻗는 데 특히 주의를 기울여야 한다. 그것은 즉 정확하게 정렬하고 척추를 충분히 신장시켜야 함을 말한다.

유산을 한 적이 있거나 분비계의 문제 때문에 유산할 위험이 있는 경우, 서서 하는 아사나를 수련해서는 안 된다. 이런 경우에는 경험이 풍부한 아헹가 요가 교사의 조언을 구하는 것이 좋다.

그 대신 아래의 아사나들을 포함한 제3장의 아사나들을 집중적으로 수련한다.
등을 오목하게 한 자누 시르사아사나(p.82 참조)
등을 오목하게 한 파스치모타나아사나(p.87 참조)
임신 중 부담을 덜어 주는, 등을 곧게 펴고 하는 받다 코나아사나(p.67 참조)
사바아사나(p.134 참조)

◇

앉아서 하는 아사나
우파비스타 스티티

	초기	중기	말기
단다아사나		√	√
우르드바 하스타 단다아사나		√	√
받다 코나아사나	√	√	√
우파비스타 코나아사나(등을 곧게 펴고)	√	√	√
스바스티카아사나	√	√	√
스바스티카아사나에서의 파르바타아사나	√	√	√
비라아사나	√	√	√
비라아사나에서의 파르바타아사나	√	√	√
비라아사나에서의 고무카아사나	√	√	√

임신 중일 때의 요가

앞으로 굽히기
파스치마 프라타나 스티티

	초기	중기	말기
아도 무카 비라아사나	√	√	√
마하 무드라		√	√
우르드바 하스타 아사나/우르드바 무카 자누 시르사아사나(등을 오목하게 하고 가슴 아랫부분을 들어올려)	√	√	√
우르드바 하스타 아사나/우르드바 무카 트리앙가 무카이카파다 파스치모타나아사나(등을 오목하게 하고 가슴 아랫부분을 들어올려)	√	√	
우파비스타 코나아사나(등을 오목하게 하여)	√	√	√
우르드바 하스타 아사나/우르드바 무카 파스치모타나아사나(등을 오목하게 하고 가슴 아랫부분을 들어올려)	√	√	√
말라아사나(출산을 위해 변형, 로프를 이용하거나 벽에 기대어 앉아서)		√	√

비틀기
파리브리타 스티티

	초기	중기	말기
바라드바자아사나 Ⅰ	√	√	√
바라드바자아사나(의자 이용) *	√	√	√
파르스바 스바스티카아사나(의자 이용) *	√	√	√
파르스바 파드마아사나(의자 이용) *	√	√	√
파르스바 비라아사나(벽 이용) *	√	√	√
파르스바 받다 코나아사나(의자 이용) *	√	√	√
파르스바 자누 시르사아사나(의자 이용) *	√	√	√

* 유산 경험이 있으면 초기에는 모든 비틀기 동작을 피해야 한다.

거꾸로 하는 아사나
비파리타 스티티

	초기	중기	말기
살람바 시르사아사나(교사와 함께, 특별한 순서 앞과 뒤에 행함)	√	√	√
살람바 사르반가아사나(의자 이용)	√	√	√
아르다 할라아사나(의자 이용)	√	√	√
아르다 숩타 코나아사나(2개의 의자 이용)		√	√
세투 반다 사르반가아사나(벤치나 그 비슷한 것 이용)	√	√	√
차투쉬파다아사나		√	√
비파리타 카라니(다리를 굽혀 의자 위에 올리고)	√	√	√
비파리타 카라니(다리를 펴고)		√	√

복부와 허리에
좋은 아사나
숩타/우티쉬타 스티티

	초기	중기	말기
숩타 파당구쉬타아사나 Ⅱ(옆으로)	√	√	√
우티타 하스타 파당구쉬타아사나 Ⅱ(옆으로)		√	√

뒤로 굽히기
푸르바 프라타나 스티티

	초기	중기	말기
큰베개를 교차시켜	√	√	√
부장가아사나(로프 이용)		√	√
부장가아사나(로프, 의자, 큰베개 이용)		√	√
살람바 푸르보타나아사나(트레슬 이용)		√	√
살람바 푸르보타나아사나		√	√
드위 파다 비파리타 단다아사나 (L자형 비파리타 단다아사나 벤치를 이용하여 완전히 몸을 받치고)	√	√	√

로프를 이용한 아사나
요가 쿠룬타

	초기	중기	말기
부장가아사나(로프 이용)		√	√
부장가아사나(로프, 의자, 큰베개 이용)		√	√
아르다 우타나아사나		√	√
아도 무카 스바나아사나		√	√
말라아사나(출산을 위해 변형)		√	√

회복을 돕는 아사나
비쉬란타 카라카 스티티

	초기	중기	말기
숩타 비라아사나	√	√	√
숩타 받다 코나아사나	√	√	√
만스야아사나	√	√	√
숩타 스바스티카아사나	√	√	√
살람바 푸르보타나아사나		√	√
큰베개를 교차시켜	√	√	√
세투 반다 사르반가아사나(벤치 이용)	√	√	√
비파리타 카라니 (다리를 굽혀 의자 위에 올리고)	√	√	√
비파리타 카라니(다리를 펴고)		√	√
살람바 사르반가아사나(의자 이용)	√	√	√
사바아사나(큰베개 이용)	√	√	√
사바아사나 (큰베개 위에, 다리를 큰베개 위에 올리고)	√	√	√

호흡법
프라나야마

	초기	중기	말기
사바아사나에서의 웃자이 Ⅰ과 Ⅱ	√	√	√
사바아사나에서의 빌로마 1단계	√	√	√
사바아사나와 앉은 자세에서의 빌로마 2단계			√

제4장

임신 초기와 임신 기간 전체를 위한 순서

건강, 다이어드, 의학적 문세에 대해 임신부들을 교육하기 위한 모든 노력 중에 요가가 임신부 자신과 아기의 건강한 행복에 기여하는 효과에는 별로 주의를 기울이지 않았다.

안전에 대한 염려가 이러한 주의 소홀에 대한 하나의 이유가 될 수 있을 것이다. 그러나 아헹가 요가는 특히 안전하며, 이 책에서는 이 중요한 사안에 대해 최대한 고려를 하고 있다.

요가에 대해 망설이게 하는 또 다른 요인은 자세 그 자체에 대한 두려움이다. 이런 이유로 여기에서는 임신부들을 위해 아사나들의 순서를 정하고 때로는 변형하였다. 순서 배열에 있어서는 먼저 초보자들에게 가장 알맞은 것뿐만 아니라 수련자에게 점점 더 용기를 가질 수 있게 하는 아사나들을 선정하였다.

예를 들면 앉아서 하는 앞으로 굽히는 아사나로부터 수련을 시작할 수 있다. 두려움을 극복하는 유일한 방법은 직접 경험하는 것에 있다. 두려움이 극복되면 용기가 생길 것이다. 앞으로 굽히기는 점차 두려움을 이기고 용기 있는 마음을 가지는 데 도움을 준다.

요가를 통해 얻게 되는 지식, 요가가 주는 효용성은 직접적인 경험에 의해서만 얻을 수 있다. 자신의 능력이란 노력하고 실험하여 이러한 은혜로움을 받아들이는 것이라는 것을 알게 될 것이다. 위에서 말한 척추를 앞으로 신장시키는 앉아서 하는 간단한 아사나들은 자신의 능력을 명료하게 그려볼 수 있게 한다. 앉아서 하는 것은 특히 임신 중일 때 더 이완하게 하고 겁을 덜 먹게 한다. 이러한 자세들에는 자누 시르사아사나, 받다 코나아사나, 숩타 받다 코나아사나, 우파비스타 코나아사나 등이 있다.

◇

권장되는 순서

1 스바스티카아사나에서의 파르바타아사나(큰베개 위에 앉아서, p.74 참조)

2 비라아사나에서의 파르바타아사나(큰베개 위에 앉아서, p.74 참조)

3 비라아사나(p.73 참조)

초보자를 위한 아사나 순서

4 숩타 비라아사나(큰베개 이용, p.130 참조)

5 우파비스타 코나아사나(똑바로 앉아서, p.71 참조)

6 받다 코나아사나(등을 곧게 세우고, p.67 참조)

7 자누 시르사아사나(등을 오목하게 하고 가슴 아랫부분을 들어올려서, p.83 참조)

8 숩타 받다 코나아사나(길이로 놓은 큰베개와 경사진 블록 이용, p.128 참조)

9 살람바 시르사아사나 이전과 이후에 행하는 연속적인 아사나들 (교사와 함께)

이전: 마하 무드라, 아도 무카 스바나아사나, 우타나아사나 (등을 오목하게 하여)

이후(역순으로): 우타나아사나(등을 오목하게 하여), 아도 무카 스바나아사나, 마하 무드라

임신 초기   **임신이 진행되었을 때**

10 살람바 사르반가아사나(의자 이용, p.103 참조)

11 아르다 할라아사나(의자 이용, p.104~105 참조)

12 사바아사나(큰베개 위에 누워), 적어도 하루에 두 번, 최소 10~15분 동안 수련하며 언제든지 휴식을 취하고 싶을 때(p.134 참조)

13 웃지이 프라나야마 I 과 II (큰베개 위에 누워, p.148 참조)

◇

이 아사나들은 골반과 자궁을 넓히고 펴지게 한다. 또한 골반에서 혈액 순환이 잘 이루어지게 하며 태아에게 충분한 공간을 확보해 준다. 따라서 초기에는 태아의 착상이 잘 이루어지고, 말기에는 압박을 주지 않아 태아가 자유롭게 움직일 수 있다. 프라나야마와 함께(p.140~153 참조) 이 아사나들은 신경을 고요히 진정시킨다. 그러므로 자신감, 용기, 힘, 에너지를 얻게 된다.

지속 시간

- 자누 시르사아사나: 왼쪽, 오른쪽 각 30초
- 파르바타아사나(엄지손가락을 깍지 끼는 방식을 교대로 바꾸어): 각 30초
- 비라아사나: 1~2분
- 나머지 자세들: 5분

위의 순서와는 별개로 제3부 제9장 'A-Z까지 문제 일람'을 읽어 보고 도움이 되는 아사나들을 수련할 것을 권한다.
- 척추 근육이 허약할 때
- 복부에 압박감이 있을 때
- 피로할 때

자세 풀기
자세를 풀 때에는 만들어 내었던 공간을 유지해야 한다.

만일 그만두고 싶다면 언제라도 정해진 지속 시간보다 더 일찍 그만두어야 한다.

임신 중기와 말기를 위한 순서

힘과 내적인 균형의 보강

임신 중기에 이 순서들을 시작하여 편안함을 느끼는 한 임신 말기에도 내내 이를 계속할 수 있다. 이미 최초의 여러 달 동안 어려움을 극복하면서 수련해 왔기 때문에 의사가 허용한다면 몇 가지 새로운 자세를 추가할 수 있다.

이때는 서서 하는 아사나를 시작할 적기이다. 이 아사나들은 척추를 강화하고 골반을 넓히는 데 도움을 준다. 정확히 정렬하고 척추를 충분히 신장하면서 수련하면 복부에 어떤 압박도 없고 오히려 골반바닥으로부터 들어올리는 느낌을 가질 것이다.

유산한 경험이 있거나 분비계의 문제로 유산할 염려가 있을 때에는 서서 하는 아사나를 수련하면 안 된다. 경험 많은 아헹가 요가 교사를 찾아 조언을 구한다.

그 대신 제3장에 있는 다음의 아사나들을 집중적으로 수련한다.

등을 오목하게 하여 행하는 자누 시르사아사나(p.82 참조)

등을 오목하게 하여 행하는 파스치모타나아사나(p.87 참조)

임신 중 부담을 덜어 주는, 등을 곧게 펴고 하는 받다 코나아사나(p.110 참조)

사바아사나(p.134 참조)

아사나에 대한 더 상세한 설명이나 변형 자세를 보려면 제3장 '지침과 효과'를 읽는다.

지속 시간

● 오른쪽과 왼쪽으로 수련하는 아사나: 각 30~60초
● (아르다 우타나아사나나, 차투쉬파다아사나처럼)앞이나 뒤로 곧게 뻗는 아사나: 30~60초
● 거꾸로 하는 아사나(p.96~114 참조)
　－살람바 사르반가아사나: 아르다 할라아사나를 하지 않고 수련하려면 살람바 시르사아사나보다 2~3분 더 오래 머문다.
　－아르다 할라아사나, 세투 반다 사르반가아사나, 비파리타 카라니: 5분까지
　－나머지 자세들: 5~10분
● 회복을 돕는 아사나(p.126~139 참조)
　－사바아사나: 15분
　－나머지 자세들: 5분까지

힌트: 여기에는 한 번에 모두 수련하기에는 너무 많은 아사나들이 나온다. 그러므로 순서들을 교대로 바꾸도록 하라.

일반 지침

● 언제나 척추를 뻗고 들어올린 상태를 유지한다.
● 복부에 압력을 가하지 않는다. 그렇게 하면 목구멍과 갑상선에도 압력이 가해지기 때문이다.
● 의지력을 동원하여 억지로 무리함으로써 호르몬 분비에 혼란을 주어서는 안 된다. 복부와 목구멍을 부드럽게 하면서 정확한 정렬을 위해 노력하는 것이 더 낫다.
● 호흡을 무리하게 하지 말고 부드럽고 매끄럽게 흐르게 두어 자궁 속에서 자라는 생명을 보호한다.
● 껑충 뛰어 서서 하는 아사나로 들어가지 않는다.
● 뒤로 굽히는 자세는 자궁 내벽이 약해지지 않도록 지시한 대로 지지물을 이용하여 수련한다.
● 비트는 아사나는 위와 같은 이유로 지시한 대로 수련한다.
● 아사나에서 자세를 풀 때에는 언제나 들어올리고, 신장시키고, 확대시킨 상태를 유지해야 한다. 몸이 허물어지게 하거나 급격한 움직임을 하면 안 된다.

또한 제2부 제3장 '임신의 시작'에 나오는 지침들을 명심한다.

순서 1: 골반 넓히기와 늘이기

1 받다 코나아사나(등을 곧게 펴고, p.67 참조)

2 숩타 파당구쉬타아사나 Ⅱ (옆으로 뻗기, p.115 참조)

3 타다아사나(p.32 참조)

4 우르드바 바당굴리야아사나(p.34, p.36 참조), 파스치마 나마스카라아사나(p.36 참조), 타다아사나에서의 고무카아사나(p.37 참조), 타다아사나(벽과 둥근 모서리 블록 이용, p.33 참조)

5 우티타 하스타 파당구쉬타아사나 Ⅱ (옆으로 뻗기, p.117 참조)

6 우티타 트리코나아사나 (p.39 참조)

7 파리가아사나(p.44 참조)

8 우티타 파르스바코나아사나 (p.41 참조)

주의

서서 하는 자세는 언제나 타다아사나에서 시작한다. 자세를 끝낼 때에는 다시 타다아사나로 되돌아간다. 피로를 느끼면 아르다 우타나아사나 자세로 휴식을 취한다.

타다아사나   **아르다 우타나아사나**

임신 중인 배의 요가

초보자를 위한 아사나 순서

9 비라바드라아사나 Ⅱ
(p.42 참조)

10 아르다 찬드라아사나
(p.45 참조)

11 프라사리타 파도타나아사나
(p.56 참조)

12 아르다 우타나아사나
(p.60 참조)

13 마하 무드라(p.80 참조)

14 아도 무카 스바나아사나(p.62
참조)

15 우타나아사나(등을 오목하게
하여, p.213 참조)

16 살람바 시르사아사나(벽을 이용
하여 교사와 함께, p.99 참조)

17 우타나아사나(등을 오목하게
하여, p.213 참조)

18 아도 무카 스바나아사나
(p.62 참조)

19 마하 무드라(p.80 참조)

20 자누 시르사아사나(등을 오목
하게 하여, p.83 참조)

21 단다아사나(p.65 참조)

22 우파비스타 코나아사나(등을 오목하게 하여, 그리고 곧게 펴고, p.85~86 참조)

23 파르스바 스바스티카아사나 혹은 아르다 파드마아사나/ 완전한 파드마아사나(비틀기, 벽 이용, p.94 참조)

24 살람바 사르반가아사나(의자 이용, p.103 참조)

25 차투쉬파다아사나(p.111 참조)

26 세투 반다 사르반가아사나 (p.108 참조)

27 바라드바자아사나(의자나 큰베개 이용, p.93 참조)

28 아도 무카 비라아사나 (p.76 참조)

29 사바아사나(큰베개 이용, p.134 참조)

30 웃자이 프라나야마 I (p.148 참조)

순서 2: 몸의 측면 늘이기

1 아도 무카 비라아사나(p.76 참조)

2 아도 무카 스바나아사나
(로프 이용, p.125 참조)

3 우타나아사나(로프와 의자 이용, p.124 참조)

4 말라아사나(로프를 잡고, p.77 참조)

5 타다아사나(p.32 참조)

6 우르드바 바당굴리야아사나(p.34 참조), 파스치마 나마스카라아사나
(p.36 참조), 타다아사나에서의 고무카아사나(p.37 참조), 타다아사나
(벽과 둥근 모서리 블록 이용, p.33 참조)

7 우르드바 하스타아사나
(p.35 참조)

주의

서서 하는 자세는 언제나 타다아사나에서 시작한다. 자세를 끝낼 때에는 다시 타다아사나로 되돌아간다. 피로를 느끼면 아르다 우타나아사나 자세로 휴식을 취한다.

타다아사나 · **아르다 우타나아사나**

8 파르스보타나아사나에서의
파스치마 나마스카라아사나
(p.50 참조)

9 비라바드라아사나 Ⅰ
(p.53 참조)

10 비라바드라아사나 Ⅲ
(p.54 참조)

11 손을 받치고 행하는 파르스
보타나아사나(p.51 참조)

12 프라사리타 파도타나아사나(등을 오목하게 하여, 그리고 머리를
내려놓고, p.58 참조)

13 교사와 함께 살람바 시르사아사나를 수련한다면 다음을 추가한다.

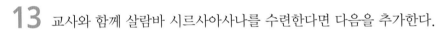

마하 무드라(p.80 참조)

아도 무카 스바나아사나
(p.62 참조)

우타나아사나(등을 오목
하게 하여, p.213 참조)

살람바 시르사아사나
(벽을 이용하여 교사와
함께, p.99 참조)

시르사아사나 다음에는 역순으로 수련한다.

우타나아사나(등을 오목
하게 하여, p.213 참조)

아도 무카 스바나아사나
(p.62 참조)

마하 무드라(p.80 참조)

임신 중의 배의 요가

초보자를 위한 아사나 순서

14 마하 무드라(시르사아사나 순서를 따르지 않았을 경우, p.80 참조)

15 비라아사나에서의 파르바타아사나(p.74 참조)

16 자누 시르사아사나(등을 오목하게 하여, p.83 참조)

17 트리앙가 무카이카파다 파스치모타나아사나(등을 오목하게 하여, 임신 말기에는 수련하지 않는다, p.89~90 참조)

18 우파비스타 코나아사나(등을 오목하게 하여, 그리고 등을 곧게 펴고, p.71과 p.85 참조)

19 파스치모타나아사나(등을 오목하게 하고 가슴 아랫부분을 들어올려서, p.87~88 참조)

20 차투쉬파다아사나(p.111 참조)

21 사르반가아사나(의자 이용, p.103 참조)

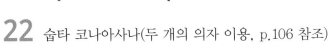

22 숩타 코나아사나(두 개의 의자 이용, p.106 참조)

23 자누 시르사아사나(의자를 이용하여 비틀기, p.95 참조)

24 바라드바자아사나(큰베개나 의자 이용, p.93 참조)

25 숩타 받다 코나아사나(가로로 놓은 큰베개 이용, p.128 참조)

26 사바아사나(길이로 놓은 큰 베개 이용, p.131 참조)

27 프라나야마(p.188 참조)

순서 3: 뒤로 굽히기

1 타다아사나(p.32 참조)

2 타다아사나에서의 우르드바 바당굴리야아사나(p.34 참조)

3 아르다 우타나아사나 (p.60 참조)

4 비라아사나에서의 파르바타 아사나(p.74 참조)

5 숩타 받다 코나아사나(흉골을 들어올리기 위해 가로로 놓은 큰베개 이용, p.128 참조)

6 교사와 함께 살람바 시르사아사나를 수련한다면 다음을 추가한다.

마하 무드라(p.80 참조)

아도 무카 스바나아사나 (p.62 참조)

우타나아사나(등을 오목 하게 하여, p.213 참조)

살람바 시르사아사나(벽 을 이용하여 교사와 함께, p.99 참조)

시르사아사나 다음에는 역순으로 수련한다.

우타나아사나(등을 오목 하게 하여, p.213 참조)

아도 무카 스바나아사나 (p.62 참조)

마하 무드라(p.80 참조)

7 큰베개들을 교차시켜(수동적인 뒤로 굽히기, p.118 참조)

8 살람바 푸르보타나아사나 (p.133 참조)

9 부장가아사나(로프 이용, p.119 참조)

10 부장가아사나(로프와 의자 이용, p.120 참조)

11 드위 파다 비파리타 단다아사나(비파리타 단다아사나 벤치 위에서 L자형으로 몸을 완전히 받치고, p.123 참조)

12 살람바 푸르보타나아사나 (트레슬 이용, p.121 참조)

13 차투쉬파다아사나 (p.111 참조)

14 세투 반다 사르반가아사나, p.108~109 참조)

15 살람바 사르반가아사나 (의자 이용, p.103 참조)

16 숩타 코나아사나(두 개의 의자 이용, p.106 참조)

17 아르다 할라아사나(넓적다리를 의자 위에 올려놓고, p.105 참조)

18 비파리타 카라니(p.114 참조)

초보자를 위한 아사나 순서

19 바라드바자아사나 Ⅰ (p.93 참조)

20 파르스바 자누 시르사아사나 (의자를 이용한 비틀기, p.95 참조)

21 우파비스타 코나아사나(머리를 의자 위에 내려놓고, p.86 참조)

22 숩타 스바스티카아사나 (큰베개 이용, p.131 참조)

23 사바아사나(큰베개 이용, p.138 참조)

24 빌로마 프라나야마 1단계 (큰베개 이용, p.151 참조)

순서 4: 회복 프로그램

1 숩타 비라아사나(큰베개 이용, p.129 참조)

2 숩타 받다 코나아사나(길이로 놓은 큰베개, 경사진 블록 이용, p.128 참조)

3 맏스야아사나(큰베개 이용, p.131 참조)

4 숩타 스바스티카아사나(큰베개 이용, p.131 참조)

5 큰베개들을 교차시켜(수동적인 뒤로 굽히기, p.118 참조)

추가 혹은 대신

살람바 푸르보타나아사나 (p.133 참조)

6 세투 반다 사르반가아사나 (p.108 참조)

7 비파리타 카라니(p.114 참조)

8 살람바 사르반가아사나 (의자 이용, p.103 참조)

9 아르다 할라아사나(넓적다리를 의자 위에 올려놓고, p.105 참조)

10 사바아사나(큰베개 이용, p.134 참조)

11 프라나야마(p.188 참조)

임신 말기와
출산 준비를 위한 순서

임신 말기에는 말기를 위한 순서들을 추가할 수 있다. 임신 중기를 위한 순서와 아래의 순서를 격일로 수련하고자 하는 사람도 있을 수 있다.

임신 중 이 시점에는 필요에 따라 수련하는 것이 중요하다. 예를 들면 시르사아사나나 사르반가아사나처럼 거꾸로 하는 자세에서 복부로부터 받는 압력이 너무 많으면 그 자세를 멈추어야 한다. 스스로를 재촉하여 의지력으로 계속할 필요는 없다.

피로를 느끼면 이 장의 순서 4에 있는 회복을 돕는 아사나를 행한다.

일반 지침

● 언제나 척추를 뻗고 들어올린 상태를 유지한다.
● 복부에 압력을 가하지 않는다. 그렇게 하면 목구멍과 갑상선에도 압력이 가해지기 때문이다.
● 의지력을 동원하여 억지로 무리함으로써 호르몬 분비에 혼란을 주어서는 안 된다. 복부와 목구멍을 부드럽게 하면서 정확한 정렬을 위해 노력하는 것이 더 낫다.
● 껑충 뛰어 서서 하는 아사나로 들어가지 않는다.
● 호흡을 무리하게 하지 말고 부드럽고 매끄럽게 흐르게 두어 자궁 속에서 자라는 생명을 보호한다.
● 언제나 가슴에 주의를 기울인다. 용기를 북돋우고 호흡 능력을 증대시키기 위해 가슴을 활짝 연 상태로 유지한다. 이렇게 하면 긴장이 줄어들 것이다.

또한 p.154의 '임신의 시작'에 있는 지침들을 명심한다.

◇

아래의 아사나들은 골반바닥을 넓히고 출산을 준비하게 하는 데 도움을 줄 것이다.

1 받다 코나아사나(등을 곧게 펴고, p.69 참조) 골반바닥과 횡격막을 넓히고 천장관절 부위를 이완하여 더 깊게 호흡할 수 있는 공간을 만들어 낸다.

2 우파비스타 코나아사나(p.71 참조) 골반바닥과 횡격막을 넓히고 천장관절 부위를 이완하여 더 깊게 호흡할 수 있는 공간을 만들어 낸다.

3 말라아사나(로프 이용, p.77 참조) 출산을 준비하게 한다.

187

4 비라아사나(p.73 참조). 골반을 이완시키고 호흡이 깊어지게 한다.

5 숩타 비라아사나(p.129 참조)

6 아도 무카 비라아사나(p.76 참조). 출산과 골반에까지 이르는 심호흡을 할 수 있게 준비시킨다.

7 살람바 사르반가아사나(의자 이용, p.103 참조). 골반을 정렬하고 분비계의 기능을 개선한다.

8 사바아사나(큰베개 이용, p.134 참조)

◇

프라나야마

아침과 저녁의 취침 시간에 분리하여 프라나야마를 수련할 수 있다(p.140 참조).

웃자이 프라나야마 II와 특히 빌로마 프라나야마 2단계에 집중한다. 단계별로 숨을 내쉬는 능력을 길러 날숨 과정이 길어지게 한다. 이것은 아기를 골반 바닥으로 부드럽게 밀어내릴 때 분만 그 자체를 위한 기술이다.

이들 프라나야마는 큰베개 위에 반듯이 누운 자세로 시작한다. 나중에 4~5주가 지나면 벽에 등을 기대고 큰베개 위에 곧게 앉은 자세로 행할 수 있다. (p.140~153 참조)

지속 시간

- 살람바 사르반가아사나(의자 이용): 5~10분
- 사바아사나(몸을 잘 받치고): 15분
- 나머지 자세들: 5분까지

자세 풀기

아사나로 만들어진 공간을 유지한다.

제5장
고급 수련생을 위한
아사나 순서

아사나 분류

임신의 세 기간은 다음을 가리킨다.
임신 초기: 1주~16주
임신 중기: 17주~29주
임신 말기: 30주~40주

자신이 고급 수련생인지 아닌지 어떻게 아는가? 만일 다음의 사항이 해당된다면 자신이 고급 수련생이라 생각해도 좋다.

- 임신 전에 교사의 지도와 함께 요가를 5~6년 수련했다.
- 또한 스스로 수련해오기도 했다.
- 팔로 완전히 균형을 잡는 것, 머리로 균형을 잡는 것, 또는 이와 유사한 자세에 충분히 익숙해져 있다.

자신이 고급 수련생에 해당한다 하더라도 **임신한 동안은 새로운 것을 시도할 시간이 아니다!** 이미 알고 있는 아사나들을 수련하고 발전시켜야 한다. 자신과 아기에 대해 충분한 책임감을 가질 때 이 아사나들이 주는 효과를 얻을 수 있을 것이다.

이 장에 나오는 모든 순서와 수련 방법들은 고급 수련생만을 위한 것이라는 것을 강조하고 싶다.

요가 아사나는 다음을 고려하여 분류되었다.

- 신체의 해부학적 구조
- 신체, 특히 척추 기둥의 움직임과 동작의 반경
- 아사나가 몸, 마음, 영혼에 미치는 작용

여기에서 아사나들은 9개의 범주로 분류되고 프라나야마는 10번째 범주로 간주된다. 아사나 분류는 모든 아사나와 그 아사나들을 안전하게 수련할 수 있는 임신의 시기를 신속하게 찾아보는 데 유용한 참조 도구를 제공한다. 그러나 그것이 수련해야 할 순서를 알려 주는 것은 아니다.

아사나들은 이 범주들에서 선택된 것들로 저자들에 의해 수련 순서 안에 넣어진 것이다.

서서 하는 아사나
우티쉬타 스티티

서서 하는 아사나는 척추를 강화하고 골반을 넓히는 데 도움을 준다. 척추를 정확히 정렬하고 완전히 신장시켜 이 아사나들을 수련하면 복부가 압박되지 않고 골반바닥에서부터 들어올려지는 느낌을 가지게 된다.

유산한 경험이 있거나 분비계의 문제로 유산할 염려가 있을 때에는 서서 하는 아사나를 수련하면 안 된다. 경험 많은 아헹가 요가 교사를 찾아 조언을 구한다.

그 대신 다음과 같은 제3장에 나오는 아사나들에 집중하여 수련한다.

등을 오목하게 하여 행하는 자누 시르사아사나 (p.82 참조)

등을 오목하게 하여 행하는 파스치모타나아사나 (p.87 참조)

임신 중 부담을 덜어 주는, 등을 곧게 펴고 하는 받다 코나아사나(p.67 참조)

사바아사나(p.134 참조)

	초기	중기	말기
타다아사나	√	√	√
타다아사나에서의 우르드바 바당굴리야아사나	√	√	√
타다아사나에서의 파스치마 나마스카라아사나	√	√	√
타다아사나에서의 고무카아사나	√	√	√
우르드바 하스타아사나	√	√	√
우티타 하스타 파당구쉬타아사나 II (옆으로)	√	√	√
우티타 트리코니아사나 (벽/트레슬 이용)	√	√	√
우티타 파르스바코나아사나 (벽/트레슬 이용)	√	√	√
파리가아사나	√	√	
비라바드라아사나 I (벽/트레슬 이용)		√	√
비라바드라아사나 II (벽/트레슬 이용)	√	√	√
비라바드라아사나 III (벽/트레슬 이용)		√	√
아르다 찬드라아사나(벽/트레슬 이용)	√	√	√
파르스보타나아사나	√	√	√
파르스보타나아사나에서의 파스치마 나마스카라아사나(등을 오목하게 하여)	√	√	√
프라사리타 파도타나아사나	√	√	√
우타나아사나(등을 오목하게, 발을 모아서)	√		
우타나아사나(다리를 벌리고, 등을 오목하게, 손을 받치고)	√	√	√
아르다 우타나아사나	√	√	√
아도 무카 스바나아사나	√	√	√

앉아서 하는 아사나
우파비스타 스티티

	초기	중기	말기
단다아사나		√	√
우르드바 하스타 단다아사나		√	√
받다 코나아사나(등을 곧게 펴고)	√	√	√
우파비스타 코나아사나 (등을 곧게 펴고)	√	√	√
스바스티카아사나	√	√	√
스바스티카아사나에서의 파르바타아사나	√	√	√
비라아사나	√	√	√
비라아사나에서의 파르바타아사나	√	√	√
비라아사나에서의 고무카아사나	√	√	√

앞으로 굽히기
파스치마 프라타나 스티티

	초기	중기	말기
아도 무카 비라아사나	√	√	√
마하 무드라	√	√	√
우르드바 하스타 자누 시르사아사나/ 우르드바 무카 자누 시르사아사나 (등을 오목하게 하고 가슴 아랫부분을 들어올려)	√	√	√
우르드바 하스타 트리앙가 무카이카파 다 파스치모타나아사나/우르드바 무카 트리앙가 무카이카파다 파스치모타 나아사나(등을 오목하게 하고 가슴 아랫부분을 들어올려)	√	√	
우파비스타 코나아사나(등을 오목하게 하고 가슴 아랫부분을 들어올려)	√	√	√
우르드바 하스타 파스치모타나아사나/ 우르드바 무카 파스치모타나아사나(등을 오목하게 하고 가슴 아랫부분을 들 어올려)	√	√	√
말라아사나(출산을 위해 변형, 로프를 이용하거나 벽에 기대어 앉아서)		√	√

비틀기
파리브리타 스티티

	초기	중기	말기
바라드바자아사나 Ⅰ	√	√	√
바라드바자아사나(의자 이용)	√	√	√
파르스바 스바스티카아사나(의자 이용)	√	√	√
파르스바 파드마아사나(의자나 벽 이용)	√	√	√
파르스바 비라아사나(벽 이용)	√	√	√
파르스바 받다 코나아사나 (의자나 벽 이용)	√	√	√
파르스바 자누 시르사아사나(의자 이용)	√	√	√

거꾸로 하는 아사나
비파리타 스티티

	초기	중기	말기
아도 무카 브륵샤아사나		√	√
핀차 마유라아사나		√	√
살람바 시르사아사나 살람바 시르사아사나 이전에 반드시 마하 무드라, 아도 무카 스바나아사나, 우타나아사나(등을 오목하게 하여)를 행하고, 이후에 우타나아사나(등을 오목하게 하여), 아도무카 스바나아사나, 마하 무드라를 행한다는 것을 기억해야 한다.	√	√	√
벽에 기대어 행하는 살람바 시르사아사나 변형 자세: 파르스바 시르사아사나		√	√
에카 파다 시르사아사나		√	√
파르스바이카파다 시르사아사나		√	√
시르사아사나에서의 우파비스타 코나아사나(또는 프라사리타 파다 시르사아사나라고도 부름)	√	√	√
시르사아사나에서의 받다 코나아사나	√	√	√
시르사아사나(벽에 매단 로프 이용)		√	√
살람바 사르반가아사나	√	√	√
니라람바 사르반가아사나(발가락을 벽에 대고)	√	√	√
위의 변형 자세들: 아르다 에카 파다 사르반가아사나	√	√	√
아르다 파르스바이카파다 사르반가아사나		√	√
사르반가아사나에서의 우파비스타 코나아사나(또는 프라사리타 파다 사르반가아사나라고도 부름)	√	√	√
사르반가아사나에서의 받다 코나아사나	√	√	√
아르다 할라아사나(의자 이용)	√	√	√
아르다 숩타 코나아사나(두 개의 의자 이용)	√	√	√
세투 반다 사르반가아사나	√	√	√
차투쉬파다아사나		√	√

복부와 허리에
좋은 아사나
숩타/우티쉬타 스티티

	초기	중기	말기
숩타 파당구쉬타아사나 II (옆으로)	√	√	√
우티타 하스타 파당구쉬타아사나 II (옆으로)		√	√

뒤로 굽히기
푸르바 프라타나 스티티

	초기	중기	말기
큰베개를 교차시켜	√	√	√
부장가아사나(로프 이용)		√	√
부장가아사나(로프, 의자, 큰베개 이용)		√	√
살람바 푸르보타나아사나 (트레슬 이용)		√	√
의자, 벽, 보조 기구를 이용한 우르드바 다누라아사나		√	√
살람바 푸르보타나아사나		√	√
드위 파다 비파리타 단다아사나 (비파리타 단다아사나 벤치를 이용하여 L자형으로 완전히 몸을 받치고)	√	√	√
드위 파다 비파리타 단다아사나 (두 개의 의자를 이용하여 L자형으로)		√	√

로프를 이용한 아사나
요가 쿠룬타

	초기	중기	말기
시르사아사나(벽에 매단 로프 이용)		√	√
아도 무카 브륵샤아사나		√	√
부장가아사나(로프 이용)		√	√
부장가아사나(로프, 의자, 큰베개 이용)		√	√
아르다 우타나아사나	√	√	√
아도 무카 스바나아사나	√	√	√
말라아사나(출산을 위해 변형)		√	√

회복을 돕는 아사나
비쉬란타 카라카 스티티

	초기	중기	말기
숩타 비라아사나	√	√	√
숩타 받다 코나아사나	√	√	√
맛스야아사나	√	√	√
숩타 스바스티카아사나	√	√	√
살람바 푸르보타나아사나		√	√
큰베개를 교차시켜	√	√	√
세투 반다 사르반가아사나	√	√	√
비파리타 카라니 (다리를 굽혀 의자 위에 올리고)	√	√	√
비파리타 카라니		√	√
살람바 사르반가아사나(의자 이용)	√	√	√
사바아사나(큰베개 이용)	√	√	√
사바아사나(큰베개 위에, 다리를 큰베개 위에 올리고)	√	√	√

호흡법
프라나야마

	초기	중기	말기
웃자이 I 과 II (앉아서, 그리고 사바아사나에서)	√	√	√
빌로마 I 과 II (앉아서, 그리고 사바아사나에서)	√	√	√

임신 초기를 위한 순서

힘과 내적인 균형의 보강

서서 하는 아사나는 척추를 강화하고 골반을 넓히는데 도움을 준다. 척추를 정확히 정렬하고 완전히 신장시켜 이 아사나들을 수련하면 복부가 압박되지 않고 골반바닥에서부터 들어올려지는 느낌을 가지게 된다.

유산한 경험이 있거나 분비계의 문제로 유산할 염려가 있을 때에는 서서 하는 아사나를 수련하면 안 된다. 경험 많은 아헹가 요가 교사를 찾아 조언을 구한다.

그 대신 제3장에 있는 다음의 아사나들을 집중적으로 수련한다.
등을 오목하게 하여 행하는 자누 시르사아사나
(p.82 참조)
등을 오목하게 하여 행하는 파스치모타나아사나
(p.87 참조)

임신 중 부담을 덜어 주는, 등을 곧게 펴고 하는 받다 코나아사나(p.67 참조)
사바아사나(p.134 참조)

임신 기간 전체를 위해 추천되는 순서에 대한 더 상세한 정보를 얻으려면 p.172의 제4장을 본다.

문제 해결에 도움을 얻으려면 제2장 '임신의 준비'를 본다.

아사나에 대한 더 상세한 설명이나 변형 자세를 보려면 제3장 '지침과 효과'와 이 장의 나머지 뒷부분을 본다.

◇

일반 지침
- 언제나 척추를 뻗고 들어올린 상태를 유지한다.
- 복부에 압력을 가하지 않는다. 그렇게 하면 목구멍과 갑상선에도 압력이 가해지기 때문이다.
- 의지력을 동원하여 억지로 무리함으로써 호르몬 분비에 혼란을 주어서는 안 된다. 복부와 목구멍을 부드럽게 하면서 정확한 정렬을 위해 노력하는 것이 더 낫다.
- 껑충 뛰어 서서 하는 아사나로 들어가지 않는다.
- 호흡을 무리하게 하지 말고 부드럽고 매끄럽게 흐르게 두어 자궁 속에서 자라는 생명을 보호한다.
- 뒤로 굽히는 자세는 자궁 내벽이 약해지지 않도록 p.118의 제3장에서 지시한 대로 지지물을 이용하여 수련한다.
- 비트는 아사나는 위와 같은 이유로 p.91의 제3장에서 지시한 대로 수련한다.
- 아사나에서 자세를 풀 때에는 언제나 들어올리고, 신장시키고, 확대시킨 상태를 유지해야 한다. 몸이 허물어지게 하거나 급격한 움직이면 안 된다.

지속 시간
- 오른쪽과 왼쪽으로 수련하는 아사나: 각 30~60초
- (우타나아사나나 차투쉬파다아사나처럼) 앞이나 뒤로 곧게 뻗는 아사나: 30~60초
- 거꾸로 하는 아사나(p.96~114 참조)
  - 살람바 사르반가아사나: 아르다 할라아사나를 하지 않고 수련하려면 살람바 시르사아사나보다 2~3분 더 오래 머문다.
  - 아르다 할라아사나, 세투 반다 사르반가아사나, 비파리타 카라니: 5분까지
  - 나머지 자세들: 5~10분
- 회복을 돕는 아사나(p.126~139 참조)
  - 사바아사나: 15분
  - 나머지 자세들: 5분까지

고급 수련생을 위한 아사나 순서

권장되는 순서

1 받다 코나아사나(등을 곧게 펴고, p.67 참조)

2 숩타 파당구쉬타아사나 II (옆으로 뻗기, p.115 참조)

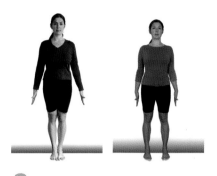

3 타다아사나(p.32 참조)

4 우르드바 바당굴리야아사나(p.34 참조), 파스치마 나마스카라아사나 (p.36 참조), 타다아사나에서의 고무카아사나(p.37 참조), 타다아사나(발뒤꿈치를 아래로 내려, p.33 참조)

5 우티타 트리코나아사나 (p.39 참조)

6 파리가아사나(p.44 참조)

7 우티타 파르스바코나아사나 (p.40~41 참조)

주의

서서 하는 자세는 언제나 타다아사나에서 시작한다. 자세를 끝낼 때에는 다시 타다아사나로 되돌아간다. 피로를 느끼면 아르다 우타나아사나 자세로 휴식을 취한다.

타다아사나

아르다 우타나아사나

195

8 비라바드라아사나 Ⅱ
(p.42 참조)

9 아르다 찬드라아사나
(p.48 참조)

10 파르스보타나아사나
(p.287 참조)

11 프라사리타 파도타나아사나
(p.56 참조)

12 우타나아사나(등을 오목하게
하여, p.213 참조)

13 마하 무드라(p.216 참조)

14 아도 무카 스바나아사나
(p.62 참조)

15 우타나아사나(등을 오목하게
하여, p.213 참조)

16 살람바 시르사아사나(두 발
을 모으고, p.99 참조)

17 우타나아사나(등을 오목하게
하여, p.213 참조)

18 아도 무카 스바나아사나
(p.62 참조)

19 마하 무드라(p.216 참조)

임신 중일 때의 요가

20 자누 시르사아사나(등을 오목
하게 하여, p.217 참조)

21 우파비스타 코나아사나
(발가락을 잡고, 등을 오목
하게 하여, p.85 참조)

22 파스치모타나아사나(등을 오
목하게 하고 발뒤꿈치를 목
침 위에 올려, p.308 참조)

23 파르스바 스바스티카아사나,
혹은 아르다 파드마아사나/
완전한 파드마아사나(벽을 이
용한 비틀기, p.94 참조)

24 살람바 사르반가아사나
(의자 이용, p.103 참조)

25 세투 반다 사르반가아사나
(p.108 참조)

26 바라드바자아사나(의자나
큰베개 이용, p.93 참조)

27 아도 무카 비라아사나
(p.76 참조)

28 사바아사나(큰베개 이용,
p.134 참조)

29 웃자이 프라나야마 Ⅰ
(p.148 참조)

임신 중기와 말기를 위한 순서

순서 1: 골반 넓히기와 늘이기

1 받다 코나아사나(등을 곧게 펴고, p.67 참조)

2 숩타 파당구쉬타아사나 Ⅱ (옆으로 뻗기, p.115 참조)

3 타다아사나(p.32 참조)

4 우르드바 바당굴리야아사나(p.34 참조), 파스치마 나마스카라아사나 (p.36 참조), 타다아사나에서의 고무카아사나(p.37 참조), 타다아사나 (발뒤꿈치를 아래로 내리고, p.33 참조)

5 우티타 하스타 파당구쉬타아 사나 Ⅱ(옆으로 뻗기, p.117 참조)

6 우티타 트리코나아사나 (p.39 참조)

주의

서서 하는 자세는 언제나 타다아사나에서 시작한다. 자세를 끝낼 때에는 다시 타다아사나로 되돌아간다. 피로를 느끼면 아르다 우타나아사나 자세로 휴식을 취한다.

타다아사나

아르다 우타나아사나

고급 수련생을 위한 아사나 순서

7 파리가아사나(p.44 참조)

8 우티타 파르스바코나아사나(p.40~41 참조)

9 비라바드라아사나 Ⅱ
(p.42 참조)

10 아르다 찬드라아사나
(p.45 참조)

11 프라사리타 파도타나아사나
(p.56 참조)

12 우타나아사나(등을 오목하게
하여, p.213 참조)

13 마하 무드라(p.216 참조)

14 아도 무카 스바나아사나
(p.62 참조)

15 우타나아사나(등을 오목하게
하여, p.213 참조)

16 살람바 시르사아사나(벽 이용,
p.99 참조)

17 우타나아사나(등을 오목하게
하여, p.213 참조)

18 아도 무카 스바나아사나
(p.62 참조)

19 마하 무드라(p.80 참조)

20 자누 시르사아사나(등을 오목
하게 하여, p.83 참조)

21 단다아사나(p.65 참조)

22 우파비스타 코나아사나(등을 오목하게 하여, 그리고 곧게 펴고,
p.85와 p.86 참조)

23 파르스바 스바스티카아사나,
혹은 아르다 파드마아사나/
완전한 파드마아사나(벽을
이용하여 비틀기, p.94 참조)

24 살람바 사르반가아사나
(의자 이용, p.103 참조)

25 차투쉬파다아사나
(p.111 참조)

26 세투 반다 사르반가아사나
(p.108~109 참조)

27 바라드바자아사나(의자나
큰베개 이용, p.93 참조)

28 아도 무카 비라아사나
(p.76 참조)

임신 중의 베개 요가

29 사바아사나(큰베개 이용, p.134 참조)

30 웃자이 프라나야마 Ⅰ(큰베개 이용), 빌로마 프라나야마 1단계(앉아서, p.148 참조)

순서 2: 몸의 측면 늘이기

1 아도 무카 비라아사나(p.76 참조)

2 아도 무카 스바나아사나
(로프 이용, p.63 참조)

3 아르다 우타나아사나(로프와 의자 이용, 등을 오목하게 하여,
p.124 참조)

4 말라아사나(로프를 잡고,
p.77 참조)

5 타다아사나(p.32 참조)

6 우르드바 바당굴리야아사나(p.34 참조), 파스치마 나마스카라아사
나(p.36 참조), 타다아사나에서의 고무카아사나(p.37 참조), 타다아
사나(발뒤꿈치를 아래로 내리고, p.33 참조)

7 우르드바 하스타아사나
(p.35 참조)

주의

서서 하는 자세는 언
제나 타다아사나에서
시작한다. 자세를 끝
낼 때에는 다시 타다
아사나로 되돌아간다.
피로를 느끼면 아르다
우타나아사나 자세로
휴식을 취한다.

타다아사나 **아르다 우타나아사나**

고급 수련생을 위한 아사나 순서

8 파르스보타나아사나에서의 파스치마 나마스카라아사나 (p.50 참조)

9 비라바드라아사나 I(p.53 참조)

10 비라바드라아사나 III (p.54 참조)

11 파르스보타나아사나 (p.51 참조)

12 프라사리타 파도타나아사나(등을 오목하게 하고 머리를 내려놓아, p.58 참조)

13 살람바 시르사아사나를 수련한다면 다음을 추가한다.

마하 무드라(p.80 참조)

아도 무카 스바나아사나 (p.62 참조)

우타나아사나(등을 오목하게 하여, p.213 참조)

살람바 시르사아사나(교사와 함께 벽을 이용하여, p.99 참조)

시르사아사나 다음엔 역순으로 수련한다.

우타나아사나(등을 오목하게 하여, p.213 참조)

아도 무카 스바나아사나 (p.62 참조)

마하 무드라(p.80 참조)

14 마하 무드라(시르사아사나 순서를 따르지 않았을 경우, p.80 참조)

15 비라아사나에서의 파르바타아사나(p.74 참조)

16 자누 시르사아사나(등을 오목하게 하여, p.83 참조)

17 트리앙가 무카이카파다 파스치모타나아사나(등을 오목하게 하여, p.89~90 참조)

18 우파비스타 코나아사나(등을 곧게 펴고 발을 잡고서, p.85 참조)

19 파스치모타나아사나(등을 오목하게 하여, p.87~90 참조)

20 차투쉬파다아사나(p.111 참조)

21 살람바 사르반가아사나(의자 이용, p.103 참조)

22 숩타 코나아사나(두 개의 의자 이용, p.106 참조)

23 파르스바 자누 시르사아사나
(의자를 이용한 비틀기, p.95
참조)

24 바라드바자아사나(큰베개나
의자 이용, p.93 참조)

25 숩타 받다 코나아사나(가로
로 놓은 큰베개 이용, p.128
참조)

26 사바아사나(길이로 놓은 큰
베개 이용, p.134 참조)

27 빌로마 프라나야마 1단계(큰
베개 위에 누워서)와 빌로마
프라나야마 2단계(앉아서,
p.151~153 참조)

순서 3: 뒤로 굽히기

1 타다아사나(p.32 참조)

2 타다아사나에서의 우르드바 바당굴리야아사나(발을 벌리고 수련한다, p.34 참조)

3 아르다 우타나아사나 (p.60 참조)

4 비라아사나에서의 파르바타 아사나(p.74 참조)

5 숩타 받다 코나아사나(흉골을 들어올리기 위해 가로로 놓은 큰베개 위에 누워, p.128 참조)

6 살람바 시르사아사나를 수련한다면 다음을 추가한다.

마하 무드라(p.80 참조)

아도 무카 스바나아사나 (p.62 참조)

우타나아사나(등을 오목 하게 하여, p.213 참조)

살람바 시르사아사나 (벽 이용, p.99 참조)

시르사아사나 다음에는 역순으로 수련한다.

우타나아사나(등을 오목 하게 하여, p.213 참조)

아도 무카 스바나아사나 (p.62 참조)

마하 무드라(p.80 참조)

고급 수련생을 위한 아사나 순서

7 큰베개를 교차하여(수동적
인 뒤로 굽히기, p.118 참조)

8 살람바 푸르보타나아사나
(p.133 참조)

9 부장가아사나(로프 이용,
p.119 참조)

10 부장가아사나(로프와 의자
이용, p.120 참조)

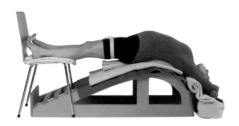

11 드위 파다 비파리타 단다아사
나(비파리타 단다아사나 벤치
를 이용하여 L자형으로 완전
히 몸을 받치고, p.123 참조)

12 살람바 푸르보타나아사나
(트레슬 이용, p.121 참조)

13 차투쉬파다아사나
(p.111 참조)

14 세투 반다 사르반가아사나
(p.108 참조)

15 살람바 사르반가아사나
(의자 이용, p.103 참조)

16 숩타 코나아사나(두 개의 의자
이용, p.106 참조)

17 아르다 할라아사나(넓적다리를
의자 위에 놓고, p.105 참조)

18 비파리타 카라니
(p.114 참조)

19 바라드바자아사나 I
(p.93 참조)

20 파르스바 자누 시르사아사
나(의자를 이용하여 비틀기,
p.95 참조)

21 우파비스타 코나아사나
(머리를 의자 위에 내려놓고,
p.86 참조)

22 숩타 스바스티카아사나
(큰베개 이용, p.131 참조)

23 사바아사나(큰베개 이용,
p.138 참조)

24 빌로마 프라나야마 1단계
(큰베개 위에 누워, p.151 참조)
와 웃자이 프라나야마 II
(큰베개를 이용하여 앉아서,
p.149~150 참조)

순서 4: 회복 프로그램

1 숩타 비라아사나(큰베개 이용, p.129 참조)

2 숩타 받다 코나아사나(길이로 놓은 큰베개, 경사진 블록 이용, p.127 참조)

3 맏스야아사나(큰베개 이용, p.131 참조)

4 숩타 스바스티카아사나(큰베개 이용, p.131 참조)

5 큰베개를 교차시켜(수동적인 뒤로 굽히기, p.118 참조) **추가 혹은 대신**

살람바 푸르보타나아사나 (p.133 참조)

6 세투 반다 사르반가아사나 (p.108 참조)

7 비파리타 카라니(p.114 참조)

8 살람바 사르반가아사나 (의자 이용, p.103 참조)

9 아르다 할라아사나(넓적다리를 의자 위에 내려놓고, p.105 참조)

10 사바아사나(큰베개 이용, p.134 참조)

주의

아침과 저녁의 취침 시간에 분리하여 프라나야마를 수련할 수 있다(다음 페이지 참조).

호흡법

첫 번째 순서를 수련한 뒤 두 번째를 수련하고, 그 다음 다시 첫 번째 순서를 수련하는 식으로 계속한다.

누운 자세를 좋아하면 앉아서 하는 수련을 시작할 준비가 되었다고 여겨질 때까지 늘 누워서 프라나야마를 수련할 수 있다.

순서 1
첫째 날: 사바아사나에서의 웃자이 프라나야마 Ⅰ과 앉은 자세의 빌로마 1단계

둘째 날: 사바아사나에서의 빌로마 1단계와 앉은 자세의 빌로마 2단계

셋째 날: 사바아사나에서의 빌로마 1단계와 앉은 자세의 웃자이 프라나야마 Ⅱ

순서 2
첫째 날: 사바아사나에서의 웃자이 프라나야마 Ⅰ과 앉은 자세의 웃자이 프라나야마 Ⅱ

둘째 날: 사바아사나에서의 빌로마 2단계와 앉은 자세의 빌로마 1단계

셋째 날: 사바아사나와 앉은 자세에서의 빌로마 2단계

◇

고난도의 아사나

자신의 능력, 이해도, 지식, 건강 상태에 따라 아래의 아사나들을 추가한다. 어떤 순서든 자신의 수련에 가장 잘 맞는 순서로 이들을 수련한다. 이 아사나들은 여기에서 정해진 순서로 제시되지 않았다.

1 살람바 시르사아사나(벽에 기대어, p.99 참조)

2 파르스바 시르사아사나 (p.230 참조)

3 아르다 에카 파다 시르사아사나 (p.231 참조)

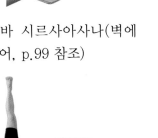

4 아르다 파르스바이카파다 시르사아사나(p.232 참조)

5 시르사아사나에서의 우파비스타 코나아사나(p.233 참조)

6 시르사아사나에서의 받다 코나아사나(p.234 참조)

고급 수련생을 위한 아사나 순서

7 시르사아사나(벽에 매단 로 프 이용, p.240 참조)

8 살람바 사르반가아사나(벽에 서 약간 떨어져서, 혹은 발 가락을 탁자 위에 올리고 행 하는 아르다 할라아사나에서 p.326 참조)

9 아르다 에카 파다 사르반가 아사나(p.222 참조)

10 아르다 파르스바이카파다 사르반가아사나(p.223 참조)

11 사르반가아사나에서의 우파비 스타 코나아사나(p.224 참조)

12 사르반가아사나에서의 받다 코나아사나(p.225 참조)

13 드위 파다 비파리타 단다아사나 (두 개의 의자 이용, p.237 참조)

14 우르드바 다누라아사나(의자, 목침, 벽 이용, p.239 참조)

15 아도 무카 브륵샤아사나(도와 주는 사람과 함께, 벽 이용, p.226 참조)

16 핀차 마유라아사나(도와주는 사람과 함께, 벽 이용, p.228 참조)

주의

아침과 저녁의 취침 시간에 분리하여 프라나야마를 수련할 수 있다(p.210 참조).

211

제5장

임신 말기와
출산 준비를 위한 순서

제2부 제4장, p.187의 '임신 말기와 출산 준비를 위
한 순서'를 참조하라.

지침과 효과

반드시 p.28~30, 제3장의 '일반 규칙'과 '주의사항'
을 따라야 한다.

서서 하는 아사나
우티쉬타 스티티

다음의 주의 사항과 함께 제3장의 지시를 따른다.

- 비라바드라아사나 I과 III: 임신 초기에는 이들을 수련하지 않는다.
- 타다아사나: 임신 초기에는 두 발을 모으고 수련한다.

◇

우타나아사나
강하게 앞으로 뻗는 자세

이것은 시르사아사나 전후를 위한 연속된 아사나 중 세 번째이다.

아래의 방법은 임신 초기만을 위해 변형된 것이다. 따라서 임신이 진행된 경우를 위해 변형이 더 이루어져야 한다.

1 타다아사나 자세(p.32 참조)로 선다.

2 무릎을 단단히 조이고 두 다리를 쭉 뻗는다. 두 팔은 타다아사나에서의 우르드바 바당굴리야아사나(p.34 참조)에서처럼 들어올린다. 깍지를 풀고 팔을 우르드바 하스타아사나(p.35 참조)에서처럼 천정을 향해 위로 뻗어 올린다. 이때 손바닥은 앞을 향하게 한다. 1~2번 호흡한다.

3 척추를 늘이면서 숨을 내쉬고 상체를 앞으로 굽힌다.

4 손바닥을 발 옆의 바닥 위에 내려놓는다. 머리를 위로 든 채 상체를 앞을 향해 쭉 뻗고 척추를 오목하게 한다. 1~2번 호흡한다.

임신 초기: 가능
임신 중기: 불가능
임신 말기: 불가능

자세 점검하기

› 갈비뼈 아랫부분과 상체의 뒷부분을 늘인다. 등은 반드시 오목해야 한다. 복부와 몸통 앞부분을 들어 올린다.
› 몸통 측면을 늘인다.
› 숨을 들이마시며 몸 측면과 가슴에 공간을 유지하면서 타다아사나로 돌아온다.

임신이 진행되면서 변형시킨다.

아도 무카 스바나아사나
얼굴을 아래로 한 개 자세

임신 초기: 가능
임신 중기: 가능
임신 말기: 가능

이 아사나는 시르사아사나 이전에 행하는 연속된 아사나 중 두 번째로 마하 무드라 다음에 온다. 이것은 피로를 가시게 하도록 고안되었기 때문에 이 일련의 아사나들에 있어 중요하다.

아도는 '아래로'를, 무카는 '얼굴'을, 그리고 스바는 '개'를 뜻한다. 이 아사나는 머리를 아래로 하여 몸을 쭉 뻗는 개를 닮았다.

1 타다아사나 자세(p.32 참조) 로 선다.

2 숨을 내쉬며 몸을 내려 우타나아사나 자세(p.213 참조)를 취한다.

3 두 발 옆에 발과 나란히 손바닥을 바닥 위에 놓는다.

4 무릎을 굽히고 다리를 120 ~135cm 정도 뒤로 하나씩 보낸다. 두 손과 두 발은 각각 30~45cm 정도 벌린다. 손바닥을 펴고 손가락을 쭉 뻗는다. 두 발의 평행을 유지하고 발가락을 쭉 뻗는다.

주의
임신이 진행되면서 두 발을 더 많이 벌려야 한다.

5 넓적다리를 뒤로 뻗고 종지뼈를 안으로 당긴다. 발뒤꿈치를 바닥 위에 내리거나 경사진 블록 위에 내린다. 1~2번 호흡을 한다.

6 숨을 내쉬며 팔과 다리를 뻗고 넓적다리를 뒤로 민다. 상체를 다리 쪽으로 움직인다.

사진에 보이는 것과 같은 로프를 이용하여 수련할 수도 있고 이용하지 않고 할 수도 있다.

임신이 진행되고 복부가 점점 무거워지면서 이 아사나가 손에 지나치게 많은 압력을 준다고 느낄 수 있다. 이런 경우 p.62, 제3장에 나오는 변형 자세를 시도해 본다.

7 발뒤꿈치를 바닥으로 단단히 누르고 머리 정수리를 바닥이나 큰베개 위에 내린다.

8 이 완성 자세에서 15~20초 정도 머물며 정상 호흡을 한다.

자세 풀기
척추에 만들어진 공간과 팔과 다리의 힘을 그대로 유지하면서, 숨을 들이마시며 머리를 바닥에서 들어 올리고 두 발을 손바닥 가까이 가져와 타다아사나로 돌아간다.

자세 점검하기
> 무릎을 굽히지 않는다.
> 견갑골을 말아 넣고 가슴을 넓힌다.
> 팔꿈치를 단단하게 만든다.
> 검지와 엄지손가락에 압력을 가하면서 그 손가락들을 뻗는다.
> 두 발의 바깥쪽이 서로 평행하게 한다.
> 발목 안쪽을 들어올려진 상태로 유지한다.
> 넓적다리 안쪽과 무릎 안쪽을 뒤로 쭉 뻗는다.
> 횡격막과 목구멍을 이완한다.

앉아서 하는 아사나
우파비스타 스티티

p.64~75, 제3장에 있는 지시를 다음의 주의 사항과 함께 따른다.

● 단다아사나와 우르드바 하스타 단다아사나: 임신 초기에는 5초 이상 이 아사나들을 수련해서는 안 된다. 앉아서 하는 한 자세에서 다른 자세로 옮겨 가거나, 혹은 몸의 다른 쪽으로 바꿀 때에만 이 자세들을 이용한다.

◇

앞으로 굽히기
파스치마 프라타나 스티티

앞으로 굽히는 아사나들에 대한 설명 중 아래에 나오지 않는 것은 제3장의 p.76~90를 참조한다.

마하 무드라
위대한 결인 자세

마하 무드라는 자누 시르사아사나에서의 무드라이다. 이 아사나는 시르사아사나 이전에 행해지는 연속된 아사나들 중 첫 번째 아사나이다(그리고 그 이후에는 역순으로). 이 연속된 아사나들은 시르사아사나를 위해 척추를 강화시키기 위한 것이다.

마하 무드라란 무엇인가?
'마하Maha'는 '위대한', 혹은 '고귀한'이란 뜻이고, '무드라mudra'는 '잠금', '결인結印', 혹은 '결인하거나 닫는 행위'를 의미한다. 이 자세에서는 몸의 주요한 구멍들이 결인된다. 한쪽 다리는 굽혀서 하복부 근처에 두고, 다른 쪽 다리는 뻗는다. 곧게 편 발을 손바닥이나 벨트로 잡고 척추는 머리를 아래로 숙여 들어올려지게 한다. 이렇게 함으로써 목구멍, 항문, 질이 닫히고 몸은 양쪽 끝에서 봉인된다.

임신 초기: 가능
임신 중기: 가능
임신 말기: 가능

척추와 복부는 발을 잡고 당기면서 들어올려지고, 이때 척추가 확고하게 받쳐져서 척추를 위로 뻗는 데 도움이 된다.

마하 무드라는 척추를 들어올리게 하여 복부 기관의 수축을 도와주고 조절한다.

215

1 단다아사나 자세(p.64 참조)로 앉는다.

2 왼쪽 다리를 뻗은 채 오른쪽 무릎을 굽혀서 넓적다리와 종아리의 바깥쪽 부분을 바닥 위에 내려놓고 발뒤꿈치를 회음 가까이로 가져온다. 굽힌 다리는 뻗은 다리와 직각을 이루어야 한다.

3 두 팔을 뻗어 양손의 엄지, 검지, 중지로 왼쪽 엄지발가락을 잡는다.

4 두 팔을 팔꿈치 부분에서 뻗는다.

5 발가락을 잘 잡아서 상체를 위로 들어올리고 척주를 쭉 뻗는다(아래의 '조언' 참조). 발가락을 잡고 넓적다리를 바닥으로 누르는 것을 계속 유지하여 상체를 더 들어올린다.

6 목덜미에서부터 머리를 숙여 턱이 두 쇄골 사이의 움푹한 곳에 닿게 한다.

7 머리와 이마를 이완한다. 머리를 숙일 때 목구멍을 수축시켜서는 안 된다.

이때 '잘란다라 반다'가 일어난다. 잘란jalan은 '그물'을, 반다는 '속박'이나 '묶음'을 의미한다. 잘란다라 반다에서는 목과 목구멍이 수축되고 턱은 두 쇄골 사이의 움푹한 곳에 놓인다.

아사니, 무드라, 혹은 프라나야마를 수련하는 동안에 뇌는 아래로 숙이게 되어 있어 수련하는 사람에 대한 지배력이 줄어든다. 이것이 중립적인 상태를 만들어 주어 호흡을 고요하고 섬세하게 만든다.

자세 점검하기

〉 폐에 있는 모든 공기를 내뱉은 다음 숨을 가득 들이마신다. 밑부분에서 횡격막까지 복부를 들어올리고 척추를 위로 뻗는다.

〉 이 완성 자세에서 3~5초 정도 머물면서 숨을 멈춘다.

〉 가슴을 확장한 상태를 유지한다.

〉 눈, 이마, 혀, 얼굴 근육을 이완한다.

〉 몸이 한쪽으로 기울지 않게 한다.

〉 발가락이나 발을 잡은 강도를 더 강하게 하여 척추를 뻗는다.

〉 숨을 내쉬는 동안 척추를 아래로 처지게 하지 않으면서 복부의 긴장을 푼다.

〉 들숨, 호흡의 보유, 날숨이 한 주기를 이룬다. 5~8회의 주기를 행한다.

〉 주기를 다 행한 다음 머리를 들고 눈을 뜨며 오른쪽 다리를 펴서 단다아사나로 돌아온다.

〉 오른쪽 다리를 편 채 왼쪽 무릎을 굽혀서 되풀이하여 수련 방법대로 행한다.

〉 호흡의 보유는 양쪽에서 동일해야 한다.

임신 초기의 고급 수련생

조언

임신 초기에 엄지발가락을 잡을 수 있어야 한다. 만일 그렇게 할 수 없다면 p.79의 제3장에서 볼 수 있는 것처럼 임신 중기와 말기에서 수련하는 대로 행한다.

자누 시르사아사나
등을 오목하게 하고 머리를 무릎에 놓는 자세

임신 초기: 가능
임신 중기: 가능
임신 말기: 가능

임신 초기

- 손으로 발을 잡고 p.215~216, p.82~83의 마하 무드라에 대한 상세한 설명을 따라 수련한다.
- 몸통과 다리의 각도는 45°가 되어야 한다.

임신 중기와 말기

태아가 성장함에 따라 p.82~83의 제3장에 있는 대로 수련을 조정한다.

◇

파스치모타나아사나
등을 오목하게 하고 강하게 뻗는 자세

임신 초기: 가능
임신 중기: 가능
임신 말기: 가능

다음의 주의 사항과 함께 p.87~88의 제3장에 있는 지시를 따라 수련한다.

14주 이후부터 다리를 벌려야 한다.

효과
p.87 참조

- 두 발의 바깥쪽을 잡는다. 혹은
- 두 발의 엄지발가락을 잡는다.

트리앙가 무카이카파다 파스치모타나아사나
등을 오목하게 하고 세 부분을 이용하여 등을 강하게 뻗는 자세

임신 초기: 가능
임신 중기: 가능
임신 말기: 불가능

p.89~90의 제3장에 있는 지시와 함께 다음의 주의 사항을 따라 수련한다.
임신 초기에는 손으로 두 발의 바깥쪽 및 안쪽 가장자리를 잡는다.

효과

p.89 참조

◇

비틀기
파리브리타 스티티

p.91~95의 제3장에 있는 지시와 함께 다음의 주의 사항을 따라 수련한다.

고급 수련생이기 때문에 임신 초기에는 비트는 아사나를 수련할 수 있다.

◇

거꾸로 하는 아사나
비파리타 스티티

살람바 사르반가아사나
어깨로 서기

임신 초기: 가능
임신 중기: 가능
임신 말기: 가능

벽에서 약간 떨어져서 시작한 뒤 의자를 이용하거나 의자만 이용한다.

효과

p.103 참조

1 오른손에 벨트를 준비한다.

2 어깨를 받치고 등을 대고 평평하게 누워 다리를 굽힌다. 팔은 몸 옆에 나란하게 뻗는다. 어깨를 아래로 내리고 머리에서 멀리 떨어지게 한다. 손바닥은 아래를 향하게 한다. 머리와 목은 척추와 일직선을 이루어야 한다. 잠시 이 자세로 머물면서 정상 호흡을 한다.

2 숨을 내쉬며 다리를 곧게 편 채 벽으로부터 의자 쪽으로 다리를 옮기거나(임신 중기와 말기) 곧바로 의자 쪽으로 다리를 옮긴 다음(임신 초기) 무릎을 가슴 쪽으로 굽혀서 발가락을 의자 위에 놓는다.

4 손을 아래로 누르고 발을 살짝 굴러 엉덩이와 허리를 들어올린다. 무릎을 뻗는 동안 등을 손으로 받치고 상체를 들어올린다. 호흡을 한 번 한다.

5 귀에서 멀어지게 어깨를 바깥쪽으로 말고 팔을 어깨로부터 멀리 뻗는다. 팔꿈치를 굽혀서 벨트를 팔꿈치 주위에 두른다.

6 다시 한 번 팔을 뻗은 뒤 팔을 굽히고, 손으로 등을 받쳐 몸통 측면을 위로 들어올린다. 엄지손가락은 몸 앞면을 향하고 나머지 손가락들은 척추를 향하게 하여 손바닥으로 등을 누른다.

7 한 다리씩 차례로 들어올려 살람바 사르반가아사나 자세를 취한 뒤 다리와 엉덩이 근육을 단단히 조여 허리 부위(아래쪽 등)와 꼬리뼈가 안으로 말려 들어가게 한다. 다리를 천정 쪽으로 곧게 편다.

8 이 완성 자세에 5분간 머물면서 정상 호흡을 하고, 아래의 사항들을 지킨다.

• 겨드랑이에서 발가락까지 온몸을 곧게 뻗기 위해 손바닥과 손가락으로 등을 단단히 누른다.

• 팔꿈치가 바깥쪽으로 벌려지지 않게 한다. 가능하면 벨트를 이용하여 팔꿈치를 안으로 들어가게 한다.

• 어깨를 머리 방향에서 멀리 뒤로 보낸다. 두 위팔이 서로를 향하도록 움직인다.

• 몸을 위로 들어올릴 때 흉골 맨 윗부분이 잘란다라 반다에서처럼 턱에 닿아야 한다. 그러나 숨이 막히면 안 된다. 몸을 들어올리거나 내릴 때 기침이 난다면 이는 목구멍에 압력이 가해졌음을 가리킨다. 턱이 흉골에 닿게 하려해서는 안 된다. 그와는 반대가 되어야 한다. 흉골이 턱에 닿는 식으로 가슴을 들어올린다. 그렇지 않으면 사르반가아사나의 효과가 사라진다.

• 가슴이 적절히 들어올려지지 않으면 호흡하기가 어려울 것이다. 이런 일이 생기면 어깨를 받치는 지지물을 더 높인다.

• 호흡이 쉬워지도록 머리를 옆으로 돌리면 안 된다. 가슴을 넓히고 몸통을 더 들어올린다.

자세 풀기

1 숨을 내쉬며 발을 하나씩 천천히 내려 의자 위에 내려놓고 벨트를 치운다. 손으로 등을 누르고 척추에 급격한 충격을 주지 않으면서 엉덩이와 등을 서서히 미끄러지듯 아래로 내려오게 한다.

2 바닥에 닿으면 손을 등에서 떼고 엉덩이를 바닥에 내린 다음 다리를 편다.

특별 지침

• 안전을 위해 먼저 의자와 3~4장의 담요 혹은 다른 보조 기구를 준비한다. 벽에서 혹은 아르다 할라아사나에서 시작한다.

• 아래의 방법처럼 의자를 이용하여 수련할 수도 있고 의자 없이 수련할 수도 있다.

• 임신 초기에도 바닥에서 시작할 수 있지만 이는 완전히 안전하다는 확신이 있을 때에만 가능하다.

임신 중기가 끝날 무렵과 임신 말기

발가락은 안을, 발뒤꿈치는 밖을 향하게 돌리고 두 발을 약간 벌려서 복부에 더 많은 공간이 생기게 한다.

조언
팔꿈치를 아래로 누를 수 없으면 경사진 블록이나 둥글게 만 매트나 담요를 팔꿈치 아래에 받친다.

살람바 사르반가아사나의 변형 자세

아르다 할라아사나
반 쟁기 자세

1단계에서 발가락을 의자 위에 놓는 3단계까지는 살람바 사르반가아사나(p.218 참조)에서 시작한다.

계속하여:

1 정강이, 무릎, 넓적다리를 들어올린 상태에서 척추와 몸통 측면을 들어올린다.

2 팔을 머리 위로 뻗거나 뒤로 뻗는다. 혹은 담요 가장자리를 잡고 팔을 아래로 눌러 몸통을 들어올린다.

3 정상 호흡을 하면서 3~5분 정도 머문다.

자세 풀기

1 손을 등에 대고 무릎을 굽힌 다음 엉덩이를 뒤로 보낸다.

2 두 발을 의자에서 들어올리고 조심스럽게 아래로 내린다.

임신 초기: 가능
임신 중기: 가능
임신 말기: 가능(편안한 경우에만)

효과

두통과 피로를 없앤다.

뇌와 신경을 진정시킨다.

얼굴 홍조를 진정시킨다.

생리 이상이나 비뇨기계 이상을 치료하는 데 도움이 된다.

어깨와 팔의 관절염과 뻣뻣함을 줄인다

회복을 돕는 변형 자세

다리 윗부분과 아랫부분을 의자 위에서 충분히 받치고 이 자세에서 완전히 휴식한다.

아르다 숩타 코나아사나
반 누운 각도 자세

1단계에서 발가락을 두 개의 의자 위에 놓는 3단계 까지는 살람바 사르반가아사나(p.218 참조)에서 시작한다.

계속하여:

1 정강이, 무릎, 넓적다리를 들어올린 상태에서 척추와 몸통 측면을 들어올린다.

2 팔을 머리 위로 뻗거나 뒤로 뻗는다. 혹은 담요 가장자리를 잡고 팔을 아래로 눌러 몸통을 들어올린다.

3 아래의 사항들을 지키면서 정상 호흡을 하며 3~5분 정도 머문다.
- 가슴을 들어올린 상태를 유지한다.
- 손을 등에 대고 받쳐서 등과 엉덩이를 들어올린다.
- 유연성이 커짐에 따라 다리를 계속 더 많이 벌리려 노력한다.
- 발은 바닥과 수직을 이루게 하여 옆으로 떨어뜨려지지 않게 한다.

4 최대의 효과를 얻기 위해 5분을 완전히 채워 머물도록 노력한다.

임신 초기: 가능
임신 중기: 가능
임신 말기: 가능

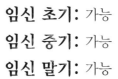

효과

신장 문제를 치료하는 데 큰 도움을 준다.

자궁의 통증과 압박감을 없애고 자궁 위치를 바로잡아 준다.

생리 시의 출혈과 질 분비물을 막아 준다.

골반을 넓힌다.

자세 풀기

1 손을 등 뒤에 대고 무릎을 굽힌 다음 엉덩이를 뒤로 보낸다.

2 발을 의자에서 떼어 들어올리고 조심스럽게 아래로 내린다.

회복을 돕는 변형 자세

다리 윗부분과 아랫부분을 의자 위에서 충분히 받치고 이 자세에서 완전히 휴식한다.

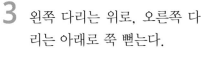

아르다 에카 파다 사르반가아사나
한 다리를 이용한 반 어깨 서기

임신 초기: 가능
임신 중기: 가능
임신 말기: 가능(편안한 경우에만)

1 사르반가아사나(p.218 참조)
에서 시작한다.

2 숨을 내쉬며 오른쪽 다리를 바
닥과 평행하게 내린다. 발가락
을 받칠 의자를 이용해도 좋다.

3 왼쪽 다리는 위로, 오른쪽 다
리는 아래로 쭉 뻗는다.

> ### 효과
> 허리의 통증을
> 누그러뜨린다.
>
> 등 근육을 정상 상태로 만든다.

4 아래의 사항들을 지키면서 이
완성 자세에 10~15초 정도
머물며 정상 호흡을 한다.
- 왼쪽 다리를 사타구니로부
터 위로 쭉 뻗는다.
- 왼쪽 무릎을 당겨서 팽팽한
상태로 만든다.
- 왼발은 머리와 일직선을 이
루어야 하고, 앞쪽으로 기
울면 안 된다.
- 가슴을 확장시키고 견갑골
을 안으로 말아 넣은 상태
를 유지한다.

5 숨을 내쉬며 오른쪽 다리를 들
어올려 사르반가아사나 자세를
취한다. 1~2번 호흡을 한다.

6 반대편으로도 되풀이하여 수
련한다.

아르다 파르스바이카 파다 사르반가아사나
한 발을 옆으로 벌린 반 어깨 서기

임신 초기: 불가능
임신 중기: 가능
임신 말기: 가능(편안한 경우에만)

1 사르반가아사나(p.218 참조)에서 시작한다.

2 숨을 내쉬며 왼쪽 다리를 왼쪽을 향해 옆으로 내린다. 이때 가능하면 왼쪽 다리가 왼쪽 어깨와 일직선이 되고 바닥과는 평행이 되게 한다. 발가락은 받침대나 의자 위에 올려놓거나, 충분히 강하다고 여겨지면 다리를 바닥과 평행하게 만든다.

3 아래의 사항들을 지키며 이 자세로 10~15초 머물면서 정상 호흡을 한다.
- 오른쪽 다리를 똑바르게 하여 사타구니에서부터 쭉 뻗는다. 다리가 오른쪽으로 흔들리지 않게 해야 한다.
- 왼쪽 무릎을 굽히면 안 된다.
- 허리를 들어올리고 엉덩이를 위로 조인다.
- 왼쪽 엉덩이가 처지게 해서는 안 된다.

4 숨을 내쉬며 사르반가아사나 자세를 취하기 위해 왼쪽 다리를 들어올려 오른쪽 다리 가까이 둔다. 사르반가아사나 자세에 머물면서 몇 번 호흡을 한다.

5 반대편으로도 이 아사나를 되풀이한다. 여기에서부터 들어 올린 상태를 유지하면서 다시 사르반가아사나로 되돌아온다.

효과

골반 장기에 혈액이 순환되게 하여 장기들을 조율하고 건강하게 만든다.

요통을 경감시킨다.

꼬리뼈의 통증을 없애 준다.

사르반가아사나에서의 우파비스타/받다 코나아사나

이 두 아사나는 임신 기간 내내 수련할 수 있고 출산
며칠 전까지도 놀라운 도움을 준다.

사르반가아사나에서의 우파비스타 코나아사나
혹은 프라사리타 파다 사르반가아사나라고도 함

임신 초기: 가능
임신 중기: 가능
임신 말기: 가능

'코나kona'는 '구석', 혹은 '각도'를 의미한다. 이 아사
나에서 다리는 위로 올리는 동작 중 벌려진다.

1 사르반가아사나(p.218 참조)
에서 시작하여 사타구니에서
부터 다리를 벌린다.

2 넓적다리를 단단하게 만들고
엉덩이 근육을 들어올리며 다
리를 발 쪽으로 쭉 뻗는다.
몸통 뒷면과 척추를 뻗는다.
무릎을 굽히면 안 된다. 발가
락이 무릎과 일직선을 이루게
하여 쭉 뻗는다.

3 이 완성 자세에서 15~20초
정도 머물며 정상 호흡을 한다.

4 곧바로 다음 아사나로 나아
간다.

사르반가아사나에서의 받다 코나아사나
묶인 각도 어깨로 서기

임신 초기: 가능
임신 중기: 가능
임신 말기: 가능

'받다baddha'는 '잡힌', '제한된'을 의미한다. 이 아사나 에서는 무릎을 밖을 향해 굽히고 발을 함께 모은다.

1 다리를 굽히고 무릎을 밖을 향해 벌리면서 발을 모아 발바닥, 발뒤꿈치, 발가락을 합장하듯 서로 닿게 한다.

2 아래의 사항들을 지키면서 정상 호흡을 하고 이 완성 자세에서 15~20초 정도 머문다.
- 무릎을 넓게 벌린 상태를 유지한다.
- 발바닥끼리 서로 단단히 누른다.
- 엉덩이가 위로 솟은 상태를 유지한다.

3 다리를 우파비스타 코나아사나 자세로 벌린 뒤 사르반가아사나 자세로 모은다.

효과

이 두 아사나는 여성들에게는 축복과 같다. 이 아사나의 수련으로 질 분비물이 줄게 되고, 임신이 끝나면 생리 주기가 규칙적이게 된다.

비뇨기계 이상에 큰 도움이 된다.

사타구니와 넓적다리를 뻗게 하여 건강하게 만든다.

아도 무카 브륵샤아사나(교사나 도와주는 사람과 함께)
얼굴을 아래로 한 손으로 서기

이 아사나에서 절대로 껑충 뛰어 자세로 들어가서는 안 된다.

로프를 이용한 아도 무카 브륵샤아사나
얼굴을 아래로 한 손으로 서기

로프를 이용하면 이 아사나를 거의 혼자 힘으로 수련할 수 있다. 벽에 매단 로프의 길이와 바닥까지의 거리를 측정하여 쉽게 바닥에 닿아 위로 몸을 밀어 올릴 수 있음을 확인한다. 엉덩이가 로프에서 미끄러지지 않게 주의해야 한다.

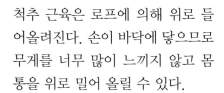

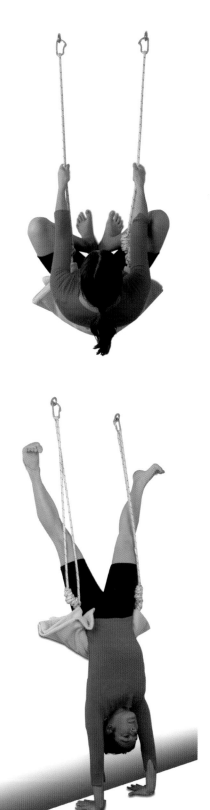

척추 근육은 로프에 의해 위로 들어올려진다. 손이 바닥에 닿으므로 무게를 너무 많이 느끼지 않고 몸통을 위로 밀어 올릴 수 있다.

자세 풀기

자세로 들어가는 방법을 거꾸로 하여 자세를 푼다.

핀차 마유라아사나(교사나 도와주는 사람과 함께)
아래팔로 균형 잡기

이 아사나는 교사나 도와주는 사람과 함께만 수련하고, 절대로 껑충 뛰어 자세로 들어가지 말아야 한다.

핀차pincha는 '꼬리'나 '깃털'을, 마유르mayur는 '공작'을 의미한다.

손을 위한 목침, 팔꿈치를 위한 벨트, 둥글게 만 미끄럼 방지 매트나 경사진 판자와 같이 팔꿈치를 받칠 수 있는 지지물, 아래팔을 위한 미끄럼 방지 매트를 준비한다.

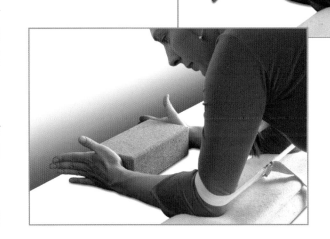

손을 돌려서 손바닥을 벌려 천정을 향하게 한다. 이렇게 하면 가슴이 활짝 펴진다.

가슴이 넓혀진 상태를 유지하면서 손바닥을 돌리고 손목과 손바닥으로 목침을 잡는다

살람바 시르사아사나
머리로 서기

p.97의 제3장에 나오는 살람바 시르사아사나에 대한 설명은 두 벽의 모서리가 만나는 곳에서 어떻게 수련할 수 있는지를 알려 준다. 그러나 충분히 자신감이 생기고 경험이 쌓이면 보조 기구 없이 수련할 수 있다. 등을 들어올리고 무릎을 굽힌 자세에서 다리를 위로 들어올리거나 편 다리를 하나씩 차례로 들어올리고 균형을 유지한다. 우르드바 단다아사나에서 편 다리 두 개를 동시에 들어올리면 안 된다.

시르사아사나를 행할 때 요추를 위로 들어올려진 상태로 유지해야 한다. 복부의 무게 때문에 요추를 안으로 들어가게 하기가 쉬우므로 다시 그것을 밖으로 내어 복부 근육을 부드럽게 유지해야 한다. 이것으로 또한 골반 테두리 아래의 근육이 부풀거나 단단해지지 않게 된다. 몸통이 들어올려진 상태를 유지하여 척추 근육이 아래로 처지지 않게 한다.

시르사아사나 전후에 일련의 아사나를 행하는 것을 반드시 기억해야 한다.
- 이전: 마하 무드라, 아도 무카 스바나아사나, 등을 오목하게 하고 행하는 우타나아사나
- 이후, 역순으로: 우타나아사나, 아도 무카 스바나아사나, 마하 무드라

임신 초기

다리를 모아 위로 올릴 수 있다. 실제로 이것은 근육의 힘을 형성시키는 데 도움을 주므로 이 단계의 임신 기간에 유익하다.

임신 중기

태아가 성장함에 따라 다리의 위치를 변화시켜야 한다. 발가락끼리는 서로 모으고 발뒤꿈치는 떼어 놓는다. 이렇게 하면 넓적다리를 모으고 몸을 올릴 때 허리 근육을 받치는 데 도움이 된다.

임신 말기

이때는 넓적다리까지 서로 떨어지게 할 필요가 있음을 알게 된다. 발가락을 안쪽을 향하게 하고 발뒤꿈치는 임신 중기에서처럼 서로 떼어 놓는 것을 잊으면 안 된다. 이렇게 하면 넓적다리 바깥쪽 근육이 안으로 말려 사타구니가 부드러운 상태가 된다. 반드시 넓적다리를 계속 들어올리려 노력하여 복부에 가해지는 무게를 줄여야 한다.

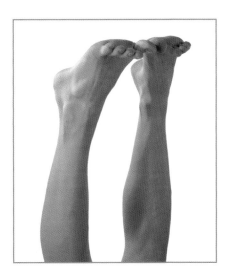

주의
다리 위치를 이렇게 하면 태반이 아래로 처지는 것이 방지되고 자궁 입구가 닫히게 된다.

임신 중일 때의 요가

살람바 시르사아사나의 변형 자세

충분히 자신감이 생기면 아래의 변형 자세들과 함께 시르사아사나 수련을 계속할 수 있다. 이 변형 자세들 모두는 다른 많은 효과에 더하여 출산을 쉽게 할 수 있도록 돕는다.

파르스바 시르사아사나
머리로 서서 몸을 옆으로 돌리는 자세

'파르스바parshva'는 '측면'이나 '옆구리'를 의미한다. 자신감과 안전성을 키우기 위해 벽에 기대어 이 아사나를 수련한다.

1 시르사아사나(p.229 참조)에서 시작한다. 숨을 내쉬며 몸통을 오른쪽으로 돌린다. 머리, 목, 팔을 움직이지 않는다.

2 아래의 사항들을 지키면서 이 완성 자세에서 10~15초 정도 머물며 정상 호흡을 한다.
- 몸 자체를 축으로 하여 몸을 돌린다. 이때 몸이 바닥과 수직 상태를 유지해야 하고 한쪽으로 기울어지면 안 된다.
- 몸통 왼쪽을 점점 더 많이 오른쪽으로 돌려서 오른쪽 측면이 뒤로 돌아가고 오른발의 바깥 가장자리가 벽에 닿게 한다.
- 유리늑골을 들어올리면서 엉덩이에서 발까지 몸을 오른쪽으로 돌린다.
- 오른쪽 다리와 오른쪽 엉덩이를 단단히 안정시킨다.
- 어깨를 들어올리고 견갑골을 말아 넣는다.

3 숨을 내쉬며 엉덩이 근육을 단단히 조이고 시르사아사나로 돌아와 왼쪽으로 몸을 돌린 다음 다시 시르사아사나로 돌아온다.

임신 초기: 불가능
임신 중기: 가능
임신 말기: 가능

효과

척추를 강화한다.

요통을 완화한다.

복부 팽만과 변비를 완화한다.

아르다 에카 파다 시르사아사나
한 다리를 이용한 반 머리로 서기

이 변형 자세에서는 시르사아사나에서 한 다리로 균형을 잡게 되고 다른 한 다리는 아래로 내린다. 발뒤꿈치 윗부분을 벽에 대고 수련한다.

1 시르사아사나 자세(p.229 참조)로 시작한다. 고관절에서부터 다리를 위로 쭉 뻗고 단단한 상태로 유지한다. 몸통은 계속 들어올려진 상태를 유지한다.

2 왼쪽 발뒤꿈치를 벽에 단단히 대고 숨을 내쉬며 오른쪽 다리를 바닥과 평행하게 90°로 내린다. 발바닥을 쭉 뻗는다.

3 이 완성 자세에서 10~15초 정도 머물며 정상 호흡을 한다. 발뒤꿈치 위쪽을 벽에 단단히 대고 있으므로 다음의 것들을 피할 수 있을 것이다.

- 몸통이 굽는다.
- 균형이 깨진다.
- 몸통 오른쪽이 앞으로 움직이고 왼쪽이 뒤로 움직여서 골반이 기울어지게 된다.
- 쇄골이 처져 내린다.
- 목 근육이 수축된다.

4 숨을 들이마시며 다리를 위로 들어올리고 왼쪽과 오른쪽을 바꾸어 수련한다.

임신 초기: 불가능
임신 중기: 가능
임신 말기: 가능

효과

척추, 등, 복부를 강화한다.

소화를 돕는다.

압박감을 줄여 준다.

231

아르다 파르스바이카파다 시르사아사나
다리를 반 옆으로 내린 머리로 서기

이 변형 자세에서는 한쪽 다리가 어깨와 일직선을 이루면서 옆으로 내려진다. 자신감과 안정성을 키우기 위해, 또 균형이 깨지는 것을 피하기 위해 벽에 기대고 수련한다.

효과

척추와 복부를
강화한다.

장을 활성화시키고
강화한다.

1 시르사아사나 자세(p.229 참조)로 시작하여 다리를 단단한 상태로 만든다. 왼쪽 발뒤꿈치를 벽에 단단히 대고 오른쪽 고관절을 오른쪽으로 돌려 대퇴골, 무릎, 발목, 발이 오른쪽으로 돌아가게 한다.

2 숨을 내쉬며 오른쪽 다리를 옆으로 90° 내려 바닥과 평행하면서 오른쪽 귀와 일직선을 이루게 한다.

3 아래의 사항들을 지키면서 이 완성 자세를 10~15초 정도 유지하며 정상 호흡을 한다.
- 발뒤꿈치 위쪽을 벽에 단단히 대어 몸이 중심을 잡을 수 있게 한다.
- 무릎을 굽히지 않는다.
- 몸통 오른쪽의 등을 수축시키지 않는다.
- 오른쪽 유리 늑골을 들어올린다.
- 체중을 오른발에 싣지 않는다. 체중에 균형이 깨진 것을 알아차리면 왼쪽 다리 쪽의 엉덩이 바깥 부분과 발뒤꿈치 바깥 부분을 정렬한다.

4 숨을 내쉬며 오른쪽 다리를 들어올려 시르사아사나로 되돌아간다.

5 왼쪽으로도 이 아사나를 되풀이하고 시르사아사나로 되돌아간다.

시르사아사나에서의 우파비스타 코나아사나
(프라사리타 파다 시르사아사나라고도 함)
위로 각도를 만든 머리로 서기

임신 초기: 불가능
임신 중기: 가능
임신 말기: 가능

'코나kona'는 '구석'이나 '각도'를 뜻한다. 이 아사나에서 두 다리는 프라사리타 파다아사나에서처럼 벌려지지만 위를 향해 뻗어 있다.

이 아사나와 뒤에 나오는 시르사아사나에서의 받다 코

나아사나는 그것들이 임신 기간 중에(출산하는 바로 그날까지) 제공하는 광범위한 효과 때문에 시르사아사나 변형 자세에서 가장 중요하다.

자신감과 안전성을 키우기 위해 벽에 기대어 수련한다.

1 시르사아사나 자세(p.229)에서 시작한다. 사타구니에서부터 다리를 벌리고 두 발의 뒤꿈치를 벽에 단단히 댄다.

2 근육을 안쪽으로 단단히 조이고 다리를 발을 향해 쭉 뻗는다. 등과 척추도 뻗는다. 무릎을 굽히면 안 된다. 발가락이 무릎과 일직선을 이루면서 쭉 뻗어 있어야 한다.

3 이 완성 자세에서 15~20초 정도 머물며 정상 호흡을 한다.

4 곧바로 다음 아사나로 나아간다.

233

시르사아사나에서의 받다 코나아사나
묶인 각도 머리로 서기

임신 초기: 불가능
임신 중기: 가능
임신 말기: 가능

'받다baddha'는 '잡힌', 혹은 '제한된'의 뜻을 가진다. 이 아사나에서는 무릎을 바깥쪽으로 굽히고 두 발을 모아 붙인다.

앞에서 한 대로 벽에 기대어 수련을 계속한다.

1 다리를 굽히고 무릎을 바깥쪽으로 벌려서 두 발을 모아 발바닥, 발뒤꿈치, 발가락을 합장하듯 서로 붙인다. 두 발의 바깥쪽 가장자리를 벽에 댄다.

2 아래의 사항들을 지키면서 이 완성 자세에서 15~20초 정도 머물며 정상 호흡을 한다.
- 무릎을 넓게 벌린 상태를 유지한다.
- 두 발바닥을 서로 강하게 마주 누른다.
- 엉덩이를 위로 들어올린 상태를 유지한다.

3 다리를 우파비스타 코나아사나로 벌린 다음 다시 모아 시르사아사나 자세를 취한다.

효과

이 두 아사나는 여성들에게는 축복과 같다. 이 아사나의 수련으로 질 분비물이 줄게 되고, 임신이 끝나면 생리 주기가 규칙적이게 된다.

비뇨기계 이상에 큰 도움이 된다.

사타구니와 넓적다리를 뻗게 하여 건강하게 만든다.

모든 변형 자세와 마찬가지로 출산이 더 쉽게 이루어지게 한다.

벽에 매단 로프를 이용한 시르사아사나에 대해서는 p.240 또한 참조한다.

복부와 허리에 좋은 아사나
숩타/우티쉬타 스티티

숩타 파당구쉬타아사나 II
누워서 엄지발가락을 잡는 자세 II

(자세한 설명은 p.115에서 참조하라.)

임신 초기: 가능
임신 중기: 가능
임신 말기: 가능

우티타 하스타 파당구쉬타아사나 II
(옆으로 뻗기)
서서 엄지발가락을 잡는 자세 II

(자세한 설명은 p.116에서 참조하라.)

임신 초기: 불가능(고급 수련생이라도 불가능)
임신 중기: 가능
임신 말기: 가능

◇

뒤로 굽히기
푸르바 프라타나 스티티

이제부터 나오는 뒤로 향해 뻗는 아사나들은 임신 중기와 말기만을 위한 것이다. 몸을 튼튼하게 하기 위해 p.118의 제3장에 나오는 몇몇 뒤로 굽히는 자세 또한 수련할 것을 권한다.

드위 파다 비파리타 단다아사나
두 다리를 이용한 뒤집힌 지팡이 자세

이 아사나에서는 등이 완전히 휘어져서 한편으로는 머리 정수리와 아래팔에 의해, 또 다른 한편으로는 두 발에 의해 지탱된다. 그 결과 거의 받쳐 주는 것이 없이 몸을 가누어야 한다. 실제로 정상적인 상태에서는 이 아사나를 보조 기구 없이 행해야 한다. 그러나 임신 중일 때에는 등을 충분히 받쳐야 한다.

그러므로 여기에 보이는 보조 기구를 이용한 수정된 형태의 아사나를 권한다. 그러나 이 변형 자세도 임신하기 전에 이 아사나를 배워서 그것이 어렵지 않게 여겨지는 사람들만 수련해야 한다.

이 아사나에서 가슴을 확장시키는 동작에 의해 행복한 느낌을 얻을 수 있다. 이 수정된 방법으로 수련하면

임신 초기: 가능
임신 중기: 가능
임신 말기: 가능

효과

행복한 느낌을
가지게 한다.

자신감을 길러 준다.

근심이 사라지게 한다.

호흡과 순환을 개선한다.

우울하고, 허약하며, 지나치게 예민하거나 감정적일 때 특히 도움을 얻을 수 있다. 이 아사나는 자신감을 기르게 하며 근심이 사라지게 한다.

만일 이 아사나에 익숙하지 않으면 교사와 함께 수련한다.

이 아사나에서 뒤로 척추를 휘게 하는 것은 일상의 활동에서는 드물게 일어나는 동작이다. 대부분의 가사일이나 다른 업무들은 척추를 앞으로 굽히게 한다.

이 자세는 뒤로 몸을 굽히는 것으로 몸을 늘 앞으로 굽히는 것에 대처하게 한다. 뒤로 굽힘에 의해 척추 앞부

분이 신장되면 공간이 생기고, 그에 따라 횡격막이 움직일 수 있는 여유가 생긴다.

이 아사나는 요추와 엉덩이를 잘 받친 상태에서 행해지므로 척추 근육에 신상을 수지 않고 몸통을 충분히 뻗을 수 있다. 이로 인해 복부에 가해지는 부담을 줄이고 호흡이나 순환 같은 몸의 주요 기능을 개선시키는 효과가 생긴다.

다음에 나오는 두 가지 방법 중 어느 쪽으로든 이 아사나를 수련할 수 있다.

방법 1

1 비파리타 단다아사나 벤치와 의자 한두 개를 준비한다. 또한 다리에 사용할 벨트 하나, 등을 보호하기 위해 벤치 가장자리 위에 놓을 접은 담요 한 장, 머리를 위한 큰베개나 접은 담요 여러 장, 목을 위한 둥글게 만 담요 한 장을 준비한다.

2 벤치 위에 앉아서 다리에 벨트를 두르고 벤치 가장자리를 잡고 천천히 몸을 내려 머리가 밑에 준비한 큰베개나 접은 담요에 닿게 한다. 두 발은 모으거나 (임신 초기) 엉덩이 너비로 벌려(임신 중기부터) 의자 위에 올려놓고 다리를 쭉 뻗는다.

3 팔을 머리 위로 올리고 팔꿈치를 잡거나 팔을 이완시켜 바닥 위에 내려놓는다.

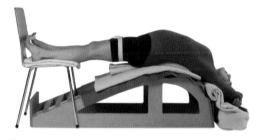

4 가슴을 넓게 벌린다.

5 이 자세로 3~5분 정도 머물며 정상 호흡을 하면서 아래의 사항들을 지킨다.
- 가슴이 안으로 오목해지면 안 된다.
- 머리가 매달린 상태로 있으면 안 된다.
- 얼굴의 긴장을 푼다.

특별 지침

- 이미 이 아사나에 아주 익숙한 경우에만 반드시 보조 기구를 이용해서 수련한다.
- 이 아사나는 살람바 시르사아사나와 그와 함께 행하는 일련의아사나들다음에 수련해야 한다.
- 임신 중 고혈압이 있을 때에는 이 아사나를 수련하면 안 된다.
- 자세를 취하는 것이 어려우므로 이 아사나를 행하기 위해서는 어느 정도의 기술이 필요하다. 그러나 일단 이 자세를 취하면 이완을 할 수 있고 이 자세가 주는 진정 효과와 회복 효과를 즐길 수 있다.
- 자세를 취하는 방법을 이해하면 아무런 긴장 없이 수련할 수 있다.

자세 풀기

숨을 내쉬며 팔을 풀고 무릎을 굽힌 다음 몸통을 바닥 쪽으로 내리고 등을 대고 평평하게 눕는다.

낮은 벤치나 침대가 없으면 다음과 같이 이 아사나를
수련한다.

방법 2

1 다리를 굽히고 두 발을 각각 의
자나 지지물의 왼쪽과 오른쪽
에 두고 의자 등받이를 잡는다.

2 엉덩이와 골반을 발이 있는 방향
으로 약간 내린다. 손을 지지물
에서 떼고 의자의 앞쪽 다리를
잡은 다음 상체를 위로 들어올린
다. 똑바로 앉아서 이완한다.

3 두 발은 두 번째 지지물 위에 올려
둔다.

4 머리 정수리를 내려놓기 위해
큰베개나 담요를 반드시 미리
준비해 둔다.

5 숨을 내쉬며 뒤로 조금 몸을 굽
혀서 등을 지지물 위의 담요 위
에 내려놓는다. 천천히 부드럽
게 몸을 앞쪽으로 미끄러지게
하여 머리 정수리가 큰베개나
담요 위에 내려놓이게 한다. 뒤
에서 척추를 움직이는 동작은
굽히는 동작이라기보다는 뒤로
누워 몸이 미끄러지게 하는 동
작이어야 한다. 등과 척추가 완
전히 받쳐 지기 때문에 이 동작
을 하는 것이 가능하다. 등과
허리 부분은 의자 위에서 만곡
되어진다. 엉덩이를 완전히 받
쳤으므로 아무런 두려움도 느
끼지 않을 것이다.

6 의자 뒤쪽 다리를 잡거나 '방
법 1'에서처럼 팔을 편안히 내
려놓는다.

자세 점검하기

〉 허리 부분이 지지물 가장자리
위에서 만곡되어야 한다.
〉 엉덩이는 지지물 위에 놓여 있
어야 하지 받쳐지지 않은 채 있
으면 안 된다.
〉 두 발은 지지물에 의해 위로 들
려져 있어야 한다.
〉 숨을 참지 않는다.
〉 가슴을 활짝 편다.
〉 아사나에 들어갈 때와 나올 때
동작을 부드럽게 행한다. 갑작스
런 움직임으로 자세로 들어가거
나 나와서는 안 된다.

자세 풀기

숨을 내쉬며 무릎을 굽히고 두 발을 다시 바닥 위에 내려놓는다. 엉덩이를 발이 있는 방향인 뒤쪽으로 미끄러뜨려 의자 가장자리 위에 놓이게 한다. 의자 등받이를 잡고 상체를 일으킨다. 숨을 들이마시며 앉은 자세로 돌아온다.

● 아사나에 들어갈 때와 나올 때 동작을 부드럽게 행한다. 갑작스런 움직임으로 자세로 들어가거나 나와서는 안 된다.

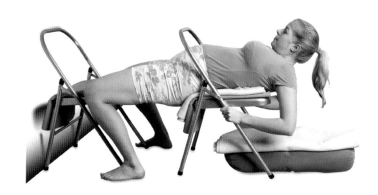

벽, 의자, 목침을 이용한 우르드바 다누라아사나
위를 향한 활 자세

임신 초기: 불가능
임신 중기: 가능
임신 말기: 가능

앞의 아사나와 같이 이 아사나도 임신 전에 익숙해져 있을 때에만 수련하고, 또 제시된 보조 기구들을 이용하여 몸을 완전히 받치고 행해야 한다.

1 의자의 앉는 부분 위에 미끄럼 방지 매트를 놓고 매트 위에는 큰베개를 가로로 놓으며, 큰베개 앞에 둥글게 만 담요를 가로로 놓는다. 손을 받칠 두 개의 목침이나 그 비슷한 지지물을 의자 뒤, 벽에 맞대어 놓는다.

2 담요 위에 앉아 두 발을 30~45cm 정도 벌려서 바닥 위에 내려놓는다. 이때 두 발의 바깥쪽 가장자리가 서로 평행하게 한다. 발바닥을 발뒤꿈치에서부터 발가락의 볼록한 부분을 향해 쭉 뻗는다. 무릎 바깥쪽이 천정을 향하게 한다.

3 한 손으로는 의자의 등받이를 잡고 다른 한 손으로는 의자의 앉는 부분을 잡은 상태에서 무릎을 굽히고 엉덩이를 약간 담요로부터 떼서 들어올린 다음 허리에서부터 멀어지고 무릎 뒤쪽을 향하도록 하여 아래로 내린다.

4 척추뼈를 하나하나씩 천천히 내려 큰베개에 닿게 한다. 척추를 머리 쪽으로 쭉 뻗고 흉골을 들어올리며 가슴을 확장시키고 견갑골을 갈비뼈 안쪽으로 당긴다.

5 머리 위로 팔을 쭉 뻗고 이 상태로 10~15초 정도 머문다. 등 쪽 갈비뼈의 아랫부분과 견갑골을 몸 안으로 더 깊이 넣는다.

6 목침 위의 손바닥과 두 발바닥으로 바닥 위를 고르게 누른다. 숨을 내쉬며 넓적다리, 엉덩이, 등을 큰베개로부터 들어올리고 견갑골을 안으로 밀어넣으며 가슴과 갈비뼈를 넓게 벌린다.

7 몇 초 정도 머물면서 정상 호흡을 한 다음, 숨을 내쉬며 천천히 골반을 내리고 넓적다리, 엉덩이 등을 지지물 위로 내린다.

8 몸을 일으키기 위해 엉덩이와 등 아랫부분을 발 쪽으로 약간 더 내리고 등받이와 의자의 앉는 부분을 잡고서 흉골과 머리를 들어올린다.

9 원한다면 반복해서 수련한다.

효과

행복한 감정을 가지게 하고, 비파리타 단다아사나의 효과와 같은 여러 효과를 얻게 한다.

(뒤로 굽히는 다른 자세들에 대해 알고 싶으면 p.118의 '지침'과 '효과', 그리고 p.119~120의 로프를 이용한 부장가아사나와 로프, 의자, 큰베개를 이용한 부장가아사나를 참조하라.)

자세 점검하기
〉 갑작스럽게 움직이지 않는다.
〉 호흡을 알아차린다.

로프를 이용한 아사나
요가 쿠룬타

벽에 매단 로프를 이용한 시르사아사나
머리로 서기

임신 초기: 불가능
임신 중기: 가능
임신 말기: 가능

시르사아사나를 수련하는 이 수동적인 방식은 아헹가 요가 수련생 대부분에게 잘 알려져 있다. 이 자세로 들어갈 때의 방법을 거꾸로 하여 자세에서 나온다.

(로프를 이용하는 다른 모든 아사나들에 대해서는 p.124~125의 제3장을 참조하라.)

◇

회복을 돕는 아사나
비쉬란타 카라카 스티티

(p.126~139의 제3장 참조)

◇

호흡법
프라나야마

(p.140~153의 제3장 참조)

제6장
출산

임신 기간 중 요가를 수련하는 것은 건강에 좋을뿐더러 출산에 대한 자신감을 길러준다. 이 책 전반에서 심리적인 효과를 다루었던 이유는 바로 이 때문이다. 아사나를 규칙적으로 수련하면 자신감의 기운이 생성되고 의심의 구름이 걷힌다. 프라나야마는 내면에서부터 도덕적으로 지지받는 느낌을 불러온다.

진통은 자연스러운 것이다. 진통은 여러 근육, 특히 자궁 근육이 아기를 밀어내기 위해 수축하는 것을 의미한다. 임신 중 수련하였던 요가 아사나로 자궁 근육이 강화되었기 때문에 출산 과정에서 이 근육들은 효율적으로 기능을 발휘할 수 있게 된다.

받다 코나아사나와 우파비스타 코나아사나는 골반 부위를 넓히고 자궁 경부를 확대하는 데 도움을 주므로 특히 유익하다. 프라나야마는 수축기 사이의 시간에 고요하게 호흡할 수 있도록 신경을 강화시키는데, 이러한 호흡은 출산이 쉽게 이루어지는 데 반드시 필요하다.

막 출산이 이루어질 때는 편안한 상태에 있으면서 고요히 기다린다. 아기는 태어날 준비가 되었을 때 나올 것이다. 걱정은 근육을 긴장시켜 신경 긴장을 불러오고 출산에 영향을 준다.

요가 수련은 출산 시에 이완할 수 있도록 도움을 주고 진통을 더 견딜만하게 만든다. 실제의 고통보다는 고통에 대한 상상이 임신부를 더 혼란스럽게 한다는 것을 명심해야 한다. 예비 수축과 함께 출산 과정에 들어가자마자 올바른 호흡에 집중해야 한다. 만일 프라나야마를 규칙적으로 수련했다면 자유로운 느낌과 더불어 그것이 신체에서 만들어 낸 에너지의 흐름을 느낄 수 있다.

비록 출산 중에는 호흡을 조절하고 이용하는 데 대해 생각하는 것이 힘들겠지만 자유롭고 깊고 확장된 호흡이 더욱 편안하게 만들어 줄 것임을 기억하라. 마치 모든 세포 하나하나가 호흡을 하고 이 호흡이 몸 구석구석까지 퍼지는 것처럼 느끼려고 노력해야 한다. 마음과 몸의 경직을 깨뜨리길 원하라. 경직으로부터 긴장이 생기고, 이로 인해 출산이 늦어지고 출산 과정을 더욱 고통스럽게 만들기 때문이다.

아기는 바깥세상에 나올 결정을 하였다. 자기 자신과 태어나지 않은 아기를 잘 준비시킨 임신부는 이제 여성과 어머니로서의 자신의 삶과 아기의 삶에 있어 독특한 이 사건을 기대할 수 있다.

출산은 세 개의 주요 단계로 이루어진다. 1단계에서는 수축이 일어나기 시작하고 자궁 경부가 확대된다. 밀어내고 출산하는 2단계에서는 아기가 태어난다. 3단계에는 태반이 배출되는 등 후산 과정이 포함된다.

진통이 올 때(1단계) 호흡을 돕는 아사나

아기가 지나가는 산도를 부드럽게 열기 위해 첫 수축이 시작되면 자궁 경부는 천천히 짧아질 것이다. 시간이 지나면 자궁 경부는 4~10분의 간격으로 35~50초 정도 지속되는 수축기에 열릴 것이다.

출산 1단계 중 이 자세들 중 한 자세만 수련하거나 자세들을 교대로 수련할 수 있다. 자신에게 맞는 리듬을 찾아야 한다.

• 받다 코나아사나
(p.69 참조)
골반바닥과 횡격막을 확장하고, 천장관절 부위를 이완시켜 호흡을 더 깊게 할 수 있도록 공간을 만들어 준다.

• 우파비스타 코나아사나
(p.71 참조)
받다 코나아사나와 비슷한 효과

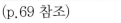

트레슬 이용   벽에 매단 로프 이용

• 말라아사나
(p.77~78 참조)

트레슬 이용   벽에 매단 로프 이용   벽에 매단 로프를 이용하고 등을 벽에 기대어

● 아도 무카 비라아사나

(p.76 참조)

깊이 호흡, 특히 골반에까지 이르는 호흡을 위해

쪼그리고 앉는 자세

웃카타아사나(p.278 참조)와 같이 등을 벽에 기대어. 가능하면 벽에 매단 로프를 이용할 수도 있다.

피로함을 느낄 때: 사바아사나와 그 변형 자세

● 피로함을 느껴 누워야 할 때에는 등 아래에 큰베개를 놓고 사바아사나 자세로 누울 수 있다.

눈에 붕대를 감고

● 더 편안하게 하기 위해 몸을 오른쪽으로 돌리고 누울 수 있다. 아기가 하대정맥(심장으로 이어지는 아래쪽 정맥)을 누른다면 정맥에 가해지는 압력에서 벗어나기 위해 몸을 왼쪽으로 돌려 눕는다.

아주 주의해야 한다. 수축의 리듬에 집중하고 부드럽고 깊은 들숨과 길게 늘인 날숨을 이용한 호흡으로 그 리듬을 따른다. 깊고 고요한 호흡을 위해 분산되지 않고 집중하게 하는 '소-함' 만트라를 이용한다. 마음속으로 숨을 들이마실 때는 '소오-'라고 말하고, 내쉴 때는 '하아-암'이라고 말한다. 숨이 가빠지지 않도록 출산 행위 자체로부터 자신을 분리하지 말고 그것과 하나가 된다. 질과 골반바닥이 확대되게, 말 그대로 문이 열리게 해야 한다.

출산 그 자체는 자신의 인생에서 아기와 가장 가까워지는 순간이 된다는 사실을 마음에 새긴다. 소중한 친구에게 작별 인사를 하는 것을 상상하라. 아기를 껴안고 아마 울음을 터뜨릴지도 모르겠다. 그러나 동시에 손을 떼고 순종하며 아기가 자신의 길을 가도록 축복한다.

분만과 밀어내기(2단계)를 위한 아사나, 프라나야마, 만트라

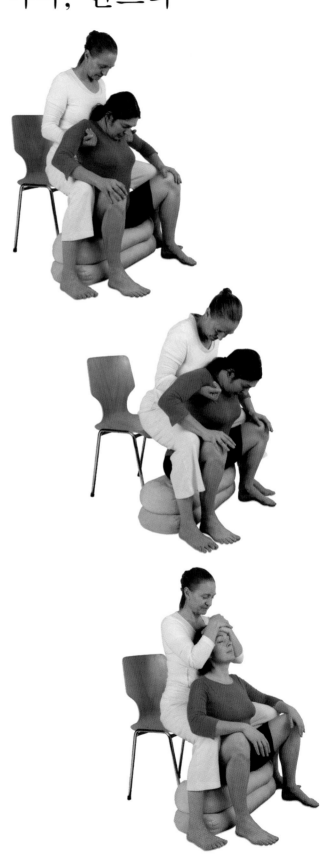

분명 이용할 수 있는 아사나들이 많은 것처럼 여겨지 겠지만, 추천하고 싶은 것은 말라아사나에서 수련하 였던 반쯤 앉아서 행하는 자세이다. 반쯤 앉는 것은 몸을 곧게 세우게 한다. 그것은 곧 의식, 각성, 현재 에 존재함의 자세이다.

이완하기 충분하도록 자세를 편안하게 만들기 위해 등을 벽에 기대고 앉아도 되고 동반자에게 기대어도 좋다. 혹은 동반자가 사진에서처럼 받쳐 줄 수도 있 다. 이때 가슴이 활짝 열리고 횡격막은 자유롭게 확 대될 수 있다.

깊이 숨을 들이마시고 난 다음 머리를 숙이고 눈을 감 으며(목구멍은 저절로 닫힐 것이다), 날숨에 주의를 집중하면서 아기를 산도를 따라 골반바닥에 이르기까 지 천천히, 그러나 꾸준하게 밀어내고 유도한다. 여 기에서도 '소―함' 만트라를 이용할 수 있다. 만일 산 파의 도움을 얻을 수 있다면 밀어내는 단계에서 날숨 의 압력에 대한 그녀의 지시를 따른다.

앉은 자세로 출산을 할 수 없다는 것을 알면 머리에 베개를 베고 등을 대고 누워 무릎을 굽히고 발을 몸 에 가까이 붙인다. 넓적다리, 무릎, 발을 넓게 벌리 고 무릎 뒤쪽을 꽉 잡고 앉은 자세로 출산할 때와 동 일한 밀어내기를 위한 지시를 따른다.

출산 이후

태반과 탯줄이 배출되고 출혈이 멈출 때까지 출산은 계 속될 것이다. 이 과정은 약 1시간 정도 걸린다.

출산이 끝난 뒤 정신적, 육체적 휴식을 취하고 갓 태 어난 아기와 방해받지 않는 합일 상태에 있는 것이 중요하다.

제3부
출산 후의 요가

제7장
출산 직후

이 장의 이용법

출산 후의 기간은 아래와 같이 나눈다.

1기	질 분비물이 나오지 않을 때부터 12주까지	2개월~3개월	순서: 수동적-능동적
2기	13주에서 25주까지	4개월~6개월	순서: 능동적-수동적
3기	26주에서 40주까지	7개월~10개월	순서: 정상 수련으로 돌아감

제7장은 출산 후 세 시기 모두를 위한 아사나 수련 순서들로 시작한다. 초보자와 고급 수련생을 구별하지 않은 것은 양쪽 모두 건강을 회복하고 요가 수련을 재개할 때 주의해야만 하기 때문이다. 아헹가 선생은 고급 수련생의 경우 특히 과도한 수련을 해서는 안 된다고 강조하였다. 출산 후의 요가는 완전히 다른 작업이다. 제8장에 있는 아사나 세부 설명을 찾아 참조하라.

출산 후에 여성들은 종종 자신을 돌보는 것을 잊는다. 임신 중 자신과 아기를 보호하기 위해 가지는 열정은 출산 후 단계에서 사라지기 쉽다. 그러나 출산 후에 아사나 수련을 계속하는 것이 중요하다. 그것이 정상 상태로 돌아가 건강을 유지하는 것을 도울 것이다.

반면에 지나치게 열심인 것도 좋지 않다. 우리는 종종 군살을 빼고 몸매를 회복하고자 출산 직후에 요가 아사나를 하기를 원하는 여성들을 본다. 이 두 가지 태도, 즉 태만과 지나친 열중은 둘 다 나쁘다. 출산 후에는 비록 아기로 인해 하루 중 대부분을 바쁘게 보내야만 하더라도 반드시 정신적, 신체적으로 휴식을 취해야 한다.

아기를 낳은 지 몇 주일이 지나면 생식 기관이 임신 전과 거의 비슷한 상태로 되돌아가기 때문에 휴식이 반드시 필요하다. '자궁 퇴축'이라 불리는 이 중요한 변화 속에 자궁은 골반강 안의 자신의 원래의 위치로 내려간다. 이러한 변화에 필요한 시간은 수유를 하는 산모의 경우 더 짧다. 과도한 활동이 즉각적인 문제를 불러일으키지는 않겠지만 나중에 신체의 통증, 부피가 커진 자궁, 이완된 장기로 인해 고통을 겪을 수 있다.

대체로 출산 후 6주 동안은 격렬한 활동을 삼가는 것이 가장 좋다. 기력과 건강을 회복하기 위해서는 프라나야마를 수련해야 한다.

요가 수련 다시 시작하기

출산 후 처음 4주 정도가 지나면 질 분비물, 혹은 오로
惡露가 나오는데, 이는 서서히 멈출 것이다. 만일
일상적인 일과를 너무 빨리 시작하면 분비물의 양이
더 늘어나기 쉽다.

분비물 나오는 것이 멈추고 자궁이 건조해질 때까지는
다음의 것들만 수련해야 한다.

- p.336의 사바아사나(큰베개 이용)

- p.148의 사바아사나에서의 웃자이 프라나야마 I
  (큰베개 위에 누워, 호흡의 보유 없이)

- p.127의 큰베개를 가로로 놓고 행하는 숩타 받다 코
  나아사나와

작은 베개나 큰베개를 길이로 놓고, 발을 목침 위에
놓아서 행하는 숩타 받다 코나아사나

 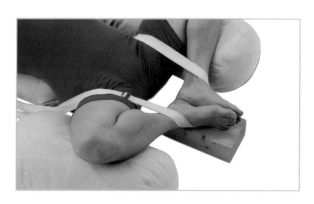

출산 후 4주가 지나면 점차 아사나 수행을 시작할 수 있고 능력과 힘의 한계에 따라 5주째에는 몇 가지를 더 추가하고, 6주째에는 다시 더 몇 가지를 추가할 수 있다.

마음의 평화, 적절한 식사와 소화, 휴식, 몸과 마음의 이완은 산모에게만이 아니라 아기에게도 좋다. 흥분되거나 화가 나면 좋은 품질의 영양이 풍부한 젖을 먹일 수 없다. 젖에 영향을 미칠 수 있는 다른 요인들에는 장내에 가스를 만드는 음식과 변비, 추위, 기침, 열과 같은 몸의 상태들이 있다.

젖가슴의 울혈과 경직을 피하기 위해 가슴을 여는 다음의 아사나들을 수련한다.
● 세투 반다 사르반가아사나(p.334 참조)
● 비파리타 카라니(p.335 참조)

젖을 내는 데 필요한 산소를 증가시키기 위해 다음의 아사나들을 수련한다.
● 사바아사나(p.366)
● 웃자이 프라나야마 I(p.369)

사바아사나를 수련할 때 내부 장기들은 충분히 휴식을 취하게 된다. 이렇게 하면 웃자이 프라나야마에서의 깊은 호흡에서 횡격막과 폐가 완전히 확대되어 산소를 더 많이 흡수할 수 있게 된다.

사바아사나, 숩타 받다 코나아사나, 그리고 사바아사나에 프라나야마를 더한 것은 산소를 더 많이 흡수하고 더 질 좋은 젖이 나오게 한다. 이 아사나들은 젖가슴이 가득 찼을 때에만 수련할 수 있는 아사나들이다.

모유 수유를 위해 특수한 베개를 이용하여 몸을 긴장시키지 않는다.

일반 지침
● 피로를 없애고 활기를 느끼기 위해 종종 사바아사나와 숩타 받다 코나아사나를 수련한다.
● 숩타 받다 코나아사나, 사바아사나, 사바아사나 자세에서의 프라나야마를 수련하면 에너지를 증대시킬 수 있고, 심리적으로 과로하고자 하는 충동을 줄일 수 있다. 너무 빨리 과도한 활동으로 되돌아가려는 경향이 있다면 이들이 그것을 멈추는 데 도움이 될 것이다.
● 위의 아사나와 프라나야마들은 또한 젖의 분비를 늘이고 젖을 정화시킨다.
● 만일 출산 후 한 달이 지나지 않았거나, 질 분비물이 멎지 않았거나, 유방에 울혈이 있으면 아사나를

수련하지 않는다.
● 제왕절개나 난관절제 수술을 받은 뒤에는 사바아사나, 웃자이 프라나야마 I, 빌로마 프라나야마 I(p.369 참조)을 상처가 치유될 때까지 약 2달 동안 수련해야 한다. 그 후에 살람바 사르반가아사나(p.331), 세투 반다 사르반가아사나(p.334), 파르바타아사나(p.303), 자누 시르사아사나(p.306), 마하무드라(p.369)를 수련할 수 있다.
● 서서히 수련의 체계를 잡아가되 과도하면 안 된다. 통증을 야기할 수 있기 때문이다.

제왕절개 수술 후에

제왕절개로 출산을 하였다면 특히 주의를 기울여야 한다.

출산 후 1기

아사나를 수련하기 전에 완전히 회복하고 치유되어야 하기 때문에 출산 후 첫 번째 시기에는 내내 프라나야마에 집중하면서 사바아사나, 웃자이 프라나야마 I, 빌로마 프라나야마 I 을 수련한다.

가능하면 자주 휴식을 취한다. 큰베개 위에 누워 적어도 하루에 두 번, 15~20분 동안 사바아사나를 행할 수 있다. 호흡의 보유 없이 큰베개 위에 누워 웃자이 호흡을 하는 것은 존재의 모든 차원에서 활력을 되찾게 한다. 이완과 더 많은 산소의 흡수로 모유를 정화할 수 있고 그 질을 향상시킬 수 있다.

출산 후 2기

10~12주 뒤에는 천천히 아래의 순서로 수련을 시작할 수 있다.

1 스바스티카아사나에서의 파르바타아사나(p.302 참조)

2 마하 무드라(발 주위에 벨트를 두르고 발뒤꿈치를 목침 위에 놓아, p.305 참조)

3 자누 시르사아사나(등을 오목하게 하고 벨트를 발 주위에 두르며 발뒤꿈치를 목침 위에 놓아, p.306 참조)

4 살람바 사르반가아사나(약간 떨어진 상태로 벽을 의지하여, p.327)

5 아르다 할라아사나(발가락을 탁자 위에 두고 척추를 들어올려서, p.332 참조)

6 세투 반다 사르반가아사나(벤치나 그와 비슷한 높이의 지지물 이용, p.334 참조)

7 사바아사나(큰베개 이용, p.366 참조)

8 사바아사나에서의 웃자이 프라나야마 (호흡의 보유 없이 큰베개 위에 누워서, p.148 참조)

출산 후 3기

좋은 상태에 있다고 느끼면 초보자와 고급 수련생을 위한 출산 후 2기 동안의 순서를 따른다. 출산 후 3기를 위한 순서로 나아가기 전에 적어도 8주 동안 이 프로그램을 계속한다.

천천히 자신을 정상화시키고 건강을 회복하려는 생각을 해야 한다.

제8장
초보자와
고급 수련생을 위한
아사나의 세부 설명

이 장의 이용법

출산 후의 기간은 다음의 주와 달에 상응한다.

1기	질 분비물이 나오지 않을 때부터 12주까지	2개월~3개월	순서: 수동적-능동적
2기	13주에서 25주까지	4개월~6개월	순서: 능동적-수동적
3기	26주에서 40주까지	7개월~10개월	순서: 정상 수련으로 돌아감

제8장은 출산 후 세 시기 모두를 위한 아사나 수련 순서들로 시작한다. 초보자와 고급 수련생을 구별하지 않은 것은 양쪽 모두 건강을 회복하고 요가 수련을 재개할 때 주의해야만 하기 때문이다. 아헹가 선생은 고급 수련생의 경우 특히 과도한 수련을 해서는 안 된다고 강조하였다. 출산 후의 요가는 완전히 다른 작업이다. 순서를 따라 이 장에 있는 각각의 아사나에 대한 세부 설명을 찾아 참조하라.

◇

시작하는 시점

출산 후에는 자신의 건강을 돌보는 것이 가장 중요하다. 후산에서 오는 피로로부터 회복하고 복부 기관들을 조율하며 아기를 돌보기 위해 기력을 다시 되찾아야 한다. 극도의 육체적인 피로와 정신적인 활기라는 상반되는 효과들은 몸과 마음에 부정적인 반응을 불러올 수 있다.

그러므로 출산 뒤 첫째 달에는 프라나야마에만 한정하여 수련해야 한다. 프라나야마는 몸과 마음 사이에 균형을 얻게 하고 몸이 적절한 휴식을 취하게 한다.

출산 뒤 두 번째 달에는 복부 기관들을 조율하는 과제를 시작할 수 있다.

통상적으로 조율을 복부를 단련시켜 임신에서 비롯된 허리, 넓적다리, 엉덩이, 복부의 지방을 감소시키는 것이라고 생각할 수 있다. 그러나 여기에서 의미하는 것은 복부 기관들의 전반적인 기능을 증진시키는 조율이다. 기관들의 근육은 강화되고, 따라서 기관들이 건강해진다. 이렇게 함으로써 힘을 다시 찾고 기력을 회복하는 데 도움을 받을 수 있다.

이 단계에서의 영양 부족, 부적절한 휴식, 올바르지 못한 운동으로 인해 만성 피로, 신체의 늘어짐, 만성 빈혈, 만성 저혈압이 생길 수 있다. 어떤 여성들은 산후 우울증에 시달릴 수 있다. 산후 우울증은 책임감에 짓눌리고 기력이 부족한 데 대한 반응으로서 최초의 며칠 동안의 명랑한 상태가 지난 뒤에 발생할 수 있다. 일부 여성들에게 우울증은 내면에서 어눌려 겉으로 표현되지 않기도 한다.

결과적으로 이 기간 동안 여기에서 추천하는 아사나

들은 척추와 척추 기둥을 강화하고 신경계를 조율하며 위장, 복부, 허리, 엉덩이 근육을 다시 형성시켜 나중에 지방을 감소시키기 위해 이 기관들을 단련시킬 준비가 되었을 때 그것들이 긴장을 감당할 능력을 갖출 수 있게 만드는 것을 목적으로 한다. 이 아사나들은 또한 우울증을 극복하도록 고안되었다.

몇몇 서서 하는 자세, 간단한 앞으로 뻗는 자세, 거꾸로 하는 자세 등의 아사나들과 그것들의 지속 시간은 평균적인 여성을 염두에 둔 것이다. 그러나 각 개인들은 저마다 요구도 다르고 힘도 다르다는 사실, 그러므로 그에 따라 아사나를 수련해야 한다는 사실을 명심해야 한다. 요가 수련이 결과적으로 피로를 불러와서는 안 된다. 추천 순서들과 함께 프라나야마를 수련하도록 하라.

셋째 달이 지나기 전에 원래의 체형과 내부 장기의 힘을 회복하고 산후의 피로도 가시게 될 것이다. 그때 아사나를 더 추가하여 수련할 수 있다.

◇

출산 후를 위한 순서

출산 후 1기를 위한 순서: 생리 중일 때

처음의 48~72시간

완전한 휴식을 취하는 것이 바람직하다. 피로를 없애고 과도한 질 분비물이 흐르는 것을 막기 위해 다음을 수련할 수 있다.

1. 사바아사나에서의 웃자이 프라나야마(p.148 참조)

2. 사바아사나(p.366)

3. 숩타 받다 코나아사나(길이로 놓거나 교차시켜 놓은 큰베개를 이용하거나, 큰베개 없이, p.128 참조)

셋째, 넷째, 혹은 다섯째 날

다음의 순서대로 수련한다. 이 순서는 출산 후 1기를 위한 완전한 순서 중 일부이다.

1. 스바스티카아사나에서의 파르바타아사나(p.302 참조)

2. 파르스보타나아사나(손을 벽에 맞대고 앞쪽 발을 받쳐서, p.285 참조)

3. 세투 반다 사르반가아사나(벤치나 그와 비슷하게 높은 것 이용, p.107 참조)

4. 비파리타 카라니(다리를 굽혀서 의자 위에 올리고, p.335 참조)

5. 숩타 받다 코나아사나(큰베개를 길이로 놓거나 교차시켜 이용, p.128 참조)

6. 숩타 비라아사나(p.367 참조)

7. 맏스야아사나(p.131 참조)

   (다음은 추가로 수련해도 좋고 위의 아사나 대신 수련해도 좋다.)

8. 숩타 스바스티카아사나(큰베개 이용, p.131 참조)

9. 사바아사나(큰베개 이용, p.366 참조)

10. 사바아사나에서의 웃자이 프라나야마(p.148 참조)

출산 후 1기를 위한 순서: 수동적-능동적

오로惡露, 즉 질 분비물이 완전히 그칠 때까지는 다음의 것들만 수련해야 한다.

● 숩타 받다 코나아사나(길이로 놓거나 교차시켜 놓은 큰베개를 이용하거나, 큰베개 없이, p.128 참조) (큰베개를 교차시켜 가슴을 받치는 것이 더 좋다. 그렇게 할 수 없으면 길이로 놓는 것을 선택한다.)

산소를 더 많이 흡수하고 양질의 젖이 나오게 하기 위해 다음을 수련한다.

● 사바아사나(큰베개 이용, p.366 참조)
● 사바아사나에서의 웃자이 프라나야마(큰베개 이용, p.148 참조)

젖이 가슴에 가득 차 있을 때 이 아사나들을 수련하는 것을 주저해서는 안 된다. 사실 이 아사나들은 그때 특히 효과적이다. 질 분비물이 완전히 그치자마자 아래의 프로그램을 시작해도 좋다.

1 스바스티카아사나에서의 파르바타아사나(p.302 참조)

2 파르스보타나아사나(손을 벽에 맞대고 앞쪽의 발을 지지물 위에 올려서, p.285 참조)

3 살람바 사르반가아사나(약간 떨어진 상태로 벽을 의지하여, p.327~ 328 참조)

4 아르다 할라아사나(발가락을 탁자 위에 올리고 척추를 들어 올린 상태로, p.332 참조)

5 세투 반다 사르반가아사나 (벤치나 그와 비슷하게 높은 것 이용, p.107 참조)

6 마하 무드라(발 주위에 벨트를 두르고 발뒤꿈치를 블록 위에 놓아서, p.305 참조)

7 자누 시르사아사나(등을 오목하게 하고 벨트를 발 주위에 두르며 발뒤꿈치를 블록 위에 놓는다. 복벽을 들어올린 상태로 유지한다, p.306 참조)

8 비파리타 카라니(다리를 굽혀서 의자 위에 올리고, p.335 참조)

9 숩타 받다 코나아사나(p.128 참조)

10 숩타 비라아사나(p.367 참조)

11 맛스야아사나(p.131 참조)

12 숩타 스바스티카아사나
(큰베개 이용, p.131 참조)

11번에 추가하거나
11번 대신 수련한다.

13 사바아사나(큰베개 이용,
p.366 참조)

14 사바아사나에서의 웃자이
프라나야마(p.148 참조)

지속 시간

1, 2, 6, 7번: 왼쪽, 오른쪽 각 30~60초
3, 4, 5, 8, 9, 10, 11, 12번(거꾸로 하는 자세와
회복을 돕는 자세): 5분
13번(사바아사나): 15~20분

자세 풀기

아사나로 인해 만들어진 들어올려진 상태, 너비, 힘,
고요함을 유지해야 한다.

출산 후 2기를 위한 순서: 생리 중일 때

자기 생리 주기에 맞추어 아사나 수련을 조정하는 것이 중요하다. 자신의 느낌에 따라 생리가 시작된 셋째 날, 넷째 날, 혹은 다섯째 날에 이 순서를 시작할 수 있다.

1 아르다 우타나아사나(벽에 매단 로프 이용, 손을 의자 위에 놓고, p.293 참조)

2 우티타 트리코나아사나(뒤쪽 발을 벽에 맞대고, p.281 참조)

3 우티타 파르스바코나아사나(뒤쪽 발을 벽에 맞대고, p.282 참조)

4 받다 코나아사나(등을 곧게 펴서, p.67 참조)

5 숩타 받다 코나아사나(길이로 놓거나 가로로 놓은 큰 베개 이용, p.128 참조)

6 비라아사나(p.302 참조)

7 비라아사나에서의 파르바타아사나(p.303 참조)

8 숩타 비라아사나(큰베개 이용, p.367 참조)

9 만스야아사나(큰베개 이용, p.131 참조)

9번에 추가하거나 9번 대신 수련한다.

10 숩타 스바스티카아사나(p.131 참조)

11 사바아사나(큰베개 이용, p.366 참조)

12 사바아사나에서의 웃자이 프라나야마(p.148 참조)

◇

출산 후 2기를 위한 순서: 능동적-수동적

몸 다시 만들기

이 순서를 수련할 때에는 가능하면 보조 기구를 많이 이용한다.

1 숩타 우르드바 하스타아사나와 숩타 타다아사나(p.275 참조)

2 타다아사나 (p.275 참조)

우르드바 바당굴리야 아사나(p.34 참조) 파스치마 나마스 카라아사나(p.36 참조)

타다아사나에서 의 고무카아사나 (p.37 참조)

타다아사나(발뒤꿈 치를 아래로, p.33 과 p.277 참조)

주의

서서 하는 자세는 언제나 타다아사나 에서 시작한다. 자 세를 끝내면 타다아 사나로 되돌아온다. 피로를 느끼면 아르 다 우타나아사나 자 세로 휴식한다.

타다아사나

아르다 우타나아사나

p.275의 목침을 이용한 타다아사나 변형 자세도 참조하라.

p.275~276의 목침을 이용한 타다아사나 변형 자세도 참조하라.

3 웃카타아사나(등을 벽에 대고, p.278 참조)

4 브륵샤아사나(p.279 참조)

5 우티타 트리코나아사나(벽/트레슬/목침 이용, p.281 참조)

6 우티타 파르스바코나아사나(트레슬 이용/뒤쪽 발을 벽에 맞대고, p.282 참조)

7 비라바드라아사나 Ⅱ (p.284 참조)

트레슬 이용

8 아르다 찬드라아사나 (p. 283 참조)

9 아르다 우타나아사나(로프와 의자 이용, p.293 참조)

아르다 우타나아사나(손을 벽에 맞대고 목침을 넓적다리 사이에 끼워서, p.292 참조)

초보자와 고급 수련생을 위한 아사나의 세부 설명

10 살람바 시르사아사나(다리 사이에 목침을 끼우고, 두 개의 의자를 이용하거나 고전적인 자세로, p.340 참조)

엄지발가락을 벨트로 감아
(p.339 참조)

11 비파리타 단다아사나
(벤치/의자 이용, p.361 참조)

12 의자를 이용한 드위 파다 비파리타 단다아사나(p.360 참조)

13 살람바 푸르보타나아사나
(트레슬 이용, p.362 참조)

주의
12번과 13번 아사나는 특히 모유 수유를 하는 어머니들에게 좋다.

14 마하 무드라(p.304 참조)

15 자누 시르사아사나
(p.306 참조)

16 파스치모타나아사나(p.308 참조)

17 바라드바자아사나(의자 위에서, p.319 참조)

(큰베개 위에서 벽을 이용하여)

18 숩타 파당구쉬타아사나 I 과 II (p.342~343 참조)

19 우티타 하스타 파당구쉬 타아사나 I 과 II (p.344~ 345 참조)

20 우르드바 프라사리타 파다아사나 90°(p.351~352 참조)

주의

출산 후 2기의 세 번째 주에만 20번 아사나를 시작한다. 21번 아사나의 두 번째 유형과 22번 아사나는 출산 후 2기의 일곱 번째 주에 시작한다.

21 파리푸르나 나바아사나(의자 하나 혹은 여러 개 이용, p.348~349 참조)

22 자타라 파리바르타나아사나 (다리를 굽혀서, p.357 참조)

초보자와 고급 수련생을 위한 아사나의 세부 설명

23 세투 반다 사르반가아사나
(벤치나 그와 비슷한 높이의
지지물 이용, p.334 참조)

24 살람바 사르반가아사나(벽에서 약간 떨어져, p.328 참조/혹은 의자
이용, p.330 참조)

25 아르다 할라아사나(발가락을
탁자 위에 놓고 척추를 들어
올린 상태로, p.332 참조)

26 숩타 비라아사나(p.367 참조)

27 사바아사나(큰베개 이용,
p.366 참조)

28 사바아사나에서의 웃자이
프라나야마(p.148 참조)

주의

사바아사나와 사바아사나에서의 웃자이 프라나야마는
산소 흡수를 많이 할 수 있게 하고 모유의 질을 개선한다.

● 아무 문제없이 숩타/우티타 하스타 파당구쉬타아사
나를 2주일 동안 수련한 다음에만 우르드바 프라사
리타 파다아사나, 파리푸르나 나바아사나, 자타라
파리바르타나아사나를 시작한다.

지속 시간

거꾸로 하는 자세: 5~10분

주의

만일 할라아사나와 세투 반다 사르반가아사나를 하지
않는다면 살람바 사르반가아사나를 살람바 시르사아
사나보다 2~3분 더 길게 수련해야 한다.

회복을 돕는 아사나: 5분

몸 왼쪽과 오른쪽 모두 수련하는 아사나: 각각 30~60초

로 동일하게

앞으로 굽히기, 뒤로 굽히기, 비틀기 혹은 복부와 허리

에 좋은 아사나: 30~60조

사바아사나: 15분

자세 풀기

아사나로 인해 만들어진 들어올려진 상태, 너비, 힘,
고요함을 유지해야 한다

회복을 돕는 아사나

1 숩타 받다 코나아사나(가로로
놓은 큰베개 이용, p.128 참조)

2 숩타 비라아사나(큰베개 이용,
p.367 참조)

3 맏스야아사나(큰베개 이용,
p.131 참조)

4 숩타 스바스티카아사나
(큰베개 이용, p.131 참조)

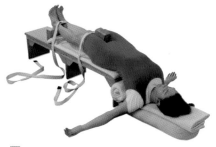

5 세투 반다 사르반가아사나
(p.334 참조)

6 비파리타 카라니
(p.335~336 참조)

7 사바아사나(큰베개 이용,
p.366 참조)

출산 후 3기를 위한 순서: 생리 중일 때

생리 셋째 날, 넷째 날, 혹은 다섯째 날에 시작할 수 있다.

이 순서 역시 생리통이나 과도한 출혈이 있을 때 도움이 된다.

살람바 시르사아사나와 살람바 사르반가아사나와 같이 거꾸로 하는 자세는 생리 기간이 완전히 끝나고 난 뒤에만 다시 수련을 시작해야 한다.

1 아르다 우타나아사나(로프, 의자 이용, p.293 참조)

2 파당구쉬타아사나(p.297 참조)

3 우티타 트리코나아사나(뒤쪽 발을 벽에 맞대고, p.281 참조)

4 우티타 파르스바코나아사나(뒤쪽 발을 벽에 맞대고, p.282 참조)

5 받다 코나아사나(등을 곧게 펴고, p.67 참조)

6 숩타 받다 코나아사나(가로로 놓은 큰베개 이용, p.128 참조)

7 우파비스타 코나아사나(등을 오목하게 하여, p.316 참조)

8 비라아사나(p.302 참조)

9 비라아사나에서의 파르바타아사나(p.303 참조)

10 숩타 비라아사나(큰베개 이용, p.367 참조)

11 맛스야아사나(큰베개 이용, p.131 참조)

추가 혹은 대신

12 숩타 스바스티카아사나(큰베개 이용, p.131 참조)

13 사바아사나(큰베개 이용, p.366 참조)

14 사바아사나에서의 웃자이 프라나야마(p.148 참조)

출산 후 3기를 위한 순서: 정상 수련으로 돌아가기

3기에는 제8장에서 선택되어 상세하게 설명된 서서 하는 모든
아사나들을 수련에 포함할 수 있다.

1 우르드바
바당굴리야아사나
(p.274 참조)

파스치마 나마
스카라아사나
(p.277 참조)

타다아사나에서
의 고무카아사
나(p.37 참조)

타다아사나(발뒤
꿈치를 내리고,
p.275 참조)

주의

모든 서서 하는 아사
나는 언제나 타다아
사나에서 시작한다.
자세를 끝내면 다시
타디아사나로 돌아
간다. 피로를 느끼면
아르다 우타나아사
나 자세로 쉰다.

타다아사나

아르다 우타나아사나

다리사이에 목침을 끼우고 행하는 타다아사나의 변형 자세들도 참조한다(p.275 참조).

2 웃카타아사나(등을 벽에 대고,
p.278 참조)

3 브륵샤아사나(p.279 참조)

4 우티타 하스타 파당구쉬타아사나
Ⅰ 과 Ⅱ (p.344~345 참조)

5 우티타 트리코나아사나
(p.281 참조)

6 우티타 파르스바코나아사나
(p.282 참조)

7 비라바드라아사나 Ⅰ (안으로 비
틀기, p.288 참조)

초보자와 고급 수련생을 위한 아사나의 세부 설명

8 비라바드라아사나 Ⅱ
(p.284 참조)

9 비라바드라아사나 Ⅲ
(p.289 참조)

10 아르다 찬드라아사나
(p.283 참조)

11 파리브리타 트리코나아사나
(p.290 참조)

12 파르스보타나아사나(p.286~287 참조)

13 프라사리타 파도타나아사나
(p.296 참조)

14 파당구쉬타아사나
(p.297 참조)

15 우타나아사나(p.294 참조)

16 아도 무카 스바나아사나
(p.299 참조)

265

17 우르드바 프라사리타 파다아사나, 90°, 60°, 30°(p.351~355 참조)

18 파리푸르나 나바아사나(의자 하나, 혹은 여러 개 이용, p.347 참조)

19 우바야 파당구쉬타아사나 (p.349 참조)

20 자타라 파리바르타나아사나 (p.358 참조)

21 숩타 파당구쉬타아사나 I 과 II (p.342~343 참조)

22 우스트라아사나(p.364 참조)

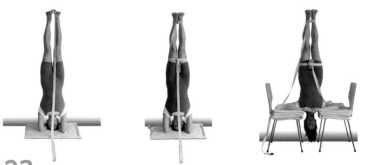

23 살람바 시르사아사나(p.339~340 참조)

24 살람바 푸르보타나아사나 (트레슬 이용, p.362 참조)

출산 후의 요가

25 드위 파다 비파리타 단다아
사나(벤치/의자 이용, p.361
참조)

26 마하 무드라(p.369 참조)

27 자누 시르사아사나
(p.306 참조)

28 아르다 받다 파드마 파스치
모타나아사나(p.311 참조)

29 트리앙가 무카이카파다 파스
치모타나아사나(p.312 참조)

30 마리챠아사나 I (p.315 참조)

31 파스치모타나아사나
(p.309 참조)

32 우파비스타 코나아사나
(p.316 참조)

33 바라드바자아사나(의자나 큰
베개 이용, p.319 참조)

34 마리챠아사나 Ⅲ(p.323 참조)

35 아르다 마첸드라아사나
(p.325 참조)

36 세투 반다 사르반가아사나(목침 이용, p.334 참조), 다리를 굽히고

37 살람바 사르반가아사나
(p.331 참조)

38 아르다 할라아사나(발가락을 탁자 위에 올리고 척추를 들어올린 상태로, p.332 참조)

39 아르다 숩타 코나아사나(발가락을 탁자 위에 올리고 척추를 들어올린 상태로, p.333 참조)

40 사바아사나(큰베개 이용, p.366 참조)

41 사바아사나에서의 웃자이 프라나야마(큰베개 이용, p.148 참조)

주의
사바아사나와 사바아사나에서의 웃자이 프라나야마는 산소 흡수를 증가시키고 양질의 젖이 더 잘 분비되게 한다.

순서를 둘로 나눔에 대한 제안

아사나 목록이 출산 후 3기에 있어 상당히 길기 때문에 이 아사나들을 아래와 같이 두 개의 순서로 나누어 수련해도 좋다. 혹은 세 개나 네 개의 순서로 나누어도 좋다.

첫 번째 순서

1 p.264~266의 1번~18번

2 우스트라아사나(p.363 참조)

3 살람바 시르사아사나(p.338 참조)

4 우르드바 다누라아사나(트레슬 이용, p.362 참조)

5 바라드바자아사나(벽 이용, p.319 참조)

6 세투 반다 사르반가아사나(p.334 참조)

7 살람바 사르반가아사나 (p.326 참조)

8 아르다 할라아사나(p.332 참조)

9 아르다 숩타 코나아사나(p.333 참조)

10 사바아사나(p.366 참조)

두 번째 순서

p.265~268의 16번~40번

(목침 이용)   (다리를 굽혀서)

지속 시간

거꾸로 하는 아사나: 5~10분

주의

만일 할라아사나와 세투 반다 사르반가아사나를 수련하지 않는다면 살람바 사르반가아사나는 살람바 시르사아사나보다 2~3분 정도 더 오래 수련해야 한다.

아르다 할라아사나: 2~5분
세투 반다 사르반가아사나: 5분
회복을 돕는 아사나: 5분

몸 양쪽으로 수련해야 하는 아사나: 한쪽 당 똑같이 30~60초
앞으로 굽히기, 뒤로 굽히기, 비틀기 혹은 복부와 허리에 좋은 아사나: 30~60초
사바아사나: 15분

자세 풀기

아사나가 만들어 낸 들어올린 상태, 힘, 고요함을 유지한다.

회복을 돕는 아사나

1 숩타 받다 코나아사나(가로로 놓은 큰베개 이용, p.128 참조)

2 숩타 비라아사나(큰베개 이용, p.367 참조)

3 맏스야아사나(큰베개 이용, p.367 참조)

4 숩타 스바스티카아사나(큰베개 이용, p.368 참조)

5 세투 반다 사르반가아사나 (p.334 참조)

6 비파리타 카라니(p.336 참조)

7 사바아사나(큰베개 이용, p.366 참조)

아사나 분류

요가 아사나는 다음을 고려하여 분류된다.

- 신체의 해부학적 구조
- 신체, 특히 척추의 움직임과 행동의 반경
- 아사나가 신체, 마음, 영혼에 작용하는 방식

여기에 나오는 아사나들은 9개의 범주로 분류되고, 프라나야마는 10번째 범주에 속한다. 이러한 분류에 의해 우리는 안전하게 수련할 수 있는 모든 아사나들과 시기를 신속하게 찾기 위한 유용한 참조 도구를 가질 수 있다. 그러나 이 분류가 아사나 수련의 순서를 나타내지는 않는다.

저자들은 이 범주로부터 아사나들을 선택하여 수련 순서에 포함시켰다.

여기에서 추천하는 아사나와 프라나야마들은 제8장 첫 부분에서 보여준 것처럼 시기별로 구분되기는 하지만 자신의 형편에 따라 자유롭게 수련하고, 필요하다면 시기의 지속 기간도 연장할 수 있다.

출산 이후 세 시기 동안 위의 변형 프로그램을 완전히 끝낸 후에만 정상적인 요가 수련 프로그램을 다시 시작해야 한다.

서서 하는 아사나
우티쉬타 스티티

출산 후 1기와 2기: 벽과 보조 기구를 이용하여 수련한다.

	1기	2기	3기
파르스보타나아사나(손을 벽에 대고, 앞쪽 발을 지지물 위에 올려서)	√	√	√
타다아사나(누워서)		√	√
벽에 등을 대고 서서 하는 타다아사나: 벽과 천골 사이에 목침을 끼우고		√	√
넓적다리 사이에 목침을 끼우고		√	√
두 발뒤꿈치 사이와 두 발목 사이에 목침을 끼우고		√	√
타다아사나: 우르드바 바당굴리야아사나		√	√
파스치마 나마스카라아사나		√	√
고무카아사나		√	√
모서리가 둥근 목침 위에서		√	√
브륵샤아사나		√	√
웃카타아사나(벽 이용)		√	√
우티타 트리코나아사나 (벽/트레슬/목침 이용)		√	√
우티타 파르스바코나아사나 (벽/트레슬 이용)		√	√
비라바드라아사나 II (벽/트레슬/목침 이용)		√	√
아르다 찬드라아사나(벽/트레슬/목침 이용)		√	√
아르다 우타나아사나(로프와 의자 이용)		√	√
비라바드라아사나 I (벽/트레슬 이용)			√
비라바드라아사나 III(벽과 의자/목침 이용)			√
파리브리타 트리코나아사나 (벽/트레슬 이용)			√
파르스보타나아사나			√
프라사리타 파도타나아사나			√
파당구쉬타아사나			√
우타나아사나			√
아도 무카 스바나아사나(로프/벽 이용)			√

앉아서 하는 아사나
우파비스타 스티티

	1기	2기	3기
스바스티카아사나, 아르다 파드마아사나, 혹은 파드마아사나에서의 파르바타아사나	√	√	√
비라아사나		√	√
비라아사나에서의 파르바타아사나		√	√
단다아사나		√	√

앞으로 굽히기
파스치마 프라타나 스티티

	1기	2기	3기
마하 무드라(발뒤꿈치에 벨트를 두르고, 발을 목침 위에 놓고서)	√	√	√
자누 시르사아사나(벨트 이용, 발을 목침 위에 놓고서)		√	√
파스치모타나아사나(두 발뒤꿈치를 목침 위에 놓고서)		√	√
아르다 받다 파드마 파스치모타나아사나		√	√
트리앙가 무카이카파다 파스치모타나아사나		√	√
마리챠아사나 I		√	√
아도 무카 비라아사나 우파비스타 코나아사나		√	√

비틀기
파리브리타 스티티

	1기	2기	3기
바라드바자아사나(의자 이용)	√	√	√
바라드바자아사나(큰베개 이용)		√	√
마리챠아사나 III		√	√
아르다 마첸드라아사나			√

주의
언제나 위의 순서대로 수련한다.

거꾸로 하는 아사나
비파리타 스티티

	1기	2기	3기
살람바 사르반가아사나 (벽에서 약간 떨어져서)	√	√	√
아르다 할라아사나 (발가락을 탁자 위에 놓고)	√	√	√
세투 반다 사르반가아사나 (벤치, 혹은 그 비슷한 것 이용)	√	√	√
비파리타 카라니 (다리를 굽혀 의자 위에 올리고)	√	√	√
살람바 시르사아사나: 다리 사이에 목침을 끼우고		√	√
발뒤꿈치를 벽에 대고, 발가락은 안을 향하게 하여		√	√
벨트를 엄지발가락 주위에 둘러		√	√
살람바 사르반가아사나(의자 이용)		√	√
비파리타 카라니		√	√
살람바 사르반가아사나(기대지 않고)			√
아르다 숩타 코나아사나(발가락을 의자 위에 놓고 척추와 사타구니를 들어올린 채)			√

272

복부와 허리에 좋은 아사나
숩타/우티쉬타 스티티

	1기	2기	3기
숩타 파당구쉬타아사나 Ⅰ과 Ⅱ		√	√
우티타 하스타 파당구쉬타아사나 Ⅰ과 Ⅱ		√	√
우르드바 프라사리타 파다아사나 90°		√	√
파리푸르나 나바아사나: 2개의 의자 이용		√	√
의자 이용		√	√
자타라 파리바르타나아사나 (다리를 굽히고)		√	√
자타라 파리바르타나아사나			√
우바야 파당구쉬타아사나 (벨트, 의자 이용)			√
우바야 파당구쉬타아사나(벨트 이용)			√
우르드바 프라사리타 파다아사나 90°, 60°, 30°			√

뒤로 굽히기
푸르바 프라타나 스티티

	1기	2기	3기
드위 파다 비파리타 단다아사나 (의자 이용)		√	√
드위 파다 비파리타 단다아사나 (벤치 이용)		√	√
살람바 푸르보타나아사나(의자 이용)		√	√
살람바 푸르보타나아사나(트레슬 이용)		√	√
주의: 위의 아사나들은 모유 수유를 하는 여성들에게 권장된다.			
우스트라아사나(벽과 의자 이용)			√

로프를 이용한 아사나
요가 쿠룬타

	1기	2기	3기
아르다 우타나아사나		√	√
아도 무카 스바나아사나			√

회복을 돕는 아사나
비쉬란타 카라카 스티티

	1기	2기	3기
숩타 받다 코나아사나	√	√	√
숩타 비라아사나	√	√	√
맏스야아사나	√	√	√
숩타 스바스티카아사나	√	√	√
사바아사나(큰베개 이용)	√	√	√
세투 반다 사르반가아사나(벤치, 혹은 그 비슷한 높이를 가진 것 이용)	√	√	√
비파리타 카라니 (다리를 굽혀 의자 위에 올리고)	√		
마하 무드라(발뒤꿈치에 벨트를 두르고, 발은 목침 위에 놓고서)		√	√
비파리타 카라니		√	√
니라람바 사르반가아사나 (의자와 벽 이용)		√	√
살람바 사르반가아사나(기대지 않고)			√

호흡법
프라나야마

	1기	2기	3기
웃자이 Ⅰ과 Ⅱ(큰베개 위에 누워서)	√	√	√
마하 무드라	√	√	√

지침과 효과

서서 하는 아사나
우티쉬타 스티티

타다아사나 Tadasana
산 자세

p.32의 임신 중일 때를 위한 지침을 따른다.

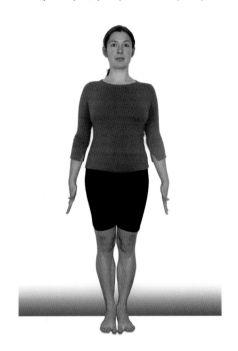

출산 후 1기: 불가능
출산 후 2기: 가능
출산 후 3기: 가능

효과
p.33 참조

타다아사나에서의 우르드바 바당굴리야아사나
산 자세에서 손가락을 깍지 끼어 들어올리기

p.34의 임신 중일 때를 위한 지침을 따른다.

효과
손가락을 깍지 끼고 팔을 뻗으면 복부 근육과 가슴이 들어올려진다. 이 자세는 특히 엉덩이, 복부, 가슴의 근육을 조율하기 위한 것이다.

특별 지침

- 자세를 유지하는 동안 편안하게 호흡한다.

- 숨을 내쉬는 동안 복부를 들어올린 상태로 유지한다.

- 10초 동안 자세에 머물며, 두 번 반복하여 자세를 행한다.

숩타 우르드바 하스타아사나와 숩타 타다아사나
산 자세 혹은 누운 산 자세

몸에 집중하지 못하고 있다는 느낌이
들면 바닥에 누워 되도록 벽에 발을
대고 타다아사나를 시작한다.

출산 후 1기: 불가능
출산 후 2기: 가능
출산 후 3기: 가능

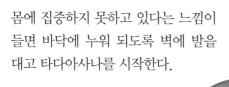

벽과 천골 사이에 목침을 끼우고 행하는 타다아사나
산 자세

이 변형 자세에서는 천골(꼬리뼈 바로 위의 골반)을 안으로
들이는 것을 배우게 된다.

출산 후 1기: 불가능
출산 후 2기: 가능
출산 후 3기: 가능

1 벽과 천골 사이에 목침을 끼워
넣어 골반과 골반을 바로 세우는
근육들에 느낌을 집중시킨다.

2 두 발을 뒤로 보내고 서로 30cm
가량 벌린다.

3 천골과 꼬리뼈를 안으로 들이고
척추를 들어올린다.

4 20~30초 정도 이 자세에 머문다.

우르드바 하스타아사나
손을 위로 든 자세

바로 위의 벽과 천골 사이에 목침을
끼우고 행하는 타다아사나에서와 같은
방법을 따르면서 두 팔을 우르드바
하스타아사나 자세로 뻗는다.

출산 후 1기: 불가능
출산 후 2기: 가능
출산 후 3기: 가능

두 발 사이에 목침을 끼우고 행하는 타다아사나 산 자세

출산 후 1기: 불가능
출산 후 2기: 가능
출산 후 3기: 가능

1 두 발뒤꿈치와 발목의 안쪽으로 목침을 잡는다. 이렇게 함으로써 몸 전체를 조이는 방법을 느낌으로 알 수 있다. 이 방법을 이용하여 안쪽의 몸과 척추를 들어 올린다.

2 이 자세로 최대 2분까지 머문다.

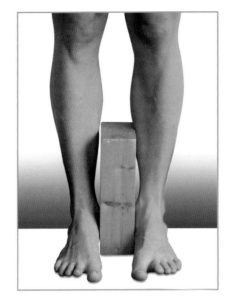

두 넓적다리 사이에 목침을 끼우고 행하는 타다아사나 산 자세

출산 후 1기: 불가능
출산 후 2기: 가능
출산 후 3기: 가능

1 두 넓적다리 사이, 회음 가까이에 목침을 끼우고 두 발을 완전히 모은다(엄지발가락 아래의 볼록한 부분 때문에 두 엄지발가락을 가까이 모으지 못하면 발뒤꿈치를 살짝 서로 떼어 놓는다).

2 넓적다리 위쪽의 앞부분과 뒷부분이 고르게 닿게 하여 목침을 조인다. 천골과 꼬리뼈를 안으로 넣고 척추를 위로 쭉 뻗는다.

3 이 자세로 최대 2분까지 머문다.

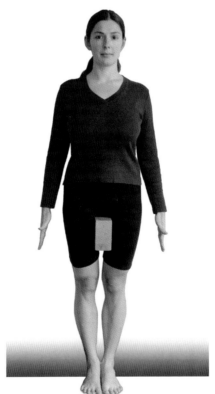

타다아사나에서의 파스치마 나마스카라아사나
산 자세에서의 손이 등을 향한 기도 자세

p.36의 임신 중일 때를 위한 지침을
따른다.

출산 후 1기: 불가능
출산 후 2기: 가능
출산 후 3기: 가능

효과
p.36 참조

타다아사나에서의 고무카아사나
산 자세에서의 암소 얼굴 자세

p.37의 임신 중일 때를 위한 지침을
따른다.

출산 후 1기: 불가능
출산 후 2기: 가능
출산 후 3기: 가능

효과
p.37 참조

모서리가 둥근 목침을 이용한 타다아사나
산 자세

p.33의 임신 중일 때를 위한 지침을
따른다.

출산 후 1기: 불가능
출산 후 2기: 가능
출산 후 3기: 가능

효과
p.33 참조

등을 벽에 대고 행하는 웃카타아사나
격렬한 자세

출산 후 1기: 불가능

출산 후 2기: 가능

출산 후 3기: 가능

1 벽에서 30~45cm 정도 떨어져서 타다아사나 자세로 선다(p.32 참조).

2 손가락 끝을 몸 뒤의 벽에 대고 등을 벽에 기댄다.

3 등을 계속 벽에 기댄 채 숨을 내쉬며 무릎을 굽히고 좌골을 아래로 내린다.

4 숨을 들이마시며 손바닥을 서로 마주보게 하여 두 팔을 위로 쭉 뻗고 엄지손가락이 벽에 닿을 수 있게 노력한다. 허리 뒷부분을 벽에 닿게 하고 가슴은 들어올린 상태를 유지한다.

5 이 완성 자세에서 15~30초 동안 머문다.

자세 풀기
숨을 들이마시며 다리를 펴고 타다아사나 자세로 돌아온다.

효과

등 근육과 복부 기관을 조율해 준다.

가슴 근육을 발달시킨다.

둔근을 신장시킨다.

바깥 척추근을 강화한다.

횡격막을 들어올려 심장을 부드럽게 마사지하는 효과를 얻게 한다.

정강이를 튼튼하게 만드는데, 이 경우 정강이는 체중을 지탱하는 뼈가 된다.

넓적다리, 발목, 무릎 관절을 굴신시키는 능력을 길러 준다.

특별 지침

●척추 근육, 하복부, 배꼽 부위를 구부정하게 하거나 처지게 하지 않고 무릎과 고관절을 굽힐 수 있는 능력을 길러야 한다.

●무릎을 굽힐 때 엉덩이뼈를 똑바로 아래로 내려야 하지 뒤로 밀어 내면 안 된다. 또 가슴을 앞으로 기울어지게 해서도 안 된다. 몸통 옆면의 길이가 타다아사나에서와 같게 유지하려고 노력해야 한다.

등을 벽에 대고 행하는 브륵샤아사나
나무 자세

출산 후 1기: 불가능
출산 후 2기: 가능
출산 후 3기: 가능

1 타다아사나 자세로 선다
(p.32 참조)

2 오른쪽 무릎을 굽혀 오른발을 잡고 무릎을 오른쪽으로 밖을 향하게 한다.

3 오른쪽 발바닥을 왼쪽 넓적 다리 안쪽 면에 높이 붙인다. 발가락은 아래를 향하게 한다.

4 왼쪽 다리를 곧고 굳건한 상태 로 유지한다.

5 두 손을 가슴 앞으로 가져와 손바닥을 고르게 서로 마주 누 르고 중심을 잡는다.

6 두 손을 고르게 서로 누르는 것 처럼 오른발은 왼쪽 넓적다리에, 반대로 넓적다리는 발에 대고 서 로 고르게 누른다.

7 똑바로 앞을 바라본다.

8 들숨과 함께 두 팔을 머리 위로 뻗고 가능한 한 두 손을 가까이 모은다.

9 이 자세로 30초 정도 머문다.

10 왼쪽으로도 반복한다.

<table>
<tr><td>**효과**</td></tr>
<tr><td>어깨 근육을 조율하고 평정과 균형을 얻게 한다.</td></tr>
<tr><td>골반의 기관들을 들어올린다.</td></tr>
<tr><td>척추 근육과 복부 근육을 강화한다.</td></tr>
</table>

효과

어깨 근육을 조율하고
평정과 균형을 얻게 한다.

골반의 기관들을 들어올린다.

척추 근육과
복부 근육을 강화한다.

자세 풀기
두 손을 다시 가슴 앞으로 천천히 가 져와 손을 풀고 발을 아래로 내린다.

우티타 트리코나아사나
우티타 파르스바코나아사나
아르다 찬드라아사나
비라바드라아사나 Ⅱ

이 아사나들을 위한 일반적인 방법에 대해서는 제3장 (p.38, 40, 45, 42)을 참조한다. 아래에 각각의 아사나를 위한 추가적인 지침을 덧붙였다.

이 아사나들 또한 트레슬을 이용하여 수련해 본다. 트레슬이 없다면 사진에서 보듯 앞쪽의 발을 받칠 지지물, 몸 뒤의 벽, 벽에 매단 로프(가능하면)를 이용하여 정렬을 잘 이룰 수 있다.

효과

이 아사나 그룹은 척추 근육과 복부 근육을 강화한다. 골반바닥이 들어올려지기 때문에 복부 기관에 가해지는 긴장이 줄어들고, 몸이 더 확고해지는 것을 느낄 수 있다.

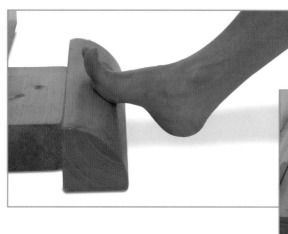

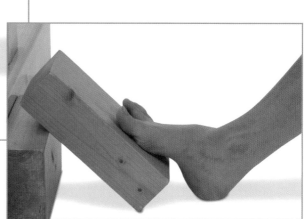

뒤쪽의 발을 벽에 맞대고

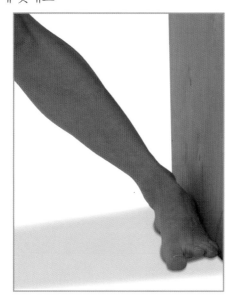

출산 후의 요가

우티타 트리코나아사나
쭉 뻗은 삼각형 자세

출산 후 1기: 불가능
출산 후 2기: 가능
출산 후 3기: 가능

특별 지침

● 발목을 향해 손을 뻗을 때는 상체가 가벼운 느낌을 가질 수 있도록 날숨을 길게 한다. 그러면 쉽게 상체를 내릴 수 있다.

● 자세를 풀 때는 안정감을 느낄 수 있도록 들숨을 길게 한다.

● 자세를 취하고 있는 동안에는 평소보다 약간 더 길게 숨을 들이마시고 내쉰다. 콧구멍에서 소리가 새어 나오면 안 된다. 호흡은 몸통으로부터 이루어져야 한다. 들숨은 복부에서 가슴으로 흘러야 하고, 날숨은 가슴에서 복부로 흘러야 한다.

281

우티타 파르스바코나아사나
측면 뻗기 자세

출산 후 1기: 불가능
출산 후 2기: 가능
출산 후 3기: 가능

특별 지침

● 자세를 취하는 동안 호흡이 평소보다 약간 더 깊어지지만 코보다는 복부에서 호흡이 이루어져야 한다. 머리가 무겁게 느껴지면 안 된다.

● 자세를 풀고 몸을 일으킬 때는 숨을 들이마시며 상체를 들어올린다.

● 자세를 취하는 동안 머리 위로 뻗은 손은 복부 아랫부분에서부터 뻗어야 한다. 팔을 뻗음으로써 복부 기관들이 위로 당겨져 튼튼하게 된다.

● 오른편으로 아사나를 행할 때 골반 왼편이 바닥 쪽으로 처지면 안 된다. 왼쪽에서 뻗을 때 두 가지 유형으로 뻗는다:

  ● 왼쪽 발목에서부터 왼쪽 손목까지 몸통을 따라 길게 완전히 뻗는 것

  ● 왼쪽 넓적다리와 왼쪽 몸통을 위로, 바깥을 향해 둥글게 돌리면서 뻗는 것

● 왼쪽 몸통이 아래로 처지게 해서는 안 된다. 반드시 몸통이 들어올려진 상태를 유지해야 한다.

● 두 팔로 트레슬 위쪽의 가로 기둥을 감싸 안고 수련하면 몸을 펴고 들어올리며 뻗는 법, 그리고 올바른 정렬 상태에 들어가는 법을 배울 수 있다.

아르다 찬드라아사나
반달 자세

출산 후 1기: 불가능
출산 후 2기: 가능
출산 후 3기: 가능

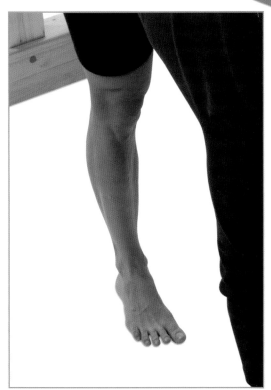

특별 지침

- 몸통 측면을 뻗는다. 아래의 손으로 목침을 눌러 견갑골이 갈비뼈 안으로 들어가게 한다.

- 위쪽의 팔을 위로 쭉 뻗어 가슴을 들어올린다. 엉덩이 근육을 단단히 조이고 천골과 꼬리뼈를 안으로 들이며 가슴을 골반에서부터 멀어지게 들어올린다. 몸통은 천정을 향해 위로 돌린다.

(앞 페이지의 우티타 파르스바코나아사나와 다음 페이지의 비라바드라아사나 II 도 참조하라.)

283

비라바드라아사나 Ⅱ
전사 자세 Ⅱ

출산 후 1기: 불가능
출산 후 2기: 가능
출산 후 3기: 가능

힌트: 똑바로 서기 위해 자세를 풀고 몸을 일으킬 때 몸이 느슨해지지 않게 한다. 똑바로 서 있는 동안에도 근육의 확고함을 유지해야 한다. 정확하고 강하게 몸을 뻗지 못했거나 몸을 처지게 했다고 느낄 때에는 다시 한 번 시도하여 자세를 되풀이한다.

특별 지침

● 뒤쪽의 발을 벽에 대거나 트레슬을 이용하여 이 아사나를 수련하면 몸통 양쪽을 평행하게 유지하고, 몸통을 돌리며 척추를 뻗고 균형을 잡는 데 도움이 된다.

● 몸이 약해져 있을 수도 있는 갓 출산한 여성인 경우 이것은 특히 유익하다. 종종 꼬리뼈의 통증이 출산 뒤에도 계속되므로 벽으로 발을 받치면 허리가 편안해진다. 이 책에서 제시한 대로 이 아사나를 수련하면 꼬리뼈가 몸 안으로 들어가서 밖으로 튀어나오는 것을 막을 수 있다. 이 자세에 오래 머물지 않는다 하더라도 엉덩이 근육을 단단히 조이고 치골의 양 옆쪽을 들어올리기 위해서는 일치된 노력이 필요하다.

● 몸을 느슨하게, 또 복부를 처지게 하면서 이 자세에 너무 오래 머물면 안 된다. 이 자세에 의해 척추가 곧게 펴지고 들어올려지며 척추 근육이 강화될 수 있게 해야 한다.

284

손을 벽에 대고 앞쪽의 발을 받쳐서 행하는 파르스보타나아사나
가슴을 강하게 뻗는 자세

출산 후 1기: 가능
출산 후 2기: 가능
출산 후 3기: 가능

효과

골반과 척추를 조율한다.

자궁을 들어올려 준다.

마음을 진정시킨다.

심장에 휴식을 준다.

1 두 손을 벽에 맞대고 앞쪽의 발을 받치기 위한 모서리가 둥근 목침을 준비한다. 이렇게 하면 발가락 밑의 둥근 부분이 목침을 누르는 동안 발뒤꿈치를 아래로 내린 상태를 유지할 수 있다.

2 골반뼈와 엉덩이가 평행을 이룬 상태에서 오른쪽 다리를 발뒤꿈치에서부터 엉덩이까지 쭉 뻗고 왼쪽 다리는 뒤로 뻗는다. 왼발 바깥쪽과 발뒤꿈치에 가능한 한 체중을 많이 싣고 왼쪽 엉덩이를 아래로 내린다. 왼쪽 엉덩이 바깥 부분을 앞으로 향하게 하고 사타구니 오른쪽은 뒤를 향하게 한다.

3 하복부와 배꼽을 위로 들어올린다.

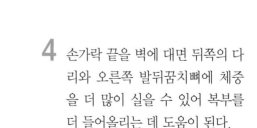

4 손가락 끝을 벽에 대면 뒤쪽의 다리와 오른쪽 발뒤꿈치뼈에 체중을 더 많이 실을 수 있어 복부를 더 들어올리는 데 도움이 된다.

5 양쪽에서 각각 20~30초 정도 머문다.

뒤쪽 발뒤꿈치를 벽에 맞대고, 양손은 목침 위에 두고 행하는 자세

출산 후 1기: 불가능
출산 후 2기: 가능
출산 후 3기: 가능

특별 지침

• 뒤쪽 발뒤꿈치를 벽에 맞대고 골반은 앞에서 설명한 것처럼 하여 수련한다.

• 임신 중일 때를 위한 방법 (p.49~50 참조)을 따른다.

• 뒤쪽 발에 체중을 단단히 실을 수 있을 만큼 균형을 잘 잡을 수 없으면 사진에서 보는 것처럼 목침을 이용한다.

• 똑바로 서서 파스치마 나마스카라 또한 수련한다.

파스치마 나마스카라아사나
손을 암소 얼굴 자세에서처럼 하고

출산 후 1기: 불가능
출산 후 2기: 가능
출산 후 3기: 가능

효과

골반과 척추를 조율한다.

자궁을 들어올려 준다.

마음을 진정시킨다.

심장에 휴식을 준다.

힌트: 호흡을 강하게 하지 않고도 깊은 호흡이 이루어지게 해야 한다.

추가적인 지침

- 뒤쪽 발뒤꿈치를 벽에 맞대고 양손은 파스치마 나마스카라아사나에서처럼 하여 수련한다.

- 여전히 거북하게 느껴지면 임신 중기를 위한 지침을 따른다.

비라바드라아사나 I
전사 자세 I

깊어진 호흡에 집중하면서 몸의 측면, 복부, 가슴을 들어올린다.

출산 후 1기: 불가능
출산 후 2기: 불가능
출산 후 3기: 가능

효과

척추를 조율한다.

꼬리뼈와 천골 주위의 근육을 조율한다.

뇌를 진정시킨다.

복부의 통증을 진정시킨다.

우울증을 완화한다.

추가적인 지침

- 목침 위에 앞쪽의 발을 놓고, 벽을 이용하여 수련을 시작하든가 아니면 벽, 목침, 의자를 이용하여 시작한다.

- 몸통 왼쪽(오른쪽 다리가 앞에 놓였을 때)이 뒤로 처진다면 오른손으로 의자 등받이를 잡고 왼손을 오른쪽으로 더 움직여서 손가락을 벽에 대고 단단히 누른다.

- 하복부 들어올리기: 꼬리뼈를 아래로 내리면서 안으로 넣고, 꼬리뼈 바로 위의 천골도 안으로 넣으며 뒤쪽의 다리에 단단히 힘을 주고 앞쪽의 발뒤꿈치를 목침에 대고 단단히 누른다.

- 손가락을 벽에 대고 단단히 누르면서 척추 앞쪽을 위로 들어올린다.

- 파르스보타나아사나에서처럼 골반뼈과 엉덩이가 서로 평행을 이루고 뒤쪽 다리 위의 엉덩이가 앞쪽 다리 위의 엉덩이로부터 멀어지게 하는 것이 중요하다.

비라바드라아사나 Ⅲ
전사 자세 Ⅲ

1 벽까지의 거리를 잰다(다리 하나 정도의 길이, 아래 사진 참조).

2 타다아사나 자세로 선다(p.32 참조). 손바닥을 앞으로 보게 하고 두 팔을 머리 위로 쭉 뻗어 우르드바 하스타아사나 자세를 취한다(p.35 참조).

3 몸을 앞으로 굽혀 우타나아사나 자세를 취하고 두 손을 목침 위에 둔다. 대퇴골이 어떻게 고관절의 구멍 안으로 꽉 맞물려 들어가는지를 느낀다.

4 몸통 옆면, 복부, 가슴, 배꼽을 앞으로 뻗는다.

출산 후 1기: 불가능
출산 후 2기: 불가능
출산 후 3기: 가능(벽을 등지고 목침 두 개를 이용하여 시작한다.)

효과

척추를 조율한다.

요통과 엉덩이의 여러 문제를 완화시킨다.

꼬리뼈와 천골 주위의 근육을 조율한다.

심장에 휴식을 준다.

5 왼쪽 다리를 바닥과 평행하게 들어올리고 왼발을 엄지발가락이 바닥을 향하게 하여 벽에 맞대어 놓는다. 왼쪽 다리의 근육이 왼쪽 엄지발가락 방향을 향하게 한다.

6 골반뼈와 엉덩이(hips: 허리 바로 아래 튀어나온 부분-역자 주)가 평행을 이루게 한다.

7 오른쪽 다리를 쭉 뻗고 오른쪽 무릎의 종지뼈를 무릎 안으로 깊이 넣는다. 넓적 다리 윗부분도 단단히 조인다.

8 앞을 바라보며 이 자세로 20~30초 정도 머문다. 두 발을 모으고 반대편으로도 되풀이 한다.

파리브리타 트리코나아사나
회전 삼각형 자세

출산 후 3기를 위한 방법

이것은 서서 행하는 비틀기로 앉아서 행하는 비틀기와
유사한 효과를 준다.

A 벽과 목침 이용, 뒤쪽의 발뒤꿈치를 벽에 닿게 한다.

B 벽과 목침 이용, 벽과 나란히 서서 앞쪽 발을 위로
들고 벽에 매단 로프를 이용한다.

C 몸 앞면을 트레슬을 향하게 하고 앞쪽 발을 위로 든다.

D 등을 트레슬을 향하게 하고 앞쪽 발을 위로 든다.

초보자와 고급 수련생을 위한 아사나의 세부 설명

1 두 발뒤꿈치를 벽에 맞대고 타다아사나 자세로 선다(p.32 참조)

2 앞으로 오른발을 크게 내디디고 왼발을 안으로 돌려 왼쪽 발뒤꿈치의 바깥쪽이 벽에 닿게 한다. 왼발의 바깥 가장자리와 발뒤꿈치가 바닥 위에 단단히 놓여야 한다.

3 오른발을 발뒤꿈치뼈에서부터 발가락 아래의 볼록한 부분까지 쭉 뻗고, 발가락도 뻗는다.

4 무릎과 넓적다리를 단단히 조이고 1~2번 호흡을 한다.

5 꼬리뼈를 안으로 넣고 왼팔을 앞으로 뻗으며 오른팔을 뒤로 가져간다.

6 숨을 들이마시며 하복부와 가슴을 들어올린다.

7 숨을 내쉬며 두 다리를 뒤로 뻗고 몸통 옆면을 앞으로 뻗는다. 다시 한 번 숨을 내쉬며 몸통을 돌리고 왼손의 손가락을 (오른발 바깥쪽 가까이에 놓인) 목침 위에 놓는다.

8 오른팔을 들어올려 왼팔과 일직선이 되게 한다.

9 가슴을 머리를 향해 앞으로 쭉 뻗고 턱을 움직여 가슴에서 멀어지게 한다. 머리를 돌려서 오른손을 바라본다.

10 이것이 완성 자세이다. 정상 호흡을 하면서 20~30초 정도 머문다. 이때 다음의 사항들을 지킨다.
- 두 다리를 단단하게 조인다.
- 왼쪽 견갑골을 안으로 말아 넣고 가슴을 확장시킨다.
- 몸통 양옆이 서로 평행을 이루고 오른쪽 다리와 일직선이 되게 한다.
- 몸통이 엉덩이(hips)에서 머리까지 일직선이 되게 한다.

11 숨을 들이마시며 왼손을 목침에서 떼고 타다아사나 자세로 돌아온다.

12 왼쪽으로도 되풀이한 다음 타다아사나 자세로 돌아온다.

p.91~95에 나오는 제3장의 임신 중을 위한 '비틀기' 방법 또한 참조한다. 거기에 제시된 모든 변형 자세들은 출산 뒤에도 수련할 수 있다.

출산 후 1기: 불가능
출산 후 2기: 불가능
출산 후 3기: 가능

효과

몸통 아랫부분에 혈액 공급이 증가되어 복부 기관들이 활력을 얻는다.

비라바드라아사나 Ⅰ이나 Ⅲ과 같이 서서 하는 다른 아사나들과 함께 이 아사나는

- 신체를 전반적으로 강화하는 효과를 지닌다.

- 신체 기관들과 생식계의 기능을 증진시킨다.

- 뻣뻣한 어깨, 튀어나온 등, 류머티즘 통증, 요통, 디스크 탈출 치료에 도움이 된다.

- 정력, 힘, 유연성, 민첩성, 균형감을 길러 준다.

특별 지침

- 골반 부위를 돌릴 때 두 다리를 단단히 유지해야 한다.

- 몸통을 머리 쪽으로 뻗어 복부 근육이 회전하면서 가슴을 향해 움직이게 한다.

아르다 우타나아사나
서서 앞으로 반半 굽히는 자세

출산 후 2기에 이르게 되면 우타나아사나와 파르스바
코나아사나를 수련에 더할 수 있다.

효과
몸 내부와 외부를 정렬한다.
골반의 장기들을 들어올려 주고 강화한다.
다리 내부를 강화시킨다.

목침과 벽을 이용한 변형 자세 1

1 거리를 가늠하여 벽에서 발이 다
리 길이만큼 떨어져 있게 한다
(p.289의 사진 참조).

2 타다아사나 자세로 선다. 두 넓
적다리 위쪽 회음 가까이에 목침
을 끼우고 대퇴골을 고관절 구멍
안으로 밀어 넣으면서 넓적다리
로 고르게 목침을 조인다.

3 무릎을 단단히 조이고 두 다리를
쭉 뻗으며 두 팔을 천정 쪽으로
들어올린다. 손바닥은 앞을 보게
한다. 팔을 들어올리는 동안 몸
전체를 타다아사나에서의 파르
바타아사나에서처럼 쭉 뻗는다.
1~2번 호흡을 한다.

4 척추를 신장시키고 숨을 내쉬며
상체를 앞으로 굽혀서 바닥과 평
행하게 한다. 그 다음 두 손을
벽에 맞댄다(아도 무카 스바나아
사나에서처럼 손을 펴서).

5 정상 호흡을 하면서 이 자세로
30~60초 정도 머문다. 이때 다
음 사항들을 지킨다.

- 갈비뼈 아랫부분과 몸통 뒷부
  분을 앞으로 뻗고 머리 정수리
  를 벽 쪽으로 뻗는다.
- 복부 근육, 몸통 앞부분, 횡격
  막, 가슴 아랫부분을 앞으로
  가져간다.
- 자세를 행하는 내내, 그리고
  타다아사나 자세로 돌아가는
  동안에도 목침을 조이는 힘을
  유지한다.

벽에 매단 로프와 의자를 이용한 변형 자세 2

변형 자세 1을 위한 지침을 따른다. 손바닥을 의자의 앉는 부분 위에 두거나 두 손바닥을 서로 마주보게 하여 의자 등받이 위에 두고 팔을 뻗는다.

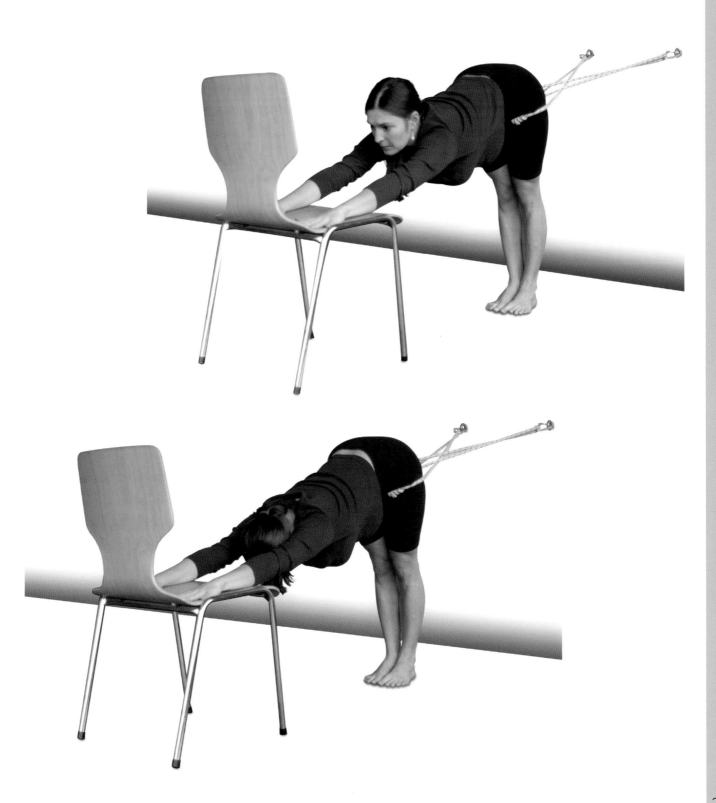

293

우타나아사나
강하게 뻗는 자세

출산 후 3기를 위한 방법

1 타다아사나 자세로 선다.
(p.32 참조)

2 무릎을 단단히 조이고 두 다리를 쭉 뻗으며, 손바닥이 위를 향하게 하여 두 팔을 천정 쪽으로 들어올린다. 팔을 들어올리는 동안 온몸을 브륵샤아사나에서처럼 쭉 뻗는다. 1~2번 호흡한다.

3 척추를 뻗고 숨을 내쉬며 상체를 앞으로 굽힌다.

4 두 손바닥은 각각 발 옆의 바닥 위에 내려놓는다. 머리를 위로 들고 척추를 오목하게 하여 상체를 앞으로 쭉 뻗는다. 1~2번 호흡한다.

5 숨을 내쉬며 머리를 무릎으로 가져간다.

출산 후의 요가

출산 후 1기: 불가능
출산 후 2기: 불가능
출산 후 3기: 가능

6 정상 호흡을 하면서 이 완성 자세에 30~60초 정도 머물고 아래의 사항들을 지킨다.
- 갈비뼈 아랫부분과 몸통 뒷부분을 뻗어 머리를 무릎 위에 댄다.
- 복부 근육, 몸통 앞부분, 횡격막을 바닥 쪽으로 당긴다.

7 4번 단계로 돌아온 다음 다시 3번 단계로 돌아와서 마지막으로 타다아사나 자세로 돌아온다.

특별 지침

- 처음에는 손바닥을 바닥에 대는 것이 어렵다. 그 대신 손가락만 바닥 위에 두거나 발 양옆에 둔 목침 위에 손가락을 둔다.

- 머리를 무릎에 닿게 하려고 무릎을 굽히면 안 된다.

- 목과 가슴이 압박되면 안 된다.

효과

맨 처음으로 복부를 마사지하기 좋은 자세이다.

복부 주위의 지방을 줄이는 데 열중할 수도 있지만 출산 직후에 갑자기 복부 단련을 시작할 수 없다. 이 아사나에서는 복부를 거꾸로 하는 자세 덕분에 복부에 긴장이 덜 가해지고 자궁은 습기가 없는 상태가 된다. 앞으로 굽힐 때에는 복부가 강하게 조여지지 않는다. 그리고 나중에 나바아사나Navasana를 수련할 때 갑작스러운 출혈이나 통증 등 부작용을 겪지 않을 것이다.

자궁이 알맞게 자리를 잡는다.

금기 사항과 조언

앞으로 굽힌 뒤 어지러움을 느끼지 않는다면 출산에서 오는 피로를 극복하는 길로 들어선 것이다. 그러나 어지러우면 여전히 허약한 상태에 있는 것이므로 다음의 것들을 권한다.
- 이 아사나 수련을 계속하되 머리를 의자 위에 둔다.
- 출산 후 3기를 위한 일련의 아사나들로 나아가지 않는다. 그 대신 출산 후 2기를 위한 아사나들을 수련한다.
- 파스치모타나아사나와 자누 시르사아사나는 수련해도 좋다.

출산 후 3기를 위한 아사나들을 수련할 준비가 되었는지 평가해 보려면 출산 후 2기를 위한 아사나들을 행한다. 준비가 되지 않았다면 1~2주 동안 수련을 연기한다.

프라사리타 파도타나아사나
다리를 넓게 벌려 강하게 뻗는 자세

출산 후 1기: 불가능
출산 후 2기: 불가능
출산 후 3기: 가능

골반에 여전히 느슨한 느낌이 있으면 다리 안쪽을 더 들어올리고 다리와 골반의 민감성을 높이기 위해 두 발 사이에 목침을 두 개 놓는다.

효과
p.55 참조

정렬을 잘 하기 위해서는 발뒤꿈치와 엉덩이뼈를 벽에 댄다.

또한 등을 오목하게 하고 손을 목침 위에 놓거나 컵 모양으로 만들어 수련한다.
이때 팔꿈치를 굽히고 머리는 원래의 방식대로 내려놓는다.

혹은 손과 팔을 아도 무카 프라사리타 파도타나아사나에서처럼 쭉 뻗을 수도 있다.

(더 상세한 지침과 효과에 대해서 알아보려면 p.55를 참조한다. 출산 후 3기부터는 그곳에 나와 있는 모든 변형 자세들을 수련할 수 있다.)

파당구쉬타아사나
엄지발가락 잡는 자세

'파다pada'는 '발'을 의미하고 '앙구쉬타angushtha'는 '엄지발가락'을 의미한다. 이 자세에서는 손가락으로 엄지발가락을 잡는다.

1 두 발을 30cm 정도 벌리고 타다아사나 자세(p.32 참조)로 선다. 두 발의 바깥쪽 가장자리와 양쪽 엉덩이가 일직선을 이루어야 한다. 1~2번 호흡을 한다.

2 숨을 내쉬며 무릎을 굽히지 말고 몸을 앞으로 굽힌다.

1단계: 등을 오목하게 하여

3 엄지손가락, 집게손가락, 가운뎃손가락으로 엄지발가락을 감싸 잡는다.

4 두 팔을 곧게 편 상태를 유지한다.

출산 후 1기: 불가능
출산 후 2기: 불가능
출산 후 3기: 가능

효과

복부 장기들을 정상 상태로 만들고 소화를 돕는다.

탈출된 디스크를 조정한다 (1단계에서만).

5 숨을 들이마시며 척추를 엉덩이에서부터 목을 향해 길게 늘여 등을 오목하게 하고, 가슴을 들어올리며 목을 길게 늘이고 위를 바라본다.

6 정상 호흡을 하면서 이 자세로 5초 정도 머문다. 1단계만 할 생각이면 15~20초 정도 머문다.

7 겨드랑이와 사타구니에 있는 다리 접합 부분 사이에 공간을 만드는 능력을 키우면 복부의 처진 장기들이 들어올려지고 척추에 의해 지지된다.

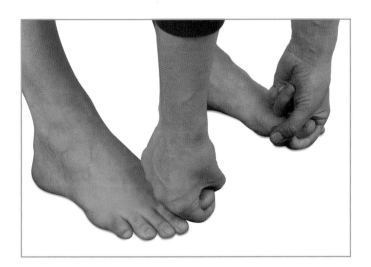

297

2단계: 머리를 아래로 내려

8 숨을 내쉬며 팔꿈치가 바깥을 향하게 굽히고 머리와 상체를 아래로 내린 다음 머리가 정강이뼈를 향하게 한다.

9 이것이 완성 자세이다. 정상 호흡을 하면서 15~20초 정도 머물며 다음 사항들을 지킨다.

자세 점검하기

〉 팔꿈치를 굽히고 넓게 벌려서 척추를 바닥 쪽으로 끌어당긴다.
〉 견갑골을 가슴 쪽으로 말아 넣는다.
〉 발가락을 잡는 동안 앞으로 더 굽힐 수 있는 힘을 기른다.
〉 등을 뻗고 넓적다리 쪽으로 복부 장기들을 누른다. 복부와 넓적다리가 마치 하나로 합쳐진 듯해야 한다.

10 숨을 들이마시며 등을 오목하게 하고 머리를 든 다음 엄지발가락을 잡은 것을 풀고 타다아사나로 돌아온다.

특별 지침

● 손가락으로 발가락을 잡을 수 없으면 발목을 잡고 시작할 수 있다. 나중에 수련에 의해 차츰 발가락을 잡을 수 있게 된다.

● 가슴을 웅크려서 머리를 무릎에 닿게 해서는 안 된다. 이것은 가슴과 복부에 경련이 일어나게 할 뿐만 아니라 목을 뻣뻣하게 하고 두통을 불러온다.

298

아도 무카 스바나아사나
얼굴을 아래로 한 개 자세

출산 후 1기: 불가능
출산 후 2기: 불가능
출산 후 3기: 가능

1 벽에 매단 로프, 발뒤꿈치 아래에 놓은 경사진 얇은 블록이나 목침, 머리를 받칠 것을 이용한다.

효과

출산 이전에 행하는 아도 무카 스바나아사나(p.62 참조)의 효과에 더하여 여기에서 제시하는 아사나 수련의 3가지 방식의 효과는 내부의 몸과 외부의 몸을 재정렬하는 것이다.

골반의 장기들을 들어올리고 강화한다.

다리 안쪽을 강화한다.

---

2 벽에 매단 로프와 발뒤꿈치 아래에 놓은 목침을 이용한다.

3 손(엄지손가락과 집게손가락)을 벽에 맞대어 수련한다. 손바닥은 약간 밖을 향해 돌린다. 두 다리 사이에 목침을 끼우고 발뒤꿈치는 목침 위에 올려 둔다.

(더 상세한 정보를 얻으려면 p.62와 p.214의 아도 무카 스바나아사나에 대한 세밀한 설명을 참조한다.)

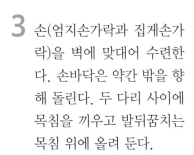

출산 후 3기에 특히 좋은 수련 방법

힌트: 손에서 엉덩이까지, 또 발뒤꿈치에서 엉덩이까지 쭉 뻗는 힘을 기른다.

두 손을 바닥이나 벽에 맞대어 둔 목침 위에 편평하게 놓고 머리를 받친다.

1 우타나아사나에서 시작하여 머리를 바닥 위에 내려놓는다.

2 한 번에 한 다리씩 뒤로 내디 며 손과 발이 서로 90~120cm 정도 떨어지게 한다.

3 두 손을 어깨 너비만큼 벌려서 놓는다.

4 목침 없이 수련한다면 두 발은 두 손바닥과 각각 일직선을 이 루어야 한다.

5 손바닥을 펴고 손가락을 벌려 서 바닥 위에 고르게 누른다.

6 숨을 내쉬며 팔꿈치를 곧게 펴 서 팔을 쭉 뻗는다. 척추를 위 로 엉덩이를 향해 길게 늘인다.

7 다리를 곧게 펴고 무릎 뒤를 활짝 연 상태로 넓적다리를 위로 들어 올려서 뒤로 민다. 엉덩이를 들 어올려 몸통을 넓적다리 쪽으로 들이밀 수 있는 공간을 만든다.

8 종아리 근육을 뻗고 발뒤꿈치 를 바닥 쪽으로 내린다.

앉아서 하는 아사나
우파비스타 스티티

앉아서 하는 아사나들의 일반적인 수련 방법들을 보려면 p.64~75의 제3장을 참조한다. 아래에 출산 이후를 위해 특별히 권장되는 아사나들을 추가하였다.

갓 출산한 산모들은 관절이 약해서 특히 관절염이나 류머티즘에 걸리기 쉽다. 이 아사나들에서 행하게 되는 무릎, 어깨, 팔꿈치, 손목, 손가락 마디의 운동은 이러한 이상 상태를 예방하는 데 도움이 된다.

◇

파르바타아사나
산 자세

다음 페이지들에 나오는 자세들을 수련할 때 아래의 지침들에 주의 할 것을 권한다.

특별 지침

스바스티카아사나, 파드마아사나, 혹은 비라아사나 자세로 앉아서 이 아사나를 행할 때에는 기본적으로 팔과 손의 동작은 같은 데 반해 발, 무릎, 엉덩이, 등의 움직임은 각각 서로 다르다.

- 비라아사나에서는 다리가 뒤로 접히기 때문에 허리가 저항 없이 자유롭게 위로 움직인다. 따라서 세로로 신장됨을 느끼게 된다.

- 그러나 아르다 파드마아사나나 스바스티카아사나에서는 다리가 교차되므로 다리가 지렛대 받침 역할을 하게 되고, 다리의 저항에 맞서 몸이 신장된다. 이 자세는 비라아사나보다 복부 장기들에 더 효과적이다.

- 비라아사나에서의 파르바타아사나는 등 근육에 더 효과적이다. 출산 이후에는 약해진 등 근육으로 인해 통증이 유발될 수 있다. 요추와 천골은 특히 강화될 필요가 있다.

스바스티카아사나 혹은 파드마아사나에서의 파르바타아사나
교차시킨 다리 자세 혹은 연꽃 자세에서의 산 자세

p.74의 임신 중일 때를 위한 지침들을 따른다.

출산 후 1기: 가능
출산 후 2기: 가능
출산 후 3기: 가능

효과
p.75 참조

출산 후 1기: 불가능
출산 후 2기: 가능
출산 후 3기: 가능

효과
p.73 참조

비라아사나

p.72의 임신 중일 때를 위한 지침들을 따른다.

지지물 위에 앉아서

바닥 위에 앉아서

출산 후의 요가

비라아사나에서의 파르바타아사나
영웅 자세에서의 산 자세

p.74의 임신 중일 때를 위한
지침들을 따른다.

출산 후 1기: 불가능
출산 후 2기: 가능
출산 후 3기: 가능

효과
p.75 참조

단다아사나

p.64의 임신 중일 때를 위한 지침
들을 따른다.

출산 후 1기: 불가능
출산 후 2기: 가능
출산 후 3기: 가능

효과
p.65 참조

특별 지침

- 사진에서 보는 것처럼 두 발을 완전히 모은다.

- 다리를 제대로 뻗기 위해 벽과 지지물을 이용한
  다. 이때 두 발의 바깥쪽은 몸을 향해 당기고 안
  쪽의 아치를 이루는 부분은 몸에서 멀어지는 방
  향으로 뻗는다. 발바닥 앞쪽의 볼록한 부분과 발
  가락을 펴고, 다리는 바깥에서 안으로 돌리며 아
  래로 내린다.

- 엉덩이뼈, 다리, 손가락에서 오는 저항력을 이용
  하여 복벽과 몸통 측면을 들어올리고 가슴을 넓
  게 편다.

앞으로 굽히기
파스치마 프라타나 스티티

발 주위에 벨트를 두르고 발뒤꿈치를 목침 위에 놓고 행하는 마하 무드라
위대한 결인 자세

건조시키기, 되돌려놓기, 강화하기

이제 출산이 끝났으므로 아래의 방법에서 볼 수 있듯 임신 중일 때와는 다르게 마하 무드라를 수련하게 된다.

임신 중에 마하 무드라를 수련할 때에는 가슴을 확장시키는 데 중점을 두었지 복부 근육을 단단히 조이지는 않았다. 그러나 출산 이후에는 이 근육을 강화하기를 원하게 된다. 이제는 마하 무드라를 행하는 동안 척추,

복부, 가슴에 주의를 집중한다. 척추 근육을 들어올리는 동작은 출산 전이나 후에 똑같이 중요하다.

마하 무드라는 위에 가스가 차는 증상을 줄여 주고 위, 간, 비장, 대장과 소장을 유기적으로 정상 상태가 되게 히여 신진대시를 개선시킨디. 신체는 삐른 속도로 피로에서 회복한다.

◇

1 목침과 벨트를 준비하고 바닥 위에 담요를 펼쳐 놓는다.

2 단다아사나 자세로 앉아 목침을 몸 앞에 둔다.

3 왼쪽 발뒤꿈치뼈를 목침 위에 올려놓고 왼쪽 다리를 곧게 편 다음 오른쪽 무릎을 굽힌다. 넓적다리와 종아리의 바깥쪽을 바닥 위에 놓고 발뒤꿈치를 회음 가까이로 가져온다. 굽힌 다리가 뻗은 다리와 직각을 이루어야 한다.

4 두 팔을 뻗어 엄지손가락, 집게손가락, 가운뎃손가락으로 엄지발가락을 잡는다.

5 팔꿈치를 중심으로 두 팔을 곧게 편다.

6 몸통을 위로 들어올리고 척추를 신장시키기 위해 발가락을 잘 잡는다. 잡는 힘을 그대로 유지하고 넓적다리를 바닥에 눌러 몸통을 더 많이 들어올린다.

7 숨을 부드럽게 들이마시며 늑간 근육을 확장시켜 가슴 앞부분을 위로 들어올린다. 목덜미에서부터 머리를 숙여 턱이 쇄골 사이의 움푹한 곳에 놓이게 한다.

8 여기에서부터 임신 중 익숙해진 수련(p.79~81 참조)을 계속한다.

출산 후 1기: 가능
출산 후 2기: 가능
출산 후 3기: 가능

조언

엄지발가락을 잡을 수 없으면 발에 벨트를 두르고 가능한 한 단단히 벨트를 잡는다.

효과

마하 무드라는 준비적 성격의 아사나이다.

마하 무드라는 출산 후 2기와 3기 이후에 나바 아사나 Navasana와 같이 복부를 수축시키는 범주의 아사나들을 하기 전, 준비 단계에 행하면 좋다. 복부 근육과 자궁을 강화하고, 시르사아사나, 사르반가 아사나와 함께 자궁을 건조시켜 출혈이 일어나지 않게 한다. 갓 출산을 마쳐 허약한 자궁을 가진 여성이 너무 갑작스럽게 복부 운동을 시작한다면 자궁의 위치가 바뀌기 쉬워 결국 심한 출혈이 일어날 수 있다. 마하 무드라는 이러한 위험을 예방한다.

출산 후 자궁은 아래로 처지기 쉽고 골반과 복부의 내부 장기들과 근육은 약화된 상태에 있다. 마하 무드라와 자누 시르사아사나는 그 부위를 강화하여 다시 정상 상태로 되돌린다.

이 자세들로부터 얻을 수 있는 다른 긍정적인 효과들로는 과다한 생리 출혈을 줄이고, 등 전체와 목을 강화하며, 고혈압 치료에 도움을 주고, 신경을 안정시켜 마음을 고요히 가라앉히는 것 등을 들 수 있다.

힌트: 숨을 참는 동안 머리가 옆으로 기울어지거나 가슴이 압박되지 않게 주의한다. 이로 인해 피로와 우울증이 생길 수 있기 때문이다.

자누 시르사아사나
머리를 무릎 위에 둔 자세

자누 시르사아사나 또한 출산 후에는 다른 방식으로
수련해야 한다. 바닥에 앉아 뻗은 다리의 발뒤꿈치뼈
를 목침 위에 올려서 수련한다.

1 목침과 벨트를 준비하고 바닥
위에 담요를 펼쳐 놓는다.

2 단다아사나 자세로 앉고 목침
을 몸 앞에 둔다.

3 왼쪽 발뒤꿈치뼈를 목침 위에 올
려놓고 다리를 곧게 편다. 오른
쪽 무릎을 굽히고 넓적다리와 종
아리의 바깥쪽을 바닥 위에 내려
놓은 다음 발뒤꿈치를 사타구니
의 오른쪽 가까이로 가져온다.
오른쪽 무릎을 뒤로 당긴다.

4 숨을 들이마시며 우르드바 하
스타 자세로 두 팔을 천정 쪽
으로 뻗는다.

5 숨을 내쉬며 두 팔을 왼발 너머 앞
으로 뻗고 두 손으로 발 양쪽 가장
자리를 잡고 우르드바 무카 자세
를 취한다. 정상 호흡을 한다.

7 충분히 멀리 뻗을 수 있으면 왼
손으로 오른쪽 손목을 잡는다.

6 뻗은 두 팔로 발을 잡은 뒤 숨을
들이마시며 척추를 신장시키면
서 들어올린다. 오른쪽 무릎을 아
래로 누르고 엉덩이hips를 들어
올린다. 왼쪽 다리와 몸통 사이의
각도는 45°가 되어야 한다. 머리
를 뒤로 젖히고 정상 호흡을 하면
서 이 자세로 15초 정도 머문다.

초보자와 고급 수련생을 위한 아사나의 세부 설명

출산 후 1기: 가능
출산 후 2기: 가능
출산 후 3기: 가능

효과

p.83 참조

8 숨을 내쉬며 팔꿈치를 옆으로 굽혀서 상체를 앞으로 굽히고 이마를 정강이뼈에 내려놓는다. 이 완성 자세에서 30~60초, 혹은 더 오래 머문다. 정상 호흡을 하면서 다음의 사항을 지킨다.

- 팔꿈치가 바깥쪽을 향하게 하여 점점 더 가슴을 활짝 열 수 있도록 팔꿈치를 넓게 벌리고 몸을 앞으로 쭉 뻗는다.
- 유리 늑골(양옆에 있는 가장 아래의 갈비뼈 두 개)을 앞으로 움직여 가슴 쪽으로 뻗는다.
- 마치 상체가 다리와 합쳐진 것처럼 흉골과 복부 가운데가 왼쪽 넓적다리 위에 놓여야 한다.
- 앞으로 굽히는 동안 뻗은 왼쪽 다리와 굽힌 오른쪽 다리는 바닥 위에 확고히 놓인 상태를 유지하고 오른쪽 무릎은 가능한 한 뒤로 당긴다.

9 숨을 들이마시며 머리와 상체를 들어올리고 손바닥을 풀어 단다아사나 자세로 돌아온다. 반대편에서도 이 아사나를 되풀이한다. 이때 동일한 시간 동안 자세를 취하고 다시 단다아사나로 돌아온다.

조언

초보자일 경우 손으로 발을 잡고 무릎에 이마를 내려놓는 것이 힘들 수도 있다. 점차 엉덩이, 상체 뒷부분, 갈비뼈, 척추, 겨드랑이, 팔꿈치, 팔 등 몸의 각 부분을 모두 뻗을 수 있는 능력을 길러야 한다. 아래의 지시들을 따라 수련을 시작하고 척추가 더 유연해지면 완전한 고전적인 자세를 위한 방법으로 점차 옮겨간다.

1 다리를 더 쉽게 잡을 수 있도록 척추를 완전히 뻗는다.

2 먼저 손이 정강이에 닿게 한다.

3 그 다음에는 집게손가락과 가운뎃손가락으로 엄지발가락을 감싸 잡는다.

4 세 번째로 손가락으로 발바닥을 잡는다.

5 그래도 여전히 닿을 수 없으면 발 주위에 벨트를 두르고 두 손으로 단단히 벨트를 당긴 다음 위에 지시한 대로 진행하면서 1단계에서 4단계까지 다시 시도한다.

6 척추 전체가 완전히 신장되는 것이 매우 중요하다.

자세 점검하기

> 발뒤꿈치의 바깥쪽 가장자리가 넓적다리 바깥쪽 가장자리와 일직선을 이루어야 한다.
> 발뒤꿈치뼈가 목침을 단단히 눌러야 한다.
> 꼬리뼈에서 겨드랑이까지 쭉 늘여져야 한다.
> 숨을 내쉬며 척추를 길게 늘인다.
> 가장 중요한 것은
- 가슴, 복부 혹은 위장 부위를 수축시키면 안 된다.
- 복부, 위장 부위, 가슴을 느슨히 풀고 앞으로 뻗는 능력을 기른다.

발뒤꿈치를 목침 위에 올리고 행하는 파스치모타나아사나
등을 강하게 뻗는 자세

'파스치마'는 '서쪽'을 의미하나 신체에 적용될 때에는 '등'을 의미한나. 이 아사나는 등을 신장시킨다.

이 아사나를 수련하기 위해 목침을 사용하게 될 것이다.

1 단다아사나 자세로 앉아 두 발뒤꿈 치뼈를 목침 위에 올려놓는다.

2 숨을 들이마시며 우르드바 하스타 자세로 두 팔을 천정을 향해 뻗는다.

3 숨을 내쉬며 두 팔을 뻗어 손으로 두 발의 바깥쪽 가장자리를 잡거나 발 너머에서 손목을 잡아 우르드 바 무카 자세를 취한 다. 팔꿈치를 곧게 편 상태를 유지한다.

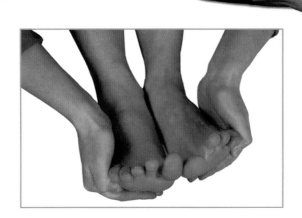

4 숨을 들이마시며 척추를 위로 쭉 뻗으면서 오목하게 만든다. 등, 허리 흉골을 들어올리고 머리로 뒤로 젖힌다. 5초 정도 머물며 몇 차례 호흡한다.

5 숨을 내쉬며 팔꿈치를 살짝 굽혀서 위팔을 바깥쪽으로 뻗는다. 몸통 측면을 신장시키면서 앞으로 몸을 굽혀 넓적다리에 닿게 한다. 머리는 무릎 너머에 내려놓아야 한다.

조언

초보자라 다리를 굽히지 않고는 발에 손이 닿지 않는다면 아래와 같이 해 보길 권한다.

- 위의 방법처럼 목침을 이용하여 엄지발가락을 잡는다. 오른쪽 엄지발가락은 오른쪽 엄지손가락, 집게손가락, 가운뎃손가락으로, 왼쪽 엄지발가락은 왼쪽 엄지손가락, 집게손가락, 가운뎃손가락으로 잡는다.
- 이것 또한 너무 어려우면 앞의 자누 시르사아사나에서 보듯 발 주위에 벨트를 두르고 당긴다.

- 점차 손가락으로 발바닥을 에워쌀 수 있도록 노력한다.
- 처음에는 등이 굽을 것이다. 이것을 고치기 위해서는 몸통을 등 허리에서부터 들어올리고 머리를 뒤로 젖힌다.

6 이 마지막 단계에서 머리와 몸통은 다리 위에 놓인다. 이 자세로 정상 호흡을 하면서 1분 정도 머물고 시간을 점차 5분까지 늘리며 다음의 사항을 지킨다.

- 가슴이 확장되도록 팔꿈치를 넓게 벌린다.
- 복부와 가슴을 넓적다리 위에 내려놓는다.

- 팔꿈치를 굽혀서 위로 들어올린다. 이때 손의 잡는 힘을 몸통을 신장시키는 지렛대로 이용한다.
- 가슴이 움푹 들어가게 하거나 흉골을 안으로 당겨 들이지 않는다.
- 목 근육을 부드럽게 하고 머리는 수동적인 상태가 되게 한다.

7 숨을 들이마시며 머리를 들고 단다아사나 자세로 돌아온다.

출산 후 1기: 불가능
출산 후 2기: 가능
출산 후 3기: 가능

효과

복부 근육과 장기를 마사지하고 강화한다.

신장 질병과 간 기능 부전 치료에 도움이 된다.

골반 부위를 뻗게 하여 그 부위의 혈액 순환을 촉진한다.

생식계 전반에 있어 그 기능을 보강하고 활력을 불어넣는다.

심장을 쉬게 한다.(심장과 척추가 바닥과 평행하게 수평으로 놓인다.)

흥분되고 당황하며 불안한 마음을 진정시킨다.

분노와 지나치게 감정적인 기분을 가라앉힌다.

기억력이 좋아지게 하고 명료하게 사고하게 한다.

특별 지침

벽에 맞대어 놓은 받침대나 의자를 이용하면 몸통을 뻗는 데 도움이 된다. 다음과 같이 해 보길 권한다.

- 두 발을 받침대의 아래쪽 판재 위에 내려놓거나 아래의 사진에서처럼 내려놓고 받침대, 혹은 의자 등받이를 손으로 잡는다.
- 무릎에 닿기 위해 가슴을 움푹 들어가게 하면 안 된다.
- 팔꿈치를 의자 위에 놓으면 안 된다. 이는 몸을 신장시키는 것을 방해한다.
- 반드시 넓적다리 바깥쪽을 안으로 말아 넣고 복부가 신장되어야 한다.

- 두 발을 모은 상태를 유지하지 못하면 30cm 정도 벌릴 수 있다. 이렇게 하면 사타구니가 부드러워지고 천골이 자유로운 상태가 된다.

아르다 받다 파드마 파스치모타나아사나
앞으로 굽히는 반 연꽃 자세

'아르다'는 '절반'을, '받나'는 '묶인'을, 그리고 '파드마'
는 '연꽃'을 의미한다. 이 자세에서는 한 다리는 파드
마아사나 자세를 취하고(p.94 참조), 다른 한 다리는
뻗으며 몸통 뒷면은 신장된다. 이것은 복부에 작용하
는 자세이다.

1 단다아사나 자세로 앉는다.
(p.64 참조)

2 오른쪽 다리를 굽혀서 발을 왼
쪽 넓적다리 위에 올린다. 이때
발의 바깥쪽 가장자리가 넓적다
리 위의 우묵한 곳 안으로 알맞게
들어가야 한다. 오른쪽 무릎을
왼쪽 무릎 옆으로 가능한 한 가까
이 가져간다.

3 숨을 들이마시며 두 팔을 천정을
향해 위로 뻗어 우르드바 하스타
자세를 취한다.

4 숨을 내쉬며 두 팔을 왼쪽 발을 향해 앞으로 뻗는다. 양손으로 발을 잡는데, 만일 더 멀리 뻗을 수 있으면 두 손을 발 뒤에서 서로 깍지 끼어 우르드바 무카 자세를 취한다. 팔을 곧게 편다.

5 숨을 들이마시며 머리를 들고 위를 바라본다. 척추를 뻗고 가슴을 확대시키며 흉골을 들어올린다. 정상 호흡을 하면서 5초 정도 머문다.

6 숨을 내쉬며 팔꿈치를 바깥쪽으로 굽혀서 척추를 앞으로 뻗는다. 턱은 왼쪽 무릎 위나 그보다 더 멀리 놓는다.

출산 후 1기: 불가능
출산 후 2기: 불가능
출산 후 3기: 가능

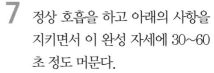

효과

불안정한 위장을 진정시키고 위에 가스가 차는 증상을 완화한다.

복부 근육을 강화한다.

7 정상 호흡을 하고 아래의 사항을 지키면서 이 완성 자세에 30~60초 정도 머문다.
- 골반을 앞으로 움직여 오른 발과 발목을 넘게 한다.
- 위장 부위와 가슴을 넓적다리 위에 올려놓고 턱은 무릎 너머에 놓이게 한다.
- 몸통이 점점 더 넓적다리와 하나로 합쳐져야 한다.

조언
- 굽힌 무릎이 바닥에 닿지 않으면 둥글게 만 담요를 그 아래에 놓고 또 다른 담요를 정강이 아래쪽과 발목 아래에 놓는다.
- 앞의 파스치모타나아사나에서처럼 뻗은 다리의 발뒤꿈치 아래에 목침을 올려서 수련해 본다.

자세 풀기

1 숨을 들이마시며 머리를 들고 단다아사나 자세로 돌아온다.

2 반대편으로도 이 아사나를 행하고 다시 단다아사나 자세로 돌아온다.

311

트리앙가 무카이카파다 파스치모타나아사나
사지의 세 부분을 이용해 등을 강하게 뻗는 자세

1 단다아사나 자세로 앉는다. (p.64 참조)

2 오른쪽 다리를 굽혀서 발바닥이 위를 향하게 하여 오른쪽 엉덩이 옆에 붙여 둔다. 이것은 한쪽으로 행하는 비라아사나(p.72 참조)와 비슷하다. 발 위에 앉으면 안 된다.

3 반드시 두 넓적다리가 평행을 이루어야 한다.

4 왼쪽 다리는 바닥을 따라 곧게 뻗은 상태를 유지한다.

5 손바닥은 엉덩이 양옆에 둔다.

6 굽힌 다리 위에 더 많이 앉을 수 있는 방법을 익힌다.

7 숨을 들이마시며 두 팔을 천정을 향해 위로 뻗어 우르드바 하스타 자세를 취한다. (p.66 참조)

8 숨을 내쉬며 몸통을 앞으로 뻗어 두 손으로 왼발을 잡거나 발 너머에서 손목을 잡아 우르드바 무카 자세를 취한다. (p.90의 6단계 참조)

9 숨을 들이마시며 가슴 측면을 들어올리고(허리를 길게 늘여) 위를 바라본다.

10 앞으로 굽힐 때 체중이 뻗은 다리로 더 많이 실리기 쉽다. 골반과 몸통의 양 측면을 고르게 맞추는 법을 익힌다.

출산 후 1기: 불가능

출산 후 2기: 불가능

출산 후 3기: 가능

효과

p.89 참조

11 숨을 내쉬며 팔꿈치를 굽히고 몸통 양 측면을 앞쪽을 향해 위로 들어올려서 복부와 턱을 왼쪽 다리를 따라 내려놓는다.

자세 풀기

1 숨을 들이마시며 머리와 가슴을 들어올려 몸을 일으킨다.

2 오른쪽 다리를 풀고 단다아사나 자세로 앉는다.

3 반대편으로도 되풀이한다.

자세 점검하기

> 몸통 양 측면을 고르게 균형을 맞추는 힘을 기른다.

> 몸통이 기울지 않고 중심을 잡게 하는 힘을 기른다.

조언

엉덩이가 기울면 뻗은 다리 쪽의 엉덩이 아래에 접은 담요를 두어 다른쪽 엉덩이와 높이를 맞춘다.

마리챠아사나 I
척추 비틀기 자세 I

1 단다아사나 자세로 앉는다.
(p.64 참조)

2 오른쪽 무릎을 굽혀 천정을
향해 위로 보게 한다. 오른쪽
발뒤꿈치는 오른쪽 엉덩이와
일직선을 이루게 하고
발가락은 앞을 향하게 한다.

3 두 팔은 단다아사나 자세에서
처럼 유지한다.

4 척추 양쪽의 근육의 높이를 똑같게
맞추고 수평 방향으로 편다.

5 숨을 들이마시며 오른팔을 천정
을 향하게 하여 곧게 뻗는다.

6 숨을 내쉬며 팔과 몸통 오른쪽
을 오른쪽 넓적다리 안쪽을 따
라 앞으로 뻗는다.

7 오른쪽 넓적다리 안쪽과 오른
쪽 몸통이 서로 닿아야 한다.

8 왼쪽 엄지발가락의 볼록한 부
분을 오른손으로 잡는다.

9 몸 오른쪽을 앞으로
신장시킨다.

10 오른쪽 무릎이 바깥
으로 처지지 않아야
한다.

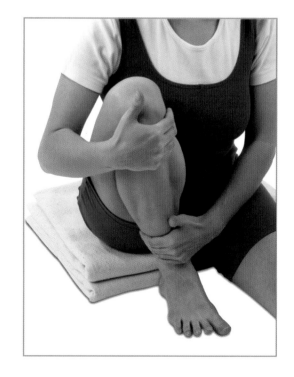

314

출산 후 1기: 불가능

출산 후 2기: 불가능

출산 후 3기: 가능

효과
p.321 참조

11 오른팔을 오른쪽 정강이뼈와 넓적다리를 감으면서 뒤로 가져간다.

12 왼쪽 어깨를 왼쪽으로 돌리면서 왼팔을 등 뒤로 돌려 오른손을 잡는다. 가슴을 들어올린다.

13 몸통 전체를 앞으로 향하도록 돌린다.

14 숨을 내쉬며 두 어깨의 바깥쪽이 등 안쪽을 향하게 들어올리는 상태를 유지하면서 두 어깨가 서로 일직선이 되게 한다. 복부, 흉골, 턱을 왼쪽 정강이를 향해 앞으로 가져와 이마를 내려놓는다.

15 반대편에서도 되풀이한다.

자세 점검하기

〉굽힌 다리 쪽의 사타구니의 우묵한 곳이 아래로 내려진 상태가 되어야 한다.

〉몸통 양 측면을 고르게 뻗는다.

〉앞으로 굽히는 동안 두 손을 단단히 깍지 낀다. 깍지가 느슨해지거나 굽힌 다리가 바깥쪽으로 기울면 안 된다.

우파비스타 코나아사나
넓은 각도로 앉는 자세

1 단다아사나 자세로 앉는다. (p.64 참조)

2 다리를 벌리고 두 다리 사이의 거리를 넓힌다. 여기에서는 두 발뒤꿈치 아래에 목침을 놓고 행하는 것을 보여 준다.

3 넓적다리, 무릎, 발의 가운데 부분이 정확히 천정을 향하게 해야 한다.

4 넓적다리, 무릎, 종아리 근육의 뒷부분을 아래로 누른다.

5 두 손을 각각 엉덩이 옆에 놓는다.

6 척추와 가슴을 들어올리고 견갑골을 등 안으로 당겨 넣는다.

7 다리를 넓게 벌리고 넓적다리, 종아리, 발뒤꿈치 뒷부분의 중심이 바닥 위에 놓이게 한다.

8 엉덩이뼈 위에 정확히 앉아서 고관절에서 경련이 일어나는 것을 피한다.

9 다리를 쭉 뻗은 상태에서 척추를 들어올리고 두 팔을 머리 위로 드는데, 이때 위팔을 귀와 나란하게 하여 우르드바 하스타 자세를 취한다.

10 숨을 내쉬며 앞으로 몸을 굽힌다. 파당구쉬타아사나 자세로 집게손가락, 가운뎃손가락, 엄지손가락으로 엄지발가락을 잡는다. 우르드바 무카 자세로 엄지손가락은 엄지발가락의 바깥쪽 면에, 집게손가락과 가운뎃손가락은 엄지발가락의 안쪽 면에 닿게 한다(여기에서는 두 발뒤꿈치 아래에 목침을 놓고 행하는 것을 보여 준다).

11 넓적다리를 바닥 쪽으로 누르고 발뒤꿈치 안쪽을 뻗는다.

12 몸통 측면을 들어올린다.

13 등의 척추를 견갑골 사이의 몸 안으로 움직이고 가슴을 더 들어올린다. 숨을 들이마시며 흉골을 들어올리고 위를 바라본다.

14 숨을 내쉬며 몸통을 길게 늘이고 머리를 아래로 내린다.

자세 풀기

숨을 들이마시며 머리, 가슴, 몸통을 들고 몸을 일으킨다. 두 다리를 모으고 단다아사나 자세로 돌아온다.

출산 후 1기: 불가능
출산 후 2기: 불가능
출산 후 3기: 가능

효과

발뒤꿈치를 목침 위에 올리고 행하면 출산 이전의 우파비스타 코나아사나 (p.85 참조)의 효과에 더하여

골반에 특별히 안전한 느낌을 준다.

다리 안쪽과 골반 근육을 강화한다.

내부의 몸과 외부의 몸을 재정렬시킨다.

골반을 안전하게 들어올린다.

조언

● 발가락을 잡을 수 없으면 발을 위해 벨트를 이용한다.

● 머리가 바닥에 닿지 않으면 접은 담요와 같은 지지물을 이용하여 머리를 받친다.

아도 무카 비라아사나
얼굴을 아래로 한 영웅 자세

출산 후 1기: 불가능
출산 후 2기: 불가능
출산 후 3기: 가능

1 엄지발가락을 서로 맞대고 무릎은 떼며 종아리 근육은 바깥쪽으로 말리게 한다.

효과

p.76 참조

2 두 발뒤꿈치 안쪽 사이에 앉는다.

3 두 팔을 앞으로 가져가면서 척추와 몸통 측면을 앞으로 쭉 뻗고 이마를 바닥 위에 내려놓는다.

317

비틀기
파리브리타 스티티

비트는 아사나들에는 여러가지 효과가 있는데, 특히 출산 후에 효과가 크다. 그러나 이 아사나들은 조심해서 수련해야 하므로 정확하게 행하는 것이 매우 중요하다.

해야 할 것들과 하지 말아야 할 것들

해야 할 것들
● 아사나로 인해 복부와 가슴이 여유롭게 되었을 때 얻을 수 있는 신체의 민첩함을 즐긴다.
● 수련으로 척추 근육을 유연하게 만든다.

하지 말아야 할 것들
● 요추 부위가 처지거나 내려앉게 해서는 안 된다.
● 복부를 아래쪽으로 압박해서는 안 된다.
● 가슴 근육을 수축시키면 안 된다.

이러한 '하지 말아야 할 것들'에 주의를 기울이지 않고 자세를 적절히 행하는 대신 억지로 행한다면 출혈이나 탈장에 이르게 될 수 있다.

1 바라드바자아사나Bharadvajasana(의자 이용)
2 바라드바자아사나Bharadvajasana(큰베개 이용)
3 마리챠아사나Marichyasana Ⅲ
4 아르다 마첸드라아사나

언제나 위의 순서대로 수련해야 한다.

효과
(모든 비트는 자세에 해당됨)

류머티즘, 요통, 척추의 통증, 굽은 등을 완화한다. 등의 염좌, 디스크 탈출이 있을 때에는 벽에 대어 수련한다.

어깨와 견갑골의 가동성可動性을 높이고 가슴을 펴 확대되게 한다.

발목과 종아리를 보기 좋게 만든다.

복부 장기들을 마사지하고 활기차게 만든다.

소화 불량, 위산 과다, 과민한 내장, 당뇨병,위에 가스가 차는 증세를 완화한다.

신장, 간, 비장, 담낭, 방광의 이상 치료를 돕는다.

장의 연동 운동을 정상화한다.

자궁과 허리를 강화한다.

생리 이상과 내분비선 기능 부전을 치료하고 비만을 방지한다.

과로나 생리 출혈에서 오는 피로를 줄인다.

탈장과 자궁 위치 이동을 예방한다.

바라드바자아사나
상체 비틀기 자세

출산 후 1기: 불가능
출산 후 2기: 가능
출산 후 3기: 가능

특히 출산 후에는 허리와 어깨의 통증에 대한 호소가 일반적이다.

이 단계에서는 척추 근육을 정상화시키는 것이 필요하다. 여기에서는 척추를 옆으로 움직이는 단순한 자세들로 시작한다. 이 자세들은 나머지 비트는 아사나들의 기초를 이룬다. 바라드바자아사나는 척추를 옆으로 움직이는 동작을 바로잡는 디딤돌의 역할을 한다.

출산을 여러 번 겪으면 지방 축적, 느슨해진 근육, 소화 불량 등 중년과 관련된 여러 문제들에 직면할 수 있다. 특히 이 시기에는 신체의 신진대사를 유지하기 위해 척추를 옆으로 돌리는 자세가 매우 중요하다.

상세한 설명을 보려면 p.91~93의 임신 중일 때를 위한 바라드바자아사나를 참조한다.

특별 지침

지지물을 이용하여 행하는 다음의 바라드바자아사나의 변형 자세들을 시도한다.

무릎 사이에 목침을 끼우고 의자 위에 앉아서 행하기

발 자세에 주의

큰베개 위에 앉아 목침 이용

큰베개 위에 앉아 벽 이용

319

마리챠아사나 Ⅲ
척추 비틀기 자세 Ⅲ

숩타 받다 코나아사나, 숩타 비라아사나, 혹은 세투
반다 사르반가아사나로 몸통과 내부 장기들을 신장한
다음 안전 조치로 마리챠아사나로 바꾸어 수련할 수
있다.

1 단다아사나 자세로 앉는다.
(p.64 참조)

2 정강이를 바닥과 수직이 되게
하여 오른쪽 다리를 굽히고 발
을 넓적다리 쪽으로 당긴다. 오
른쪽 종아리와 넓석다리를 밀착
시켜야 한다. 발가락이 앞을 향
하게 하고 발바닥과 발뒤꿈치를
바닥에 붙인다. 왼쪽 다리는 쭉
편다. 1~2번 호흡을 한다.

3 숨을 완전히 내쉬며 척추를 들
어올리고 몸통을 오른쪽으로
돌려 몸통 왼쪽 면이 오른쪽 넓
적다리에 가까워지게 한다. 오
른팔을 등 뒤로 가져가 엉덩이
에서 20~25cm 정도 떨어진
곳에 둔다.

팔과 몸통 측면 들어올리기

4 왼팔을 들어올려서 아래의 방
법 중 하나로 오른쪽 넓적다리
너머로 뻗는다.
- 오른쪽 넓적다리를 왼쪽 다
리 쪽으로 약간 움직인다.
- 왼팔로 오른쪽 넓적다리를
밀고 두 팔로 무릎을 감싸
안는다. 몸통 왼쪽과 겨드랑
이는 이제 오른쪽 무릎과 오
른쪽 넓적다리 윗부분 사이
에 고정되게 된다.

5 왼팔을 왼쪽 다리를 향해 더 뻗
어 왼쪽 아래팔, 겨드랑이, 몸
통 왼쪽이 오른쪽 넓적다리에
훨씬 더 가까워지게 한다.

6 왼팔을 굽히고 손목 부위에서
돌려서 오른쪽 다리를 둘러싸고
손바닥을 등 위에 둔다. 1~2번
호흡을 한다.

7 숨을 내쉬며 오른팔을 바닥으
로부터 들어올리고 어깨에서
부터 뒤로 뻗어 팔꿈치 부위에
서 굽힌 다음 등 뒤의 왼쪽 손
바닥 가까이로 가져간다. 오른
손으로 왼손의 손가락, 손바닥,
손목의 순서로 단단히 잡는다.

출산 후 1기: 불가능

출산 후 2기: 불가능

출산 후 3기: 가능

8 몸통을 들어올리고 오른쪽으로 돌린다. 목을 돌리고 왼쪽을 응시한다.

9 이 자세로 20~30초 동안 머문다. 처음 얼마 동안에만 횡격막이 압박되어 호흡이 빨라질 것이다. 다음의 사항들을 지킨다.
- 뻗은 다리를 더 멀리 뻗는다.
- 견갑골을 안으로 말아 넣는다.
- 휘감은 팔의 겨드랑이와 굽힌 다리의 넓적다리 사이에 어떤 공간도 남아 있으면 안 된다.
- 뒤에서 꽉 잡은 손가락을 느슨하게 해서는 안 된다.

10 머리를 앞으로 돌리고 손을 푼 다음 단다아사나 자세로 돌아온다.

11 오른쪽 다리를 펴고 왼쪽 다리를 굽혀서 이 자세를 되풀이한다. 양쪽에서 자세를 지속하는 시간이 서로 같아야 한다.

효과
(마리챠아사나 Ⅰ, Ⅲ, 우티타 마리챠아사나의 효과)

복부 주위의 지방을 감소시킨다.

등의 아픔, 요통, 목과 어깨의 염좌를 진정시킨다.

복부 장기들을 정상 상태로 되돌린다.

초보자에게 있어 마리챠아사나는 약한 근육 상태로 인해 우르드바 프라사리타 파다아사나를 행한 뒤에 올 수 있는 등의 통증을 완화해 준다. 이것이 권장되는 순서로 아사나를 수련해야 하는 이유를 잘 보여 준다. 어떤 아사나가 문제를 일으키거나 통증을 유발한다 해도 다른 자세들이 그 어려움을 바로잡아 줄 수 있으므로 그것을 포기할 필요가 없다. 우르드바 프라사리타 파다아사나를 행한 뒤에는 복부 근육을 신장시키기 위해 반듯하게 누워서 행하는 자세들이 권장된다. 그 다음에는 등의 통증을 없애기 위해 마리챠아사나를 행한다.

벽을 이용하는 방법

만일 혼자서 이 아사나를 수련할 수 없으면 다음과 같이
벽을 지지물로 이용한다.

1 단다아사나 자세로 벽 옆에 앉
아 오른쪽 다리가 벽을 따라 뻗
게 한다. 접은 담요나 큰베개
위에 앉는다.

2 오른쪽 다리를 굽히고 정강이
를 수직 상태로 만든다. 오른
쪽 발뒤꿈치는 담요 위가 아
니라 바닥 위에 놓여야 한다.
1~2번 호흡을 한다.

3 숨을 들이마시며 왼팔을 들어
올리고, 숨을 내쉬며 몸통을
오른쪽으로 돌려 몸통 왼쪽이
오른쪽 넓적다리에 더 가까워
지게 한다.

4 왼쪽 어깨와 겨드랑이를 오른
쪽 다리를 향해 뻗는다.

5 왼쪽 손바닥을 벽에 대고 왼팔
로 오른쪽 넓적다리를 민다.
오른쪽 손바닥을 바닥 위에 놓
고 복부를 돌리는 자세를 그대
로 유지한다.

6 균형을 잘 잡고 난 후에 오른팔을
들어올리고 손바닥을 벽에 댄다.

7 두 손바닥으로 벽을 누르면서
몸통을 들어올리고 아르다 마
첸드라아사나(p.324 참조)에
서처럼 몸통을 돌린다.

8 왼쪽 다리를 벽과 나란하게 뻗
고 이 모든 과정을 반대로 하여
이 아사나를 되풀이한다.

조언

복부가 여전히 무겁게 느껴지면 다
리를 옆으로 45° 내어 위에 지시한
것처럼 수련하거나, 아니면 손으로
만 잡고 등 뒤의 벽을 지지물로 이
용한다.

**팔과 몸통 측면
들어올리기**

우티타 마리챠아사나
서서 행하는 척추 비틀기 자세

출산 후 1기: 불가능
출산 후 2기: 가능
출산 후 3기: 가능

앉는 대신 서서 앞의 모든 지시들을 따라 행한다.

1 왼쪽 발뒤꿈치를 목침 위에 놓고 오른쪽 다리를 굽혀서 선다.

2 왼쪽 다리를 곧게 편 상태로 두고 오른쪽 엉덩이를 벽에 맞댄다. 왼팔, 몸통 측면, 복부를 들어올린다.

3 아르다 마첸드라아사나에서처럼 벽에 두 손을 맞대고 수련하거나, 왼손으로 오른쪽 무릎을 잡고 손으로는 당기면서 다리로는 그 힘에 맞서면서 수련한다.

출산 후의 요가

아르다 마첸드라아사나
반半 물고기의 신 자세

아르다 마첸드라아사나는 하복부 장기 마사지에 도움이 되고 허리를 강화한다. 아래의 방법은 고전적인 자세를 위한 것이다.

1 단다아사나 자세로 앉는다. (p.64 참조)

2 왼쪽 다리를 굽히고 정강이를 왼쪽 뒤로 보내 왼발이 왼쪽 엉덩이 바로 옆에 놓이게 한다.

3 엉덩이를 바닥에서 들어올리고 왼발을 엉덩이 아래에 둔다. 발은 수평 방향으로 놓여 깔개 모양으로 쿠션 역할을 하게 한다. 빈 뒤꿈치 위에 왼쪽 엉덩이의 바깥 부분이 놓이게 하고, 발바닥 위에는 안쪽 부분이 놓이게 한다.

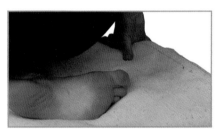
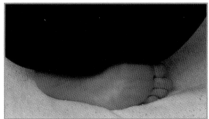

4 오른쪽 다리를 굽혀서 정강이를 왼쪽 다리 바깥 부분 옆에 둔다. 그러면 오른쪽 발목의 바깥쪽이 왼쪽 넓적다리 바깥 부분 가까이에 오게 된다. 오른발과 왼쪽 무릎은 앞을 향해야 한다. 두 손은 단다아사나에서처럼 몸 옆에 두고 몸의 균형을 잡게 한다. 호흡을 몇 번 한다.

● 엉덩이가 왼발 위에 적절히 놓이지 않거나 발이 편안한 깔개 역할을 못하게 놓이면 몸이 기울어지게 된다.

● 골반이 둔중하면 수직으로 놓인 다리가 그릇된 각도로 기울어지게 된다.

5 숨을 내쉬며 몸통을 오른쪽으로 90° 돌린다. 오른손을 오른쪽 엉덩이 뒤로 10~15cm 정도 떨어지게 놓는다. 가슴, 위장 부위, 골반이 수식으로 세운 오른쪽 넓적다리를 넘어서 오른쪽으로 돌도록 척추를 돌린다.

6 숨을 들이마시며 왼팔을 들어올리고, 숨을 내쉬며 그 팔을 굽혀서 오른쪽 넓적다리의 바깥쪽 가장자리 너머로 가져간다. 그러면 왼쪽 겨드랑이와 몸통 왼쪽이 오른쪽 무릎과 넓적다리에 가까워지게 된다.

7 왼팔로 오른쪽 다리를 감싸 안는다. 숨을 한 번 쉰다.

8 숨을 내쉬며 오른손을 바닥에서 떼어 들어올리고 균형을 잡으면서 어깨에서부터 뻗는다. 그 다음 가볍고 빠른 동작으로 팔을 뒤로 보내어 왼쪽 엉덩이 위에 손을 얹는다.

9 오른손 손가락으로 왼손 손가락을 잡는다. 몸을 돌리면서 서서히 잡는 범위를 늘려 손바닥, 그리고 손목을 잡는다.

10 머리를 오른쪽 어깨를 향해 돌리고 오른쪽을 본다. 이 완성 자세에서 20~30초 정도 머문다. 처음에는 호흡수가 올라갈 것이나 점차 정상으로 돌아갈 것이다. 다음 사항들을 지킨다.

자세 점검하기

〉 균형을 유지하기 위해서는 반드시 잡는 힘을 강하게 하고 두 팔을 뒤로 돌릴 때 가슴을 들어올리고 넓히며, 허리와 엉덩이 근육을 위로 뻗어야 한다.

〉 왼쪽 갈비뼈 아래쪽(유리 늑골)이 오른쪽 넓적다리 뒤에서 죄어 지게 되면 안된다. 이것이 호흡을 방해할 수 있다.

〉 숨을 내쉬며 유리 늑골이 느슨히 풀려날 때까지 계속 몸을 더 돌린다.

〉 동시에 오른쪽 다리와 왼팔 사이에 어떤 틈도 없게 해야 한다. 이 둘이 밀착되면 될수록 몸을 더 잘 돌릴 수 있다.

자세 풀기

1 손을 풀고 다음 순서를 따른다. 즉, 상체를 앞으로 되돌리고 오른쪽 다리를 곧게 편 다음 왼쪽 다리도 곧게 편다.

2 오른발 위에 앉아 모든 과정을 반대로 하여 반대편으로도 아사나를 되풀이한다. 이때 동일한 시간 동안 자세를 취한다.

3 단다아사나 자세로 돌아온다.

출산 후 1기: 불가능
출산 후 2기: 불가능
출산 후 3기: 가능

특별 지침

- 과체중일 경우 발 위에 앉는 것이 힘들 수도 있다. 발뒤꿈치를 엉덩이 옆에 놓고, 엉덩이가 들어올려지고 발뒤꿈치가 바닥에 닿을 수 있도록 5~7cm 두께의 담요를 엉덩이 아래에 둔다.

- 사진에서 보듯 목침을 이용할 수도 있다.

- 등 뒤에서 손을 맞잡을 수 없으면 수직으로 세운 다리를 왼쪽 무릎 근처에 두어 복부가 압박되지 않게 한다. 왼팔을 뒤로 돌리는 대신 쭉 뻗어서 오른발의 엄지발가락을 잡는다. 수련이 쌓이면 손바닥을 발 아래에 놓을 수 있을 것이다. 오른팔을 뒤로 가져가 허리를 감는다.

- 위의 지침들로 충분히 도움을 얻을 수 없으면 다음과 같이 벽 가까이에서 아사나를 수련한다.

1. 오른쪽 다리를 벽과 나란하게 하여 단다아사나 자세로 앉는다.
2. 왼쪽 다리를 굽혀서 왼발 위에 앉는다. 오른쪽 엉덩이는 벽에 가까이 있게 된다.
3. 오른쪽 무릎을 굽혀서 오른쪽 정강이를 왼쪽 넓적다리 바깥쪽 가장자리에 둔다. 그러면 이제 오른쪽 정강이는 벽에서 멀어질 것이다. 1~2번 호흡한다.

4. 숨을 내쉬며 몸통을 오른쪽으로 돌리고 몸통 왼편을 오른쪽 넓적다리 쪽으로 가져온다.
5. 왼쪽 위팔을 오른쪽 다리의 바깥쪽 가장자리에 대고 누르고 팔꿈치를 굽혀서 손바닥을 벽에 댄다. 오른팔이 미끄러지지 않게 한다.
6. 오른팔을 들어올려서 손바닥을 벽에 댄다. 두 손바닥을 벽에 대고 누르고 몸통을 들어올리며 비튼다.

- 벽을 이용하지 않고 아사나를 행할 수 있다 하더라도 복부 장기와 척추를 강하게 마사지하고 척추를 옆으로 더 잘 비틀기 위해 벽에 대고 수련할 것을 권한다.

- 복부를 더 잘 돌리고 허리를 더 잘 들어올리기 위해 엉덩이 아래에 접은 담요를 깔고 수련한다. 이렇게 하면 복부를 아래로 누르는 것을 피할 수 있어 탈장이나 자궁 위치가 변동되는 것을 예방한다.

거꾸로 하는 아사나
비파리타 스티티

벽에서 약간 떨어져 행하는 살람바 사르반가아사나
어깨로 서기 자세

빨리 균형을 잡는 여성들이 있는 반면 균형 잡는 것이 아주 힘든 여성들도 있다. 균형을 잡기 위해서는 균형 감각이 좋아야 하는 것 외에도 근육이 단단해야 한다. 약해서 휘청거린다고 느끼면 사르반가아사나에서 균형을 정확하게 잡을 수 없어 몸이 곧게 펴지지 않고 다리가 앞으로 기울며 엉덩이가 뒤로 튀어나오고 가슴이 안으로 함몰되는 원인이 될 수 있다. 이런 식의 균형 잡기는 가슴, 심장, 등, 목에 해롭다.

어떤 요가 아사나에서도 '균형'은 특별한 의미를 지닌다. 즉, 단순히 균형을 잡는 것만이 아니라 체중을 적절히 배분하는 것 또한 요구된다. 사르반가아사나에서

몸을 들어올릴 때에는 가벼운 느낌이 들고 몸이 처지지 말아야 한다. 체중이 목에만 실려서는 안 되고 어깨와 팔꿈치에 나뉘어 실려야 한다. 몸통과 다리가 어깨와 일직선을 이루는 것이 매우 중요하다.

올바로 들어올리는 것을 확실히 하기 위해 출산 후 1기에는 두 발을 벽에 대고 수련하여 체중을 어깨에 싣고 척추를 위로 들어올리는 법을 배운다. 시간이 지나 출산 후 2기에는 의자를 이용할 수 있다.

'자세 점검하기'에서의 사항들에 특히 주의를 기울여야 한다.

1 접은 담요 3~4장을 포개어 벽에서 45cm 정도 떨어지게 놓는다.

2 두 다리를 굽히고 어깨를 담요 위에 두고 머리는 바닥 위에 둔다.

3 오른손으로 벨트를 잡는다.

4 어깨와 위팔을 아래로 누른다.

5 다리를 굽힌 채로 벽에 다가가서 두 발을 벽에 단단히 댄다. 이때 발의 바깥쪽 가장자리가 위를 향하게 하여 넓적다리 윗부분이 안으로 말리게 한다.

6 발뒤꿈치뼈에서 발가락 아래의 둥근 부분까지 발바닥을 쭉 뻗는다.

7 팔꿈치에 벨트를 두른다. 체중을 어깨에 실으면서 두 팔을 벽 쪽으로 뻗는다. 이때 손바닥은 위를 향하고 엄지손가락은 밖을 향하게 돌린다.

8 팔꿈치를 굽히고 엄지손가락은 앞을 보게, 나머지 손가락들은 척추를 향하게 하여 두 손을 등 뒤에 댄다.

9 체중을 어깨, 위팔, 팔꿈치에 실으면서 두 발을 벽에 대고 누르고 엉덩이, 척추, 가슴 측면, 가슴을 들어올린 다음 무릎을 벽 쪽으로 뻗는다. 흉골 맨 윗부분이 턱과 닿아야 한다.

출산 후 1기: 가능
출산 후 2기: 가능
출산 후 3기: 가능

효과
(이후의 페이지에 나오는 모든 변형 자세에도 해당됨)

가슴이 활짝 펴지고 긴장에서 벗어나게 하며 폐에 공기가 잘 드나들게 한다.

모유를 정화한다.

몸을 단단하게 만든다.

신경을 안정시키고 출산 후에 에너지를 다시 공급한다.

빈혈 치료에 도움이 된다.

혈액 순환을 개선하여 특히 출산 후의 경련과 마비에 도움을 준다.

규칙적으로 수련하면 비뇨기의 이상이나 감염 해결에 도움이 되고 자궁의 위치 변동도 줄여 준다.

수련해서는 안 되는 경우

생리 기간
(거꾸로 하는 자세는 모두 금한다.)

고혈압

바닥과 몸이 수직이 되도록 균형을 잡을 수 없으면 벽에 두 발을 댄 첫 자세에 머문다.

10 몸을 계속 들어올리는 상태에서 한 다리씩 벽에서 떼어 위로 뻗는다.

11 엉덩이를 수축하여 꼬리뼈를 안으로 말아 들인 상태로 만들고 겨드랑이에서 발가락까지 몸 전체를 곧게 편다. 이때 발가락은 안으로 들이고, 발뒤꿈치는 밖으로 낸다.

12 정상 호흡을 하면서 이 완성 자세로 5분 정도 머문다.

자세 풀기

1 무릎을 굽히고 한 발씩 벽에 댄다. 가슴을 활짝 펴고 들어올린 상태를 그대로 유지하면서 벨트를 치우고 천천히 척추를 바닥으로 내린다. 어깨를 담요에서 멀어지게 움직이고 머리와 같은 높이로 놓이게 한다.

2 다리를 스바스티카아사나 자세로 하여 휴식한다.

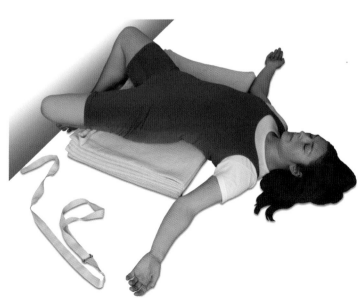

자세 점검하기

〉 엉덩이가 바닥과 수직이 되게 한다.
〉 엉덩이 근육을 단단히 조인다.
〉 목을 길게 늘인다.
〉 위팔을 바닥에 대고 힘껏 누른다.
〉 갈비뼈 아랫부분과 겨드랑이 근처의 가슴을 들어올린다.
〉 등을 들어올려서 승모근(등 위쪽)이 바닥에서 떨어져 들어올려져야 한다.

의자를 이용한 살람바 사르반가아사나
어깨로 서기 자세

출산 후 1기: 불가능
출산 후 2기: 가능
출산 후 3기: 가능

사르반가아사나를 변형한 이 자세에는 이미 익숙해져 있다. 의자를 이용하여 수련하면 척추와 목이 확실히 들어올려지게 되어 체중이 목에 실리지 않게 하여 몸을 위로 들어올릴 수 있게 된다. 체중이 많이 나가거나 그렇다고 느끼는 사람들도 이 변형 자세를 더 쉽게 행할 수 있다.

1 의자의 앉는 부분 위에 담요를 두고 의자 등받이에도 담요를 얹는다. 큰베개를 의자 앞에 놓아 둔다.

2 의자 위에 등받이를 향해 앉고 두 다리를 등받이 위에 올려놓는다.

3 숨을 내쉬며 의자를 잡고 약간 뒤로 눕는다.

4 숨을 내쉬며 등을 내려 어깨가 큰베개에 닿게 한다.

5 잠시 멈추고 정상 호흡을 몇 번 한다.

6 팔을 의자 아래에 두고 의자 뒷다리를 잡은 다음 두 다리를 곧게 편다.

7 정상 호흡을 하면서 이 자세로 5분 정도 머문다.

8 횡격막이 압박되면 두 다리를 벌린 상태로 둔다.

자세 풀기

1 무릎을 굽히고 의자 다리를 잡은 손의 힘을 풀고 다리를 서서히 내리면서 머리 쪽으로 천천히 몸을 미끄러뜨려 내려온다.

2 바닥에서 일어날 때 먼저 오른쪽으로 몸을 돌린 다음 일어난다. 갑자기 똑바로 앉아서는 안 된다.

자세 점검하기

› 허리에서 엉덩이까지 등이 의자의 앉는 부분 위에 있어야 한다.
› 목이 압박되어서는 안 된다.
› 가슴이 함몰되지 않게 해야 한다.
› 얼굴, 눈, 입, 턱의 긴장을 풀고 이완한다.

특별 지침

- 목침과 벨트 2개를 이용하여 수련할 때 교사나 동료가 도울 수 있다. 목침을 끼우고 파스치모타나아사나에서처럼 발바닥의 아치 부분의 안쪽을 뻗는다. 이렇게 하면 골반에 활력을 주는 효과를 얻을 수 있다. 등을 의자로 받치므로 이 형태의 사르반가아사나를 안전하게 행할 수 있을 것이다.

자세 풀기

아래로 내려오기 위해 의자 앞다리를 잡고 의자를 멀리 밀어내면서 천천히 몸을 미끄러뜨려 내려온다.

- 목침과 벨트를 이용하는 수련 사진에서 볼 수 있듯 의자는 벽에 가까이 놓여 있어야 한다. 이 자세에서 스스로 혹은 다른 사람의 도움을 받아 발가락을 벽에 대고 발뒤꿈치는 뻗어 니라람바 사르반가아사나Niralamba Sarvangasana 자세를 취한다. 이렇게 하면 잡는 힘이 좋아지고 안쪽과 바깥쪽 근육을 잘 들어올릴 수 있게 되며, 실제로 안쪽과 바깥쪽의 정렬이 무엇을 의미하는지 느낄 수 있다.

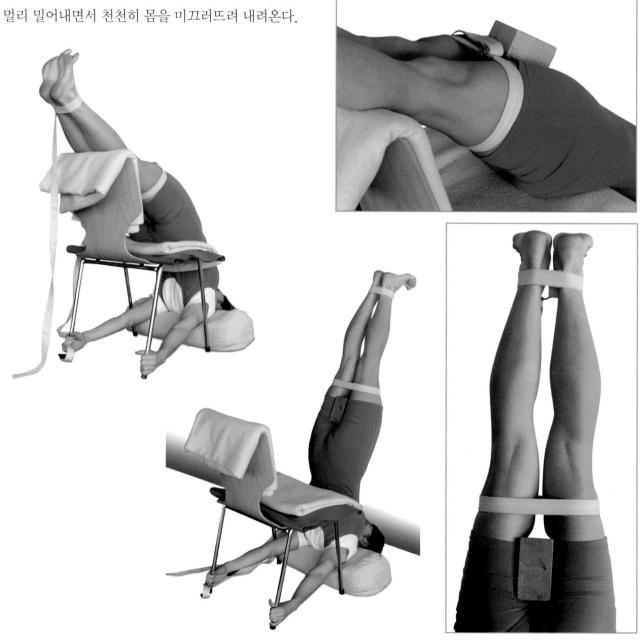

기대지 않고 행하는 살람바 사르반가아사나
어깨로 서기 자세

출산 후 1기: 불가능
출산 후 2기: 불가능
출산 후 3기: 가능

1 접은 담요 3~4장과 팔꿈치를 위한 벨트를 준비한다.

2 어깨를 담요 위에 두고 바닥 위에 평평히 눕는다. 머리는 바닥 위에 놓고 다리와 발은 함께 모은다.

3 무릎을 단단히 조이고 손바닥을 위로 향하게 하여 두 팔을 몸 옆에 나란히 뻗는다. 어깨를 아래로 내린 상태에서 머리에서 멀어지게 움직인다. 머리와 목이 척추와 일직선을 이루게 해야 한다.

4 숨을 내쉬며 무릎을 굽혀 가슴 위로 가져온다.

5 손을 아래로 누르고 약간 빠른 움직임으로 허리와 엉덩이를 들어올린다. 무릎은 굽힌 상태를 유지하고 머리 너머에 닿게 한다.

6 엉덩이를 손으로 받치고 상체를 들어올린다.

7 엉덩이와 넓적다리를 더 들어올리고 손으로 등을 받친다. 이제 어깨에서 무릎까지 몸이 바닥과 수직이 된다. 흉골 맨 윗부분이 턱과 닿게 한다. 두 손바닥을 등에 대고 엄지손가락은 앞을 향하게, 나머지 손가락은 척추를 향하게 한다.

8 엉덩이를 수축시켜 요추와 꼬리뼈가 안으로 들어가게 하고 천정을 향해 두 다리를 곧게 편다.

9 손바닥과 손가락을 등에 대고 단단히 눌러 겨드랑이에서 발가락까지 몸 전체가 곧게 펴지게 한다.

10 팔꿈치가 밖으로 벌어지게 해서는 안 된다. 어깨와 팔꿈치가 일직선을 이루도록 벨트를 이용한다.

11 어깨를 뒤로 보내고 머리 방향에서 멀어지게 한다. 위팔을 서로 가까워지게 움직인다.

자세 풀기

숨을 내쉬며 무릎을 굽히고 서서히 엉덩이와 등을 아래로 내린다. 이때 갑작스런 움직임으로 충격을 주면 안 된다.

조언

내부의 몸을 더 잘 들어올리기 위해

- 회음 가까이 넓적다리 윗부분 사이에 목침을 끼워 넣는다.
- 넓적다리 윗부분과 발목에 벨트를 사용한다.
- 목침을 단단히 조이는 능력을 기르고 다리 안쪽을 발의 안쪽 아치 부분에 이르기까지 위로 쭉 뻗고 안쪽 종아리 사이에 있는 공간을 좁힌다.

발가락을 탁자 위에 올리고 행하는 아르다 할라아사나 반 쟁기 자세

발가락을 절반 정도 혹은 더 많이 탁자 위에 올려두고 이 아사나를 수련하면 넓적다리와 척추를 들어올리고 강화시킬 수 있고 출산 뒤에 자연히 발생하는 몸이 처지는 현상을 바로잡을 수 있다.

● 벽에서 약간 떨어져서 행하는 사르반가아사나에서 이 아사나를 시작하지만 출산 후 3기에는 지지물 없이 행하는 살람바 사르반가아사나에서 시작할 수도 있다(이 장의 앞부분에 나오는 벽에서 약간 떨어져서 행하는 사르반가아사나와 기대지 않고 행하는 살람바 사르반가아사나 참조).

사르반가아사나에서 시작
(p.326 참조):

1 탁자이나 그 비슷한 지지물을 준비하여 몸 뒤쪽 45~60cm 정도 떨어진 곳에 둔다.

2 먼저 한 다리를 아래로 내린 다음 다른 다리를 내린다. 발가락 끝을 대고 발뒤꿈치를 뻗는다.

3 손으로 등을 받치고 엉덩이와 몸통 측면을 들어올려 겨드랑이와 위팔에서 멀어지게 한다.

4 팔을 뒤에 두거나 뒤로 뻗는다. 혹은 담요의 가장자리를 잡는다. 팔과 팔꿈치를 아래로 눌러 몸통을 들어올린다.

효과
소화력을 높인다.
출혈을 막는다.
복부와 골반의 혈액 순환을 개선하여 감염을 줄인다.
허리를 강화하고 통증을 줄여 준다.
출산 후 복부의 압박감과 통증을 줄여 준다.
유두의 통증을 진정시킨다.
허약함, 피로, 빈혈을 완화한다.
처진 복벽과 골반바닥을 들어올린다.
근육 긴장을 정상으로 회복시킨다.
장 운동을 정상화시킨다.
항문과 질 주변이 붓는 것을 줄여 준다.

5 넓적다리와 척추를 위로 들어 올리고 척추와 엉덩이가 일직 선을 이루게 한다.

6 가슴이 함몰되지 않으며 엉덩 이가 뒤로 튀어나오지 않아야 한다.

7 정상 호흡을 하면서 3~5분 정 도 머문다.

자세 풀기

원래의 자세로 되돌아오기 위해 진 행 과정을 거꾸로 한다. 즉 두 손을 등에 대고 한 다리씩 움직여 사르반 가아사나 자세로 돌아온 다음 조심 스럽게 몸을 내린다.

조언

몸이 허약하거나 빈혈이 있어서 이 아사나를 해 내지 못하면 발가락을 탁자 위에 올리고 행하는 아르다 할 라아사나 자세를 취하기 위해 다리 를 움직일 수 있도록 먼저 의자를 이용한 사르반가아사나(이 장 앞 부 분 참조) 자세에서 시작할 수 있다.

탁자를 이용한 아르다 숩타 코나아사나
반 누운 각도 자세

1 발가락을 탁자 위에 올리고 행하는 아르다 할라아사나 (p.332 참조)를 위한 지침을 따르나 다리를 벌리고 행한다.

2 척추와 넓적다리를 들어올리 고 척추와 엉덩이를 일직선에 있게 한다.

3 가슴이 안으로 움푹 들어가게 하면 안 되며 엉덩이가 돌출되 어서도 안 된다.

출산 후 1기: 불가능
출산 후 2기: 불가능
출산 후 3기: 가능

(더 상세한 지침을 보려면 p.106의 제3장, '넓적다리를 두 개의 의자 위 에 놓고, 다리를 벌리고 행하는 아 르다 숩타 코나아사나'를 참조한다.)

벤치나 그 비슷한 높이의 지지물 위에서 행하는
세투 반다 사르반가아사나
다리 만들기 자세

출산 후 1기: 가능
출산 후 2기: 가능
출산 후 3기: 가능

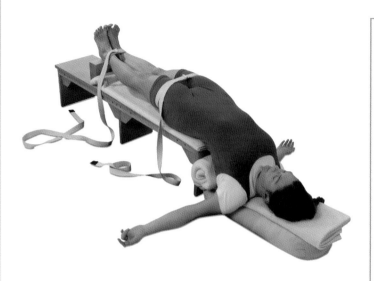

벤치 외에 벨트와 목침도 이용할 수 있다.
(더 상세한 지침을 보려면 p.107의 이 아사나를
위한 '방법 1'을 참조한다.)

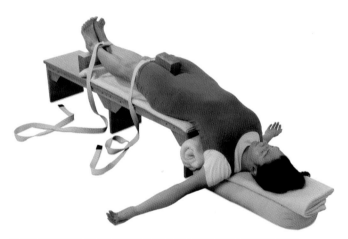

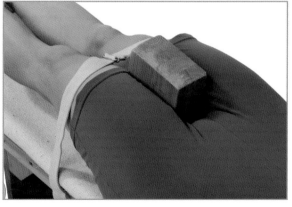

특별 지침

출산 후 3기에는

● 목침과 벽을 이용하여 수련할 수 있다.

● 다리를 굽히고 자세에 들어가고, 또 다리를 굽
  혀서 자세를 푼다.

● 다리의 정렬을 알아차리고, 무릎의 바깥쪽과 안
  쪽이 바닥과 평행하게 한다.

차투쉬파다아사나
다리 자세

p.111의 임신 중일 때를 위한
지침을 따른다.

출산 후 1기: 불가능
출산 후 2기: 불가능
출산 후 3기: 가능

효과
p.111 참조

특별 지침

● 손으로 당겨서 견갑골이 가슴
을 받치고 가슴과 가슴 측면을
활짝 열 수 있게 한다.

● 손의 당기는 힘과 발의 누르
는 힘을 이용하여 척추, 천골,
골반 근육을 조이면서 들어올
린다.

의자 위에서 다리를 굽히고 행하는
비파리타 카라니 무드라
위를 향하는 동작에서의 결인 자세

p.112~115의 임신 중일 때를 위한
지침을 따른다.

출산 후 1기: 가능
출산 후 2기: 가능
출산 후 3기: 가능

효과
p.113 참조

비파리타 카라니 무드라
위를 향하는 동작에서의 결인 자세

안정성을 높이기 위해 다리에 벨트를 이용할 것을
권한다.

p.112~115 참조.

자세 풀기

1 다리를 스바스티카아사나에서
처럼 교차시키고 호흡을 몇 차
례 하면서 그대로 머문다.

2 벽에서 멀어지도록 몸을 밀어
내고 골반을 바닥 위에 내려놓
으며 다리를 큰베개 위에서 반
대로 교차시킨다.

살람바 시르사아사나
물구나무서기 자세

임신 전이나 임신 중에 시르사아사나를 전혀 행할 수 없었다면 이 아사나에 관한 한 초보자인 것이다. 임신에서 오는 긴장과 변화로부터 완전히 회복할 때까지는 이 아사나를 시도해서는 안 된다. 최소한 출산 후 첫 3개월 동안에는 사르반가아사나와 할라아사나를 좀 더 수련한다. 그 이후에 요가를 처음 시작하는 수련생처럼 시르사아사나를 시작할 수 있다.

그러나 임신 전이나 임신 중에 사르반가아사나와 할라아사나를 규칙적으로 수련했다면 시르사아사나를 행할 때 균형 잡기에 아무런 문제도 없을 것이다. 어깨와 목의 근육에 충분한 힘이 길러졌을 것이기 때문이다. 시르사아사나에 익숙해져 있고 임신 중에 계속 이 아사나를 수련해 왔다면(아마 출산 직전의 며칠은 제외하고), 시르사아사나를 자신 있게 수련할 수 있을 것이다.

출산 후 호르몬의 불균형으로 인해 어떤 여성들은 신체가 허약해지기 쉽게 되어 근육이 정상적인 기능을 못하고 늘어지거나 심지어 근육에 통증을 느끼기도 한다. 모유 수유를 하는 여성들은 특히 근육이 밤 사이에 힘을 다시 회복하는 것을 기대할 수 없다.

만일 자신이 이런 경우에 해당된다 해도 시르사아사나 수련을 피하고 기력을 다시 되찾을 때까지 기다려야 한다고 여겨서는 안 된다. 오히려 시르사아사나는 기력을 생성시키고 신체를 다시 건실하게 만든다. 사르반가아사나와 더불어 시르사아사나는 호르몬의 균형을 유지할 수 있도록 도와 마음까지 생기에 차게 만든다.

언제나처럼 시르사아사나는 사르반가아사나보다 앞서 수련해야 한다. 이 규칙은 변하지 않았다. 그러나 임신 중일 때를 위해 권장되었던 순서(마하 무드라, 아도 무카 스바나아사나, 우타나아사나, 시르사아사나,

그리고 시르사아사나 수련 이후의 역순서)는 이제 필요하지 않다.

출산 후에는 시르사아사나 수련을 위해 다음과 같은 순서를 권한다.
- 서서 하는 아사나와 앞으로 굽히기
- 시르사아사나
- 마하 무드라
- 출산 후 2기부터는 사르반가아사나와 할라아사나를 행하여 1회의 요가 수련을 끝낸다.

시르사아사나 뒤에 마하 무드라를 행한다는 것을 기억해야 한다.

모서리나 벽에 대고 행하는 살람바 시르사아사나

시르사아사나는 머리로 균형을 잡는 것 이상의 아사나이다. 이 아사나를 행할 때에는 바닥에 발을 딛고 선 것처럼 자연스러운 느낌이 들어야 한다.

출산 후 2기를 위한 방법

1 담요를 네 겹으로 접어 모서리에 놓는다. 이때 담요를 두 벽에 닿게 한다. 비라아사나(p.72 참조)에서처럼 모서리를 향해 바닥 위에 무릎을 꿇고 앉는다.

2 손가락 밑동까지 깍지를 끼고 엄지손가락을 서로 닿게 하여 반원형의 컵 모양이 되게 한다. 컵 모양의 두 손을 모서리에서 5~7cm 정도 떨어진 곳에 놓는다. 새끼손가락과 엄지손가락은 평행을 이루어야 한다. 손을 모서리에서 7cm 이상 떨어지게 놓으면 완성 자세에서 다음과 같은 오류를 일으킬 것이다.
- 척추가 휘어져 척추를 신장시킬 수가 없게 된다.
- 복부가 튀어나오게 된다.
- 체중이 팔꿈치를 압박하여 고통스럽게 만든다.
- 얼굴이 붉어지고 눈이 붓거나 부풀어 오른다.

3 아래팔을 담요 위에 내려놓고 두 팔꿈치를 서로 가지런하게 맞춘다. 손목을 똑바로 세우고 아래팔의 안쪽 뼈가 담요에 닿게 하며 바깥쪽 뼈는 바로 그 위에 위치하게 한다.

4 두 팔꿈치 사이의 거리는 어깨너비와 같게 하여 팔이 똑바로 서게 한다. 팔꿈치 사이의 거리가 너무 짧으면 갈비뼈 양옆에 고통스러운 압박이 가해질 것이고, 너무 길면 가슴이 충분히 펴지지 않고 경추가 압박될 것이다.

5 이 자세에서는 두 손바닥, 아래팔, 팔꿈치 사이의 공간과 가슴이 정삼각형을 이룬다. 한 번 조정하였으면 팔꿈치와 아래팔을 움직이지 않아야 한다.

6 엉덩이를 들어올려 팔꿈치와 어깨가 일직선을 이루고, 머리는 손바닥과 나란해지게 한다. 정상 호흡을 한다.

7 숨을 내쉬며 머리 정수리를 담요 위에 놓는다. 이때 머리 뒷부분이 벽과 평행을 이루고 새끼손가락은 머리와 1cm 남짓 떨어지게 한다. 머리를 컵 모양으로 만든 손 안에 두며, 두 손목 사이에서 머리를 누르지 않아야 하며 두 귀가 서로 평행해야 한다.

8 숨을 내쉬며 발가락을 바닥 위에 둔 채로 무릎을 들어올린다. 다리를 펴고 발을 안을 향해 옮긴다. 이때 몸통이 바닥과 직각을 이루어야 한다.

9 다리에 단단히 힘을 주고 종지뼈를 안으로 당긴다. 정상 호흡을 하면서 이 자세로 몇 초 동안 머문다.

10 무릎을 살짝 굽히고 숨을 내쉬며 뛰는 동작으로 두 다리를 들어올린다(뛰는 동작을 할 수 없으면 다리를 들어올려 달라고 도움을 요청한다). 모든 동작은 위를 향하는 것이어야 한다. 척추, 엉덩이, 넓적다리, 무릎, 발은 모두 함께 위로 움직여서 체중이 머리와 손에 실리지 않게 한다.
- 척추가 약간 뒤로 기울면 곧추 세울 수 있도록 앞으로 가져온다. 무릎을 들어올려 넓적다리가 바닥과 평행하게 한다.
- 몸통과 엉덩이가 머리와 일직선을 이루게 한다. 엉덩이가 뒤로 나오면 뒤로 넘어질 것이다. 엉덩이가 앞으로 기울고 느슨한 상태에 있거나 팔꿈치와 일렬을 이루면 앞으로 넘어질 것이다.

11 위로 뻗는 움직임을 계속한다. 천정을 향하도록 무릎을 들어올리면 배꼽에서 무릎까지 몸을 곧게 유지할 수 있다. 이제 아래쪽 다리는 뒤로 굽혀져 있다.

12 엉덩이 근육을 단단히 조이고 안으로 말아 넣는다. 머리에서 무릎까지 몸이 일직선을 이루게 해야 한다. 정상 호흡을 하면서 이 자세로 잠시 머문다.

13 머리에서 무릎까지 몸을 확고한 상태로 유지하면서 아래쪽 다리를 들어올려 넓적다리와 일직선이 되게 한다. 정강이와 종아리를 완전히 뻗어 시르사아사나 자세로 들어간다.

14 정상 호흡을 하면서 이 완성 자세에 3분 정도 머문다(출산 후 2기 중반부터 서서히 지속 시간을 늘려 나갈 수 있다). 아래의 사항들을 지킨다.
- 팔꿈치와 아래팔을 아래로 누르고 팔꿈치를 확고하고 움직이지 않는 상태로 유지한다.
- 어깨와 겨드랑이를 들어올려서 체중이 귀에 실리지 않게 한다. 겨드랑이가 잘 열려져 위쪽으로 신장될 수 있게 하고 어깨는 손목에서 멀리 떨어진 상태를 잘 유지한다.
- 늑간 근육을 넓히고 들어올린다. 흉골을 들어올리고 가슴을 넓히기 위해 흉추와 견갑골을 안으로 들인다. 이때 머리와 목을 방해해서는 안 된다. 몸통 측면을 들어올린 상태를 유지한다.
- 넓적다리 가운데 부분과 무릎이 일직선이 되게 한다.
- 엉덩이와 넓적다리에 단단히 힘을 주고 넓적다리 안쪽을 들어올린다.

- 두 발의 발목과 엄지발가락이 서로 닿게 한다. 발을 곧게 펴 다리와 일직선을 이루게 하고 안이나 바깥으로 돌리지 않는다. 발가락 밑 부분을 위로 뻗는다.

효과

시르사아사나의 특징은 호르몬의 균형을 맞추어 준다는 것이다. 그 외에도

우울한 마음을 명랑하게 만든다.

가슴 주위의 혈액을 순환시켜 모유의 질을 개선한다.

가슴을 정상 상태로 돌린다.

피로와 허약함을 없애 준다.

기분을 상쾌하게 만든다.

힌트: 엄지발가락 주위에 벨트를 두르는 것에 대한 설명은 p.340에서 볼 수 있다.

자세 풀기

1 숨을 내쉬며 무릎을 굽혀서 넓적다리를 바닥과 평행하게 만든다. 척추, 목, 혹은 머리에 갑작스러운 충격을 주면 안 된다.

2 발가락을 바닥 위에 내려놓는다.

3 이 자세에서 5~10초 정도 기다린다.

4 머리를 들고 손가락의 깍지를 푼다.

5 마하 무드라를 시작한다.

자세 점검하기

발이 바닥에서 떨어지는 순간 몸이 다음과 같이 위로 움직여 나가게 한다.
1. 첫째, 겨드랑이에서 엉덩이까지의 몸통
2. 둘째, 사타구니에서 무릎까지
3. 셋째, 무릎에서 발까지

조언

경추에 문제가 있으면 두 개의 의자 위에서 동일한 지침에 따라 시르사아사나를 수련한다.

주의! 임신 중일 때에는 의자를 이용하여 시르사아사나를 수련해서는 안 된다. 이렇게 하면 자궁의 경련이나 수축이 일어날 수도 있다.

목침 사용하기: 다리 사이에 목침을 끼우고 그 주위에 벨트를 두른다. 이렇게 하면 넓적다리와 골반 근육을 더 잘 조이고 내부의 장기들을 들어올리며 장기들과 신체 구조에 활력을 줄 수 있다.
사진을 참조한다.

엄지발가락에 벨트 사용하기: 사진에서 보듯 엄지발가락 주위에 벨트를 두른다. 엄지발가락의 밑부분을 천정을 향해 위로 쭉 뻗는다. 이렇게 하면 넓적다리 바깥쪽을 어떻게 조여야 하는지, 또 다리 안쪽을 어떻게 뻗어야 하는지 느낌으로 더 잘 알 수 있다. 이것은 사르반가아사나에서도 행할 수 있다.
사진을 참조한다.

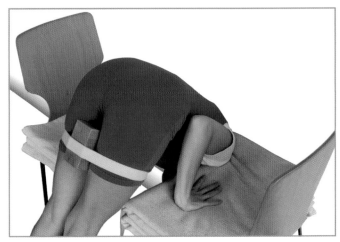

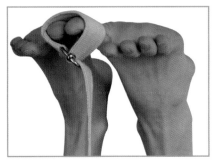

복부와 허리에 좋은 아사나
우다라 아쿤차나 스티티와 함께 하는 숩타/우티쉬타 스티티

출산 후 복부과 허리 부위를 단련하는 작업은 더 광범위해지게 된다. 따라서 몸의 형태를 새로 만들고 힘과 안정성을 기르기 위해 새로운 아사나들을 추가할 수 있다.

◇

숩타 파당구쉬타아사나
누워서 엄지발가락을 잡는 자세

숩타 파당구쉬타아사나는 출산 후 2기에 들어 그 이전에 행했던 더 낮은 강도의 아사나를 편안히 행할 수 있게 된 다음에 시작할 수 있다.

숩타 파당구쉬타아사나는 누워서 행하는 자세로, 여기에서는 보통 손가락으로 엄지발가락을 잡고 다리를 세 방향으로 뻗는다. 그러나 이 단계에서는 다음 페이지에 나오는 변형 자세들을 권한다.

출산 후 1기: 불가능
출산 후 2기: 가능
출산 후 3기: 가능

효과
(숩타 파당구쉬타아사나 I 과 II 에 모두 해당됨)

고관절의 뻣뻣함을 없애 주고 엉덩이 주위의 신경을 진정시킨다.

허리, 엉덩이, 넓적다리, 하복부 주위의 지방을 줄여 준다.

등과 엉덩이의 근육을 단단하게 만든다.

복부의 장기들을 튼튼하게 만든다.

기능이 저하된 소화계에 활력을 준다.

출산 후의 요가

숩타 파당구쉬타아사나 I
누워서 엄지발가락을 잡는 자세 I

1 벨트와 다리 아래쪽의 발뒤꿈 치뼈를 받칠 목침을 준비한다.

2 바닥 위에 반듯하게 눕는다. 목침 위에 발뒤꿈치뼈를 올리 고 두 다리를 가지런하게 모으 며 무릎에 단단히 힘을 준다. 정상 호흡을 한다.

3 숨을 들이마시며 오른쪽 무릎을 굽혀 가슴 쪽으로 가져간 다음 오른발에 고리처럼 만든 벨트를 건다. 두 손으로 벨트를 잡고 오금(넓적다리 뒤쪽 근육)을 펴서 오른쪽 다리를 위로 쭉 뻗는다.

4 벨트 끝을 두 손으로 잡고 머리 너머로 그것을 당긴다.

5 오른쪽 다리를 위로 뻗어 바닥 과 수직을 이루게 한다. 가능하 면 다리를 머리 쪽으로 당긴다.

6 정상 호흡을 하면서 이 자세로 20~30초 정도 머물려 다음 사 항을 지킨다.

- 왼쪽 무릎을 굽히지 않고 바닥 에 단단히 누른다. 왼쪽 넓적다 리를 밖으로 돌리면 안 된다.
- 몸통을 왼쪽으로 기울게 하 지 않는다.
- 오른쪽 엉덩이를 아래로 누른다.
- 벨트를 머리 너머로 당길 때 벨트를 잡은 힘을 느슨하게 하지 않는다.

2개의 벨트를 이용한 변형 자세

골반과 등을 더 잘 뻗기 위해 위쪽 다리의 사타구니 부위와 아래쪽 다리의 발에 벨트 하나를 더 두르고 위의 지침을 따른다.

주의
더 잘 뻗고 자세를 확고히 하기 위해 벨트를 발뒤꿈치뼈 주위에 두른다.

숩타 파당구쉬타아사나 II
누워서 엄지발가락을 잡는 자세 II

1 벨트를 준비한다. 필요하면 큰베개나 둥글게 만 담요도 준비한다.

2 앞에서처럼 반듯하게 눕는다. 숨을 내쉬며 왼쪽 다리를 쭉 뻗는다. 벨트를 머리 뒤에 두고 왼손으로 벨트를 잡은 다음 왼쪽 어깨와 일직선을 이루도록 왼쪽 바닥을 향해 당긴다.

3 숨을 내쉬며 오른쪽 다리를 오른쪽 옆으로 움직여 바닥에 닿게 하거나 둥글게만 담요에 닿게 한다. 오금(넓적다리 뒤쪽 근육)을 뻗는다.

6 정상 호흡을 하면서 이 자세로 20~30초 정도 머물며 다음의 사항을 지킨다.
- 오른발을 오른쪽 어깨 높이로 가져온다.
- 몸통 왼쪽과 왼쪽 엉덩이를 바닥에서 떼어 들어올리지 않는다.

자세 점검하기

〉발을 잡은 힘을 느슨하게 풀면 안 된다. 만일 그렇게 하면 무릎이 굽고 복부 근육이 느슨해진다.

자세 풀기

1 숨을 들이마시며 숩타 파당구쉬타아사나 I 로 되돌아온다.

2 오른발의 벨트에서 풀고 오른쪽 다리와 팔을 내리며 팔을 몸 옆에 둔다.

3 왼쪽 다리를 위로 들어올리고 위의 과정을 따라 왼쪽에서도 이 아사나를 되풀이한다.

조언
- 바닥 위의 뻗은 다리의 무릎이 굽혀지면 왼발 발바닥을 벽에 맞대고 누른다.
- 들어올린 다리를 머리 쪽으로 당기는 것이 힘들면 이 자세로 나아가기 전에 첫 번째 변형 자세(숩타 파당구쉬타아사나 I)수련으로돌아간다.

2개의 벨트를 이용한 변형 자세

골반과 등을 더 잘 뻗기 위해 위쪽 다리의 사타구니 부위와 아래쪽 다리의 발에 벨트 하나를 더 두르고 위의 지침을 따른다.

343

우티타 하스타 파당구쉬타아사나 I 과 II
손을 뻗어 엄지발가락을 잡는 자세 I 과 II

이 아사나는 출산 후 1기에 행하는 강도가 낮은 아사나를 편하게 행할 수 있게 된 다음, 2기에 수련한다. 우티타 하스타 파당구쉬타아사나는 등과 복부에 초점을 둔다. 지방을 줄이는 데 도움이 되고 등 근육을 단단하게 만들며 척추를 다시 유연하고 강하게 만든다.

'하스타'는 '손'을 의미한다. 이 아사나에서는 한 다리로 서서 다른 다리를 뻗어 엄지발가락을 잡고 머리를 무릎에 댄다. 이것은 숩타 파당구쉬타아사나와 비슷하나 선 자세로 행하여 척추의 움직임이 자유롭다. 또 디스크 탈출, 등의 통증, 약화된 엉덩이 근육, 두 다리 길이가 서로 다를 때와 같은 상태에 더 효과적이다.

고전적인 자세에서 우티타 하스타 파당구쉬타아사나는 지지물 없이 행해진다. 그러나 이것은 어려운 자세이므로 뻗은 다리를 탁자나 창문턱에 올려놓고 발을 더 잘 잡을 수 있도록 벨트를 이용하여 행하는 아래의 방법을 권한다. 이 지세는 치유의 측면에서 더 효과가 좋다.

출산 후 1기: 불가능
출산 후 2기: 가능
출산 후 3기: 가능

효과
(우티타 하스타 파당구쉬타아사나 I 과 II에 모두 해당됨)

등과 복부의 지방을 줄여 주고 정상 상태로 만든다.

위에 가스가 차는 증상을 완화시킨다.

척추를 유연하고 강하게 만든다.

등의 통증을 없애고 요통을 치료한다.

우티타 하스타 파당구쉬타아사나 I
손을 뻗어 엄지발가락을 잡는 자세 I

1 탁자나 창문에서 60~90cm 떨어져 그쪽을 향해 선다. 1~2번 호흡을 한다.

2 숨을 내쉬며 오른쪽 무릎을 굽혀서 들어올린 다음 다리를 바닥과 평행하게 하여 탁자나 창문턱에 올린다.

3 발에 벨트를 두르고 벨트 양쪽 끝을 단단히 잡는다. 오른쪽 다리를 쭉 뻗고 발을 위로 세운다. 몸을 지지하기 위해 두 팔을 뻗어 벨트를 잡거나(더 멀리 뻗을 수 있으면 창문턱을 잡는다.) 발을 잡고 상체를 들어올린다.

4 머리를 곧게 세우고 앞을 똑바로 바라본다.

5 왼쪽 다리를 바닥 위에 확고히 세우고 꼬리뼈에서부터 척추를 쭉 뻗는다. 양쪽 오금(넓적다리 뒤쪽 근육)을 뻗는다. 정상 호흡을 하면서 이 자세로 20~30초 정도 머물며 다음 사항을 지킨다.
- 어깨를 들어올리거나 목을 긴장시키지 않는다.
- 오른쪽 엉덩이를 바깥쪽으로 돌리지 않는다.
- 뒤로 몸을 기울이지 않는다. 몸통을 위를 향해 곧게 뻗어야 한다.
- 왼발을 바깥쪽으로 돌리지 않는다.
- 양쪽 골반뼈가 서로 평행해야 한다.

6 수련이 쌓이면 점차로 오른쪽 다리를 더 높이 올려놓을 수 있다. 가능하면 오른쪽 발바닥을 두 손으로 잡거나 벨트를 더 단단히 잡는다. 척추를 들어올리고 몸통을 위로 뻗는다.

7 숨을 들이마시며 오른쪽 다리를 내린다.

8 반대편으로도 되풀이하고 타다아사나 자세로 되돌아온다.

우티타 하스타 파당구쉬타아사나 Ⅱ
손을 뻗어 엄지발가락을 잡는 자세 Ⅱ

1 몸 전체를 왼쪽으로 90°로 돌린다. 탁자나 창문에서 60~90cm 떨어져 두 발이 그것과 평행하게 선다. 1~2번 호흡을 한다.

2 숨을 내쉬며 오른쪽 무릎을 굽히고 오른발을 탁자 위에 직각이 되게 올려놓는다. 오른손으로 오른발에 단단히 벨트를 두르고 왼손을 엉덩이 위에 올린 상태에서 상체를 들어올린다.

3 수련이 거듭되면서 높이를 더하여 오른발을 서서히 어깨 높이까지 올려놓을 수 있게 한다.

4 오른손 손가락으로 오른쪽 엄지발가락이나 발바닥을 잡거나 벨트를 이용하여 발을 단단히 잡고 상체 앞부분을 쭉 뻗는다.

5 정상 호흡을 하면서 이 자세로 20~30초 정도 머물며 다음 사항을 지킨다.

- 오른쪽 엉덩이의 바깥 부분을 위로 들어올리면 안 된다. 이 부분이 올려지기가 쉽지만 이로 인해 등의 통증이나 넓적다리의 경련이 일어날 수 있다.
- 사타구니를 확고히 하여 상체를 바르게 편다.
- 상체와 엉덩이가 일직선을 이루게 한다.
- 복부 근육을 들어올리고 가슴을 넓게 편다.
- 어깨를 들어올리거나 목을 긴장시키지 않는다.

로프를 이용한 변형 자세

몸을 더 잘 들어올리고 다리를 더 확고히 뻗기 위해 벽 위쪽에 매단 로프와 아래쪽에 매단 로프를 함께 이용할 수 있다. 사진에서 보는 것처럼 등 뒤에서 로프를 잡는다.

자세 풀기

1 숨을 내쉬며 오른쪽 다리를 굽혀서 아래로 내린다. 몸 전체를 180°로 돌려서 오른쪽 다리로 서고 왼쪽 다리를 올려서 이 아사나를 다시 행한다. 정상 호흡을 한다.

2 그 다음에 타다아사나 자세로 두 발을 모은다.

특별 지침

- 이 아사나는 오금(넓적다리 뒤쪽 근육)을 강하게 뻗을 수 있게 하므로 발을 지지물 위에 올릴 때에는 아주 점진적이어야 한다. 이 자세에 숙달되는 법을 배우는 동안에는 다리를 넓적다리보다 더 높게 올리면 안 된다. 갑작스럽고 공격적인 움직임은 근육 파열을 일으킬 수 있다는 것을 명심하라.
- 다리를 점점 더 높이 올리는 것보다 더 중요한 것은 척추를 들어올리고 상체를 확고하게 만드는 것이다.

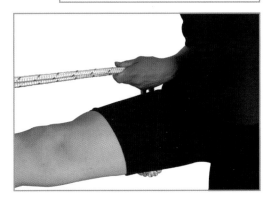

출산 후 2기에 시작하는 복부 단련

출산 후 1기: 불가능
출산 후 2기: 가능
출산 후 3기: 가능

우리는 당연히 허리와 복부 주위의 지방을 줄이기를 원한다. 그러나 그것은 이 기간에 주저 없이 아사나 수련에 앞뒤 가리지 않고 뛰어들어야 한다는 의미는 아니다. 반드시 아래의 경고에 주의를 기울여야 한다.

복부를 수축시키게 하는 어떤 아사나든 그것을 수련하기 전에 반드시 그 이전에 수련해야 하는 아사나, 즉 서서 하는 아사나, 앞으로 굽히기, 거꾸로 하는 아사나를 충분히 수련해 두어야 한다. 이 아사나들을 수련하면 등과 복부가 긴장을 견딜 수 있는지 판단할 수 있다. 일단 이 아사나들을 집중적으로 수련하여 필요한 힘을 얻었다면 나바아사나와 같은 복부를 수축시키는 아사나로 나아갈 수 있다.

이런 이유로 복부와 허리에 좋은 아사나는 출산 후 2기에만 권장한다. 처음에는 허약한 등 근육 때문에 복부나 등에 통증을 느끼기 쉽다. 그것을 완화하기 위해 연속적으로 수련해야 할 아사나, 즉 복부 수축에 의한 통증을 없애 주는 세투 반다 사르반가아사나와 약한 근육으로 인한 등의 통증을 없애 주는 바라드바자아사나 또한 소개할 것이다.

나바아사나 수련을 미루어야 할지 혹은 그만두어야 할지를 알 수 있는 몇 가지 방법이 있다.
- 생리에 이상이 있거나 자궁 위치가 변동되었으면 나바아사나를 수련해서는 안 된다.
- 세투 반다 사르반가아사나와 바라드바자아사나를 수련했음에도 편안해지지 않으면 등과 복부의 근육이 충분히 튼튼해지지 않은 것이므로 출산 후 3기까지 나바아사나 수련을 미루어야 한다.
- 1주일 정도 나바아사나를 수련한 다음 출혈이 시작되거나 갑자기 백대하가 있으면 그 현상이 완전히 없어질 때까지 3~4주 동안 수련을 멈추어야 한다.
- 모유 분비가 줄어들거나 모유의 질이 저하되었다면 나바아사나 수련을 중단한다.

그렇다고 책의 이 부분에 나오는 아사나 수련을 모두 중단해야 한다는 것은 아니다. 그 반대로 순서에 있는 다른 아사나들을 계속 수련해야만 한다. 마하 무드라와 자누 시르사아사나는 백대하가 나오는 것을 막아주고, 사르반가아사나와 세투 반다 사르반가아사나는 자궁 위치를 바로잡는 데 도움이 되며 거꾸로 하는 자세는 출혈을 감소시킨다.

파리푸르나 나바아사나
완전한 배 자세

'파리푸르나'는 '충분한', 혹은 '완전한'을 뜻하고, '나바'
는 '배'를 뜻한다. 이 아사나는 노가 딸린 배를 닮았다.
아래의 방법은 고전적인 자세를 위한 것이다.

1 단다아사나 자세(p.64 참조)
로 앉아 두 다리를 뻗는다.
1~2번 호흡을 한다.

2 숨을 내쉬며 상체를 약간 뒤
로 기울이고 동시에 두 다리를
바닥에서 떼어 들어 올린다.

3 엉덩이 위에서 온몸의 균형
을 잡는다. 머리, 몸통, 두
다리를 곧게 유지한다. 몸통
은 곧아야 하고 다리는 확고
한 상태에 있어야 한다. 등
이 축 처지면 몸통이 바닥
쪽으로 내려앉는다. 무릎이
굽혀지면 발이 내려간다.

4 손을 들어올려 바닥과 평행
하게 하여 앞으로 쭉 뻗는
다. 손바닥을 안으로 돌려
손바닥끼리 서로 마주보게
하고, 어깨와 손바닥이 일
직선을 이루게 한다.

5 정상 호흡을 하면서 이 자세로
30~60초 정도 머물고 다음의
사항을 지킨다.

- 다리를 꼿꼿하고 곧게 만든다.
- 척추에 단단히 힘을 준다. 머
리가 척추 위에 떠 있는 것 같
아야 한다. 척추가 앞으로 굽
으면 목이 단단히 죄어져 머
리에 압박감을 느끼게 된다.
마치 몸이 무게 없이 배처럼
떠 있다고 느낀다.
- 앞을 똑바로 바라보고 턱을
목구멍 쪽으로 누르지 않는다.
- 가슴이 안으로 들어가거나
균형을 잡기 위해 요추를 아
래로 내리지 않는다.
- 손바닥과 다리가 서로 닿지
않게 한다.

6 숨을 내쉬며 두 팔과 다리를 아
래로 내리고 단다아사나 자세
로 돌아온다.

효과

위에 가스가 차는 증상과
위와 관련된 불편함을 완화시킨다.

지방을 줄여 준다.

복부와 척추의
근육을 강화한다.

복부의 장기를
튼튼하게 만든다.

신장 기능을 정상으로 되돌린다.

조언

엉덩이 위에서 균형을 잡은 뒤 손을
들어올릴 수 없으면 다음 동작을 동
시에 시도한다. 즉 상체를 눕히면
서 팔과 다리를 들어올린다.

출산 후 2기: 두 개의 의자를 이용하여

출산 후 2기에 이 아사나 수련을 처음
시작할 때나 아직 허약하다고 느낄
때에는 이 변형 자세를 시도해 본다.
등을 받치기 위한 의자 하나와 다리
를 받치기 위한 또 다른 의자 하나를
이용하며, 바닥 위 두 의자 사이에는
미끄럼 방지 매트를 두고 이용한다.

1단계

1 벽에 의자 하나를 맞대 놓고 다른 하나는 90~120cm 정도 떨어지게 놓는다. 벽에 대어 놓은 의자 앞의 바닥 위에 미끄럼 방지 매트를 둔다.

2 몸 뒤의 의자에 등을 기대어 앉는다.

3 손을 엉덩이 뒤의 바닥 위에 놓고 손가락 끝을 앞을 향하게 한다.

4 무릎을 굽히고 한 다리씩 앞에 놓인 의자 위에 올린다.

5 엉덩이를 깔고 앉아 무릎과 발을 모은다.

2단계

1 숨을 내쉬며 다리를 뻗고 두 다리, 발, 무릎을 단단하게 모으고 발뒤꿈치 안쪽과 엄지발가락 밑의 볼록한 부분을 뻗는다.
휴식이 필요하면 바닥에 등을 내려놓고 다리 아래쪽을 의자의 앉는 부분 위에 올려놓은 상태로 호흡을 몇 번 한다.

2 흉골을 들어올리고 가슴을 활짝 편다.

3 1분 정도 머물고, 5분까지 머무는 시간을 늘린다.

출산 후 2기의 후반기와 출산 후 3기의 전반기: 1개의 의자를 이용하여

앞에 놓인 의자의 앞다리 윗부분을 잡는다.

우바야 파당구쉬타아사나
두 발의 엄지발가락 잡는 자세

앞에 나온 아사나의 연속인 이 아사나는 출산 후 3기를 위한 것으로 몸을 더욱 더 들어올리게 하고 확고하게 만든다.

출산 후 1기: 불가능
출산 후 2기: 불가능
출산 후 3기: 가능

효과

---

p.347의 파리푸르나
나바아사나 참조

1단계

1 p.347의 두 개의 의자와 벨트를 이용한 파리푸르나 나바아사나의 1단계에서와 같이 시작한다.

2 나중에 더 이상 두 번째 의자가 필요 없을 때에는 단지 의자 하나만 이용하여 수련할 수 있다.

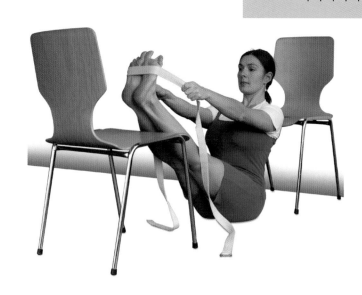

2단계

1 다리를 굽히고 발에 벨트를 두른 상태로 엉덩이뼈 위에서 균형을 잡으며 벨트를 단단히 잡는다.

2 다리를 발바닥의 아치 모양으로 파인 곳의 안쪽을 향해 뻗고, 벨트로 발의 바깥쪽 가장자리를 몸 쪽으로 당긴다.

3 견갑골을 몸 안으로 깊이 넣어 복벽과 가슴 옆면, 흉골을 들어올린다.

4 턱을 흉골에서 멀어지게 한다.

힌트: 두 넓적다리 사이에 목침을 끼워 수련할 수도 있다.

복부와 척추 수련에 덧붙이는 사항

이 항의 시작 부분에서 권했듯 출산 후 2기는 복부 단련을 위한 수련을 시작할 적기이다. 먼저 몇 가지 주의 사항을 더 살펴보기로 한다.

1 출산 후 첫 몇 개월 동안에는 아마 가정에서 도움을 얻을 수 없기 때문에 요가 수련을 할 시간이 전혀 없었을 수도 있다. 그렇다면 곧바로 수련을 하고자 하여 출산 후 2기를 위한 아사나 수련을 시작하면 안 된다. 먼저 한 달 동안 프라나야마로 시작하고 그 다음에 출산 후 1기를 위한 아사나 수련을 시작한다. 이것은 출산 후 첫 육 개월 동안에는 요가 아사나 수련을 시작할 때 언제나 지켜야 할 사항이다.

2 모유 수유를 하고 있는 동안에는 아사나를 지나치게 격렬하게 해서는 안 된다. 이로 인해 피로, 탈수증, 등의 통증 등이 생길 수 있기 때문이다.

3 복부나 허리 근육이 약하면 출산 후 2기의 아사나들의 강도가 너무 셀 수 있다. 그럴 때엔 출산 후 1기의 아사나 수련에 머물러 있어야 한다.

4 자궁 위치가 바뀌었거나 백대하가 있고, 영양 부족이나 소화력 부진으로 인해 몸이 허약한 상태라면 출산 후 1기의 아사나 수련에 머물고, 요가 수련으로 이러한 상태를 치료하기 전에 의사에게 진료를 받는다.

출산 후 2기 동안에는 다음의 아사나들을 집중적으로 수련한다.

- 척추와 등의 근육을 정상화시키는 아사나 : 숩타 파당구쉬타아사나(p.341 참조)와 우티타 하스타 파당구쉬타아사나(p.344 참조)
- 복부 장기를 마사지해 주는 아사나: 우르드바 프라사리타 파다아사나(p.350 참조)와 자타라 파리바르타나아사나(p.356 참조)
- 척추 측면을 운동시키는 아사나 : 마리챠아사나(p.314, p.320 참조)와 아르다 마첸드라아사나(p.324 참조)

이 아사나들은 또한 중년의 문제인 위에 가스가 차는 증상, 위산 과다, 소화불량을 치료하는 데 도움이 된다.

◇

우르드바 프라사리타 파다아사나
위로 쭉 뻗은 발 자세

출산 후 1기: 불가능
출산 후 2기: 가능(세 번째 주)
출산 후 3기: 가능

> **효과**
> **(우르드바 프라사리타 파다아사나**
> **Ⅰ과 Ⅱ에 모두 해당됨)**
>
> 넓적다리, 복부와 등 근육을
> 강화하여 건강한 느낌을 갖게 한다.

임신과 출산의 결과 복부와 등 근육이 약해진 까닭에 복부 장기 또한 그 영향을 받는다. 흔하게 호소하는 불편들에는 식욕 상실, 비뇨기 감염, 위염, 위에 가스가 차는 증상 등이 있다. 이러한 문제를 피하기 위해서는 복부와 등을 단련하여 정상으로 되돌릴 필요가 있다. 출산 뒤의 시기를 위해 권장되는 아사나들은 이러한 작업을 점진적이고 안전하게 수행할 수 있게 한다.

숩타 파당구쉬타아사나(p.342~343 참조)와 우티타 하스타 파당구쉬타아사나(p.344~345 참조)는 여러 가지 목적을 위해 수련할 수 있다. 두 다리를 서로 맞대고 뻗으면 척추 근육에 수축 효과가 일어나 허리와 등 아래쪽의 통증을 줄이는 데 도움이 된다. 이 두 아사나의 변형 자세들은 모두 복벽을 들어올리고, 척추에 맞대어 복벽을 마사지하며, 아래쪽의 장기를 들어올리

고, 자궁 위치를 정상으로 바로잡는다. 출산 후 2기의 첫 몇 주 동안 이 아사나들을 규칙적으로 수련하면 충분한 단련 효과를 얻을 수 있다.

초보자와 고급 수련생을 위한 아사나의 세부 설명

이 자세들을 집중적으로 수련하여 만족스러운 결과를 얻은 다음에만 파리푸르나 나바아사나, 우르드바 프라사리타 파다아사나, 자타라 파리바르타나아사나(다리를 굽혀서)와 같은 좀 더 강도 높은 자세 수련을 시작해야 한다.

우르드바 프라사리타 파다아사나 I
위로 쭉 뻗은 발 자세 I

이 아사나는 출산 후 2기의 셋째 주에 시작할 수 있다. 시간을 들여 이 아사나를 잘 배워야 한다. 배우는 사람이 단번에 숙달된 대가가 될 수는 없다. 이 아사나에서는 두 다리를 엉덩이와 일직선으로 곧게 들어올리는 힘을 기르게 된다.

이 단계에서는 엉덩이 근육이 아주 뻣뻣하여 엉덩이 뒷부분을 아래로 내리면서 두 다리를 동시에 쭉 뻗는 것이 힘들다. 즉 다리를 뻗을 때는 엉덩이가 위로 들리게 되고, 엉덩이를 아래로 내리면 다리가 굽혀진다. 이

러한 문제는 엉덩이와 오금의 운동이 부족하여 발생한다. 아래에 있는 우르드바 프라사리타 파다아사나를 위한 방법은 더 쉬운 중간 수준의 것이다. 이 변형 자세로 시작하기를 권하는 데에는 다음과 같이 두 가지 중요한 이유가 있다.

● 엉덩이를 아래로 내린 상태에서 다리를 뻗고 무릎을 굽히지 않고 다리를 들어올리는 것을 돕는 근육을 강화한다.

● 디스크가 탈출되었을 때 발전된 형태의 변형 자세는 등의 통증을 악화시킬 수 있다.

1 바닥 위에 편평하게 누워 두 팔을 머리 위로 뻗는다.

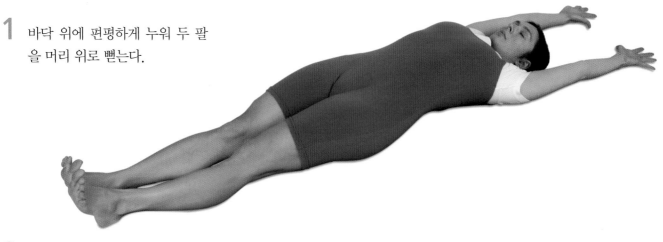

2 무릎을 굽히고 복부 쪽으로 끌어당긴 다음 발뒤꿈치를 엉덩이 근처로 가져온다. 무릎과 넓적다리를 복부에 대고 누른다. 팔을 더 뻗어 등, 허리, 척추가 신장되게 한다.

3 두 팔로 두 다리를 감싸서 넓적다리를 복부에 대고 누른다. 다리를 눌러 등과 엉덩이 근육이 바닥에 단단히 밀착되게 한다. 이렇게 하면 허리와 다리가 약한 것이 보완되며 특히 생리 기간 중에 생기는 요통이 완화된다.

4 두 팔을 머리 위로 뻗고 숨을 내쉬며 무릎을 곧게 편 상태로 다리를 90°로 들어올린다. 정상 호흡을 하면서 이 자세로 5~10초 정도 머문다. 점차 지속 시간을 길게 한다.

5 무릎을 굽히고 넓적다리를 복부로 가져온다. 두 팔은 머리 위에서 쭉 뻗은 상태로 유지한다.

6 팔을 머리 위로 뻗는 것이 힘들면 손바닥을 아래로 향하게 하여 몸통 옆에 나란히 두고, 다리를 들어올릴 때에는 손바닥으로 바닥을 단단히 누른다.

7 무릎을 굽히지 않고 다리를 내리는 것이 다리를 올리는 것보다 더 쉬우므로 다리를 내릴 때에는 다리를 곧게 편 상태를 유지한다. 그러나 다리를 들어올리기 위해 무릎을 굽히고, 들어올린 다음 다리를 펼 수 있다. 일단 이것에 익숙해지면 무릎을 굽히지 않고 다리를 들어올리는 것을 시작할 수 있다.

8 처음에는 다리, 넓적다리, 복부 근육이 떨리는 것을 느낄 수 있을 것이다. 이것은 신경 쓰지 않아도 된다. 처음에는 이 자세를 1~2번 행하고 나중에는 10~15번까지 행한다.

출산 후의 요가

벽을 이용한 변형 자세

생리 기간 중 출혈이 심하거나 백대하가 있을 때에는 다리를 벽에 대고 이 자세를 시도한다. 엉덩이뼈, 넓적다리 뒷부분, 오금, 발뒤꿈치가 벽에 닿아 몸이 L자 형태가 되어야 한다. 머리부터 엉덩이까지는 바닥 위에 놓이고 엉덩이에서 발뒤꿈치까지는 수직이 되는 것이다.

이런 식으로 복부 장기는 척추와 바닥에 놓인 천골에 의해 받쳐진다. 벽에 맞대 놓은 다리로 인해 긴장이나 압박이 일어날 수 없게 된다. 가능한 한 오래 이 자세에 머문다.

벽과 목침을 이용한 변형 자세

다리 사이에 목침을 끼우고 벨트로 다리를 묶는다. 목침을 단단히 조이면 다리 근육이 더 견고하게 조여지고 등 아랫부분이 확장되며 복부 장기가 들어올려진다. 젊고 튼튼하며 첫 출산을 하였고, 자신의 상태가 매우 정상적이라고 느끼며 이 형태의 변형 자세를 쉽게 행하는 경우에는 다음 페이지에 있는 출산 후 3기에서의 발전된 방법으로 나아갈 수 있다.

353

우르드바 프라사리타 파다아사나 Ⅱ, 발전된 방법
위로 쭉 뻗은 발 자세 Ⅱ

우르드바 프라사리타 파다아사나 Ⅰ은 첫 단계로서 엉덩이와 복부의 근육을 긴장시키지 않았다. 충분한 힘을 얻고 근육을 다스릴 수 있으면 출산 후 3기에서 다음의 방법으로 나아갈 수 있다.

이 아사나는 바닥 위에 누워 두 다리를 신장시켜 위로 쭉 뻗은 상태에서 행해진다.

1 등을 대고 편평하게 누워 두 다리를 쭉 뻗고 두 넓적다리, 무릎, 발목, 발가락을 모은 다음 무릎을 단단히 조인다.

2 손바닥을 위로 향하게 하여 두 팔을 머리 위로 뻗는다. 몸의 뒷부분이 반드시 팔과 함께 신장되어야 한다. 1~2번 호흡을 한다.

3 숨을 내쉬며 다리를 90°로 들어 올린다. 이 완성 자세에 15~30초 정도 머물며 다음 사항을 지킨다. (앞의 두 단계에서도 해당됨)

- 무릎을 꽉 조이고 다리를 확고한 상태로 유지한다.
- 팔을 더 뻗어 몸통 뒷부분을 잘 뻗을 수 있게 한다.
- 엉덩이와 등을 바닥 위에 단단히 내려놓아 복부 장기가 내부에서 마사지되게 한다.
- 수련하는 동안 계속 정상 호흡을 한다.

출산 후 1기: 불가능
출산 후 2기: 불가능
출산 후 3기: 가능

4 다시 숨을 내쉬며 다리를 60°로 내린 다음 정상 호흡을 하면서 5~10초 정도 머문다.

5 숨을 내쉬며 다리를 30°로 내리고 정상 호흡을 하면서 이 자세로 5~10초 정도 머문다.

자세 풀기

1 숨을 내쉬며 무릎을 굽히지 않은 상태로 다리를 천천히 내린다.

다리를 빨리 내리는 것은 하복부와 허리 아랫부분에서 근육을 조절하는 힘이 부족한 결과로 볼 수 있다. 다리를 빨리 내리지 않도록 노력한다. 넓적다리에 특히 주의를 기울인다. 하복부의 복벽이 강화되도록 넓적다리를 더 조이고, 다리를 천천히 바닥에 닿게 한 뒤에 이완시킨다.

2 출산 후 3기 중 첫 달에는 이 아사나를 3번 반복한다. 복부 근육이 정상화되면 15~20번 반복해서 수련할 수 있다.

조언

● 이 아사나 수련을 배울 때에는 넓적다리의 떨림과 다리의 고통을 겪을 것이 어느 정도 예상된다. 그러나 욱신거림이 견딜 수 없게 되면 숩타 비라아사나나 세투 반다 사르반가아사나로 바꿀 수 있다. 이 아사나들은 또한 백대하, 복부 경련, 생리 이상을 완화하는 데 좋다.

● 호흡에 대해 알아차리지 못하거나 숨을 참으면 횡격막이 긴장되어 복부나 가슴에 불편한 느낌이 생기게 된다. 위에 말한 아사나들을 수련하면 그런 느낌이 진정된다.

다리를 굽히고 행하는 자타라 파리바르타나아사나
복부 돌리기 자세

'자타라'는 '복부'를, '파리바르탄'은 '회전'이나 '돌기'를 의미한다. 이 아사나에서는 복부 내부가 마사지된다.

우르드바 프라사리타 파다아사나를 성공적으로 수련한 다음에만 자타라 파리바르타나아사나로 넘어가야 하기 때문에 이 아사나 또한 출산 후 2기의 6주가 지난 다음에 수련하게 되어 있다. 이는 복부와 허리에 강하게 조이는 힘이 필요하므로 우르드바 프라사리타 파다아사나보다 더 어려운 자세이다.

몸이 마르고 지방이 축적되지 않는 체질이면 이 아사나를 수련할 필요가 없고 우르드바 프라사리타 파다아사나만 수련해도 좋다. 특히 약한 체질을 타고 났을 경우엔 더욱 그러하다.

사진에서는 목침과 벨트 2개를 이용하여 이 아사나를 수련하는 것을 볼 수 있다. 이렇게 하면 공간을 더 많이 만들 수 있고 임신 중 느슨해진 근육을 더 잘 조일 수 있는 법을 배운다.
목침과 벨트를 이용하여 수련하고, 이용하지 않고도 수련한다. 보조 기구를 이용하여 배울 수 있는 바를 관찰한다.
덧붙여 벽을 보조 기구로 이용한다. 처음에는 벽에 기대어 다리를 몸과 수직이 되게 하여 수련할 수 있다. 이렇게 하면
- 다리, 엉덩이뼈, 골반 정렬을 더 잘할 수 있다.
- 복부에 생기는 긴장을 줄일 수 있다.

1 등을 대고 편평하게 눕는다.

2 어깨와 나란하게 두 팔을 옆으로 뻗고 손바닥은 위를 향하게 한다.

3 숨을 내쉬며 다리를 굽히고 들어올려 넓적다리 윗부분과 복부가 직각을 이루게 한다. 절대로 다리를 곧게 편 채로 들어올리지 말고 굽혀서 들어올린다. 정상 호흡을 하면서 얼마 동안 이 자세로 머문다.

4 두 무릎과 발목 안쪽을 서로 단단히 맞대고 두 발바닥, 발뒤꿈치 안쪽, 엄지발가락 아래의 볼록한 부분을 뻗는다.

출산 후 1기: 불가능

출산 후 2기: 6주 지난 후에 가능

출산 후 3기: 가능

효과

p.359 참조

5 숨을 내쉬며 발을 바닥에 떨어뜨리지 않고 천천히 무릎을 오른쪽으로 옮긴다. 발바닥 아치의 안쪽을 뻗고 두 발목의 안쪽과 무릎 안쪽을 서로 단단히 모은다.

6 몸통, 하복부와 상복부를 왼쪽으로 돌린다.

7 가능한 한 등 왼쪽이 바닥에서 떨어지지 않게 한다.

8 정상 호흡을 하면서 이 자세로 10~15초 정도 머문다.

9 가운데로 돌아와 반대편으로도 되풀이한다.

10 다리가 오른쪽으로 옮겨 갈 때 왼쪽 어깨가 바닥에서 떨어져 들어올려지기 쉽다. 이것을 막기 위해서는 왼손으로 무거운 가구를 잡고 골반이 뒤와 아래로 향하게 한다.

11 위로 향하든 옆으로 향하든 다리의 이 모든 움직임은 갑작스러운 동작을 하지 않고 아주 천천히 이루어져야 한다. 동작이 천천히 이루어질수록 복부 장기에 작용하는 움직임이 더 좋아진다. 이 자세를 너무 빨리 하면 이 운동에서 다리만 효과를 얻을 수 있다.

12 처음에는 이 아사나를 한 번만 행한다. 몇 주 뒤에는 수직 자세에서 다리를 내리지 않고도 2~4번 이 자세를 되풀이할 수 있다.

자타라 파리바르타나아사나

출산 후 3기에는 자타라 파리바르타나아사나와 아르다 마첸드라아사나(p.324 참조)의 완전한 자세를 시작할 수 있다. 이 두 아사나는 출산 후 2기에 권장되는 아사나들보다 더 발전된 형태이며 강도도 더 높다. 자타라 파리바르타나아사나는 복부를 수축시키는 동작이 포함되며, 아르다 마첸드라아사나는 척추를 옆으로 비트는 동작이 포함된다.

출산 후 3기에 행하는 아사나들을 수련하기 위해서는 반드시 아래에 있는 순서를 따라야 한다.

1 우르드바 프라사리타 파다아사나(p.350 참조)와 자타라 파리바르타나아사나(p.356 참조)

2 반듯이 누워서 하는 자세들

3 옆으로 비트는 자세들

1 등을 대고 편평하게 눕는다.

2 두 팔을 어깨와 나란하게 옆으로 뻗고 손바닥은 위를 향하게 한다. 1~2번 호흡을 한다.

3 숨을 내쉬며 두 다리를 모아 위로 들어올려 직각을 만든다. 무릎을 굽히면 안 된다. 정상 호흡을 하면서 이 자세로 얼마 동안 기다린다.

4 숨을 내쉬며 다리를 오른쪽 손바닥을 향해 옆으로 천천히 옮긴다. 두 발이 바닥에 닿게 해서는 안 된다. 그렇게 하면 복부 장기들이 올바르게 수축되지 않게 때문이다. 두 무릎과 넓적다리가 서로 닿은 상태를 유지해야 한다.

5 등 왼쪽 부분을 가능한 한 넓게 바닥에 닿게 한다.

6 정상 호흡을 하면서 이 자세로 10~15초 머물며 다음 사항을 지킨다.
  - 다리를 오른쪽으로 옮길 때 몸통은 왼쪽으로 돌린다. 두 넓적다리를 쭉 뻗어서 엉덩이 쪽으로 당겨 등 왼쪽 부분이 왼쪽으로 비틀리게 한다.

  - 복부와 골반을 왼쪽으로 돌리고 비틀어 복부 장기들을 긴장시키고 단련한다.
  - 오른쪽으로 움직일 때 오른쪽 다리의 조이는 힘이 느슨해지기 쉬우므로 단단한 상태를 유지한다.
  - 오른쪽 어깨를 바닥에서 들어올리지 않는다.
  - 두 발이 손바닥 가까이 있게 한다. 손바닥에서 멀어지기 쉽기 때문이다.

자세 풀기

1 숨을 내쉬며 왼쪽 엉덩이와 몸통 왼쪽 부분을 바닥으로 누르는 힘으로 직각 자세로 되돌아온다. 몇 초 동안 이 자세에 머문 다음 다리를 왼쪽으로 옮기고 복부는 오른쪽으로 돌려 이 자세를 왼쪽으로도 되풀이한다.

2 정상 호흡을 하면서 시간의 길이를 같게 하여 이 자세에 머문다. 다리를 수직 자세로 가져와 얼마 동안 기다리면서 1~2번 호흡을 한다.

3 숨을 내쉬며 두 다리를 천천히 바닥으로 내린다.

4 처음에는 이 아사나를 한 번만 행한다. 몇 주 뒤에는 수직 자세로부터 다리를 내리지 않고도 2~4번 반복할 수 있다.

조언

● 다리를 곧게 들어올리지 못하면 먼저 무릎을 굽힌 다음 다리를 편다.

● 두 다리를 모으는 것이 힘들면 벨트를 이용한다.

● 다리 전반에서 더 잘 조일 수 있도록 두 다리 사이에 목침을 끼우고 넓적다리 중간 부위에 벨트를 두르고 행할 수 있다. 필요하면 발목 주위에도 벨트를 두른다.

● 다리를 오른쪽으로 옮길 때 왼쪽 어깨가 바닥에서 들어올려지기 쉽다. 이것을 막기 위해 왼손으로 무거운 가구를 잡고 골반을 뒤쪽과 아래쪽으로 누른다.

출산 후 1기: 불가능
출산 후 2기: 불가능
출산 후 3기: 가능

효과

지방을 줄인다.

기능이 저하된 간, 비장, 췌장에 활기를 준다.

위염을 치료한다.

허리 통증을 완화한다.

등과 복부의 근육을 강화한다.

특별 지침

● 위로 향하든 옆으로 향하든, 이 모든 다리의 운동은 갑작스러운 움직임 없이 매우 천천히 행해져야 한다. 운동이 서서히 이루어질수록 복부 장기에 대한 운동 효과가 더 좋아진다. 이 자세를 너무 빨리 행하면 이 운동의 효과는 다리에만 있게 된다.

● **주의 사항:** 느슨한 근육은 단단히 죄어져야 하지만 자궁 문제를 유발해서는 안 된다. 우르드바 프라사리타 파다아사나와 자타라 파리바르타나아사나를 행하는 도중 경련이나 통증을 느끼든 느끼지 않든, 이 아사나들 각각을 수련한 뒤 1분 동안 숩타 비라아사나와 숩타 받다 코나아사나를 수련할 것을 권한다(이들은 상반되는 자세나 반대 동작이 아니라 중도적인 자세로 휴식을 준다). 이 중도적인 자세는 복부와 등에 생긴 긴장을 없애 주고 근육 조절에서 오는 엄청난 부담에서 벗어나게 한다.

359

뒤로 굽히기
푸르바 프라타나 스티티

출산 후 2기와 3기를 위해 여기에서 추천하는 뒤로 몸을 뻗는 아사나들은 모두 모유 수유를 하는 여성에게 매우 좋은데, 이는 이 아사나들이 가슴 부위를 활짝 열어 주고 유방이 경직되는 것을 줄이거나 예방하며 혈액 순환을 개선시키는 데 도움이 되기 때문이다.

(더 많은 정보를 얻으려면 p.118~123을 참조한다.)

출산 후 1기: 불가능
출산 후 2기: 가능
출산 후 3기: 가능

효과
p.122 참조

의자를 이용한 드위 파다 비파리타 단다아사나
뒤집힌 지팡이 자세

넓적다리 윗부분에 벨트를 두르고 수련할 수도 있다.

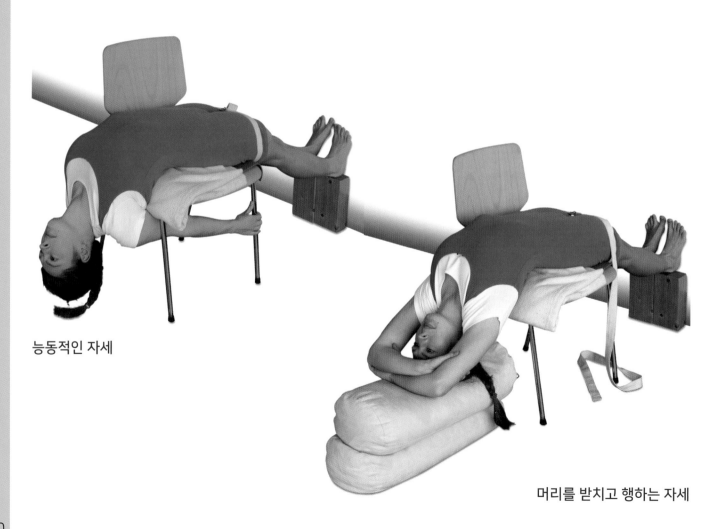

능동적인 자세

머리를 받치고 행하는 자세

벤치를 이용한 드위 파다 비파리타 단다아사나
두 다리를 이용한 뒤집힌 지팡이 자세

넓적다리 윗부분을 위해 비파리타 단다아사나
벤치와 벨트를 이용한다.

자세 풀기

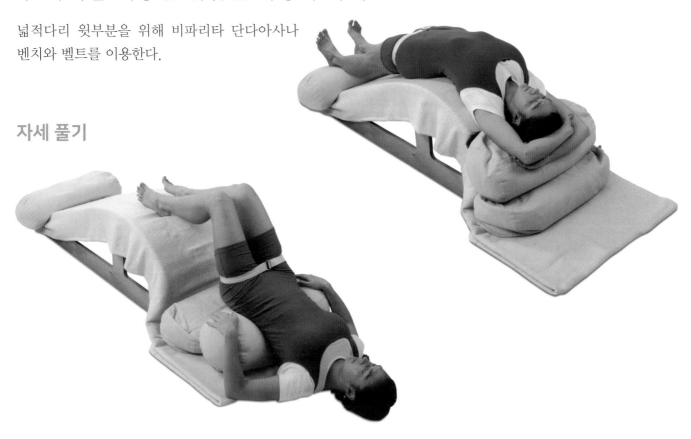

의자와 큰베개를 이용한 살람바
푸르보타나아사나
몸을 받치고 몸 앞면을 강하게 뻗는 자세

넓적다리 윗부분을 위해 목침과 벨트를 이용한다.

트레슬을 이용한 살람바 푸르보타나아사나
몸을 받치고 몸의 앞면을 강하게 뻗는 자세

상세한 지침을 보려면 p.121을 참조한다.

벽과 의자를 이용한 우스트라아사나
낙타 자세

1 벽 앞에 무릎을 꿇고 앉는다. 등 뒤에 의자를 준비한다.

2 두 무릎과 발을 엉덩이 너비로 벌린다.

3 넓적다리 윗부분에 벨트를 둘러 묶는다.

4 두 정강이뼈가 서로 평행을 이루게 하고 발가락은 곧게 펴서 뒤를 향하게 한다.

5 두 손을 의자 위에 올린다.

6 넓적다리를 수직 상태로 만들고, 사타구니와 치골은 벽에 닿게 한다.

7 몸통의 앞면 전체를 길게 늘이면서 뻗고, 위로 들어올린다.

출산 후 1기: 불가능
출산 후 2기: 불가능
출산 후 3기: 가능

효과

중력에 반하여 척추, 척추 근육, 내부 장기를 들어올린다.

신장을 정상 상태로 되돌린다.

흉부와 유방의 긴장을 완화한다.

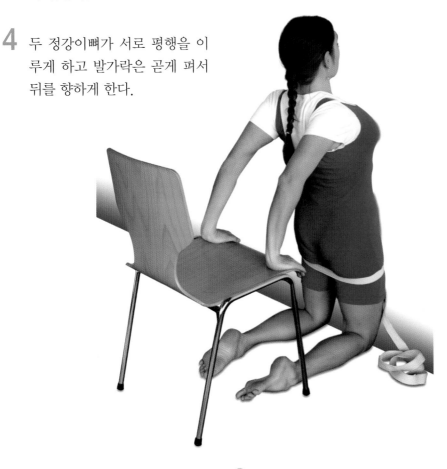

8 엉덩이를 안으로 말아 넣는다.

9 흉골 아랫부분을 위로 들어올려 벽에 맞닿게 한다.

10 흉추를 견갑골 사이에서 안으로 밀어 넣는다.

363

11 숨을 내쉬며 가슴을 잘 들어
올린 상태로 몸통을 뒤로 젖힌다.

12 의자의 앞다리를 잡는다.

13 손에서부터 잡아당겨 견갑골
이 안으로 들어가게 하고 가슴
을 더 들어올린다.

14 목을 길게 늘이고 머리는 뒤로
가져가며 등 뒤를 바라본다.

자세 풀기

1 머리를 들고 의자 위의 손을
위로 들어올려 몸통을 똑바로
세운다.

2 비라아사나 자세로 앉아 팔을
벽에 맞대고 위로 들어올린다.

로프를 이용한 아사나
요가 쿠룬타

로프와 의자를 이용한 아르다 우타나아사나
반半 강하게 앞으로 뻗는 자세

p.293 참조

출산 후 1기: 불가능
출산 후 2기: 가능
출산 후 3기: 가능

머리를 받치고 경사진 판자를 이용한 아도 무카 스바나아사나
얼굴을 아래로 한 개 자세

p.125, p.214, p.299 참조

목침을 이용한 아도 무카 스바나아사나

출산 후 1기: 불가능
출산 후 2기: 불가능
출산 후 3기: 가능

로프를 이용한 아사나들은 대부분의 여성들이 느슨하고 늘어짐을 느끼는 출산 후의 단계에 이상적이다. 로프를 이용하면 방향 감각, 즉 특정 근육을 어떻게 움직이며 어떻게 단련시키는가에 대한 감각을 쉽게 되찾을 수 있다. 규칙적인 수련을 하면 몸의 어떤 부분에서 어떻게 버티고, 뻗으며, 확장시키는지 알려주는 육체의 지성을 안전하게 되찾을 것이다.

p.299도 참조

회복을 돕는 아사나
비쉬란타 카라카 스티티

사바아사나와 웃자이 프라나야마
송장 자세

(상세한 내용을 보려면 p.134~139, p.148~150 또한 참조한다.)

정상 분만 후 첫 번째 달

첫 번째 달에는 사바아사나 자세로 프라나야마만 수련해야 한다. 이는 몸과 마음의 균형을 얻게 한다. 프라나야마는 피로를 풀어 주고 몸에 적당한 휴식을 가져다준다.

임신 중일 때만 아니라 출산 후에도 몸을 돌보는 것이 중요하다. 체형을 예전처럼 되돌리는 것에 집중할 수도 있지만 신생아와 함께 있다 하더라도 가능한 한 정신적, 육체적으로 많은 휴식을 취해야 한다. 자궁과

기타 생식 기관들이 서서히 정상 상태로 회복되는 출산 후 몇 주일 동안에는 이것이 필수적이다.

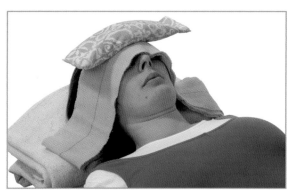

초보자와 고급 수련생을 위한 아사나의 세부 설명

유방의 울혈과 경직을 피하기 위해 세투 반다 사르반가아사나, 비파리타 카라니와 같이 가슴을 열어 주는 아사나를 수련하고, 또 가로로 놓은 큰베개를 이용하여 가슴을 받치고 숩타 받다 코나아사나를 수련한다. 유방이 젖으로 가득찼을 때는 수련하지 말고 젖을 먹인 뒤까지 기다린다.

모유를 생산하는 데에는 다량의 산소가 필요하므로 산소 흡수를 증가시키고 젖을 정화하며 젖의 분비를 돕는 사바아사나와 웃자이 프라나야마 I 을 수련할 것을 권한다.

일반 지침

● 휴식을 취하여 활력을 느끼기 위해 자주 사바아사나를 수련해야 한다. 요통을 앓는다면 제3장, p.138~139에서 보듯 무릎을 위해 큰베개를 이용하거나 다리 아랫 부분을 위해 의자를 이용한다.

● 제왕절개나 다른 생식계의 수술 뒤에는 절개된 부분이 나을 때까지 약 2개월 동안 사바아사나, 웃자이 프라나야마 I , 빌로마 프라나야마 I 을 수련해야 한다. 그 이후에 살람바 사르반가아사나, 세투 반다 사르반가아사나, 파르바타아사나, 자누 시르사아사나, 마하 무드라를 수련할 수 있다.

정상 분만 후 1개월

다음의 몇 페이지에서 출산 후의 세 시기 모두를 위한 회복을 돕는 여러 아사나들을 볼 수 있을 것이다. 상세한 설명을 보려면 제3장, p.126의 '회복을 돕는 아사나'를 참조한다.

이 시기에는 점차로 정상 상태로 돌아가서 건강을 유지하는 것을 돕는 아사나 수련을 시작할 수 있다. 만일 출산 후 질 분비물(오로惡露)의 분비가 멈추었다면, 또 멈추었을 때에만 회복을 돕는 자세를 다시 시작할 수 있다.

숩타 받다 코나아사나(가로로 놓인 큰베개를 이용하고 무릎을 받쳐서)

숩타 받다 코나아사나(세로로 놓인 큰베개를 이용하고 무릎을 받치며 두 발을 목침 위에 올려서)

숩타 비라아사나(큰베개 이용)

맏스야아사나(큰베개 이용)

숩타 스바스티카아사나(큰베개 이용)

사바아사나(큰베개 이용)

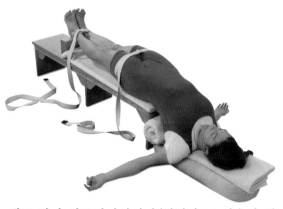

세투 반다 사르반가아사나(벤치나 그 비슷한 것 이용)

비파리타 카라니(출산 후 1기에는 다리를 굽혀서 의자 위에 올리고)

비파리타 카라니(출산 후 2기와 3기에는 다리를 곧게 펴서)

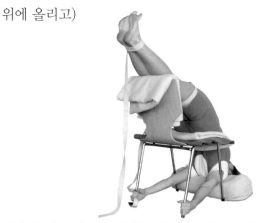

살람바 사르반가아사나(출산 후 2기와 3기에는 의자 이용)

마하 무드라(발에 벨트를 두르고, 발뒤꿈치는 목침 위에 올려서)

호흡법
프라나야마

큰베개 위에 누워서 행하는 웃자이 I 과 빌로마 I
깊고 넓은 호흡 I 과 중단된 호흡 I 의 자세

상세한 지침을 보려면 p.148~151을 참조한다.

출산 후 1기: 가능
출산 후 2기: 가능
출산 후 3기: 가능

출산 후에는 정신적으로 평화로워야 하며 적절한 음식과 충분한 휴식을 취하고 몸과 마음의 이완이 이루어져야 한다. 한편으로는 자궁이 골반강骨盤腔의 원래의 위치로 내려가기 때문에 몸에 중요한 변화가 진행되고, 또 다른 한편으로는 아기를 양육하기 위해 에너지와 건강을 회복해야 하기 때문이다. 자극을 받거나 짜증을 내면 질 좋고 영양이 풍부한 모유를 만들 수 없다.

출산 후 첫째 달의 프라나야마 수련은 꼭 필요한 이완과 에너지의 회복을 가져다줄 뿐 아니라 실제로 산소를 더 많이 흡수하여 깨끗한 모유를 최대한 많이 만들 수 있게 한다. 이러한 목적을 위해 사바아사나와 웃자이 프라나야마를 집중적으로 수련할 것을 권한다.

일반 지침에 대한 주의 환기

생기를 얻고 활력을 되찾기 위해 사바아사나를 많이 수련한다. 사바아사나 자세에서 웃자이를 수련하면 생명력이 커지고, 심리적으로 '집을 벗어나고 싶은' 충동, 또 그렇게 하고자 하는 과도한 충동을 줄여 준다. 제왕절개 수술이나 그 비슷한 수술을 받은 뒤에는 절개된 곳이 다 아물 때까지 약 2개월 동안 사바아사나, 웃자이 프라나야마 I , 빌로마 프라나야마 I 을 수련한다. 출산 후 1개월이 지나지 않았을 때나 질 분비물의 분비가 멈추기 전에는 어떤 아사나도 시작하면 안 된다.

마하 무드라

상세한 지침을 보려면 p.304를 참조한다.

출산 후 1기: 가능
출산 후 2기: 가능
출산 후 3기: 가능

출산 후에 마하 무드라를 수련할 때에는 골반의 장기나 다른 내부 장기들을 들어올리기 위해 하복부를 위로 들어올려야 한다.

마하 무드라에서의 특별한 호흡법은 내부 장기, 척추 근육, 마음에 생기를 불어넣는 방식으로 프라나야마를 요가 아사나와 결합시킨다.

제9장
A-Z까지 문제 일람

이 장은 임신 중이나 출산 후에 겪을 수 있는 일반적인 문제를 완화하기에 가장 좋은 아사나를 찾아볼 수 있도록 도움을 주는 신속한 참조 도구의 역할을 한다.

이 장을 살펴보면 책의 '임신 중일 때'를 위한 부분에서는 보통 제3장에 제시된 자세를 수련하도록 안내되고, '출산 후'를 위한 부분에서는 제8장에 제시된 자세를 수련하도록 안내된다는 것을 알게 될 것이다. 그러나 같은 수련을 하게 되어 있는 경우, 출산 후에도 제3장으로 안내될 때가 있다. 이것은 거기에 완전한 지침들이 있기 때문이다.

건강과 안전을 위해 이 참조 목록을 이용하는 데 있어 아주 중요한 다음의 지침들에 주의해 주기 바란다.
- 이 장은 '임신 중일 때'와 '출산 후'의 두 부분으로 나뉘어 있다. 반드시 자신에게 해당되는 부분만 참조해야 한다.
- 아사나들은 임신 중의 세 기간과 출산 후의 세 기간에 따라 나뉘어 있지 않으므로, 반드시 각 아사나에 주어지거나 분류표에 있는 페이지를 확인하여 자신이 처한 특정 상태가 그 자세를 수련해도 되는 것인지 알아본다. 또한 그 아사나가 초보자를 위한 것인지, 고급 수련생을 위한 것인지도 확인해야 한다.
- 각 아사나에 대해 여기에 수록된 페이지를 찾아볼 때는 그 페이지가 속한 장 전체를 읽어보기를 권한다. 이렇게 해야 그 자세 수련에 대해 필요로 하는 정보를 완전히 알 수 있을 것이다.
- 아사나들이 반드시 수련해야 할 순서대로 배열된 것은 아니다. 아사나를 어떤 순서로 수련해야 되는지 확신이 들지 않으면 자신의 요가 교사에게 묻거나 이 책의 다른 곳에 나오는 순서만 수련하기를 권한다.
- 경험상 이러한 권장 아사나들은 몸 상태를 좋게 하거나 나빠지지 않도록 예방하는 데 도움이 될 수 있지만 의학적 도움을 더 얻기 위해 부인과 의사나 다른 의사에게 상담하는 것을 주저하지 말아야 한다.

◇

임신 중일 때

가려움Itching
받다 코나아사나(제3장, p.67), 숩타 비라아사나(제3장, p.129), 숩타 받다 코나아사나(제3장, p.126)

가스Gas
위에 가스가 차는 증상 참조

간Liver
담즙 참조

갑상선Thyroid gland
정신의 안정을 위한 순서(제2장, p.17), 육체적, 생리적 안정을 위한 순서: 기초 마련하기(제2장, p.18), 숩타 스바스티카아사나(제3장, p.131), 아르다 맏스야아사나(제3장, p.131), 비파리타 카라니(제3장, p.112)

과도한 활동Overactivity
빌로마 프라나야마 Ⅱ(제3장, p.152), 살람바 시르사아사나(제3장, p.97), 살람바 사르반가아사나(제3장, p.102), 아르다 할라아사나(제3장, p.104)

관절염Arthritis
- 고관절, 무릎, 혹은 천장관절: 우티타 파르스바코나아사나(제3장, p.40)
- 목, 어깨, 혹은 팔꿈치: 타다아사나와 그 변형 자세(제3장, p.32)

아도 무카 스바나아사나(제3장, p.62)

등의 통증Back pain

- 순서 6(제3장, p.166), 우티타 파르스바코나아사나(제3장, p.40), 비라아사나와 스바스티카아사나에서의 파르바타아사나(제3장, p.74), 숩타 스바스티카아사나(제3장, p.131), 아르다 맏스야아사나(제3장, p.131), 비라바드라아사나 Ⅲ(제3장, p.54), 아르다 우타나아사나(제3장, p.159), 아르다 할라아사나(제3장, p.104)
- 등 윗부분: 타다아사나와 그 변형 자세(제3장, p.32), 비라바드라아사나 Ⅰ(제3장, p.52), 비라바드라 아사나 Ⅲ(제3장, p.54)

디스크 탈출Disk, slipped

바라드바자아사나 Ⅰ(제3장, p.91), 비라바드라아사나 Ⅰ(제3장, p.52), 비라바드라아사나 Ⅲ(제3장, p.54), 프라사리타 파도타나아사나(제3장, p.55)

류머티즘Rheumatism

우티타 하스타 파당구쉬타아사나 Ⅱ(제3장, p.116), 비라바드라아사나 Ⅰ(제3장, p.52), 비라바드라아사나 Ⅲ(제3장, p.54), 아르다 할라아사나(제3장, p.104)

메스꺼움Nausea

아르다 찬드라아사나(제3장, p.45), 프라사리타 파도타나아사나(제3장, p.55), 우파비스타 코나아사나(제3장, p.70), 마하 무드라(제3장, p.79), 비틀기(제3장, p.91), 빌로마 프라나야마 Ⅱ(제3장, p.152)

목의 통증Neck pain

타다아사나와 그 변형 자세(제3장, p.32), 우티타 트리코나아사나(제3장, p.38), 비틀기(제3장, p.91)

무력한 태반Placenta, insufficiency

아르다 찬드라아사나(제3장, p.45)

무릎 염좌Knees, sprains in

트리앙가 무카이카파다 파스치모타나아사나(제3장, p.89)

발목 염좌Ankle, sprain

트리앙가 무카이카파다 파스치모타나아사나(제3장, p.89)

발한, 과도한 체열Perspiration, excess body heat

자누 시르사아사나(제3장, p.82), 아도 무카 스바나아사나(제3장, p.62), 아르다할라아사나(제3장, p.104), 빌로마 프라나야마 Ⅱ(제3장, p.152)

발Feet

- 통증이나 압박감: 비라아사나(제3장, p.72), 트리앙가 무카이카파다 파스치모타나아사나(제3장, p.89)
- 붓는 증상: **부종** 참조

백대하Leukorrhea

반다 코나아사나(제3장, p.67), 우파비스타 코나아사나(제3장, p.70), 아르다 숩타코나아사나(제3장, p.106), 살람바 시르사아사나(제3장, p.97)

변비Constipation

순서 2(제3장, p.159), 임신 초기와 임신 전 기간을 위한 순서(제4장, p.172), 바라드바자아사나 Ⅰ(제3장, p.91)

복벽의 당김Tightness of abdominal wall

복부 참조

복부Abdomen

- 압박감: **압박감** 참조
- 근육 약화: 파르스보타나아사나(제3장, p.49), 아르다 찬드라아사나(제3장, p.45), 단다아사나(제3장, p.64)
- 태아로부터 오는 압박: 아르다 찬드라아사나(제5장, 순서 1, p.198), 비라바드라 아사나 Ⅰ(제3장, p.52), 숩타 받다 코나아사나(제3장, p.126), 마하 무드라(제3장, p.79)
- 복벽의 당김: 받다 코나아사나(제3장, p.67), 숩타 받다 코나아사나(제3장, p.126), 우파비스타 코나아사나(제3장, p.70), 세투 반다 사르반가아사나(제3장, p.107)

(상)복부Stomach

- 압박감: 숩타 받다 코나아사나(제3장, p.126)
- 통증: 아르다 우타나아사나(제3장, p.59), 숩타 스바스티카아사나(제3장, p.131), 아르다 맏스야아사나(제3장, p.131), 비라바드라아사나 Ⅰ(제3장, p.52)

부신Adrenal glands

마하 무드라(제3장, p.79), 비파리타 카라니(제3장, p.112)

A-Z까지 문제 일람

우울증Depression
아도 무카 스바나아사나(제3장, p.62), 드위 파다 비파리타 단다아사나(제3장, p.122), 아르다 우타나아사나(제3장, p.59), 교차시킨 큰베개 이용(제3장, p.118), 아르다 찬드라아사나(제3장, p.45), 비라바드라아사나 I(제3장, p.52), 살람바 시르사아사나(제3장, p.97), 세투 반다 사르반가아사나(제3장, p.107), 차투쉬파다아사나(제3장, p.111)

위산 과다Acidity
순서 5(제3장, p.165), 프라사리타 파도타나아사나(제3장, p.55)

위에 가스가 차는 증상Flatulence
우티타 파르스바코나아사나(제3장, p.40), 비라바드라아사나 I(제3장, p.52), 비라아사나와 스바스티카아사나에서의 파르바타아사나(제3장, p.74), 바라드바자아사나 I(제3장, p.91), 숩타 받다 코나아사나(제3장, p.126), 마하 무드라(제3장, p.79), 살람바 사르반가아사나(제3장, p.102), 파르스바 시르사아사나(제5장, p.230)

위염Gastritis
바라드바자아사나 I(제3장, p.91), **위산 과다** 참조

유방의 긴장Breasts, tension
숩타 받다 코나아사나(제3장, p.126), 아르다 찬드라아사나(제3장, p.45), 트레슬을 이용한 우르드바 다누라아사나(제3장, p.121), 사바아사나(제3장, p.134)

유산 위험Miscarrige, disposition toward
유산과 가능한 해결책(제2장, p.22~24), 트리앙가 무카이카파다 파스치모타나아사나(제3장, p.89)

의지력 부족Willpower, lack of
차투쉬파다아사나(제3장, p.111)

인내심 부족Endurance, lack of
빌로마 프라나야마 I(제3장, p.151)

임신 중독Toxemia
순서 3(제3장, p.161)

입덧Morning sickness
임신 초기와 임신 전술 기간을 위한 순서(제4장, p.172), 비라바드라아사나 II(제3장, p.42), 파르스보타나아사나(제3장, p.49), 아르다 찬드라아사나(제3장, p.45), 비라바드라아사나 I(제3장, p.52), 프라사리타 파도타나아사나(제3장, p.55)

자간전증子癎前症Preeclampsia
임신 중독 참조

자궁 수축의 고통Pain during contractions
진통 참조

자궁Uterus
- 통증: 아르다 숩타 코나아사나(제3장, p.106), 숩타 받다 코나아사나(제3장, p.126)
- 이른 자궁 경부 확대: 순서 1(제3장, p.157)
- 자궁 탈출: 마하 무드라(제3장, p.79), 아르다 할라아사나(제3장, p.104)

자신감의 결여Self-confidence, lack of
근심 참조

자신감의 부족Confidence, lack of
근심 참조

좌골신경통Sciatica
우티타 파르스바코나아사나(제3장, p.40), 숩타 파당구쉬타아사나 II(제3장, p.115), 우티타 하스타 파당구쉬타아사나 II(제3장, p.116), 비라바드라아사나 III(제3장, p.54)

저혈압Low blood pressure
순서 2(제3장, p.159)

정맥류Varicose Veins
임신 초기와 임신 전술 기간을 위한 순서(제4장, p.172)

종아리의 경련Cramps, in calves
벽과 모서리가 둥근 블록을 이용한 타다아사나(제3장, p.33), 아도 무카 스바나아사나(제3장, p.62), 비라아사나(제3장, p.72), 아르다 찬드라아사나(제3장, p.45), 살람바 시르사아사나(제3장, p.97)

A-Z까지 문제 일람

출산 후

간Liver
담즙 참고

갑상선Thyroid gland
정신의 안정을 위한 순서(제2장, p.17), 신체적, 생리적 안정을 위한 순서: 기초 마련하기(제2장, p.18), 숩타 스바스티카아사나(제3장, p.131), 아르다 맛스야아사나(제3장, p.131), 비파리타 카라니(제3장, p.112)

건망증Forgetfulness
아도 무카 스바나아사나(제8장, p.299)

고창Bloating
위에 가스가 차는 증상 참조

고혈압High blood pressure
파르스보타나아사나(제8장, p.285), 프라사리타 파도타나아사나(제8장, p.296), 아도 무카 스바나아사나(제8장, p.299), 아르다 우타나아사나(제8장, p.292), 비라아사나에서의 파르바타아사나(제8장, p.303), 앞으로 굽히기(제8장, p.304), 숩타 받다 코나아사나(제3장, p.126), 빌로마 프라나야마 Ⅱ(제3장, p.152)

과도한 활동Overactivity
- 출산 후 1기: 숩타 받다 코나아사나(제3장, p.126), 사바아사나(제3장, p.134), 사바아사나에서의 웃자이 프라나야마 Ⅰ과 Ⅱ(제3장, p.141)
- 출산 후 2기 이후 계속: 살람바 시르사아사나(제8장, p.338), 살람바 사르반가아사나(제8장, p.326), 아르다 할라아사나(제8장, p.332), 사바아사나(제3장, p.134), 빌로마 프라나야마 Ⅱ(제3장, p.152)

관절염Arthritis
- 고관절, 무릎, 천장관절: 우티타 파르스바코나아사나(제8장, p.282)
- 목, 어깨, 팔꿈치: 타다아사나와 그 변형 자세(제8장, p.274)
- 손목: 타다아사나와 그 변형 자세(제8장, p.274), 스바스티카아사나와 비라아사나에서의 파르바타아사나(제8장, p.302~303)

근심Anxiety
스바스티카아사나와 비라아사나에서의 파르바타아사나(제8장, p.302~303), 아르다 찬드라아사나(제8장, p.283), 드위 파다 비파리타 단다아사나(제8장, p.335), 세투 반다 사르반가아사나(제8장, p.334), 웃자이 프라나야마 Ⅰ과 Ⅱ(제3장, p.148~149), 빌로마 프라나야마 Ⅰ(제3장, p.151)

긴장Tension
숩타 받다 코나아사나(제3장, p.126), 세투 반다 사르반가아사나(제8장, p.334), 사바아사나(제3장, p.134), 빌로마 프라나야마 Ⅱ(제3장, p.152)

꼬리뼈Tailbone
통증: 우티타 파르스바코나아사나(제8장, p.282), 아르다 찬드라아사나(제8장, p.283), 비라바드라아사나 Ⅱ(제8장, p.284), 비라바드라아사나 Ⅲ(제8장, p.289), 아도 무카 스바나아사나(제8장, p.299), 자누시르사아사나(제8장, p.306), 벤치를 이용한 드위 파다 비파리타 단다아사나(제8장, p.360), 숩타 파당구쉬타아사나 Ⅱ(제8장, p.343)

뇌하수체Pituitary gland
세투 반다 사르반가아사나(제8장, p.334)

담낭Gallbladder
담즙 참조

담즙Bile
숩타 스바스티카아사나(제3장, p.131), 아르다 맛스야아사나(제3장, p.131), 마하 무드라(제8장, p.304), 비라바드라아사나 Ⅰ(제3장, p.52), 자누 시르사아사나(제8장, p.306), 파스치모타나아사나(제8장, p.308), 비틀기(제8장, p.318), 자타라 파리바르타나아사나(제8장, p.356)

등의 통증Back pain
- 우티타 트리코나아사나(제3장, p.38), 우티타 파르스바코나아사나(제8장, p.282), 아르다 찬드라아사나(제8장, p.283), 스바스티카아사나와 비라아사나에서의 파르바타아사나(제8장, p.302~303), 숩타 파당구쉬타아사나 Ⅱ(제8장, p.343), 우티타 하스타 파당

구쉬타아사나 Ⅱ(제8장, p.345), 숩타 스바스티카아사나(제3장, p.131), 아르다 맏스야아사나(제3장, p.131), 비라바드라아사나 Ⅲ(제8장, p.289), 비틀기(제8장, p.318), 아르다 우타나아사나(제8장, p.292), 파스치모타나아사나(제8장, p.308)

- 등 위쪽: 타다아사나와 그 변형 자세(제8장, p.274), 파리브리타 트리코나아사나(제8장, p.290), 비라바드라아사나 Ⅰ(제3장, p.52), 비라바드라아사나 Ⅲ(제8장, p.289), 바라드바자아사나(제8장, p.319)

디스크 탈출Disk, slipped
의자 위에 앉아서 행하는 바라드바자아사나(제8장, p.319), 우티타 마리챠아사나(제8장, p.323)

류머티즘Rheumatism
우티타 하스타 파당구쉬타아사나 Ⅱ(제8장, p.345), 파리브리타 트리코나아사나(제8장, p.290), 비라바드라아사나 Ⅱ(제8장, p.284), 비라바드라아사나 Ⅲ(제8장, p.289), 아르다 할라아사나(제8장, p.332)

모유의 양 부족Breast milk, low quantity
사바아사나(제3장, p.134), 웃자이 프라나야마 Ⅰ과 Ⅱ(제3장, p.148~149), 살람바 시르사아사나(제8장, p.337), 살람바 사르반가아사나(제8장, p.338)

목의 통증Neck pain
타다아사나와 그 변형 자세(제8장, p.247), 우티타 트리코나아사나(제3장, p.38), 비틀기(제8장, p.318)

무기력Flabbiness
로프를 이용한 아사나(제8장, p.365)

무릎 염좌Knees, sprains
트리앙가 무카이카파다 파스치모타나아사나(제8장, p.312)

발목 염좌Ankle, sprains
트리앙가 무카이카파다 파스치모타나아사나(제8장, p.312)

발한, 과도한 체열Perspiration(excess body heat)
아르다 우타나아사나(제8장, p.292), 머리를 받치고 경사진 블록을 이용한 아도 무카 스바나아사나(제8장, p.299), 아르다 할라아사나(제8장, p.332), 자누 시르사아사나(제8장, p.306), 빌로마 프라나야마 Ⅱ(제3장, p.152)

방광Bladder
- 확장: 비틀기(제8장, p.318)
- 요실금: **비뇨기계 이상** 참조

복부 경련Cramps, abdominal
숩타 파당구쉬타아사나 Ⅰ과 Ⅱ(제8장, p.342~343), 우티타 하스타 파당구쉬타아사나 Ⅰ과 Ⅱ(제8장, p.344), 파리푸르나 나바아사나(제8장, p.347), 우르드바 프라사리타 파다아사나 Ⅰ(제8장, p.351), 회복을 돕는 아사나(제8장, p.366)

백대하Leukorrhea(흰색의 질 분비물)
출산 후 2기가 끝날 때에만 수련 시작: 세투 반다 사르반가아사나(제8장, p.334), 숩타 파당구쉬타아사나 Ⅰ과 Ⅱ(제8장, p.342~343), 우티타 하스타 파당구쉬타아사나 Ⅰ과 Ⅱ(제8장, p.344), 파리푸르나 나바아사나(제8장, p.347), 우르드바 프라사리타 파다아사나 Ⅰ(제8장, p.351)

(상)복부Stomach
- 압박감: 숩타 받다 코나아사나(제3장, p.126)
- 통증: 아르다 우타나아사나(제8장, p.292), 숩타 스바스티카아사나(제3장, p.131), 아르다 맏스야아사나(제3장, p.131), 비라바드라아사나 Ⅱ(제8장, p.284)

부신Adrenal glands
마하 무드라(제8장, p.304), 비파리타 카라니 무드라(제8장, p.336)

불규칙한 생리 주기Menstrual cycle, irregular
출산 후 1기를 위한 순서(제8장, p.255), 출산 후 2기, 생리 중일 때를 위한 순서(제8장, p.257), 출산 후 3기, 생리 중일 때를 위한 순서(제8장, p.263)

불면Sleeplessness
불면증 참조

불면증Insomnia
아르다 할라아사나(제8장, p.332)

비뇨기 이상Urinary disorders
- 요실금: 트리앙가 무카이카파다 파스치모타나아사나

(제8장, p.312), 자누 시르사아사나(제8장, p.306), 마하 무드라(제8장, p.304), 비틀기(제8장, p.318), 살람바 사르반가아사나(제8장, p.326), 약한 복부 장기와 골반 장기도 참조한다.

- 요로 감염: 받다 코나아사나(제3장, p.67), 숩타 받다 코나아사나(제3장, p.126), 비틀기(제8장, p.318), 아르다 할라아사나(제8장, p.332), 세투 반다 사르반가아사나(제8장, p.334)

비장Spleen
마하 무드라(제8장, p.304), 자누 시르사아사나(제8장, p.306), 숩타 스바스티카아사나(제3장, p.131), 아르다 만스야아사나(제3장, p.131), 비틀기(제8장, p.318), 자타라 파리바르타나아사나(제8장, p.356)

빈혈Anemia
살람바 사르반가아사나(제8장, p.326)

뻣뻣한 손목Wrist, stiffness
타다아사나와 그 변형 자세(제8장, p.274), 숩타 받다 코나아사나(제3장, p.126)

뻣뻣한 어깨 관절Shoulder joint, stiffness
타다아사나와 그 변형 자세(제8장, p.274), 파리브리타 트리코나아사나(제8장, p.290), 비라바드라아사나 I(제8장, p.288), 비라바드라아사나 III(제8장, p.289), 비틀기(제8장, p.318)

뻣뻣함Stiffness
어깨 관절, 천장관절, 목의 통증, 등의 통증, 손목 참조

산소 부족Oxygen, lack of
웃자이 프라나야마 I과 II(제3장, p.148~149)

산후 우울증Postpartum depression
출산 후 1기를 위한 순서: 수동적-능동적(제8장, p.255)

생식기의 염증Genital organs, irritation
자누 시르사아사나(제8장, p.306), 받다 코나아사나(제8장, p.234), 우파비스타 코나아사나(제8장, p.316)

성기의 염증Genitalia, irritation
생식기 참조

소화Digestion
소화 불량 참조

소화 불량Indigestion
비라바드라아사나 II(제8장, p.284), 프라사리타 파도타나아사나(제8장, p.296), 아르다 우타나아사나(제8장, p.292), 우타나아사나(제8장, p.294), 마하 무드라(제8장, p.304)

수면 장애Sleep disorders
불면증 참조

시력Vision
시야 흐림 참조

시야 흐림Blurred vision
살람바 시르사아사나(제8장, p.338), 빌로마 프라나야마 II(제3장, p.152)

식욕 부진Appetite, lack of
비파리타 카라니 무드라(제3장, p.336)

신경질Nervousness
아르다 우타나아사나(제8장, p.365), 차투쉬파다아사나(제8장, p.335), 의자를 이용한 살람바 사르반가아사나(제8장, p.329), 세투 반다 사르반가아사나(제8장, p.334), 아르다 할라아사나(제8장, p.332), 아르다 찬드라아사나(제8장, p.283), 프라사리타 파도타나아사나(제8장, p.296), 아도 무카 스바나아사나(제8장, p.299), 우타나아사나(제8장, p.293), 비파리타 카라니 무드라(제8장, p.336), 사바아사나(제3장, p.134), 웃자이 프라나야마 I과 II(제3장, p.148~149), 빌로마 프라나야마 I과 II(제3장, p.151~152)

압박감Heaviness
- 복부: 비라바드라아사나 I(제3장, p.52), 파르스보타나아사나(제8장, p.285), 프라사리타 파도타나아사나(제8장, p.296), 자누 시르사아사나(제8장, p.306), 숩타 받다 코나아사나(제3장, p.126), 드위 파다 비파리타 단다아사나(제8장, p.360), 빌로마 프라나야마 II(제3장, p.152)
- 몸: 아르다 찬드라아사나(제8장, p.283), 살람바 시르사아사나(제8장, p.338), 의자를 이용한 살람바 사르반가아사나(제8장, p.329), 세투 반다 사르반가아사나(제8장, p.334)

제4부
다양한 요가의 지식

제1장
해부학, 생리학, 그리고 출산

제2장
임신 중일 때의 건강을 위한
아유르베다의 처방과 조언

제3장
출산 후의 건강을 위한
아유르베다의 처방과 조언

제1장
해부학, 생리학, 그리고 출산

이 장은 여성의 골반, 특히 뼈와 관절에 대해 해부학적으로 설명하며, 골반 장기, 골반바닥, 회음의 위치와 특징에 대해서도 이야기한다. 임신이란 놀라움으로 가득 찬 여행과 같다. 특히 요가를 수련하는 동안, 임신한 여성은 자신의 몸에 대해 새롭게 인식할 것이다. 이 장에서는 이 책 전반에 걸친 아사나 수련에 대한 설명에서 다룬 봄의 구조에 대한 더 많은 정보 자료를 얻을 수 있다.

또 이 장에서는 생리 주기에 대한 더 자세히 설명하고 있어 신체 내의 주기적 변화와 그에 따른 요가 수련 조정에 대한 필요성을 더 잘 이해할 수 있게 된다. 이것은 출산 후에 특히 중요하다. 따라서 신체는 서서히 회복하여 건강하고 생식 능력을 갖춘 생리 주기로 되돌아갈 수 있게 된다.

지금까지 우리는 수정에서 탄생까지의 태아의 발달, 즉 태아의 자궁 내 착상, 기관의 발달, 탯줄과 태반의 형성, 기타 다른 뚜렷한 변화들에 대한 개괄적인 설명을 들었다. 이러한 정보는 그 자체로 흥미롭기도 하지만 아기에 대한 자신의 인식, 그리고 어떤 이유로, 어떻게 요가 수련이 임신의 단계에 따라 조정되어야 하는지에 대한 인식을 깊게 하는 데 도움을 주기 위해 제공된 것이다.

임신 중 신체에 일어나는 변화는 때때로 불편이나 고통을 불러일으킬 수도 있는 여러 가지 상황으로 이어진다. 이런 상황들에 있어 요가 수련은 임신부가 아주 편안한 상태를 유지할 수 있게 한다. 이 장 전체를 통해 '도움을 주는 요가 아사나'라는 제목의 글상자를 볼 수 있는데 이는 독자를 이 책의 관련된 아사나들로 안내하는 역할을 맡고 있다. 여기에 더하여 'A-Z까지 문제 일람'의 장을 참조하면 권장되는 자세들을 더 많이 찾을 수 있다.

요가는 분만을 준비하는 데 도움을 주고, 출산과 그 이후의 시기를 잘 헤쳐 나갈 수 있도록 이끌어 주는 좋은 친구가 될 수 있다. 이 장에서 분만의 단계와 출산 후 몸에서 일어나는 변화를 다루는 것은 이런 까닭에서이다.

이 장의 마지막 부분에서는 모성과 출산의 철학을 고대 아유르베다 경전의 관점에서 간단히 살펴보기로 한다.

여성의 골반
뼈와 관절

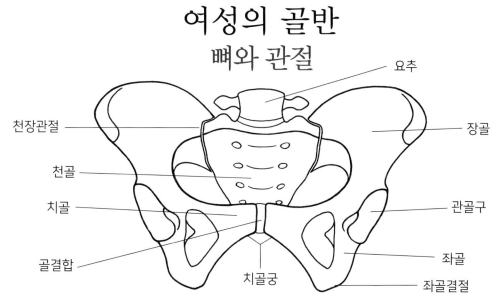

그림 1: 로헨Rohen의 책에 따른, 골반 후면 그림과 전면 그림

인간의 골반은 대야 모양을 한 고리ring로 바로 선 자세에서 체중을 받치고 복부 장기를 담으며 그 하중을 고관절을 거쳐 다리로 전달한다. 골반의 뼈는 또한 골반 장기를 방해하지 않으면서 그 주변에 그것들을 보호하는 고리를 형성한다.

골반의 안쪽 부분은 뼈로 된 산도産道 역할을 하며 높이에 따라 다른 직경을 가진다. 따라서 출산 시에 아기의 머리는 여기에 맞추어 조정되어야 한다(이것에 대해서는 이 장의 '출산' 부분에서 더 이야기할 것이다). 여성의 골반은 남성의 골반보다 길이는 더 짧고 폭은 더 넓어 양쪽 고관절 사이의 거리가 훨씬 멀다. 또 여성의 다리는 서 있는 자세에서 남성과는 다른 형태가 된다. 여성의 경우 두 고관절 사이의 거리가 더 멀기 때문에 고관절과 무릎의 관계가 X자 형태를 띠는 반면, 남성에 있어서는 O자 형태를 더 많이 띤다.

뼈로 된 고리 모양의 골반은 두 개의 큰 엉덩이뼈hipbones와 천골sacrum, 그리고 미골(꼬리뼈coccyx)로 이루어져 있다.

각 엉덩이뼈hipbone는 세 개의 부분으로 이루어지는데 이들은 관골구를 이루는 구멍의 중심부에 위치한 견고한 접합부에서 교차한다. 이 세 부분의 뼈는 각각 장골ilium, 좌골ischium, 치골pubis이라 불린다. 장골은 평평

한 삽이나 국자 같은 모양이다. 두 개의 장골 모두 컵 모양의 손과 같은 역할을 하여 아래로부터의 중력의 끌어당김에 맞서 복부 장기의 무게를 지탱해 준다. 이들이 만드는 공간을 대골반이라 부른다. 치골, 좌골, 천골은 소골반을 만든다.

치골의 뼈들은 서로 연결되어 관절을 만드는데, 치구(치모로 덮인 부분)에서 치골 결합을 이룬다. 강한 인대가 이 관절을 단단히 조여 골반 고리의 전면부를 닫게 된다. 좌골은 엉덩이뼈에서 가장 아래에 있는 부분이다. 이것은 돌출된 결절을 가지기 때문에 좌골결절seat bone이나 궁둥이뼈buttock bone라 불리기도 하며, 똑바로 앉아 있을 때 양쪽에서 분명히 느낄 수 있다. 소골반 차원에서의 엉덩이뼈에는 치골과 좌골 사이에 원래부터 구멍이 하나 있는데 점막과 덧붙여진 근육에 의해 막혀 있다.

천골은 몸에서 가장 단단한 뼈이다. 다섯 개의 융합된 척추골로 이루어졌는데 모양을 보면 그것을 알 수 있다. 천골은 미골(꼬리뼈)과 결합되어 있다. 미골은 연결되거나 때때로 융합되어 미발달된 꼬리를 구성하는 작은 뼈들로 이루어졌고, 이는 진화의 자취라 할 수 있다. 미골은 약간 움직일 수 있어서 출산 시 아기의 머리의 힘에 의해 뒤로 밀려날 수 있고, 따라서 골반출구가 확장되게 된다.

척추는 쐐기꼴의 천골을 지나 골반에 안정적으로 깊이 끼워져 있다. 천골은 두 개의 천장관절(천골과 장골이 만나는 관절)의 형태로 엉덩이뼈와 결합된다.

이 관절들은 강한 인대에 의해 견고하게 연결되어 있다. 인대 또한 천골이 골반 안에서 앞뒤로 조금씩 움직이는 것을 허용한다. 이 제한적이지만 중요한 천장관절의 움직임이 조금이라도 방해되면 등에 통증이 생긴다. 아무런 방해를 받지 않을 때, 이를테면 서 있는 자세에서 몸통을 굽힐 때 엉덩이뼈와 천골이 서로 쉽게 미끄러져 스쳐 지난다. 임신 중에는 골반을 안정시키는 인대가 느슨해진다. 따라서 복부를 앞으로 미는 동작은 천장관절에 압박을 주어 고통을 일으키는 결과를 부를 수 있다.

고관절은 대퇴골의 윗부분과 관골구로 이루어져 있다. 똑바르고 안정되게 서고 걸을 수 있도록 관골구는 골반 고리 안에 비스듬하게 자리 잡고 있으며, 옆으로 기울어져 부분적으로 대퇴골의 윗부분을 덮는 지붕 역할을 한다.

유년기와 그 이후에 고관절이 건강하게 발달하기 위해서는 대퇴골의 윗부분이 구멍 안에 잘 자리 잡는 것이 중요하다. 관골구가 충분히 대퇴골을 덮고 있는지 알기 위해 신생아들에게 초음파 검사를 하는 것은 이런 이유 때문이다. 만일 그렇지 않다면 넓은 붕대나 다리를 벌리게 하는 스트래들 붕대를 이용하여 고관절을 재정렬시킬 수 있다.

요가 아사나는 고관절을 자유롭고 유연하게 만들고 쌍을 이룬 두 관절뼈를 단단히 연결시키는 것을 도와 관절증을 예방하는 데 도움을 준다.

골반 장기들은 골반강骨盤腔 내에 들어있다. 골반강과 복강은 복막(복강 내벽을 감싸는 투명한 점막)에 의해 분리된다. 골반 장기들의 위치는 복막 아래라고 말해지며, 복부 장기들의 위치는 복막 내라고 일컬어진다. 복강 뒤에는 배막뒤공간이 있어 신장, 요관(신장에서 방광으로 소변을 운반하는 도관), 복부 대동맥, 하대정맥(심장으로 혈액을 되돌리는 정맥)을 담고 있다.

골반 장기들의 위치

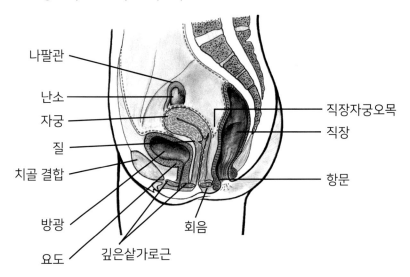

그림 2:
골반 장기들의 상대적인 위치.
로헨Rohen의 책에 따른
시상면상矢狀面像.

나팔관
난소
자궁
질
치골 결합
방광
요도
깊은샅가로근
회음
직장자궁오목
직장
항문

방광은 치골 결합 바로 뒤에 있다. 방광이 가득 차게 되면 그 위치가 불두덩보다 더 높아지게 되어 치골 결합과 배꼽 사이에서 느껴진다.

자궁은 방광 뒤에 있으면서 방광 위로 올라가 있다. 생리학적으로 신체의 중심 축에 대해 앞으로 기울어져 있으며, 자체 축을 기준으로 할 때는 훨씬 더 앞으로 굽어 있다. 이러한 구조는 임신 기간 중에 자궁이 복강을 향해 올바른 방향으로 뻗을 수 있게 하는 중요한 역할을 한다. 드문 경우이지만 자궁이 뒤로 기울어져

있다면 자궁의 성장은 천골에 의해 방해를 받게 된다.

직장은 자궁 뒤에 있으며, 항문 근처에 있는 대장의 일부분이다. 직장은 복강 내에서 시작되지만 가장 아랫부분은 골반강에 보인다. 자궁과 직장 사이에는 작은 공간이 있는데 그것을 직장자궁오목이라 한다. 이 틈은 복강의 제일 아랫부분이며 복막과 연결되어 있다. 자궁과 방광의 윗부분 또한 복막으로 덮여 있다. 임신 중 자궁이 커지면 복막과 복부 장기를 위로 밀어내며, 또 옆에 있는 방광과 직장을 압박한다.

골반 장기에 대한 설명

신체의 모든 속이 비어있는 중공中空 기관은 비슷한 층들로 이루어졌다. 그 층들은 각각 내부의 점막, 중간 층의 부드러운 근육(연동 운동을 할 수 있게 하는), 연결 조직의 층(일부의 경우), 그리고 외부 막이다.

방광

방광의 점막에서 세포들은 원통형의 구조를 가진다. 방광의 부드러운 근육에는 특수한 기능이 있다. 그 섬유 조직들은 가위 격자 모양으로 배열되어 있고 방광이 목처럼 좁아지는 부분에서 만난다. 이 부분에서 섬유 조직들은 내부의 폐쇄 근육(내부 괄약근)이 된다. 약 150~420cc의 소변이 모이면 소변을 보고자 하는 욕구가 생긴다. 소변을 배출하는 동안 방광벽의 부드러운 근육이 수축되어 소변을 밖으로 밀어낸다. 근육 조직의 배열과 함께 이 수축 작용에 의해 불수의근인 내부의 폐쇄 근육이 깔때기처럼 열리게 된다. 그 다음에 외부의 폐쇄 근육이 이완되어 소변이 흐르거나 의지에 따라 참아지게 된다. 이 외부의 괄약근은 골반바닥 근육의 일부이다.

임신 중의 생리적 변화

임신 초기에는 소변을 보고 싶은 욕구가 잦아진다.

아직도 완전히 골반 안에 있는 자궁은 이미 커져서 옆에 있는 방광을 압박한다. 임신 중기에 이르면 자궁이 복부를 향해 올라가 방광에 대한 압박이 줄어든다. 임신 말기에는 엄청나게 커진 자궁이 다시 방광을 압박하여 소변의 양이 작을지라도 소변을 보고 싶게 한다. 또한 기침을 하거나 재채기를 할 때 소변을 참는 것이 더 어려워진다.

요로 감염

방광삼각은 방광바닥에 있는 삼각 형태의 구조이다. 신장에서 방광으로 소변을 운반하는 도관인 요관尿管은 양편에 있는 위쪽 귀퉁이에서 열려 있다. 요도는 양편의 아래쪽 귀퉁이에서 시작된다. 여성의 요도의 길이는 단지 1인치를 넘을 뿐이며 골반바닥을 향해 수직으로 내려간다.

따라서 외음부와 그 가까이에 있는 항문 부위에서 들어온 박테리아가 방광으로 옮아와 방광염을 유발할 수 있다. **그러한 감염을 예방하기 위해서는 적절하게 물을 마시는 것이 중요하다. 규칙적인 소변 배출은 방광을 안에서부터 씻어준다.**

임신 중에는 수축을 막는 호르몬인 황체 호르몬이 요로의 부드러운 근육 또한 이완시킨다. 소변은 요관에 고이기 쉬운데, 이로 인해 상행 요로 감염의 위험이 증가하고 이것은 또 신장에도 영향을 줄 수 있다. 그러므로 임신 중에는 물을 충분히 마시는 것이 특히 중요하다.

도움을 주는 요가 아사나

임신 중에 할 수 있는 누워서 하는
아사나들과 비트는 아사나들을 권한다.
이 아사나들은 소변 흐름을 자극하고
신장의 혈액 순환을 개선한다.

자궁

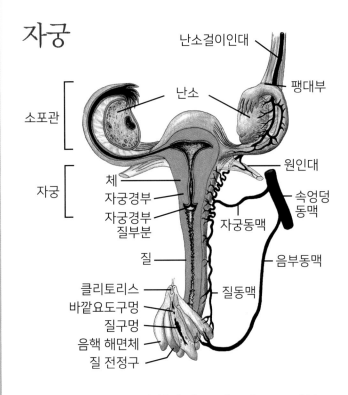

그림 3: 로헨Rohen의 책에 따른, 난소와 소포, 자궁, 질의 발달

자궁은 서양 배 모양을 한 중공中空 기관으로 약 8cm의 길이와 98g 정도의 무게를 갖는다. 임신 중에는 무게가 약 1.7kg까지 될 수 있다. 자궁은 경부와 체(자궁의 주요 부분)로 나뉘는데, 경부는 아래로 돌출되어 질 안으로 들어가 있는 낮고 좁은 부분을 말한다. 질에서 보이는 경부 부분은 자궁경부질부분이라 불리며 여기

에서 자궁 구멍을 찾을 수 있다. 출산을 한 적이 없는 여성에게서는 이 구멍이 작은 보조개처럼 보이나, 출산 이후에는 다소 더 넓어지고 둥글어진다. 나팔관은 자궁 위쪽의 양끝에서 나온 두 개의 작은 팔처럼 뻗어 있다. 각각의 끝부분에 팽대부(플라스크처럼 부풀려진 관의 일부)와 난소가 있다.

자궁은 중공 기관에서 전형적으로 볼 수 있는 벽의 층들을 가지나 이들은 아주 특별한 목적으로 이용된다. 자궁 점막, 혹은 자궁 내막은 여러 가지 호르몬에 의해 조절되는 순환적 변화를 겪는다. 28일의 생리 주기의 첫 단계(증식기)에서 점막은 더 두꺼워지고 영양소를 저장한다. 이 주기 중간의 배란에 뒤이어 전환기(분비기)가 오고 그때 점막은 분비선의 변화를 보이기 시작하고 느슨해진다. 주기의 마지막에는 보통 기저판(바닥에 가까운 층)을 제외하고는 기능 층이라 불리는 점막의 대부분이 폐기된다. 이것의 결과가 생리 출혈이다. 만일 수정이 이루어진다면 점막이 온전하게 남아 생리 출혈이 일어나지 않는다.

자궁의 근육 층은 다양한 기능을 가진다. 근육 층이 자라는 태아에게 충분한 공간을 제공하는 임신 기간에는 개별 근육 세포들이 엄청나게 커진다. 새 세포들은 최소한으로 만들어진다. 근육은 또 출산 시에 아기를 밖으로 밀어내는 데 이용된다. 이 근육은 방광의 근섬유와 유사하게 가위 격자형으로 배열되어 출산 시 자궁강子宮腔에 압박을 가할 수 있다.

자궁 경부로 바뀌는 부분에는 근섬유가 더 적다. 이 부분은 분만 시에 수축하기보다는 팽창하기 때문이다. 출산 후, 자궁의 근섬유는 태반 배출을 촉진하고, 수축 작용을 통해 출혈을 막고 자궁이 원래의 크기로 돌아가는 것을 돕는다.

자궁 인대

근육 층은 자궁주위조직인 연결 조직의 층과 연결되어 있다. 자궁주위조직은 복잡하게 얽혀 있는 구조의 일부로 자궁을 받쳐 주는 기관이다. 두 개의 넓은 인대가 자궁의 여러 부분을 골반 옆벽에 연결시킨다. 자궁과 함께 넓은 인대들이 자궁강 내에 방광과 직장을 분리하는 일종의 격벽을 만든다. 또 넓은 인대들은 나팔관, 난소, 난소걸이인대, 혈관, 자궁신경을 에워싼다.

자궁에는 또 다른 인대들이 있다. 이들은 자궁벽의 부드러운 근육에 연결된 부드러운 근섬유에 의해 힘이 보강된다. 이 인대들의 도움에 의해 자궁은 골반의 앞, 옆, 뒤에 단단히 고정된다.

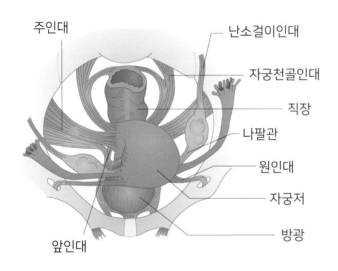

그림 4: 골반 장기의 인대 결합.
플라이더러Pfleiderer, 브렉볼트Breckwoldt,
마르티우스Martius의 책에 따른, 골반 위에서 본 모습

주인대
난소걸이인대
자궁천골인대
직장
나팔관
원인대
자궁저
방광
앞인대

자궁 옆에 볼 수 있는 주인대主靭帶들은 넓은 인대의 밑부분 중 일부이며 자궁을 골반벽에 부착시키는 것을 돕는다. 앞쪽으로는 방광 양쪽을 두르고 불두덩까지 이르는 훨씬 더 강한 앞인대에 의해 자궁이 단단히 고정된다. 뒤쪽으로는 대장을 두르고 천골의 안쪽 표면에까지 이르는 인대(자궁천골인대)가 있다.

원인대圓靭帶는 나팔관이 뻗어 나가는 자궁 한 귀퉁이에서 시작하여 (사타구니를 통과하는) 서혜관을 지나 대음순(p.390의 '외부 생식기' 참조)의 연결 조직으로 들어가는 독자적으로 이어지는 두 개의 인대이다. 이 인대는 앞으로 기울어진 위치에서 자궁을 지지한다. 자궁이 더 커지면 이 '고삐들'이 무거운 무게를 지탱한다. 임신한 여성들은 가끔 대음순이나 사타구니에서 당기는 느낌을 가지는데 이는 원인대에 가해지는 압력이 커져서 그렇다.

도움을 주는 요가 아사나

임신 중에는 자궁의 모든 인대 구조가 느슨해진다. 따라서 출산 후에 인대의 원래 형태를 되찾기 위해 그것을 다시 조이는 것이 매우 중요하다.
요가의 거꾸로 하는 자세에서는 중력 효과가 거꾸로 작용하므로 인대가 장기의 무게를 지탱할 필요가 없어 인대가 이완된다.
이 자세에서 이루어지는 다리와 골반바닥에 대한 작업과 결합하여 인대는 정상화되고 단단히 조여지며 원래의 탄력성을 되찾는다.

난소(p.388의 그림 3 참조)

난소와 나팔관은 복막 뒤에 위치한다. 이들은 난소의 영양 공급 도관을 포함하는 난소걸이인대에 의해 지지된다. 난소는 바깥의 피질층과 안의 연수 물질로 이루어졌다. 출산 이전에는 피질 층에 수백만 개의 난세포가 있다. 각 난세포는 영양 세포에 의해 화환처럼 에워싸여 있다. 이 난세포와 영양 세포들로 이루어진 한 단위를 소포小胞라 부른다. 소포의 수는 나이가 들면서 줄어든다.

사춘기까지 소포들은 난소 안에서 비활성 상태로 있다. 사춘기에는 뇌(시상하부와 뇌하수체)에 의해 주도되는 호르몬의 상호 작용으로 주기적인 호르몬 변화가 일어난다(p.393의 그림 7 참조). 매달 한 무리의 소포들이 자라기 시작하는데 보통 그들 중 하나가 완전히 성숙하여 배란하기에 적절한 상대가 된다. 수정될 준비가 된 난자는 방출되어 나팔관을 지나 자궁 방향으로 옮겨진다. 난자가 방출된 이후에 남아 있는 소포 조직은 황체(노란 조직 덩어리)로 변한다. 소포 조직과 난자 방출 후의 황체는 이 주기에서 호르몬을 생산한다. 특수한 소포 세포들은 에스트로겐을 생산하고 황체는 프로게스테론을 분비한다.

질

질은 관처럼 생긴 빈 공간으로 부드러운 근육 세포와 다수의 탄성 있는 섬유로 이루어졌다. 이러한 구조에 의해 질은 출산 시 아기의 머리가 지나가는 데 필요한 탄력성을 가지게 된다.

질은 자궁 경부의 바깥 구멍부터는 질천정이라 불리는 주머니를 형성한다. 이는 질 안으로 돌출된 자궁 경부에 의해 만들진 질 궁륭에 있는 오목한 부분이다. 질 자체는 정맥으로 가득찬 두 개의 긴 주름 혹은 입술처럼 나온 부분을 가지는데, 이들은 여성의 발기성 내부 조직이다. 이 둘 중 하나는 요도 바로 가까이 놓여 있다.

질은 삼출 작용으로 불리는 과정에 의해 미끄러워지는 점막과 나란히 있다. 임신 중에는 일반적으로 맑고 냄새가 나지 않는 백대하라는 질 분비물이 증가하는 것이 보통이다. 질에는 특수한 박데리아들이 있는데, 그 중에 되덜라인Doederlein 세균이라는 것이 있다. 이 박테리아는 질 점막으로부터 떨어져 나온 세포를 녹여서 세포가 가진 당을 젖산으로 변화시켜 산성으로 만든다. 산성을 가진 환경은 질이 감염되지 않도록 막아 준다.

외부 생식기(외음부)

질은 질구를 통해 열린다. 질구의 위쪽 가장자리에 요도의 출구가 있다. 두 개의 발기성 조직 덩어리에 의해 질구의 충격이 완화되는데, 이 덩어리들은 외부 요도구 바로 위에서 합쳐진다.

분비선의 분비에 의해 미끄러워지는 질구는 소음순과 대음순에 의해 윤곽이 드러난다. 소음순은 클리토리스가 있는 제일 위쪽 끝에서 결합한다. 클리토리스는 여성의 몸에서 신경 말단이 가장 많이 집중되어 있는 곳이고, 또 발기성 조직(해면체)으로 된 또 다른 집합체 두 개에 의해 둘러싸여 있으며, 이들은 치골 가까이 붙어 있다(p.388의 그림 3 참조).

◇

골반바닥

골반바닥의 근육 구조는 세 층으로 나뉠 수 있다. 첫 번째인 가장 바깥의 층은 외음부와 발기성 조직에 밀접하게 연결되어 있다. 질구와 그것의 발기성 조직은 구해면체근球海綿體筋에 의해 에워싸여 있다. 이 근육은 8자 모양으로 외부 항문 구멍을 닫는 외부 항문 괄약근과 서로 섞여서 꼬인 구조로 되어 있다.

치골 양쪽에는 좌골해면체근坐骨海綿體筋이라 불리는 두 개의 근육이 있는데, 이들은 클리토리스의 발기성 조직(해면체)을 직접 에워싸고 있다. 두 갈래로 나뉜 치골은 얕은샅가로근에 의해 교차 연결되어 있다. 그림 5에서는 좌골해면체근과 얕은샅가로근이 골반 전면부의 출구에서 삼각형의 틀을 형성하는 것을 볼 수 있다.

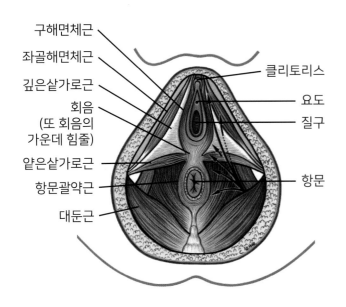

구해면체근
좌골해면체근
깊은샅가로근
회음
(또 회음의
가운데 힘줄)
얕은샅가로근
항문괄약근
대둔근

클리토리스
요도
질구
항문

**그림 5: 로헨Rohen의 책에 따른,
아래에서 본 골반바닥근**

이 틀은 깊은샅가로근에 가까이 붙어 있는데, 이것은 아래골반문의 전면부에 삼각형의 종이처럼 수평 방향으로 펼쳐져 있다. 이것이 비뇨생식가로막이라 불리는 두 번째의 근육 층이다.

세 번째 층은 골반가로막이라 불리는 더 깊은 골반 바닥근 조직으로 구성된다. 이것은 주로 항문올림근에 의해 만들어진다. 이 깔때기 모양의 넓은 근육 층은 해먹처럼 걸려 있고 복강의 압력으로 골반 장기들이 처지는 것을 막는 중요한 기능을 수행한다. 이것은 작은골반 양 측면과 내부의 밀폐 근육인 띠 모양(연결 조직)의 고리에서 시작한다.

앞에서는 항문올림근이 치골뼈의 뒤쪽 표면에서 시작하지만 골결합 뒤에서는 요도와 질을 위한 틈이 있다. 항문올림근은 직장 쪽으로, 그리고 직장 주위로 밧줄처럼 뻗어 있다. 그 섬유 조직은 직장 옆으로 들어가는데, 이것은 배변 중 기둥 모양의 배설물이 있는 직장의 뒷벽을 들어올릴 수 있다. 이 근육은 또한 괄약근 안으로 뻗어 나가 자신의 뜻대로 배변을 억제하는 데 중요한 역할을 한다.

또 항문올림근은 질 뒷벽 안으로 뻗어 나간다. 여성들은 이 근육을 이용하여 자기 뜻대로 질을 수축할 수 있다. 이 근육은 질과 자궁이 처지는 것을 막아 준다. 또 몸의 뒷면에서 강한 항문미골 인대와 꼬리뼈 근육에 의해 천골과 꼬리뼈에 연결된다.

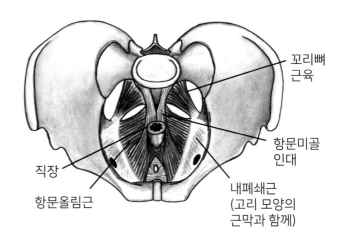

꼬리뼈
근육
항문미골
인대
내폐쇄근
(고리 모양의
근막과 함께)
직장
항문올림근

**그림 6: 로헨Rohen의 책에 따른,
위에서 본 항문올림근**

회음

질과 항문 사이에 있는 골반바닥 부위를 회음이라 부른다. 회음은 항문괄약근과 구해면체근球海綿體筋을 8자 모양으로 연결하는(그림 5 참조) 힘줄로 보강된 강한 지점을 가진다. 이 '회음의 가운데 힘줄'은 중요한 중심으로 얕은 골반바닥 근육의 섬유 조직들을 더 깊은 골반바닥(골반가로막)의 섬유 조직들과 연결시킨다. 이 힘줄은 또한 질 뒷벽의 부드러운 근육과 연결되어 있다.

도움을 주는 요가 아사나

회음의 가운데 힘줄은 요가에서 중요한 역할을 한다.
마하 무드라Maha Mudra(위대한 결인 자세)
수련 시 이 해부학적 부위가 몸 안쪽으로 당겨진다.
이 수련에 의해 골반바닥 전체와
내부 장기들이 들어올려질 수 있다.

외음부절개

출산 중 골반바닥은 아기의 머리가 나오도록 넓혀져야 한다. 회음이 팽팽하게 긴장될 수밖에 없으므로 조산원의 도움을 받아 회음을 보호해야만 한다. 골반바닥의 근육 조직을 통해 아기의 머리가 나오는 것을 쉽게 할 필요가 있거나, 회음이 너무 많이 당겨져서 찢어질 위험이 있는 경우에 외음부절개를 시술할 수도 있다. 외음부절개는 구해면체근球海綿體筋 안까지 자르는 것을 수반한다. 이 근육은 질구를 둘러싸고 있으며 외부 항문괄약근과 함께 회음의 가운데 힘줄에 의해 묶인 8자 모양 근육 고리의 일부를 이룬다. 외음부절개를 할 때는 근육 섬유들이 완전히 치유될 수 있고 외부 항문괄약근에 해가 가지 않는 방식을 취한다. 팽팽히 당겨진 회음에는 혈액 순환이 최소화되기 때문에 적절한 순간에 행해지는 절개는 많은 여성들에게 고통스럽지 않으며 실제로는 진정 효과를 가진다. 팽팽한 회음 때문에 출산이 너무 오래 지연되고 아기가 고통스러워 할 때는 외음부절개가 비상조치가 될 때도 있다. 출산 전과 출산 중에 회음에 오일을 바르면 회음이 유연해지게 되고, 절개를 할 필요를 줄일 수 있다.

도움을 주는 요가 아사나

출산 중에는 질구를 둘러싼 골반바닥의 근육들이 최대로 넓혀지고 이완되어야 한다. 임신 중일 때에도 이 근육들은 상당한 압박을 견뎌야만 하는데, 이는 인대와 더불어 아기와 자궁의 무게를 감당해야 하기 때문이다. 출산 전 요가 수련에서의 첫 목표는 다리를 벌려 골반바닥의 근육 조직을 넓히는 것이다. 엉덩이를 바깥쪽으로 돌리는 것이 특히 중요한데, 이것은 항문올림근이 내폐쇄근의 고리 모양의 근막(연결 섬유)에서 시작되기 때문이다. 내폐쇄근은 골반 근육 조직을 깊숙이 바깥쪽으로 돌리는 회전근에 속한다. 이 두 근육의 밀접한 연결 때문에 바깥쪽으로의 회전에 의해 골반바닥이 넓어질 수 있다. 체형을 되찾는 것에 강조점이 주어지는 출산 후 요가 수련 프로그램에서는 골반바닥을 정상화시켜 골반 장기들을 다시 지지하고 들어올리게 된다. 골반바닥은 치골, 회장回腸, 천골, 꼬리뼈 사이에 걸려 있다. 이 지점에 초점을 맞춰 수련하여 골반을 재정렬하면 체중을 더 잘 배분할 수 있고, 그럼으로써 다리로 체중이 더 잘 전달될 수 있다. 여기에는 골반에 접해 있는 모든 근육들(엉덩이, 다리, 복부, 골반의)을 사용하는 것이 필요하다. 꼬리뼈와 천골은 몸 안쪽으로 당겨 들어가고 낮아지며, 치골과 하복부 근육은 올라간다. 이렇게 해야만 골반바닥 근육이 정상화되고 골반 장기들이 받쳐진다. 이 작업은 또 머리에서 발가락까지 몸이 정렬되게 한다. 몸의 이 지점들을 뻗고 서로에게 맞추어 정렬시키면 골반이 몸 안으로 통합되면서 내면의 몸 전체가 길어지고 직립 자세로 정렬된다. 물구나무서기와 어깨로 서기와 같은 거꾸로 하는 자세들을 수련하면 이 효과가 더 강화된다. 거꾸로 하는 자세에서는 자궁 인대와 골반바닥의 근육이 거꾸로 작용하는 중력의 도움으로 안쪽으로 당겨진다.

생리 주기

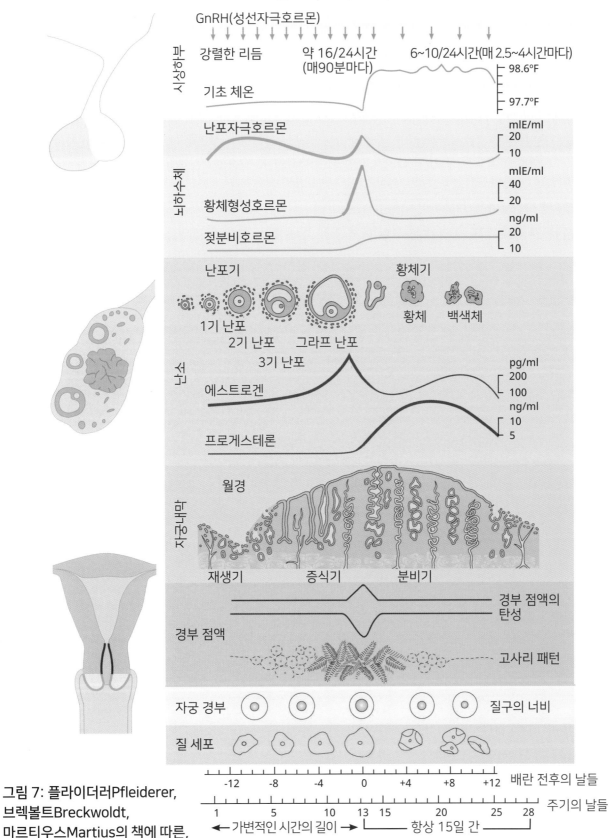

GnRH(성선자극호르몬)

강렬한 리듬 약 16/24시간 6~10/24시간(매 2.5~4시간마다)
(매90분마다)

기초 체온 98.6°F

97.7°F

난포자극호르몬 mIE/ml
20
10

황체형성호르몬 mIE/ml
40
20

젖분비호르몬 ng/ml
20
10

난포기 황체기

1기 난포 황체 백색체
2기 난포 그라프 난포
3기 난포

에스트로겐 pg/ml
200
100

프로게스테론 ng/ml
10
5

월경

재생기 증식기 분비기

경부 점액의
탄성

고사리 패턴

경부 점액

자궁 경부 질구의 너비

질 세포

-12 -8 -4 0 +4 +8 +12 배란 전후의 날들

1 5 10 13 15 20 25 28 주기의 날들

← 가변적인 시간의 길이 → └ 항상 15일 간 ┘

그림 7: 플라이더러Pfleiderer,
브렉볼트Breckwoldt,
마르티우스Martius의 책에 따른,
여성 신체에 있어서의 주기적 변화

난포기

여성은 수백만 개에 달하는 난세포를 갖추고 태어난다. 이 세포들은 여성이 성적으로 성숙할 때까지는 활성화되지 않는다. 사춘기 무렵에 이 난세포들의 수는 대략 오십만 개로 줄어들고, 이들 중 약 500개가 여성의 가임기 동안 성숙된다. 사춘기의 호르몬 변화로 약 28일 주기가 형성된다.

시상하부는 파동 형태로 성선자극호르몬(GnRH)을 분비한다. 이 호르몬은 뇌하수체를 자극하여 난포자극호르몬(FSH)이 분비되게 한다. FSH는 난소의 생식 세포를 자극한다.

난소의 난세포는 보호 세포들로 에워싸여 있는데, 이들이 난세포에 영양을 공급한다. 난세포와 보호 세포로 된 구성단위를 1기 난포라 한다. FSH는 일단의 1기 난포들이 성장하게 한다. 이 1기 난포들은 이후의 성숙 단계에서는 2기 난포, 3기 난포라 불린다. 더 커진 난포는 에스트로겐이라는 호르몬을 분비한다. 완전히 성숙된 형태는 액체로 가득 찬 거품이나 물집 모양으로 그라프 난포라 불린다. 이것은 FSH를 억눌러 경쟁력이 떨어지는 난포의 성장을 막는 인히빈inhibin 호르몬을 분비한다. 지배적인 난포는 성장을 계속하여 난소 표면 근처에 돌출물을 만들고 곧 배란에 알맞은 상태가 된다.

여성 주기의 이 첫 단계에서 신체는 에스트로겐의 영향을 받아 임신과 수정 세포의 착상을 위해 스스로를 준비시킨다. 자궁 점막은 1cm 정도로 두꺼워지고 공급된 당과 다른 영양소들을 비축한다(증식기). 이제 자궁 경부가 넓어진다. 자궁의 목 부분을 막는 점액 마개는 느슨해지고 액체화 된다. 점액의 실들이 평행 형태로 나열된다. 이것들이 결정화 되면 '고사리 패턴'이라는 독특한 특징을 가진다. 이 점액의 실 형태는 정자가 더 쉽게 들어갈 수 있게 만든다.

질에서는 에스트로겐의 도움으로 영양분을 잘 공급받은 세포들의 증식이 일어나고 이 세포들이 탈락한다. 되덜라인Doederlein 세균은 이 탈락된 세포들을 액체로 만들고 그것의 당을 젖산으로 화학 분해한다. 따라서 이 주기의 전반부에서 질은 충분히 습기를 머금게 되고 질의 환경이 산성화된다.

여성의 신체에 미치는 에스트로겐의 영향을 더 언급하면
- 뼈의 무기질 성분에 좋은 영향을 미친다.
- 모발이 두껍게 자라게 하고 조직을 튼튼하게 하여 영양 공급이 잘 되게 한다.
- 기분이 긍정적으로 바뀌게 한다.
- 부교감 신경계를 자극하여 마음을 평온하게 만든다.
- 동맥을 넓혀 동맥경화를 예방하고 콜레스테롤 수치를 줄인다.
- 기초 체온을 낮춘다(이른 아침: 36.5℃).

◇

배란

이 주기 중반의 에스트로겐 증가와 낮은 수치의 난포자극호르몬 때문에 뇌하수체는 배란 유도 호르몬인 황체형성호르몬(LH)을 분비한다. 평균적으로 14일째 되는 날까지는 그라프 난포가 피질층에 도달하여 피질층의 벽을 바깥쪽으로 휘어지게 한다. 황체형성호르몬이 난소 외피를 찢으면 난세포가 난포 거품에서 배출된다. 나팔관의 깔대기는 난세포를 받아들일 수 있을 만큼 가까운 곳에 자리를 잡고 반짝이는 섬모의 운동에 의해 그것을 자궁 쪽으로 나아가게 한다. 난세포가 나팔관을 통한 길을 찾기까지 대략 4~5일이 걸리고, 배란에 이어 정자 세포가 난세포를 수정시키는 데에는 약 12시간이 걸린다. 일반적으로 수정이 이루어지는 곳은 나팔관이다.

황체기

배란이 끝나면 난소에 남아 있는 난포 조직은 황체로 변하고, 이것이 프로게스테론이라는 호르몬을 만든다.

프로게스테론은 여성 주기의 후반부를 조율한다. 이 단계에서 자궁 점막은 수정란의 착상을 위해 준비된다. 역시 분비선의 변화로 인해 겹겹을 이룬 점막이 느슨해지고 다수의 작은 동맥들이 소용돌이 모양으로 짧아진다(분비 단계).

임신 기간 동안 임신을 유지하는 데 매우 중요한 역할을 하는 프로게스테론은 자궁 경부를 좁게 만든다. 또 실 같은 점액이 그물망을 형성하여 끈적거리는 불침투성의 자궁목점액마개를 만들어 낸다. 질의 점막은 건조하고, 오므라진 세포들은 몇 개만 만들어진다. 산성 pH의 보호도 약해진다.

프로게스테론이 여성의 신체에 미치는 영향에 대해 더 알아보면 다음과 같다.
● 유선乳腺의 증대, 유방의 부드러움이나 압박감
● 기초 체온(이른 아침: 37~37.5℃) 상승
● 우울한 기분
● 임신을 준비하기 위한 교감신경계에 대한 영향

◇

월경

난자가 수정되지 않으면 일반적으로 14일이 지나면 황체 호르몬 생산이 끝난다. 호르몬이 다 고갈되면 자궁 점막이 기저막基底膜에서 탈락되고 그 결과 월경이 생긴다. 프로게스테론에 의해 생기는 점막에서의 변화는 또한 점막이 분리되어 탈락되는 데에도 필요하다.

도움을 주는 요가 아사나

생리 중에는 이 기간을 위한 순서만을 수련한다. 피 흐름을 방해하기 때문에 거꾸로 하는 자세들은 적당하지 않다. 건강한 생리 주기를 촉진하기 위해 지침과 배란 전후의 단계를 위한 순서를 따를 것을 권한다. (1부 2장의 '임신의 준비' 참조) 출산 후에는 신체가 회복되고 정상적인 생리 주기로 돌아가야 한다. 이를 위해 출산 후의 요가 프로그램을 세 시기로 나누어 제시하였고 각 시기에 있어 생리 기간 중에 수련할 서로 다른 요가 순서를 추천하였다. (제8장, '출산 후를 위한 순서' 참조)

태아의 발달
수정

성교 중 정자는 질둥근천장의 뒤쪽으로 내뿜어진다. 정액은 고환에서 생산된 정자와 전립선과 정소精巢의 분비물로 구성된다. 정소의 분비물은 알칼리성으로 질의 산성을 중화시켜 정자가 움직일 수 있게 한다. 이 분비물에는 과당도 포함되어 있어 정자의 운동에 에너지원이 되고 있다. 한 번 사정할 때마다 정액에는 약 3억 개의 정자 세포가 들어있다. 정자 세포는 머리, 목, 연결 부분, 꼬리로 이루어졌다. 연결 부분과 꼬리는 정자의 운동에 중요하다. 머리 부분에는 유전 정보가 들어있는 세포핵이 있다. 수백만의 정자 세포들은 자궁 경부의 액화된 점액을 뚫고 들어간다. 변칙적인 일부 정자나 운동력이 충분하지 못한 정자는 이 장벽에서 걸러지는 것 같다. 자궁목은 3~4일 간 정자 세포를 보관하면서 조금씩 그것들을 방출한다. 정자들은 계속 자궁강 안으로 올라가서 마침내 나팔관에 도달한다. 한 정자 세포가 나팔관 안에서 난자 세포와 접촉하게 되면 정자가 난자의 바깥층을 뚫고 들어가도록 효소가 돕는다. 수정이 끝나면 난자의 바깥층은 다른 정자 세포들이 침투할 수 없게 된다. 수정은 난자 세포와 정자 세포가 함께 융합되어 일어난다. 각자는(유전적 특질에 대한 정보를 포함하는) 염색체군의 절반만 가지고 있다. 따라서 모계쪽과 부계쪽의 유전 정보가 한 세포 안에서 결합된다. 태아의 성은 수정시키는 정자 세포 안에 성염색체가 어느 것이냐에 따라 결정된다. 만일 그것이 X염색체라면 아기는 여성이 될 것이고 Y염색체라면 남성이 될 것이다.

난자가 수정이 되면 월경이 생기지 않는다. 수정된 난자는 매우 빨리 융모성 성선자극호르몬beta-HCG을 생산하기 시작한다. 이 호르몬은 임신 첫 단계에서 황체와 자궁내막을 보호한다. 융모성 성선자극호르몬은 무월경의 바로 첫날에 상용화된 임신 검사에 의해 감지할 수 있다. 임신을 진행시키기 위해서는 임신 초기에 황체를 보호하는 것이 중요하다. 나중에는 태반이 프로게스테론의 생산과 분비를 떠맡는다.

◇

착상

수정된 난자 세포가 나팔관을 지나가는 데는 약 5~6일의 시간이 걸린다. 이 시간 동안 수정란은 다섯 번 나뉘어져 마지막에는 32개의 세포 단계에서 자궁에 도달한다. 그 다음 이것은 액체로 가득 찬 공간을 가진 세포들의 영역인 주머니배胚의 형태가 된다. 이것은 두 부분으로 이루어지는데 하나는 안쪽 세포 덩어리로 액체 공간의 벽에 붙어 있으면서 태아의 실제적인 형성(배아모체)을 책임진다. 다른 하나는 세포 바깥층으로 나중에 이것은 태반의 배胚 부분과 양막(영양포)처럼 지원해 주는 영양 조직을 형성한다.

배반포胚盤胞는 보통 나팔관 출구 근처의 자궁 윗부분에서 착상한다. 영양포는 자궁 점막을 용해하는 효소를 만들고 서서히 자궁벽 안으로 단단히 박힌다. 용해된 세포 물질은 임신을 위한 영양소로 쓰인다. 영양포 조직은 자궁 점막 안으로 융모를 보낸다. 모체의 혈액이 태아의 융모 주위에 있는 작은 구멍 안으로 흘러 들어가면 물질 교대가 일어날 수 있게 된다. 나중에 이 체계는 여러 갈래의 융모 조직과 태반이라 불리는 모체의 혈액 저장소를 만든다.

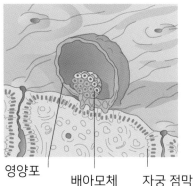

a. 5~6일째

영양포   배아모체   자궁 점막

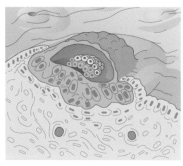

b. 7일째

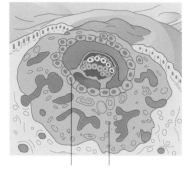

c. 10일째

세포영양아층   융합영양막

그림 8: 플라이더러Pfleiderer, 브렉볼트Breckwoldt, 마르티우스Martius의 책에 따른, 착상

◇

기관 발생

임신 첫 주까지 배胚의 조직에는 이미 분화가 이루어 진다. 뭉쳐진 배胚 안에는 양막강羊膜腔이 형성된다. 임신이 진행되는 과정에 이것은 더 커지고 배胚를 둘 러싼다. 양막강의 바깥쪽 막(양막)은 영양막의 세포 들과 연결되어 있다. 이 세포들이 양막액羊膜液이 된다. 배의 조직은 외배엽과 내배엽 등 두 개의 층으로 분 화된다. 3주차에는 세 번째 층인 중배엽이 그 두 층 사이에 형성된다. 이 세 층들이 배반胚盤이 된다. 이 것이 기관 발생의 시초이다. 이때 특수한 조직, 기관, 계들이 분화되어 기초적인 인체 구조가 만들어진다. 기관이 형성되는 것은 임신 4주~8주 사이에 이루어 진다(글상자 참조).

가장 빨리 기능을 발휘하는 기관은 심장이다. 그 다 음에 순환계, 소화계, 비뇨생식계, 신경계와 같은 다 른 계들이 형태를 갖추기 시작하고, 신경관이 발달하 기 시작하여 중추신경계가 만들어진다(뇌와 척수). 이 단계에서 감각기원판感覺紀元板들(판과 같은 두 꺼워진 부위)이 귀, 코, 눈의 특수한 구성 성분들을 만들게 된다. 팔다리싹limb buds도 자라기 시작한다.

외배엽ectoderm: 피부의 상피, 신경계, 감각 기관의 상피, 뇌하수체
중배엽medoderm: 연결 조직, 근육, 뼈와 관절, 심장, 피와 림프절
내배엽endoderm: 위장과 창자, 폐와 기도, 간, 췌장, 요로, 흉선, 후두

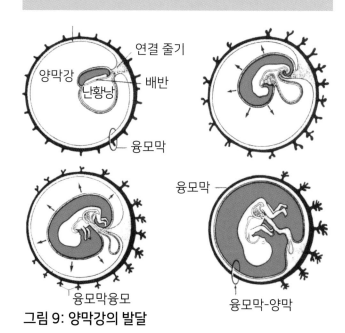

연결 줄기
양막강
난황낭
배반
융모막

융모막
융모막융모
융모막-양막

그림 9: 양막강의 발달

브란디스Brandis/쇤베르거Schönberger, 해부학과 생리학, 9판, 1999©Elsevier GmbH, Urban&Schwarzenberg

탯줄의 형성

난황낭卵黃囊은 임신 초기 태아의 영양 공급에 도움을 준나(p.397의 그림 9와 아래의 그림 10 참조). 3주차가 끝나기 전에 배胚는 연결 줄기를 이용하여 태반에 붙게 된다. 이 줄기 안에 초기 순환계의 기원이 있는데, 5주차가 끝나기 전에 순환계로부터 탯줄이 형성된다.

탯줄은 태아와 태반 사이의 생명줄의 역할을 한다. 두 개의 동맥이 태아에게서 나온 노폐물을 태반으로 다시 운반하고, 그 노폐물은 태반에서 모체의 혈액으로 옮겨져 모체의 신장에 의해 처리된다. 한 개의 배꼽정맥이 산소와 영양분이 풍부한 혈액을 태아에게로 나른다. 혈관들이 얽히거나 밀착되는 것을 예방하기 위해 탯줄은 끈적이는 조직(jelly of Warthon)에 의해 둘러싸여 있다. 양막강이 더 확장되기 때문에 양막은 융모막(영양막에 의해 만들어진 막)에 단단히 들러붙는다(그림 10 참조).

◇

양수

양수는 태아를 위해 운동과 충격 흡수의 수단을 제공한다. 이것은 양막과 탯줄의 혈관에 의해 만들어지고 재흡수된다. 양수는 태아가 그것을 삼키고 다시 그것을 원시 소변의 형태로 방출하는 데 따라 늘어나기도 하고 줄어들기도 한다. 양수는 태아의 폐 발달에 도움이 된다.

임신 20주에는 대략 양수가 약 500ml 있다. 임신 38주에는 약 1480ml가 있다. 태아는 물을 되튀기는 보호막에 의해 양수로부터 보호된다.

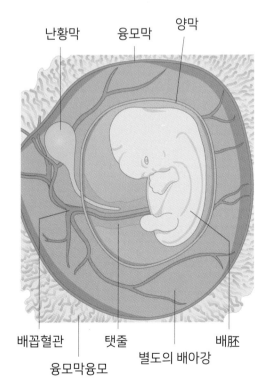

난황막　융모막　양막

배꼽혈관　탯줄　배胚
융모막융모　별도의 배아강

그림 10-(a): 플라이더러Pfleiderer, 브렉볼트Breckwoldt, 마르티우스Martius의 책에 따른, 임신 5주째의 태아

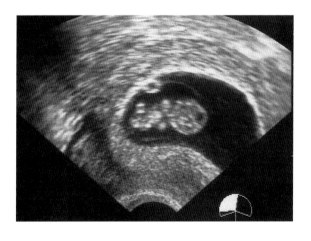

그림 10-(b): 플라이더러Pfleiderer, 브렉볼트Breckwoldt, 마르티우스Martius의 책에 따른, 임신 9주째의 태아

태반

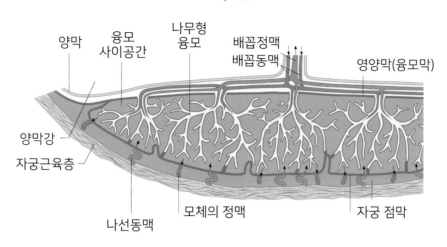

그림 11: 플라이더러Pfleiderer, 브렉볼트Breckwoldt, 마르티우스Martius의 책에 따른, 태반

태아의 융모는 자궁 점막에 퍼져 있는 나무 형태의 작은 가지들을 형성한다. 태반의 길이는 대략 15~20cm이고 두께는 2.5cm 남짓하다. 모체의 자궁 점막의 나선동맥의 혈액이 작은 혈액웅덩이들로 흘러드는데 나무 형태의 융모들이 이 웅덩이로 뚫고 들어간다. 막을 통해 산소가 풍부한 모체의 혈액이 산소를 더 적게 함유한 태아의 혈액을 보강한다. 태아의 헤모글로빈은 성인의 헤모글로빈과 다른 구조를 가지며 산소를 더 쉽게 흡수할 수 있다. 산소가 자유롭게 확산되는 것 외에도 태아의 면역력을 위해 영양소와 항체가 운반된다. 하지만 모체에 이미 있는 면역력만이 태아에게로 옮겨질 수 있다. 어머니가 임신 중 급성 전염병에 걸리면 새로 형성된 항체는 태아에게 전달되지 않는다. 이 때문에 예비 어머니들에게 임신 전에 백신을 맞을 것을 권한다.

◇

모태와 태아의 혈액 순환

성인의 순환계에서는 심장 오른쪽에서 나온 혈액이 산소 보강을 위해 폐로 향하는 폐순환이 이루어진다. 산소가 보강된 혈액은 심장 왼쪽으로 보내지고 그곳에서 펌핑pumping되어 체계적인 순환이 이루어진다. 혈액은 창자, 간, 비장을 통과한 다음, 해독되고 영양소가 풍부하지만 산소 농도는 낮은 채로 심장 오른쪽으로 돌아온다. 태아의 순환계에서는 이와는 반대가 된다. 산소가 보강된 혈액이 배꼽정맥을 통해 태아의 하대정맥(심장으로 혈액을 되돌리는 큰 정맥)으로 들어가서 심장 오른쪽으로 간다. 단락 연결(정맥관)을 통해 혈액은 아직 발달되지 않은 간과 폐를 건너뛰고 펌핑 작업에 의해 바로 주 순환계로 들어간다.

이를 위해 심장 오른쪽과 왼쪽 사이에 열려 있는 연결 부위가 있다(타원 구멍). 그러나 일부 혈액은 또한 심장 오른쪽에서 순환이 덜 이루어지는 방향으로 통과한다. 폐를 건너뛰기 위해 더 가까운 지름길(동맥관)이 혈액을 폐동맥으로부터 곧바로 대동맥으로 운반한다.

태어난 이후에 아기의 최초의 호흡과 함께 태아의 혈액 순환이 바뀌어 지름길들은 위축되기 시작하고 흐름이 끊어진다.

태아 발달의 중요 시점

1개월

수정과 자궁 내막 착상이 이루어진다. 임신한 여성은 생리를 거르게 되고 입덧을 느낄 수 있다(때때로 임신 초기 전 기간에 걸쳐). 장기, 뇌, 척수의 기본적 발달이 시작된다. 기능을 발휘하는 최초의 장기는 심장이다(3주째부터). 팔다리싹과 감각기원판感覺紀元板(여기에서 감각 기관들이 발달해 나온다)들이 나타나고 근육도 형성되기 시작한다. 배胚 상태 태아의 길이는 약 0.6cm이다(수정란보다 일만 배 더 큼).

2개월

둘째 달이 끝나기 전에 대부분의 장기들이 만들어진다. 폐가 만들어지는 중이고 근육들은 협력하여 일을 하며 태아가 움직이기 시작한다. 뼈대가 형성되고 손가락과 발가락이 세밀하게 갖춰지며 태아는 영구적으로 남는 지문을 가지게 된다. 눈꺼풀도 생성되고 귀도 발달한다. 8주째에는 배胚 상태가 끝나고 태아기가 시작된다.

3개월

얼굴 모습이 제대로 갖추어진다. 태아는 엄지손가락을 빨거나 발길질을 할 수 있고, 손가락으로 잡는 운동을 할 수 있으며 어머니의 목소리를 들을 수 있다. 폐와 뇌의 성장은 거의 완성 단계에 이른다. 눈을 뜰 수는 있지만 눈꺼풀은 닫혀 있다. 태아의 길이는 약 7.5cm가 된다. 12주까지는 자궁의 위쪽 가장자리가 만져지거나 치골판 위에서 느껴질 수 있는 정도로 자궁이 성장한다.

4~6개월

어머니는 처음으로 태아의 움직임을 인식한다. 초음파에 의해 태아의 성을 인식할 수 있다(20주가 되면 확실성이 커짐). 청진기로 심장 박동 소리도 들을 수 있다. 어머니는 아기의 딸꾹질을 느낄 수 있다. 이때는 빠른 성장의 시기이다. 태아는 약 0.5kg에 달하는 무게를 가지며 30cm 정도로 키가 큰다(5개월째에). 부드러운 솜털이 태아의 몸을 덮고 있으며 섬세한 피부는 왁스 같은 물질에 의해 보호된다. 태아는 양수를 발달 중인 폐 안으로 들이마시는 것으로 호흡하기를 연습한다. 손톱과 발톱도 나 있다. 태아는 창자 안에 대변(태변)을 만들어낸다. 24주 안으로 자궁의 위쪽 가장자리를 배꼽 근처에서 느낄 수 있다.

7~9개월

폐는 계속 성숙한다. 비축된 지방이 얇고 주름진 피부를 더 매끄럽게 만든다. 8개월 안으로 발길질과 같은 움직임을 외부에서 볼 수 있다. 36주가 되면 자궁의 위쪽 가장자리는 흉곽과 같은 높이로 솟아오른다. 40주가 되면 태아의 머리가 산도로 들어가기 때문에 자궁의 위쪽 가장자리가 흉곽보다 2cm 정도 낮아진다. 9개월이 끝날 무렵 태아의 체중은 약 3.4kg가 되고 키는 48~50cm 정도가 된다.

임신 중일 때의 생리적 변화

몸이 임신이라는 새로운 상황에 점차 적응하면서 많은 변화들이 생긴다. 특히 초기에, 때로는 임신 중 내내 입덧, 어지러움, 허약증, 피로 혹은 압박감을 느낄 수 있다.

도움을 주는 요가 아사나

p.159~160의 제3장 '임신 중 일반적인 문제를 위한 순서', 어지러움, 피로, 두통을 위한 순서 2를 참조한다. 그리고 p.172~174의 '임신 초기와 임신 기간 전체를 위한 순서'도 참조한다.

호르몬의 변화

- HCG(융모성 성선자극호르몬)은 황체를 유지하기 위해 태아에 의해 만들어진다. 이 호르몬은 임신 4일째부터 발견될 수 있고, 심지어 무월경 첫날에도 발견될 수 있다.
- 프로게스트론은 처음에는 황체에 의해 생산되지만 임신 2개월부터 태반에 의해 생산된다. 이것의 기능은 임신을 유지시키고, 분만을 막으며, 젖을 생산하고, 유선을 발달시키는 것 등이다.
- 에스트로겐은 모체와 태아의 부신과 태반에서 생산된다. 에스트로겐의 기능은 모체의 조직을 성장시키고 부드럽게 만드는 것이다(자궁, 인대, 골반바닥, 분만 시 자궁

경부 확장). 또한 수분 저류(체액 저류)의 원인이기도 하다.
- HPL(태반유선자극호르몬)은 태반에서 만들어지며 모체의 분해 대사에 영향을 준다. 또 어머니 자신의 혈당 소비를 감소시켜 태아에게 공급한다. 어머니의 지방 소모를 증가시켜서 어머니의 식사와 식사 시간 사이에 태아에게 에너지를 제공한다(이 신진대사 또한 부신 피질 호르몬인 코르티손과 에스트로겐에 의해 조절된다).
- 코르티손은 모체 안의 면역성을 억눌러서 태아의 배출가능성을 차단한다. 또 태아의 폐가 성숙하는 것을 돕는다.

심장과 순환계

- 혈액 순환이 조절되면 태반에서도 적절한 순환이 이루어지고, 그 결과 태아의 혈액 순환도 적절하게 이루어진다. 태반을 통해 1분에 약 780ml의 혈액이 흐른다.
- 모체의 심장은 크기가 증가되고 박동이 더 빨라져 심박동의 수가 1분에 약 100회까지 올라간다.
- 다리의 정맥이 넓어져서 더 많은 피를 저장하게 되므로 순환하는 피의 양이 감소된다. 이것에 의해 신장 호르몬이 자극되어 염분과 수분이 몸에서 배출되지 않게 된다. 저류된 수분의 양은 약 9리터가 되는데 그 중 1.7리터가 혈관 내에 있다. 이 때문에 순환하는 피의 양은 30~40% 증가한다. 오랫동안 서 있으면 다리 정맥에 압력이 더 가해져 다리 아래쪽과 발에 수분 저류가 생길 수 있다(말초 부위 부종).
- 자궁이 커짐에 따라 하대정맥(심장으로 혈액을 되돌리는 큰 정맥)이 부분적으로 압박을 받아 하대정맥에서의 압력이 증가된다.

> ## 도움을 주는 요가 아사나
>
> 특히 위로 향해 누운 자세와 거꾸로 하는 자세가 다리의 부종을 줄일 수 있다.
> 이 자세들이 팔다리로부터 저류된 액체(림프액)를 배출하는 것을 개선하기 때문이다.
> 동시에 이 자세들은 흉곽을 여는 방식으로 행해지므로 호흡이 쉽게 이루어진다.
> 또 말단 부위에서 몸통으로 피의 흐름을 개선하므로 모체와 태아의 중요 장기들로 가는 피의 흐름도 개선된다.

순환계의 병적 상태

누운자세저혈압증후군

이 상태의 명칭은 등을 대고 누웠을 때의 저혈압을 의미한다. 이 자세에서는 하대정맥(심장으로 혈액을 되돌리는 큰 정맥)이 태아의 무게로 눌려서 피가 심장으로 다시 흘러가지 못한다. 이로 인해 심각한 저혈압이 올 수

있다. 그 조짐은 구역질, 어지러움, 식은땀 등이고 결국엔 기절하거나 쇼크가 올 수도 있다. 하대정맥이 몸 오른쪽에 있기 때문에 임신부를 즉각 몸 왼쪽으로 대고 눕히는 것이 매우 중요하다!

도움을 주는 요가 아사나

제3장, '지침과 효과'에 있는 사바아사나의 변형 자세를 참조한다. 임신 중에는 등을 대고 눕는 모든 자세를 행할 때에는 몸통을 큰베개로 높여서 공간을 더 많이 만들어내고 심장으로 돌아가는 피 흐름을 개선한다. 이 자세들에서 여전히 불편을 느끼면 (특히 임신 3기에) 등 아래에 몸을 받치는 것을 더 높이거나 옆으로 돌아눕는다.

자간전증子癎前症 혹은 임신중독증

자간전증의 특징은 고혈압, 단백뇨, 부종(몸 안에 액체가 축적되는 것)이다. 이 상태 또한 자간(경련 발작이 나타나는)에 이르게 할 수 있다. 자간전증은 보통 임신 말기에 생긴다. 이 증상은 첫 출산을 하거나, 쌍둥이들을 임신하여 고혈압, 당뇨병의 위험이 있거나 신장병을 앓는 여성들에게 더 자주 일어난다.

도움을 주는 요가 아사나

고혈압이 있거나 임신 중에 혈압이 높아졌다면 제3장, '임신 중 일반적인 문제를 위한 순서', p.161~162의 고혈압을 위한 순서 3을 참조하라. 또 반드시 신부인과 검사를 자주 해야 한다.

다른 변화들

- 신장: 순환이 증가되어 여과율이 증가한다.
- 요로: 요관이 눌려서 소변 흐름을 방해할 수 있다. 프로게스테론이 요관의 연동운동을 제한하여 요로에 소변이 더 오래 정체된다. 이 때문에 감염과 신장 결석 형성의 위험이 높아진다.
- 위장 기관: 연동 운동이 약화되고 변비가 되기 쉽다.
- 식도: 복부 장기들이 횡격막 쪽으로 밀려나 위산이 식도로 역류하게 한다(속쓰림).
- 담낭: 프로게스테론의 효과 때문에 담낭이 비워져서 작은창자 안으로 흘러들어가는 일이 더 적어진다. 이로 인해 담석의 위험이 커진다.
- 탄수화물 대사: 태아의 요구가 증가하여 혈당 수치가 높아질 수 있다. 여성의 약 2~5%는 임신 중에 당뇨병이 발병한다. 당뇨병 환자의 대사 상태는 보통 출산 이후에 개선된다. 그러나 합병증을 피하기 위해 혈당치 측정은 주의 깊게 관찰되어야 하고, 의사는 임신 중의 식단 제한이 충분한지 판단해야 한다. 임신 전에 당뇨병을 앓았던 여성 또한 임신 중에 포도당 대사에 있어 변화를 겪는다.

도움을 주는 요가 아사나

어머니의 소화관에서의 변화는 어머니의 복부 장기를 밀어내고 횡격막에 압박을 가하는 태아에 의해 일어나고, 또 어머니의 몸에 있는 프로게스테론에 의해서도 일어난다. 임신을 지원하는 호르몬인 프로게스테론은 임신 중의 수축을 제한한다. 그러나 또한 소화관의 부드러운 모든 근육의 연동 운동도 제한한다. 요가 아사나는 속쓰림과 변비와 같은 문제에 도움을 줄 수 있고, 담석이나 요관에 소변이 정체된 것을 예방하는 데에도 도움이 된다. 누워서 하는 자세나 비틀기는 소화관 전체를 자극하는 효과 때문에 도움을 줄 수 있다. 제3장, '임신 중 일반적인 문제를 위한 순서', p.163~164의 당뇨병을 위한 순서 4, p.165~167의 긴장, 가슴앓이, 호흡 곤란을 위한 순서 5도 참조한다.

이런 경우에 혈당을 측정하고 인슐린 투약을 주의 깊게 조정하는 것이 절대적으로 필요하다.

● 지방 대사: 임신 초기에는 여성의 신체가 지방 조직을 만들어 축적한다. 나중에 지방은 점점 더 연소되어 콜레스테롤과 트리글리세리드 수치를 높인다.

● 폐: 태아가 횡격막을 눌러 호흡이 빨라지고 얕아진다.

● 혈구수: 태아의 대사에는 철이 필요하다. 이렇게 증대된 요구에 따라 어머니에게 철분 부족에 의한 빈혈이 올 수 있고 또 종종 백혈구수가 증가할 수도 있다.

● 혈액 응고: 간은 응고 인자를 더 많이 생산하여 혈전 색전증의 위험이 증가한다(혈전에 의해 혈관이 막히는 것).

● 갑상선: 요드 필요량이 증가하여 어머니에게 요드 결핍이 생기고 갑상선종이 만들어질 수 있다.

● 피부와 모발: 색소 세포가 자극되어 햇볕에 노출된 얼굴의 여러 부분에 과다색소 침착이 종종 일어난다. 배꼽과 치구 사이에 종종 검은 줄이 생길 때도 있다.

◇

출산을 준비하기 위한 신체의 변화

에스트로겐이 원인이 되어 인대와 근육이 이완되어서 골반 고리에 종종 긴장이 더해지고 천장관절에도 통증이 생긴다. 많은 여성들이 대음순의 통증을 호소하는데, 이는 원인대에 가해지는 압력 때문에 생긴다. 복부가 척추로부터 멀리 당겨지기 때문에 요통이 생길 수 있다. 유선이 형성되므로 유방에 긴장이 올 수도 있다.

도움을 주는 요가 아사나

p.187~188의 제4장, '임신 말기와 출산 준비를 위한 순서'를 참조한다.

아사나는 또 천골과 허리에 가해지는 압력을 완화하여 등이나 골반의 통증이 있을 때 도움을 줄 수 있다. 제3장, '임신 중 일반적인 문제를 위한 순서'와 p.166~167의 요통을 위한 순서 6을 참조한다.

◇

생리적인 영향

모든 여성은 각자의 방식으로 임신을 경험한다. 다음은 자주 보고되는 느낌들을 모은 것이다.

임신 초기 – 반대감정병존, 태아와의 결속 부족, 아기를 잃을 것이라는 두려움

임신 중기 – 잘 지낸다는 뚜렷한 느낌, 최초로 움직임이 느껴지고 초음파 사진에서 성장을 볼 수 있어서 생기는 태아와의 결속감 증가

임신 말기 – 어머니가 된다는 것, 출산, 태아의 건강과 자신의 건강, 태아와 분리되는 과정 등의 이유 중 하나와 관련된 두려움과 걱정

도움을 주는 요가 아사나

정신적, 심리적 안정을 얻는 데 도움이 되는 아사나, 특히 프라나야마의 수련을 권한다.

제1장

출산

네겔레 법칙Naegele's Rule(분만예정일 계산법)에 따르면 40주의 임신(마지막 생리 주기의 첫째 날부터)에 있어서의 예정일은 다음 공식에 따라 계산될 수 있다.
예정일=마지막 생리 기간의 첫째 날−3개월+7일+1년
이 법칙은 사실상 임신이 마지막 생리 주기로부터 대략 40주(280일) 동안 지속되어야 함을 알려 준다. 임신 37주가 되기 전에 출산을 하는 것을 조산이라 하고 만기 후 출산은 임신 42주가 지난 출산이다.

임신 중에 브랙스톤힉스 수축(가진통假陣痛)이 일어날 수도 있다. 이 수축은 출산을 유도할 수 없기 때문에 가성 분만이라고도 알려져 있다.

분만은 다음의 세 단계로 나뉜다.

1단계

1단계에서는 수축이 자궁 경부 확장을 유도한다. 이때 대략 시간 당 1~2cm의 비율로 확장되며 최대 약 10cm까지 확장된다. 이미 출산 경험이 있는 여성에게 1단계는 종종 처음 출산하는 여성보다 더 짧다.

그러나 정확히 어떻게 수축이 자궁 경부 확장을 불러일으킬까? 출산 이전에 호르몬에 변화가 온다. 프로게스테론 수치가 줄어들고 이로 인해 자궁 수축 호르몬인 옥시토신에 의해 유도되는 수축 현상이 증가한다. 수축은 자궁의 부드러운 근육을 자극한다. 자궁 경부에는 근육보다는 탄력적인 섬유 조직이 더 많다. 자궁이 수축하면 아기의 머리는 이미 자궁 경부 안을 누른다. 자궁 경부 자체는 수축을 하는 것이 아니라 넓어지고 확장된다. 이 과정은 터틀넥을 입으려고 머리로부터 뒤집어써서 당기는 것에 비유될 수 있다.

자궁 경부가 소실되거나 얇아지는 것은 호르몬에 의해서도 일어난다. 에스트로겐은 조직을 부드럽고 느슨하게 만든다. 프로스타글란딘prostaglandin은 혈관을 넓히고 세포들이 자궁 경부의 조직을 더욱 부드

럽게 만드는 효소를 내놓게 한다.

임신 기간 내내 자궁의 입구를 닫고 있는 점액 마개가 벗겨지면 작은 혈관들이 파열되어 약간의 출혈이 생길 수 있다. 이것은 1단계나 분만 시작 전에도 생길 수 있다.

양막이 찢어지거나 양수가 터지는 데에는 여러 가지 경우가 있다. 확장기 동안 일찍 파열될 수도 있고 분만이 시작되기 전에도 파열될 수 있는데, 이것을 조기양막파열이라 한다. 이로 인해 분만이 유도될 수 있다. 만일 아기가 양막이 손상되지 않은 채로 태어나면 이것을 늦은 양막파열이라 한다.

2단계

일단 자궁 경부가 완전히 확대되면 분만의 2단계가 시작될 수 있다. 수축이 더 잦아지고 아기의 머리는 산도로 들어가 있다.

산도의 뼈 부분은 아기의 머리(아기에게 있어 가장 크고 단단한 구조)가 제일 먼저 통과해야 하는 단단한 통로이다. 산도의 뼈 부분은 골반 입구, 중앙골반면mid-pelvic plane, 골반 출구로 구성되어 있다. 이들 각각은 다른 모양을 가지고 있어서 아기가 여기를 빠져나오기 위해서는 자세를 바꾸어야만 한다.

골반 입구는 평면에서 보면 타원형이다. 천골의 위쪽 표면(천골곶)에서 시작하여 섬유연골결합의 위쪽 가장자리까지 이른다. 인간의 머리는 길이로 타원형이기 때문에 아기의 머리가 골반 입구에 들어서면 머리가 옆으로 회전해야 한다. 이때에 이르면 아기의 몸이 보통 모체의 가로축 안에서 자신도 가로축을 가지고 누워 있으며 흔히 등을 왼쪽을 향해 돌린다.
중앙골반면은 둥글고 섬유연골결합의 아래쪽 가장자리에서 시작하여 천골의 뾰족한 끝까지 이른다. 뼈로 된 골반의 이 부분에 들어가기 위해서 아기는 머리 뒤쪽을 아래로 돌린다. 아기 머리의 뒷면(후두)이 치골을

향해 앞으로 돌게 되므로 아기의 턱이 자기 가슴 위로 굽혀진다.

골반 출구는 길이로 타원형을 이루며 치골궁, 좌골, 그리고 꼬리뼈에 의해 제한을 받는다. 일반적으로 먼저 아기 머리의 뒷면이, 그 다음 머리 꼭대기, 마지막으로 얼굴이 골반 출구를 통과한다. 모체의 꼬리뼈는 아기 머리에 의해 뒤로 밀린다. 이로써 아기가 통과할 수 있도록 골반 출구가 확대된다.

뼈 부분의 산도는 자궁의 아래쪽 부분, 자궁 경부, 질, 골반바닥 근육으로 이루어진 부드러운 산도로 이어진다. 아기의 머리가 골반 부위의 가운데로 들어가면 부드러운 산도의 근육이 아기 머리의 압력에 의해 바깥쪽으로 밀려나는 볼록한 부분으로 바뀐다. 이때 벌써 질을 통해 천문(아기 머리의 뒷부분)을 볼 수 있다. 항문이 압력에 의해 넓어진다. 그 다음 아기 머리가 골반바닥 근육을 누르는데, 골반바닥 근육은 아기가 통과하도록 자리를 내주어야 한다. 골반바닥에 가해지는 이러한 압력으로 수축이 증가되고 밀어내고자 하는 강한 작용이 있게 된다. 이 단계에서는 어머니가 목구멍을 닫고(소리를 지르지 말고) 배변을 할 때처럼 적극적으로 짜내고 밀어내는 것이 유리하다. 이렇게 하면 또 분만의 고통을 인식하는 것도 완화된다.

분만 중 골반바닥 근육이 바깥을 향해 뻗어지면 조산원이 손으로 회음을 보호한다. 그러나 때로는 골반바닥이 분만을 늦추는 장해를 가져올 때도 있다. 어머니와 아기가 고통을 받게 되고 아기가 즉각 태어날 수 없으면 외음부절개를 통해 부드러운 산도의 길이를 단축하여 분만이 빨리 이루어지게 할 수 있다. 아기의 머리가 나타나지 않으면 다른 방법이 사용될 수도 있다. (겸자 사용이나 흡입분만과 같은 것)

일단 아기의 머리가 나타나면 조산원은 아기를 옆으로 돌린다. 아래로 부드럽게 당기는 동작에 의해 먼저 앞을 향한 어깨가 나타난다. 위로 부드럽게 당기면서 다른 어깨도 나타나고 그 다음에 몸의 나머지 부분도 나타난다.

출생 직후에 아기가 호흡할 수 있도록 아기의 얼굴을 깨끗이 닦는다. 그 다음 아기의 몸을 말리고 건강 상태를 검사한다. 이제 신생아는 어머니의 가슴에 누울 수 있다. 탯줄을 자르는 데 걸리는 시간은 일정하지 않다. 탯줄은 양쪽 끝을 꽉 묶어서 두 묶은 자리 사이의 가운데를 자른다. 아기의 몸에 남아 있는 탯줄은 마침내 말라서 떨어져 나간다.

3단계

아기가 태어나고 탯줄이 잘린 후에 후산이 이루어진다. 이때 나오는 것은 태반과 탯줄 중 모체에 붙어 있는 부분이다. 태반은 후산을 하는 동안 떨어져 조산원이 탯줄을 잡고 살짝 당기기만 해도 질을 통해 태반을 끌어낼 수 있다.

이 단계는 혈액 응고를 위해, 또 자궁이 알맞은 형태로 되돌아가는 데 중요하다.

도움을 주는 요가 아사나

출산 준비에 있어 아사나는 엉덩이와 골반바닥을 넓히기 위해 이용된다. 임신한 여성이 골반을 곧은 자세로 둘 수 있도록 배우는 것이 중요하다. 이것을 배우면 태아를 아래로 끌어내리는 단계에서 압력을 주는 방향에 대한 감각을 본능적으로, 또 자신감을 가지고 얻게 될 것이다. 아사나 자세들은 인내심을 길러 주고 자신의 몸에 대한 자신감을 가지게 하며 내적으로 더 많이 이완할 수 있게 한다. 여기에는 골반바닥 안으로까지 깊이 호흡하게 도와주는 프라나야마도 포함된다. 깊은 호흡은 분만 중과 분만 후에 근육을 이완시키고 진통 중에도 호흡하는 것을 돕는다. 또한 깊은 호흡은 아기에게로 향해지는 적극적인 호흡을 포함한다. 다른 프라나야마는 진통을 동반한 수축 사이사이에 회복하는 것을 도와 어머니가 힘을 모으고 이완할 수 있게 한다.
(p.187~188의 제4장, '임신 말기와 출산 준비를 위한 순서' 참조)

제왕절개

분명히 제왕절개를 하는 것이 좋은 상황은 다음과 같다.
- 탯줄탈출: 탯줄이 질 안으로 내려가 태아 앞에 놓였을 때
- 태반 위치: 태반이 분만 이전이나 분만 중에 자궁경부를 가로질러 놓였을 때
- 심각한 자간전증이 있을 때

제왕절개를 할 수도 있는 상황은 다음과 같다.
- 태아의 볼기가 아래로 놓이거나 태아가 옆으로 누워질 출산이 불가능할 때
- 태아고통
- 모체의 질병(감염과 같은)
- 다태아 분만(두 명 혹은 그 이상)

출 산 후

자궁의 위치

자궁은 서서히 원래의 모습을 회복한다. 태반이 밀려나온 직후 자궁 맨 윗부분(기저부)은 좌골과 배꼽 사이에 놓인다. 출산 후 첫날에는 이것은 배꼽에서 손가락 하나 너비만큼 아래에 있다 10일째에는 좌골의 위쪽 가장자리에 위치한다.

오로惡露lochia

오로란 피가 섞인 분비물로 생리혈과 비슷하고 산후 치유 과정의 결과로 출산 후 4~6주 동안 생긴다. 색깔에 있어 점차 변화가 생긴다. 출산 직후에는 거의가 혈액이다. 그 다음에는 녹슨 것과 같은 갈색으로, 그 다음에는 노란색이 되며, 마지막에는 아주 맑고 수분이 많아지게 된다.

분비물은 전염성이 있어서 생리대를 갈아 주고 자주 손을 씻는 것이 좋다. 특히 수유하기 전에 손을 씻는 것이 좋다. 생식기 부위를 깨끗한 물로 씻는 것이 가장 좋다. 미지근한 캐모마일 용액을 사용해도 좋지만 감염을 예방하는 질의 산성 환경을 유지하기 위해서는 비누를 사용하면 안 된다.

호르몬 조정

출산 직후에는 태반에서 생산되는 모든 호르몬이 사라진다.

이 때문에 출산 후 2~3일이 되면 어머니의 기분에 심각한 변화가 올 수 있다. 우울증과 변덕스러운 기분은 극히 정상적인 것이고 많은 여성들에게 일어나는 일이다. 이것들은 보통 자기 제어적이어서 호르몬이 균형 잡힌 상태로 돌아가면 끝난다.

수유

임신 중 호르몬의 변화로 인해 유선이 발달된다. 출산 후에는 황체자극호르몬이 모유를 만드는 것을 조절한다. 모유 분비는 아기가 젖을 빠는 반사 운동을 통해 분비되는 옥시토신 호르몬에 의해 지원된다. 이 호르몬은 자궁수축을 유도하기도 하여 수유를 하면 자궁이 원래 모습을 다시 찾는 데 도움이 된다.

증가된 황체자극호르몬 수치는 다른 생리 주기 호르몬을 억압하여 출산 후 약 30주 동안 수정이 제한될 수 있다. 그러나 출산을 조정하는 목적으로 이 현상에만 의존해서는 안 된다.

모유는 신생아의 필요에 따라 분비된다. 최초의 2~3일에 아기는 초유라 불리는 독특한 모유 전단계의 액체를 섭취하는데, 이것은 영양가가 매우 높고 항체가 풍부하다. 그 후 2주가 지나면 모유는 특히 지방을 풍부하게 함유한다. 이 기간 후에는 정상적인 모유가 나온다. 모유는

아기의 신진대사와 면역체계에 적합한 여러 종류의 영양분과 중요한 미량 원소, 그리고 비타민을 함유한다. 모유는 건강한 장 박테리아를 발달시키는 데 좋고, 유년기에 알레르기가 생기는 것을 예방하는 데 도움을 줄 수 있다.

고형물의 음식을 먹이기 전에 최소 6개월까지는 완전한 수유(모유만 먹이는 것)가 권장된다. 보통 조산원이 모유 수유를 할 때 가르침과 도움을 준다. 젖꼭지를 아기의 입에 알맞게 넣어 아기가 호흡을 할 수 있게 하는 것이 중요하다. 유방에 사소한 상처가 나는 것을 방지하기 위해 아기가 올바르게 유방을 물게 해야 한다. 양쪽 유방 모두 아기에게 주어 젖을 비워야 한다. 감염을 막기 위해 유방은 습기 없이 깨끗하게 유지되어야 한다. 수유는 어머니와 아기의 결합을 위해 중요하므로 어머니와 아기가 방해를 받아서는 안 된다(제4부 제3장, '아유르베다의 처방과 조언'도 참조한다).

아유르베다의 관점에서 본 출산

고대 아유르베다의 교본들 중, 주로 바그바타 상히타Vagbhata Samhita(약 7세기), 수쉬루타 상히타Sushruta Samhita(B.C. 약 1500~1000년), 차라카 상히타Charaka Samhita(B.C. 약 1000년)에 수정, 임신, 출산에 대한 상세한 서술이 있다.

배胚 상태의 태아는 자기 자신의 과거 행의 번뇌(클레샤 카르마Klesha-karma)로부터 촉발되어 아트만(개별 영혼)으로서 만들어지는데, 순수한(도샤doshas에 의해 약화되지 않은) 슈크라Shukra(정액)와 쇼니타Shonita(난세포)의 결합을 이룬다. 아트만, 쇼니타, 슈크라의 이 결합은 자궁garbhashaya에서 이루어지며 이 결합에 의해 마치 두 개의 장작이 함께 마찰되어 생기는 불처럼 미리 결정된 방식으로 배garbha가 형성된다.(2/1)

태양 광선이 렌즈를 통과해 종이 위에 집중되는 것을 눈으로 볼 수 없듯 – 종이가 갑자기 불붙기는 하지만 – 아트만이 자궁으로 들어가 갑자기 생명 활동이 감지된다.(2/2)

용해된 금속이 그것을 담은 틀의 모양을 취하듯이 아트만은 이전 생에서의 행위에 따라 서로 다른 모습과 출생 조건을 취한다. 상키야Samkhya 철학과 요가 철학에 따르면 선한 행위는 새로운 삶에서 좋은 일의 원인이 되고, 악한 행위는 악한 상황의 원인이 된다(유사성과 상이성의 원리=삼야마samyama와 바이셰시카 베단타vaishesika vedanta).(2/3)

"과거 생의 축적된 인상들은 번뇌에 뿌리를 두고 있으며 현재와 미래의 생에 다시 경험될 것이다. 행위의 뿌리가 존재하는 한 출생 계급, 수명, 경험들이 생기게 된다. 우리의 선하고 악한, 혹은 선악이 혼합된 행위에 따라 우리 삶의 질, 수명, 출생의 종류가 즐겁거나 고통스러운 것으로 경험된다."(2/15)

임신

하루가 끝날 때 연꽃이 꽃잎을 오므리는 것처럼 요니yoni(여성의 생식기) 또한 리투 칼라ritu kala(임신에 적합한 기간)가 지나면 닫힌다. 그 이후 여성은 슈크라shukra(정액)를 받아들이지 않을 것이다.(2/4)

임신을 즉각 알 수 있는 징후는 아래와 같다.

- 만족감
- 무기력한 느낌과 하복부와 질관vaginal tract에서의 욱신거리는 느낌
- 성교 후 정액 흐름의 중단
- 생리 중단
- 심장의 욱신거림
- 무감각, 갈증, 피로, 소름(2/5)

태아의 발달
(다섯 가지 요소)

임신 초기(2개월)의 징후는 다음과 같다.

- 생리 중단
- 피로, 의욕 상실, 하품
- 몸이 무거워짐
- 기절
- 구토(이른 아침의 입덧), 입 안에 침이 고임, 속쓰림
- 다양한 종류의 욕구, 특히 신 음식에 대한 욕구
- 유방 발달, 젖꼭지가 검어지고 때로 젖이 소량 분비 되기도 함
- 발의 부종(체액 체류)
- 배꼽 아래의 검은 선

태아는 모체가 제공하는 음식의 정수로부터 영양분을 얻어 자궁 안에서 서서히 자란다.

차라카 상히타Charaka Samhita에 따르면 어머니, 아버지, 영혼으로부터 다양한 기관이 분화될 수 있다. R. K. 샤르마 바그완 다쉬Sharma Bhagwan Dash가 번역한 이 책 제2권 3장에서는 이렇게 말한다.

"태아는 어머니로부터 만들어진다. 어머니가 없다면 모든 태생胎生 생물의 임신과 출생은 불가능하다. 이후에 우리는 모계의 기원(난자)에서 나왔으며 어머니의 존재로 인해 만들어진 기관들에 대해 설명하게 될 것이다. 그것들은 피부, 피, 살, 지방, 배꼽, 심장, 폐, 간, 비장, 신장, 방광, 직장, 위장, 대장, 항문의 윗부분과 아랫부분, 소장, 장간막腸間膜, 복막 주름 등이다.

"태아는 아버지로부터 만들어진다. 아버지가 없다면 모든 태생胎生 생물의 임신과 출생은 불가능하다. 이후에 우리는 부계의 기원(정자)에서 나왔으며 아버지의 존재로 인해 만들어진 기관들에 대해 설명하게 될 것이다. 그것들은 머리카락, 얼굴의 털, 몸의 미세한 털, 손톱, 치아, 뼈, 정맥, 인대, 동맥, 그리고 정액이다.

"태아는 또한 영혼에서 만들어진다. 지바트만jivatman (동물의 몸 안에 있는 영혼)은 가르바트만garbhatman (태아에게 있는 영혼)과 동일하다. 이것은 육체화된, 혹은 생명이 불어넣어진 영혼으로 알려져 있다. 영혼은 영원하며 나이를 먹는 과정을 겪지 않는다. 또 죽음에 굴복하지도 않는다. 줄어들지도 않고 뚫고 들어가지지도 않으며 베어지지도 않는다. 화를 내지도 않으며 보이지도 않는다. 영혼은 시작도 끝도 없으며 불변하는 존재이다."

파탄잘리는 영혼을 몸, 마음, 지성과는 별개로 존재하는 것이라고 설명한다. 그것은 잠재되어 있으며 모든 곳에 두루 존재한다. 영혼은 한 존재의 중심에서 나온 정수이다. 영혼은 몸 안에 실재적으로 존재하지는 않지만 모든 곳에 존재하기도 한다.

차라카 상히타Charaka Samhita는 나아가 다음과 같이 말한다. "자궁 안으로 들어감으로써 영혼은 정자, 난자와 결합하고, 그리하여 태아의 형태로 자신을 재생시킨다. 따라서 태아는 영혼의 임명을 받는다. 영혼으로부터 유래하는 요인들에는 서로 다른 자궁에서 출생하는 것, 수명, 자기 인식, 마음, 감각, 물질을 몸 안으로 받아들이고 몸 밖으로 배출하는 것, 감각 기관의 자극과 구성 요소, 특징적인 모습, 그 개인의 목소리와 피부색, 행복과 비애에 대한 갈망, 좋아함과 싫어함, 의식, 용기, 지성, 기억, 자부심, 노력 등이 있다."

태아의 발달은 원인이 되는 미묘한 마하부타(다섯 가지 요소)와 영혼의 입태入胎에 의해 조절된다.(2/6) 다섯 가지 요소는 아카샤akasha(공간의 요소), 바유vayu(공기의 요소), 테자스tejas(불의 요소), 아파apa(물의 요소), 프리트비prithvi(흙의 요소)이다.

슈크라shukra(정자)와 쇼니타shonita(난자)는 둘 다 구성 요소이기 때문에 지바트만(동물 몸 안에 있는 영혼)이 이 요소들을 결합한다.

차라카 상히타Charaka Samhita 제2권 4장 8절에서는 영혼이 다른 요소들과 결합하기 전에 먼저 공간의 요소와 결합한다고 한다. 이는 대홍수 뒤, 신에 의한 공간의 창조에 비유된다. 불멸의 존재이며 마음을 가진 신이 먼저 공간을 창조한 다음 그 특질들이 잇달아 점점 더 뚜렷해지는 다른 요소들을 창조하였듯, 또 다른 몸을 창조하고자 열망하는 영혼 또한 먼저 공간의 요소와 결합한 다음 다른 네 요소들과 결합한다. 이 모든 작용들이 아주 짧은 시간 안에 일어난다.

다섯 요소들(**판차마하부타panchamahabhutas**)과 그들의 작용은 다음과 같다.

1. 아카샤Akasha(공간)

공간의 요소는 기관들을 담을 공간을 창조하는 데 있어 중요하다. 이것은 소리의 감각과 관련된 귀의 발달을 돕고, 모든 리듬과 리듬이 있는 작용, 그리고 호흡이나 심장 박동과 같은 몸 안의 소리의 발달을 돕는다. 민첩함, 미묘함, 차이는 이 요소로부터 나온다.

2. 바유Vayu(공기)

공기의 요소는 몸을 구성하고, 체제를 갖추어 조직을 운반하는 통로와 길을 창조하며, 운동의 원리를 만드는 데 중요하다. 이것은 촉감과 접촉에 상응하는 감각 기관인 피부를 발달시키는 것을 돕는다. 난폭함과 충동도 이 요소를 의미한다.

3. 테자스Tejas(불)

뜨거운 유리를 불어 모양을 만들 듯 불과 공기의 요소는 함께 작용하여 몸의 구조를 만든다. 이들은 모든 기관들이 들어갈 내부 공간을 창조한다. 불은 또 몸에 있는 변형의 원리를 만드는 요소여서 소화와 변형작용이 일어나게 하는 아그니agnis(불)를 발달시킨다. 몸의 열은 불의 요소에 해당된다. 불은 밝음, 시각, 그리고 그에 상응하는 감각 기관인 눈을 만든다.

4. 아파Apa(물)

이 요소는 마시기, 땀 흘리기, 소변 배출 등에 의해 조절되는 몸의 모든 액체 부분kledah을 만든다. 이것은 혈장rasa 조직을 형성하고 미각과 그에 상응하는 감각 기관인 혀를 만든다. 차가움, 부드러움, 기름 같은 성질, 끈적거림 등은 이 요소에서 나온 것이다.

5. 프리트비Prithvi(흙)

이것은 몸의 부피와 관련된 원리를 형성한다. 프리트비는 근육(맘사mamsa)과 뼈(아스티asthi)와 같은 무거운 조직을 만들고 후각과 그에 상응하는 감각 기관인 코를 발달시킨다. 무거움, 딱딱함, 견고함은 이 요소로부터 나온 것이다.

이 모든 다섯 요소가 수반되면 영혼은 태아의 형태를 취한다. 임신 첫 달에는 다섯 요소가 밀접하게 섞여 있어서 젤리 형태를 띤다. 이것들이 그 이후의 여러 달 동안 몸의 일곱 가지의 조직 요소로 바뀌는데, 그것은 각각 라사rasa(혈장), 락타rakta(혈액), 맘사mamsa(근육), 메다meda(지방), 아스티asthi(뼈), 마자majja(골수), 그리고 슈크라shukra(정액)이다.

다투dhatus(몸의 일곱 가지 조직)는 단계별로, 즉 하나를 바탕으로 다른 하나가 형성된다. 우리가 음식을 먹으면 일부는 몸을 위한 에너지로 변환되고, 일부는 배출되며, 또 다른 일부는 소화되어 몸의 최초의 조직인 혈장으로 변화한다. 혈장은 변형되어 다음의 몸 조직인 혈액이 된다. 그 다음 근육, 지방, 뼈, 골수, 그리고 생식 세포가 된다. 아유르베다는 이들 각 단계에 있어 상이한 소화의 불(아그니agni)을 알고 있다.

건강을 유지하기 위해서는 도샤(신체의 활동 원리)들이 균형을 이루어 보존, 변화, 배출 등의 기능들이 잘 균형 잡히고 몸 안에 노폐물(아마ama)이 남아 있지 않아야 한다. 마지막 다투dhatu인 슈크라shukra와 쇼니타shonita가 형성되면 그것은 생명의 정수(오자스ojas)로 변한다. 오자스는 바로 생명 에너지의 핵심으로 몸 안에 아주 소량만 존재한다. 오자스의 양과 질은 신진대사의 기능에 달려 있다.

개월 수에 따른 변화

첫째 달에는 태아가 특별한 형태를 갖추지 못하며 기관은 분명한 것도 있고 숨어 있는 것도 있다(차라카 상히타 제2권 4장 9절).

두 번째 달이 지나기 전에 태아는 다소 확고한 모습을 형성한다. 즉 남자 아기는 무언가 둥근(pinda) 모습, 여자 아기는 좀 더 타원형(페쉬peshi)의 모습을 띤다.(2/7) 이때 어머니는 앞서 말한 임신의 징후를 보일 수도 있다. 임신부가 특정한 것에 대한 강한 욕구를 가지면 그것을 소량 가져야만 한다. 욕구를 거부하면 태아가 비정상아가 될 수 있다는 말이 있다.(2/8)

셋째 달에는 신체의 다섯 부분이 분명해진다. 즉 머리, 두 다리, 두 팔과 기타 덜 중요한 부분들도 모두 분명해진다. 머리가 형성되는 것과 동시에 즐거움과 고통의 지식도 존재하게 된다.(2/9) 어머니의 심장과 태아의 심장 사이를 잇는다고 말해지는 탯줄이 만들어져서 태아가 자신의 욕구를 어머니의 심장을 통해 표현할 수 있다. 태아는 마치 옥수수밭이 송수로로부터 물을 얻듯 영양분을 얻는다.(2/10)

넷째 달에는 모든 부분이 분명한 형태를 가지게 된다. 태아가 안정되고 그 결과 어머니는 몸이 과도하게 무거워짐을 느낀다.

다섯 번째 달에는 세타나cetana(의식)이 들어온다. 세타나는 또한 태아의 활발함으로 번역될 수도 있는데, 이는 아기의 아트만atman(영혼)이 더 활발하게 되기 때문이다. 아기의 피와 근육이 발달하고 어머니는 아기가 성장함에 따라 체중이 감소된다고 한다.

여섯 번째 달에는 힘줄, 손톱과 발톱, 피부, 털, 힘, 피부색이 발달하고 태아의 몸무게가 늘어난다. 다른 달과 비교할 때 이 달 중에 태아의 힘과 피부색이 뚜렷하게 좋아져 어머니는 힘과 피부색을 상당히 잃게 된다.

일곱 번째 달에는 태아의 발달이 잘 이루어지고 영양도 충분히 공급받는다. 어머니의 도샤doshas가 태아에 의해 심장 쪽으로 밀어 올려져서 손바닥과 발바닥에 가려움과 열기가 생길 수 있고, 속쓰림과 임신선이 나타날 수도 있다.(2/11) 이 기간에는 태아가 전반적으로 발달하여 어머니는 모든 측면에서 건강이 불완전하게 된다.

여덟 번째 달에는 오자스ojas가 아기에게서 어머니에게로, 또 어머니에게서 아기에게로 옮겨간다. 둘은 각각 피로해지거나 만족스럽게 된다. 오자스는 힘을 책임지는 신체의 정수이며 생명에 반드시 필요하다. 그것은 심장에 있으면서 상실되면 죽음에 이른다 한다. 어머니와 태아에게 오자스가 있으면 힘과 만족이 생긴다. 오자스가 없으면 피로해지고 근심에 빠지게 된다. 만일 오자스가 어머니와 아기 사이를 오가는 이때 아기가 태어나면 나면 오자스가 없는 까닭에 어느 한쪽이 아주 위험하다고 한다.(2/12)

아홉 번째 달에는 아기가 태어날 준비가 되어 있다. 어머니는 자주 기ghee(인도 요리에 사용되는 정제된 버터, p.417 참조)를 섭취하고 둥글게 만 천을 오일에 적셔 분만이 쉽도록 질에 사용할 뿐 아니라 오일(아비앙가, p.417 참조)을 외용으로도 사용할 것을 권한다.

도샤Doshas

다섯 요소들은 트리도샤tridosha라 불리는 세 가지 신체의 활동적인 원리를 만든다. 도샤라는 말은 '교란할 수 있는'을 의미한다. 도샤는 한 번 약화되면 신체 건강을 교란할 수 있다. 균형 잡힌 도샤를 가진 사람은 건강을 누린다. 태어날 때부터 우리는 대개 하나 혹은 두 개의 지배적인 도샤를 지닌 특정 체질을 가진다. 그러나 우리가 행하고 느끼고 생각하고 먹고 마시는 모든 것이 도샤를 증가시키거나 감소시키는 어떤 특질(구나gunas)이나 맛(라자스rasas)을 가지므로 도샤의 활동은 줄어들거나 증대될 수 있다. 태아의 체질은 부모의 체질에 따르며 또 어머니가 임신 중 받는 모든 영향들에 따라 결정된다.

세 도샤들은 다음과 같다:

카파 도샤kapha dosha는 흙과 물의 요소로부터 나온다. 이것의 주 기능은 몸을 구성하고 보존하는 것이다. 주요 자리는 머리와 가슴 부위, 그리고 구강에서 위장까지 위장관의 상부이다.

이 도샤는 겨울과 초봄, 일출 뒤 이른 아침에 강하다. 지배적인 시기는 육체와 인격이 발달하는 유년기와 청년기이다. 카파 도샤는 생식기를 좋은 상태로 보존하고 임신 초기에 지배력을 가지기 때문에 특히 임신에 아주 중요하다.

아유르베다에 따르면 카파와 비슷한 것들은 카파 도샤를 증가시킬 수 있고, 반대의 것들은 감소시킬 수 있다. 카파를 증가시키는 특질은 무거움, 고체의 성질, 끈적끈적함, 차가움, 느림, 기름기, 습기, 안정성, 부드러움 등이다. 카파를 감소시키는 특질은 가벼움, 액체의 성질, 거침, 뜨거움, 빠름, 건조, 운동성, 딱딱함 등이다. 카파를 증가시키는 맛은 단맛, 신맛, 짠맛이며, 감소시키는 맛은 매운맛, 떫은맛, 쓴맛이다.

체질에 있어 카파 도샤가 두드러진 사람들은 특정한 외모를 지닌다. 그들은 뼈가 크고 근육이 발달되었으며 관절이 안정된 다소 체중이 나가는 몸을 하고 있다. 쉽게 살이 찌고 피부는 축축하며 차갑고 정맥이 보이지 않는다. 머리숱이 많으며 안구가 희다.

카파 체질을 가진 사람들의 기질은 침착하고 친절하며 용서를 잘한다. 그들은 우정을 맺는 것은 느리나 한번 결정을 내리면 확고하다. 조용히 차근차근 자신의 의무를 수행하며 기억력이 좋다.

카파의 증가 혹은 손상으로 오는 징후나 질병에는 기도와 머리의 질병이 있다. 이런 사람은 몸이 무겁고 피로함을 느낀다. 카파 도샤가 손상되면 소화력(아그니agni)이 떨어지고 따라서 노폐물(아마ama)의 동화 작용이 일어난다. 그러므로 체중이 늘어나 팔다리가 무겁고 뻣뻣해지게 된다. 먹고 난 뒤에도 바로 허기를 느끼며 입에 침이 고이는 느낌을 가진다.

피타 도샤pitta dosha는 불의 요소로부터 나온다. 이것의 주 기능은 변형과 소화(특별한 소화의 불인 아그니에 의한)의 원리이다.

몸 안 피타 도샤의 주요 자리는 배꼽 주변 부위와 작은 창자이다. 지배적인 시기는 여름, 태양이 가장 한창일 때인 정오이다. 피타 도샤는 사람들이 자신의 존재와 경력을 만들어 내는 인생 중반기에 더 강해진다.

임신 중에는 피타 도샤가 임신 말기에 이르기까지 더 강해진다.

피타를 증가시키는 특질은 뜨거움, 가벼움, 향기, 물기, 약간의 기름기, 유동성이고, 피타를 감소시키는 특질은 차가움, 무거움, 향기 없음, 거침, 고정됨이다. 피타를 증가시키는 맛은 매운맛, 신맛, 짠맛이고, 감소시키는 맛은 단맛, 쓴맛, 떫은맛이다.

피타 도샤가 지배적인 사람들은 매력적인 외모, 빛나는 피부를 가졌으며 언제나 따뜻하고 부드럽다. 식사를 거르는 것을 참지 못하고 무엇이든 소화를 잘 시키나 체중이 늘지 않는다. 머리카락은 아주 일찍 희게 되고 시력이 좋으며 빛나는 눈을 가졌으나 때로 안구가 노랗거나 붉다.

피타 체질의 사람들은 사람들에게 주목받는 것을 좋아한다. 그룹을 즐겁게 해 주고 이끌 수 있으며, 자신을 조절하지 못하면 종종 화를 낸다. 이들은 빨리 정확하게 일을 한다. 피타 도샤는 변화하고 동화 작용을 히므로 이해 능력이 우수하며 핵심을 잘 파악한다.

손상된 피타의 징후나 질병에는 속쓰림, 염증, 설사, 과도한 갈증이나 허기, 가려움과 화끈거림, 불면증 등이 있다.

바타 도샤vata dosha는 공기와 에테르의 요소로부터 나온다. 이것의 몸 안에서의 주 기능은 운반과 운동의 원리이다. 주요 자리는 배꼽 아래 부위, 결장, 직장에 있다. 바타는 가을과 겨울, 저녁과 새벽이 오기 전에 강화된다. 또 인생 후반기에 강하다.

임신 중에는 바타 도샤가 출산에 가까울수록 증가하고 출산 뒤에는 매우 높은 비율로 강해진다.

바타를 증가시키는 특질들은 건조함, 가벼움, 거침, 상세함, 움직임, 신속함 등이다. 바타를 감소시키는 특질들은 기름기, 습기, 무거움, 끈적거림, 조야함, 고정됨이다. 바타를 증가시키는 맛은 쓴맛, 떫은맛, 매운맛이고 감소시키는 맛은 단맛, 신맛, 짠맛이다.

바타 체질의 사람들은 가벼운 몸 구조를 가지고 체중이 나가는 것이 어렵다. 일찍 주름이 생기는 건조한 피부를 가지며 정맥이 보인다. 피부는 서늘하고 언제나 추위를 탄다. 바타 요소는 배출과 결장의 찌꺼기로부터 물을 제거하는 것을 책임진다. 바타 도샤가 건조시키는 능력을 가지고 몸 안의 습기와 기름기를 줄이기 때문에 바타의 지배를 받는 사람들은 변비와 고창(가스 고임)에 걸리기 쉽다. 이 체질을 가진 사람들은 가는 머리카락을 가지고 이른 시기에 탈모 현상이 온다. 그들의 눈은 안구 속에 깊이 들어가 있고 때때로 검은 테로 둘러싸인다. 눈의 색깔은 종종 갈색이다.

바타 도샤는 팔다리의 움직임, 혈관의 혈액 순환, 신경 자극의 전달을 포함한 몸의 모든 운동을 주관한다.

그러므로 감각과 통증 또한 주관한다. 이 요소는 호흡이나 심장 박동과 같은 몸 안의 모든 주기적인 작용이 일어나게 한다.

바타 도샤는 빠른 움직임이며 생각의 속도를 조절한다. 이 체질의 사람들은 매우 빨리 생각하며 때로는 지나치게 빨라 자신의 생각을 끝낼 수 없다. 이미 다음 일에 대한 생각이 너무 많아져서 한 가지 일을 끝내지 못하는 때가 잦다. 이들은 말하는 것을 좋아하며, 많은 사람들을 알게 되나 깊은 관계를 맺지 못한다.

바타가 증가한 징후나 그로부터 오는 질병은 변비와 고창(가스 고임), 동요와 불안, 통증, 관절염, 의미 없는 일에 대한 수다, 체중 감소, 불면증, 오한과 전율 등이다.

특기 사항

출산 후 진통과 분만 뒤 몸 안에 생긴 빈 공간 때문에 바타 요소가 엄청나게 증가한다. 이로 인해 바타의 이상이 생길 수 있다. 그러므로 어머니는 몸, 특히 허리 주변에 오일을 바르고 기름지고 달콤한 음식을 먹어야 한다. 휴식이 부족하거나 스트레스와 긴장이 있으면 바타vata를 손상시켜 위에 말한 징후와 증상들이 나타날 수 있다.

출산

다음의 징후들은 출산이 임박했음을 알린다.

1. 팔다리의 극심한 피로와 전반적인 피곤함
2. 눈과 피부가 처짐
3. 부드러운 복부
4. 가슴에서 마치 매듭이 풀려 있는 것 같은 느낌
5. 골반에서 무엇인가 내려오고 있는 것 같은 느낌
6. 몸 아랫부분에서의 압박감
7. 사타구니, 넓적다리, 허리, 골반, 방광, 가슴과 등의 양쪽에서의 통증과 자궁 경부에서의 맥동과 통증
8. 질관으로부터 분비물이 나오기 시작함
9. 배뇨 횟수 증가
10. 식욕 상실과 입 안에 침이 고이는 느낌(2/13)

나중에 진짜 진통이 시작되는데 이는 양수의 배출과 관련이 있다. 바닥에 침대를 준비하고 부드러운 것으로 덮은 뒤 산모에게 그 위에 앉으라고 요청해야 한다.

산모 주위에는 항상 여성 조력자가 남아 있어서 위안을 주는 말로 그녀를 진정시켜야 한다. 조력자는 일정한 자질을 지녀야 한다. 즉 출산의 경험을 가져야 하고, 다정하며, 끊임없이 산모 옆에 있어야 하고, 태도가 좋고 재치가 있으며, 자연스럽게 사랑하는 마음을 가지고, 슬퍼하지 않으며, 곤경을 잘 견디고, 용기를 줄 수 있어야 한다.

심한 진통에도 불구하고 분만이 이루어지지 않으면 현명한 사람들의 의견으로는 임신한 여성이 무리하게 힘을 빼게 할 것이 아니라 주위를 거닐 수 있도록 허용해 주어야 한다. 일정한 간격을 두고 산모의 허리, 가슴 양옆, 등, 넓적다리에 따뜻한 오일을 바르고 이 지점들을 부드럽게 마사지해야 한다. 이렇게 하면 태아가 아래로 내려온다.

산모가 태아가 자신의 심장으로부터 분리되어 하복부 안으로 들어오고 회음에 접근했다고 느끼면, 또 진통의 빈도가 증가하고 태아가 몸을 돌려 아래로 내려왔

으면 의사는 분만을 목적으로 특별히 준비된 침대에 산모를 눕게 해야 한다. 분만을 촉진시키기 위해 산모에게 밀어낼 것을 요청해야 하지만 조력자는 진통이 없을 때에는 밀어내는 동작을 하지 말라고 지시해야 한다.

진통이 없을 때 밀어내는 것은 도움이 되지 않는다. 오히려 태아를 병들게 하고 기형으로 만들 수 있으며, 호흡 곤란, 기침, 쇠약, 비장 확대와 같은 비정상 상태에 처하게 할 수 있다.

한편 산모는 수축을 느낄 때에는 밀어내는 동작을 해야 한다. 재채기나 트림과 같은 자연스런 욕구를 억누르는 것이 어렵기도 하고 위험하듯 산모는 밀어내고자 하는 욕구를 느낄 때에는 반드시 밀어내야만 한다.

산모는 지시에 귀를 기울여야 한다. 처음에는 천천히 압력을 넣고 점차 압력을 늘여야 한다. 산모가 힘을 주어 밀어낼 때 조력자는 열심히 그녀의 노력에 대해 감사하고 그녀가 아기를 분만했음을 알려야 한다. 이렇게 할 때 산모는 위안과 기쁨을 얻고 생기를 되찾을 수 있도록 도움을 받는다.

분만 직후에 산모는 태반이 배출되었는지 확인하기 위한 검사를 받아야 한다. 만일 배출되지 않았으면 다음의 조치들을 취해야 한다. 여성 조력자들 중 한 명이 오른손으로 어머니의 배를 배꼽 부위 위에서 아래로 눌러야 한다. 왼손으로는 산모의 등을 받친다. 태반을 배출하는 다른 방법들 또한 차라카 상히타에 서술되어 있는데, 그것들 모두 복부의 바유vayu(바타 도샤)를 아래로 움직일 수 있게 도와 가스, 소변, 대변 뿐 아니라 태반을 배출하게 한다. 가스나 대소변은 복부 내에서 장애를 유발하여 태반이 나오는 것을 막는다.

아기를 깨끗하게 씻고 태아기름막(태아를 보호하기 위해 씌워진 풀 같은 막)을 제거하고, 아기의 기관지도 깨끗하게 해야 한다. 또 탯줄을 자르고 지혈을 위해 묶어서 분리시켜야 한다.

바그바타 상히타Vagbhata Samhita에는 출산 직후를 위한 만트라에 대한 설명이 나온다. 두 개의 돌을 서로 부딪쳐 아기의 오른쪽 귀에 소리를 내면서 다음의 만트라를 영창해야 한다.
"그대는 몸의 모든 기관들과 흐르다야hrdaya(심장, 마음)로부터 태어났으니,
그대는 아기의 몸을 한 나 자신이로다.
백세가 되도록 살 것이며 장수를 누리기를 기원하노니,
별과 달과 밤과 낮이 그대를 보호하게 하라."

제2장
임신 중일 때의 건강을 위한 아유르베다의 처방과 조언

이상적인 식사법

임신 중에는 균형 잡힌, 혹은 사트바의sattvic 영양 섭취가 필요함을 이해하기 위해서는 임신이 되었을 때 혈액 속에 생기는 호르몬의 변화를 먼저 이해하는 것이 도움이 될 것이다. 임신 중 지배적인 호르몬은 프로게스테론으로, 때가 되기 전에 분만 수축이 시작되는 것을 막기 위해 분비된다. 이것은 자궁, 결장, 다른 내부 장기들의 연동 운동에도 영향을 준다(제4부 1장, '해부학, 생리학, 그리고 출산'도 참조하라).

많은 임신부들이 변비, 배에 가스가 차는 증상, 딱딱한 대변으로 고통 받는 것은 이 때문이다. 딱딱한 대변을 내보내는 것에 의해 정맥에 압력이 가해지고, 치질과 다리의 부종, 정맥류가 유발될 수 있다.

따라서 빵(적절한 양을 초과하여)과 같은 마른 음식, 하루 지난 남은 음식, 냉동식품, 말린 콩 종류(완두콩, 콩, 렌즈콩 등), 양배추를 섭취하는 것을 피해야 한다.

수분을 건조시키기 때문에 마시는 커피와 홍차의 양을 제한해야 한다. 그 대신 녹차, 회향차를 마시고, 찬 음료수 대신 뜨겁거나 따뜻한 물을 마신다.

검은 렌즈콩이나 치즈와 같은 단백질 함량이 높은 음식을 먹는다면 취침 전에 완전히 소화가 될 수 있도록 점심으로 먹어야 한다.

◇

피해야 할 음식

- 대변을 통하게 하나 자궁 경련을 유발할 수 있는 음식: 알로에 베라, 안젤리카angelica, 파파야, 파인애플, 아위阿魏, 콩, 사프란, 장군풀rhubarb, 육두구, 감귤류, 호로파fenugreek, 가자訶子나무 열매

- 매운 고추와 다량의 마늘과 양파를 넣고 요리한 맵고 양념이 강한 요리
- 시거나 기름기 있는 음식: 고기, 백설탕, 감미료, 식초, 신 과일

415

第2장

건강에 좋은 음식

섭취해야 할 음식에는 채소, 녹색 잎, 즙이 많은 과일, 시리얼, 유기농 통밀이나 독일 밀로 집에서 만든 빵이 포함된다.

다음은 소화의 불인 아그니의 균형을 이루게 하는 권장 음식들이다.

곡류
유기농 통밀, 독일 밀, 귀리, 바스마티 쌀, 수수, 보리, 녹두, 유기농 통밀이나 독일 밀, 혹은 수수로 만든 파스타, 유기농 통밀이나 독일 밀, 혹은 수수로 만든 빵

과일
사과, 배, 살구, 자두, 석류를 포함한 잘 익고 즙이 많으며 달콤한 과일(소화가 더 쉽게 되도록 살짝 요리할 수도 있다. / 포도와 체리는 달기는 하나 배에 가스를 차게 할 수 있다.)

익힌 채소
당근, 셀러리, 양파, 배추, 주키니 호박, 익은 토마토, 비트, 오이, 새싹 채소, 감자(적정량), 고구마, 초록깍지강낭콩, 카사바cassava, 버섯, 다량의 녹색 허브와 녹색 잎, 아스파라거스

주의
파프리카, 가지, 감자, 호박, 주키니 호박과 같은 가지속 식물들은 배에 가스를 차게 할 수 있다. 흑후추나 쿠민cumin 같은 따뜻한 성질의 향신료를 이용하여 이들을 조리하는 방법을 찾아본다.

견과류
팬에 기름을 두르지 않고 이들을 볶는다. 아몬드, 참깨, 호박씨, 코코넛, 마카다미아, 잣, 호두 등이 있다.

지방
참기름, 올리브유, 호박씨 기름, 겨자씨 기름, 기ghee

(인도 요리에 사용되는 정제된 버터, 요리법은 p.417 참조)

허브
- 생강, 고수, 흑후추, 셀러리 씨, 회향 씨, 쿠민cumin 씨, 겨자씨, 아니스anis, 계피, 아유르베다식으로 향신료를 섞은 것, 암염
- 소량의 강황, 사프란, 소두구cardamom
- 소금 대신 파슬리, 바질, 로즈마리, 타임, 아메리칸 라즈베리와 같은 허브를 사용한다.

유제품
- 신선한 우유(하루에 1컵), 버터밀크, 기ghee, 신선한 염소 치즈, 신선한 양 치즈, 크림
- 유제품을 과일과 섞지 않는다. 과일과 섞일 경우 유제품이 엉기게 되어 위장 속 산성 환경에서 소화되기 힘들고 관절 문제까지 일으킬 수 있는 일종의 치즈가 만들어지기 때문이다.

우유에서 나오지 않은 단백질
두유, 두부, 미소 된장 스프(보리나 콩으로 만든)

음료
하루에 2~3리터의 뜨거운 물을 마시는데, 다음 절차를 따른다.
- 10분 동안 물을 끓이고 그 중 반을 보온병에 부어 놓는다.
- 나머지 물에 신선한 생강이나 말린 생강 3조각, 셀러리 씨 1티스푼을 넣어 5분 더 끓인 다음 그것을 보온병의 물에 더한다(셀러리 씨 대신 회향 씨 1티스푼을 넣어도 좋다). 이 재료들은 위를 따뜻하게 하고 소화를 증진시키며 가스가 만들어지는 것을 줄인다.

설탕
재거리jaggery(야자나무 열매에서 만드는 정제되지 않은 황설탕), 사탕수수 설탕, 꿀

416

"그로 하여금 주의 깊은 마음으로 먼저 달콤한 향미를 가진 것을 맛보게 하라. 중간에 짠맛과 신맛을 가진 음식을 먹고, 그 다음 떫고 쓴 음식 등등으로 끝낼 수 있다. 액체로 식사를 시작하여 고체로 된 음식을 먹고 다시 액체로 끝내는 사람은 언제나 튼튼하고 건강할 것이다."

(비쉬누 푸라나Vishnu Purana 제3장, 11절 87~88)

◇

매일의 식단

아침 식사 – 죽

조리 방법

1 2컵의 물에 1/2 티스푼의 기ghee(정제된 버터)를 넣고 끓인다.
2 계속 저어 가며 약 220g의 귀리나 독일 밀, 혹은 유기농 통밀을 넣는다.
3 끓도록 둔다.
4 2티스푼의 건포도(혹은 말린 무화과나 살구)와 1티스푼의 코코넛이나 말린 아몬드 가루를 넣는다.
5 꿀을 넣어 먹거나 기호에 따라 계피 가루를 넣어 먹는다.

대체할 수 있는 것: 토스트와 꿀

집에서 만든 신선한 빵으로 만든 토스트를 기ghee와 꿀과 함께 먹는다.

기ghee 만드는 방법

1 우유로 만든 순수한 버터(식품첨가제가 없는) 500g 정도를 큰 팬이나 솥에 넣어 아주 약한 불꽃에 가열한다(신맛 나는 버터나 무발효 버터는 쓰지 않는다).
2 15~20분이 지나면 단백질이 팬의 바닥에 가라앉아 두터워지기 시작하며, 버터의 냄새는 갓 만든 팝콘 같을 것이다.
3 버터에서 거품이 생기는 것이 멈추면 바로 불에서 내려 5분 정도 둔다. 그 다음 도자기 솥에 정제된 버터를 거른다.
4 이 정제된 버터는 냉장고에 넣지 않고 2~3개월 보관할 수 있다.

간식 – 과일이나 과일 주스

점심 식사 – **버터밀크 커리curry 소스를 곁들인 키차디Kichadi**
신체 조직을 정화하고 도와주는 이 요리를 일주일에 1~2번 먹을 수 있다.

재료
잘 다진 생강 1~2테이블스푼
기ghee 3테이블스푼
쿠민cumin 씨 1/2티스푼
회향 씨 1/2티스푼
고수 1티스푼
커리나무 잎* 3~4장
잘 다진 양파 1테이블스푼
금방 간 흑후추 1/2티스푼
쪼갠 녹두 1컵
바스마티 쌀 1.5컵
아스파라거스(없으면 시금치나 근대를 푸른 잎으로 쓴다.) 약 500g
천일염 1/2티스푼
신선한 물 약 1500cc
쿠민cumin 가루 1/2티스푼

조리 방법
1 녹두와 쌀을 깨끗하게 씻고 기ghee 2테이블스푼을 넣은 물에 1시간 동안 불린다.
2 쿠민cumin 씨, 고수, 회향 씨를 약한 불에서 갈색이 될 때까지 기름에 볶는다.
3 커리나무 잎과 양파를 더한다.
4 양파가 투명해질 때까지 약한 불 위에서 볶는다.
5 녹두와 쌀의 물을 빼고 이들을 더하고 물과 흑후추도 함께 넣는다. 1시간 동안 조리한다.
6 키차디kichadi가 조리되는 동안 아스파라거스를 2.5cm 크기로 자른다.
7 이것을 2컵의 끓는 물에 넣고 5~10분 동안 조리한다.
8 키차디kichadi에 아스파라거스, 기ghee 1테이블스푼, 소금, 쿠민cumin 가루를 넣는다.

곁들이는 음식 :
버터밀크 커리 소스

재료
버터밀크 1.5컵
물 반 컵
흑후추 1/2티스푼
말려서 가루 낸 생강 1/2티스푼
4~6장의 부순 커리나무 잎*

조리 방법
1 버터밀크, 물, 후추, 생강, 커리나무 잎을 섞는다.
2 약한 불 위에서 계속 저으면서 10분 동안 서서히 끓인다.

간식 – **과일이나 과일 주스**

───────────── ◇ ─────────────

*커리나무 잎, 혹은 무라야 코이니기이Murrayaa koenigii는 작고 뾰족한 잎으로 열대 아시아, 남인도, 스리랑카가 원산지이다. 감귤류나 아니스anise와 비슷한 강한 향이 있다. 커리 가루와 혼동해서는 안 된다.

저녁 식사 – **토스트를 곁들인 수프**
기본적인 수프 조리 방법

재료
참기름 2테이블스푼
겨자씨 1티스푼
강황 가루 1/2스푼
다진 양파 2티스푼
임신 기간 중 권장되는 모든 채소(이 장 앞부분에 나오는)
보리나 쌀 1/2컵
물 약 1리터
맛을 내기 위한 소금과 허브

조리 방법
1 중국 요리용 팬에 오일을 넣고 가열한다.
2 겨자씨를 더하여 씨가 튈 때까지 볶는다.
3 양파를 더하고 투명해질 때까지 약한 불에서 볶는다.
4 강황 가루를 더하고 잘 휘젓는다.
5 채소를 넣는다. 수프를 진하게 하고 싶으면 보리나 쌀을 더 넣는다.
6 약한 불에서 5~10분 동안 잘 젓는다.
7 물을 붓고 저으면서 다시 10~20분 동안 조리한다.
8 사용하는 채소에 따라 소금과 신선한 허브를 넣어 맛을 낸다.

힌트:
〉철분 흡수: 채소를 요리할 때 1테이블스푼의 레몬주스를 첨가하면 채소의 철분 흡수를 증가시킨다.

〉건조함에 대처하기: 기ghee와 좋은 오일 섭취를 늘여 딱딱한 대변, 배에 가스 차기, 수면 장애, 건조한 피부 등 바타vata 문제를 완화한다.

〉수면 개선: 잠자리에 들기 전 우유(혹은 두유) 반 컵을 데워 기ghee 1티스푼을 넣어 마신다. 이렇게 하면 잠을 잘 잘 수 있고 몸을 식혀 소화계를 돕는다. 아몬드 오일이나 전단향 오일로 발바닥과 발목을 마사지하는 것도 시도해 본다.

제2장

임신 중일 때의 오일 마사지

인도에서 마사지는 임신한 여성들이 반드시 해야 하는 일이다. 신체의 면역계 상태를 최고로 유지하기 위해 피부와 피부 저층의 탄성을 기르고, 정맥을 강화하며, 품질 좋은 마사지 오일이나 단순한 아몬드 오일로 몸을 매일 마사지해야 한다. 정맥류의 문제가 있다면 발에서부터 위쪽으로 다리에 오일을 바르고 피부를 문지르지 않는다.

오일을 바르고 난 뒤 20~30초 동안 기다렸다가 따뜻한 물로 목욕을 하거나 샤워를 한다.
(마사지에 대한 더 상세한 정보를 보려면 p.426의 제3장, '출산 후의 오일 마사지'을 참조한다.)

임신 말기

회음, 질의 바깥 부분, 항문에 성요한풀St.John's wort의 오일를 바른다. 부드러운 솔로 젖꼭지를 마사지하여 수유를 위한 준비를 한다. 나중에 젖꼭지와 나머지 몸에 참기름이나 아몬드 오일을 바른다.

제3장
출산 후의 건강을 위한 아유르베다의 처방과 조언

40일 동안의 끊어지지 않는 유대

아유르베다에 의하면 어머니와 아기는 출산 후 외부 세계로부터 물러나 온전히 40일(6주) 동안 함께 있어야 한다. 여기에는 몇 가지 이유가 있다.

● 산모가 자신의 일이나 가사에 대해 어쩔 수 없이 신경을 쓰지 않고 회복할 수 있다.

● 아기가 어머니 옆에서 보호받을 수 있다. 아유르베다를 따르는 노련한 의사들에 의하면, 첫 6주 동안 조용한 분위기에서 보호 받는 아기들은 다른 아기들보다 훨씬 더 균형 잡혀 있음이 밝혀져 왔다.

● 수유 과정이 원활하게 시작되고 어머니와 아기가 주기적 질서에 들 수 있도록 어머니에게는 휴식이 필요하다. 어머니는 '필요할 때마다', 즉 아기가 원하면 언제든지 수유를 할 수 있다.

처음 9일 동안에는 모유에 지방이 매우 많고 항생물질도 높은 비율로 포함되어 있다. 10일째가 되어야만 모유가 숙성되고, 그 이후에 아기의 필요에 완전히 적합하게 된다.

의학 연구에 따르면 약 30cc의 모유를 위해 약 12,000cc의 산소가 필요하다. 어머니에게 최소한 하루에 2번, 15~20분 동안 사바아사나 자세로 눕고, 또 사바아사나 자세에서 깊은 웃자이Ujjayi 호흡을 수련할 것을 권하는 것은 이런 이유에서이다.

큰베개를 세로로 놓기도 하고, 가로로 놓기도 하여 숩타 받다 코나아사나를 행한다.

이완과 더 많은 산소 흡수에 의해 모유가 '깨끗해지고', 그에 따라 모유의 질이 좋아진다. 동시에 유방의 긴장도 줄어든다.

출산 후 첫 10일 동안 바타vata 상태를 진정시키기 위해 뜨거운 시리얼을 먹어야 한다. 그에 더해, 좋아하는 만큼 기ghee를 많이 먹는다. 임신 중에는 피타pitta가 지배적이지만 출산 후에는 바타vata가 지배적이다.

수유를 위한 아유르베다의 처방

이 처방들은 힘을 얻게 하고 모유의 질을 보강한다.

아침 식사와 저녁 식사 후의 음료

(이 재료들은 건강식품 가게에서 살 수 있다.)

다음을 완전히 섞는다.
아쉬와간다Ashwagandha 1티스푼(아유르베다 식료
품점이나 인도 식료품점에서 구할 수 있다.)
샤타바리Shatavari(인도 아스파라거스) 2티스푼
감초 1티스푼

이 혼합물을 끓인 우유 반 컵과 함께 마신다.

점심 식사

생식계의 건강을 위한 키차디 조리 방법

재료

사프란 1/2티스푼
기ghee 3테이블스푼
쿠민cumin 씨 1/2티스푼
커리나무 잎 3~4장(p.418 참조)
잘 다진 양파 1테이블스푼
아위阿魏 1/8티스푼
쪼갠 녹두 1컵
바스마티 쌀 1.5컵
아스파라거스(만일 없으면 시금치나 근대 같은 녹색
잎을 쓴다.) 약 500g
천일염 1티스푼
물 약 1.5리터
쿠민cumin 가루 1/2티스푼

곁들이는 음식 :
버터밀크 커리 소스
p. 418 참조

조리 방법

1 사프란을 기름에 볶는다.
2 기ghee 2테이블스푼, 쿠민cumin, 호로파fenugreek
   를 첨가한다.
3 약한 불 위에서 양파가 투명해질 때까지 볶는다.
4 커리나무 잎, 양파, 아위阿魏를 첨가한다.
5 녹두, 쌀, 물, 천일염을 넣고 1시간 동안 조리한다.
6 키차디kichadi가 조리되는 동안 아스파라거스를
   2.5cm 크기로 잘라서 2컵의 끓는 물에 5~10분 동
   안 익힌다.
7 아스파라거스, 기ghee 1테이블스푼, 쿠민cumin 가루
   를 키차디에 넣는다.

저녁 식사

쌀로 만든 이 음식은 매일,
혹은 요리하기 편할 때 언제든지 먹어도 좋다.

재료

쌀 1컵
호로파fenugreek 씨 3테이블스푼
쿠민cumin 씨 1/2티스푼
셀러리 씨 1/2티스푼
고수 가루 1/2티스푼
잘 다진 양파 1테이블스푼
기ghee 1테이블스푼
물 3컵
소금

조리 방법

1 물에 쌀과 양념들을 넣고 30분 동안 익힌다.
2 옅은 갈색이 될 때까지 기ghee에 양파를 볶는다.
3 쌀에 양파 기ghee와 맛을 내기 위한 소금을 넣는다.
4 잘 젓는다.

찐 채소와 함께 곁들인다.

이상적인 식사법
피해야 할 음식

모유 수유를 할 때는 다음 음식을 멀리해야 한다.
- 말린 콩류(완두콩, 콩, 렌즈콩 등). 녹두와 대두는 예외이다.
- 양배추. 배추는 예외이다.
- 매운 고추와 다량의 마늘과 양파를 넣어 요리한 맵고 양념이 강한 음식
- 신맛이 강하거나 기름기 있는 음식: 고기, 설탕, 감미료, 식초, 신 과일

이들은 어머니 뿐 아니라 아기에게 있어서도 배에 가스가 차게 할 수 있다.

빵(적당한 양을 넘어), 하루가 지난 남은 음식, 냉동식품과 같은 건조한 음식을 먹는 것을 피한다.

탈수를 일으킬 수 있으므로 커피와 홍차를 얼마나 마실지 제한해야 한다. 그 대신 녹차, 호로파fenugreek 차를 마시고 찬 음료 대신 뜨겁거나 따뜻한 물을 마신다.

검은 렌즈콩이나 치즈와 같은 단백질 함량이 높은 음식을 먹는다면 취침 전에 완전히 소화가 될 수 있도록 점심으로 먹어야 한다.

◇

건강에 좋은 음식

섭취해야 할 음식으로는 채소, 녹색 잎, 즙이 많은 과일, 시리얼, 유기농 통밀로 집에서 만든 빵 등 알칼리성 음식을 들 수 있다.

다음의 음식들이 권장되는데, 그것은 이 음식들이
1. 소화의 불인 아그니agni의 균형을 잡아 주고,
2. 바타vata 상태를 완화하며,
3. 젖의 분비를 촉진하기 때문이다.

곡물
유기농 통밀, 귀리, 바스마티 쌀, 수수, 보리, 녹두, 유리드 달urid dhal(인도식 검은 렌즈콩 수프), 유기농 통밀이나 수수로 만든 파스타, 유기농 통밀이나 수수로 집에서 만든 빵

과일
잘 익고, 즙이 많으며 달콤한 과일(소화가 더 잘 되게 하려면 약간 익힐 수도 있다.)로 사과, 배, 살구, 자두, 석류, 대추야자, 무화과, 라임, 스위트 오렌지, 파파야,

복숭아 등이 있다(포도와 체리는 달기는 하지만 배에 가스가 차게 할 수 있다. 말린 과일은 또 바타vata를 증가시킨다).

익힌 채소
당근, 셀러리, 양파, 배추, 주키니 호박, (익은)토마토, 비트, 오이, 새싹, 감자(적정량 섭취), 고구마, 시금치, 사탕무(비트의 한 종류), 초록깍지강낭콩, 카사바cassava, 버섯, 아스파라거스, 다량의 녹색 허브와 녹색 잎(만일 아기의 대변이 녹색으로 변하면 식단에서 녹색 잎을 뺀다.)

주의
파프리카, 가지, 감자, 호박, 주키니 호박 등 가지속의 식물은 배에 가스가 차게 할 수 있다. 기ghee와 생강, 육두구, 흑후추, 쿠민cumin 씨와 같은 위를 따뜻하게 하는 양념을 이용하여 소화가 잘 될 수 있도록 이들을 요리하는 법을 알아 둔다.

출산 후의 건강을 위한 아유르베다의 처방과 조언

견과류

기름을 두르지 않은 팬에서 아몬드, 참깨, 호박씨, 코코넛, 퀸즐랜드 너트macadamia nut, 잣, 호두 등을 볶는다.

지방

참기름, 올리브유, 호박씨유, 겨자유, 해바라기씨유, 기ghee

허브

생강, 소두구cardamom, 흑후추, 육두구, 셀러리 씨, 회향 열매, 쿠민cumin, 겨자씨, 강황, 아니스anise, 계피, 정향, 아유르베다 방식의 마살라Ayurvedic masalas (혼합 양념), 암염, 호로파fenugreek, 사프란, 고수잎 coriander leaves, 로즈마리, 바질

유제품

- 신선한 우유(하루에 한 컵), 버터밀크, 기ghee, 신선한 염소 치즈, 신선한 양 치즈, 호로파fenugreek 치즈, 크림
- 유제품을 과일과 섞지 않는다. 과일과 섞일 경우 유제품이 엉기게 되어 위장 속 산성 환경에서 소화되기 힘들고 관절 문제까지 일으킬 수 있는 일종의 치즈가 만들어지기 때문이다.

우유에서 나오지 않은 단백질

두유, 두부, 미소 된장 스프(보리나 콩으로 만든)

음료

하루에 2~3리터의 뜨거운 물을 마시는데, 다음 절차를 따른다.
10분 동안 물을 끓이고 그 중 반을 보온병에 부어 놓는다.
나머지 물에 신선한 생강이나 말린 생강 3조각, 셀러리 씨 1티스푼을 넣어 5분 더 끓인다(이 재료들 대신 호로파fenugreek 1티스푼을 넣을 수도 있다). 생강은 위를 따뜻하게 하고, 셀러리 씨는 배에 가스 차는 증상을 예방하며, 호로파fenugreek는 신체 상태를 개선시킨다.

설탕

재거리jaggery(비정제 황설탕), 사탕수수 설탕, 꿀

출산 후의 오일 마사지

출산 후 4일째부터 시작하여 그 이후 40일(혹은 가능하면 더 오래) 동안 산모와 아기는 식사를 하듯 규칙적으로 아비앙가abhyanga, 즉 '사랑의 손'으로 하는 오일 마사지를 받아야 한다. 현대의 많은 여성들은 40일간 쉴 여유가 없다고 생각하지만 만일 그렇게 하지 않는다면 산모의 신체적, 정신적 건강이 위협받을 것이다. 산모는 특히 마사지의 정화 효과가 필요하다. 이 시기에 할 수 있는 요가 아사나들은 사바아사나, 숩타 받다 코나아사나, 프라나야마에 한정되기 때문이다.

마사지를 하면 이완하는 데 도움이 되고 출산이라는 육체적, 정신적 긴장 상황을 겪은 뒤 자신의 신체 체계를 다시 구성하는 데에도 도움이 된다. 또한 몸, 특히 위장 부위의 근육 조직이 임신 전 상태로 되돌아가는 데에도 도움이 된다.

오일 마사지를 해야 하는 더 많은 이유들

관절염 예방: 임신과 모유 수유는 관절이 관절염에 더 걸리기 쉽게 할 수 있다. 마사지는 이런 문제에 도움을 준다.

우울증 방지: 이런 감정은 출산 후 호르몬 변화와 산모의 가정에서의 상황 변화에 의해 발생할 수 있다. 영국에서 행해진 연구에 따르면 산모의 50% 이상이 우울증을 겪는다고 추정된다.

런던의 호머톤Homerton 대학병원의 산부인과 의사인 엘리자베트 영Elizabeth Young 박사는 막 출산한 산모들에게 아비앙가abhyanga, 즉 아유르베다의 오일 마사지를 권한다. 따뜻한 참기름이나 아몬드 오일로 전신을 부드럽게 마사지하는데, 특히 머리, 이마, 등, 하복부에 중점을 둔다. 영 박사는 마사지를 받은 여성들이 확실히 신경이 덜 예민하고, 덜 피로하며, 덜 우울해한다는 것을 발견했다.

재생: 오일 마사지는 자궁이 빨리 정상 상태로 돌아가는 것을 돕는다. 골반과 복부의 확장된 조직들이 더 빨리 회복되고 등과 하복부의 통증도 줄어든다.

◇

아비앙가abhyanga 기법

아래의 기법들은 산모와 아기 모두를 위한 것이다.

등 위쪽을 위해서는 도움이 필요하겠지만, 필요하면 스스로 마사지할 수 있다. 그러한 도움을 받을 수 없을 때는 할 수 있는 만큼만 하면 된다.

오일 마사지를 한 다음에는 산모나 아기의 아버지가 아기도 마사지할 수 있다. 양쪽 모두 반드시 오일을 먼저 데워야 한다.

아유르베다는 아기가 태어난 지 6일이 지나면 마사지를 시작하라고 권한다. 목욕 시간에 근육과 뼈를 강화하고 발달시키는 마사지를 할 수 있다.

처음 몇 달 동안에는 머리에 먼저 부드럽게 오일을 바르고 그 다음에 몸의 앞면, 즉 몸통, 팔, 다리에 바르고 뒷면에서도 같은 순서로 바른다. 이때 마사지 방향은 몸에 난 털이 자라는 방향을 따른다. 아기들은 마사지를 받기를 좋아하며, 만일 규칙적으로 마사지를 받는다면 더 깊이 잠을 자고 면역계가 더 튼튼해지는 것 같다.

마사지를 시작하기 전에 항문에 오일을 바르고 손을 씻는다.

출산 후의 건강을 위한 아유르베다의 처방과 조언

1. 머리

손가락과 손가락 끝을 이용하여 머리에서부터 시작한다. 원을 그리는 동작으로 안에서 바깥으로 다음 부위들을 마사지한다.

- 머리 정수리 : 시계 방향으로
- 목의 왼쪽과 오른쪽 : 아래에서 위로
- 목구멍 양쪽 : 아래에서 위로
  (머리카락이 시작되는 곳)
- 이마 : 가운데에서 관자놀이를 향해 아래로
- 관자놀이 : 위에서 뺨을 향해 아래로
- 뺨 : 뺨 바깥에서 코를 향해, 코에서 입술을 향해 아래로, 입술 양끝에서 턱을 향해 아래로, 뺨 아래에서 귀를 향해
- 귀 : 아래에서 위로, 바깥에서 안으로
- 다시 이마로
- 7번 되풀이한다.

2. 몸통 앞면

손을 펴고 시계 방향으로 14번, 원을 그리는 동작으로 마사지한다.

- 배꼽 : 작게 원을 그리는 동작으로
- 천천히 동작을 크게 하여 치골판, 몸통 양옆, 유리 늑골, 가슴 아랫부분까지 이르게 한다.
- 왼쪽 유방 : 오른손을 펴서 안에서 바깥으로 7번 원을 그리는 동작으로 마사지한다. 이때 유방 주위 부분에서 시작하여 범위가 점점 더 좁아지게 한다.
- 오른쪽 유방을 위해서도 왼손을 펴서 되풀이한다.

3. 겨드랑이, 어깨, 팔, 손

겨드랑이

- 왼쪽 겨드랑이를 오른손을 펴서 안에서 바깥으로 7번 원을 그리는 동작으로 마사지한다. 겨드랑이 중심부에서 시작하고 점점 더 원을 크게 그린다.
- 오른쪽 겨드랑이에서도 왼손을 펴서 되풀이한다.

어깨

- 왼쪽 어깨를 오른손을 펴서 흉골에서 어깨 쪽으로 한 번 쓰다듬고, 그 다음 어깨 위에서 7번 원을 그리는

동작으로 마사지한다.
- 세 번 되풀이한다.
- 왼손을 펴서 오른쪽 어깨를 위해서도 되풀이한다.

팔과 손

- 왼쪽 어깨에서 시작한다. 오른쪽 검지 옆으로 어깨 주위를 한 번 원을 그리는 동작으로 마사지하고, 그 다음 팔꿈치를 향해 아래로 내려오면서 한 번은 안쪽에서, 또 한 번은 바깥쪽에서 교대로 7번 길게 쓰다듬는다.
- 팔꿈치 관절 : 엄지로 안쪽과 바깥쪽에서 교대로 7번 원을 그리는 동작으로 마사지한다.
- 아래팔 : 엄지로 한 번은 안쪽에서, 또 한 번은 바깥쪽에서 교대로 손목을 향해 길게 쓰다듬는다.
- 손목 : 엄지로 안쪽과 바깥쪽에서 교대로 7번 원을 그리는 동작으로 마사지한다.
- 손목에서 손가락 끝을 향해, 그리고 손가락 끝 너머까지 엄지나 손바닥으로 7번 원을 그리는 동작으로 마사지하고, 그 다음 손가락과 엄지로 길게 쓰다듬는다.
- 왼손으로 오른팔을 위해 되풀이한다.

4. 허리 옆면

양손과 손가락을 앞으로 펴서 뒤에서 앞으로 7번 원을 그리는 동작으로 마사지한다. 그 다음 앞에서 뒤로 7번 마사지하는데 원을 그리는 동작을 위로는 유리 늑골까지, 아래로는 골반테까지 이르게 크게 늘인다.

5. 엉덩이와 다리

엉덩이

- 양손과 손가락을 앞으로 펴서 뒤에서 앞으로 7번 원을 그리는 동작으로 마사지하고, 앞에서 뒤로도 7번 마사지한다.
- 마지막 동작으로 손을 넓적다리 위쪽까지 아래로 뻗는다(엄지를 따로 떨어지게 벌려서).

다리

- 두 다리를 위해서는 두 손을 이용하여 두 넓적다리의 앞부분, 안쪽, 바깥쪽, 뒤쪽을 무릎을 향해 7번

길게 쓰다듬는다.

- 무릎은 주로 엄지로 앞, 안쪽, 바깥쪽, 뒤를 7번 원을 그리는 동작으로 마사지한다.
- 두 손으로 다시 앞, 안쪽, 바깥쪽을 7번 길게 쓰다듬고, 종아리는 발목을 향해 7번 길게 쓰다듬는다.
- 주로 손가락과 엄지를 써서 앞, 안쪽, 바깥쪽에서 7번 원을 그리는 동작으로 마사지한다.
- 발을 위해서는 손에 대한 것과 같은 방법을 적용한다. 발바닥을 7번 원을 그리는 동작으로 마사지한 다음 발목에서 발가락 끝까지 7번 길게 쓰다듬는다.

6. 몸통 뒷면

- 다음을 행할 때 손을 펴서 원을 그리는 동작을 해달라고 친구에게 도움을 청한다.
- 천골(꼬리뼈 바로 위의 척추)에서 시작한다. 한 손이나 두 손으로 시계 방향으로 7번 원을 그리는 동작으로 마사지한다.
- 두 손을 안에서 바깥으로 움직인다.
  - 아래쪽 허리는 7번 원을 그리는 동작으로 마사지한다.
  - 허리 뒤쪽을 향해 7번 위로 원을 그리는 동작으로 마사지한다.
  - 가운데 등은 7번 원을 그리는 동작으로 마사지한다.
  - 몸통 양옆을 7번 원을 그리는 동작으로 마사지한다.
  - 등 위쪽을 7번 원을 그리는 동작으로 마사지한다.
  - 견갑골을 7번 원을 그리는 동작으로 마사지한다.
  - 어깨를 7번 원을 그리는 동작으로 마사지한다.
- 두 손으로
  - 위에서 등 아랫부분까지 7번 길게 쓰다듬는다.
  - 어깨 뒷부분과 팔 뒷부분을 손 쪽으로 7번 길게 쓰다듬는다.

7. 천골, 엉덩이 볼기, 다리, 발

- 여기에서도 친구의 도움을 받아 원을 그리는 동작으로 마사지를 할 수 있다.

- 천골에서부터 한 손으로 시계 방향으로 7번 원을 그리는 동작으로 마사지한다.
- 두 손으로 안에서 바깥쪽으로 움직인다.
  - 엉덩이 볼기와 엉덩이를 7번 원을 그리는 동작으로 마사지한다.
  - 왼쪽 다리 뒤에서 무릎 뒤를 향해 7번 쓰다듬는다.
  - 무릎 뒤를 7번 원을 그리는 동작으로 마사지한다.
  - 다리 아랫부분을 발목을 향해 7번 쓰다듬는다.
  - 발목을 7번 원을 그리는 동작으로 마사지한다.
  - 발바닥을 7번 원을 그리는 동작으로 마사지한다.
  - 발뒤꿈치에서 발가락까지 7번 쓰다듬는다.
- 오른쪽 다리를 위해서도 되풀이한다.
- 두 손을 펴서 엉덩이 볼기에서부터 발가락까지 7번 쓰다듬어 몸 뒷부분에 대한 마사지를 끝낸다.

유용한 링크와 주소

B.K.S. 아헹가 웹사이트: www.bksiyengar.com

미국USA

미국 아헹가요가협회
3940 Laurel Canyon Blvd #947
Studio City, CA 91604, USA
1 800 889-YOGA
www.iynaus.org

그레이터 뉴욕 아헹가요가협회
150 West 22nd Street, 11th floor
New York, NY 10011, USA
212-691-YOGA(9642)
212.255.1773 fax
Info@iyengarnyc.org
www.iyengarnyc.org

라스베가스 아헹가요가센터
6342 W Sahara Ave,
Las Vegas, Nevada-89146, USA
702.222.9642
iyasn@iynaus.org
www.iyclv.com

달라스 아헹가요가스튜디오
5539 Dyer Street,
Dalls, Texas-75206, USA
214.365.9642
marjl@airmail.net
www.dallasiyengaryoga.com

내쉬빌 요가센터
2822 Columbine Place,
Nashville, Tennessee-37204-3104,USA
615.383.0785
jcampbell@yogacenternashville.com
www.yogacenternashville.com

투손 아헹가요가스튜디오
3400 E Speedway Suite 200,
Rancho Center, Tucson, Arizona-85716, USA
520.743.7142
iyengartucson@msn.com

필라델피아 아헹가요가스튜디오
2200 Ben Franklin Pkwy, South Bldg,
Lower Level,Philadelphia,
Pennsylvania-19130,USA
215.568.1961
mariang102@aol.com
www.philayoga.com

보울더 아헹가요가센터
2299 Pearl Street,
Boulder, Colorado-80302, USA
brenda@iyengaryoga.org
www.philayoga.com

덴버 아헹가요가센터
770 S Broadway,
Denver, Colorado-80209, USA
303.316.8466
iycd@earthlink.net
www.iyengaryogacenter.com

로스앤젤레스 아헹가요가연구소
8233 W Third Street,
Los Angeles, California-90048, USA
213.399.9877
yogarth@comcast.net
www.iyogala.org

샌디에고 아헹가요가센터
4704 East Mountain View Dr,
San Diego, California-92116, USA
619.226.2202
info@sandiegoyoga.com
www.sandiegoyoga.com

샌프란시스코 아헹가요가연구소
2404 27th Avenue, San Francisco,
California-94116, USA
415.753.0909
www.iyisf.org

샴페인 어바나 아헹가요가연구소
407 W Springfield,
Urbana, Illinois-61801, USA
217.344.9642
info@yoga-cu.com
www.yoga-cu.com

미네아폴리스 아헹가요가센터
2736 Lyndale Ave S.,
Minneapolis, Minnesota-55408, USA
612.872.8708
iyengaryogampls@yahoo.com
www.iyengaryogampls.com

하버드스퀘어의 아헹가요가
154 Mt Auburn St,
Cambridge, Massachusetts-02138,
USA
617.661.7370
Eleanor@yoga.com

웨스트록스베리의 아헹가요가
Emmanuel Church,
Boston, Massachusetts-02132, USA
617.323.4289
laureen@yogaclasses.net

캐나다CANADA

캐나다 아헹가요가협회
infoNOSPAM@iyengaryogacanada.com
www.iyengaryogacanada.ca

몬트리올 아헹가요가센터
917, avenue du Mont-Royal est
Montréal, Québec H2J 1X3, Canada
514 528-8288
www.iyengaryogamontreal.com

빅토리아 아헹가요가센터
202-919 Fort Street,
Victoria, B.C., V8V 3K3, Canada
250-386-YOGA(9642)
iyoga@telus.net
www.iyengaryogacanada.ca

오타와 아헹가요가센터
784 Bronson Avenue
Ottawa, Ontario K1S 4G4, Canada
613-761-7888
iyoga@canada.com
www.iyoga.ca

사단법인 한국 아헹가요가 협회
전화 : 031-959-9566
홈페이지 : www.iyengar.co.kr
공식블로그 : http://blog.naver.com/iyengar1

아헹가요가 파주 본원 : 031-959-9566

산스크리트 용어 풀이

아래의 용어들은 이 책을 통틀어 개조된 산스크리트, 즉 산스크리트 단어들을 영어로 음역하는 방식으로 표기되었다. 이 산스크리트 용어들은 전 세계적으로 사용되며, 요가 수행자들 사이에 공통의 언어적 토대를 제공한다. 그러나 번역은 비록 유용하기는 해도 원래의 의미에 가까이 다가갈 수만 있을 뿐이다.

Adho(아도) – 아래로

Angushtha(안구쉬타) – 엄지발가락

Ardha(아르다) – 반半

Asana(아사나) – 자세

Ayurveda(아유르베다) – 장수長壽의 지식, ayur(장수)와 veda(지식)의 합성에서 나온 말

Baddha(받다) – 묶인, 잡힌

Bandha(반다) – 구속, 형성, 건설

Bharadvaja(바라드바자) – 현인賢人의 이름

Chandra(찬드라) – 달

Chitta(치타) – 마음, 지성, 자아로 이루어짐

Danda(단다) – 지팡이

Dhanu(다누) – 활

Dosha(도샤) – 아유르베다에 따른 신체의 세 가지 활동 원리, 즉 바타vata, 피타pitta, 카파kapha 중 하나

Dvi(드위) – 둘의

Eka(에카) – 하나

Hala(할라) – 쟁기

Hasta(하스타) – 손

Jala(잘라) – 그물

Janu(자누) – 무릎

Jathara(자타라) – 위장

Kapha(카파) – 세 도샤들 중 하나로 흙과 물의 원리. 정적이고 고정시키는 기운

Kona(코나) – 각도

Mantra(만트라) – 강력한 의미를 지닌 압축되거나 요약된 말이나 어구

Marichi(마리치) – 태양신의 할아버지

Matsya(맏스야) – 물고기

Mudra(무드라) – 봉인, 닫음, 통제

Nava(나바) – 배

Pada(파다) – 발

Padma(파드마) – 연꽃

Paripurna(파리푸르나) – 완전한

Parivartana(파리바르타나) – 돌리는, 회전하는

Parivritta(파리브리타) – 비틀린

Parshva(파르스바) – 옆, 옆구리, 옆의

Parvata(파르바타) – 산

Pashchima(파스치마) – 서쪽, 몸의 뒷부분

Pitta(피타) – 세 도샤들 중 하나로 불의 원리. 소화와 변형을 맡고 있다.

Prakriti(프라크리티) – 상키야 철학에서 발현되지 않은 형태의 근원 물질을 일컬음. 체질을 의미하기도 함. 평생을 통해 남아 있는 개인의 본성

Prana(프라나) – 호흡, 생명력

431

Prasarita(프라사리타) – 벌린

Salamba(살람바) – 지지물로 받쳐진

Sarvanga(사르반가) – 온몸

Shavasana(사바아사나) – 송장처럼 움직이지 않는

Setu(세투) – 다리

Shirsha(시르샤) – 머리

Supta(숩타) – 잠자는 자세, 누운

Shvana(스바나) – 개

Tada(타다) – 굳건한, 산처럼 곧은

Tri(트리) – 셋

Triang(트리앙) – 세 부분(발, 무릎, 엉덩이)

Ujjayi(웃자이) – 우드ud(위로, 지위가 더 높은, 확장하는, 부풀리는, 권력 의식을 가리키는)와 자야jaya(승리, 정복)의 합성에서 나온 말

Upavishta(우파비스타) – 자리를 차지한, 앉은

Urdhva(우르드바) – 위의

Ushtra(우스트라) – 낙타

Uttana(우타나) – 등을 대고 누운, 강하게 뻗기

Utthita(우티타) – 뻗은

Vata(바타) – 세 도샤들 중 하나로 에테르와 바람의 원리이며 역동적인 힘이다.

Viloma(빌로마) – 털을 거슬러, 사물의 자연스런 순서에 반하여, 비vi(부정)와 로마loma(털)의 합성에서 나온 말

Viparita(비파리타) – 반대의, 거꾸로 혹은 뒤집힌

Vira(비라) – 용감한, 영웅

Virabhadra(비라바드라) – 전사

Vriksha(브륵샤) – 나무

색인

참고자료

제1장

1/1 B. K. S Iyengar의 『Light on Yoga : 요가 디피카』(Schocken, 개정판, 1995)

1/2 『Charaka Samhita』, Chowkhamba Sanskrit Series Office, Varanasi, 1997

1/3 『Hatha Yoga Pradipika』, Svatmarama, Adyar Library, Madras, India, 1972

1/4 제1장의 일부는 Geeta S. Iyengar의 『Gem for Women』(Allied Publishers Private Ltd, 1983)에서 가져옴

제2장

다음의 참고 자료들은 K.R. 스리카타 무르티Srikatha Murthy 교수가 번역한 바그바타Vagbhata의 『아쉬탕가 흐루다야Ashtanga Hrudaya』, 1권 2부 1장인 '가르바바크란티 샤리라Garbhavakranti Sharira(발생학)' 에서 가져온 것이다.

2/1 슬로카[2] 1
2/2 슬로카 3
2/3 슬로카 4
2/4 슬로카 21b-22a
2/5 슬로카 35b-36
2/6 슬로카 2
2/7 슬로카 49b-50a
2/8 슬로카 50-54a
2/9 슬로카 54b-55

2/10 슬로카 56
2/11 슬로카 57
2/12 슬로카 62-63
2/13 슬로카 74b-76
2/14 와 2/15 B. K. S 아헹가의 『요가 수트라Light on the Yoga Sutras of Patanjali』(Harper Collins Publishers, 1993, London)

제3장

3/1 『상키야Samkhya』(인도판 2판, 1979, Oriental Books Reprint Corporation, New Delhi)

제5장

5/1 스바트마라마Svatmarama의 『하타 요가 프라디피카Hatha Yoga Pradipika』(Adyar Library, Madras, India, 1972)

---

2) 역주 : 슬로카Sloka는 본래 '노래'를 의미하며, 인도 서사시를 구성하는 기본 형식이다. 서사시 마하바라타Mahabharata와 라마야나Ramayana는 거의 슬로카로 씌어졌다. 8음절의 파다pada 두 개가 모여 한 행을 만들며 4행이 작은 한 단위를 이룬다. 불교 경전에서 볼 수 있는 사구게四句偈도 이 형식을 따른 것이다.

감사의 말

지난 몇 년간 많은 사람들이 이 책을 만드는 데 힘을 보탰고 지금의 형태를 갖추도록 이런 저런 방식으로 도움을 주었습니다. 우리는 그들 모두에게 깊은 감사의 인사를 드리는 동시에 한 사람 한 사람 이름을 밝혀 감사드리지 못함에 송구한 마음을 전합니다.

처음 우리가 이 지식을 더 많은 대중들이 활용할 수 있게 하자는 생각을 가질 수 있었던 것은 바로 심오하고도 명석한 B .K. S. 아헹가 선생의 가르침과 임신 중과 출산 후의 요가 수련(아사나와 프라나야마)이 얼마나 많은 도움을 주고 효과적인지를 꿰뚫어 본 선생의 심오한 통찰 덕분이었습니다. 이 책의 내용에 대해 선생과 나누었던 수많은 유익한 대화에 대해 앞으로도 계속 고마운 마음을 간직할 것입니다. 선생과 대화하면서 임신 중, 그리고 특히 출산 후 요가 수련과 관련하여 여성들에게 필요한 것이 무엇인지에 대해 명료하게 인식할 수 있었습니다.

또한 풍부한 경험을 가진 저명한 강연자이며, 푸네에 있는 아유르베다 전문 틸락 마하라쉬트라 대학Tilak Maharashtra Vidyapeeth의 아유르베다 의학 박사인 딜립 가드길Dilip Gadgil 교수에게도 감사하고 싶습니다. 그는 이 책의 아유르베다와 관련된 부분을 검토해 주셨습니다.

본문에 수록되어 정보를 최대한 전달하여 독자의 이해를 돕는 사진들은 이 책의 필수적인 요소였습니다. 뛰어난 장인 정신으로 지난 4년 동안 필요할 때마다 곁에 머물러 사진을 찍어 주신 도미니크 케츠Dominik Ketz에게도 감사를 드립니다.

이 책의 사진이 가진 매력의 한 부분은 임신의 모든 단계 동안 동일한 모델과 함께 작업할 수 있었다는 사실입니다. 그러므로 우리의 좋은 친구 G. 프라운호퍼Fraunhofer에게 특별한 감사의 인사를 드립니다. 그녀는 두 번의 임신 기간 중, 또 두 임신 기간 사이의 시간 동안 인내심을 가지고 기꺼이 모델이 되어 우리를 위해 사진을 찍을 수 있게 해 주었습니다.

마지막으로 특별한 지원과 도움을 주었던 텔 아비브Tel-Aviv, 네브 체덱Neve Tzedek의 아헹가 요가센터의 가비 도론Gabi Doron과 쾰른Cologne의 라인아르Rhein-Ahr 아헹가 요가연구소의 호르스트 빈스키Horst Binski에게도 감사하고 싶습니다.

기타 S. 아헹가 Geeta S. Iyengar, **리타 켈러**Rita Keller, **케르스틴 카타브**Kerstin Khattab

기타 아헹가Geeta Iyengar

일반적인 아헹가 요가 수련법은 그 명칭에 있어 기타 아헹가Geeta Iyengar 박사(요가 스승 B.K.S. 아헹가의 딸이자 어린 시절부터 그의 제자였음)의 아버지의 이름을 따른 것이지만, 그녀는 여성들을 위한 특별한 아헹가 요가 수련법을 개발하여 『Yoga: A Gem for Women』이라는 자신의 저서로 전 세계적인 호평을 받았다. 독자적인 아유르베다ayurveda 요법의 의사이며 요가의 스승으로서 그녀는 아헹가 요가의 선도적인 전문가가 되었으며 인도 푸네의 아헹가 요가 연구소에서 자신의 아버지의 지도 아래 사십 년 이상 요가를 가르치면서 미국, 유럽, 아프리카, 아시아에서 대규모의 워크숍을 해왔다.

리타 켈러Rita Keller

리타 켈러Rita Keller는 1989년부터 치유 요가와 임신한 여성을 위한 요가를 가르쳤고, 나중에 B.K.S. 아헹가로부터 아헹가 요가 최상급 지도자 자격을 받았다. 1991년부터는 매년 인도 푸네의 아헹가 요가 연구소(RIMYI)를 방문하여 계속 훈련을 받고 있으며 프라나야마, 임산부를 위한 요가, 여성과 관련된 그 외 특수한 관심 주제에 대한 지도자 세미나에 참가해 왔다. 그녀는 라인아르Rhein-Ahr 아헹가 요가 연구소의 소장이며 독일 아헹가 요가 협회의 전문가 위원회와 독일 아헹가 요가 지도자 협회의 회원이다.

케르스틴 카타브Kerstin Khattab

스위스 베른 소재 대학 병원의 심장학 부문 내과의인 케르스틴 카타브Kerstin Khattab는 15년 이상 아헹가 요가를 수련하고 가르쳐 왔다. 푸네의 틸락 마하라쉬트라 비디야피트Tilak Maharastra Vidyapeeth, 인도 케랄라Kerala의 아말라Amala 병원, 네팔의 카트만드Kathmandu에서 아유르베다를 연구했다. 그녀 또한 푸네의 아헹가 요가 연구소에서 정기적으로 계속 훈련을 받고 있으며 치유반에서 보조 지도자 역할을 맡고 있다.

역자 현천스님

현천스님은 약 40년 전 대학 시절 요가에 입문, 백양사 승가 대학 수학 후, 동국대학교 불교대학원(선학 전공)과 서울 불학승가대학원(경전 연구)을 졸업했다. 백담사 무문관(3년 결사) 및 봉암사, 해인사, 범어사, 불국사, 통도사 선원 등에서 10여년 안거, 참선 하였다. 제9교구 동화사 교무국장, 전국 선원 수좌회 통일분과 위원장, 조계종 기본선원 교선사, 교육원 「수행과 요가」 강사를 역임했다. 여러 선방에서 좌선하다 문득 해탈 도구로 육신의 중요성을 느끼고 인도의 여러 수행처에서 요가를 배웠다. 특히 요가계 세계 제1의 도장인 인도 아헹가 요가 연구소(RIMYI)에서 최고급 과정을 20년 동안 10여 차례 수료 후 'Advanced Level'을 취득했다. 현재는 요가와 선 수행 전문 도량인 유가선원(파주 만월산)을 운영하고 있으며, 사단법인 한국 아헹가 요가 협회장(아헹가 요가 파주본원)을 맡고 있다. 특히 요가를 학생들에게 교육하여 전인 교육은 물론 인근 군 부대 장병들의 체력 향상에 많은 도움을 주고 있다.

저서로는 「현대인을 위한 요가(동영상 포함)」가 있으며 역서로는 요가의 고전 「요가 디피카」, 「아헹가 요가」, 「아헹가 행법 요가」, 「요가 호흡 디피카(공역)」, 「요가 수행 디피카」, 「초급 아헹가 요가(공역」, 「요가 수트라」, 「아헹가 임산부 요가」, 「요가와 스포츠」 등 10여 권이 있다.

감수자 B.K.S. 아헹가 선생

아헹가 선생은 1918년 인도에서 태어나 17세부터 요가를 가르치기 시작했다. 혁신적이고 엄격한 스승으로 70여년 동안 요가를 가르치며 40여 개국에 걸쳐 수백개의 「아헹가 요가 연구소」를 두었다. 기존 전통요가를 혁신하고 재발견하여 모든 사람이 요가를 할 수 있는 체계를 만들어 요가 강사라는 직업이 있게 했다. 금세기 요가계를 이끈, 세계적으로 명망 높은 요가 스승으로 아헹가 선생은 많은 질병과 스트레스성 질환의 치료에 적절한 요가를 개발했다. 그러한 업적으로 「유엔 평화 헌장」의 과학 박사, 「미국 전기 협회」의 '올해의 요가 교육자상', 「세계 연합 전인 치유 의학회」의 Purna Swasthya 상을 비롯한 많은 상을 수상했다.

저서로는 요가의 고전으로 널리 알려진 「Light on Yoga 요가 디피카」, 「YOGA : The Path To Holistic Health 아헹가 요가」, 「Light on Pranayama 요가 호흡 디피카」, 「Light on life 요가 수행 디피카」, 「Light on the sutras of Patanjali 요가 수트라」 등 삼십여 종이 있으며 2004년 타임지에 의해 세계에서 가장 영향력 있는 100인 중 한 사람으로 선정되었다.(2014년 8월 타계)